6	7	2
1	5	9
8	3	4

BERNHARD WUCHERER

DER GEHEIMBUND

6	7	2
1	5	9
8	3	4

DER 45

FINSTERE MÄCHTE Isny 1042. Als der Bischof von Konstanz eine geheimnisvolle Münze zur Kirchweihe in das kleine Allgäuer Dorf bringt, ahnt er nicht, dass er damit den Zorn des rücksichtslosen Geheimbundes »Gladius Dei« weckt. Die Münze zeigt auf der einen Seite eine arithmetische Raffinesse, auf der anderen das Bild eines toten Königs, dem die Organe entnommen wurden. Es handelt sich um das verloren gegangene Machtsymbol der Bruderschaft, die sich den freien Künsten und dem Fortschritt der Wissenschaft verschrieben hat. Die Großmeister des »Gladius Dei« sind besessen davon, jeden zu töten, der ihr Insigne entweiht. Bereits auf der Kirchweihe kommt es zu einem Mord. Er ist der Auftakt zu einem Konflikt, der die Stadt für fast fünfhundert Jahre in Angst und Schrecken versetzen wird. Trotzdem gelingt es der kleinen Bauernsiedlung unter Führung der umsichtigen Patrizierfamilie Eberz im Laufe der Jahrhunderte zur Freien Reichsstadt aufzusteigen, in der Handel und Gewerbe florieren. Doch 1507 gerät die Familie Eberz selbst ins Visier der Verschwörer …

© Tobias Heimplätzer Werbefotografie

Bernhard Wucherer war 25 Jahre lang Leiter einer Werbe-, Marketing- und Eventagentur in Oberstaufen im Allgäu. Außerdem hat er sich bei Tätigkeiten als Burgmanager und Museumskurator auf alten Herrschaftssitzen im In- und Ausland das Rüstzeug zum Schreiben authentischer historischer Romane aneignen können. Er ist Autor etlicher Aufsätze, die auch Eingang in die geschichtswissenschaftliche Literatur gefunden haben. »Der Geheimbund der 45« ist nach der erfolgreichen »Pesttrilogie« und der bisher zweibändigen »Syld-Marokko-Saga« sein sechster historischer Roman beim Gmeiner-Verlag.

BERNHARD WUCHERER

DER GEHEIMBUND DER 45

6	7	2
1	5	9
8	3	4

Historischer Roman aus dem Allgäu

GMEINER

Immer informiert

Spannung pur – mit unserem Newsletter informieren wir Sie regelmäßig über Wissenswertes aus unserer Bücherwelt.

Gefällt mir!

Facebook: @Gmeiner.Verlag
Instagram: @gmeinerverlag
Twitter: @GmeinerVerlag

MIX
Papier aus verantwortungsvollen Quellen
FSC® C083411
www.fsc.org

Besuchen Sie uns im Internet:
www.gmeiner-verlag.de

Im Ehnried 5, 88605 Meßkirch
Telefon 07575/2095-0
info@gmeiner-verlag.de

1. Auflage 2020

Lektorat: Daniel Abt
Herstellung: Mirjam Hecht
Umschlaggestaltung: U.O.R.G. Lutz Eberle, Stuttgart
unter Verwendung eines Bildes von: © https://commons.wikimedia.org/wiki/File:Isny_1737_img00.jpg
Druck: CPI books GmbH, Leck
Printed in Germany
ISBN 978-3-8392-2697-1

Für alle Isnyer,
insbesondere auch für diejenigen,
die lieber einen »Heimatroman« im klassischen Sinne
oder ein Geschichtsbuch gehabt hätten.

Die historischen Inspirationsartefakte, um die sich im Roman alles dreht

Das in Isny entdeckte »Magische Amulett«

Das Amulett, um das sich in diesem Roman alles dreht, gibt es wirklich. 2018 wurde ein besonders bedeutungsvolles Exemplar bei Grabungsarbeiten auf dem alten Marktplatz in Isny gefunden, direkt beim dortigen »Prangerstein«, wo es beim großen Stadtbrand von 1631 oder schon zuvor in den Boden gelangte und die Zeiten überdauerte. 2019 wurde von Dr. Matthias Ohm vom Landesmuseum Württemberg bestimmt, dass es sich um einen sogenannten »Rechenpfennig« (auch als »Münzmeisterpfennig« oder in Süddeutschland als »Raitpfennig« bezeichnet) handelt, einen medaillenartigen Platzhalter, der im Mittelalter beim Rechnen auf der Linie (auf Rechenbrettern, -tischen oder -tüchern) verwendet wurde. Rait-, Rechen- oder Münzmeisterpfennige konnten daneben auch politische oder – wie im vorliegenden Fall und im Roman beschrieben – moralische Botschaften transportieren.

Die in Isny ausgegrabene Medaille besteht aus Buntmetall, also einer Kupferlegierung, wahrscheinlich Bronze, was sich allerdings erst bei einer Materialanalyse feststellen ließe. Sie hat einen Durchmesser von zwanzig Millimetern und wurde nachträglich gelocht, damit sie um den Hals getragen werden konnte, vermutlich, ohne dass deren Träger den ursprünglichen Zweck kannten. So entstehen Legenden wie die von »Gladius Dei«, dem »Geheimbund der 45«.

Avers

Landesamt für Denkmalpflege im Regierungspräsidium Stuttgart; Foto: Christoph Schwarzer

Auf der Vorderseite weist das in Isny gefundene Exemplar auf die Vergänglichkeit des Menschen hin (vanitas). Neben einigen Schriftzeichen und anderen noch nicht erkannten Darstellungen ist ein toter Mensch mit einer Krone auf dem

Kopf zwischen zwei Leuchtern und insgesamt fünf Sternen zu erkennen. Des Weiteren sieht man zu beiden Seiten des toten Königs innere Organe: Lungenflügel, Nieren und dergleichen. Dies lässt darauf schließen, dass es zur Entstehungszeit der Medaille Kenntnisse über die menschliche Anatomie gegeben hat. Und das, obwohl Leichenöffnungen bei Todesstrafe verboten waren. Die Darstellung der Organe deutet auf eine Entstehung vor der Frühen Neuzeit hin. Sie entspricht einer Anatomie, wie sie in »De Arte Phisicali et de Cirurgia« des englischen Chirurgen Johannes von Arderne (1307–1392 n. Chr.) nach 1412 n. Chr. dargestellt wird. Eine Wende zur Wiedereinführung anatomischer Sektionen an menschlichen Körpern – die von der Kirche abgelehnt wurden – brachten erst das 13. und 14. Jahrhundert. In diesem Zusammenhang darf der große Leonardo da Vinci (1452–1519 n. Chr.) genannt werden. Der bekannteste Künstler und Wissenschaftler der Renaissance führte selbst anatomische Präparationen durch und zeigte – anders als auf dem Amulett – realistische, detailgenaue und detailreiche anatomische Zeichnungen. Text: HODIE M(ihi) CR(as) TIBI A (bedeutet in etwa soviel wie: »Heute kommt der Tod für mich, morgen für dich«)

Revers

Landesamt für Denkmalpflege im Regierungspräsidium Stuttgart; Foto: Christoph Schwarzer

Das »Magische Quadrat« auf der Rückseite des in Isny gefundenen Exemplars erinnert an unser heutiges »Sudoku«, eine Gattung von Logikrätseln, die aus lateinischen Quadraten entstanden. Das in Isny gefundene »Magische Quadrat« sollte wohl Krankheiten und Tod abwehren. Es zeigt in neun einzelnen Quadraten die arabischen Ziffern 1 bis 9, die in der Summe aller Zeilen, Spalten und der beiden Diagonalen gleich sind. Diese Summe (15) wird als »Magische Zahl« des »Magischen Quadrates« auf dem »Magischen Amulett« bezeichnet. Rechnet man alle Zahlen zusammen, ergibt sich die Zahl 45. Das »Lo Shu« war schon zu Zeiten des legendären mythologischen Kaisers Yu (Regierungszeit von 2205–2147 v. Chr.)

in China bekannt (wo es auch im Roman herkommt, weil es in Europa erst im 16. und 17. Jahrhundert beschrieben wird. Dies hat allerdings nichts mit dem in Isny gefundenen Exemplar zu tun). Im Westen hat sich unter anderem Adam Ries (1492 oder 1493–1559 n. Chr.) mit dem »Magischen Quadrat« beschäftigt. In seinem »Rechenbüchlin« gab er auf Seite 71 diese Aufgabe mitsamt der Lösung. Neben zwei Beispielen folgte: »Und darnach verwechsel mit den 8. und 2. also/ so hastu allenthalben 15. Denn alle Summen ergeben die Magische Zahl 15«. Text: »EK« für Egidius Krauwinckel, tätig in Nürnberg.

Die Motive beider Seiten werden im Roman vordergründig thematisiert und formen sich darin zu zwanghaften rituellen Handlungen, die im Codex des Geheimbundes »Gladius Dei« (lateinisch für »Schwert Gottes«) festgehalten sind. Dessen 45 Mitglieder haben sich bei der Gründung ihres mystischen Zirkels Anno Domini 1001 in der späteren Konzilstadt Konstanz aufgrund der Abbildungen auf dem Avers zum Ziel gesetzt, die bei Todesstrafe verbotenen und von der Kirche verfolgten anatomischen Präparationen zum Zwecke der Wissenschaft voranzutreiben. Und was das Revers des »Magischen Amuletts« betrifft, gibt der Codex dieses Bündnisses vor, talentierten, aber mittellosen Knaben aus dem Bereich und dem Umfeld des Bodensees, aus Westschwaben (dem heutigen Oberschwaben) und aus dem Allgäu zu ermöglichen, die Arithmetik oder andere Fächer der »artes liberales«, der »sieben freien Künste«, zu studieren. Grundsätzlich wäre es äußerst lobenswert, dass sich ein elitäres Bündnis von Adeligen, Gelehrten, Kaufleuten und Medizinern dieser Thematik annimmt … wenn es sich nicht selbst barbarischer Praktiken bedienen würde, die seinen hehren Zielen widersprechen.

Der in Isny ausgegrabene »Prangerstein«

Foto: Heinz Bucher, Isny

Der mächtige Prangerstein (1,7 Meter × 1,2 Meter) bot die Grundlage für die räumlichen beziehungsweise geografischen Beschreibungen in diesem Roman. Er stand an der exponiertesten Stelle Isnys, am Marktplatz, direkt am Alten Rathaus, dem früheren Amtshaus. Die ungewöhnliche Form mit den reliefartigen Linien erinnert an die städtebauliche Geometrie der Siedlungsgründung, die damit verbundene Gründungsachse und die Ummauerung, sowie die Handelsstraßen und die wichtigsten Stadttore. Die in den Stein gehauenen Zeichen zeigen links ein nach Norden orientiertes gleichseitiges Dreieck. Die Nordrichtung ist vertieft. Die drei Spitzen sind die Stadttore ohne das Obertor. Der Ausgrabungspunkt ist das Wassertor, rechts als Turm mit Spitzdach erkennbar. Die Nordrichtung ist astronomisch orientiert. Die Seitenlängen betragen jeweils tausend »Isnyer Fuß« (333,33 Meter). Da die Tore noch stehen und mit modernen Mitteln vermessen werden konnten, bestätigen sie den »Vermessungsstein« und den Baubeschluss aus der Klosterchronik. Straßen und Tore wurden von der Gründungsachse aus festgelegt. Sie beginnt am Wassertor (Tordurchgang Mitte, Innenseite Tor) und richtet sich zur gegenüberliegenden Dreiecksseite (Seitenhalbierungspunkt). Das vierte Tor (Obertor) ist vom Marktplatz aus nach der astronomischen Wintersonnenwende (22. bzw. 23. Dezember, kürzester Tag) ausgerichtet. Der »Isnyer Fuß« gibt auch die Länge (33,33 Zentimeter) für die ersten Ziegelsteine (Funde aus der Grabung am Marktplatz) vor. Der Maßstab auf dem interessanten Fundobjekt beträgt 1:500. Wie auch andernorts wurde der Pranger in Isny benutzt und war ein Strafwerkzeug in Form eines Pfahls oder einer Säule, an die Missetäter wegen einer als straf- oder verachtungswürdig empfundenen Tat eine gewisse Zeit lang angebunden oder angekettet stehen mussten und somit allgemeiner Verachtung und Spott ausgesetzt waren. Quelle: Roland Manz, Erhard Bolender, Heinz Bucher, März 2020.

Isny im Allgäu, Hauptort des Geschehens

Als mächtige Gletscher vor zehntausend Jahren das Allgäu bei Isny formen, bildet sich die reizvolle Landschaft aus, wie wir sie heute kennen und lieben. Damals entstehen das heute landschaftsprägende sanfte Gebirge der Adelegg mit Schwarzem Grat, der Eistobel mit Wasserfällen, Strudellöchern und gewaltigen Felswänden, die Moore mit Heideflächen, lichten Waldgebieten, Wiesen und Seen.

Bereits den Römern gefällt dieses Fleckchen Erde so gut, dass sie ein Kastell auf einem Moränenhügel im Tal der Argen unweit der heutigen Stadt Isny bauen. Erstmals urkundlich erwähnt wird Isny im 11. Jahrhundert. Als Freie Reichsstadt entwickelt sich Isny ab dem 14. Jahrhundert zur ersten großen Blüte. Die stattlichen Bürgerhäuser innerhalb des mittelalterlichen Ovals mit Toren und Türmen und die noch weitgehend erhaltene hohe Stadtmauer mit Wehrgang zeugen bis heute vom Reichtum der Stadt. Isny ist eine der ersten Städte, die protestantisch wird, nachdem Martin Luther persönlich den Stadtoberen einen Brief geschrieben hat. Die Besonderheit eines katholischen Klosters in der von evangelischem Bürgertum geprägten Stadt, ist nur einer der vielen Gegensätze und jahrhundertelangen Streitpunkte in der Stadtgeschichte. Bereits 1507 bekommt die Stadt als zweite im Bodenseeraum nach Konstanz das Münzrecht.

1365 wird Isny Freie Reichsstadt und damit nur dem Kaiser untertan. Der freiheitliche Geist bleibt den Isnyern bis heute erhalten. Inzwischen zählt die Stadt mit den vier eingemeindeten Orten Beuren, Großholzleute, Neutrauchburg und Rohrdorf rund vierzehntausend Einwohner. Kunst und Kultur sind in Isny an vielen Ecken zu spüren und zu erleben. Ganz besonders im früheren Kloster und späteren Schloss, das seit Kurzem Kunsthalle, Städtische Galerie und Städtisches Museum unter einem Dach vereint. Aber auch in Isny-Großholzleute, denn dort im historischen Gasthof »Adler« logieren in früheren Zeiten Königinnen, befindet sich eine Station der Thurn-und-Taxis-Post und ist der Gründungsort der ersten Skischule weit und breit. Beim Treffen der »Gruppe 47« mit Preisträger Günter Grass wird dort Literaturgeschichte geschrieben, als Grass zum ersten Mal aus dem Manuskript seiner »Blechtrommel« liest. Besonders herausragend ist die seit Jahrhunderten original erhaltene Prädikantenbibliothek im Turm der Nikolaikirche. Sie enthält wertvolle Handschriften, Inkunabeln (Früh- oder Wiegendrucke) und weitere Kostbarkeiten. Im Rahmen der Stadtsanierung in den letzten Jahren fördern umfangreiche archäologische Ausgrabungen in der Isnyer Altstadt bedeutende Zeugnisse der Geschichte zutage. Neben alten Webstühlen, Tongefäßen und Gläsern sowie sehr mächtigen alten Fundamenten und dem »Prangerstein« wird 2018 auch der »Münzmeisterpfennig« ausgegraben, der in diesem Roman als »Magisches Amulett« die Hauptrolle spielt. Viel Freude beim Lesen dieses herausragend recherchierten historischen Romans!

Die Gründung des »Gladius Dei« – Geheimbund der 45

Konstanz – Anno Domini 1001

Ein grausamer Codex verbindet fünfundvierzig Verschwörer aus dem gesamten Allgäu, aus Westschwaben und rund um den Bodensee.

Es war eine laue Sommernacht. Der pralle Mond zog einen silbernen Streifen über das Mare Brigantium von Konstanz nach Buchhorn hinüber und von dort aus in gerader Linie weiter bis zu einer kleinen Allgäuer Siedlung, die man bald als villa Ysinensi, dann verkürzt als Ysinensi, später als Isine, Isne und etwa fünf Jahrhunderte darauf als Isny bezeichnen würde.

In Konstanz schien es so, als wenn der Mond vom See aus direkt auf die höchste Erhebung der kleinen Handelsmetropole leuchte und den bedeutendsten Sakralbau im Südwesten der deutschen Lande anstrahle. Trotz der mitternächtlichen Stunde war es fast taghell. So konnte niemand sehen, dass um diese unchristliche Zeit Kerzenlicht aus den Fenstern des Konstanzer Münsters flackerte. Aber auch ohne die Helligkeit hätte niemand etwas davon mitbekommen, was sich im Inneren des neuen Gebäudes abspielte, das anstelle der alten Bischofskirche errichtet worden war. Denn die abergläubischen Bewohner von Konstanz trauten sich nicht, den Mond anzusehen, wenn der sich in voller Pracht entfaltet hatte und ihnen den Schlaf raubte, wenn sie ihn ansahen. Der Anblick konnte großes Unheil über sie, ihre Familien und über ihr Vieh bringen. Deswegen hatten die meisten Menschen bei Vollmond ihre Fenster mit Holzbrettern oder eingefärbten Tierhäuten verdunkelt.

Die Bienenwachskerzen, die im Münster entzündet wurden, waren für einfache Menschen kaum bezahlbar. Aber in dieser Nacht hatten sich keine Männer des gemeinen Volkes zusammengefunden, die weder lesen und schreiben noch rechnen konnten. Vielmehr waren dies durchwegs Privilegierte, die sich das wohlriechende Bienenwachs leisten konnten und nicht den rußigen Gestank von Talgkerzen einatmen mussten. Adelige, Gelehrte, Kaufleute und Mediziner aus allen Landen rund um den See, aus Westschwaben und sogar aus dem oberen Allgäu waren herunter nach Konstanz gekommen, um sich zu verschwören. Zwei Jahre hatte es gedauert, bis sich fünfundvierzig gleichgesinnte Männer zusammengefunden und alles so organisiert hatten, dass sie ihren geheimen Zirkel gründen konnten. Zwei Jahre, in denen der Großmeister, den sie damals im Kanonissenstift in Lindau gewählt hatten, ganze Arbeit geleistet hatte. Damals waren sie nur fünfzehn Männer gewesen.

Beim Betreten des Sakralraumes, noch vor der gegenseitigen zeremoniellen Begrüßung, zeigte jeder von ihnen den anderen mit hocherhobenen Händen die Zahl, die auch in blutroter Farbe auf seinem weißen Kapuzenumhang zu sehen war. Dieser rituelle Zugehörigkeitsbeleg wurde stumm mit einem allseitigen Kopfnicken quittiert. Und gemäß der Zahl, die ein jeder zeigte, fanden sie sich zusammen und teilten sich in neun unterschiedlich große Gruppen auf, die in einem von neun mit Kreide auf den Boden gemalten Quadraten zusammenstanden. Alles zusammen ergab ein großes Quadrat, das außen herum durch genau einhundertfünfzig Kerzen gekennzeichnet war.

Der größte Haufen zählte neun Männer, in der Mehrzahl Kaufleute, deren größte Liebe dem Geld galt, weswegen sie sich der Arithmetik und der gesamten Mathematik verschrieben hatten. Acht Gelehrte befassten sich beruflich mit der Grammatik und anderen Wissenschaften, während die Leidenschaft weiterer sieben Männer vordergründig der Geometrie galt. Sechs Scholaren und Studiosen lagen ganz besonders die Rhetorik und die Schrift am Herzen, was sie mit fünf Klerikern teilten. Vier der allesamt in weißen Kutten steckenden und mit spitzen Hauben vermummten Männern war von den »sieben freien Künsten« die Dialektik am wichtigsten, während drei Mediziner verbotene Leichenöffnungen durchführten und sich nebenbei leidenschaftlich als Astronomen betätigten. Nur zwei Verschwörer befassten sich intensiv mit der

Musik. Die Verschwörer waren Teil der geistigen und monetären Elite der Gegenden, aus denen sie stammten. Den fünfundvierzig Männern war gemein, dass ihnen die Vergänglichkeit des Menschen bewusst war und sie Krankheiten und Tod abwehren wollten. Auch wenn sie dies mit Hilfe der Wissenschaft oder für die Wissenschaft zu tun gedachten, waren ihnen doch alle Mittel recht.

Was die fünfundvierzig klugen Köpfe dieser neun Gruppen zudem einte, war die Leidenschaft zur Arithmetik, einem Teilgebiet der Mathematik, das sich mit bestimmten und allgemeinen Zahlen, der Reihentheorie, der Kombinatorik und der Wahrscheinlichkeitsberechnung befasste.

Ebenso hatte es ihnen die Erforschung der Anatomie des menschlichen Körpers angetan. Deswegen unterstützten und förderten sie trotz der drohenden Todesstrafe das Öffnen von Leichen zum Zwecke der Wissenschaft. Um ihr erlangtes Wissen über Jahrhunderte hinweg in die Welt hinaustragen zu können, bedurfte es auch künftig vieler weiterer kluger Köpfe, die dafür sorgten, dass nichts davon verloren ging und sich das einmal erworbene Wissen über Generationen hinweg halten konnte. Es war die Aufgabe des jeweiligen »Großmeisters«, alle Erkenntnisse, die sie beim Öffnen von Leichen erlangen würden, akribisch niederzuschreiben und Zeichnungen anzufertigen oder anfertigen zu lassen. Ihr Ziel war es, eines Tages Bücher daraus zu machen, die nicht nur für Mediziner, sondern auch für Laien hilfreiche Grundlagen zur Erkennung, Behandlung und Heilung von Krankheiten sein würden.

Die Atmosphäre wirkte beängstigend. Die vermummten Gestalten, das gedämpft flackernde Licht der Kerzen, die das äußere Quadrat markierten, und das leise, monotone, wortlose Gemurmel der vierundvierzig Männer, die unruhig auf ihren Großmeister warteten, verstärkte die Wahrnehmung eines jeden Einzelnen von ihnen. Sie alle waren zum Zerreißen angespannt und mochten endlich wissen, was es war, das sich unter dem Tuch abzeichnete, das vor ihnen auf dem Altar lag. Mit Kerzen und einem Kreuz war er so drapiert worden, dass es den Anschein hatte, als wenn jeden Moment eine heilige Messe beginnen würde, was an Blasphemie nicht zu überbieten wäre.

Erst als Schritte durch das Gotteshaus hallten und sich eine weißgewandete Gestalt aus dem Dunkel eines kleinen Raumes schälte, um sich langsam auf das große Quadrat zuzubewegen, verstummte die Menge, während die innere Spannung der Gestalten anstieg.

Zum Zeichen ihrer Legitimation streckten wieder alle die Hände nach oben, um mit den Fingern »ihre« Zahl zu zeigen. Dieses Ritual hatte sich der erste Großmeister dieses geheimen Zirkels ausgedacht, um zu vermeiden, dass sich ein Unwissender in ihre Gemeinschaft einschleichen konnte. Wenn auch niemand etwas von ihrem Geheimbund und ihrem gesetzeswidrigen Treffen wissen konnte, war doch äußerste Vorsicht geboten. Durch diese Geste konnten sie sich gegenseitig kontrollieren, obwohl keiner je in das Gesicht des anderen gesehen, ja nicht einmal dessen Stimme richtig gehört hatte. Sie alle kannten nur die raue Stimme ihres Großmeisters, in dessen Gesicht aber niemand von ihnen je geschaut hatte und von dessen Namen ebenfalls niemand etwas wusste. Er allein war es, der die Herkunft, die Namen, das Alter, die Berufe, die Lebensumstände und die Charaktere all seiner vierundvierzig Mitglieder kannte.

Die Art und Weise, sich gegenseitig die Zugehörigkeit zu diesem namenlosen Zirkel ohne Worte zu zeigen, sollte sich in den folgenden Augenblicken ändern. Denn ohne etwas zu sagen, baute sich der Großmeister auf, nahm seine verschränkten Arme aus den breiten Ärmeln und reckte eine Hand mit gestrecktem Daumen nach oben. Obwohl eine blutrote Eins auf seinem weißen Umhang zu sehen war, konnten die anderen erst jetzt sicher sein, wer vor ihnen stand. Ein allseitiges stummes Kopfnicken, das von einem zufriedenen Grummeln begleitet wurde, bestätigte ihm, dass ihn die vierundvierzig Männer als ihren Großmeister erkannt und akzeptiert hatten.

Er nahm das um seinen Hals hängende Amulett ab und gab es einem Verschwörer mit einer Zwei auf seiner Kutte zur Begutachtung, dieser reichte es anschließend weiter. Einer nach dem anderen nickte und alle warteten auf die Worte ihres Großmeisters.

Der Großmeister setzte an: »Meine Brüder! Die Motive auf diesem Amulett werden uns in unserem Tun leiten! Es handelt sich um ein ›Lo Shu‹, das in einem fernen Land namens China schon seit über drei Jahrtausenden bekannt ist!«

Bevor er zur Erklärung der Motive kam, hielt er für einen bedeutungsvollen Moment inne. Dies sollte die Wichtigkeit dessen unterstreichen, was er nun zu sagen hatte: »Die Vorderseite zeigt neben Schriftzeichen und anderen Darstellungen einen toten Menschen mit einer Krone auf dem knochigen Schädel sowie die wichtigsten inneren Organe des menschlichen Körpers. Sie zeigt den toten Körper eines Königs oder Kaisers aus diesem fernen Land, dem nach dessen Tod die inneren Organe entnommen wurden, um ihn durch Balsamierung für alle Zeiten erhalten zu können. Damit weist sie auf die *vanitas,* die Vergänglichkeit des Lebens, hin, der wir mit all unserer Kraft, mit unserem Willen und Wissen … und mit unserem Vermögen entgegentreten müssen!«

Von einem zustimmenden Murmeln begleitet, sprach er weiter: »Unsere Bruderschaft hat sich zusammengefunden, um der Wissenschaft zu dienen, indem wir den Kanon der ›artes liberales‹ singen …« Ohne den begonnenen Satz zu unterbrechen, legte er mehr Kraft in seine ohnehin schon feste Stimme: »… *und* die Erforschung des menschlichen Körpers unterstützen! Wir werden all jenen mit größter Härte und mit dem Schwert Gottes begegnen, die uns daran hindern wollen!«

Weil keiner der vierundvierzig Geheimbündler verstanden hatte, was er mit dem »Schwert Gottes« gemeint haben könnte, brandete nur ein Raunen auf.

Der Großmeister gebot dem – allein schon aus Sicherheitsgründen – sofort Einhalt, indem er die zu allem entschlossenen Männer in strengem Ton daran erinnerte, dass ihre Gemeinschaft von einem gegenseitigen Schweigegelübde begleitet wurde, damit keiner den anderen erkennen und ihm somit schaden konnte.

Bevor das Geflüster lauter wurde, fuhr er fort: »Nun; wie sich die ersten fünfzehn von uns bei der ersten geheimen Zusammenkunft vor zwei Jahren in Lindau geschworen hatten, wird jeder für sich beizeiten einen vertrauenswürdigen Nachfolger suchen, der sich dann bei mir oder nach meinem Tod bei meinem Nachfolger vorstellen wird. Das heißt, dass unsere geheime Bruderschaft die Jahrhunderte ebenso überdauern wird wie jedes einzelne Organ in den Körpern jener Menschen, die nach ihrem Tod der Wissenschaft dienen werden!«

Er trat in das leerstehende Quadrat, das der Eins zugeordnet war, und erklärte den anderen, dass die Rückseite des Amuletts genau ein solches Quadrat darstellen würde wie das, auf dem sie standen. Es sollte Krankheiten und Tod abwehren und die zusammengezählte Summe der Zahlen aller Zeilen, Spalten und Diagonalen in den neun Feldern ergab die magische Zahl Fünfzehn. »Und alle darauf befindlichen Zahlen zusammengezählt ergeben fünfundvierzig! *Deswegen* sind wir fünfundvierzig Bundesbrüder! Es liegt an uns und unseren Nachfolgern, zu allen Zeiten dafür zu sorgen, dass dieses Amulett in den Händen des jeweiligen Großmeisters bleibt. Sollte es ihm – wie auch immer – abhandenkommen, werden seine Brüder alles dafür tun, um es wieder zurückzubekommen und dem Großmeister zu übergeben! Das heißt, dass es neben unseren eigentlichen Aufgaben unser vornehmliches Ziel ist, dieses ›Magische Amulett‹ mit allen Mitteln vor fremden Zugriffen zu schützen! Habt ihr das verstanden?«

Ein erneutes Kopfnicken zeigte dem charismatischen Mann, dass er weitersprechen konnte. »Dies wird im Laufe der Jahrhunderte nicht immer leicht sein; es wird Kriege geben, Brände, Krankheiten, vor allen Dingen aber immer wiederkehrende Seuchen wie den ›Lungenfraß‹, die Pest oder andere Epidemien, … stets einhergehend mit dem Tod. Dazu Diebstahl, Raub und Fehlgeleitete in unseren eigenen Reihen! Wenn sich jemand anderer dieses Amuletts bemächtigen sollte, wird er – und bei Notwendigkeit die Menschen in seinem Umfeld – ohne Gnade getötet! Der uns selbst auferlegte Codex verpflichtet uns dazu, dafür zu sorgen, dass sich unser Wissen um die Anatomie von hier aus über die ganze zivilisierte Welt verteilt und die ›artes liberales‹ ebenfalls Verbreitung finden! Ich gebiete und prophezeie euch, dass jedes Mal *mehr* Menschen zur Sühne sterben werden, wenn das Amulett verschwindet und wieder auftaucht! Sollte uns das Amulett abhandenkommen, stirbt eine Person. Sollte es erneut verloren gehen, zwei weitere.«

»… und letztlich so viele, bis die Fünfundvierzig erreicht ist«, unterbrach jemand wie aus dem Nichts heraus den Redner.

Nachdem die Versammelten festgestellt hatten, dass einer aus der Sechsergruppe gesprochen hatte, ging ein ungläubiges Flüstern durch die Reihen.

Anstatt den Zwischenruf einer Antwort zu würdigen, beendete der Großmeister das Thema mit den Worten: »Dieses Amulett darf uns allerhöchstens neunmal abhandenkommen! Ein zehntes Mal wird es nicht geben!« Seine Stimme zitterte.

Dennoch fuhr er unbeirrt fort: »Es liegt also an den jeweiligen Großmeistern, auf das Amulett zu achten, und an seinen Mitbrüdern, ihn zu schützen und es wiederzubeschaffen, wenn es ihm abhandenkommen sollte!«

Nach einer kurzen Besinnungspause kam er zum nächsten Punkt, wozu er sein Quadrat mit einem Schritt über die Kerzen wieder verließ, um zum Altar zu gehen. Dort hielt er für einen Moment seine ausgestreckten Arme mit den geöffneten Handflächen so darüber, wie es Priester beim Gebet tun. Dann zog er das Tuch weg und bat einen der beiden Männer, die im Quadrat mit der Zwei standen, zu sich, um ihm in feierlichem Tonfall zu sagen: »Hiermit übergebe ich dir das, auf was wir über zwei Jahre hinweg sehnlichst gewartet haben: das *Gladius Dei!* Endlich hat uns ein reisender Händler über gute Beziehungen zu anderen Kaufmännern, die mit dem Schiff in die fernsten Länder fahren, fünfundvierzig dieser edlen Schwerter mitgebracht! Dieses sogenannte ›Jiàn‹ ist ein zweischneidiges Schwert aus dem Land, aus dem unser Amulett stammt!« Während er dies sagte, strich er sanft über die elegante Lederscheide. Anschließend hob er die Waffe hoch und warnte seine Brüder: »… wie viele Schwerter *unserer* Kultur, verbindet das ›Jiàn‹ Eleganz mit tödlicher Gewalt! In China wird dieses Schwert vom Kaiser bis zum ehrbaren Handwerker hinunter geführt, es ist ein Zeichen für den Rang der *gesamten* stolzen chinesischen Gesellschaft, ein Zeichen der Stärke. Und Stärke ist Leben. Und Schwäche heißt Tod! Fortan soll euch dieses Schwert stärken und auch das äußere Zeichen für unsere Bruderschaft sein, das es ebenso zu schützen gilt wie das ›Magische Amulett‹!«

Weil der Großmeister merkte, dass die Nummer zwei es nicht erwarten konnte, diese edle Waffe in die Hände zu bekommen, kam er zum fulminanten Ende seiner Ausführungen, indem er das Schwert mit gestrecktem Arm nach oben hielt und rief, so laut er konnte: »Dies ist *Gladius Dei,* das Schwert Gottes! … Es soll die Verbindung zu unserem Amulett sein! Achte gut darauf und gib es beizeiten an deinen Nachfolger weiter oder erkläre ihm ganz genau, wie er nach deinem Tod das Schwert in seine Hände bekommen kann!«

Nachdem der soeben Beschenkte wieder in seinem Quadrat stand und Ruhe eingekehrt war, streckte der Großmeister ein zweites Schwert in die Höhe und rief: »Auch dies hier ist das Schwert Gottes! … Es soll unserem geheimen Bund den Namen geben: ›*Gladius Dei*‹*!*«

Er hatte dies kaum ausgesprochen, als ihm auch schon ein vierundvierzigkehliges mehrfaches »Gladius Dei!« entgegenschallte.

Danach trat einer nach dem anderen aus seinem »Magischen Quadrat« und nahm stolz seine Waffe in Empfang. Als derjenige an die Reihe kam, der den Großmeister kurz zuvor unterbrochen hatte, wurde er von ihm aufgefordert, das Schwert aus der Scheide zu ziehen und es ihm zu geben. Kaum dass dies geschehen war, stieß er es ihm, ohne zu zögern, mitten ins Herz. Nun wusste auch der Letzte unter ihnen, was es hieß, eines der fünfundvierzig Mitglieder des Geheimbundes »Gladius Dei« zu sein. Und er würde bald auch wissen, wie nah Gut und Böse beieinanderliegen konnten.

Ein todbringendes Geschenk

Altshausen und villa Ysinensi – Anno Domini 1041 bis 1042

Die magische Zahl I

Kapitel 1

Ein Geräusch zerriss die Stille. Vielleicht ein Flügelschlagen. »Hörst du das auch?«, flüsterte Gerold Eberz, ein Ackerbauer und Sargmacher aus der kleinen Allgäuer Siedlung namens villa Ysinensi, an einem frühen Novembermorgen im Jahre des Herrn 1041 seinem Sohn Michael zu. Aber er bekam keine Antwort. Sein neunjähriger Spross saß ein ganzes Stück vom Vater entfernt auf dem Ast eines Baumes und konzentrierte sich auf das, was gleich direkt unter ihm geschehen würde. Denn während sein Vater am Ufer des kleinen Weihers im Norden ihrer beschaulichen Heimatsiedlung darauf wartete, dass ein Fisch anbiss, lauerte Michael darauf, dass ihm ein Kaninchen in die Drahtfalle ging, die sich jederzeit zusammenziehen konnte. Dabei musste er darauf achten, dass der gefrorene Ast sein Gewicht aushielt.

Während der Vater mit zusammengekniffenen Augen das Dunkel dieses Wintermorgens zu teilen versuchte, zupfte er immer wieder leicht an der Angelschnur, die im klaren Wasser des Weihers hing. Obwohl die Temperaturen hier gerade im Winter streng sein konnten, fror die Aachquelle nie zu. Daran, dass hier jemals ein fließendes Gewässer mit einer Eisschicht bedeckt gewesen war, konnte sich der Vater nicht erinnern, auch in diesem Winter nicht, obwohl es *so* ausnehmend frostig war, dass die Bevölkerung fror wie selten zuvor. Das Fällen von Bäumen als Brennmaterial war den geplagten Untertanen des Grundherrn, Wolfrad II. Graf von Altshausen, strikt untersagt worden. Lediglich Bruchholz durften sie einsammeln. Trotz der hohen Wahrscheinlichkeit, eines Tages erwischt zu werden, hatte es die hungernde und verhärmte

Bevölkerung über Generationen hinweg riskiert, die Wälder ihrer Herren zu freveln, das Wild daraus zu jagen und in den gräflichen Gewässern zu fischen.

Was dies anbelangte, waren gerade die Menschen von villa Ysinensi im Laufe der Jahre einfallsreich geworden. Sie rotteten sich meist in den späten Herbsttagen zusammen, um in den Besitz von »Bruchholz« zu gelangen. Und dies spielte sich immer auf die gleiche Art ab: Während die Frauen von der Natur gegebenes Bruchholz und herumliegende Äste einsammelten, regelten die Männer den Rest. Ein paar von ihnen waren dafür zuständig, die anderen zu warnen, falls der gräfliche Forstverwalter mit seinen rauen Gehilfen auftauchen würde. Währenddessen schlugen die meisten von ihnen mit ihren Äxten die Stämme der sorgsam ausgewählten Bäume nur so weit an, dass die Zugkraft ihres einzigen Pferdes den Rest des Baumstamms knicken und zum Bersten bringen konnte. Die glatte Hälfte der Baumstümpfe bearbeiteten sie dann so, dass es aussah, als wären die Bäume vom letzten Sturm umgerissen worden. Danach etwas Walderde darübergestrichen und mit Glück ein bisschen Zeit bis zum nächsten Inspektionsrundgang des Forstverwalters gewonnen, so war der Waldfrevel bisher kaum einmal offenkundig geworden. Damit keiner den anderen beim Grafen anzeigen konnte, mussten sich sämtliche Männer der Siedlung daran beteiligen.

»Irgendwann kriegen sie uns!«, hatte Gerold Eberz mehr als einmal gewarnt. Der trotz seines niederen Standes kluge Urenkel eines Ackerbauern, Enkel eines Ackerbauern und Sohn eines Ackerbauern hatte sich in Ravensburg zum Sargtischler ausbilden lassen, weswegen er sich zwar den Ärger seiner Eltern, aber auch den Respekt seiner Mitmenschen und sogar den der Obrigkeit verdient hatte. Denn außer ihm war noch keiner von ihnen aus villa Ysinensi hinausgekommen. Er war von allen Männern der Siedlung derjenige, der am meisten von Holz und dessen Verarbeitung verstand. Deswegen lag es auch Jahr für Jahr an ihm, die Baumstümpfe so zu präparieren, dass sie glaubwürdig danach aussahen, als hätte sie ein Sturm umgerissen und dementsprechend zersplittert. Der gräfliche Forstverwalter war allerdings nicht dumm, weswegen ständig die Gefahr drohte, ihm auf den Leim zu gehen. Dennoch war in all den Jahren fast nichts schiefgelaufen. Nur wenige der Männer waren von den Schergen des Grundbesitzers so hart bestraft worden, dass sie nicht hatten weiterarbeiten können.

Aber Gerold Eberz war wohl bewusst, dass er und sein Sohn an diesem Wintermorgen etwas streng Verbotenes taten, das ihrer beider Leben kosten konnte. Deswegen war der äußerst wachsame Familienvater unruhig geworden. Ohne zu atmen, lauschte er ins morgendliche Halbdunkel hinein. Er konnte sich anstrengen, wie er mochte; das, was er zu hören glaubte, war nicht zu sehen. Und dies beunruhigte den abergläubischen Mann, der zusammen mit seinem Sohn mutig damit beschäftigt war, gleich zweifach gegen das vom Grundherrn herausgegebene »Jagdt- und Fischereyrechtt« zu verstoßen. Darauf stand offiziell die Todesstrafe und weil sich die gesamte Gegend im Besitz des Grafen von Altshausen befand, war dieses elende Gesetz lebensbedrohend – weniger wegen der drohenden Strafe bei Zuwiderhandlung, vielmehr wegen der Hungersnot bei *Nicht*zuwiderhandlung. Eine Todesstrafe drohte in Wirklichkeit vermutlich nicht, dafür waren die steuerzahlenden Arbeitskräfte zu wertvoll. Aber welchen Grundherrn scherten schon die Vermutungen seiner Untertanen?

Weil Eberz zehn Mäuler zu stopfen hatte, mussten die beiden weitermachen, ohne sich von irgendwelchen Gesetzen beirren zu lassen. Der alte Mann zog unverdrossen weiter an seiner Angelschnur, während sein Sohn ein Kaninchen entdeckte, das seinen Köder gerochen haben musste.

Im vergangenen Jahr war villa Ysinensi noch eine gänzlich schutzlos offene Siedlung gewesen. Seit die Siedler aber unter der fachkundigen Ägide von Gerold Eberz einen einfach geflochtenen Speltenzaun aus Weidenruten und gevierteIten Holzstangen errichtet hatten, fühlten sie sich sicherer. Wenn diese primitive Ortsumschließung auch Lücken zwischen den Holzpflöcken aufwies, bot sie doch einen gewissen Schutz vor Wölfen und anderen Wildtieren. Das Wichtigste dabei war aber, dass es allein dieser Zaun vermochte, aus den vierundzwanzig Behausungen der ehemaligen Haufendorfsiedlung ein richtiges kleines Dorf zu machen, in dem zum gegenseitigen Schutz der Zusammenhalt noch mehr heraufbeschworen werden konnte als zuvor. Die ersten Hütten waren auf einer kleinen Erhebung um den Fronhof des Grafen herum errichtet worden, damit die hier lebenden Menschen bei Notwendigkeit auch den Schutz ihres Grundherrn in Anspruch nehmen konnten, aber auch, um ihm jederzeit schnell zur Verfügung zu stehen, falls er sich in villa Ysinensi aufhalten sollte … was allerdings in der Vergangenheit höchstens zweimal im Jahr vorgekommen war. Da hatte sich sein Abgabeneintreiber schon öfter blicken lassen.

Während Michael unbeirrt vom Baum herunter auf die Kaninchenfalle spähte, horchte sein Vater wieder konzentriert ins Nichts des aufziehenden Morgens. »Rabenvögel«, murmelte er seine Wahrnehmung leise in sich hinein. Nach genauerem Hinhören konnte er abschätzen, dass es mindestens ein Dutzend, wenn nicht gar drei Handvoll dieser Unglücksvögel waren, die sich inzwischen auf den umliegenden Bäumen niedergelassen hatten.

»Dreizehn!«, entfuhr es ihm bei diesem Gedanken so laut, dass die Schar erschrocken aufstob und laut krächzend davonflog. »Das ›Dutzend des Teufels‹ hat uns gesehen! Das ist kein gutes Zeichen! Lass uns abbrechen, Michael!«, rief er seinem Sohn zu, während er auch schon seine Angelschnur aus dem Wasser zog und hastig auf einen kurzen Stock rollte. Georg wusste aus trauriger Erfahrung, dass eine solche Menge dieser Vögel drohendes Ungemach ankündigen konnte.

Im Moment allerdings schienen sie zumindest Michael *kein* Pech gebracht zu haben; denn das Kaninchen war tatsächlich in seine Falle getappt. Trotzdem war der junge Eberz verärgert. »Ist dir klar, Vater, dass das Karnickel abgehauen wäre, wenn es deinen Ausschrei auch nur einen Moment vorher gehört hätte?« Während der im Grunde genommen überglückliche Knabe leise weiterschimpfte, kletterte er behände vom Baum, um nachzusehen, ob er einen Rammler gefangen hatte. »Scheiße, schon wieder eine Häsin!«, fluchte er. »Dann kommst du eben doch in Mutters Kochtopf!«

»Du wirst schon noch ein passendes Karnickel fangen, um mit deiner Zucht beginnen zu können. Deine ›Wuschel‹ muss sich in Gottes Namen noch ein wenig gedulden, um für Nachwuchs zu sorgen. Hauptsache, wir haben etwas zu essen! Ich gratuliere dir, mein Sohn! Ich bin stolz auf dich!«

Auf dem Nachhauseweg lag immer noch ein undurchdringliches Grau über ihnen, das sich bis über die Siedlung am Fuße des Schwarzen Grates zog, in der die beiden mit dem Rest ihrer Familie ein gottgefälliges Leben führten – sah man von dem täglichen Mundraub einmal ab. Michael schien hochzufrieden zu sein, doch fröstelte es seinen Vater. Er hatte das Gefühl, als wenn sich die Natur mit den unheilbringenden Vögeln verbündet hätte und ankündigen wollte, welch unbeschreibliches Elend auf die Bewohner von villa Ysinensi jetzt und in den bevorstehenden Jahrhunderten zukommen würde. Dass sich Gerold Eberz' Vorahnung schon bald erfüllen würde, konnte er allerdings ebenso wenig wissen, wie er nicht im Entferntesten erahnen konnte, dass das kommende und über ganze fünf Jahrhunderte anhaltende Unheil von einem gut gemeinten Gastgeschenk ausgehen würde.

Zur selben Zeit hatte sich die gräfliche Familie in ihrer Residenz im knapp sechzig Meilen entfernten Altshausen mit dem dortigen Pfarrer, dem Beichtvater und Vertrauten der Grafenfamilie, zur ersten Mahlzeit des Tages zusammengefunden. Es war ein ganz besonderer Tag, denn mit am Tisch saß nicht nur Manegold, der leibliche Bruder des Herrn dieser fruchtbaren Gegend, sondern auch sein siebenundzwanzigjähriger Sohn Hermann, den man »den Lahmen« nannte. Wegen einer körperlichen Behinderung und eines Sprachfehlers hatte ihn der Vater bereits mit sieben Jahren dem Kloster Reichenau übergeben. Normalerweise hätte Hermann in diesem zarten Alter damit beginnen müssen, die hohe Schule zum Ritter zu durchlaufen. Hätte der an Muskelschwund erkrankte Knabe dies tun können, wäre er schon vor sechs Jahren in den Ritterstand erhoben worden. Der Vater hatte sich aber frühzeitig eingestehen müssen, dass er aus seinem Sohn keinen streitbaren Recken und schon gar keinen weltlichen Herrscher würde machen können. Stattdessen hatte Abt Berno von Reichenau erkannt, dass der Junge mehr mit geistigen Talenten gesegnet war, die es zu fördern galt. Deswegen hatte der Graf sich schweren Herzens dazu entschlossen, nach seinem viel zu früh verstorbenen zweiten Sohn Luitpold an dessen Stelle seinen leiblichen Bruder Manegold zum Nachfolger zu bestimmen.

Gräfin Hiltrud hatte wie gewohnt auftafeln lassen, was Küche und Keller hergegeben hatten. Während das Volk darben musste, standen schon in aller Herrgottsfrüh auf dem reich gedeckten Tisch ein kunstvoll getöpferter Bartmannskrug mit unverdünntem Bier und eine Glaskaraffe, die aus dem fernen Murano stammte und die dank der guten Handelsbeziehungen Westschwabens aus den italienischen Landen den Weg nach Altshausen gefunden hatte. Das von Meisterhand geschliffene Glas funkelte im Schein der vielen flackernden Holzspäne an den Wänden und der Kerzen auf dem Tisch, der blutrote Wein schimmerte darin und verführte trotz der frühmorgendlichen Stunde zum Trinken.

Zu essen gab es Haferschleim mit Honig vom Mare Brigantium, frisch gebackenes Brot und Gänseschmalz in kleinen Töpfchen, Käse, gebratene Eier, Schweinespeck und einiges mehr.

»Nun sagt mir endlich, was Euch bedrückt, mein Herr!«, eröffnete der dickwanstige Pfarrer das Gespräch, während er schmatzend an einem Hühnerbein herumnagte.

»Das kann ich gerne tun«, antwortete der Graf, während er seinem Sohn lächelnd in die Augen schaute. »Zunächst aber möchten Wir Unserer Freude darüber Ausdruck verleihen, dass sich Unser Sohn Hermann die Ehre gegeben hat, Uns zu besuchen! Seinen weisen Rat werden Wir sicher noch gut gebrauchen können!«

»Um was geht es denn, Vater?«, mochte Hermannus Contractus ebenfalls wissen, wie sich der Altshausener Spross seit seinem Eintritt in den Konvent der Reichenauer Benediktiner nannte.

Der Graf nahm einen kräftigen Schluck, wischte Hermann das Sekret, das ihm aus dem Mund troff, mit dem extra hierzu bereitliegenden Lappen weg und fuhr sich selbst mit dem Handrücken über den Bart. Dann hielt er seinem Mundschenk eines der zur Karaffe passenden Gläser hin.

Bevor er tief durchatmete, bekannte er, »sein Volk« nicht mehr richtig im Griff zu haben. »Die Bauern beginnen zunehmend zu rebellieren, insbesondere im Süden Unseres Herrschaftsgebietes! Außerdem hat Uns der gräfliche Forstverwalter berichtet, dass in den Wäldern um villa Ysinensi herum auffallend viele Holzbrüche zu verzeichnen sind und laut Aussage des dort eingesetzten Mairs eine Seuche viele Fische in den dortigen Teichen und Bächen dahingerafft haben soll. Wegen des ungemein hohen Schnees kann er beidem aber erst im Frühjahr nachgehen.«

Als er dies hörte, murmelte sein Sohn Hermann abschätzig: »Von wegen ›Holzbruch‹ und ›Fischsterben‹! Lasst Euch das von Eurem dortigen Ortsvorsteher ja nicht gefallen!«

»Wie meint Ihr das?«, fragte der Vater irritiert, bekam von Hermann aber lediglich zur Antwort, dass er ihm dies später erklären würde. »Erzählt uns erst weiter von dem, was Euch bedrückt.«

Der Graf nahm erneut einen Schluck, dann sagte er, was ihn schon seit längerer Zeit belastete: »Leider werden Wir nicht umhin kommen, immer strengere Maßnahmen zu ergreifen, um die Bauern zur Räson zu bringen! Wenigstens haben Wir die Handwerker und Kaufleute der größeren Dörfer und der Städte gut unter Kontrolle!«

»Das glauben Wir gerne«, bemerkte Hermann wegen seines Sprachfehlers schwer verständlich und begründete dies damit, dass die Bauern ihren Äckern in diesen kargen Zeiten trotz des guten Bodens zu wenig abzuringen vermochten, um auch noch ordentlich Abgaben zahlen zu können. Den Handwerkern und Kaufleuten hingegen ginge es verhältnismäßig gut.

»Dafür können *Wir* doch nichts! Das ist von Gott so gewollt«, entgegnete der Vater fast trotzig.

»Aber *Ihr* seid der Grundherr, mein Gemahl!«, mischte sich nun Hiltrud ins Gespräch, während sie an Hermanns Gewandung herumzupfte. Obwohl sie wissen sollte, dass Frauen zu schweigen hatten, wenn sich Männer unterhielten, wagte sie es ungeniert, sich am Gespräch zu beteiligen. Wegen ihres Sohnes, der in einem eigens für ihn angefertigten Spezialstuhl saß, hatte der Graf es ihr gestattet, bei diesem Gespräch mit dabei zu sein, damit sie sich um ihn kümmern konnte.

»Mutter hat recht!«, pflichtete Hermann ihr bei. »Es liegt allein an Euch, etwas dagegen zu tun!«

Der Graf stöhnte auf. »*Aber was?* Das ist hier die Frage.«

»Welche Bauern sind denn am aufmüpfigsten?«, interessierte indessen den Priester, während er sich zum dritten Mal Wein in den Becher schütten ließ.

Der Graf brauchte nicht lange zu überlegen, um zu antworten, dass es die ständig nörgelnde Bevölkerung von villa Ysinensi sei, die ihm arg zu schaffen mache. »… aber gleichzeitig sind die Menschen dort auch die gottesfürchtigsten!«

»Das ist gut!«, sprudelte es aus Hermann heraus, während sich auch schon ein breites Grinsen über sein schmales und blasses Gesicht zog.

»Selbstverständlich ist das gut!«, wunderte sich der Altshausener Geistliche über die Feststellung seines klösterlichen Gesinnungsbruders.

Hermann schwieg ein Weilchen, dann bemühte er sich um Worte, die allerdings nur schwerlich über seine Lippen kamen: »Ich wüsste da schon etwas!« Dabei rang er hörbar um einen triumphierend klingenden Tonfall.

Alle horchten auf, selbst der Priester hielt mit seiner ständigen Kauerei inne. Sämtliche Blicke waren auf den weisen Kleriker vom Mare Brigantium gerichtet, der es offenbar genoss, seinem ansonsten »allwissenden« Vater einen guten Rat erteilen zu dürfen.

»Spendiert Euren dortigen Untertanen einfach ein Gotteshaus, das wird ihnen die Münder stopfen und sie aus Dankbarkeit Euch gegenüber wieder gefügiger machen!«

»Eine Kirche?«, wunderte sich Manegold, während sich Wolfrad bereits Sorgen darüber machte, was dies kosten würde.

»Ja!«, antwortete Hermann und ließ auch schon seine weiteren Gedanken hierzu laut werden: »Und wir weihen sie dem heiligen Apostel Jakobus dem Älteren und dem heiligen Märtyrer Georg! Es muss ja nichts Großes sein!« Mühsam sprach er weiter: »Eine kleine Hütte aus gestrickten Balken vielleicht. Wenn Ihr Euch ganz besonders großzügig zeigen wollt, sogar mit einem kleinen Turm, der gleichzeitig als Warnturm dienen könnte. Die Glocke dazu kann ich stiften, weil ich weiß, dass in einem Schopf meines Klosters eine herumliegt, die nicht mehr gebraucht wird, … glaube ich zumindest.«

Hermanns Rechnung war aufgegangen: Als sein Vater Wochen später nach mehreren Besichtigungen und Planungsgesprächen mit seinem Baumeister, den Priestern der Umgebung und dem Ortsvorsteher von villa Ysinensi die dortige Bevölkerung zusammenrief, um sie von seinem Vorhaben in Kenntnis zu setzen, war die Freude übergroß. Um an den Kirchenbau gehen zu können, waren allerdings nicht nur Handlanger, sondern auch fachkundige Arbeiter nötig. Aber die waren in dem kleinen Dorf Mangelware.

»Auf keinen Fall setze ich hier meinen Hofbaumeister und die teuren Handwerker aus Altshausen oder aus Trauchburg ein!«, gab der Graf dem Mair die klare Marschrichtung vor und sollte – wie konnte es anders sein – damit durchkommen.

Weil es in villa Ysinensi keinen einzigen Bauarbeiter gab, der dieses Handwerk richtig gelernt hatte, wurde der Sargtischler Gerold Eberz kurzerhand zum Vorarbeiter über diejenigen Männer gemacht, mit denen er schon den Dorfzaun errichtet und mit zwei Toren versehen hatte.

»Stellt diesem Tischler irgendetwas in Aussicht! Dann wird er schon spuren«, empfahl der Graf seinem Geldverwalter, von dem alle wussten, dass ihm Eigennutz vor Gemeinwohl ging.

Dass der Graf ausgerechnet diesen hinterlistigen Denunzianten auf seine Geldschatulle gesetzt hatte, war kein Zufall gewesen. »Altshausen ist weit weg von villa Ysinensi«, hatte er ihm bereits vor dessen Amtseinführung in verschwörerischem Tonfall gesagt und ergänzt, dass er jemanden bräuchte, der ständig Informationen für ihn einholen würde. Auch wenn der Graf den kleinen dicken Mann nicht mochte, drückte er ihm zu dessen Freude ein paar Münzen in die verschwitzten Hände. Dass Eberz und seine Helfer keinen Pfennig davon zu sehen bekommen würden und sich der Geldverwalter dieses Geld mit dem ebenfalls hinterlistigen Mair von villa Ysinensi teilen würde, war ihm dabei klar. Hauptsache, der Kirchenbau würde so gut vorangehen, dass er das Bistum Konstanz bald über die Fertigstellung informieren konnte.

Es stellte sich rasch heraus, dass die Wahl des Grafen richtig gewesen war; denn Gerold Eberz verstand es offensichtlich nicht nur, meisterlich mit Holz umzugehen, sondern auch Menschen zu führen. Ohne einen Plan lesen zu können, gab er seinen Männern klare Anweisungen in Bezug auf das Fällen und Bearbeiten der von ihm und vom gräflichen Revierförster sorgsam ausgewählten Bäume, die er an den vier Ecken der Kirche so verzapfte, dass das Gebäude mit zunehmender Balkenhöhe stabiler wurde.

Die Arbeit ging gut voran, es hatte keine unangenehmen Vorkommnisse und keinen einzigen nennenswerten Unfall gegeben. Alles lief wie geplant. Es schien fast so, als wenn dieser Kirchenbau unter einem guten Stern stehen würde. Als sich aber eines Tages Rabenvögel auf den umliegenden Bäumen niederließen, um das Geschehen zu beobachten, kam Eberz wieder das »Dutzend des Teufels« in den Sinn. »Heilige Maria Mutter Gottes, erbarm dich unser«, flüsterte er von den anderen unbemerkt in sich hinein, während er hastig das Kreuz schlug. Danach ging ihm die Arbeit wieder ein wenig leichter von der Hand.

Als sie eine gewisse Höhe erreicht hatten, trat Eberz mit seinem Sohn Michael und einem anderen seiner Arbeiter in die Raummitte, streckte beide Arme von sich und sagte: »An diese Stellen hier kommt je ein Fenster, zwei Ellen im Quadrat groß. Dann trat er in den Altarraum vor, den er wie die Apsis einer »richtigen« Kirche etwas schmäler gehalten hatte als den Kirchenraum, der immerhin dreißig Fuß in der Breite maß, während die Länge des Hauptraumes stolze fünfzig Fuß betrug. Das hieß, dass sich zu beiden Seiten eines Mittelgangs jeweils sieben Sitzreihen mit je sieben Plätzen würden einbauen lassen. Dass es genau sieben sein mussten, hatte sich Hermannus Contractus gewünscht, weil dies die heilige Zahl schlechthin war.

»Diesen Teil hier …«, Eberz zeigte auf den festgestampften Lehmboden des Chorraumes, »… erhöhen wir um zwei Treppenstufen! Dann schaut das Ganze imposanter aus und der Pfaffe, der hoffentlich bald kommen wird, kann sich über uns erheben.« Spott schwang in seiner Stimme mit, obwohl er es mit seiner Arbeit im Dienste des Herrn sehr ernst und genau nahm.

Dafür, dass sie das ganze Frühjahr und über den Sommer hinweg bis in den Herbst hinein an der Kirche gefront hatten, waren sie von ihrem Grundherrn außerordentlich gut mit Lebensmitteln für sich selbst und für ihre Familien versorgt worden. Ansonsten hatte der Graf lediglich das Holz für den Kirchenbau gestiftet und sich zwischendurch persönlich nach dem Fortgang der Arbeiten erkundigt. Alles andere war in den

Händen von Gerold Eberz und seinen Männern gelegen. Weil sie wussten, dass am Schluss allein der »wohledle« Spender, der Mair und der neue Pfarrer gut dastehen, sie selbst aber keines Lobes gewürdigt würden, gab es immer wieder Situationen, in denen der eine oder andere die Arbeit niederlegen wollte. Aber dem von allen respektierten Vorarbeiter war es immer wieder gelungen, seine maulenden Arbeiter zur Vernunft zu bringen. »Ihr und eure Familien habt doch noch nie so viel zu fressen bekommen wie jetzt, oder?«, hatte er dabei nicht nur einmal als Argument ins Feld geführt und die Männer damit zu Höchstleistungen angetrieben. Geholfen hatte ihm dabei, dass er die Familienväter unter ihnen heimlich auch Holz für ihre eigenen Behausungen hatte schlagen lassen, während er selbst mit dem Abfallholz zufrieden gewesen war. Dabei hatten alle gewusst, dass Eberz damit sein eigenes Todesurteil unterschreiben würde, falls sie denunziert oder beim Holzdiebstahl erwischt würden. Und dies rechneten sie ihrem allseits beliebten Vorarbeiter so hoch an, dass sie ihn auch über den Kirchenbau hinaus niemals im Stich lassen würden.

So war der Rohbau schon bald soweit fertig, dass sie das Dach decken und den Glockenturm errichten konnten.

»Kruzifix! Wo bleibt diese verdammte Glocke, die uns der Graf versprochen hat?«, schimpfte Eberz und handelte sich dadurch eine Rüge des neuen Pfarrers ein, der vor ein paar Tagen wie aus dem Nichts in der Abenddämmerung in villa Ysinensi aufgetaucht war und sich einmal mehr hinter ihn geschlichen hatte, um zu lauschen.

Der Geistliche hatte die gotteslästernde Flucherei mitgehört. »Fünfzehn Vaterunser!«, trug er dem Sargtischler als Sühne auf.

Anstatt darauf einzugehen, blaffte der längst selbstbewusst gewordene Vorarbeiter den Priester in der einfachen Sprache des Volkes an: »Was willst du hier, Pfaffe? Schleich dich und lass uns unsere Arbeit machen!«

»Wahrscheinlich möchte er einen von uns bei der Obrigkeit hinhängen!«, bekam Eberz Schützenhilfe von einem seiner Männer, die allesamt zu lachen begannen.

Der Priester konterte, dass es ihn freuen würde, Eberz und seine Leute bei solch guter Laune vorgefunden zu haben. »Zu eurer und zur Freude Gottes darf ich euch im Auftrag unseres Grundherrn etwas mitteilen!«

Nun war es still und auch die Letzten legten ihre Arbeitsgeräte ab, um nähertreten zu können. Schließlich mochten alle mitbekommen, was ihr noch nicht offiziell eingeführter Pfarrherr zu sagen hatte.

Weil der Pfaffe die Situation und seine vermeintliche Überlegenheit genoss, fuhr er nicht gleich fort.

Gerold Eberz nahm sich wieder das Wort: »Nun sag schon, was gibt es für Neuigkeiten?«

»Du betest deine Vaterunser?« Während er auf Eberz' Antwort wartete, blitzten die Augen des Pfarrers gefährlich auf. Dann spuckte er eine unverhohlene Drohung aus: »Du weißt, was auf Gotteslästerung steht!«

»Schon gut, nach Feierabend werde ich Zwiesprache mit unserem Herrn halten und das Dreifache der von dir geforderten Gebete sprechen!«, wehrte Eberz mit erhobenen Händen ab. »Aber nun sag schon, was …«

Um coram publico zu demonstrieren, dass sich der studierte Pfarrherr das Wort nicht von einem unbelesenen Sargtischler erteilen lassen musste, unterbrach er dessen Frage und kam endlich zur Sache: »Euer Herr lässt ausrichten, dass … die Glocke noch vor St. Martini hier sein wird!«

Weil er diese frohe Botschaft verkündet hatte, war die kleine Stichelei schlagartig vergessen und es brandete ein solcher Jubel auf, wie es ihn zum letzten Mal in villa Ysinensi gegeben hatte, als die Bevölkerung erfahren hatte, dass ihnen der Graf ein Gotteshaus spendieren würde. Damals hatten die Fronarbeiter ja noch nicht gewusst, dass sie ihre Kirche selbst errichten mussten. Aber das war in diesem Moment des Glücks egal, sie freuten sich derart auf die Glocke, dass es ihnen Antrieb gab, das Gebäude rechtzeitig bis St. Nikolaus fertigzustellen.

Die Zeit drängte, denn über den Kirchenbau hinaus hatte der Graf in Auftrag geben lassen, so viele grob gearbeitete Bänke und Tische herzustellen, dass insgesamt etwa einhundertfünfzig Gäste Platz auf dem Gelände finden konnten, auf dem die Kirchweihe auch weltlich gefeiert werden sollte. »Die könnt ihr dann behalten und von mir aus verfeuern!«, hatte er gleichsam gönnerhaft wie spaßhalber zu Eberz gesagt.

Dabei hatte der Graf offensichtlich gewusst, dass der umsichtig denkende Eberz dafür sorgen würde, die bis dahin bearbeiteten Holzbretter niemals dem Feuer zu übergeben, sondern zum Bau der längst überfälligen Kornscheuer zu verwenden. Schon seit geraumer Zeit besprach der Graf solche Dinge mehr und mehr direkt mit dem Sargtischler, anstatt mit dem Mair, der eigentlich dafür zuständig gewesen wäre. Der Grund mochte wohl darin zu suchen sein, dass Eberz ein ernsthaftes Interesse am Vorwärtskommen seines Dorfes zeigte und die Dinge anpackte, während der Mair bei den meisten anfallenden Arbeiten durch Abwesenheit glänzte und sich mehr für Alkohol als für die Allgemeinheit zu interessieren schien.

Kapitel 2

Es war ein extrem frostiger und deswegen auch ungemütlicher Dezembertag des Jahres 1042. Aber dies hatte den Konstanzer Bischof Eberhard I. nicht davon abgehalten, die schwere Mühsal trotz des schlechten Wetters auf sich zu nehmen, mit großem Gefolge ins noch kältere Allgäu zu reisen, um dort eine wichtige Mission zu erfüllen. Aber kaum in villa Ysinensi angekommen, sollte sein Vorhaben so holprig beginnen, dass er dies sogar als unheilbringendes Omen betrachtete. Denn schon am oberen Tor, durch das er ins Dorf gelangen wollte, musste er aus seiner Kutsche heraus auf ein Pferd steigen – der hölzerne Durchlass war für das breite Gefährt zu schmal gewesen. Wegen seiner durch den Matsch nass gewordenen Beinlinge fluchte der hochrangige Mann Gottes still vor sich hin, anstatt den herzlichen Empfang der hiesigen Bevölkerung zu genießen und ihr würdig zuzuwinken.

»Gott, was sind das nur für einfache Bauern«, grummelte er seinem klugen Adlatus in despektierlichem Tonfall zu.

Der Konstanzer Diakon, der bei Reisen immer an der Seite des Bischofs war, nutzte die Gelegenheit, um seinen Herrn dahingehend aufzuklären, dass er den hiesigen Menschenschlag nicht unterschätzen dürfe. In dieser hügeligen Gegend wuchsen nicht nur Dinkel und Hafer, sondern zudem wurde äußerst erfolgreich Flachs angebaut und verarbeitet, weswegen gerade die Bauern gute Abgabenzahler seien. »Was glaubt Ihr, weswegen deren Grundherr eine Kirche gestiftet hat, obwohl er ein Potentat alter Schule ist?«

»Er wird schon gewusst haben, weshalb er dies getan hat.

Wahrscheinlich sind die Abgaben entgegen Eurer Meinung doch nicht so hoch, dass sie ihn zufriedenstellen.«

»Oder die Leute hier begehren gerne auf. Die Allgäuer sind ja bekannt dafür, ein streitbares Völkchen zu sein«, mutmaßte der junge Geistliche, der die braune Kutte der Benediktiner trug.

»Schon gut, mein Freund! Lasst uns lieber dafür sorgen, dass wir uns schnellstens aufwärmen und unseren Hunger stillen können, bevor wir uns zu unseren Schlafstätten begeben. Für die morgige Zeremonie müssen wir ausgeruht sein! Die Reise war lang und anstrengend, außerdem ist es teuflisch kalt!«

»Aber, aber, Euer Exzellenz!«, rügte der treu ergebene Kirchenlehrer, der gleichzeitig auch Domschatzmeister war, den Bischof für das Unwort, das der soeben in den Mund genommen hatte.

Die geplante Kirchen- und Glockenweihe hätte eigentlich am Tag des heiligen Nikolaus stattfinden sollen. Aber wegen eines gewaltigen Schneesturms, der über das Mare Brigantium hinweggefegt war, hatte die Delegation des Bischofs von Konstanz ihre Abreise um vier Tage verschieben müssen – für die Bevölkerung von villa Ysinensi eine gefühlte Unendlichkeit. Letztlich waren sie aber froh gewesen, noch etwas Zeit gewonnen zu haben, um ihre Siedlung herausputzen und alles für die Gäste des Grafen vorbereiten zu können. Und dazu hatte gehört, dass über den größten baumlosen Platz der Siedlung Planen gespannt wurden, unter denen die etwa einhundert erwarteten Gäste verköstigt werden konnten. Und für diejenigen, die erst am Tag nach der kirchlichen und weltlichen Feier ihren Rückweg antreten würden, sollte ein Zeltdach zur Verfügung stehen, unter dem sie ihre Häupter niederlegen konnten.

Rundherum hatten reisende Händler aus nah und fern, die im Laufe des Jahres von dieser Kirchenweihe erfahren hatten, ihre rollenden Verkaufsbuden aufgestellt. Weil sich der feierliche Anlass auch unter anderen mehr oder weniger ehrlichen Berufsgruppen herumgesprochen hatte, war neben Gauklern, Komödianten und Musikanten auch ein Heer von Falschspielern und Taschendieben angelockt worden. Sogar ein paar wandernde Gunstgewerblerinnen erhofften sich mit Gottes Hilfe gute Geschäfte, weswegen auch sie dem Tross des Bischofs von Konstanz aus hinterhergereist waren – selbstverständlich in gebührendem Abstand. Um ihrem Gewerbe ungestört nachgehen zu können, hatten sie ihren weich gepolsterten und reichlich mit Schaffellen ausgestatteten Planwagen etwas abseits der anderen Fahrzeuge abgestellt.

So etwas hatten die Einheimischen noch nie miterleben dürfen. Kein Wunder also, dass sie irritiert und völlig aus dem Häuschen waren – insbesondere, weil sich der Himmel gnädig zu zeigen schien und zum ersten Mal seit mehreren Wochen wärmende Sonnenstrahlen durch die sich zunehmend teilende Wolkendecke schickte.

Anderntags war es endlich so weit und der kurzerhand zum Mesner bestallte Sargmacher durfte erstmals die von der Insel Reichenau stammende gusseiserne Kirchenglocke läuten, die Hermannus Contractus tatsächlich spendiert hatte. Dass auf der Glocke das Amtswappen des ehemaligen Reichenauer Abtes Pirminius mit eingegossen war, der das Inselkloster vor über dreihundert Jahren gegründet hatte, störte Gerold Eberz nicht im Geringsten. »Einem geschenkten Gaul schaut man nicht ins Maul! Hauptsache, er wiehert gut«, hatte er zufrieden schmunzelnd von sich gegeben, nachdem ihm die Bedeutung dieses Wappens erklärt worden war.

Alles war vorbereitet, die Menschen hatten sich und ihre Siedlung ins bestmögliche Licht gesetzt und waren guter Laune. Sicherheitshalber hatten sie ihre Nutztiere eingesperrt. Damit wollten sie vermeiden, dass bei den auswärtigen Besuchern Begehrlichkeiten geweckt wurden und sie nach dem Ende dieses Spektakels nicht versehentlich eine Ziege mehr im Stall vorfinden würden.

Als der Bischof von Konstanz zusammen mit vierzehn Klerikern des Ordens vom Heiligen Benedikt feierlich in die Kirche einzog, erstrahlte das Gotteshaus in bescheidenem Glanz. achtundneunzig der wichtigsten Männer des Umlandes hatten die Kirchenbänke bis auf den letzten Platz gefüllt. Die allesamt gespannten Ehrengäste waren nicht nur aus den umliegenden Orten Christazhofen, Eisenharz, Engerazhofen, Enkenhofen, Friesenhofen, Leutkirch, Ratpoticella, Rohrdorf, Trauchburg, Urlau und Wangen gekommen, sondern waren auch aus den etwas ferneren Orten Aulendorf, Baienfurt, Ravensburg, Waldsee, Weingarten, Wurzach und natürlich auch aus Altshausen angereist wie Delegationen aus weiten Teilen des Allgäus und aus Lindau. Vom Grafen ausgesandte Boten zu Ross hatten dafür gesorgt, dass alle seiner Einladung Folge leisteten. Dementsprechend voll war die kleine Kirche, die nun ihre Bewährungsprobe bestehen musste.

Die ersten beiden Bankreihen waren dem Grundherrn, Wolfrad II. Graf von Altshausen und Herrn der Burg sowie des Landes Trauchburg, seiner Familie und deren Gefolgschaft vorbehalten. So war seine Gemahlin Hiltrud das einzige weibliche Wesen in der Kirche. Die Frauen der anderen mussten sich – ebenso wie die hiesige Bevölkerung – damit begnügen, sich vor der Kirchentür zu versammeln, die trotz der Kälte geöffnet war. Auf persönlichen Wunsch des Grafen und seiner gnädigen Gemahlin war die Weihe kurzfristig auf den Tag der Gedächtnisfeier zum Tod ihres kleinen Sohnes Luitpold gelegt worden, weswegen die Kirchenstifter der Zeremonie wohl mit gemischten Gefühlen beiwohnen würden.

Rechter Hand vor dem Altarraum hatte der Bischof einen mitgebrachten Katheder aufstellen lassen, wie ihn die Mönche in den Klöstern benutzten, um im Stehen Schriften zu vervielfältigen. Dieses wunderschöne und wertvolle Pult würde er als sein persönliches Geschenk für die Bevölkerung von villa Ysinensi in dem Gotteshaus zurücklassen, damit der hiesige Dorfpfarrer bei den Liturgien an Sonn- und Feiertagen darauf die Missale platzieren und vor der versammelten Kirchengemeinde daraus lesen oder die Manuskripte für seine Predigten drauflegen konnte.

Dieses Stehpult ist ein von meinem Adlatus wohldurchdachtes Geschenk, dachte sich der Bischof, nachdem er festgestellt hatte, dass das aus seiner Sicht primitive Gotteshaus über keine Kanzel verfügte. Allerdings fiel ihm auch auf, dass der Rest des bescheidenen Kircheninventars nicht zu diesem kunstvoll geschnitzten Katheder passte … oder umgekehrt.

Ungeachtet der Gedanken seines Bischofs hatte Pater Bernardus, einer der bischöflichen Kuttenträger, hinter dem Stehpult Aufstellung genommen, um mit frisch gespitztem Federkiel alles fein säuberlich mitschreiben zu können. Mit Bruder Bernardus hatte der Bischof seinen besten Schreiber ausgewählt, von dem er wusste, dass er alles akribisch Wort für Wort für die Ewigkeit festhalten würde. Seine Aufschriebe würden zur Lagerung in verschiedenen kirchlichen Bibliotheken vervielfältigt werden und er würde sie zudem auch noch eigenhändig mit kunstvoll gemalten Initialen verzieren.

Alle Kirchenbesucher einte, dass sie möglichst viel von dem mitbekommen wollten, was gleich passieren würde. So waren es denn verzaubernde Augenblicke, die sich nicht zuletzt auch Dank der aus Konstanz mitgebrachten Kerzen tief in die Herzen der Gläubigen gruben. Die blütenweiß gebleichte Leinendecke auf dem Altar, in die von mehreren Frauen die Symbole der Dreifaltigkeit in blutrotem Garn eingestickt worden waren, schien die Leuchtkraft der Kerzen zu verdoppeln. Ansonsten war das zu beiden Seiten des geschnitzten Herrgotts drapierte Tannenreisig der einzige Schmuck. Aber dies machte nichts; solch einen erhebenden Moment der inneren Einkehr hatte es in dem beschaulichen villa Ysinensi noch nie gegeben – dementsprechend glücklich waren die Bewohner an diesem großen Tag für ihre geliebte Heimat und für sich selbst. Und der Prunk städtischer Kirchen oder einer der Kathedralen, wie es sie auch in Konstanz oder im fernen Aachen gab, war den meisten von ihnen sowieso fremd.

Ein eigenartig gewandeter Mann, der in einem gewissen Abstand des Geschehens auf einer Anhöhe im Sattel seines Pferdes saß, betrachtete das Schauspiel mit einem Verlangen in den Augen, das die Mordgelüste in seinem Innersten widerspiegelte. Dass die vermummte Gestalt dem Bischof von Konstanz aus sicherer Entfernung hinter dem Planwagen der Gunstgewerblerinnen bis hierhergefolgt war, hatten nicht einmal die weltlichen Wachen des hochrangigen Klerikers bemerkt. Und weil die unheimliche Gestalt bis jetzt nicht gesehen worden war, konnte auch von niemandem bemerkt worden sein, dass sie nichts Gutes im Schilde führte. Weil alle Blicke in Richtung des neuen Gotteshauses gerichtet waren, nahm niemand Notiz davon, dass ihnen der Mann mit gezogenem Schwert eine zornige Verwünschung zurief, bevor er davonritt und im Nichts dieses Wintertages verschwand.

Nach dem Schlusssegen der ersten heiligen Messe im neuen Gotteshaus nahm sich der erst vor wenigen Tagen durch den Grafen bestallte neue Mair das Wort. Gerold Eberz war sichtlich stolz darauf, als erste Amtshandlung hier in der neuen Kirche von villa Ysinensi nicht nur zu den Seinen, sondern auch zu den hochrangigsten Leuten im großen Umkreis sprechen zu dürfen. Und dies tat er, ohne sich die innere Unruhe anmerken zu lassen, die ihn auf einen Schlag zu übermannen drohte. Zuerst begrüßte er im Namen der Bevölkerung von villa Ysinensi die Anwesenden, bevor er sich mit etwas zu schmalzig geratenen Worten beim Initiator und Finanzier dieses Kirchenprojektes bedankte.

Nachdem auch der »wohledle« Stifter eine Rede gehalten hatte, die allerdings mehr ein Aufruf an die Bevölkerung von villa Ysinensi gewesen war, auch im tiefsten Winter auf die Gesundheit zu achten, damit »… nach altem Brauch und Herkommen …« im Frühjahr die Arbeit auf den Feldern und an den Webstühlen wieder aufgenommen werden konnte, trat abermals der Bischof vor, um etwas zu sagen:

»Unsere lieben Mitbrüder und -schwestern im Herrn! Trotz der winterlichen Beschwernisse sind Wir im Dezember, der im römischen Kalender der zehnte Monat des Mondkalenders gewesen ist, gerne hierher ins kalte Allgäu und zu euch nach villa Ysinensi gekommen, um eure neue Kirche mitsamt der dazugehörenden Glocke einzuweihen und …«

Der liturgische Teil war bereits zuvor beendet und die Kirche den Heiligen Georg und Jakobus dem Älteren geweiht worden. Nach der bewegenden Rede des hochrangigen Kirchenmannes trauten sich jetzt die Menschen, ihren Glücksgefühlen freien Lauf zu lassen und sich beim Bischof und beim Grafen mit einem kräftigen Handgeklappere zu bedanken. In ihrer Begeisterung entwich dem einen oder anderen sogar ein lauter Pfiff, während anderen ein paar Tränen des Glücks herunterliefen.

Der Bischof ließ sie so lange gewähren, bis es ihm zu viel wurde und er wieder das Wort an sich zog: »Nun aber, meine lieben Gläubigen im Herrn, möchten Wir, Bischof Eberhard I. von Konstanz und von Gottes Gnaden, dem gottgefälligen Kirchenstifter für seine Großzügigkeit danken und ihm zum ewigen Zeichen unserer Verbundenheit etwas überreichen, das aus fernen Zeiten aus einem fernen Land den Weg nach Konstanz …« Er räusperte sich, bevor er weitersprach: »… und vermutlich nach vielen Irrwegen zu Uns gefunden hat! Tretet vor, edler Wolfrad Graf von Altshausen, und lasst Euch erklären, was Wir für Euch mitgebracht haben!«

Während der großgewachsene Mann mit dem gepflegten Vollbart aufstand und nach vorn ging, durchdrang ein solches Getuschel das Kircheninnere, dass es bis nach draußen zu hören war. Unser Grundherr ist eine imposante Erscheinung, dachte sich der eine oder andere. Insbesondere die schwere silberne Halskette mit dem mehr als handgroßen Familienwappen derer von Veringen vor seiner Brust ließ ihn genauso respekteinflößend aussehen wie das Schwert und der Dolch an seinem breiten Ledergürtel, die ihn ebenfalls als Adeligen auswiesen.

»Wohlan …«, begann der Bischof aufs Neue und hielt etwas in die Höhe, »weil Wir Uns viel mit den Gestirnen und dem Wechsel von dunkelster Nacht auf die heilbringende Helle des

Tages befassen, können Wir Euch und allen anderen erklären, was es mit diesem Amulett auf sich hat!«

Als der Bischof das rote Samtkissen mit dem daraufliegenden mattbräunlichen Amulett noch höher hielt und den Gläubigen entgegenstreckte, ging erneut ein Raunen durch die Kirche, was den Laudator allerdings nicht irritierte. Unverdrossen, nunmehr mit einem beschwörend klingenden Tonfall in der Stimme, fuhr er fort: »Auf einer Seite dieses Amuletts befindet sich ein Quadrat, auf dem sich die Summe der Zahlen aller drei Zeilen, aller drei Spalten und auch der beiden Diagonalen gleicht! Stets ist sie fünfzehn.«

Kaum ausgesprochen, bekreuzigten sich die meisten der vor der Kirche ausharrenden Menschen. Denn mit dem, was sie soeben gehört hatten, konnten sie nicht nur nichts anfangen, es ängstigte sie sogar. Rechnen war den meisten von ihnen noch fremder als Lesen und Schreiben.

»Das ist Teufelswerk«, flüsterte einer seinem Nachbarn zu, während ein anderer zu der Feststellung gelangte, dass der Bau dieser Kirche vielleicht doch unter keinem guten Stern stehe.

»Beruhigt euch!«, fuhr der Bischof, der die aufkommende Unruhe außerhalb der Kirche bemerkt hatte, harsch dazwischen. Er wusste, dass lediglich der Graf, dessen Gemahlin und vielleicht ein paar andere hochrangige Gäste etwas von dem verstanden, was er soeben von sich gegeben hatte. Also versuchte er, die beiden Inhalte auf dem Amulett so einfach wie möglich zu erklären: »Es handelt sich nicht um Teufelswerk, sondern um Arithmetik, eine der sieben freien Künste! Die ›artes liberales‹ …« Als er merkte, dass er nun auch noch weltliches Latein zu sprechen begonnen hatte, anstatt die Sache vereinfacht zu haben, hüstelte er verlegen und wechselte zu einer anderen Erklärung über: »Keine Sorge: Die Fünfzehn ist lediglich eine ›Mondzahl‹, die den Tag der vollen Rundungen des Mondes benennt! Diese magische Zahl bekam ihre

Bedeutung, weil es sich um eine dreifache Fünf handelt und die Fünf …«, während er fortfuhr, erhob der Bischof Zeigefinger und Stimme, »…. eine heilige Zahl ist, die Zahl der Ischtar und der Venus! Unabhängig dieses ›Magischen Quadrates‹ ergibt die Summe der ersten fünf Zahlen die Zahl Fünfzehn!

Als der Bischof merkte, dass er mit seinen Erklärungsversuchen immer noch auf allseitiges Unverständnis stieß, schlug er mit veränderter Stimmlage eine völlig andere Richtung ein: »Vom Leinengarn her kennt ihr doch die Maßeinheit ›Mandel‹, oder etwa nicht?«

Na also, endlich kann ich mich dem unbelesenen Volk gegenüber verständlich machen, dachte sich der hochrangige kirchliche Würdenträger, nachdem er ein allseitiges Kopfnicken hatte feststellen können. »Auch dabei spielt die Fünfzehn eine maßgebliche Rolle, denn fünfzehn Garben Getreide sind eine ›Mandel‹, … oder? Ihr verkauft sogar die Eier eurer Hühner zu jeweils fünfzehn Stück!« Er hob eine geöffnete Hand in die Höhe und sagte mit den dazugehörenden Fingerbewegungen in beschwörendem Ton: »Drei Hand voll sind eine ›Mandel‹!« Sogar der Rosenkranz umfasst in drei Fünfergruppen fünfzehn Geheimnisse!« *Das* hatten nun auch die am einfachsten gestrickten unter diesen Menschen verstanden. Endlich hatte er sie bei sich und deswegen auch ihr Interesse geweckt! Also konnte er fortfahren, ohne auf weiteres Unverständnis zu stoßen: »Wie ihr alle wisst, unterscheiden wir den freudenreichen, den glorreichen und den schmerzhaften Rosenkranz! Im ›freudenreichen‹ werden die wichtigsten Stationen im Leben Mariens vergegenwärtigt, im ›schmerzhaften‹ wird die Passion Christi angerufen und im ›glorreichen‹ stellen wir die österlichen Geheimnisse in die Mitte! … Die fünfzehn Geheimnisse des Rosenkranzes machen uns darauf aufmerksam. Und nun kommen Wir auf *das* zurück, was Wir zuvor schon angesprochen hatten – dass die Zahlensymbolik der Ischtar und der Venus auf die Marienverehrung übertragen wurden! Ihr braucht also weder Furcht vor der Fünfzehn, noch vor diesem Amulett zu haben! Es sei denn …«

Ohne den Satz beendet zu haben, bekreuzigte sich der Bischof, was ihm die Kirchenbesucher nachmachten, ohne zu wissen, weshalb sie dies taten.

»Sein Wort in Gottes Ohr«, flüsterte die nachdenklich gewordene Gräfin ihrem Banknachbarn Hezelo von Entringen zu, einem Mitglied der Reichenauer Vogtfamilie.

Während der Bischof das Bildnis und die Symbole auf der anderen Seite des Amuletts zu deuten versuchte, dies aber mangels Wissen um die wahren Hintergründe dieses grausigen Motivs nur leidlich hinbekam, wurde es im ohnehin schon stillen Gotteshaus noch stiller. Selbst die Gebildeten unter ihnen wussten mit dem, was ihnen der Bischof mit gestenreich unterstrichenen Worten zu sagen versuchte, nicht umzugehen. Die abschließende Warnung des Bischofs verstanden aber alle: »Deswegen wagt es ja nicht, ins Innere des Menschen einzudringen und ihm die Seele zu nehmen!«

Nachdem der Graf das eigenartige Geschenk des Bischofs angenommen und sich dafür bedankt hatte, war von ihm die Zeremonie in der Kirche für beendet erklärt worden und alle Gäste schritten zum vorbereiteten Festmahl auf den großen Platz unterhalb des Kirchenhügels.

In der Wahrnehmung der einfachen Bevölkerung war es ein unbeschreiblich grandioses Fest, bei dem zu mitternächtlicher Stunde auch noch eines dieser seltenen Feuerspiele gezündet werden sollte – trotz des Winters ein gefährliches Unterfangen. Die Menschen fürchteten außer bösen Geistern und den winterlichen Dämonen, die Nachts aus den Wäldern kamen, um ihre Kinder zu entführen oder ihr Vieh zu stehlen, nichts so wie eine Feuersbrunst. Wegen der vielen Feuerkörbe, die der Graf aufgrund der Kälte um den überdachten Festplatz herum und sogar unter der Zeltplane hatte aufstellen lassen, war die Gefahr eines Brandes groß, sodass der Mair ein paar Männern aufgetragen hatte, die wärmespendenden Feuerkörbe nicht aus den Augen zu lassen. Auch den vom Grafen eingesetzten Feuerknechten, die für den Holznachschub verantwortlich waren, redete er ins Gewissen. Um sicherzugehen, dass nichts passieren konnte, ließ er abwechselnd vier männliche Dorfbewohner um das Festgelände herum Posten beziehen. »Achtet dabei auch darauf, dass sich keiner unserer Gäste an unserem Eigentum vergreift! Seid in jeder Hinsicht wachsam, hört ihr?«, hatte er die Männer beschworen, bevor er sich wieder zur gut gelaunten Gesellschaft gesellte.

Unter den fröhlichen Klängen von Fidel, Scheitholt und Trommel wurde gezecht, geprasst und gelacht, wie es in dieser harten Zeit nur äußerst selten und in villa Ysinensi noch nie der Fall gewesen war. Während die Musikanten fröhlich aufspielten und die Frauen sich über jeden einzelnen Tanz freuten, schlichen sich nach und nach einige der Männer heimlich davon, um etwas davon zu holen, was sie sich mehr als hart verdient und mühsam beiseitegelegt hatten. Aber so mancher kehrte enttäuscht an seinen Tisch zurück, um sich volllaufen zu lassen. Denn das Geld, das er in seiner Behausung aus dem Versteck geholt hatte, war zu wenig gewesen, um sich zumindest über das Viertel einer Stunde hinweg mit einer der drallen Gunstgewerblerinnen vergnügen zu können.

So wie dies von niemandem bemerkt wurde, fiel im Verlauf der bier- und weinseligen Nacht auch niemandem auf, dass sich mitten unter ihnen ein Fremder so ungeniert bewegte, als wenn er dazugehören würde. Wenn sich der eine oder andere auch über dessen Kapuzengewandung wunderte – die anders aussah als die der Mönche – und über das eigenartige Schwert an seinem Gürtel staunte, dachte sich niemand ernsthaft etwas dabei. Und den Mann anzusprechen, traute sich sowieso niemand, weil ihn allein schon die Tatsache, dass er eine Waffe tragen durfte, als einen Mann von hoher Herkunft auswies – egal woher er gekommen sein mochte. Außerdem waren sich die Wenigsten von ihnen vor diesem Fest persönlich begegnet, also konnte auch kaum jemand beurteilen, wer dazu gehörte und wer nicht. Lediglich die in blutroter Farbe auf den weißen Umhang gestickte Zahl Eins, die von einem ebenfalls roten Quadrat umrandet war, gab Anlass zu tuschelnden Spekulationen verschiedenster Art.

Irgendwann entfalteten die aufpeitschende Kraft der Musik und insbesondere der Alkohol ihre volle Wirkung. Nicht nur die meisten Dorfbewohner waren stark angetrunken, auch dem Bischof und dem Grafen fiel das Sprechen zunehmend schwerer. Bevor er ganz betrunken zu werden drohte, winkte der Herr über villa Ysinensi den neu bestallten Mair zu sich. »In deiner Eigenschaft als erster Mann deines Dorfes vertraue ich dir dieses wertlose Amulett an. Nimm es an dich!«, tuschelte er ihm zu.

»Was … was soll *ich* damit?«, wunderte sich Gerold Eberz, der bisher noch mit keiner vergleichbaren Aufgabe betraut worden war.

Der Graf winkte ihn jetzt so nahe zu sich, dass der Mair den Alkohol aus dessen Mund riechen konnte. »Dieses Amulett besteht aus minderwertigem Metall und ist für mich nicht von Bedeutung«, flüsterte ihm der Graf vertrauensvoll zu und ergänzte, dass es immerhin ein Geschenk des Bischofs von Konstanz sei und er es deswegen nicht verlieren dürfe.

»Gib es mir morgen früh wieder zurück, wenn sich die Geister des Weins verzogen haben! Und jetzt verschwinde!«

Dass das Gespräch von dem Fremden beobachtet worden war, hatten die beiden Männer nicht bemerkt. Dennoch erschien es dem Ortsvorsteher zu viel Verantwortung zu sein, die ihm der Graf aufgebürdet hatte. Als er die Gelegenheit nutzte, um sich die Vorderseite des Amuletts zu betrachten, lief ihm ein kalter Schauer über den Rücken. Er suchte den Pfarrer, um das gute Teil, und somit auch die Zuständigkeit, an ihn weitergeben zu können. Aber er fand ihn einfach nicht.

Durch das Hin und Her des Mairs verlor ihn der Unbekannte kurzzeitig aus den Augen.

»Verdammt; wo hat sich unser Pfaffe nur verkrochen?«, fragte sich Gerold Eberz selbst, während er zur Kirche schlurfte, um dort nachzusehen. Und tatsächlich; der Priester hatte wohl so viel getrunken, dass er auf einer der Kirchenbänke seinen Rausch ausschlafen musste. Weil es keinen Zweck hatte, ihn zu wecken, steckte ihm der Ortsvorsteher kurzerhand das Amulett in eine seiner Jackentaschen. »Ich hole es mir morgen früh wieder!«, sagte er mehr zu sich selbst als zum laut schnarchenden Pfarrer, der vermutlich selig davon träumte, wie er seinen ersten eigenen Gottesdienst in der neuen Kirche gestalten konnte.

Zufrieden mit sich und seinem Gedanken, das Amulett aus genau demselben Grund weitergegeben und somit geschützt zu haben wie der Graf, ging der Mair zielstrebig zum Festplatz zurück, um sich noch ein Bier zu gönnen oder auch zwei.

Am nächsten Morgen fand man Gerold Eberz mit durchgeschnittener Kehle und einer Eins in die Stirn geritzt kopfüber an einem Baum hängen.

»Wo ist mein Amulett?«, interessierte den Grafen offensichtlich mehr als der unnatürliche Tod seines Mairs.

Anstatt mit Freuden an all das zurückzudenken, was sie gemeinsam geschafft hatten, und sich der gelungenen Feierlichkeiten zu erinnern, befand sich die Bevölkerung von villa Ysinensi noch Wochen später in einer lähmenden Starre. Weil niemand etwas vom wahren Mörder ahnen konnte, verdächtigten sich die Männer so lange gegenseitig des Mordes an ihrem Standesgenossen, bis einer auf den Gedanken gekommen war, dass es der Fremde gewesen sein musste, auf dessen Kutte die gleiche Eins zu sehen gewesen war, wie sie der Mörder in die Stirn des bedauernswerten Mordopfers eingeritzt hatte. Der Grund für die Unruhe im Dorf lag aber auch darin, dass der Graf – allerdings erst, nachdem die Konstanzer Delegation abgereist war – alle Behausungen nach dem Amulett hatte durchsuchen lassen, das fortan mit dem Mord in Verbindung gebracht wurde. Bei der Leibesdurchsuchung war dann einer seiner Wachsoldaten fündig geworden. Der Pfarrer hatte zu diesem Zeitpunkt derart mit seinen Kopfschmerzen zu tun gehabt, dass er nicht darauf gekommen war, die Taschen seiner Jacke selbst abzutasten, bevor dies einer der Soldaten des Grafen tun würde. Somit hatte er immer noch nicht bemerkt, dass *er* das Amulett bei sich trug.

Seit dem Tod des Dorfvorstehers war in villa Ysinensi nichts mehr wie es gewesen war. Dennoch musste das Leben weitergehen. Dass Gerolds Witwe mit einer aus ihrer Sicht großzügigen Entschädigung für den Tod ihres Gatten bedacht worden war, rechnete sie dem Grafen hoch an, obwohl das Geld ihren Mann nicht zurückbringen würde.

Ihr Sohn Michael schwor aus diesem Anlass heraus dem Grafen ewige Treue.

Aus der ehedem offenen Siedlung war zwar ein mit einem Zaun umfriedetes Dorf mit eigener Kirche entwachsen, weswegen die Bewohner stolz in eine bessere Zukunft gehen konnten. Die Gedanken aber an das »tragische« Amulett, das ausgerechnet hier in villa Ysinensi ein Opfer gefordert hatte, ließ sie nicht mehr los und würde sie wohl auch noch über Generationen hinweg begleiten. Denn dass es nur das tödliche Zahlenwerk und der bekrönte Leichnam auf dem Amulett gewesen sein konnten, weswegen man den Ortsführer ermordet hatte, war für alle eine klare Sache.

»Das nächste Mal gibt es sicher zwei Tote!«, mutmaßte Michael Eberz seiner Mutter gegenüber, als sie eines Abends zur letzten Mahlzeit des Tages zusammensaßen und die Mutter gerade das Tischgebet gesprochen hatte.

»Versündige dich nicht!«, schimpfte die Mutter und bekreuzigte sich.

»Wie meinst du das?«, mochte hingegen Hulda, eine der Schwestern des neuen Familienoberhauptes wissen.

»Na ja«, antwortete ihr ältester Bruder. »Drei, vier, fünf … fünfzehn!«

»Ich habe dir gerade gesagt, dass du dich nicht versündigen sollst!«, schrie ihn die Mutter an und verpasste ihm eine schallende Ohrfeige, bevor sie erneut das Kreuz schlug und aufstand, um vor dem kleinen Hausaltar für das Seelenheil ihres Sohnes und für die anderen Familienmitglieder zu beten.

Trauer in der Burg derer von Veringen

Altshausen – Anno Domini 1065

Die magische Zahl II

Kapitel 3

Das Amulett war im Besitz des Grafen Wolfrad von Altshausen verblieben. Bis zum unseligen Jahr 1065 war es zu einigen familiären Problemen und äußerst merkwürdigen Unglücken gekommen, die im überraschenden Tod des bis dahin vermeintlich kerngesunden Grafen gegipfelt hatten. Zuvor hatte es aber auch noch andere unerklärliche Geschehnisse gegeben. So war bis zum Tod des Grafen gleich mehrmals in der Burg Altshausen eingebrochen und alles durchwühlt worden. Dabei hatte ein Leibdiener des Grafen den Tod gefunden. Weil man ihn mit durchgeschnittener Kehle im Schlafzimmer seines Herrn aufgefunden hatte, waren alle davon ausgegangen, dass er den Grafen hatte schützen wollen und sich todesmutig vor den Einbrecher gestellt hatte.

Bei seinen Einbrüchen war der Täter raffiniert vorgegangen und hatte immer dann zugeschlagen, wenn der nunmehr allein lebende Graf verreist war. Dies hatte vermuten lassen, dass der Einbrecher Kenntnis über die Reisepläne des Adeligen gehabt hatte. Es musste im engsten Umfeld des Grafen einen Verräter geben oder der Einbrecher war einige Zeit am Hof gewesen und hatte das Verhalten des Hausherrn studiert.

Aber auch dies war lediglich reine Spekulation gewesen. Sicher war nur, dass irgendjemand irgendetwas gesucht … und augenscheinlich *nicht* gefunden hatte. Denn bei sorgfältiger Überprüfung nach jedem Einbruch war stets festgestellt worden, dass rein gar nichts gefehlt hatte; weder das Tafelsilber noch der Schmuck der bereits vor dreizehn Jahren verstorbenen Gräfin, geschweige denn wertvolles Interieur, Kunstwerke oder sonst etwas. Und um die schwere Geldschatulle des Grafen wegzuschleppen, hätte es mehrerer Männer bedurft. Außerdem war diese so gut versteckt, dass sie von niemandem hatte gefunden werden können.

Was also in Herrgotts Namen war für den Einbrecher so wichtig gewesen, dass er einen wehrlosen alten Diener umgebracht und immer wieder das Risiko auf sich genommen hatte, auf frischer Tat ertappt zu werden? Was dies für ihn bedeutet hätte, wäre allen Untertanen des Grafen klar gewesen. Deswegen lag die Vermutung fern, dass es einer der ihren gewesen war. Umso mehr hatte den Burgherrn interessiert, *wer* die unheimliche Gestalt war, die offensichtlich keinen Respekt vor den hiesigen Gesetzen hatte. Aus diesem Grund, und um den Tod seines Leibdieners zu sühnen, hatte er alles in Bewegung gesetzt, um den Einbrecher auf frischer Tat zu erwischen. Aber trotz der Verdoppelung seiner Wachen und etlicher anderer Vorsichtsmaßnahmen war ihm dies bis zu seinem eigenen Tod nicht gelungen.

Wegen dieser Vorfälle war die Familie des toten Grafen Wolfrad lange Zeit vor einem Rätsel gestanden. Aber Manegold I., das neue Familienoberhaupt derer von Altshausen, hatte andere Sorgen gehabt; die Beerdigung seines verstorbenen Bruders hatte ebenso vorbereitet werden müssen wie die Neuregelungen der Grafschaft Altshausen-Veringen und der Herrschaft Trauchburg. Bevor Manegold das Erbe seines Bruders ordentlich hatte übernehmen können, hatte Wolfrad sieben Tage lang aufgebahrt werden müssen, was in der Kälte des Winters problemlos ohne allzu große Geruchsentfaltung machbar gewesen war. Während dieser Zeit hatten diejenigen, die ihm am offenen Sarg die letzte Ehre erwiesen hatten, die Gelegenheit gehabt, Einwände gegen die von

Wolfrad gewünschte Erbfolge vorzubringen – immerhin war der Erbe kein leiblicher Sohn des Grafen, sondern *nur* dessen leiblicher Bruder. Da konnten Begehrlichkeiten von Seiten anderer Familienmitglieder aufkommen.

Obwohl solch familiäre Dinge bisher immer friedlich hatten geklärt werden können, war Vorsicht geboten. In der Burg Altshausen war das »Vetorecht« am offenen Sarg eines verstorbenen Herrschers von jeher eine ebenso genau reglementierte Tradition gewesen wie die Art und Weise der Aufbahrung. Zu dieser hatte schon immer gehört, dass der Verstorbene die schwergliedrige Kette mit dem kunstvoll emaillierten Familienwappen um den Hals trug, die er zu Lebzeiten nur bei besonders wichtigen und großen Anlässen präsentiert hatte. Dem verstorbenen Regenten diese Kette umzulegen, war eine der vornehmlichen Aufgaben des designierten Nachfolgers gewesen, ebenso sie ihm kurz vor der Einsargung wieder abzunehmen, um sie für kommende Generationen verwahren und zu gegebener Zeit an sie weitergeben zu können.

»Ach, Bruder!«, hatte Manegold trotz der Freude über das auf ihn zukommende Erbe geseufzt, als er seinem Vorgänger in Amt und Würde die Wappenkette umgelegt hatte. Zuvor hatte er seinem Bruder das Amulett abnehmen müssen, das ihm anlässlich der Kirchenweihe in villa Ysinensi vom Konstanzer Bischof überreicht worden war.

Manegold erinnerte sich noch daran, dass Wolfrad dieses Amulett so lange als wertlos eingestuft hatte, bis ihm sein in Arithmetik und Astronomie erfahrener Sohn Hermann die geheimnisvolle Welt der Zahlen erschlossen hatte, die auf dem Revers des Amuletts zu sehen waren. Und nicht nur das; der kluge und belesene Reichenauer Benediktinermönch hatte auch die Symbolik auf dem Avers des Amuletts zu deuten gewusst. »Laut den Abbildungen und Aufzeichnungen eines alten Buches aus einem fernen Land namens China könnte es sich bei der Darstellung der Leiche in der Mitte des Amuletts um einen verstorbenen ›Huang‹, eine Art ›erhabenen Gottkönig‹ handeln!«, hatte er gesagt und dazu ergänzt, dass die zu beiden Seiten des Toten abgebildeten menschlichen Innereien darauf hindeuten könnten, dass man dem König die lebenswichtigen Organe entnommen hatte, um ihn für die Unendlichkeit einbalsamieren zu können. Nachdem er dies gesagt hatte, waren Manegold und die anderen Zuhörer derart entsetzt gewesen, dass sie allesamt das Kreuz geschlagen hatten und ihm nicht mehr hatten zuhören wollen. Aber Hermann war stur geblieben und hatte das Auditorium, das um ihn herum versammelt gewesen war, weiter aufgeklärt: »In China wurden schon vor dreitausend Jahren Leichenöffnungen vorgenommen, einerseits zum Zwecke der Wissenschaft. Andererseits …«, bevor er weitergesprochen hatte, war von ihm das Amulett so hochgehalten worden, dass es alle hatten sehen können, »… ist dies auch geschehen, um die Erinnerung an bedeutende Menschen für Jahrhunderte oder sogar über Tausende von Jahren hinweg aufrechtzuerhalten. Dabei spielte die Religion schon immer eine wichtige Rolle. Die Abbildungen auf beiden Seiten dieses Amuletts sollen den Betrachtern wohl sagen, dass sie sich ebenfalls der Verbreitung wissenschaftlichen Gedankengutes und dessen Umsetzung zuwenden sollen«

Als wenn es nicht schon still genug im Wappensaal des Altshausener Schlosses gewesen wäre, warnte Hermann seine Zuhörerschaft davor, die Kraft des Amuletts zu unterschätzen. »… denn dort, wo dieses ›Magische Amulett‹ ist, lauert der Tod! Es wird wohl das Beste sein, wenn niemand weiß, wo es sich befindet! Es aber leichtsinnig irgendwo zu vergraben oder auf eine andere Art loszuwerden, würde noch mehr Unheil über den Besitzer und seine Familie bringen!«

Er räusperte sich und beendete seinen kurzen Vortrag mit den Worten: »Es ist wie ein böser Fluch!«

Von da an hatten Hermanns Zuhörer gewusst, dass sie ihre Familien auch über die kommenden Generationen hinweg vor diesem Amulett warnen mussten. Wolfrad selbst hatte es bis zu seinem Tod Tag und Nacht an einem Lederriemen um seinen Hals getragen. »Damit es nicht in falsche Hände gerät und somit kein Unheil mehr angerichtet werden kann!«, hatte er in Erinnerung an die grausamen Morde am Ortsvorsteher von villa Ysinensi und an seinem Leibdiener gesagt, bevor er mit einem gequälten Lächeln ergänzt hatte, dass derjenige, der ihm das Amulett abnehmen wolle, ihn umbringen müsse.

Auf Nachfrage hatte Hermann seiner Familie auch die Mythologie und die Symbolik der Zahlen Eins bis Neun, die innerhalb des »Magischen Quadrates« auf der Rückseite zu sehen waren, genau erklären wollen, war aber im Trubel dieser familiären Zusammenkunft nicht damit fertig geworden. So hatte er es zunächst bei der Eins belassen müssen: »Genau so, wie es nicht möglich ist, halbtot zu sein, kann die Zahl Eins nicht geteilt werden. Aber von ihr nimmt jede weitere Zahl ihren Ausgang …«, war alles, an was sich Manegold angesichts seines toten Bruders und dessen ebenfalls toten Leibdieners hatte erinnern können. Was für eine Bedeutung mag dann die Zahl Zwei haben?, hatte er sinniert, während er dem Bruder sanft den Kopf angehoben hatte, um ihm das Amulett abzunehmen und ihm stattdessen das Familienwappen umzulegen.

Schon wenige Tage später sollte er eine zwar nicht ganz zufriedenstellende, aber doch eine Antwort auf seine Frage erhalten. Denn mit Arnulf war ein Neffe nach Altshausen gekommen, der nicht nur Abschied von seinem Oheim nehmen wollte, sondern sich beruflich voll und ganz der Arithmetik verschrieben hatte. Manegold lud Arnulf auf ein persönliches Gespräch zu sich.

»Zwei Dinge – das Gute und das Böse – sind keine gegensätzlichen Pole! Und die Welt ist eine zerrissene Welt! Da wird etwas getrennt, was eigentlich zusammengehört!«, hatte Arnulf ihm gleich zu Beginn dieses Gespräches erklärt.

Das geht ja gut los, dachte sich Manegold. Zum Zeichen dafür, dass er nichts verstanden hatte, zuckte er mit den Schultern und zog die Augenbrauen hoch, während er gleichzeitig die Mundwinkel nach unten schob.

Dann begann sein hochgebildeter Neffe zu dozieren: »Das Bewusste und das Unbewusste, das Harte und das Weiche, das Gerade und das Ungerade, das Offene und das Verborgene, das Hintere und das Vordere, das Oben und das Unten, Licht und Schatten, sowie der rhythmische Wechsel von Tag und Nacht, der mit Helligkeit und Dunkelheit einhergeht, sind Gegensätze, die zwar eine Spannung erzeugen, aber dennoch aufeinander bezogen sind! Das eine kann nicht ohne das andere!«

Bevor der aufmerksame Manegold eine Frage stellen konnte, fuhr Arnulf fort: »Wenn die Zwei aber zu einem Widerspruch führt, dann stehen die soeben genannten Beispiele wie zwei streitbare und unversöhnliche Kontrahenten zueinander! Gerade das Gute und das Böse sind keine Gegensätze, die sich gegenseitig bedingen!«

»Nein?«, kam es versehentlich aus dem Mund des staunenden Zuhörers.

»Nein!«, bestätigte Arnulf, bevor er fortfuhr: »Sie stellen sich sogar gegenseitig infrage: Das Gute ist doch das, was sein soll, oder?«

Weil er auch dies verstanden hatte, nickte Manegold.

»Und das Böse ist das, was nicht sein darf, ... aber allgegenwärtig ist!«

Arnulf hatte zwar gemerkt, dass ihm ein gleichsam fassungsloser wie ratloser Mann gegenübersaß. Trotzdem beendete er seine Ausführungen, obwohl es zur Bedeutung der Zahl Zwei noch viel zu sagen gäbe. Denn er hatte sich gut gemerkt, was er während seines Studiums über die Mythologie und die Symbolik der Zahlenfolgen gelernt hatte. »Langer Rede kurzer Sinn!«, sagte er und kam zum Schluss: »Die Zwei ist Zweifel, Zwist, Zwietracht, Zwiespalt; sie ist eine Zwillingsfrucht am Zweig eines Baumes, gleichsam süß und bitter!« Er schaute seinem Oheim warnend in die Augen, dann sagte er abschließend: »Die Zwei bleibt nie allein!«

»Das … das heißt, mein Bruder und dessen Leibdiener sind nicht die letzten …«

Noch bevor Manegold das Unfassbare ausgesprochen hatte, nickte Arnulf und spreizte den Daumen, den Zeige- und den Mittelfinger seiner rechten Hand, die er seinem Onkel warnend entgegenstreckte.

Nachdem Gott den Grafen Wolfrad von Altshausen, den gottesfürchtigen Kirchenstifter, in den Himmel abberufen hatte, war laut Erbrecht die um Veringen erweiterte Grafschaft Altshausen mitsamt den Herrschaften Trauchburg und Ysinensi auf seinen Bruder Manegold und seine verwitwete Schwester Irmengard übergegangen. Manegold I. war nun der uneingeschränkte Herr des traditionsreichen Hauses Altshausen, das sich um einiges erweitert hatte.

Dem umsichtigen Grafen gelang es mit dem nötigen Weitblick, das Erbe seines Bruders Wolfrad so erfolgreich fortzusetzen, dass sich sein Herrschaftsgebiet in jeder Hinsicht prächtig entwickelte.

Klosterstiftung bringt Unheil, Dorfentwicklung Fortschritt

Altshausen und Ysinensi – Anno Domini 1090, 1096, 1100 und 1104

Die magische Zahl III

Kapitel 4

Aus Dankbarkeit für seine glückliche Hand und auf Wunsch des längst verstorbenen Benediktinermönchs Hermannus Contractus mochte Manegold zusammen mit seiner Gemahlin Liutphild und mit seiner Schwester Irmengard mit gleich frommem Eifer und mit gleicher Liebe das von Wolfrad begonnene Werk zur Lobpreisung Gottes weiterführen. So sollte Wolfrads Kirchenstiftung in villa Ysinensi durch eine weitere Stiftung und den Bau eines Klosters gekrönt werden. Dazu brauchte es Platz und Geld. Um dies zu bekommen, ließ Graf Manegold seine Schwester und seine beiden Söhne Walther und Wolfrad zu sich kommen. Dazu geladen hatte er den neuen Pfarrer von Altshausen und den Abt des Klosters Hirsau.

Wie schon Wolfrads Gemahlin Hiltrud in früheren Zeiten hatte auch Gräfin Liutphild auffahren lassen, was Küche und Keller hergegeben hatten. Im Unterschied zu damals saß allerdings nicht nur der amtierende Altshausener Pfarrer, sondern auch noch ein Abgesandter des Klosters Hirsau aus dem Nordschwarzwald am üppig gedeckten Tisch.

»Ich bitte unseren ehrwürdigen Abt Wilhelm zu entschuldigen und mit meiner Wenigkeit Vorlieb zu nehmen. Aber wegen des großen Zulaufes in unserem Kloster plant er eine Erweiterung von St. Aurelius und ist deswegen unabkömmlich!«, entschuldigte sich der Stellvertreter des Hirsauer Abtes bereits zum zweiten Mal, während er auf die Köstlichkeiten schielte, die auf Veranlassung der Gräfin immer noch aufgetragen wurden.

Das freundliche »Greift bitte zu!« hätte sich der Graf sparen können. Denn so schnell hatten die Bediensteten gar nicht schauen können, wie sich der Hirsauer Mönch die Backen gefüllt hatte.

Als der Pfarrer dies sah, lächelte er verständnisvoll. Dann griff auch er ungeniert zu.

Über dieses unmanierliche Verhalten entsetzt, schauten sich die gräflichen Familienmitglieder an. Um die beiden Kleriker aber nicht zu brüskieren, streckte der Hausherr sein Glas dem Mundschenk entgegen, um es füllen zu lassen. Dann bedeutete er seinen beiden Söhnen, seiner Schwester und seiner Gemahlin, es ihm gleichzutun. Als alle ihre Trinkgefäße gefüllt hatten, stand der Hausherr auf und hielt sein Glas zuerst dem Prior, dann dem Pfarrer und zuletzt seiner Familie entgegen. »Auf gutes Gelingen!«

Das Repetieren seiner Worte durch die anderen ging in den vollen Mündern der beiden Männer Gottes unter. Das wird ja was werden, dachte sich der Graf im Hinblick auf das kommende Gespräch, das wegen der Völlerei seiner Gäste wohl noch eine ganze Weile würde warten müssen. Und genau so war es auch; die beiden Kleriker stopften sich eine geschlagene Stunde lang voll, während derer lediglich Höflichkeiten und ein paar Unwichtigkeiten ausgetauscht werden konnten. Dabei schmatzten sie ungeniert. Etliche Rülpser und Leibeswinde später konnte das Geschirr abgeräumt werden. Die auf dem ganzen Tisch herumliegenden Knöchelchen der in Salzlake gepökelten Schweinefüßchen und der gebratenen, mit Honig überstrichenen Hühnchen nahm eine Dienstmagd mitsamt der total versauten Tischdecke mit.

Als die fünf Männer dann auch noch einen Branntwein vom Bodensee vor sich stehen hatten, konnte Graf Manegold das Wort ergreifen und endlich ernsthaft zum Thema kommen. Also begann er: »Um ein Kloster errichten zu können, bedarf es eines ansehnlichen Grunds und Bodens, den Wir mit Zustimmung Unserer holden Gemahlin Liutphild, Unserer gemeinsamen Söhne Walther und Wolfrad, aber auch mit Einwilligung Unserer hochverehrten Schwester Irmengard und deren Sohn Manegold stiften werden!« Das Gespräch solchermaßen eröffnet schaute er ins Rund, um sich durch das gönnerhafte Kopfnicken seiner Familie das bestätigen zu lassen, was sie bereits hinreichend besprochen hatten. Er fuhr fort: »Mit weiteren, teils beweglichen, teils unbeweglichen Gütern in Form von zwölf der vierundzwanzig bereits bestehenden Höfe nebst anderen Grundstücken, Äckern, Wiesen, Weideplätzen, Waldungen, Wasserstellen, Mühlen und anderen Besitzungen werden Wir den Grundstein für den Bau eines Klosters in Ysinensi legen. Um diesen Kraftakt bewältigen zu können, werden Wir das aufblühende Dorf im Süden Unseres Herrschaftsgebietes in den Mittelpunkt Unseres Tuns rücken müssen! Dazu sind Wir mit der ganzen Macht Unseres Verstandes und Unseres Herzens entschlossen!«

»Hoffentlich auch mit der ganzen Kraft seiner Geldschatulle«, flüsterte der Altshausener Pfarrer dem klösterlichen Abgesandten in einem unbeobachteten Augenblick zu, bekam aber anstatt des erhofft zustimmenden Lächelns nur einen strafenden Blick zurück.

Nachdem der Graf seine weiteren Vorstellungen mitsamt einem Lageplan auf den Tisch gelegt hatte und sich auch seine Familie hinreichend zu Wort gekommen war, übermittelte der Prior die Vorschläge seines Abtes. Dabei war rasch offenkundig geworden, dass Abt Wilhelm auf die Empfehlungen seines Vertrauten Hugo von Cluny gehört und dessen strenge Lebensweise für das Kloster Hirsau übernommen hatte.

»Wenn es in Eurem Sinne ist, dass insbesondere der Tagesablauf, die Liturgie und die Organisation der klösterlichen Gemeinschaft auch in Ysinensi ganz besonders streng geregelt sind, entsendet unser geliebter Abt Wilhelm gerne so viele Mönche, wie benötigt werden, um ein geordnetes Klosterleben zum Wohlgefallen Gottes zu gewährleisten!«

Stundenlang hatten sie sich über viele Details des geplanten Klosterbaus und der späteren Klostergründung unterhalten. Dabei waren sie in medias res gegangen und hatten – sozusagen zur geistigen Erbauung – das »Blut Gottes« getrunken, wie der Prior den köstlichen und von ihm geweihten Wein aus der Mersburger Gegend bezeichnete. Im Verlauf des Gesprächs hatten sie auch allerlei Neuigkeiten ausgetauscht und waren von einem Thema ins andere gerutscht. So waren sie zu vorgerückter Stunde auch noch auf das »Magische Amulett« zu sprechen gekommen, von dem der derzeitige Besitzer berichtete, dass es bereits drei Menschenleben gekostet hatte. »Aber was soll ich tun?«, klagte der Graf. Ohne eine Antwort abzuwarten, die sowieso nicht gekommen wäre, beruhigte er sich selbst, indem er sagte, dass ihm wohl nichts anderes übrig bleiben würde, als es zu behalten und vor fremden Augen zu schützen.

»Ich weiß nicht, ob dies ein guter Gedanke ist«, warf der Prior ein.

»Wie meint Ihr das?«, mochte der Graf sofort wissen.

Der Stellvertreter des Hirsauer Abtes hielt dem Mundschenk sein Glas entgegen. Gleichzeitig umklammerte er mit der anderen Hand das vor seiner Brust hängende Pektorale – gerade so, als wenn er sich damit vor etwas schützen wolle.

»Was ist jetzt?«, drängte der unruhig gewordene Graf.

Der Prior beugte sich seinem Gastgeber verschwörerisch entgegen und flüsterte so leise, dass es die anderen nicht mitbekommen konnten: »Man hört ja so einiges …«

»Nun lasst Euch nicht alles aus der Nase ziehen!«, grummelte der Graf, während er den Mundschenk zu sich beorderte und auf das immer noch leere Glas des Priors zeigte.

Der Hirsauer rückte noch näher an den Grafen heran, bevor er ihm zuflüsterte, über mehrere Ecken gehört zu haben, dass es wohl einen Geheimbund geben müsse, der vor vielen Jahren im Konstanzer Münster gegründet worden sei.

»Was ist mit diesem geheimnisvollen Bund? Und was hat er mit dem Amulett zu tun?«

»Also gut!«, besänftige der Prior die Neugier seines adeligen Gastgebers. »Ich weiß nur so viel, dass sich diese Geheimbündler den Ziffern auf einem Amulett verschrieben haben, das über die Jahrhunderte hinweg immer wieder verloren geht, weswegen …«

»… sie es auch immer wieder suchen und dabei über Leichen gehen, um es zurückzubekommen?«, ergänzte der Graf mit fragendem Blick.

Kaum hatte er dies ausgesprochen, bekreuzigten sich die beiden Kleriker. Weil dem Besitzer des Amuletts *das* bestätigt worden war, was er schon länger geahnt hatte, wurde ihm schlagartig klar, dass er sich in Lebensgefahr befand, solange das vermaledeite Amulett in seinem Besitz war.

»Dennoch dürft Ihr es nicht weitergeben!«, warnte der Prior, der bemerkt hatte, was in seinem Gastgeber vorging.

Während der Benediktiner dem Grafen in ausladenden Worten alles berichtete, was Kleriker von Konstanz bis nach St. Gallen und zum Schwarzwald unter vorgehaltener Hand über einen grausamen »mehrere Hundert« Mitglieder umfassenden Geheimbund zu wissen glaubten, wurde Manegold immer schweigsamer. Wenn er auch wegen der in ihm hochgestiegenen Panik nichts mehr hören mochte, erklärte ihm der Prior unter dem Siegel der Verschwiegenheit, dass es sich um sogenannte Assassinen handeln solle, eine Meuchelmördersekte aus einem fernen Land namens Syren »... oder so ähnlich!«

Obwohl der schon längst mehr als gut angetrunkene Mönch selbst nicht mehr merkte, was er dem Grafen für einen Mist erzählte, war es ihm gelungen, eine solche Angst in dem Adeligen zu schüren, dass Manegold nur noch kleinlaut über die Lippen kam, dass es »beim nächsten Mal« drei sein würden. »... damit meine ich *drei Tote*!«

Dies nahm der blitzgescheite und belesene Prior zum Anlass, um dem Grafen etwas darüber zu erzählen: »Tres est numerus perfectus!«, begann er in bestem Latein und meinte damit, dass die Zahl Drei auf Vollkommenheit hinwies. »Denn erst was sich in der Trias fassen lässt, kann getrost in sich ruhen und ist ein abgeschlossenes Ganzes – genau wie unsere göttliche Dreifaltigkeit!« Kaum hatte er dies gesagt und einen weiteren Schluck genommen, fielen ihm die Augen zu.

Zum Zeichen dafür, dass die anderen ihn gewähren lassen und um Gottes willen ja nicht seinen himmlischen Schlaf stören sollten, legte der Graf einen Zeigefinger auf seine Lippen. Zu seiner Erleichterung schlief der Prior tatsächlich noch am Tisch ein. Um nichts mehr über das Amulett und den mutmaßlich damit verbundenen Geheimbund hören zu müssen, bedeutete der Graf den anderen mit einer weiteren Geste, sich leise zu erheben und den Speisesaal zu verlassen. In dieser Nacht würde er selbst wohl keinen Schlaf finden, zu sehr würde ihm die Zahl Drei im Kopf herumschwirren.

Die Zeit verging wie im Flug. Bei der Planung zum Bau des Klosters in Ysinensi lief ebenso alles gut wie bei den anderen Vorbereitungen. Deswegen war Manegold I. Graf von Altshausen-Veringen zu beschäftigt, um ständig an das

Amulett denken zu können. Nach wie vor trug er es tagtäglich so unter dem Hemd um seinen Hals, dass niemand es sah. Dennoch war ihm nicht wohl in seiner Haut. Gerade nachts hatte er oft das Gefühl, als wenn sich die Konturen des Amuletts in seine Haut brennen würden. Dies hatte meist zur Folge, dass er heftig schnaufend aufwachte und Schmerzen in der gesamten Brustgegend hatte. Oder bildete er sich dies alles nur ein?

Was sollte er tun?

Als es so weit war und in Kürze der Grundstein für das Kloster gelegt werden sollte, hatte er keine Zeit mehr, sich Gedanken um das Amulett zu machen.

Für Hannes Eberz, Michael Eberz' Sohn, sollte der Baubeginn zu einem schmerzlichen Akt geraten, weil ausgerechnet er die Holzkirche abreißen musste, die sein Großvater Gerold vor fünfzig Jahren mit seinen eigenen Händen in Fronarbeit errichtet hatte. Dass genau an diese Stelle der Sakralbau der neuen, wesentlich größeren Kirche kommen sollte, machte die Sache nicht leichter für ihn. Aber der gute Fortgang des Kirchenbaus und der restlichen Klosteranlage versöhnten ihn nach und nach wieder mit Gott und der Welt.

Denn sowohl Graf Manegold als auch der designierte erste Abt gleichen Namens und nicht zuletzt Hannes Eberz selbst, der seinem Großvater etliche Jahre später im Amt gefolgt und vom neuen Grundherrn zum Mair von Ysinensi bestallt worden war, taten alles, um den Klosterbau möglichst rasch voranschreiten zu lassen. Im Gegensatz zum ersten Kirchenbau sorgte nun ein Heer von Baumeistern und Handwerkern aller Gewerke dafür, dass bis zur feierlichen Weihe und zur von Papst Urban II. gesegneten Amtseinführung des Abtes, der für seine Gottesfurcht bekannt war und selbst dem Geschlecht der Grafen von Veringen entstammte, alles nach Plan verlief.

Kapitel 5

Die Gründung und die Einweihung des neuen Benediktinerklosters in Ysinensi waren auf Wunsch des neu eingesetzten Abtes Manegold weitaus bescheidener ausgefallen als die Weihe der ersten Kirche vor nunmehr vierundfünfzig Jahren. Die Übernahme der Klosteranlage durch Benediktinermönche aus Altshausen, vornehmlich aber aus Hirsau, war gemäß den Regeln des kontemplativ ausgerichteten Ordens nach vorne gerichtet und nicht auf eine schnell vergängliche Völlerei reduziert. Denn jeder der Mönche musste im Laufe seines Ordenslebens mit »Ora et labora et lege« drei Gelübde ablegen, an die er sich stets zu halten hatte. Bete und arbeite und lies! Diese drei Vorgaben ließen wenig Zeit für profane Dinge. Anstatt die gelungene Klostergründung und den einzugsfertigen Klosterbau tagelang zu feiern, legten die Mönche innerhalb ihrer Mauern weitläufige Gärten an. Dazu sollte auch ein Kräutergarten nach der »capitularis de villis vel curtis imperii« gehören, der überlieferten »Landgüterverordnung« von Karl dem Großen höchstpersönlich.

Trotz der gottgefälligen Klosterübergabe hatte Manegold I. Graf von Altshausen-Veringen die Gelegenheit genutzt, dem

Mair Hannes Eberz in einem eigenen kleinen Festakt den Titel »Herr« zu übertragen. Denn aus dem Sohn des Schwarzfischers und Wilddiebs war längst ein hoch angesehener Mann geworden, der sich durch seine herzliche und verbindende Art sowie durch seine ständig an den Tag gelegte Klugheit und Weitsicht den Respekt seines Grundherrn verdient hatte. Ihm war keine Arbeit zu viel, wenn es um die Belange seines geliebten Heimatdorfes und des Klosters ging. Um Ysinensi in eine gute Zukunft zu bringen, ließ er sich vom Klosterscholaster sogar Schreiben, Lesen und Rechnen beibringen. Außer dem Medicus, den es in Ysinensi mittlerweile gab, und dem Pfarrer war er außerhalb des Klosters der Einzige, der diese Künste bald beherrschen würde.

Der »Herr Dorfvorsteher«, wie Hannes Eberz mehr und mehr bezeichnet wurde, seine Dörfler, Abt Manegold und seine Mönche taten alles, um nicht nur das Kloster, sondern auch das Dorf weiter nach vorne zu bringen – ein fürwahr schwieriges Unterfangen für beide Seiten. Dennoch siedelten sich immer mehr Handwerker an, aber auch neu hinzugezogene Kaufleute sorgten dafür, dass die hier produzierten Waren den Weg in immer fernere Länder fanden. Von dort brachten die Händler orientalische Gewürze, Seidenstoffe und allerlei mehr oder weniger wichtigen Tand mit, um ihn im gesamten Allgäu, in Westschwaben und um das Mare Brigantium herum unter die Leute zu bringen. Die an Ysinensi vorbeiführende Handelsstraße leistete ihren Beitrag dazu, den Ort in jeder Hinsicht für auswärtige Menschen interessanter zu machen – so interessant sogar, dass sich zum Missfallen des Pfarrers inmitten der christlich geprägten Dorfgemeinschaft auch eine Gunstgewerblerin niederließ. Als er ihr einen Platz hinter der Metzig, weit abseits der Dorfmitte zuwies, wurde Hannes Eberz klar, dass er eine klare Struktur in die Gestaltung seines Dorfes bringen musste. Denn genau so, wie sich die Gunstgewerblerin – ohne den Dorfvorsteher zuvor um Genehmigung gefragt zu haben – mitten im Dorf hatte niederlassen wollen, fingen auch andere Siedler an, ihre Zelte einfach dort aufzuschlagen, wo sie es für richtig hielten. Dies ließ Hannes Eberz nicht zu und wies sie in die Schranken, indem er der Länge nach durch ganz Ysinensi im Abstand von zwanzig Fuß Pflöcke in den Boden rammen ließ, die als Markierung für die Hauptstraße dienten, an deren beiden Seiten er Händler mit den dazugehörenden Handwerksbetrieben ansiedeln lassen wollte. »Hinten spinnen, vorne Leinenstoffe unter die Leute bringen! Hinten schlachten, vorne Fleisch verkaufen! Hinten backen, vorne Brot anbieten!«, hatte er dem Grafen vorgeschlagen und dessen Zustimmung umso mehr erlangt, als er empfohlen hatte, dafür einen Bodenzins zu verlangen, von dem die Hälfte an den Grafen gehen sollte. »Die andere Hälfte aber fließt in meine Dorfkasse, damit ich Straßen und Plätze, Brunnen und Wasserläufe innerhalb des Dorfes anlegen lassen kann!«, hatte Hannes Eberz dem Grafen gegenüber mit einem schlitzohrigen Grinsen geäußert, während er ihm die Hand zur Besiegelung gereicht hatte.

Dabei hatte er schon klar im Kopf gehabt, dass hinter den vorderen Häusern Kleinviehzüchter, ein Huf- und Nagelschmied, ein Sattler, Töpfer und ähnliche Berufsgruppen Platz haben könnten. Um dies zu ermöglichen, würde er den dafür fälligen Bodenzins wesentlich niedriger ansetzen als in der vorderen Reihe.

Die Ersten, die von den weitreichenden Gedanken des Dorfvorstehers profitieren sollten, waren die beiden jüdischen Familien Bernstein und Reichmann, die man mit Sack und Pack aus Ulm vertrieben hatte, weil sie wegen ihrer zwar florierenden, aber undurchsichtigen Geldgeschäfte in Ungnade gefallen waren. Im Gegensatz zu vielen andern war es ihnen in der Wahrnehmung ihrer dortigen Mitbürger schlicht und ergreifend »zu gut« gegangen. Obwohl der Ulmer Magistrat die gesamten Besitztümer der Familien beschlagnahmt hatte, war den Bernsteins und den Reichmanns durch das verdiente Geld genug zur Verfügung gestanden, um in einer kleineren Siedlung ein neues Leben beginnen zu können – und dies sollte trotz aller Bescheidenheit ganz sicher *nicht* in der zweiten Reihe sein! Weil Anhänger des mosaischen Glaubens in Ysinensi bisher nahezu unbekannt gewesen waren, hatte der vorsichtige Dorfvorsteher lange gezögert, die vier Erwachsenen mit ihren insgesamt sieben Kindern in Ysinensi aufzunehmen.

»Wenn die nur keinen Ärger machen!«, hatte Hannes Eberz zwar zu seiner Frau gesagt, den Juden letztlich dennoch für gutes Geld die besten Grundstücke angeboten.

Im weitläufigen hügeligen Gebiet um Ysinensi herum konnte neben Dinkel und Hafer auch vermehrt Flachs angebaut werden. Denn nach der Aussaat der Leinsamen um den einhundertsten Tag des Jahres herum bot das Klima in dieser Ecke des Voralpenlandes die besten Voraussetzungen für eine gute Ernte. Die nicht allzu hohen Temperaturen und der regelmäßige Wechsel von Sonne und Regen ließen die Pflanzen vom Frühjahr an bis über den Sommer hinweg bestens gedeihen. Und die Betriebe, die den Flachs bis zum spinnreifen Garn brachten, waren im wasserreichen Umland untergebracht. Garnaufkäufer brachten den Stoff von den Flachsrifflern, -brechern und -hechlern auf den Markt von Ysinensi. Den Bleichern, Blaufärbern, vor allem aber den Webern würde in der wasserdurchflossenen Nordseite, der sogenannten »Wasservorstadt« von Ysinensi, genügend Platz zur Verfügung stehen, dachte sich Hannes Eberz. Es ärgerte ihn, dass er selbst zu wenig Ahnung von Dorfplanung hatte. »Aber der Anfang ist gemacht!«, hatte er zu seiner Frau Agathe gesagt, nachdem alle

Pfähle eingerammt waren und er todmüde und hungrig nach Hause gekommen war. Nachdem sie ihm eine große Schüssel mit kräftigendem Haferschleim hingestellt hatte, war Hannes mit sich und der Welt doch irgendwie zufrieden. Denn in seinem Innersten wusste er, dass er das Richtige tat.

Und genau so war es auch: Gemeinsam mit den anderen alteingesessenen Bewohnern von Ysinensi und den neu Hinzugezogenen galten die Eberz in den Augen der Bevölkerung anderer Dörfer und Städte als Garant dafür, dass der Erfolg und das damit einhergehende pulsierende Leben in diesem Teil des Allgäus auch künftig gedeihen würden.

Um all das besser vor fremden Zugriffen schützen zu können, war der durchlässige Speltenzaun durch eine feste Palisadenumfriedung ersetzt worden, die der Dorfvorsteher zusammen mit einem Holzrücker aus Maierhöfen und dessen beiden Pferden mit schweren Toren bestückt hatte, die er – was es in Ysinensi noch nie gegeben hatte – die Nächte über mit jeweils zwei Wachposten besetzte.

Kapitel 6

All diese gottgefälligen Werke sollten drei weiteren »Männern der ersten Stunde« nicht viel nützen; denn noch während des Klosterbaus war der Bauleiter mitten auf der Baustelle mit einem Stein erschlagen worden. Weil der bullige Mann seine Männer stets mit der Knute angetrieben und kein einziges gutes Wort für sie übrig gehabt hatte, vermuteten die meisten Arbeiter, dass es einer der ihren gewesen sein könnte, dem die Schikanen des brutalen Mannes zu viel geworden waren. Aber weshalb hätte der ihm eine Zahl in die Stirn ritzen sollen? Weil *niemand* den Bauleiter gemocht hatte, wurde nach dessen Tod nicht viel über den Mord gesprochen. Im Grunde genommen waren alle froh darüber, den brutalen Speichellecker des Grafen ein für alle Mal losgeworden zu sein. Wegen der Begleitumstände vertraten allerdings die meisten Dörfler die These, dass der gemeine Anschlag auf den Bauleiter mit dem Amulett zusammenhängen musste – immerhin schrieben sie den Tod des früheren Mairs von villa Ysinensi, den Tod des Grafen Wolfrad II. von Altshausen und den von dessen Leibdiener ebenfalls diesem verdammten Amulett zu. Warum also sollte dies nicht wieder der Fall gewesen sein? Für diese These gab es nur den kleinen Anhaltspunkt, dass der Bauleiter lauthals geprahlt hatte, das Amulett des Grafen mit dessen Genehmigung schon öfter um seinen Hals getragen zu haben.

Vier Jahre nach der Einweihung des Klosters und dessen Übergabe an die Bruderschaft der Benediktiner hatte es einen zweiten unerklärlichen Vorfall gegeben: Manegold, der erste Abt des Klosters St. Georg, war unter äußerst merkwürdigen Umständen zu Tode gekommen: Weil ihn zwei Novizen mit zertrümmertem Schädel und gebrochenen Knochen direkt am linken Turm der Klosterkirche gefunden hatten, waren zunächst alle davon ausgegangen, dass sich der Abt selbst heruntergestürzt hatte. Ernsthaft geglaubt hatte dies allerdings niemand. Denn es hatte nicht das geringste Anzeichen dafür gegeben, dass Abt Manegold seines Lebens überdrüssig geworden war. Im Gegenteil: Unabhängig davon, dass ein Mensch, am allerwenigsten ein Diener Gottes, sich nicht selbst das Leben nehmen durfte, war der früher eher mundfaule und in sich gekehrte Klosterleiter mit dem Aufblühen seines Konvents aufgetaut und redselig geworden.

Normalerweise blieben Ungereimtheiten, merkwürdige Vorkommnisse oder unerklärliche Dinge stets innerhalb der Klostermauern. Weil die Brüder aber unerwartet ohne ihren Abt waren und dementsprechend hilflos um die schrecklich aussehende Leiche herumstanden, hatten sie den Dorfvorsteher informiert und ihn gebeten, die Sache von weltlicher Seite aus zu begutachten.

»Wie ist das passiert?«, interessierte Hannes Eberz als Erstes, während er seinen Blick kurz nach oben gleiten ließ, bevor er sich neben den Toten kniete und auf dessen entblößte Brust zeigte.

Keiner der um den Toten herumstehenden und ständig vor sich hin betenden Mönche hatte eine Antwort parat. Also blieb Eberz nichts anderes übrig, als sich darüber zu wundern, dass die Kutte des Abtes vorne vom Hals ab bis zum Bauch aufgerissen war. »Wo ist sein Brustkreuz? … Es ist nicht da?«, forschte er weiter, ohne nach dem Amulett zu fragen, das möglicherweise ebenfalls um den Hals des charismatischen Leiters des Konvents gehangen hatte.

Nachdem er außer Gebetsmurmeln nichts hörte, schrie er die Mönche an, um sie aus ihrer Starre zu lösen: »Dann sucht es!«

Die Klosterbrüder stoben rasch auseinander, um sich in der Zelle des Abtes und in dessen Arbeitszimmer nach dem Kreuz umzusehen.

Bis auf zwei Novizen, die bei ihrem toten Vorsteher blieben, um weiter für ihn zu beten, waren alle auf der Suche nach dem aus Kirschholz geschnitzten Kreuz.

»Macht weiter!«, trieb Eberz die Glaubensbrüder an, obwohl er wusste, dass er im Grunde genommen nicht dazu berechtigt war, ihnen Anweisungen zu geben. Es hatte nur funktioniert, weil die Mönche durch den grausamen Tod ihres Abtes nicht gewusst hatten, wo ihnen der Kopf gestanden hatte und sie völlig neben sich gewesen waren. Deswegen, und *nur* deswegen, hatten sie seinen Anweisungen Folge geleistet. Immerhin war *er* darauf gekommen, dass hier etwas nicht stimmen konnte.

Und tatsächlich; seine Beharrlichkeit sollte sich gelohnt haben: »Hierher!«, rief Matthias, einer der beiden Klosterpförtner, und winkte die anderen aufgeregt zu sich. »Ich habe das Pektorale gefunden!«

Dass das gesuchte Brustkreuz des Abtes etliche Fuß von ihm entfernt am Ast eines Apfelbaums gehangen hatte, wurde von Hannes Eberz so gewertet, dass es der Mörder dem bedauernswerten Opfer seiner Gewalttat aus dem obersten Fenster des linken der beiden kurzen Kirchtürme nachgeworfen haben musste. Wie sonst hätte es auf den Ast eines Baumes gelangen sollen, der in einiger Entfernung des Toten stand?

»Ein böses Omen!«, bemerkte der Graf ein paar Tage später, als er mit Hannes Eberz zusammensaß, um sich von ihm den Sachverhalt in allen Details erklären zu lassen.

»Wie meint Ihr das, edler Herr?«

Der Graf räusperte sich, nahm einen kräftigen Schluck aus dem Weinglas und sagte, dass es seiner Meinung nach in Zusammenhang mit der Klostergründung noch einen weiteren Toten geben würde.

»Was sagt Ihr da?« Der Dorfvorsteher war entsetzt. »Wie kommt Ihr denn darauf?«

Weil Hannes Eberz hartnäckig eine Antwort forderte, sah ihn der Graf mit strengem Blick an. Dennoch öffnete er die obersten Schlaufen seines Wamses und seines Armkleides, um das Amulett hervorzuholen, das er dort Tag und Nacht vor den Augen anderer verbarg. Bis dahin war das Amulett in die Obhut des Abtes gelegt worden, der es vor Kurzem zurückgegeben hatte, weil er dieses »Teufelswerk« nicht innerhalb seines Klosters hatte haben wollen.

Als Eberz erkannte, was der Graf wie ein wertvolles Geschmeide in seiner Hand hielt, das es zu schützen galt, bekreuzigte er sich.

»Ich sehe, Ihr erinnert Euch noch daran!« Weil er den Mair von Ysinensi selbst in den Stand eines »Herrn« erhoben hatte, sprach er ihn auch dementsprechend respektvoll an, was für den Sohn einer einfachen Bauernfamilie immer noch ungewohnt war und sich nach wie vor befremdlich anfühlte.

Der Graf grübelte kurz, dann sagte er mit belegter Stimme, dass alles nur ein Trug gewesen war, wenn es *keinen* weiteren Toten geben würde. »Falls aber doch, wird das Morden so lange weitergehen, bis sich die in dem Amulett schlummernde Prophezeiung gänzlich erfüllt haben wird! … Achtet also gut auf Euch!«

»Und Ihr, gnädiger Herr, solltet ebenfalls gut auf Euch achten!«

Seit dem für das Kloster traurige Jahr 1100 und der Bestattung des Abtes Manegold im Kapitelhaus zur rechten Seite unterhalb des Chores waren vier weitere Jahre ins Land gegangen. Weil der Tod des Abtes zweifellos ein Mord gewesen war, die genauen Umstände aber nie richtig hatten aufgeklärt werden können, war die Schuld allein dem Amulett zugeschrieben worden. Zumindest die an fremde Mächte glaubenden Bewohner von Ysinensi und des Umlandes sahen dies so. Die belesenen Mönche von St. Georg hingegen betrachteten den Tod ihres Abtes nach wie vor lieber als Unfall, anstatt sich *irgendeiner* sowieso undurchschaubaren Wahrheit zu stellen. Dies ließ sie leichter damit umgehen und besser ihrer Arbeit nachgehen.

Landold, der neue Abt des Klosters St. Georg, tat vom ersten Tag seiner Nachfolge Manegolds alles dafür, um die Sache in Vergessenheit geraten zu lassen. Bei seinen Messen an den Tagen des Herrn predigte er unermüdlich gegen den vom Teufel geschickten Aberglauben, der die Seelen der Menschen vergiftete, während der feste Glaube an Gott Heil bringen würde. »Dies hier …«, rief er seinen Schäflein stets in zornigem Ton zu, wenn er sein über der Kasel hängendes Pektorale in die Hand nahm, küsste und ihnen entgegenstreckte, »… ist das Amulett Gottes, das euch dereinst Heil bringen wird!«

Weil der allseits beliebte Grundherr von Ysinensi glaubte, dass sich ihm der Inhalt der Ziffern auf dem Amulett erschlossen hatte, bangte er seit dem Tod des Abtes vor vier Jahren um sein eigenes Leben, das er allein schon deswegen gottesfürchtig führte, um das ersehnte Seelenheil zu erlangen. Obwohl er dem Kloster immer wieder Geld für Anbauten oder nötige Reparaturarbeiten stiftete, mochte das klösterliche Leben irgendwie nicht so richtig in Gang kommen, wie dies in anderen Klöstern der Fall war.

»Dies mag möglicherweise damit zu tun haben, dass sich die Lage im Süden meines Herrschaftsgebietes vielleicht doch nicht für einen kleinen Konvent eignet! Außerdem haben es die Klöster innerhalb oder im Umfeld größerer Städte in jeder Hinsicht leichter!«, hatte er anderen gegenüber nicht nur einmal bemerkt.

Dafür konnte Graf Manegold mit dem Dorf, in dem sich das Kloster befand, umso zufriedener sein. Hannes Eberz war es gelungen, das berufliche Erbe seines Großvaters weiter auszubauen und aus der ehemaligen Bauernsiedlung ein Handwerkerdorf zu formen, dessen Bewohner Abgaben entrichten konnten, ohne deswegen allzu sehr darben zu müssen. Zudem war es ihm gelungen, zu beiden Seiten der von ihm angelegten Hauptstraße die ersten Kaufleute anzusiedeln, die so betucht waren, dass sie es sich leisten konnten, ihre Häuser aus Stein zu bauen. Den beiden jüdischen Familien gelang dies ebenfalls.

Zudem hatte Hannes mit Agathe Burgerin ein braves Weib gefunden, das ihm im Laufe der Jahre drei Mädchen und fünf männliche Nachkommen geschenkt hatte, von denen allerdings zwei dem Kindstod erlegen waren. Trotz dieses von Gott gewollten Unglücks waren Hannes und Agathe ein im Grunde genommen glückliches Paar, das sich liebevoll um die Kinder und um die Kaninchenzucht kümmerte, für die bereits Hannes' Vater in jungen Jahren den Grundstein gelegt hatte. Die Kinder mussten sich nicht nur um die Aufzucht junger Kaninchen kümmern, sondern auch sonst mit anpacken, wo es nötig war. Dennoch konnten sie ein solch schönes Leben führen, wie es sich der Nachwuchs der meisten hart arbeitenden Eltern nur wünschen konnte. Weil dies Agathes und Hannes' wohlerzogenen Kindern bewusst war, dankten sie es durch unverrückbare Gottesfurcht, sowie durch Respekt ihren Eltern und allen anderen Menschen gegenüber. Gerade der kleine Peter bereitete seinen Eltern stets große Freude. »Aus dir wird dereinst etwas ganz Großes!«, hatte der Vater immer zu ihm gesagt, wenn »Peterle« unter Aufsicht die Einnahmen der Eltern zählen durfte und sich von Mal zu Mal immer weniger verrechnete. Während die anderen Buben handwerkliches Geschick vorweisen konnten, tat sich Peter im Umgang mit der Schrift, vor allen Dingen aber mit der Handhabung von Ziffern und Zahlen hervor.

»Ja!«, bestätigte auch die Mutter das unverkennbare Talent ihres jüngsten Sohnes. »Mit Peterle bekommen wir den ersten richtigen Kaufmann in die Familie!«

Nach einem rechtschaffenen Tagewerk fand Hannes Eberz stets einen liebevoll gedeckten Tisch vor. Wenn es auch nicht zur Prasserei reichte, konnte er seine Familie doch so ernähren, dass keiner von ihnen vom Fleisch zu fallen drohte. Anstatt sich Tag für Tag mit Kaninchenfleisch vollzufressen und dadurch faul und träge zu werden, hielten sie ihren eigenen Verzehr bewusst in Grenzen und verkauften ihre Zuchttiere ebenso wie die von Hannes abgezogenen und von Agathe gegerbten Felle der Tiere. Und damit ihre lieben Mitmenschen nicht auf dumme Gedanken kamen und selbst mit der Züchterei anfingen, verkauften sie die Kaninchen nur geschlachtet und zu bezahlbaren Preisen. Den ärmsten Familien des Dorfes schenkten sie zu Weihnachten und zu anderen kirchlichen Festtagen ein oder sogar zwei ihrer Tiere. »Gott wird es uns danken!«, pflegte Hannes dann immer zu Agathe zu sagen, die sich stolz auf ihren Mann an ihn schmiegte und ihm zuflüsterte, dass sie ihn über alle Maßen liebe.

Zusammen mit seinen Einkünften als Handwerker und seinem Salär als Mair gelang es Hannes, trotz der stetig zunehmenden Abgaben an den Grundherrn Monat für Monat etwas auf die hohe Kante zu legen. Da seine Frau Agathe einer Färberfamilie entstammte, hatten sie zu allem hin damit begonnen, Saat-

Lein zur Gewinnung von Leinöl anzubauen. Weil die meisten anderen Ackerbauern von Ysinensi dieses Leingewächs nur wegen dessen Fasern züchteten, um daraus Stoffe zu weben oder weben zu lassen, verfolgten die geschäftstüchtigen Eberz auch diesbezüglich gleich mehrere Ziele: Während die beiden ältesten Söhne Johannes und Elias sich um den Anbau kümmerten, verarbeiteten die beiden ältesten Töchter Maria und Lisa den Flachs gekonnt zu Stoffen, die dann von der Mutter mit Hilfe der kleineren Geschwister gewalkt, gebleicht und kunstvoll gefärbt wurden. Das Familienoberhaupt presste das Öl, füllte es in quartgroße Behälter ab und sorgte für den Vertrieb der gesamten Produktion, die sich – ebenso wie die Kaninchenzucht – weiß Gott sehen lassen konnte. So war es kein Wunder, dass die Interessenten auch aus den umliegenden Siedlungen und Dörfern nach Ysinensi kamen, um bei den Eberz einzukaufen.

Also konnte Hannes zufrieden sein, … sollte man meinen. Aber wie dem Grafen ging ihm die Prophezeiung, dass wegen des Amuletts ein weiterer Mensch sterben musste, nicht aus dem Kopf.

Vier Jahre nach dem Tod des Abts wurde seine Furcht schwächer. Was sollte noch passieren?, dachte er sich inzwischen. Da erfuhr der Familienvater, dass der Graf tot war. Nachdem er gehört hatte, dass das Amulett verschwunden sei, bekreuzigte er sich ein zweites Mal. Dann zog er sich zum Gebet zurück – er musste nachdenken. In der Stille des Gotteshauses kam der umsichtige Dorfvorsteher zu dem Entschluss, nichts über die Umstände, die zum Tod seines geliebten Herrn geführt hatten, wissen zu wollen. Um auch keine neuerliche Unruhe unter die Bevölkerung von Ysinensi zu bringen, ritt er noch am selben Tag auf seinem eigenen Pferd nach Altshausen, um die Hinterbliebenen des Grafen zu bitten, niemandem etwas darüber zu erzählen. Bei dieser Gelegenheit konnte er sein persönliches Bedauern, das Beileid seiner Familie und das der gesamten Bevölkerung von Ysinensi übermitteln. Zwei gute Gründe, um dorthin zu reiten, dachte er sich, als er seinem Rappen die Hacken gab.

Wenngleich Hannes Eberz von nun an zwar kein völlig sorgenfreies, dafür aber ein angstfreies Leben führen konnte, verging kein Tag, an dem er nicht an die verhängnisvolle Zahl Drei dachte.

Marktrecht bringt Aufschwung … und das geheimnisvolle Amulett …

Bis Anno Domini 1171

Die magische Zahl IV

Kapitel 7

Seit dem Tod des ersten Großmeisters des vor einhundertsiebzig Jahren in Konstanz gegründeten Geheimbundes »Gladius Dei« waren es die Mitglieder gewohnt, von Zeit zu Zeit hinter dem Amulett herjagen zu müssen, das – als wenn es der Teufel wollte – immer wieder verschwand, um dann doch wieder irgendwo aufzutauchen. Und jedes Mal, wenn es gefunden worden war, hatte es Tote gegeben. Bisher hatte die Prophezeiung des ersten Großmeisters sechs Opfer gefordert: zum einen Gerold Eberz, den Mair von villa Ysinensi, der das Amulett bei seiner Ermordung aber nicht bei sich getragen hatte, weil er es dem neuen Pfarrer von villa Ysinensi in die Tasche gesteckt hatte. Aber dies hatte der Mörder nicht mitbekommen, obwohl er vor Ort gewesen war. Eberz waren Wolfrad II. Graf von Altshausen und dessen treu ergebener Leibdiener gefolgt. Dann hatte es den Baumeister des Klosters getroffen, weil einer der fünfundvierzig Geheimbündler gehört hatte, dass er das Amulett um den Hals tragen würde, … was aber zumindest zum Zeitpunkt seiner Ermordung nicht der Fall gewesen war.

Weil der Geheimbund erfahren hatte, dass das Amulett vom Grafen Manegold I. zumindest zeitweise an den ersten Abt des Klosters, der ebenfalls Manegold geheißen hatte, weitergereicht worden war, hatte einer der Verschwörer den Klosterleiter sinnlos aus dem obersten Fenster des linken Kirchturms gestoßen. Schließlich war der betreffende Geheimbündler doch noch fündig geworden und hatte dem adeligen Träger das Amulett abgenommen.

Die Verwandten des Grafen hatten die Umstände, die zu Manegolds Tod geführt hatten, nach außen hin geheim gehalten. Dies hätten sie auch ohne den ausdrücklichen Wunsch des Dorfvorstehers von villa Ysinensi getan. Denn *wie* hätten sie der Öffentlichkeit einigermaßen plausibel erklären sollen, dass man ihrem als gottesfürchtig bekannten Herrn während eines Spaziergangs in seinem eigenen Park mit einem Schwert so fest durchs Herz gestoßen hatte, dass die offensichtlich zweischneidige schmale und lange Klinge hinten ausgetreten war? Aber dies war noch längst nicht alles gewesen; zu allem Übel hin hatte der Mörder – wie zuvor schon den anderen Ermordeten – eine von einem Quadrat umschlossene Zahl in die Stirn des Toten geritzt. Dieses Mal war es die Drei gewesen.

Für die fünfundvierzig »Auserwählten« war es nach siebenundsechzig Jahren des Verschwindens ein unbeschreibliches Glücksgefühl gewesen, das Amulett wieder im Besitz ihres Großmeisters zu wissen. Daraufhin hatte das Amulett über zwei Generationen hinweg den Großmeistern als äußeres Zeichen ihres Bundes gedient und war bei den geheimen Zusammenkünften von jedem einzelnen Mitglied ehrfurchtsvoll geküsst worden – eine Neuerung des vorangegangenen Großmeisters. Immer, wenn es verschwunden und wieder aufgefunden worden war, hatten diejenigen Menschen, die mit ihm zu tun gehabt hatten, dem Tod ins Auge sehen müssen. Das Verschwinden, das Wiederfinden, die Toten und die damit einhergehenden Rituale hatten den ideellen Wert dieses materiell völlig wertlosen Amuletts im Laufe von siebzehn Jahrzehnten immens gesteigert. Jedes Mal hatte sich der aktuelle Großmeister einen neuen Ritus einfallen lassen, um sich hervorzutun und seinen Status als uneingeschränkter Führer dieses radikalen Zirkels zu sichern. Denn der Verlust des Amuletts – und war er auch nur vorübergehend gewesen – hatte stets an der Reputation des jeweiligen

Großmeisters genagt. Und weil innerhalb ihres Geheimbundes längst ein versteckter, aber immer wiederkehrender Machtkampf um die Position des Großmeisters begonnen hatte, waren die vierundvierzig gemeinen Mitglieder noch gefährlicher geworden, als sie dies am Tag ihrer ersten Zusammenkunft vor einhundertsiebzig Jahren schon gewesen waren.

Es war nur eine Frage der Zeit, bis die Identität eines Großmeisters oder eines seiner vierundvierzig Handlanger bekannt würde. Dies würde gleichzeitig heißen, dass auf einen Schlag neununddreißig weitere unschuldige Männer ihr Leben lassen müssten, damit der Geheimbund korrekt nach den Statuten des ersten Großmeisters aufgelöst werden konnte. Denn erst – so die Prophezeiung des Großmeisters bei der Gründungsversammlung im Konstanzer Dom – wenn so viele Menschen getötet wurden, wie die Addition der neun Zahlen auf dem Amulett ergab, konnte sich der geheime Zirkel ins Nichts auflösen … oder sich ganz neu formieren. Ob dies – wenn es tatsächlich so weit kommen würde – ohne weiteres Aufsehen und möglicherweise sogar ohne das Aufdecken der Identität seiner Mitglieder vonstattengehen würde, stand allerdings in den Sternen.

Kapitel 8

Hannes Eberz war stolz auf seinen jüngsten Sohn Peter gewesen, obwohl der ihm nicht ins Amt des Mairs gefolgt war.

Dafür war aus Peter genau *das* geworden, was seine Eltern schon immer geahnt hatten; ein erfolgreicher Kaufmann!

Hannes hatte den Aufstieg seines Sohnes nicht mehr ganz miterleben dürfen, weil er einem Geschwür im Kopf erlegen war. Bis zu seinem langwierigen und schmerzhaften Tod hatte der alt gewordene Mann tagtäglich die magisch auf ihn wirkende Zahl Drei im Kopf gehabt und nicht mehr herausbekommen, sosehr er dies auch versucht hatte. Dies war sogar so weit gegangen, dass ihn immer stärkere Kopfschmerzen geplagt hatten, die am Schluss überhaupt nicht mehr gewichen waren. Deswegen hatte er den als Schwätzer bekannten Dorfmedicus aufgesucht, den er ansonsten gemieden hatte. Nachdem er dem Arzt auf Nachfrage erzählt hatte, was ihn dermaßen plagte, dass er sich endlich einmal zu ihm getraut hatte, war anstatt eines hilfreichen Rates nur die neunmalkluge Antwort zurückgekommen: »Omne trinum perfectum!«, was nichts anderes geheißen hatte als »Aller guten Dinge sind drei!«

Von diesem Tag an hatte Hannes nur noch schlaflose Nächte und eine solche Heidenangst vor dem Tod gehabt, dass er irgendwann gänzlich der Narretei verfallen war. Ein unrühmliches Ende für einen einst schneidigen und von allen respektierten Mann, der für seine Familie, für das Kloster und für sein Heimatdorf Ysinensi so viel getan hatte wie keiner zuvor. Seine Frau Agathe war zwei Jahre zuvor eines natürlichen Todes gestorben und hatte den Verfall ihres Mannes nicht mehr miterleben müssen. Was aber beide noch mitbekommen und Hannes zumindest in früheren Jahren aktiv vorangetrieben und mitgestaltet hatte, war das systematische Anlegen einer breiten Durchgangsstraße, die sich vom höher gelegenen südlichen Teil in Richtung Norden durch das ganze Dorf hinunterzog und selbst für Ochsenkarren und Kutschen breit genug war. Davon ausgehend – so Hannes' damalige Gedanken – konnten bei zunehmendem Bedarf an beiden Seiten Gassen angelegt werden, die zwischen den Behausungen zu mehreren Stellen führten, die als Fest- und Versammlungsplätze genutzt werden konnten. Gleichzeitig sollte dort Handel getrieben werden. Die Vision des weitsichtigen Dorfvorstehers war es gewesen, in Ysinensi verschiedene Märkte fest anzusiedeln und das Dorf künftig nicht immer wieder neu einzuteilen.

»Vielleicht wäre eine breite Querstraße in der Mitte des Dorfes gar nicht schlecht?«, hatte Hannes den anderen Männern von Ysinensi gegenüber verlauten lassen, wegen der damit verbundenen zusätzlichen Arbeit aber eine Abfuhr erhalten. Dann in Gottes Namen zu einem späteren Zeitpunkt, hatte er sich gedacht und das Projekt so lange vor sich hergeschoben, bis er es nicht mehr hatte realisieren können.

Dennoch hatte er bis zum Ausbruch seiner schrecklichen Krankheit Nacht für Nacht daran gedacht und davon geträumt, wie schön es doch wäre, wenn es einen eigenen Vieh- und Rossmarkt gäbe, dessen Gestank sich nicht mit dem herbalen Geruch von Gemüse und dem süßen Duft von Obst vermischen musste, während Schmalz, Stoffe, Hausrat und Tand an anderen Stellen feilgeboten wurden.

Unter seiner Ägide war auch die innerdörfliche Wasserversorgung verbessert worden. Hannes' Visionen waren sogar so weit gegangen, mit dem Bau einer Stadtmauer aus Stein zu beginnen. »Wenn dies vermutlich auch ein Bauwerk über Generationen werden wird, muss einmal damit angefangen werden. Ravensburg, Wangen und andere Dörfer verfügen schon längst über einen steinernen Schutzwall, der ihnen Sicherheit gibt!«, hatte er vor vielen Jahren bei einer Zusammenkunft aller Männer des Dorfes gesagt, sich wegen der bevorstehenden Arbeit aber ebenfalls nur Häme, Pfiffe und sogar persönliche Beleidigungen eingehandelt. Mit dem Bau der ersten Mauer um Ysinensi herum hatte er gegen alle Widerstände hinweg trotzdem beginnen lassen und sich neben seiner eigentlichen Arbeit auch selbst den Rücken für die Allgemeinheit krumm geschuftet. Dennoch waren zu seinem Begräbnis nur wenige Bürger erschienen. Die Menschen hatten Angst vor Geisteskrankheiten und fürchteten sich davor, sich damit anzustecken. Dies hatte ihnen der selbst närrische Dorfmedicus eingeredet, weil er mit dem Mair zeitlebens zu wenig Geschäfte hatte machen können. Hannes Eberz war einfach zu robust gewesen, um wegen jeder Kleinigkeit den Medicus zu bemühen. Dementsprechend hatte er ihn im Laufe seines Lebens nur dreimal aufgesucht.

Obwohl im Herzogtum Schwaben ein jahrelanger Krieg zwischen den mächtigen Welfen und den Staufern getobt hatte, entwickelte sich Ysinensi weiterhin prächtig. Dass vor vier Jahren der einzige Sohn des sechsten Welfen beim Machtkampf mit dem Papst in den italienischen Landen an einer Seuche verstorben war, weswegen Welf VI. sein Erbe an seinen Neffen und ehemaligen Gegner Friedrich Barbarossa I. übergeben hatte, war dank der guten Handelsbeziehungen sogar bis ins Allgäu gedrungen. Dass das Welfenerbe als Reichsgut an den Kaiser gegangen war, veränderte so nach und nach das Leben im Herzogtum und im angrenzenden Bayern sowie in Schwaben. So war auch in Ysinensi die Zeit nicht stehen geblieben.

Weil den Verantwortlichen längst klar geworden war, was die Stunde geschlagen hatte, setzten sie sich im Refektorium des Klosters an einen Tisch und beschlossen eine Art Stadtgründung, indem sie den Gepflogenheiten ihrer Zeit folgend nach einem geometrischen Plan vorgehen wollten. Um das bisher

Erreichte, im Grunde genommen aber immer nur von Laienhand Gefertigte auf fachkundigere Beine zu stellen, hatte Graf Wolfrad seine besten Baumeister aus Altshausen und Trauchburg sowie einen Mathematiker aus Tettnang zu dieser Besprechung mitgebracht. Um die Wichtigkeit seines Anliegens zu dokumentieren, hatte er sogar einen Astronomen aus Tübingen dazugebeten.

»Seit dreizehn Jahren verfolgt Heinrich der Löwe den Plan, das bayerische Salz aus Reichenhall nach Westen zu exportieren. Er plant eine Salzstraße über Wasserburg, München, Landsberg, Memmingen, Lindau, Schaffhausen und weiter nach Baden, Zürich und vielleicht sogar nach Basel! Und dabei müssen die Salzroder auch an Ysinensi vorbei …«

»Oder besser noch«, begann Marquard, der derzeit amtierende Abt von St. Georg, das, was Graf Wolfrad gesagt hatte, zu ergänzen. Bevor er seinen Satz vervollständigte, lachte er triumphierend auf. »… mitten durch Ysinensi hindurch!«

»Ja!«, bestätigte einer von Hannes Eberz' Nachfolgern und setzte forsch drauf: »Wir müssen in jeder Hinsicht wachsam sein, um das Stapelrecht zu bekommen!« Der neue Mair von Ysinensi schien wie die meisten seiner Vorgänger ebenfalls ein vernünftiger Mann zu sein.

»Ihr wollt das Stapelrecht für Ysinensi?«, freute sich der Graf und sagte den anderen zu, alles dafür zu tun, um die Salzfuhrwerker zu verpflichten, in Ysinensi Station zu machen. »Weil wir noch kein offizielles Stadtrecht besitzen, kann ich nichts versprechen«, gab er zu bedenken, strahlte aber gleichzeitig die Hoffnung aus, es noch in diesem Jahr irgendwie hinzubekommen, dass Ysinensi von durchziehenden Kaufleuten verlangen dürfe, ihre Waren für einen noch zu bestimmenden Zeitraum auf dem Stapelplatz abzuladen und hier in Ysinensi den Kaufinteressierten anzubieten. »Sie könnten dann durch das Wassertor und das Viehtor zum Marktplatz gelangen!«

Weil seine Zuhörer zwar skeptisch waren, das begehrte »Stapelrecht« tatsächlich zu bekommen, aber dennoch zufrieden mit den Planungen ihres Grundherren, herrschte im Refektorium Aufbruchsstimmung.

Wie erfreut wären die Vorgänger des amtierenden Mairs gewesen, wenn sie es hätten miterleben dürfen, dass Ysinensi das begehrte Stapelrecht tatsächlich noch im selben Jahr erhalten hatte. Und wie stolz wären sie erst gewesen, wenn sie mitbekommen hätten, wie die mächtigen Welfen und der bayerische Herzog Heinrich der Löwe Ysinensi auch noch das Marktrecht verliehen hatten. Denn lange bevor Ysinensi diese Privilegien offiziell erhalten hatte, war von ihnen der Grundstein für den weiteren Ausbau zu einem bedeutenden Handelsstützpunkt gelegt worden. Ysinensi, das aufstrebende Allgäuer Dorf am Rande des westlichen Schwabens, hatte nicht nur das Stapelrecht, sondern durfte sich zudem auch noch als Markt bezeichnen. Und damit gingen einige gewinnversprechende Rechte einher, aber auch Verpflichtungen. Eine davon war, bei Wochen- und Jahrmärkten den sogenannten »Königsfrieden« zu wahren. Dabei standen sowohl die Händler als auch die Besucher unter dem Schutz der marktführenden Stadt, also des jeweiligen Mairs. Streitigkeiten wurden stets vor Ort ohne den Formalismus des Landesrechts entschieden. Denn der Marktherr musste die uneingeschränkte Freiheit des Handelsverkehrs sowie die Sicherheit der Straßen und Wege garantieren. Außerdem hatte er dafür zu sorgen, den Handel durch den Umlauf von Münzen zu erleichtern. Dafür durfte er von den Verkäufern einen Marktzoll einfordern. Außerdem hatte der Marktleiter dafür zu sorgen, dass die örtliche Kaufmannschaft vor Konkurrenz geschützt wurde – eine nicht immer leichte Aufgabe, die den künftigen Dorfvorstehern und Bürgermeistern von Ysinensi zunehmend Sorgen bereite würde.

Hannes Eberz hatte auch nicht mehr miterleben dürfen, wie die Dorfkasse durch den zunehmenden Wohlstand der Kaufleute und somit auch der Handwerker und Bauern ebenso gefüllt wurde wie durch Steuern, Ungelder und Zölle, die nun auch von reisenden Händlern entrichtet werden mussten. Wenn auch das meiste davon an den Grundherrn und von dort aus noch weiter geleitet werden musste, blieb für Ysinensi immer noch so viel übrig, dass die Dorfentwicklung weiter vorangetrieben werden konnte. Dennoch ärgerte es die Menschen, dass die Abgaben »nach oben hin« immer höher stiegen.

»Früher hat es geheißen ›Der Graf nimmt's, der Graf gibt's‹. Heute nimmt er nur noch!«, schimpften die Leute und hofften inbrünstig, dass sich dies irgendwann ändern würde.

Seit dem Tod des Dorfvorstehers Hannes Eberz hatte sich innerhalb der Familie viel verändert. Nicht nur aus seinem Sohn Peter war ein erfolgreicher Kaufmann geworden, auch all dessen Geschwister waren aufgestiegen. Und deren Kinder und Kindeskinder befanden sich ebenfalls schon auf bestem Weg, es zu etwas zu bringen. Insbesondere Peters zweitältester Enkel Godehard bereitete der Familie viel Freude, weil er wie sein Großvater hervorragend mit Zahlen umzugehen wusste. Aber auch Peters ältester Enkel Paul schien ein kluger Knabe zu sein. Allerdings hatte die Art und Weise, wie Paul in seiner Kindheit mit seiner Begabung umgegangen war, die Eltern zutiefst verunsichert. Denn Paul hatte schon als sechsjähriger Knabe Fröschen Strohhalme in den Hintern gesteckt, um sie aufzublasen – damit hatte er sie beileibe nicht quälen, sondern lediglich in Erfahrung bringen wollen, ob mit Luft gefüllte Frösche tauchen konnten. Als er später Ratten gefangen und bereits tote Katzen oder andere Tiere aufgeschnitten hatte, um zu sehen, was sich im Inneren von deren Bäuchen befand, war Pauls Eltern nicht nur einmal übel geworden. Sie hatten sich große Sorgen darüber gemacht, dass ihr Sohn der Narretei verfallen sein könnte, und ihn nach jeder Verfehlung so lange eingesperrt, bis Paul hoch und heilig Besserung gelobt hatte. Aber Pauls Schwüre hatten nie lange gehalten. Beim letzten Mal hatte ihn die Mutter erwischt, wie er den vom Fell befreiten Schädel eines toten Hundes an einen Strick gebunden hatte, um ihn im Stadtbach zu versenken, damit die Fische den Rest erledigen würden. »Ich wollte doch nur sehen, wie Hundekiefer funktionieren, weil die so fest zubeißen können!«, hatte der zu einem beachtlichen Burschen herangereifte Paul zu seiner neuerlichen Entschuldigung gesagt … und war wieder eingesperrt worden.

Von alledem hatte Peters Berufskollege und Freund Melchior Habisreitinger nichts gewusst. Er hatte nur mitbekommen, dass Paul ein überaus kluger Knabe war, aus dem unbedingt ein Studiosus werden musste. »… Arithmetik vielleicht?«, hatte Melchior vorgeschlagen und ergänzt, dass Rechnen schließlich die Grundlage für den Erfolg eines guten Kaufmannes sei. »Was würdest du davon halten, wenn ich deinen von Gott gewollt klugen Enkel bei meiner nächsten Handelsreise in die italienischen Lande mitnehme, damit er dort ein Studiosus werden kann?«, hatte Melchior seinen verdutzt dreinschauenden Freund gefragt, weil er dessen Leid nicht mehr hatte mit ansehen können. Peters Frau Elsebeth war vor einem Jahr den Folgen eines Arbeitsunfalles erlegen. Zu allem hin waren kurz darauf auch noch sein Sohn und seine Schwiegertochter an der Roten Ruhr verstorben, einer der vielen unerklärlichen Epidemien, die über das Land hinweggefegt waren wie ein Totenheer und auch in Ysinensi etliche Opfer gefordert hatten.

Um den Kraftakt zu schaffen, die alleinige Erziehung seiner Kinder *und* seiner Enkelkinder mit dem Geschäft unter einen Hut zu bekommen, hatte der gutmütige und gottesfürchtige Peter eine Haushälterin nehmen müssen, die viel Geld gekostet hatte – von der Amme für seine kleinste Enkeltochter ganz zu schweigen. Er hatte das zweifelhafte Glück gehabt, dass das neugeborene Kind einer Nachbarin dem Kindstod zum Opfer gefallen war, weswegen sie Milch gehabt hatte, die sie Peters kleiner Enkelin gegen gutes Geld hatte zur Verfügung stellen können.

Trotz des schweren Herzens bei dem Gedanken, seinen Enkel Paul vielleicht nie mehr wiederzusehen, hatte der fürsorgliche Großvater erwogen, um des Kindeswohls willen auf Melchiors Vorschlag einzugehen.

»Glaub mir, Peter, das ist das Beste für den Knaben!«, hatte der in Reisen erfahrene Kaufmann mehrmals gesagt und dazu immer wieder bemerkt, dass er freundschaftshalber auf das Kostgeld für Paul während der wochenlangen Reise in die italienischen Lande verzichten würde. »Und du hast dann einen Esser weniger zu Hause!«

Peter hatte die Wangen aufgebläht und fest Luft ausgestoßen, bevor er zustimmend genickt und in resigniertem Ton bemerkt hatte, dass er dann immer noch sechs Mäuler zu stopfen habe.

Ein knappes Jahr später war es dann zum schmerzlichen Abschied gekommen. Während Paul mit »Onkel Melchior«

mitgegangen war, ohne eine einzige Träne vergossen zu haben, hatten sich seine Geschwister und der Rest der Familie die Augen ausgeheult.

Kapitel 9

Dass sich der Geheimbund »Gladius Dei« im Laufe der Jahre zunehmend radikalisiert hatte und längst mit sich selbst genauso gnadenlos umging wie mit denjenigen, die mit dem Verschwinden des Amuletts in Zusammenhang gebracht werden konnten, sollte sich an diesem regnerischen Novembertag auf grausame Art und Weise zeigen.

Wie immer bei ihren Zusammenkünften verneigten sich die Mitglieder beim Betreten des sakral wirkenden Raumes vor ihrem Großmeister und küssten das um seinen Hals hängende Amulett. Dann erst durften sie auf das etwa vierundzwanzig Fuß große illuminierte Quadrat inmitten des großen Kreuzgewölberaumes zugehen, dessen äußere Umrandung durch ein Feuerkarree gekennzeichnet war. Bevor sie dann über das nur eine Handbreit hohe Feuer hinweg auf *das* der inneren neun Quadrate treten durften, auf das sie gemäß der ihnen zugewiesenen Ziffer gehörten, mussten sie traditionsgemäß die Arme nach oben strecken und allen vor ihnen angekommenen Verschwörern mit den Fingern *ihre* Zahl anzeigen. Erst nach einmütigem Nicken der anderen, das von einem wohlwollenden Grummeln begleitet wurde, war ihnen der Zutritt erlaubt.

Während die neun etwa acht Fuß großen Vierecke innerhalb des großen Quadrates früher mit Kreide auf den Boden gemalt worden waren, weil die Verschwörer ihren Versammlungsraum ständig hatten wechseln müssen, hatte sich dies mit dem vor wenigen Tagen verstorbenen Großmeister Hubertus von Hohenfels geändert. Denn der Ministeriale der Bischöfe von Konstanz hatte die Trennlinien auf dem Steinboden aufwändig mit blutroten Mosaiksteinchen belegen lassen. Als äußere Umrandung diente eine fingerdicke und fast handtiefe Bodenrinne, in die brennbares Öl geschüttet werden konnte.

Als die vierundvierzig Verschwörer vollzählig waren und alle in ihren Quadraten standen, wurde es so still, dass nur noch das Quietschen von Ratten und das Tropfen von Schwitzwasser zu hören waren. Die Männer wunderten sich darüber, dass zum ersten Mal in ihrer Geschichte zu beiden Seiten eines Großmeisters je zwei Gestalten standen, die ebenso gewandet waren wie sie selbst. Denn bisher waren es immer genau vierundvierzig Männer gewesen, die sich zusammengefunden hatten, um in Einzelgesprächen mit dem jeweiligen Großmeister zu klären, was getan werden musste, wie es weiterging und wie sie ihre Ziele, den Fortschritt der Wissenschaften und der Erforschung des menschlichen Inneren, weiter voranbringen konnten.

Aus gegebenem Anlass war die Stimmung an diesem ohnehin tristen Tag so bedrückt wie dies bisher nur selten bei den Versammlungen der Fall gewesen war. Die Verschwörer wussten, dass etwas auf sie zukommen würde. Dabei konnten sie aber nicht im Geringsten erahnen, *was* gleich passieren würde.

Der neue Großmeister erhob sich aus seinem thronartigen Sessel und ging gemäßigten Schrittes zum Altar ihres neuen Versammlungsraumes, der sich in einem geheimen Kreuzgewölbekeller der Burg Hohenfels auf einer Spornkuppe nordwestlich von Sipplingen befand. Zornig knallte er ein dickes ledergebundenes Buch mit zwei wuchtigen Messingverschlüssen auf den Altar. Dann legte er – was so gar nicht zu dieser bedrückenden, ja sogar beängstigend anmutenden Situation passen mochte – ganz sanft eine Handfläche auf den Einband und begrüßte seine Mitverschwörer, die darauf warteten, was ihnen der von seinem Vorgänger designierte und erst vor Kurzem von ihnen bestätigte Großmeister zu sagen hatte. Es brach mit voller Gewalt über sie herein: »Dies hier ist die Chronik, die unser Gründungs-Großmeister im Jahre des Herrn 1001 angelegt hat, um die Mitglieder unseres geheimen Zirkels über Generationen hinweg wissen zu lassen, was sie erreicht haben und …«, bevor er weitersprach, schüttelte er sein Haupt unter der Kapuze, was dem Auditorium nichts Gutes verhieß, »… wann sie versagt haben!«

Nachdem er dies gesagt hatte, füllte ein dumpfes Gemurmel den Saal.

»Und sie haben versagt! *Wir* haben versagt!«, schrie er so laut, dass es von den feuchten Wänden zurückhallte, während er gleichzeitig auf das rechte Quadrat in der vorderen Reihe zeigte und damit die vier Männer in Unruhe versetzte, die darin standen.

Der Großmeister ließ ihnen nicht viel Zeit, um sich Gedanken darüber machen zu können, was nun mit ihnen geschehen würde: »Dank des kürzlich verstorbenen Großmeisters hat unser geheimer Bund zum ersten Mal in seiner einhundertsiebzigjährigen Geschichte einen festen Versammlungsraum, von dem außer uns niemand etwas weiß! Dafür kennt ihr jetzt erstmals den Namen eines toten Großmeisters! Dies kann zu einer Katastrophe führen! Denn wenn bekannt werden sollte, dass der verstorbene Burgherr, Hubertus von Hohenfels, der Großmeister unseres geheimen Bundes gewesen ist und dass er uns diesen geheimen Raum – wie er es hier in diesem Buch schriftlich bestätigt hat – ›für alle Zeiten‹ zur Verfügung stellt, sind wir und unser Bund dem Tode geweiht! Denn das was wir tun, ist bei Todesstrafe verboten!«

Er zeigte auf seine Mitverschwörer und sagte in nunmehr leisem Ton: »Ihr alle wisst jetzt davon! Und dass es so weit kommen konnte, haben wir vieren von euch zu verdanken!«

Als sie dies hörten, wurden die vier Männer noch unruhiger, als sie ohnehin schon waren.

»An euch wäre es gelegen, unserem schwerkranken Großmeister das Amulett abzunehmen, bevor dessen Verwandte merken konnten, dass er einem geheimen Zirkel vorstand! Obwohl ihr gewusst habt, dass Hubertus von Hohenfels in absehbarer Zeit sterben wird, habt ihr so lange gesäumt, bis sein Sohn ihm das Amulett abgenommen hat. Ihr alle wisst, dass es gemäß der Prophezeiung unseres ersten Großmeisters bei einem neuerlichen Verschwinden des Amuletts vier Sühnetote geben muss!«

Der Großmeister hielt inne, bevor er die Versager anschrie und ihnen deutlich machte, dass das Amulett als verschwunden gewertet werden musste, weil es nicht mehr im Besitz des Großmeisters gewesen war, … auch wenn es die Burg wahrscheinlich nicht verlassen hatte.

»Nur gut, dass es ein anderer von uns dem jungen Hohenfelser unbemerkt stehlen konnte. Wie ich aber gehört habe, hat der junge Herr die Motive auf dem Amulett abgezeichnet, um sie sich von einem Mystiker deuten zu lassen. Und allein schon deshalb, weil wir diese Zeichnungen *nicht* gefunden haben, leben wir ab sofort in ständiger Gefahr, enttarnt zu werden! Normalerweise müsste der junge Herr für den kurzzeitigen Besitz des Amuletts sterben. Weil aber sein Vater unser Großmeister gewesen ist und uns diesen wunderschönen Raum zusammen mit dem geheimen Pfad hierher und einem nicht entdeckbaren Einlass geschenkt hat, werden wir ihm nichts antun! … Außerdem dürfen wir kein Aufsehen in der Burg erregen!«

Der Großmeister hielt wieder inne. Dann sagte er, dass der Prophezeiung dennoch Genüge getan werden müsse, was hieß, dass vier Menschen ihr Leben lassen mussten.

Von diesem Moment an war den Männern im rechten vorderen Quadrat klar, dass sie sterben würden.

»Was habt ihr zu eurer Verteidigung zu sagen?«, mochte der Großmeister wissen, um die vier aus der Reserve zu locken und sie zum Sprechen zu bringen. Denn sollten sie dies tun, würden sie zu allem hin auch noch gegen das Schweigegelübde des »Gladius Dei« verstoßen.

Und dies taten sie auch. In ihrer Todesangst sprudelte es aus den Beschuldigten nur so heraus. Mit erhobener Hand gebot der Großmeister den Ausreden der vier Todgeweihten Einhalt, indem er mahnte: »Habt ihr vergessen, dass ihr ein Schweigegelübde abgelegt habt?«

Nun wussten die vier, dass sie auf die Finte des gerissenen Mannes hereingefallen waren und er sie nun mit Recht töten lassen durfte. Da half weder das gotterbärmliche Flehen, noch das Ziehen ihrer Schwerter. Auf Geheiß des Großmeisters traten acht andere Verschwörer aus ihren Quadraten und hielten die vier fest.

»Ich habe hier vier neue Mitglieder, die euch ersetzen werden! Aber seid unbesorgt; nach eurem Tod werdet ihr der Wissenschaft dienen!«

Dann ging alles ganz schnell und die vier lagen tot in ihrem Quadrat.

»Erde, Feuer, Luft und Wasser!«, rief der Großmeister und ergänzte in beschwörendem Ton, dass die Vier ebenso eine zeitliche Orientierungs- und Ordnungszahl sei, wie der Mondlauf aus vier Phasen bestehen würde. »Dem Protokoll ist Genüge getan, also muss die Prophezeiung noch nicht erfüllt werden!«, rief der Großmeister den anderen zu, die zum Zeichen dafür, weiterhin für ihre Sache kämpfen zu wollen, ihre Schwerter zogen und nach oben reckten. »Und nun lasst uns klären, wie wir es endlich fertigbringen, weit mehr Ärzte für Leichenöffnungen zu gewinnen als bisher.«

Das montfortische Burgum »Domum Ulrici«

Anno Domini 1257

Die magische Zahl V

Kapitel 10

Nicht nur bei den Geheimbündlern, sondern auch im gesamten ehemaligen Herrschaftsgebiet derer von Altshausen-Veringen hatte sich viel geändert. So hatte sich auch die Bevölkerung von Isine, wie sich das Dorf inzwischen nannte, bereits seit einiger Zeit an einen zusätzlichen Potentaten gewöhnen müssen. Dem Grafen von Montfort-Bregenz gehörte inzwischen das Gebiet südlich der Stadt – eine mehr als heikle Situation für die Herrscher und ihre Untertanen. Die Bevölkerung von Isine hatte in ihrer wechselhaften Geschichte bereits viel erdulden müssen – dass es aber zu allem hin *ausgerechnet* ein Bregenzer hatte sein müssen, der in ihrem aufstrebenden Städtchen bei allen Entscheidungen ein Wörtchen mitzusprechen haben würde, war ihnen lange nicht in die Köpfe gegangen. Dementsprechend störrisch hatten sie sich verhalten.

Aber »der Bregenzer« hatte sich von Anfang an in jeder Hinsicht als kluger und umsichtiger Grundherr gezeigt, der sich mit den politisch angespannten Verhältnissen in den deutschen Landen gut zu arrangieren verstand. So hatte er nicht gezögert und gleich nach seinem Amtsantritt damit begonnen, die seinerzeit von Hannes Eberz angelegte Hauptstraße genau vermessen zu lassen, um sie nach dem Vorbild größerer Städte weiter auszubauen und mit einer genauso breiten Querstraße zu versehen.

»Die Straßenführung von Isine sieht dann aus wie das Kreuz unseres Herrgotts«, hatte er lachend gesagt, als er seine Visionen zum ersten Mal öffentlich verkündet hatte.

»Die Leute vom See haben schon einen merkwürdigen Humor«, hatte einer der zu diesem Gespräch geladenen Kaufleute seinem Tischnachbarn zugeflüstert und ein zustimmendes Kopfnicken zurückbekommen.

Während die Arbeiten in vollem Gange sein würden, wollte der hemdsärmelig wirkende Grundherr von Isine auch noch den bestehenden Marktplatz neu gestalten und am südlichen Ende der Straße eine Marktbefestigung errichten. Gleichzeitig hatte er vor, den vor sieben Jahren begonnenen Bau seines Amtshauses endgültig fertigzustellen. Wegen der unsicheren Zeiten hatte der Graf von Montfort vom ersten gesetzten Stein ab großen Wert darauf gelegt, den Gebäudekomplex massiv und verteidigungstauglich auszubauen. »Es soll ein festes Haus am Markt sein!«, hatte er seinem Baumeister Theo Finck eingebläut, weil er ganz genau gewusst hatte, dass es eine raue Zeit war, in der Brandschatzungen, Einbrüche und Überfälle fast an der Tagesordnung waren.

Weil sich sein Amtshaus direkt hinter dem Marktlatz am belebtesten Knotenpunkt des Dorfes befinden würde, war die Gefahr umso größer. Aber dies fürchtete Ulrich von Montfort nicht im Geringsten. Er wusste, wie er sich abzusichern hatte und das Marktgeschehen an sich ziehen konnte, um sich dadurch die herrschaftliche Macht zu sichern. So wusste er auch, dass er mit der Straßenerweiterung noch mehr Menschen ins Dorf würde locken können als bisher. Und das war ganz in seinem Sinne.

»Die bestehenden sechs Magazine am Amtshaus haben sich bisher schon vortrefflich als Leinenlager geeignet und dienen nun auch noch hervorragend als Salzhaus!«, freute er sich seinem Baumeister gegenüber.

Kurz darauf stand der umtriebige Montforter mit Theo Finck an *der* Stelle, an der er mit der Umsetzung seines Bauvorhabens beginnen wollte.

»Kein Händler soll an Isine vorbeikommen!«, bemerkte

er zum Baumeister, den er für dieses Projekt aus Feldkirch hatte kommen lassen, um mit ihm seine Visionen in die Tat umzusetzen. Dass es der Graf ernst meinte, zeigte sich allein schon daran, dass er die Sache trotz strömenden Regens an Ort und Stelle mit dem Meister seines Vertrauens besprach. Er wollte keine Zeit verlieren und die Sache zügig vorantreiben.

Während er einen Arm mit flach ausgestreckter Hand und nach oben gerichtetem Daumen entlang der Straße in Richtung Norden streckte, drückte er ein Auge zu, um das, was er sah, zu fixieren. »Ich möchte, dass der Straßenverlauf von hier aus möglichst gerade angelegt wird, damit der Prangerstein«, er zeigte an die Stelle, die er meinte und formte mit beiden Armen ein großes Dreieck, »den wir hier an der Ecke meines Amtshauses einlassen werden, von allen gut gesehen werden kann!«

»Ihr wollt also *genau hier* den Pranger aufstellen?«, wunderte sich Finck.

Der Graf nickte. »Ja! Genau dort, wo dieser Vermessungsstein in der Erde steckt! Hier möchte ich den Schandstein haben, denn die Delinquenten sollen nicht nur hier auf dem von Uns noch zu vergrößernden Markt, sondern zur besseren Abschreckung auch möglichst weit die Straße hinunter gesehen werden!«

»Aber die Straße ist nicht bis zum anderen Stadtende hin gerade und macht kurz davor einen leichten Knick!«

»Ich weiß, ich weiß!«, schimpfte der Graf. »Einer der damaligen Dorfvorsteher hat es zugelassen, dass ein paar der Häuser bis in die Straßenführung hinein errichtet wurden!«

»Vielleicht ist dies sogar mit voller Absicht geschehen?«, warf Finck ein, während er nachdenklich die Augen zusammenkniff.

Weil der Regen plötzlich so fest auf die Plane klatschte, die vier Diener des Grafen mit Stangen über ihre Köpfe hielten, hatte der neue Regent von Isine den letzten Satz seines Baumeisters nicht verstanden. Also machte der untersetzte Bauherr gleich munter weiter, indem er dem großgewachsenen und bulligen Baumeister eine große Papierrolle unter die Nase hielt und begeistert dazu erklärte: »Dies hier ist ein Plan, den mir Konrad I., der Abt des Klosters St. Georg, gegeben hat! Er wurde von einem begnadeten Kollegen von Euch gezeichnet und ist Unseres Erachtens nach ein Kunstwerk, mit dessen Umsetzung etwas zu zaghaft begonnen wurde!« Während er dies sagte, wurde seine Stimme immer lauter: »Das, was die damaligen Verantwortlichen von Isine im wahrsten Sinne des Wortes auf den Weg gebracht haben, werden Wir, Ulrich der Erste, Graf von Bregenz und Herr dieses wunderschönen Dorfes, nun zu meisterlicher Reife bringen!«

»Darf ich …« Der Baumeister ließ sich den Plan geben und betrachtete ihn ganz genau. Dann nickte er anerkennend und sagte: »Dieser Plan hier wurde sicherlich an dieser …«, er drehte sich um und zeigte auf den Boden, »… Gründungsachse ausgerichtet. Wahrscheinlich wurde zur Festlegung und Vermessung des Gründungsgrundrisses von Isine genau dieser Stein als örtliche Markierung eingebracht.«

Bevor der Feldkircher Baumeister weiterreden konnte, nahm ihm der Graf die Papierrolle erneut aus der Hand und lachte laut auf. »Ja, glaubt Ihr denn, Wir haben diesen Plan nicht genau studiert, bevor Wir Unseren Bruder Rudolf in Feldkirch gebeten haben, Euch ausleihen zu dürfen, damit Ihr nach Isine kommen konntet? Was glaubt Ihr, weshalb Wir diesen mächtigen Stein ausgerechnet«, nun drehte sich der Graf um, »an dieser Stelle haben möchten?«

Theo Finck verbeugte sich ergebenst und bat den Grafen um Verzeihung.

Der aber winkte nur ab: »Schon gut! Das heißt, dass der Prangerstein diese Markierung ersetzen wird und stattdessen

Unser Vermessungsstein sein soll! Wir werden den bestehenden geometrischen Plan weiter verfolgen, das Wassertor und das Viehtor erneuern und auf Grundlage dieses Planes auch die bestehende Graben- und Wallanlage erweitern!«

»Und das Wasser leiten wir von hier aus zu beiden Seiten um das Dorf herum! Bei dieser Gelegenheit können wir auch Wasserleitungen innerhalb von Isine legen, um damit gleich mehrere Brunnen zu speisen!« Theo Finck schien nun Feuer und Flamme für das Projekt zu sein.

Der Graf nickte zufrieden. Dann ergänzte er, dass auch an den Ausbau der bestehenden Holztürme gedacht werden müsse. »Und den primitiven Holzzaun werden Wir irgendwann gänzlich durch eine Steinmauer ersetzen – genau so, wie dort unten vor vielen Jahren damit begonnen wurde, bevor meinem Vorgänger vermutlich das Geld ausgegangen ist!«

»Ihr seid also mit meinen Vor…«

Noch bevor sich Finck die Vorgehensweise bestätigen lassen konnte, fiel ihm der Graf ins Wort: »Ja! Es sind allesamt gute Vorschläge!«, lobte er den Baumeister seines Bruders, der auf der Feldkircher Schattenburg saß. »Aber nicht, dass *Uns* das Geld ausgeht oder dass Wir sterben, bevor Wir aus Isine eine richtige Stadt gemacht haben!«

Kapitel 11

Auch für die Geheimbündler war das Planen, mehr aber das Leben und Sterben weitergegangen: Nachdem das Amulett fünfundachtzig Jahre nach den Vorkommnissen in der Burg Hohenfels doch noch »richtig« verschwunden war und trotz intensivster Suche über ein ganzes Jahr hinweg nicht hatte gefunden werden können, ordnete der amtierende Großmeister erneut an, in jedem Landstrich, aus dem seine Verbündeten stammten, eine gut getarnte Räumlichkeit zu suchen und zum Zweck eines ihrer beiden Hauptziele einzurichten. Denn in den bis dahin zweihundertsechsundfünfzig Jahren seines Bestehens war es dem Geheimbund immer noch nicht gelungen, genügend mutige Ärzte zu finden, die sich für den Gedanken begeistern konnten, sich der Anatomie des menschlichen Körpers zu widmen – zu tief war die Angst vor der Todesstrafe in ihnen verankert.

Was die Verbreitung der »sieben freien Künste«, insbesondere der Arithmetik, betraf, waren sie wesentlich erfolgreicher gewesen. Nicht nur, dass sie in all den vielen Jahren Tausende talentierte Kinder aus armen Verhältnissen monetär gefördert, sie zu Scholaren und angesehenen Magistern gemacht hatten. Auch die Vermehrung und die damit einhergehende Verbreitung von Schulen war in einem Rahmen unterstützt worden, wie es nur durch den brüderlichen Zusammenhalt dieser fünfundvierzig ausnehmend gut betuchten Männer hatte möglich sein können. Doch beim Verschwinden des Amuletts hatte es eine weitere Radikalisierung gegeben.

»Bringt mir unser Heiligstes zurück!«, hatte der amtierende

Großmeister geschrien und mit gesenktem Kopf drohend zur Tür ihres Versammlungsraumes gezeigt.

Vierundvierzig Geheimbündler waren in alle Himmelsrichtungen ausgeschwärmt, um sich rund um den See im Umkreis bis zu etwa einhundert Meilen ins Landesinnere hinein umzuhören und sich überall umzusehen, wo sich viele Menschen auf einem Haufen versammelten.

Und weil das Allgäu, insbesondere Isine, bisher schon eine auffallende Rolle gespielt hatte, sah sich dasjenige Geheimbundmitglied, das aus dieser Ecke stammte, auch dort um. Der stattliche Mann trug die Gewandung eines städtischen Bürgers, die er immer anlegte, weil er wusste, dass es keine bessere Tarnung gab. Wie sollte jemand dahinterkommen, dass hinter der Fassade eines fein gewandeten Mannes das Mitglied eines radikalen Geheimbundes steckte, das zu allem entschlossen war, um ein verloren gegangenes »Magisches Amulett« zurückzubekommen. Dass dieser ehrenwerte Kaufmann sein »Jiàn« unter dem weiten Umhang versteckt hatte, konnte niemand sehen. Und wenn, würde man sich lediglich über die eigene Art der Waffe wundern, nicht aber darüber, dass er sie trug. Einem Mann seines Ranges war es schließlich gestattet, öffentlich einen Dolch und ein Schwert am Körper mit sich zu führen.

Es war ein strahlender Sommertag, weswegen in Isine alles auf den Beinen war, was laufen konnte, oder auch nicht. Kein Wunder, dass Jacob der Bettler die Gunst des Tages nutzen wollte, um an etwas Kleingeld zu kommen – selbst wenn es ihm nicht möglich war zu gehen. Während der Bettler früher die Markttage genutzt hatte, um anderen Leuten die Geldbeutel abzuschneiden, musste er sich seit einem tragischen Fuhrwerksunfall damit begnügen, auf seinem mit kleinen Rollen versehenen

Brett zu sitzen und das Erbarmen derjenigen Marktbesucher zu erflehen, die er früher bestohlen hatte. »Habt Gnade, Herr!«, flehte er den Kaufmann, der gerade auf ihn zukam, mit entgegengestreckter Hand und mitleiderregendem Blick an. Der Geheimbündler hatte sich so unters Volk gemischt, als wenn er auf der Suche nach neuer Handelsware wäre.

»Hier!«, sagte der Mann gönnerhaft und warf dem Krüppel so viel Geld zu, dass der sich mit einem solch heftigen Nicken bedankte, dass er kopfüber von seinem Brett purzelte.

»Findet ihr das spaßig?«, knurrte der spendable Mann die Passanten an, die sich vor Lachen krümmten. Als er seinen reich bestickten Umhang etwas beiseiteschob und sie die Waffe sahen, verging ihnen das Lachen.

»Dreißig und keinen Pfennig weniger!«, bestand Godefried, der einzige Sohn von Godehard Eberz, auf seinem Preis. Dabei ging es um einen sechzig Ellen langen gestreiften und einen gleich langen eingefärbten Leinenballen in der üblichen Breite eines Webstuhls.

Aber der seinem Verkaufsstand gegenüberstehende Mann winkte nur dankend ab und ging weiter.

Godefried Eberz und seine Frau Maria, die einem alteingesessenen Kaufmannsgeschlecht aus dem zwölf Meilen entfernten Wangen entstammte und allein schon deswegen bestens zu ihm passte, lachten ihm aber nur nach, anstatt ihn mit einem günstigeren Angebot zur Umkehr zu bewegen.

»Der kommt gleich wieder zurück!«, war sich Maria sicher, während sie die beiden Leinenballen ins Regal zurücksteckte, die sie für den Mann ein Stückchen aufgerollt hatte, damit er die Qualität prüfen konnte.

»Wo ist denn Lukas schon wieder?«, schimpfte der Vater, weil ihm der jüngste seiner drei Söhne an diesem Tag hätte helfen sollen.

»Ich weiß nicht!«, antwortete Cristoff, Godefrieds und Marias ältester Sohn, während er von einem Ballen drei Ellen lange Streifen herunterschnitt, die dann als Tischdecken verkauft werden sollten.

Während sich Cristoff recht gut machte und hoffen ließ, später einmal die Geschäfte des Vaters zu übernehmen, und der mittlere Sohn Friedrik andere Talente hatte, war es hoffnungslos, aus dem jüngsten einen guten Menschen formen zu wollen. Denn der zwölfjährige Lukas ließ lieber den Herrgott einen guten Mann sein, als sich in Disziplin zu üben und den Eltern zur Hand zu gehen. Im Gegenteil: Der Herumtreiber war stets zu allerlei makabren Scherzen aufgelegt, neckte die Mädchen, die er schon mal an einen Baum band und denen er dann die Haare abschnitt. Das Schlimmste aber war, dass er stahl wie eine Elster, und dies als Sohn eines ehrenwerten Kaufmannes. Er war sogar schon einmal in eine fremde Behausung eingebrochen, um dort alles mitzunehmen, was er hatte versilbern können. Da hatten auch die schärfsten Strafen nichts zu ändern vermocht; aus dem jüngsten Spross der Eberz würde wohl nie etwas werden. Und beim nächsten Mal würde dann das Richtschwert oder der Galgen auf ihn warten.

»Ah! Da seid Ihr ja wieder!«, freute sich Godefried Eberz, als der Mann von eben wieder vor seinem Verkaufstisch stand. »Was kann ich *jetzt* für Euch tun?«

Die feine Gewandung konnte nicht verbergen, dass der kleine Mann bemerkenswert rundlich war. Aber dies war Godefried Eberz egal. Hauptsache, es handelte sich um einen ernst zu nehmenden Interessenten. Der schwitzende Mann rieb sich den Bart und zeigte auf die Stoffballen hinter dem Händler. »Wenn Ihr mir einen vernünftigen Rabatt gebt, kommen wir ins Geschäft!«

Nun lachte Godefried so laut auf, dass auch die anderen Tuchhändler in seiner Nähe aufmerksam wurden.

»Pass auf, vom alten Eberz kannst du was lernen!«, sagte einer der Händler zu seinem Sohn, während er ihm mit seinem Ellenbogen in die Rippen stieß, um dessen Aufmerksamkeit zu bekommen.

Alle waren gespannt, was Eberz dem Mann, der mit einer roten Knollennase gestraft war, zur Antwort geben würde.

Er ließ auch nicht lange auf sich warten: »Wenn Ihr es Euch nicht leisten könnt, müsst Ihr die einfache weiße Leinwand nehmen und sie selber einfärben. Die kostet nur zwölf Pfennige! Oder …«, Godefried Eberz zeigte nach hinten, »Ihr nehmt ein aus Hanf hergestelltes einfaches Segeltuch, für das Ihr nur fünf Pfennige berappen müsst! Und wenn Ihr nicht so viel habt, nehmt Euer Kleingeld und versucht, in der Taverne dort drüben einen Humpen oder wenigstens ein Quart Bier zu bekommen!«

Nachdem er dies gesagt hatte, brandete allgemeines Gelächter auf. Der gewiefte Kaufmann suhlte sich im Handgeklappere seiner Kollegen. Aber das Lachen sollte ihm gleich wieder vergehen, denn der Mann sagte nur: »Schade! Ich bin Wiederverkäufer und bereise die Welt. Sehr gerne hätte ich Euch die gesamte Ware abgenommen, die Ihr liefern könnt!« Dann drehte er sich um und ging.

»Halt! … Äh! … Werter Herr! Kommt zurück!«, rief ihm Godefried Eberz nach, erfolglos.

»Hochmut kommt vor dem Fall! Das hast du nun davon, du eingebildeter Pfeffersack! Lieber eine rote Nase, als sie so hoch zu tragen wie du«, schimpfte seine Frau zur erneuten Belustigung der anderen Marktbeschicker, während der vom Oberen Joch kommende Knopfhändler seinen Sohn am Ohr packte und ihn in seinen Stand zurückzog. »Hast du keine Arbeit, Seppi?«

Von alledem hatte der Geheimbündler nichts mitbekommen, weil er sich gerade auf dem Hauptmarkt umsah, dem größten Platz im Zentrum des Dorfes, den man inzwischen mehr oder weniger offiziell als »Großen Marktplatz« bezeichnete. Nachdem er sich die Angebote der anderen Plätze, die »Kornmarkt«, »Rossmarkt«, »Viehmarkt« oder »Schmalzmarkt« genannt wurden, angesehen hatte, ging er in Richtung der Tuchhändler, wo er an einem der Stände etwas in der Sonne blitzen gesehen hatte. Er machte keinen Hehl daraus, gezielt zu suchen. Warum auch? Es war Donnerstag, also einer der Markttage in Isine, der auch dieses Mal Händler und Besucher von weither angelockt hatte. Weil alle, die nicht hinter einem Verkaufstisch standen, etwas suchten, fiel auch dieser Mann nicht auf. Im Grunde genommen hatte er ja nichts Böses vor; er suchte nur etwas, aber etwas ganz Bestimmtes!

An der Ursache des Glitzerns angekommen, zeigte er zum ersten Mal ernsthaftes Interesse am Angebot eines Händlers. Direkt im Anschluss an die Tuchhändler befanden sich die Gemischtwarenhändler, die mit allem schacherten, was man sich nur vorstellen konnte: Hier gab es Töpfe, Pfannen und Geschirr, sogar Werkzeug der verschiedensten Art. Gebrauchte Tabore und Einhandflöten, alte Fahnen verschiedener Kriegsheere vergangener Zeiten waren hier ebenso unter der Hand zu bekommen wie Waffen der verschiedensten Art aus den entferntesten Ländern der bekannten Welt.

»Interessiert Euch etwas, Herr?«, wurde er sofort vom Händler angesprochen, nachdem dieser bemerkt hatte, dass das Augenmerk des Kunden gezielt auf den Kasten mit den vielen kleinen Fächern gerichtet war, in denen sorgsam voneinander getrennt Ketten, Münzen, Perlen und Halbedelsteine lagen. Aber auch fertiger Schmuck wie Anhänger, Anstecker, Armreife und Ringe waren darin zu finden. Dieses Angebot schien den Kunden besonders zu interessieren.

Der Händler taxierte sein Gegenüber und nahm dann seinen schönsten Ring aus einem der Kästchen, den er über den kleinen Finger seiner rechten Hand streifte, um sie dem Kaufinteressenten entgegenzustrecken. »Wäre das nichts für die werte Frau Gemahlin?«

Der Kunde schüttelte nur den Kopf.

»Sucht Ihr etwas Spezielles? Bei mir werdet Ihr sicher fündig! Ich habe alles! *Fast alles!* Wartet!« Während er einen in Silber gefassten Bergkristall-Anhänger aus einem der hinteren Fächer herausnahm und hastig über eine Kette streifte, rief er sein Weib zu sich: »Rasch, Susanna, dreh dich um!«

Weil die Frau des Händlers augenscheinlich zwar gut gebaut, ansonsten aber keine Schönheit war, bedachte sie der Kunde nur rasch mit einem Blick, bevor er wieder in den Fächern zu kramen begann.

»Seht, Herr! Dies ist sicher etwas für die Frau Eures Herzens, oder?«

Der Kunde schaute eigentlich nur der Höflichkeit halber nochmal zum Halsausschnitt der Händlerfrau, blieb mit seinem Blick dieses Mal aber wie erstarrt daran kleben.

Wenn der Händler zunächst geglaubt hatte, dass er mit seiner Empfehlung einen Volltreffer gelandet hatte, wurde ihm schnell klar, dass der Kunde sich lediglich am prallen Busen seines Weibes ergötzen mochte. Und weil das Geschäft aus seiner Sicht sowieso nicht zustande kommen würde, empörte er sich darüber auf die unflätigste Weise. Er fing sogar damit an, den Kunden lauthals als einen heißen Bock und als treibigen Eber zu bezeichnen. Und weil sich der Kunde nicht gegen die Beleidigungen des Händlers wehrte, fühlte der sich im Recht und schimpfte so lange weiter, bis der Mann vor dem Verkaufsstand fragte, was es kosten würde.

»Was … was meint Ihr?« Der Händler schaute seine verlegene Frau verunsichert an.

»Keine Sorge; nicht was Ihr denkt!«, beruhigte der Kunde die beiden, zu denen sich neben deren Sohn auch seine zwei jüngeren Schwestern gesellt hatten.

Nachdem der Händler den Preis für den Anhänger mitsamt der Silberkette genannt und seinem Weib die Kette wieder abgenommen hatte, um sie dem Käufer zu geben, schüttelte der den Kopf. »Ich meinte nicht diese Kette, sondern den Anhänger, den Euer Weib um den Hals trägt.«

Völlig verunsichert antwortete anstatt des Mannes die Frau, dass dieser Anhänger unverkäuflich sei.

Und weil der Händler glaubte, dass ihn der vermeintliche Kunde lediglich narren mochte, pflichtete er seiner Frau bei.

»Woher habt Ihr ihn?«, wollte der Kaufinteressent wissen, bekam aber von ihrem Mann nur lapidar zur Antwort: »Wir sind Händler!«

»Na also: Dann waltet Eures Amtes!«

Nachdem es auch nichts genützt hatte, den doppelten und sogar den vierfachen Preis von dem anzubieten, was die Silberkette mitsamt dem Anhänger gekostet hätte, hielt sich der Interessent nicht weiter damit auf und wechselte zur Verwunderung des Händlers und dessen Frau das Thema, indem er die beiden fragte, woher sie denn kämen.

»Warum?«, mochte der erneut irritierte Händler wissen.

»Nur so …«

»Aha …«

»Also?«

»Aus Kreuzlingen, überm See!«, antwortete sie.

Nachdem er dies gehört hatte, blitzten die Augen des Mannes gefährlich auf, während sich gleichzeitig ein Grinsen auf seine Mundwinkel legte. Ohne ein weiteres Wort drehte er sich um und verließ das Marktgelände.

»Arschloch!«, rief ihm der Händler noch nach.

Dies sollte das letzte Schimpfwort gewesen sein, das er in

Isine laut hinausgeschrien hatte. Weil sich der Tag sowieso dem Ende neigte und es dunkel zu werden drohte, packte er mit Hilfe seiner Frau und der Kinder seinen Kram zusammen, um das Allgäu in Richtung Meckenbeuren zu verlassen.

»Kreizkruzifix! Des glaub i etz it!«, schrie tags darauf ein Mann in breitestem Schwäbisch so laut, dass es durch den Wald hallte.

»Was isch, Hugo?«

»Ha wa! Etz schau d'r amol des ô?«, kam es fassungslos zur Antwort.

»Muinsch du, dass se …«

»Schwätz it, Schorsch! Komm: Mir packet g'schwind elles zam!«

»Schau amol! Denne beude Alte hend se mit'm Mess'r ebbes in'd Schdirn g'ritzt!« Nach genauerer Betrachtung ergänzte er noch, dass es sich um eine Zahl handeln könnte, wie er sie zwar irgendwo schon mal gesehen hatte, aber nicht wisse, um was für eine Zahl es sich handelte.

Für die beiden Strauchdiebe, die ursprünglich aus Stuttgart stammten, schien es ein Glückstag zu sein, den sie wohl bis zu ihrem Lebensende nicht mehr vergessen würden. Denn direkt vor ihnen lagen in einem Hohlweg in der Nähe von Eglofs fünf Menschen mit durchgeschnittenen Kehlen. Nachdem die verwahrlosten Herumtreiber die augenscheinlich bedauernswerten Opfer einer Gewalttat ganz genau betrachtet hatten, schauten sie sich ängstlich nach allen Seiten um. Dann fackelten sie nicht lange. Anstatt sich um die Toten zu kümmern, nahmen sie deren Ochsengespann mit dem vollbeladenen Planwagen an sich und suchten damit das Weite.

Der Geheimbündler, der gestern noch in Isine auf dem Markt gewesen war, hatte nicht lange gewartet, um der unwürdigen Händlerfrau aus Meckenbeuren das »Magische Amulett« vom Hals zu reißen. Weil ihn auch deren Mann und die drei Kinder gesehen hatten, war er nicht umhin gekommen, auch sie umzubringen. Auch wenn dies nicht unbedingt sein erklärtes Ziel gewesen war, hatte er es doch als Omen angesehen. Denn ihm war von vorneherein klar gewesen, dass er fünf Menschen umbringen musste, falls er das Amulett wiederfinden sollte. Und er hatte es nun ja wiedergefunden! Dabei war ihm etwas davon in den Sinn gekommen, was ihm und seinen Brüdern vom Großmeister zur magischen Zahl Fünf gesagt worden war, bevor er sie auf die Suche geschickt hatte: »Die Zwei kann stets als ›weibliche Zahl‹ empfunden werden! Wenn die Zwei und die Drei aber zusammenfinden, dann entsteht daraus die Zahl Fünf: Es ist die Zahl der Vereinigung von Mann und Frau!«

Zwei Elternteile und drei Kinder, das passt ja, hatte er sich eiskalt gedacht, bevor er den Eltern jeweils eine lateinische Fünf in einem Quadrat in die Stirn geritzt hatte. Wenigstens hatte er die beiden Kinder von diesem menschenverachtenden Akt verschont. Denn der Mann, der Mitleid mit dem Bettler gehabt hatte, war im Grunde seines Herzens kein schlechter Mensch. Aber der Codex sah nun einmal vor, diejenigen Menschen umzubringen und über deren Tod hinaus zu brandmarken, die mit dem Verschwinden des »Magischen Amuletts« zu tun gehabt hatten.

Die Stadtrechtsverleihung

Anno Domini 1281

Die magische Zahl VI

Kapitel 12

Hermann, der inzwischen zwölfte Abt des Klosters St. Georg, war vor zwölf Jahren verstorben, in einer Zeit, in der Kirche und Reich kein Oberhaupt gehabt hatten. Bereits ein Jahr zuvor hatte Truchsess Heinrich von Waldburg durch König Peter von Aragonien die Insignien des Herzogs von Schwaben erhalten, nachdem Konradin der Staufer gefangengenommen und in Neapel enthauptet worden war. Diese Situation hatte die Welt einmal mehr verändert.

Auch im allgäuischen Isine war es zu mehreren gewaltigen Einschnitten gekommen. Obwohl es gerade während der herrscherlosen Zeit ein besonders »ungutes« Leben für Volk *und* Adel gewesen war, hatte Ulrich Graf von Montfort sein Versprechen wahr gemacht und das inzwischen schmucke Städtchen zu einem Handelsknotenpunkt geformt. Daran hatte sich nichts geändert, als Isine in den Lehens- und Pfandbesitz der Truchsessen von Waldburg gekommen war.

Lediglich die vom Montforter Grafen gewünschte Stadtmauer aus Stein war immer noch nicht richtig verwirklicht worden. Die Grundlagen hierfür hatte er mit seinem strategisch klugen Straßen- und Marktausbau in Isine gelegt … und im Sommer des Jahres 1269 dabei insofern Glück gehabt, dass eine gewaltige Feuersbrunst zwar fast den gesamten Klosterkomplex in Schutt und Asche gelegt, die Stadt selbst aber nicht erfasst hatte. Dies war der Grund gewesen, weswegen es nicht zum Bau der Stadtmauer gekommen war.

Dennoch war die Bevölkerung von Isine mit dem zufrieden, was sich in ihrem Städtchen verbessert hatte. Allerdings schielte sie doch mit einem leichten Gefühl des Neides auf das aufblühende, selbstständige Lindau, dem sie gerne ebenbürtig wäre.

Obwohl es in erster Linie die Aufgabe der Mönche gewesen war, das bis auf die Grundmauern niedergebrannte Kloster wieder zu errichten, hatten sich auch die Einwohner von Isine fleißig daran beteiligt. So war trotz seines fortgeschrittenen Alters auch Godefried Eberz dem Ruf der Mönche gefolgt, sich durch das Einbringen seiner Arbeitskraft einen Platz im Himmelreich zu sichern. Wenn er selbst auch nicht daran geglaubt hatte, war es für ihn und seine Familie gleichsam Ehre und Verpflichtung gewesen, beim Klosteraufbau mit dabei zu sein, … auch wenn dies seine morschen Knochen eigentlich nicht mehr zugelassen hatten. »Aber was tut man nicht alles für …«

»Ich dachte, du glaubst nicht daran, dich in den Himmel einkaufen zu können?«, hatte ihn seine Frau Maria nicht nur einmal schmunzelnd unterbrochen und ihm sein heißgeliebtes Pflaumenmus hingestellt, das Godefrieds Meinung nach »gut für den Körper« sein sollte.

Trotz der Beschwerden des Alters waren die beiden ein glückliches und zufriedenes Paar. Lediglich ihr jüngster Sohn Lukas bereitete der Mutter nach wie vor ernsthafte Magenbeschwerden und dem Vater Kopfzerbrechen. »Was haben wir mit der Erziehung nur falsch gemacht? Aus Cristoff und Friedrik ist doch auch etwas geworden!«, klagte Godefried bei der Morgensuppe einmal mehr seiner Frau, weil er es nicht verstehen konnte, dass Lukas ganz aus der Art geschlagen und straffällig geworden war.

»Aber er ist trotzdem unser Sohn!«, versuchte Maria, den mittlerweile stadtbekannten Dieb und Einbrecher in Schutz zu nehmen.

»Dass ein Eberz am Haus des Grafen bereits zum zweiten Mal angekettet für jedermann sichtbar ganze zwei Tage und Nächte lang auf dem Prangerstein stehen musste, ist wohl mehr als unangenehm … und ganz beiläufig gesagt auch geschäftsschädigend«, ärgerte sich das Familienoberhaupt, das Lukas trotz allem immer noch genauso liebte wie seine beiden älteren Brüder.

Und weil Maria dies wusste, legte sie ermutigend ihre Hand auf seine und hauchte ihm ein sanftes »Ich liebe dich, du alter Griesgram!« entgegen.

»Du hast ja recht, Maria! Mir hätte nichts Besseres passieren können, als mit dir Kinder zu bekommen!«, entgegnete er mit dem Blick in den Augen, in den sie sich vor nunmehr fast fünfzig Jahren verliebt hatte.

»Wie es Philip wohl in den südlichen Gefilden ergeht?«, leitete Maria in melancholisch klingendem Tonfall zum Vetter ihres kränkelnden Mannes über, um ihn von seinen trüben Gedanken an Lukas abzulenken. Immer wenn Handelsreisende aus den italienischen Landen zurückgekehrt waren, hatten sie erfahren, dass aus Godefrieds Onkel Paul etwas ganz Besonderes geworden war. Aufgrund seiner guten Beziehungen zu einem Professore di medicina in Bologna hatte Melchior Habisreitinger den jungen Allgäuer tatsächlich an der dortigen Università unterbringen können, wo er allerdings anstatt die vom Vater gewünschte Arithmetik das Studienfach Medizin belegt hatte.

Und weil es sich um die wohl älteste Universität der Welt handelte – so zumindest behaupteten dies die dortigen Professoren –, hatte diese Universität einen ganz besonders guten

Ruf, der ihr schon vorausgeeilt war, als dort die »Schule des Rechts« gegründet worden war. »Wäre dies nicht auch etwas für mich?«, hatte der an allem interessierte junge Mann aus dem fernen Isine damals gefragt und bei seiner Einschreibung zur Antwort bekommen, dass er sein Maul halten und zufrieden sein solle, beim berühmten Professore Rizzardini studieren zu dürfen. Also war aus dem Kaufmannssohn Paul Eberz aus Isine im Allgäu anstatt eines Zahlenkünstlers oder eines Rechtsgelehrten innerhalb weniger Jahre ein Medico und später sogar ein hochreputierter Professore geworden. Und später aus seinem Sohn Philip über die Jahre ebenso.

Als »Professore Philippo«, wie man Philip Eberz in seiner südländischen Wahlheimat allseits genannt hatte, eines Tages klar geworden war, dass er sterbenskrank war, hatte er seine Arbeit niederlegen wollen, um in die Allgäuer Heimat seiner Familie zurückzukehren. Aber dies hatte sich nicht so einfach gestaltet wie er gehofft hatte; denn »Philippo« hatte sich in der norditalienischen Region Emilia-Romagna derart unentbehrlich gemacht, dass man ihn nicht hatte gehen lassen wollen. »Due Semestre!«, hatte der Leiter der Universität seinem besten Professore die Abwesenheit zugebilligt, ihn wegen seiner fortgeschrittenen Krankheit dann aber doch für immer ziehen lassen müssen. Leider war die Reise für den kranken Philip Eberz so anstrengend gewesen, dass er es nicht bis nach Isine geschafft und bei der anstrengenden Überquerung des Brenners verstorben war.

Philip Eberz hatte sich wegen seiner herausragenden Leistungen schon während seines Studiums an der Unversità di Bologna ganz offiziell mit der Anatomie des menschlichen Körpers befassen dürfen. Weil später aus ihm ein Dozent geworden war, der dies seinen Studiosen beibringen mochte, hatte er sogar eine »permesso speciale« zur Begutachtung der inneren Organe erhalten. Obwohl es ihm in Bologna in jeder Hinsicht stets gut ergangen war, hatte ihn die Neugier nach der Heimat seiner Familie, aus der sein Vater vor Jahrzehnten gezogen war, stets begleitet. Und mit zunehmendem Alter war dies immer schlimmer, anstatt besser geworden. Weil er zudem mit argen Schmerzen zu kämpfen gehabt hatte, war ihm schon lange klar geworden, dass er seinen Professorenposten bald würde aufgeben müssen. Also hatte er geplant, baldmöglichst nach Isine zu reisen, um dort in monetär abgesicherten Verhältnissen seinen Lebensabend zu verbringen.

Philip war ganz nach seinem Vater geraten. Während seines gesamten Lebens in Bologna hatte der spröde Mann keine nennenswerten Freundschaften geschlossen und niemanden allzu nahe an sich herangelassen. Lediglich zu Matteo Gallo, einem seiner ehrgeizigsten und besten Studiosen, hatte er Vertrauen gefasst und ihm bei den vielen gemeinsamen Spaziergängen durch Bolognas Straßen und Gassen von der Allgäuer Heimat erzählt und von einem Isine vorgeschwärmt, das er nur aus den Erzählungen seines Vaters gekannt hatte. Die beiden hatte die Leidenschaft zu ihrem Beruf verbunden, insbesondere aber die Besessenheit zur Erforschung des menschlichen Körpers. Um wissenschaftlich vorwärtszukommen, hatten sie neben ihrer offiziell genehmigten Arbeit auch noch heimlich Leichenöffnungen vollzogen. Von Ehrgeiz zerfressen hatten sie sich dazu hingerichtete Verbrecher und verstorbene Landstreicher oder andere Verblichene besorgen lassen, deren Verbleib niemanden interessierte.

Matteo, der junge Medico aus Bologna, hatte aufgrund seiner engen Verbindung zu seinem Mentor Kontakte mit anderen Handelsreisenden nördlich der Alpen. Dies hatte den klugen

Kopf dazu ermuntert, seine wegen des Professors sowieso schon guten Deutschkenntnisse zu erweitern.

Nach »Philippos« Tod, hatte er immer wieder etwas aus Isine erfahren, was Wehmut in ihm hatte aufkommen lassen, obwohl er die Heimat seines verstorbenen Freundes nur aus dessen Erzählungen kannte.

Wie meistens um diese frühsommerliche Jahreszeit *glühte* die Sonne über »Bella Italia«. Weil in diesem Jahr ein ganz besonders heißer Sommer herrschte, schwitzten die Menschen jetzt noch mehr als sonst. Deswegen sehnten sich viele von ihnen nach dem Schatten der Pinien und Zypressen. Andere verkrochen sich zu Hause oder suchten Erholung in einer Osteria. Und diejenigen, die es sich leisten konnten, gönnten sich dort ein kaltes Getränk – so auch der stadtbekannte Medico Matteo Gallo, der – wie an fast allen Tagen – nach mehreren Vorlesungen in seine Lieblingsosteria gekommen war, um sich dort zu zerstreuen.

Wie oft war er mit »Philippo« hier gewesen? Er wusste es nicht.

Matteo liebte dieses Lokal an der weitläufigen, von Arkaden gesäumten Piazza Maggiore allein schon wegen der Vielfalt des dortigen Publikums. Hier trafen sich Intellektuelle, Künstler, Kaufleute, Handwerker und Menschen einfacher Berufe aus aller Welt. Und genau dieses Gemisch gefiel dem allseits beliebten Medico, von dem niemand ahnen konnte, was er in aller Heimlichkeit trieb. Bologna war ein bedeutendes Zentrum für Architektur, Kunst und Kultur, aber auch für die Wissenschaft, die hier ganz besonders verwurzelt war. Nicht umsonst wurde die Stadt als »La Dotta«, die Gelehrte, bezeichnet. Weil in Bologna aber auch der Handel eine wichtige Rolle spielte, trafen sich in der »Osteria Maggiore« ebenso Handelsreisende aus allen Ecken der bekannten Welt. Matteo hatte sich gestern anstandshalber die Ware eines lästigen türkischen Teppichhändlers zeigen lassen. Heute unterhielt er sich mit einem ihm bereits bekannten Salzroder aus Hall in Tyrol, der weit herumgekommen war. Und weil auch er den Professore von dieser Osteria her gekannt hatte, berichtete er seinem Gesprächspartner, dass »Philippos« Heimatort Isine das Stadtrecht verliehen werden solle. So ganz nebenbei erwähnte der Salzfuhrwerker, dass er nicht direkt ins Tyrolerische zurückkutschieren würde, weil er zuvor noch in eine andere Richtung müsse. »Ich habe eine Rückfracht nach Memmingen!«, sagte er in einem Ton, als wenn er dies für seinen Zuhörer als unwichtig erachten würde.

Als Matteo aber »Memmingen« hörte, horchte er auf. »Liegt diese Stadt nicht ebenfalls im Allgäu wie Isine?«

Nun wurde der Salzroder stutzig. »Nein! Ich glaube nicht, dass Memmingen noch zum Allgäu gehört! Aber du kennst dich dennoch gut in den deutschen Landen aus?«, wunderte er sich.

»Also bringst du deine Rückfracht bis in die Nähe von Isine?«, drängte der Italiener.

Der bullige Fuhrwerker spuckte aus, bevor er sich mit seiner tellergroßen Hand den Schweiß aus dem Gesicht wischte. Dann nickte er und sagte: »Das nicht gerade. Ich muss zur Äbtissin des dortigen Augustinerinnenklosters! Aber von ›Nähe‹ kann keine Rede sein, denn zwischen Memmingen und Isine dürften etwa fünfundzwanzig Meilen oder mehr liegen!«

»Was hast du denn geladen?«

»Hauptsächlich Knoblauchzehen, Oliven … und einen hervorragenden Rotwein!«

Nun musste Matteo schmunzeln. »Vino rosso? … Jaja, die geistliche Obrigkeit lässt es sich nicht nur in Rom gut gehen!«, rutschte es ihm versehentlich in seiner Muttersprache heraus.

Weil sein Gegenüber nichts verstanden hatte, bemerkte auch Matteo nichts mehr dazu. Stattdessen schenkte er dem offensichtlich durstigen Mann Wein ein und fragte ihn nach seinem Namen.

»Hannß! Warum?«

»Ciao, Hannß! Ich heiße Matteo!«

»Ciao!«, antwortete Hannß.

Weil Matteo ein durchtriebener Mann war, gelang es ihm mühelos, sein Gegenüber weiter erfolgreich auszufragen: »Wann musst du wieder zurück?«, hatte er Hannß Greiter, wie der Mann mit vollem Namen hieß, gefragt und zur Antwort bekommen, dass der noch über Rimini und Arcona bis nach Perugia müsse, um dort seine Rückfracht abzuholen, die er direkt nach Memmingen bringen musste.

»Und dann?«, interessierte Matteo, während er dem herben Mann Wein nachschenkte.

»… muss ich auf direktem Weg wieder zurück nach Hall!«

»Aber du könntest mich bis nach Memmingen mitnehmen?«

Hannß überlegte kurz und nahm einen kräftigen Schluck, bevor er grinsend den Daumen und den Zeigefinger aneinander rieb.

Matteo grinste auch und sagte: »Kein Problem! Wir werden uns sicher handelseinig! Könntest du mich denn auch bis nach Isine bringen?«

Obwohl dies ein großer Umweg wäre, dachte Hannß ernsthaft darüber nach, ob und wie er dies würde bewerkstelligen können. Dann sagte er in verschlagenem Tonfall: »Das wären dann etwa dreißig weitere Meilen!«

»Fünfundfünfzig Meilen!«, entfuhr es Matteo entsetzt. »Fünfundfünfzig Meilen mehr, als wenn wir von Memmingen aus über Leutkirch nach Isine kutschieren würden!«

»Ja!«, bestätigte Hannß, über die Ortskenntnisse des Italieners erstaunt. »Wenn ich schon bis dort runterkutschiere, muss ich zum dortigen Fürstabt Rudolf von Hohenegg, den ich bei dieser Tour eigentlich nicht eingeplant hatte.«

»Das verstehe ich nicht.«

Nun kam die große Stunde des Fuhrwerkers, der gewittert hatte, dass er für seine Dienste wesentlich mehr herausschlagen konnte als bei jeder normalen Fahrt. »Ganz einfach!«, begann Hannß. »Wenn der Fürstabt hinterher erfährt, dass ich im Allgäu war und nicht zu ihm gekommen bin, um ihm ein Fass Rotwein und mindestens eine Mandel Olivenkrüge mitzubringen, wird er so verärgert sein, dass ich mit ihm wohl nie mehr ins Geschäft kommen werde!«

Aber Hannß brauchte seinen Wert gar nicht künstlich zu steigern. Matteo fragte nach dem Preis, den er sofort akzeptierte, während er dem Fuhrwerker die Hand reichte.

»Und das Futter für meine beiden Zugtiere versteht sich von selbst!«, schoss es schnell aus Hannß heraus, der sich darüber ärgerte, nicht noch mehr verlangt zu haben.

»Du schlauer Fuchs!«, lachte Matteo und reichte Hannß nochmals die Hand, damit die Sache endgültig stand und keine weiteren Kosten hinzukamen.

»Also gut …«

»Das passt alles wie für mich gemacht!«, freute sich Matteo. Weil das letzte Semestre vor den großen Sommerferien bevorstand, machte er mit dem Salzroder aus, sich nach dessen Rückkehr aus Perugia in Bologna abholen zu lassen.

»… aber nicht ohne eine Anzahlung!«, hatte das gutmütige Schlitzohr noch gefordert, bevor die beiden ungleichen Männer ihre Abmachung ordentlich begossen hatten.

Kapitel 13

Während Hannss den Verlauf ihrer Reise im Nachhinein als »völlig normal und harmlos« bezeichnete, war es für Matteo eine derartige Schinderei gewesen, dass er völlig erschöpft und abgemagert war, als sie eines Spätnachmittags im sonnendurchfluteten Isine ankamen.

»Was ist denn hier los?«, hatten sich die beiden grundverschiedenen, während der langen Reise aber dennoch zu Freunden gewordenen Männer gefragt, als ihnen die allgemeine Betriebsamkeit der vielen Menschen auffiel, während sie durch das Bergtor die Hauptstraße hinunterkutschierten, um eine Herberge zu suchen.

»Scusi!«, rief Matteo vom Kutschbock herunter und bekam von einer der beiden Frauen, die er angesprochen hatte, ein »Hä?« zurück.

Über diese kurze Antwort erstaunt, schaute er erst die Frau, dann Hannß an, der sofort lauthals zu lachen begann, bevor er seinem Freund erklärte, dass sie ihn nicht verstanden hatte. »Sie kann kein Italienisch! Lass mich mal versuchen, vielleicht versteht die holde Maid ja einen Tyroler!«

Nachdem Hannß in seinem hier zwar nicht unbedingt allseits bekannten, aber dennoch verständlichen Dialekt höflich nach einer Herberge gefragt hatte, zeigte die Frau nach vorne. »Ihr miesset bloß g'rad'aus, nananab durch's Schdädtle! Dann ab bizzle rechts 'nauf bis zur Kloschd'rmihle! Dô isch dann d'r ›Schwanê‹! Pfiat eich Gott!«

»Danke!«

»Grazie, signora!«

»As sei scho recht!«, sagte die Ältere.

Als der Planwagen an den beiden vorbeizog, kicherte die andere und meinte zu ihrer Freundin: »Hôsch dean schwarze' Deif'l g'sea? Und hôsch g'sea, wie der mi a'glueget hôt? Der kennt m'r herrgottig g'falle'!«

»Wenn du muisch!«

Damit war die Konversation der beiden Dorfschönheiten beendet.

Die der Kutscher aber nicht: »Hast du ein Wort verstanden?«, mochte Hannß lachend von seinem Freund wissen.

Matteo gab keine Antwort. Stattdessen hatte er sich seitlich so weit vom Bock gelehnt, dass er zurückschauen konnte. Erst als er von Hannß einen Rempler in die Rippen bekam, besann er sich wieder auf ihre Fahrt. »Was hast du gesagt?«

»Sag nicht, dass dir die Kleine mit dem güldenen Haar gefallen hat!« An Matteos Reaktion merkte Hannß, dass er die Gefühle seines Freundes richtig eingeschätzt hatte. »Das glaube ich jetzt nicht!«

Mit sich und der Welt zufrieden fuhren sie an etlichen Betrieben vorbei: einem Becherer, mehreren Lodwebern, einem Schuhmacher, einem Nagler und sogar einem Murator, der den wachsenden Wunsch betuchter Zugereister nach Häusern aus Stein befriedigte.

»Sieh mal, Hannß ...« Der gottesfürchtige Italiener bekreuzigte sich, bevor er aufgeregt nach vorne zeigte. »Rechts oben ist ein Kloster!«

»Und wo Klosterbrüder sind, wird auch gesoffen! Da kann eine Schenke nicht weit sein«, war sich der durstige Fuhrwerker sicher und sollte recht behalten. Denn gleich darauf zeigte Matteo zu einem ausladenden Metallschild in Wappenform, das unter dem Giebel eines Hauses hing. Darauf war ein weißer Schwan abgebildet, was auf eine Herberge, zumindest aber auf eine Schankwirtschaft hinweisen könnte. Und tatsächlich: Nach wochenlangen Strapazen waren sie an ihrem Ziel angekommen und schienen auf Anhieb eine Unterkunft gefunden zu haben.

Das Gebäude mitsamt den überdachten Wagenabstellplätzen und der dazugehörenden Landwirtschaft war erst vor Kurzem das Eigentum von Friedrik Eberz geworden. Denn der findungsreiche mittlere Sohn von Godefried und Maria Eberz war kaum erwachsen geworden, als er sich von den Eltern sein Erbteil hatte auszahlen lassen. Damit hatte er den gesamten Wirtshaus- und Beherbergungsbetrieb zu einem Spottpreis kaufen können, weil der Vorbesitzer, der das Gebäude vom Kloster gepachtet hatte, auf die Gant gekommen war. Seither führte einer aus dem alteingesessenen Geschlecht der Eberz die älteste Schenke von Isine, die schon vor einhundertzwölf Jahren in Zusammenhang mit einem Tauschgeschäft zwischen dem Kloster und dem Dorf durch Wolfrad Graf von Altshausen neben einer Mühle an das Kloster übergeben worden war und immer schon Salzrodern, Tuchhändlern und anderen Reisenden als Unterkunft gedient hatte. Und weil Friedriks älterer Bruder Cristoff inzwischen Bürgermeister war, hatte es auch keine Probleme gegeben, das neu zu beantragende »Krugrecht« für die Schankstube »Zum Schwanen« zu erhalten.

»Ihr habt Glück, dass ich noch eine Kammer und einen Stellplatz für euer Fuhrwerk frei habe!«, sagte der geschäftstüchtige Wirt, um den Übernachtungspreis anheben zu können. Den Matteo hoch dünkenden Übernachtungszins begründete der Wirt damit, dass Isine in wenigen Tagen das Lindauer Stadtrecht verliehen werden sollte, weswegen »eigentlich« jetzt schon alle Schlafkammern besetzt seien, »… egal, was sie kosten!«

»Schon gut!«, sagte Matteo. Er konnte sich nichts Schlimmeres vorstellen, als schon wieder in freier Natur unter dem Planwagen schlafen zu müssen, wie dies während der Reise meistens der Fall gewesen war.

»Also gut! Gebt mir eine Anzahlung und mein Knecht Jockel versorgt eure Tiere und das Fuhrwerk, während ihr euch am Brunnen im Hof waschen könnt, bevor ihr eure Kammer bezieht!«, lockte der Wirt, um schnell mit Matteo handelseinig zu werden.

Obwohl die beiden Fremden todmüde waren, saßen sie eine Stunde später in der Schankstube und ließen sich das Bier schmecken, das ihnen Resi, die dralle Schankmagd, unaufgefordert hingestellt hatte.

»Was für ein Weib!«, stellte Hannß entzückt fest, nachdem er ihr so ungeniert in den offenherzigen Ausschnitt geguckt hatte, dass er von Matteo einen Fußtritt bekommen hatte. Nach wochenlangen Entbehrungen würde es den Fuhrwerker gelüsten, sich endlich wieder einmal so richtig verwöhnen zu lassen.

Weil Matteo die Gedanken seines neuen Freundes lesen konnte und ihn davon weglenken mochte, fuhr er mit einem forschen »Salute!« dazwischen.

»Salute, mein italienischer Freund!«, entgegnete Hannß, während er den Krug hob und Resi sehnsüchtig hinterherschaute.

Nach und nach füllte sich die Schankstube, in der dem Anschein nach ausschließlich Bier getrunken wurde, was Matteo Anlass dazu gab, sich zu wundern.

»Bestimmt gibt es hier auch Wein!«, orakelte Hannß, der eigentlich hätte wissen müssen, dass sich das einfache Volk überhaupt keinen Wein leisten konnte. Aber dies machte den beiden nichts aus; Hannß war an Bier gewöhnt und Matteo schmeckte das dunkelbraune Gebräu.

»Weißt du noch, als wir bei der Überquerung der Alpen fast abgestürzt wären, weil eines meiner Rösser wegen einer Kreuzotter gescheut hatte?«, eröffnete Hannß das Gespräch, das sich an diesem Abend hauptsächlich um ihre Reise drehen sollte.

»Ja!«, antwortete Matteo. »Dass du zuvor aber einen Landsmann von mir erwürgt hast, wäre allerdings nicht nötig gewesen, oder?«

»Sag mal, bist du der Narretei verfallen? Diese vier italienischen Straßenräuber wollten uns umbringen und unsere Habe stehlen! Hätte ich mich nicht gewehrt, wären wir jetzt beide nicht mehr am Leben!«

Du hast ja recht, dachte sich Matteo, dem die drei Verletzten und der Tote im Grunde genommen nicht leidtaten. Vielmehr ärgerte es ihn, dass er den Körper des toten Strauchdiebes nicht für seine wissenschaftlichen Untersuchungen hatte verwenden können.

»Noch ein Bier?«, fragte Resi den Salzroder und bedeutete ihm mit einer unverhohlenen Geste, ihm unauffällig nach hinten in den Hof zu folgen. Sie hatte längst bemerkt, dass der kräftig wirkende Mann heiß auf sie war. Und er gefiel ihr.

»Nun geh schon«, flüsterte Matteo seinem Freund in abgehacktem Deutsch zu, bevor er sich mit Händen und Füßen an Resi wandte: »Aber vorher bringst du mir etwas zu essen!«

Inzwischen war es draußen so dunkel geworden, dass der Wirt eiserne Spanhalter mit Holzspänen auf die Tische stellte, die er zuvor in Öl eingelegt hatte, damit sie länger brannten und keine Funken versprühten. »Achtet gut auf das Feuer!«, mahnte er jeden einzelnen der Männer, die an den nunmehr gut beleuchteten Tischen saßen.

Auch darüber wunderte sich Matteo, denn in den italienischen Landen hatte man dafür kleine Tonschälchen, in die Öl gefüllt wurde, das man an einem Docht entzündete, der aus einer kleinen Öffnung herauslugte. Andere Länder, andere Sitten, dachte er über diese Rückständigkeit.

Während der Italiener sich angeregt, wegen des Dialektes aber auch angestrengt mit den Männern unterhielt, die sich in der Abwesenheit seines Freundes zu ihm an den Tisch gesetzt hatten, hörte er den Wirt fluchen: »Wo bleibt dieses faule Luder schon wieder?«

Weil Matteo wusste, weshalb Resi verschwunden war, amüsierte er sich königlich darüber. Aber das Grinsen verging ihm rasch, denn am Nebentisch bahnte sich eine handfeste Rauferei an: Drei Männer gingen schreiend auf einen Kerl los, dessen strohfarbenes Haar zu einem Zopf geflochten war, der ihm fast bis zum Steiß hinunterreichte. Zuerst ergab ein Wort das andere, dann wurde es immer lauter. Schließlich begannen die drei Kontrahenten des langhaarigen Mannes, gemeinsam auf ihn einzuprügeln. Niemand ging dazwischen. Alle schauten nur zu, ohne in den ungleichen Kampf einzugreifen. Also stand Matteo, der zwar gut aussehende, aber nicht gerade überaus kräftig wirkende Italiener, auf und ging zum Nebentisch. »Silenzio! Haltet ein!«, schrie er, so laut er konnte, und fing sich von einem der Männer einen solch harten Faustschlag ins Gesicht ein, dass er besinnungslos zu Boden ging.

»Niemand schlägt meinen Freund ungestraft!«, bellte es plötzlich von hinten, während der erste der drei Männer vom Tisch weggerissen und in eine Ecke des Schankraums geschleudert wurde. Als der zweite aufbegehren wollte, bekam er einen solchen Schlag verpasst, dass er mit seinem Kopf auf die Tischplatte knallte. »Und? Ist noch etwas unklar?«, fragte Hannß, der gerade im rechten Augenblick von seinem Schäferstündchen zurückgekommen war. Dann packte er den dritten Mann am Kragen und schüttelte ihn durch. »Und jetzt raus mit euch! Nimm deine Kameraden mit und verschwinde!«, schrie er noch, bevor er den Langhaarigen fragte, ob alles in Ordnung sei.

Durch die unglaubliche Schnelligkeit, die der eher träge wirkende Salzkutscher gezeigt hatte, war nicht nur das Opfer der drei Männer so verblüfft, dass ihm im Moment nichts einfiel. Erst als die Männer an den anderen Tischen begeistert mit ihren Händen klapperten, merkte der Langhaarige, was eigentlich geschehen war: Ohne das beherzte Einschreiten des schmächtigen Mannes, der immer noch besinnungslos auf dem Boden lag, und das mutige Vorgehen dieses bulligen Kerls, der sich die drei Bier der geflüchteten Männer schnappte, um sie jeweils in einem Zug leer zu trinken, hätte er wohl elende Prügel bezogen.

»Aaah!«, kam es genüsslich aus Hannß heraus. »Nach all der Anstrengung hat das richtig gut getan!« Er beugte sich zu Matteo hinab, um ihn mit Wangentätscheln ins Jetzt zurückzuholen.

Während sich der Langhaarige Hannß gegenüber als Lukas Eberz vorstellte und Matteo sich von dem Faustschlag erholte, setzten sie sich zu dritt an den Tisch, an dem Matteo zuvor mit anderen Männern gesessen hatte. Weil die Feiglinge nicht eingegriffen hatten, waren sie von Hannß kurzerhand vom Tisch gejagt worden.

Als Resi drei Krüge Bier brachte, zwinkerte sie Hannß vertraut zu.

»Wenn du hier bist, gibt es immer Ärger, mein lieber Bruder!«, wurde Lukas Eberz vom Schankwirt gerügt, der mit vier Obstbränden vom Bodensee an den Tisch kam und sich zu ihnen setzte.

»Ihr … ihr seid Brüder?« Hannß konnte es kaum glauben.

»Ja!«, bestätigte der Schankwirt, der sich den Fremden gegenüber als Friedrik Eberz vorgestellt hatte, mit einem betrübten Gesichtsausdruck.

»Wir beide haben *noch* einen Bruder, der hier Bürgermeister ist!«, legte Lukas mit unverhohlenem Stolz noch eins drauf.

»Aber wir sind alle grundverschieden!«, bestand Friedrik auf dieser nicht immer angenehmen Tatsache. »Und Lukas ist das schwarze Schaf der Familie!«, ergänzte er, bevor er das Thema mit einem »Auf die Gesundheit!« beendete.

Während Resi einen Branntwein und ein Bier nach dem anderen auftrug, erfuhren die beiden Einheimischen, dass Matteo ein Medicus aus den italienischen Landen war, der ihren Vetter Phillip Eberz gut gekannt hatte. Kein Wunder also, dass Friedrik und Lukas alles darüber wissen mochten. Also berichtete Matteo, was es über seine Freundschaft zu »Professore Philippo« zu berichten gab. Als er sich wegen des vielen Alkohols versehentlich verplapperte und auf das Thema »Leichenöffnungen« zu sprechen kam, wich Friedrik entsetzt zurück. Ängstlich schaute er um sich, ob dies sonst jemand gehört hatte.

»Lass ihn doch weitererzählen!«, drängte Lukas, den dieses Thema sehr zu interessieren schien.

Aber Matteo besann sich und wechselte zu einem unverfänglicheren Thema.

Weil sie im Laufe dieses feuchtfröhlichen Abends Freundschaft geschlossen hatten, versprach Friedrik dem Italiener, ihm eine Unterkunft für einen längeren Zeitraum zu besorgen.

Nachdem Friedrik dies seinem interessanten Gast in die Hand hinein versprochen hatte, streckte Hannß zaghaft einen Zeigefinger nach oben.

»Ja, Hannß? Möchtest du etwas loswerden?«

Der Fuhrwerker traute sich kaum zu sagen, dass er ebenfalls auf unbestimmte Zeit eine Lagerstatt in Isine benötigen würde.

Weil Matteo wusste, weshalb dies der Fall war, bat er Friedrik, auch für seinen Tyroler Freund eine Unterkunft zu besorgen. Dann wandte er sich mit einem hintergründigen Grinsen und den Worten »So viel zum Thema ›… auf direktem Weg nach Hause‹!« an Hannß. Dabei schüttelte er kaum merklich sein Haupt.

»Was ist?«, wollte Hannß irritiert wissen, bekam aber nur ein »donnaiolo« zugehaucht, was auf Italienisch so viel hieß wie »Schwerenöter«.

Kapitel 14

Bischof Heinrich von Basel, der größte Sohn von Isine und persönlicher Berater des Königs Rudolf von Habsburg, hatte sich arg ins Geschirr gelegt, um seinem Geburtsort einen Dienst zu erweisen. Um die Stellung seiner Heimatgemeinde gegenüber den umliegenden Herren und dem Kloster zu verbessern, hatte er den König gebeten, dem Dorf Isine das Lindauer Stadtrecht zu verleihen.

Weil es in diesen Zeiten mit den Belehnungen von Herrschaftsgebieten viel Durcheinander gab, war der Bürgermeister von

Isine verunsichert, er wusste nicht, ob es klappen würde. Als er mitbekam, dass das vor sieben Jahren durch Mangold Graf von Nellenburg – einem Vertreter der Veringer Nebenlinie – dem Truchsessen Berthold von Waldburg überlassene Isine schon von Mangolds Vorfahren an die Waldburger übertragen worden war, hatte er vollkommen den Überblick verloren. Er hatte sich nur noch gedacht: Ich hoffe nichts und glaube auch nichts mehr, … aber ich bin auch nicht frei!

Seit der Bürgermeister erfahren hatte, dass sich der persönliche Berater des Königs für seine Geburtsstadt einsetzen wolle, waren drei Jahre ins Land gegangen. Kein Wunder, dass Cristoff Eberz nicht mehr daran geglaubt hatte, dass sein größter Wunsch in Erfüllung gehen würde. Erst als ihn Berthold Truchsess von Waldburg zu sich gerufen hatte, um ihm persönlich mitteilen zu können, dass Isine noch in diesem Jahr zur Stadt erhoben werden solle, hatte er der Sache wieder getraut und alles in die Wege geleitet, um die Zeremonie würdevoll zu gestalten.

Und dazu gehörte, dass sich das prächtig gediehene Dorf den Gästen von seiner besten Seite zeigte. Um dies zu gewährleisten, hatte Bürgermeister Eberz bei Truchsess Berthold um ein weiteres persönliches Gespräch ersucht und erneut eine Ewigkeit auf eine Antwort warten müssen.

»Wenn dieser arrogante Sack nicht bald antwortet, müssen wir die Sache auf nächstes Jahr verschieben oder ganz vergessen! Die Zeiten sind unruhig, und wer weiß, wann unser König wieder in einen Krieg ziehen muss! Dann hat er sicher keine Zeit mehr, um sich mit seinen Provinzen zu befassen!«, schimpfte der Bürgermeister bei einer Zusammenkunft der wichtigsten Männer des Dorfes. Er hatte sie zusammengerufen, weil er sie vorab darauf einschwören wollte, dass die Verleihung des Stadtrechts auch etliche Pflichten mit sich bringen würde. »Also«, begann er, nachdem er die Skepsis seines »Siebener-Rates« spürte, wie er das Gremium nannte. »Wir können nicht alles haben! Einerseits kämpfen wir seit Jahren um das Stadtrecht, andererseits möchten wir nur Einnahmen verzeichnen und dafür keinerlei Verpflichtungen eingehen. Das geht nicht! Also …«, sagte er erneut und schaute fragend ins Rund. »Wer von euch würde sich denn als Ratsmitglied zur Verfügung stellen? … Ich meine ganz offiziell!« Nachdem sich die Begeisterung der Männer offensichtlich in Grenzen zu halten schien, fuhr er fort: »Weil sich unser Herr nicht meldet, werde ich nach Waldburg reiten! Aber nicht, ohne eine würdevolle Delegation bei mir zu haben.« Und schon wieder kam dieses »Also«, bei dem die Männer zusammenzuckten.

Cristoff Eberz war sauer. Denn anderntags war er mit nur zwei mehr oder weniger Freiwilligen auf dem Weg zur etwa zwanzig Meilen entfernten Waldburg. »Wenn der Prophet schon nicht zum Berg kommt, muss eben der Berg zum Propheten!«, schimpfte er. Trotz seiner Enttäuschung über seine unkooperativen Leute und seiner stillen Wut auf den ignoranten Waldburger war er einigermaßen zufrieden: Das Reisewetter war ideal und der sommerliche Himmel leicht bewölkt, was die Reise immens erleichterte. Seine Frau hatte ihm genügend Wegzehrung mitgegeben. Wenn er auf der Waldburg nun auch noch erfahren würde, wann genau die bevorstehende Feierlichkeit stattfinden solle und was alles zu tun wäre, konnte er frohen Mutes nach Isine zurückreiten.

Dem Schankwirt Friedrik Eberz war es gelungen, für Matteo Gallo und Hannß Greiter eine Unterkunft unter einem

Dach aufzutreiben. Denn Matteo mochte nicht allzu weit von Hannß entfernt wohnen. In ihrer Bleibe konnten die beiden Freunde – natürlich gegen einen angemessenen Mietzins – so lange bleiben, wie es ihnen beliebte. Allerdings mochte dies Hannß nicht unbedingt gefallen. Viel lieber wäre er im »Schwanen«, in der Nähe von Resi, untergekommen. Die lebenslustige Schankmagd hatte ihm schon beim ersten näheren Kennenlernen so viel Freude bereitet, dass er sich auf der Stelle in sie verliebt hatte. Aber der Preis für die Übernachtung in einer Herberge war ungleich höher als der für die Mansardenkammer, die sie bezogen hatten. Und wenn Hannß länger bleiben mochte, musste er sparsam mit seinem Geld umgehen.

Während der Salzroder die Tage totschlug und dabei Gefahr lief, sein ganzes Geld im »Schwanen« zu lassen, war Matteo keine Zeit für irgendwelche Narreteien geblieben. Er war tagelang von der Familie Eberz in Beschlag genommen worden und hatte alles über deren Oheim Paul und dessen Sohn Philip und die gemeinsame Zeit mit ihm in Bologna erzählen müssen.

»Professore Phlippo!«, hatte Luitgard, Friedriks Frau, immer wieder verklärt geseufzt und sich selbst dabei ins »Land der ewigen Sonne« gewünscht.

Bei diesen Zusammenkünften war ihnen »Vetter Philip«, wie die Kinder der Eberz ihren Verwandten schon bald genannt hatten, richtig vertraut geworden. Denn Matteo hatte es verstanden, die Geschichten über seinen verstorbenen Mentor so auszuschmücken, dass sich seine Zuhörerschaft stets mittendrin wähnte. So hatten sie sich nach und nach kennen- und schätzen gelernt, viel miteinander geredet, gescherzt und gelacht. Gerade Cristoff freute es, dass sich sein missratener Bruder gerne mit dem klugen und kultivierten Matteo umgab. Dadurch – so hoffte Cristoff – würde Lukas vernünftig werden und nichts mehr anstellen, fürwahr ein frommer Wunsch.

Aber es schien tatsächlich zu klappen. Denn es dauerte nicht lange und die beiden in jeder Hinsicht unterschiedlichen Männer wurden beste Freunde.

Eines Abends saßen die beiden im »Schwanen« und ließen es sich gut gehen. Weil die Hitze des Tages wie Blei in der Luft hing, labten sie sich an einem kühlen Bier nach dem anderen. Und weil andere Männer dies ebenso taten, war die Schenke bis zum Bersten gefüllt. Männer, die sich kannten, drückten sich in Grüppchen zusammen. Einige von ihnen toppelten und andere disputierten über all das, was ihnen nicht passte, während sich die meisten einfach nur Geschichten erzählten und scherzten.

Der Alkohol hatte Matteos Zunge im Verlauf des Abends so gelockert, dass er nicht mehr darauf achtete, was er seinem neuen Freund alles erzählte. Deswegen erfuhr Lukas zum ersten Mal Genaueres über Matteos Leichenöffnungen in Bologna. Einerseits war er entsetzt von dem, was er hörte, andererseits aber derart fasziniert, dass er nicht genug davon bekommen konnte. Aufgeregt nestelte er an einer merkwürdigen Münze herum, die er beim Kartenspielen in Lindau gewonnen hatte und die an einem Lederbändchen um seinen Hals hing. Und weil er dem italienischen Medico so an den Lippen klebte wie die Spinnen an der Schankraumdecke, merkte er nicht, dass ihnen schon die ganze Zeit über ein Fremder zuhörte und dabei immer näher an sie heranrutschte. Matteo plapperte munter weiter und Lukas hörte zu. »Weil ich ein Weilchen in Isine bleibe, würde ich meine Studien am menschlichen Körper gerne hier fortführen«, sagte er und bedauerte, dass er weder einen passenden Raum noch »Handwerkszeug« geschweige denn Tote zur Verfügung hatte, die niemand vermissen würde.

»Dem kann abgeholfen werden!«, mischte sich der augenscheinlich gut betuchte Mann vom Nebentisch ein und bestellte bei der Schankmagd drei Bier.

»Wer … wer seid Ihr?«, fragte Matteo, der sich ertappt fühlte. Erschrocken blickte er sich nach allen Seiten um.

Weil dies der gewiefte Lukas ebenso sah, begann er, lauthals zu lachen und dem Fremden vorzumachen, dass das, was er gehört hatte, alles nur ein Scherz seines Freundes gewesen war. »Die Männer aus den italienischen Landen haben eine blühende Fantasie!«, sagte er, kam damit aber nicht durch.

Der Fremde stellte sich den beiden in der Manier eines Adeligen vor. Diese ausgewählte Höflichkeit schmeichelte den beiden Zechern dermaßen, dass sie für einen Moment vergaßen, dass sich Matteo einem Dritten gegenüber verraten haben könnte. Auch wenn die von ihm durchgeführten Leichensektionen in einem anderen Land und zudem größtenteils auch mit offizieller Erlaubnis der dortigen Staatsgewalt stattgefunden hatten, befürchtete er Unheil.

»Ihr seid also ein Freiherr?« Trotz des imponierenden Erscheinungsbildes des großgewachsenen Mannes konnte Lukas nicht glauben, dass sich ein Adeliger einfach so mit ihnen unterhielt.

»Wie ich schon sagte: Haug Freiherr von Königsegg, von der gleichnamigen Burg bei Guggenhausen! Ah, da kommt ja das Bier! Darf ich mich zu Euch setzen?«

Derart angesprochen hatten die beiden nichts dagegen. Also rutschten sie etwas zusammen. Nachdem die drei Männer angestoßen hatten, wischte sich Lukas den Schaum vom Mund und fragte den hohen Herrn ungeniert, was er von ihnen wolle.

»Nun!«, begann der vermeintliche Adelige. »Ich möchte nicht um den heißen Brei herumreden und gleich zur Sache kommen!« Dann wandte er sich direkt an Matteo. »Ich habe rein zufällig mitbekommen, dass Ihr ein Medicus seid und Euch mit Nekropien befasst.« Weil er merkte, dass Matteo zusammenzuckte, als er dies hörte, beruhigte ihn der spendable Mann. »Keine Sorge; ich verrate Euch nicht! Im Gegenteil: Ich möchte Euch helfen!«

Spätestens als er dies sagte, versuchten seine beiden Zuhörer, den Alkohol aus ihren Köpfen zu vertreiben. »Wie? Das verstehe ich nicht«, grummelte Matteo.

»Ganz einfach. Ihr habt Glück, dass ich Euer Gespräch mit …«

»Entschuldigung!«, sagte Lukas, bevor er dem Mann die Hand reichte und sich vorstellte, was dann auch Matteo tat.

»Bologna, die Stadt der Wissenschaft!«, schwärmte der scheinbar von der Burg Königseggberg stammende Adelige, bevor er den beiden wortreich erklärte, der Wissenschaft dienen zu wollen, ohne selbst ein Wissenschaftler zu sein.

»Und Ihr würdet im Stillen *das* unterstützen, was mir am Herzen liegt? Weshalb? Und … wie?«

Der Freiherr schaute Matteo mit seinen ehrlich wirkenden Augen an und sagte: »Ja!«

»Ja?«, wiederholte der nicht minder erstaunte Lukas.

Freiherr Haug nickte und erklärte den beiden, weshalb er dies tun würde. Allerdings begann er seine Ausführungen mit einer Lüge: »Ich handle völlig allein und eigenverantwortlich! Niemand weiß, dass ich das Verbotene nur fördere, um der Wissenschaft zu dienen, weil ich der festen Überzeugung bin, dass die Erforschung des menschlichen Körpers die Grundlage dazu ist, um Krankheiten zu heilen!«

Während Lukas fassungslos und deswegen ausnahmsweise einmal schweigsam war, nickte Matteo zustimmend.

»Und um dieses Ziel zu erreichen, bedarf es mutiger Ärzte, die sich der Sache in aller Heimlichkeit annehmen!« Haug von Königsegg schaute Matteo mit zu Schlitzen verengten Augen an und stellte ihm die alles entscheidende Frage: »Ihr seid doch bereit dazu?«

Matteo blickte ängstlich um sich und zuckte mit den Schultern. »Ja … schon … aber wie soll das vonstattengehen?«

»Das kann ich Euch sagen: Ich besorge für Euch einen passenden Sezierraum mitsamt dem – wie hattet Ihr es ausgedrückt – Werkzeug!«

Weil Matteo das Späßchen zwar verstanden, aber in diesem Moment keinen Humor hatte, ging er nicht darauf ein und mochte stattdessen nur wissen, ob dies hier in Isine sein würde.

»Wo sonst? Ihr wohnt hier und erfahrt sofort, wenn jemand gestorben ist, den niemand vermisst!«

»Aber wie soll ich dann an die Leichen herankommen und sie entwenden, ohne dass jemand etwas bemerkt? Außerdem muss ich sie dann ja in aller Heimlichkeit in den von Euch erwähnten Raum bringen … und *danach* ganz verschwinden lassen! Ich lebe noch nicht so lange in Isine, dass ich mir zu helfen wüsste!«

»Aber ich!«, mischte sich zum Erstaunen der anderen beiden Lukas ein. »Ich bin in Isine aufgewachsen und kenne mich hier bestens aus!« Dann rieb er einen Daumen und Zeigefinger aneinander, was dem Freiherrn deutlich machte, um was es ihm ging. »Das ist kein Problem! Ich werde Euch für das Besorgen und Entsorgen der Leichen gut entlohnen! Voraussetzung ist allerdings …«, er schaute Lukas streng an, »… absolute Verschwiegenheit bei Eurem Leben! Und dies gilt auch für den Fall, dass man Euch erwischt! Ich sorge dann dafür, dass Ihr wieder auf freien Fuß kommt! Wenn Ihr aber auch nur ein Wort nach außen dringen lasst, seid Ihr des Todes!«

Als die beiden dies hörten, mussten sie schlucken. »Gilt das auch für mich?«, mochte Matteo wissen, dem das Herz in die Bruche gerutscht war.

Der Freiherr nickte einmal mehr, beruhigte die beiden aber gleich wieder: »Das muss ja nicht sein! Es liegt allein an Euch beiden, die Sache geheim zu halten und Euch nicht erwischen zu lassen!« Er legte eine kurze Pause ein, bevor er schloss: »Und? … Was sagt Ihr?«

Um keinen Druck auszuüben, empfahl Haug von Königsegg, dass sie sich die Sache in aller Ruhe bis morgen überlegen sollten. »Wir treffen uns mit Sonnenuntergang wieder hier im ›Schwanen‹.« Dann kramte er in seiner prall gefüllten Geldkatze und ließ so viele Münzen auf die Tischplatte rollen, dass sich die beiden davon noch zwei oder drei Humpen bestellen konnten. Wortlos stand er auf und ging.

»Zwei Bier!«, rief Lukas der Schankmagd zu, während Matteo darüber grübelte, ob er gerade dabei war, eine große Narretei zu begehen.

Ist er schon wieder hier?, wunderte sich Ilse Eberz ein paar Häuser weiter und einige Stunden später im Stillen, nachdem sie mitten in der Nacht das innerhalb ihrer Familie vereinbarte Klopfzeichen gehört hatte. Weil sie nicht glauben konnte, dass ihr Mann von seinem Besuch auf der Waldburg schon wieder zurück war, weckte sie die Kinder, drückte ihnen den Zeigefinger auf den Mund und schickte sie ins »Loch«. Nachdem sie die Truhe wieder an Ort und Stelle geschoben hatte, die den Zugang zum Geheimkeller verdeckte, bewaffnete sich die mutige Frau mit einem Küchenmesser und ging auf Zehenspitzen zur Tür. Dort legte sie ein Ohr aufs Holz und lauschte.

Als es wieder klopfte, fuhr sie zusammen.

»Pssst, Ilse. Ich bin es nur!« Obwohl es zweifellos die Stimme ihres Mannes war, mochte die um ihre Kinder besorgte Frau immer noch nicht glauben, dass er schon heimgekehrt war. Denn Cristoff hatte ihr versichert, dass er und seine beiden Begleiter vom Truchsessen »ganz sicher« dazu eingeladen würden, auf der Burg zu nächtigen.

Dann vernahm sie wieder das vertraute Klopfzeichen. Sie riss sich zusammen und zeigte demjenigen dort draußen, dass jemand im Haus war. »Wie wird unsere jüngste Tochter von uns genannt?«, fragte sie.

Trotz seiner Müdigkeit musste Cristoff Eberz schmunzeln. Er war stolz auf seine kluge Frau, die sich genau so verhielt, wie sie es immer und immer wieder besprochen hatten. »Mimi«, flüsterte er und bat erneut um Einlass.

Die Tür öffnete sich und die beiden fielen sich in die Arme. »Wo sind die Kinder?«, wollte Cristoff als Erstes wissen.

»Wo wohl?«, kam es von Ilse zur Antwort.

Nachdem der Vater die beiden Mädchen und seinen Sohn aus dem »Loch« geholt hatte, das er mit viel Mühsal in die Erde gegraben hatte, um dort Lebensmittel kühl lagern zu können, drückte er sie an sein Herz und schickte sie wieder in ihre Schlafkammern zurück.

Kurz darauf hatten sich auch die Eltern in ihre Kemenate zurückgezogen, wo Cristoff erzählen musste, weshalb er schon wieder hier war, obwohl er doch erst anderntags hatte zurück sein wollen. »Der Truchsess ist ein hoffärtiger Arsch!«, sagte er für diese nächtliche Stunde eine Spur zu laut, bevor er flüsternd berichtete, dass sie von den Torwachen brüsk zurückgewiesen worden waren, weil deren Herr scheinbar nicht in der Burg gewesen sei. »Nachdem wir die zwanzig Meilen hinter uns gebracht und auch noch den knapp eine Viertelmeile langen und extrem steilen Weg zur Burg hoch geschafft hatten, waren wir so erschöpft, dass wir uns am liebsten hingelegt hätten. Aber die haben uns ja nicht einmal in den Zwinger geschweige denn in den Burghof gelassen und uns ohne weitere Begründung weggeschickt, nicht einmal die Pferde durften wir tränken! … Offensichtlich wollten sie jeden Kontakt mit Fremden vermeiden, weil in der dortigen Gegend irgeneine Seuche grassieren soll!«

»Mein armer Schatz! Dann war es ja auch für euch gut, dass sie dich und deine Männer nicht zu nah an sich herangelassen haben«, flüsterte Ilse und strich Cristoff sanft über die Wange. »Aber somit habt ihr sicher nichts zu essen und zu trinken bekommen, oder?«, bedauerte die stets um ihren Mann besorgte Frau, die zur Antwort bekam, dass die Wegzehrung für ein ganzes Kriegsheer gereicht hätte.

»Uns geht es doch gut, oder?«

Ilse nickte und legte ihren Kopf an seine Schulter. »Ich liebe dich und bin froh, dass du wieder bei mir bist!«, hauchte sie und bekam fast die gleichen Worte zurück. Nachdem sie noch herzhaft über die Menge der von Ilse zubereiteten Wegzehrung gelacht und sich ein Gutenachtküsschen gegeben hatten, schliefen sie Hände haltend ein.

Bürgermeister Eberz und die zwei Mitglieder seines »Siebener-Rates« waren enttäuscht von der Waldburg zurückgekehrt, ohne mit dem als hochnäsig bekannten Truchsessen über das Prozedere der Feierlichkeit zur Stadterhebung gesprochen zu haben. Also blieb ihnen nichts anderes übrig, als anderntags zum »Domum Ulrici« zu gehen. Dort wollten sie wenigstens vom Montforter Grafen etwas darüber erfahren, wie es um dieses Angelegenheit stand und was sie aus dessen Sicht berücksichtigen mussten.

Der Graf von Montfort, der die Landrechte südlich von Isine von seinem Vater Hugo übertragen bekommen hatte, zeigte sich um einiges offener als der Besitzer des Landes nördlich von Isine. Er war bekannt dafür, die Hemdsärmeligkeit seines Vaters geerbt zu haben. Deswegen bediente er sich auch der einfachen Sprache des Volkes, anstatt so gestelzt daherzureden, wie es früher die Altshausener und die Veringer getan hatten und wie es die Truchsessen von Waldburg immer noch taten, weil sie glaubten, dem Volk auf diese Weise zeigen zu müssen, dass sie etwas Besseres seien.

Aber auch am »Domum Ulrici« wurde ihnen der Einlass verwehrt, allerdings nicht böswillig. »Der Herr ist im Tuchhaus, um zu inspizieren, ob unsere Kameraden dort ihren Dienst zum Wohle des Dorfes ordentlich verrichten … Aber er wird sicher gleich wieder hier sein! Und jetzt tretet etwas zurück!«, ordnete der Wachsoldat an.

Es dauerte eine gefühlte Ewigkeit, bis der Graf zurück war und auf die drei zuging, um sie nach dem Grund ihres Hierseins zu fragen.

Nachdem schnell geklärt war, um was es ging, zeigte er zum Prangerstein und erklärte den dreien, was sie eigentlich schon gewusst hatten: »Dies hier ist die Gründungsache von Isine, an der ich auf jeden Fall festhalten will. Die Stadtgründung wurde gemäß den Gepflogenheiten der damaligen Zeit nach einem geometrischen Plan vorgenommen. Dieser Plan wurde an dieser Gründungsachse«, er zeigte wieder auf den großen dreieckigen Stein, »… angebracht. Und wie die Bezeichnung ›Prangerstein‹ schon besagt, sollten hier eigentlich Missetäter öffentlich angeprangert werden, indem sie«, nun bückte er sich und hob die in die Hauswand eingelassene schwere Eisenkette mit den beiden daran befestigten Fußfesseln hoch, »hier angekettet werden und möglichst weit die Straße hinunter für jedermann sichtbar Sühne für ihre Taten leisten!«

»Ich weiß!«, erdreistete sich Bürgermeister Eberz in einem gelangweilten Tonfall zu sagen, weil er nicht gekommen war, um sich einen Vortrag des Grafen anzuhören. Als er dies sagte, bemerkte er zwar nicht, wie gefährlich die Augen des Adeligen aufblitzen, hörte aber, wie sich dessen Stimme verschärfte, als er weitersprach: »Was Ihr aber *nicht* wisst, mein verehrter Bürgermeister, ist die Tatsache, dass andernorts fast immer jemand am Pranger steht!«

Niemand sagte etwas. Cristoff Eberz und die beiden anderen wussten nicht, was der Montforter gemeint haben könnte, und der Graf selbst machte eine Pause, um zu überlegen, wie er den dreien am besten beibringen konnte, dass hier in Isine schon lange niemand mehr am Pranger gestanden hatte, was ihm mächtig stank.

»Und nun kommt herein in mein ›Festes Haus‹ und lasst euch etwas zeigen!«, schnarrte er plötzlich, während er auch schon zum Einlasstor des aus massivem Stein errichteten Gebäudes ging, deren hölzerne Türflügel von den beiden Wachsoldaten geöffnet wurden.

»Kommt mit!«, flüsterte Cristoff Eberz seinen Männern zu und folgte dem Grafen, der zielgerichtet auf eine kleine Kammer zuging, in der die Waffen für seine Wachmannschaft, Werkzeug und allerlei andere Dinge gelagert wurden.

Nachdem ein wie auf Befehl herbeigeeilter Diener die an den Wänden befestigten Brennspäne entzündet hatte, ging der Graf auf eine Ablage zu und zeigte darauf. »Habt ihr das schon einmal gesehen?«

Weil nichts zurückkam, fragte er weiter: »Aber ihr kennt diese Dinge hier, oder?«

Nach einem zögerlichen »Teilweise« nahm der Graf einen aus Stroh geflochtenen Kranz mit ebenfalls aus Stroh geflochtenen Zöpfen von der Wand und streckte ihn Eberz entgegen. »Dies hier ist ein ›Schandkranz‹ für gefallene Maiden! Aber solch lottrige Weiber gibt es ja nicht in Isine, sonst hätte der ja schon Verwendung gefunden! Ich jedenfalls kann mich nicht erinnern, dass er jemals zum Einsatz gekommen wäre. Also können wir davon ausgehen, dass Isine auch diesbezüglich eine anständige Ortschaft ist, … oder vielleicht doch nicht?«

Während er dies sagte, schaute er die drei streng an, wartete aber nicht auf eine Antwort. Was, in Gottes Namen, hätten die drei auch auf diesen Schwachsinn hin antworten sollen?

Dann nahm er eine schwere Halskette von der Wand, zwischen deren dicken Gliedern überdimensionale Spielkarten und Würfel aus Holz angebracht waren. Dann legte er sie einem der Männer um.

»Sakrament, ist die schwer!«, bemerkte der Begleiter des Bürgermeisters.

»Das ist eine ›Schandkette‹ für Falschspieler! Aber die gibt es in Isine ja ebenso wenig wie händelsüchtige Säufer, oder?« Erneut ein scharfer Blick des Grafen.

»Ein Rosenkranz aus Steinen für Kirchenstrafen! Der gehört wohl eher ins Kloster hinüber! Aber nehmt ihn trotzdem in die Hand und stellt selber fest, wie schwer er ist!«

Nachdem der Graf einen Schritt weitergegangen war, fischte er eine eiserne Flöte mit einem fest daran sitzenden Eisenband heraus und tat so, als wenn er darauf spielen würde. »Eine ›Schandflöte‹ zur Strafe für miserable Musikanten! Darauf könnten sie am Pranger blasen, bis ihnen die Luft ausgeht. Und glaubt mir; die würde ihnen schnell ausgehen!« Er legte sie wieder ins Regal und nahm ein anderes der darin liegenden hölzernen Ungetüme, das er als »Schandgeige« für zänkische Weiber, »… die es in Isine wohl auch nicht gibt«, deklarierte. Während er auch dieses Folterinstrument zurücklegte, holte er ein anderes Teil und bemerkte dazu, dass dies für die eben erwähnten händelsüchtigen und versoffenen Männer sei.

Dann zeigte er auf einen hölzernen »Schandkragen« und auf mehrere schrecklich aussehende eiserne Gesichtsmasken. »Die sind für etwas schwerere Delikte gedacht! Aber auch diese gibt es hier nicht! Wie sonst könnte es sein, dass der Pranger in Isine kaum zum Einsatz kommt? Leben hier trotz der stetigen Zuwanderung – und wie mir vor Kurzem zu Ohren gekommen ist, auch von Ausländern – ausschließlich friedliche und ehrliche Menschen? Oder nehmt ihr die Einwohner vor der Obrigkeit immer *so* in Schutz, dass sie für ihre Verfehlungen nicht büßen müssen?«

Obwohl er ahnte, auf was der Graf hinauswollte, fragte Cristoff Eberz nach dem Grund für die Zurschaustellung dieser aus seiner Sicht unmenschlichen Marterinstrumente.

»Das kann ich dir sagen, mein werter Herr Bürgermeister!«, polterte der Graf. »Wir alle wissen, dass Isine schon längst kein Ort der Seligen mehr ist und hier immer mehr verbotene Taten geschehen, die gegen unsere bestehenden Gesetze verstoßen! Und was wird dagegen unternommen? Nichts! Liegt dies daran, dass wir hier in Isine keine Hohe Gerichtsbarkeit haben, oder *wollen* wir die Bösewichte vielleicht gar nicht bestrafen?«

»Dadurch, dass wir hier in Isine nur die Niedere Gerichtsbarkeit innehaben, sind uns natürlich die Hände gebunden!«, klang es fast entschuldigend aus dem Mund des Bürgermeisters, weil er längst bemerkt hatte, dass es im Inneren des Grafen brodelte. Außerdem war ihm klar, dass der Graf im Grunde genommen nicht ganz unrecht hatte. Und dies bekam er auch gleich zu spüren. Denn nun hielt ihm der hochgestellte Herr schon wieder einen Vortrag, aber in einem ganz anderen Ton: »Und genau deswegen müssen wir hier vorbeugen und dafür sorgen, dass es erst gar nicht nicht zu solchen Taten kommt, die mit dem Richtschwert oder am Galgen geahndet werden müssen! Ich weiß selbst, dass es für ein Dorf mit Niederer Gerichtsbarkeit das Höchste ist, einem Dieb die Hand abschlagen zu dürfen!« Der Graf packte den Bürgermeister mit beiden Händen an den Armen. »Mensch,

Eberz!«, beschwor er ihn. »Ich bin doch kein Unmensch. Im Gegenteil: Ich möchte lediglich verhindern, dass es in Isine zu solchen Auswüchsen kommt wie im rothenfelsischen Gebiet oder andernorts! Ich komme aus Bregenz und weiß, wovon ich spreche!« Während er dies sagte, schüttelte er den Bürgermeister, der sich dies gefallen lassen musste.

Dann lösten sich die Hände des Montforters von den Armen des Bürgermeisters. Der Graf wischte sich den Schweiß von der Stirn und sagte in nunmehr ruhigem Ton: »Ich kann mir denken, weshalb ihr hier seid und dass ihr mit mir den Ablauf der Stadterhebungsfeier besprechen wollt.«

Dann wandte er sich ab und schaute aus dem einzigen kleinen Fenster im Raum durch die Gitterstäbe nach draußen, wo sich seine Augen an dem Prangerstein festsaugten. Er überlegte ein Weilchen, dann sagte er in einem beängstigend klingenden Ton: »Bringt mir einen bösen Buben, den ich während der Dauer dieser Feier zur Abschreckung an den Pranger stellen kann, und ihr bekommt von mir alles, was ihr wollt!«

Kapitel 15

Zwei Wochen später schienen bis auf drei Menschen alle zufrieden zu sein. Die Stadtrechtsverleihung stand kurz bevor. Und hierzu hatte der Graf von Montfort bekommen, was er gewollt hatte: einen Missetäter, den er zur Abschreckung für alle gut sichtbar angekettet auf den Prangerstein stellen konnte. Weil er wegen dessen eigenartig gelagerter Verfehlung nicht so recht wusste, welche Schandmaske er ihm aufsetzen lassen sollte, entschied er sich dazu, dem Delinquenten lediglich seine langen Haare bis auf die Kopfhaut abschneiden zu lassen. »Ich glaube, damit treffen wir ihn an seiner Eitelkeit, was ihn am meisten schmerzt!«, freute sich der Graf dem Bürgermeister gegenüber, der sich in Grund und Boden schämte, dass es ausgerechnet sein Bruder Lukas war, den er dem Grafen hatte ausliefern müssen. Und nun sollte Lukas während der Feierlichkeit zum Gespött der Leute werden. Was für eine Schande für die gesamte Familie Eberz.

Weil Lukas Eberz bei seinem ersten Versuch erwischt worden war, eine Leiche in den »Sezierkeller« zu bringen, den Haug von Königsegg ausfindig gemacht hatte, war er gleich ins Turmverlies gesperrt worden, wo er seither auf die größte Demütigung seines Lebens wartete. Zu seiner Verteidigung hatte er vorgebracht, dass er den Leichnam eines trunksüchtigen Herumtreibers lediglich aus der Stadt habe bringen wollen, um die Ausbreitung von Seuchen zu unterbinden. Er habe den Verstorbenen rein zufällig vor der Innenseite der Stadtumfriedung entdeckt. In Wahrheit hatte er den Leichnam des Bettlers in einem Gebüsch außerhalb des Palisadenzaunes gefunden, weswegen er ihn *in die Stadt hinein* hatte bringen wollen, um ihn Matteo zu übergeben.

Dass der streunende Habenichts vom Freiherrn erstickt und Lukas Eberz unter einem Vorwand von ihm dorthin gelockt worden war, wo er den Toten hatte finden müssen, war Matteos »Leichenlieferanten« nicht bewusst gewesen, als er – den leblosen Körper geschultert – einem »Stadtschergen« in die Arme gelaufen war. Um kein Aufsehen zu erregen und mit dem Wissen, dass die Leiche sowieso seziert werden würde, hatte ihm der Freiherr noch keine Sechs in die Stirn geritzt.

Matteo war glücklich über den komplett eingerichteten Kellerraum im hinteren Teil des Klosters, den niemand kannte, weil der Eingang zu diesem Gewölbe hervorragend getarnt war. Es befand sich unter einem Klostertrakt, der seit Jahrzehnten leer stand, weswegen er im Laufe der Zeit in Vergessenheit geraten war.

Wie der Königsegger ausgerechnet diesen geheimen Raum hatte ausfindig machen können, würde Matteo wohl nie erfahren. Vermutlich nur mit viel Geld, hatte er sich gedacht, als ihn der Freiherr das erste Mal dorthin geführt und ihm einen Schlüssel überreicht hatte.

Dass der Adelige seine Augen und Ohren überall hatte, war Matteo bereits bekannt. Dass er aber im »Schwanen« einen alten Klostergärtner kennengelernt hatte, der sich als Einziger und Letzter an diesen von außen zugänglichen Kellerraum hatte erinnern können, würde für Matteo ebenso im Dunkeln bleiben wie die Identität des Leichnams, den er nun anstatt des Herumtreibers vom Freiherrn wie auf dem Silbertablett serviert bekommen würde. Um zu verhindern, dass er selbst verraten wurde, würde der Adelige den alten Gärtner noch einmal zum versteckten Türchen locken, von dem eine Treppe zum Sezierraum hinunterführte. Dort unten würde er ihn töten. Der alte Mann würde auf einen Schlag verschwinden und niemand würde etwas davon mitbekommen. Und Matteo musste denken, dass es Lukas gewesen war. Wer sonst hatte einen Schlüssel und das Interesse, in den dunklen, kühlen und feuchten Keller hineinzugelangen, um dort einen Leichnam abzulegen?

Bis auf die Dummheit ihres »Leichenlieferanten« war für den Verschwörer bisher alles bestens gelaufen. Nun war wichtig, dass Lukas sein Maul hielt. Und um dies zu gewährleisten, wollte er ihm ins Gewissen reden. Also ging er zum Marktplatz, schlenderte unauffällig herum und näherte sich so dem Pranger. »Lass deinen Kopf unten und beweg ihn nicht!«, zischte er den arg schwitzenden, mit hängendem Kopf dastehenden Delinquenten an, während er mit dem Rücken zu ihm stand, um unverdächtig die Umgebung beobachten zu können. »Die können dir nicht *mehr* tun, als dich hier ein paar Tage zur Schau zu stellen und dich ein Weilchen einzusperren! Dafür, dass du das aushältst, bekommst du trotz deines Versagens mehr Geld! Aber wehe, du sagst auch nur ein einziges Sterbenswörtchen! Haben wir uns verstanden? Huste, wenn du verstanden hast!«

Nachdem Lukas auffallend zögerlich gehustet hatte, entfernte sich der Freiherr ganz gemächlich vom Pranger. Ich traue dem Frieden nicht, dachte er sich im Stillen, während er sich auf den Weg machte, um Matteo zu suchen, mit dem er über die Sache sprechen musste.

Es war bereits der vierte Tag, an dem Lukas mit vor Kraftlosigkeit zitternden Beinen auf dem Prangerstein stand. Wegen der kargen und ungenießbaren Kost in seinem Verlies war er nicht nur ausgemergelt, sondern hatte auch noch einen solch starken Durchfall bekommen, dass er ihn nicht halten konnte. Ausgerechnet an diesem bedeutenden Tag hatte er sich nicht nur eingenässt, sondern auch noch in die Hose gemacht. Und so musste er nun vor den Leuten stehen, die ihn von klein auf kannten – eine Peinlichkeit, wie sie kaum zu ertragen und zu überbieten war. Lukas befand sich in einem miserablen

Zustand: Durch den Schweiß, der ihm in Strömen aus sämtlichen Poren schoss, waren nicht nur seine Augen verquollen, es juckte ihn auch am ganzen Körper. Und weil der Kerkermeister des Grafen bei der Kopfrasur nicht zimperlich mit ihm umgegangen war, brannte der Schweiß wie Feuer in den vielen kleinen Wunden, die das stumpfe Rasiermesser hinterlassen hatte. Außerdem schmerzten die angeschwollenen Hand- und Fußgelenke, die vom rostigen Eisen der schweren Ringe blutig gescheuert waren. Zu allem hin meinte es die Sonne zwar gut mit der Veranstaltung, zeigte aber keine Gnade für den bedauernswerten Delinquenten, den viele Passanten anspuckten und mit all dem bewarfen, was ekelerregend stank oder schmerzte. Ein Kind hatte ihm sogar einen großen Steinbrocken an den Kopf geworfen, sodass er eine Zeit lang besinnungslos gewesen war. Als er aus seiner Ohnmacht erwacht war, hatte das verkrustete Blut sein linkes Auge gänzlich verklebt. Die klaffende Kopfwunde war gemeinsam mit allen anderen blutenden Stellen seines geschundenen Körpers ein Festmahl für die Fliegen. »Gott hat Erbarmen mit dir!«, flüsterte ihm eine betagte Frau zu, bevor sie das Kreuz schlug, ihm zu trinken gab und ihm den Rest des mitgebrachten Wassers über den Kopf schüttete.

Vor Lukas Eberz hatte sich ein Spectaculum entfaltet, wie Isine es noch nie gesehen hatte. Über die Hauptstraße waren lange Bänder gespannt, an denen bunte Stofffetzen im leichten Sommerwind flatterten. Am Amtshaus hing eine zwölf Fuß lange Fahne mit dem Wappen der Pfalzgrafen von Tübingen, von denen die Montforter abstammten. Die auf silbernem Grund prangende rote Kirchenfahne wirkte hinter dem Delinquenten wie ein Banner der Mahnung, nichts Unrechtes zu tun.

Der Schmalzbrunnen war mit dünnen Stoffbändern geschmückt, die an kleine Birkenäste gebunden waren.

Genauso alle anderen Brunnen, Häuser und Türme des extra für diesen Tag ganz besonders gepflegten Dorfes. Während es unter dem Laubengang, wo an jedem Donnerstag der Schmalzmarkt abgehalten wurde, angenehm kühl war, brannte die Sonne wie bestellt auf die offenen Plätze herunter und ließ Isine an seinem Ehrentag erstrahlen wie noch nie in seiner über zweihundertvierzigjährigen Geschichte. Und weil es schon seit Längerem nicht mehr geregnet hatte, waren auch die Straßen sauber. »Besser staubig als matschig«, hatte Bürgermeister Eberz gesagt. Allerdings konnte er sich darüber ebenso wenig freuen wie über die aus allen Ecken des Landes angereisten Gaukler, Komödianten, Musikanten und Wanderhuren.

Menschenmassen waren gekommen, um sich die Proklamation durch Bürgermeister Eberz anzuhören und zu feiern. Wer aber geglaubt hatte, dass eine von König Rudolf höchstpersönlich ausgearbeitete und unterzeichnete Urkunde verlesen wurde, sah sich enttäuscht. Der Monarch, durch den Isine die Verleihung der »Lindauer Stadtrechte« zugesprochen bekommen hatte, konnte wegen der kriegerischen Zeit nicht persönlich anwesend sein. Und auch andere hochrangige Persönlichkeiten, auf die man sich gefreut hatte, blieben fern. Dass der König einfache Anweisungen zur Stadtwerdung erteilt hatte, musste genügen. Und dafür hatten alle Verständnis, sodass die Freude kaum getrübt wurde. Die meisten Einheimischen und Gäste drängten sich um das hölzerne Podium, um sich das bestätigen zu lassen, von dem sie über Tage und Wochen hinweg immer wieder nur in Fetzen gehört hatten und was nun offiziell geworden war: »Isine ist Stadt!«

Kapitel 16

Die Übertragung der Bürgerrechte durch König Rudolf hatte die Bewohner von Isine so stolz werden lassen, dass sie tagelang gefeiert und alles um sich herum vergessen hatten. Bürgermeister Cristoff Eberz und seine Familie hingegen konnten nicht vergessen, dass der Graf von Montfort seinen Bruder Lukas elend im Kerker hatte verrecken lassen. Schon wenige Tage nach der Ernennung zur Stadt war das schwarze Schaf der Familie tot in seinem feuchten und zugigen Verlies aufgefunden worden. »An seiner eigenen Kotze erstickt!«, hatte es lapidar geheißen. Niemand hatte wissen können, dass ihm ein tödliches Gift verabreicht worden war. Und niemand hatte auch nur im Entferntesten erahnen können, dass der noble Herr, der sich seit geraumer Zeit in Isine aufhielt, den Kerkermeister mit einer hohen Summe bestochen hatte, um mit dem Gefangenen allein sein zu dürfen. Weil Lukas Vertrauen zu seinem Auftraggeber gehabt hatte, war es für den Geheimbündler ein Leichtes gewesen, ihm einen mit Honig gesüßten Trank aus blauem Eisenhut einzuflößen. »Das wird Euch von Euren Leiden erlösen!«, hatte der Lügner ausnahmsweise einmal wahrheitsgemäß gesagt und dem Vergifteten das »Magische Amulett« abgenommen, das ihm in Lindau gestohlen worden war.

Zu allem hin war auch noch der Medico aus den italienischen Landen hinzugerufen worden, um die Leiche zu untersuchen. Als Matteo den Toten besehen hatte, war ihm sofort klar gewesen, dass es nur der Freiherr gewesen sein konnte, der seinen neuen Freund vergiftet hatte. Um sich selbst nicht in Gefahr zu bringen, hatte er einen natürlichen Tod durch

Auszehrung festgestellt. Damit war die Sache vom Grafen für erledigt erklärt worden.

Was für eine Ironie, hatte sich Matteo Tage später gedacht, nachdem er seinen »Leichenlieferanten« ausgegraben hatte, der nun auf seinem Seziertisch lag. Nun liegst du neben dem Toten, den du mir hierhergebracht hast, sinnierte er angesichts der zweiten Leiche, von der er glaubte, dass er sie Lukas zu verdanken hatte. Er konnte ja nicht wissen, dass es sich dabei um den ehemaligen Klostergärtner handelte, der vom Königsegger Freiherrn genau hier in diesem Raum ermordet worden war.

Er war also unverhofft zu einer zweiten Leiche gekommen, die er nun ebenfalls in aller Ruhe sezieren konnte. Da war nur gut, dass sein Arbeitsraum kühl genug war, um die beiden auch im Hochsommer frisch halten zu können. Und dies war noch nicht alles; um sicher zu sein, keine Zeugen zu haben, hatte der Königsegger wenige Tage später auch noch den Kerkermeister ins Jenseits befördert.

Wie das Wetter, war auch bei Matteo die Stimmung umgeschlagen. Er saß mit seinem Freund Hannß im »Schwanen«, wo der Medico seine Wut und Trauer im Bier zu ertränken suchte. Obwohl der Salzroder keine Ahnung davon hatte, weshalb sein italienischer Freund so niedergeschlagen wirkte, versuchte er, ihn aufzumuntern: »Du hast gestern doch die holde Maid wiedergesehen, die wir bereits bei unserer Ankunft nach einer Herberge gefragt haben. Hast du sie nicht angesprochen?«

Matteo seufzte und erklärte Hannß, dass er glaube, das Mädchen sei versprochen, wenn nicht schon verehelicht.

»Das ist doch egal! Du musst einfach dranbleiben!«, ermunterte Hannß sein Gegenüber.

Aber der Italiener war an diesem Abend trotz seiner Affinität zu schönen Frauen nicht zugänglich, zu sehr drückte ihn das Wissen um die Ermordung seines Freundes. Also sagte er lediglich: »Per il bene!«, was auf Deutsch so viel hieß wie »Zum Wohle!«. Aber anstatt zu trinken, starrte er nur auf den vollen Krug.

Matteos schlechtes Gewissen sollte an diesem Abend weiter strapaziert werden. Denn die beiden saßen noch keine Stunde, als die Tür aufging und der Königsegger Freiherr unter dem Türsturz stand. Nachdem seine Augen den Qualm durchdrungen hatten, entdeckte er Matteo und dessen Freund Hannß. Zielgerichtet ging er auf deren Tisch zu und setzte sich, ohne zu fragen. Offensichtlich hatte er seine bisher an den Tag gelegten Manieren an diesem Abend vergessen. »Ich muss mit Euch reden!«, forderte er von Matteo in befehlsartigem Ton.

»Aber ich nicht mit Euch! Zumindest nicht jetzt!«, schnarrte der Medico übelgelaunt zurück. Er war über die heimtückische Ermordung seines Freundes Lukas Eberz entsetzt.

Trotz Matteos Abfuhr ließ sich der spürbar unruhige Mann nicht einfach abwimmeln und begann, auf den Medico einzureden. Er wolle kurz mit ihm nach draußen gehen, um mit ihm sprechen zu können. Der Italiener ließ sich schließlich darauf ein, weil er eine Rechnung mit dem Adeligen offen hatte. Aber noch bevor Matteo aufstehen konnte, bekamen sie Besuch. Zwei fremde Männer, von oben bis unten schwarz gekleidet, gingen auf sie zu und bauten sich vor dem Adeligen auf. Dann forderte einer von ihnen zu wissen, ob er es sei, der sich als Freiherr von Königsegg ausgab.

Obwohl der Mann sofort in Alarmbereitschaft war, antwortete er in betont lockerem Tonfall: »Wen geht dies etwas an?«

»Uns beide! Wir kommen aus Guggenhausen und arbeiten im Auftrag des echten Freiherrn Haug von Königsegg von der Burg Königseggerberg!«

Niemand sprach ein Wort. Es blieb so lange still, bis der enttarnte Namensdieb wie von einer Spinne gestochen hochschoss und sein »Jiàn« zog. Rasch entbrannte ein ungleicher Kampf zwei gegen einen. Es zeigte sich aber schnell, dass der Hochstapler der weitaus beste Schwertkämpfer unter den drei Kämpfenden war und zudem eine überlegene Waffe hatte, die ebenso gut in seiner rechten Hand lag wie der Dolch, den er mit der linken gezogen hatte. Es ging eine ganze Zeit lang kreuz und quer durch den Schankraum, über Bänke und Tische, in den Flur und sogar in die Küche hinein. Geschirr fiel klirrend zu Boden, Besteck schepperte und Zinnbecher flogen ebenso durch den Raum wie dreibeinige Brettstühle, Funken stieben. »Achtet auf die Brennspäne!«, rief der Wirt seinen Gästen zu, bevor er sich wieder hinter den Schanktisch duckte.

Als einer seiner zwei Gegner hoffte, durch eine andere Küchentür dem Namensdieb in den Rücken fallen zu können, hatte er sich im wahrsten Sinne des Wortes geschnitten. Der Angegriffene hatte es bemerkt, sich wieselflink umgedreht und dem hinterlistigen Angreifer mit dem Dolch die Halsschlagader durchtrennt. Die Gäste wichen zwar weiterhin zurück, wenn ihnen die verbliebenen Duellanten zu nah kamen, amüsierten sich aber köstlich. »Wann sieht man schon einen solchen Kampf?«, schrie einer seinem Tischnachbarn durch den Lärm begeistert ins Ohr, während er ihm seinen Becher zum Anstoßen entgegenstreckte. Von den etwa dreißig Männern kam keiner auf den Gedanken einzuschreiten. Wie auch? Keiner von ihnen war bewaffnet, geschweige denn, an Waffen ausgebildet. Sie verfolgten weiter die Kampfhandlung, die zunehmend einseitiger wurde, weil dem Schwarzgewandeten die Kraft auszugehen schien. Und dies war wenige Hiebe später sein Todesurteil. Der enttarnte Hochstapler stach seinem Kontrahenten mitten ins Herz.

»Numerus perfectus!«, schoss es aus dem Geheimbündler heraus, während er sein Schwert aus dem Körper seines Gegners zog. Der vollführte noch seine letzten Zuckungen, da eilte der Sieger bereits mit wallendem Umhang nach draußen und verschwand mitsamt seinem Ross in der Dunkelheit. Gott hat in sechs Tagen die Welt erschaffen und ich in wenigen Tagen sechs Menschen getötet, dachte er sich, während er das Tier antrieb.

Tage später – die Sache im »Schwanen« hatte sich längst wie ein Lauffeuer in der Stadt herumgesprochen – waren Matteo und Hannß in Verdacht geraten, mit dem falschen Königsegger etwas zu tun zu haben. Laut Zeugenaussagen hatte der sich zielstrebig an ihren Tisch begeben und sich ungeniert zu ihnen gesetzt, kurz bevor das Spektakel losgegangen war. Deshalb hatte der italienische Medico zusammen mit dem Tyroler Salzfuhrwerker beim Bürgermeister antreten müssen, um dies zu erklären. Als Eberz die beiden fragte, ob der Namensdieb etwas mit dem Tod seines Bruders Lukas zu tun haben konnte, wurde Matteo leichenblass. Aber er riss sich zusammen und verwies darauf, dass Friedrik Eberz, der Wirt und Bruder des Bürgermeisters, schließlich dabei gewesen war, als sich der Fremde erstmals zu ihm und Lukas an den Tisch gesetzt und sich als Haug Freiherr von Königsegg vorgestellt hatte. »Dein Bruder kann also bezeugen, dass weder Lukas noch ich den Mann gekannt hatten, als er sich zum ersten Mal zu uns gesetzt hat. Und Hannß erst recht nicht!«

Weil der Bürgermeister einen Verdacht hatte, hakte er nach: »Aber weshalb ist der Hochstapler dann wieder zu euch an den Tisch gekommen, wenn ihr euch doch nicht gekannt habt?«

»Jetzt reicht es aber!«, schimpfte Hannß und schlug mit einer Faust auf den Tisch, der zwischen ihm und dem Bürgermeister stand. »Er hatte Matteo und Lukas bereits beim ersten Mal kennengelernt. Und weil er vielleicht nur die beiden kannte, hat er sich bei seinem nächsten Besuch im ›Schwanen‹ einfach wieder zu uns gesetzt! Nochmal: Wir kannten den Kerl überhaupt nicht und kennen ihn auch jetzt noch nicht richtig! Genügt dir das jetzt?«

Obwohl der Bürgermeister nach wie vor spürte, dass etwas faul war, musste er die beiden gehen lassen. Aber er gab ihnen noch eine Warnung mit auf den Weg: »Ich behalte euch im Auge!«

Seit Matteo den letzten Satz des Bürgermeisters gehört und als ernstzunehmende Drohung verstanden hatte, war er noch verängstigter, als er dies zuvor schon gewesen war. Weil er zudem nicht wusste, ob der Namensdieb zurückkommen würde, um auch ihn zu beseitigen, war er unschlüssig, ob er mit den Leichenöffnungen beginnen sollte. Einerseits musste mit den trotz der Kälte sicherlich rasch verwesenden Körpern etwas geschehen, andererseits hatte er Angst, den Raum noch einmal zu betreten.

Nach vielen schlaflosen Nächten hatte Matteo sich dazu entschieden, das Kellergewölbe nie mehr zu betreten. Er würde auch darauf verzichten, das sündhaft teure »Handwerkszeug« an sich zu nehmen. Und um sich vor sich selbst zu schützen, hatte er seinen Schlüssel dem verdutzt dreinschauenden »Schwanenwirt« gegeben. »Hüte ihn für mich, gib ihn mir aber nicht zurück! Hörst du? Niemals!«, hatte er Friedrik zu dessen Erstaunen beschworen, seinen eigenartigen Wunsch aber nicht begründet.

Friedrik Eberz hatte sich zwar sehr darüber gewundert, einen solch großen Schlüssel von seinem italienischen Freund und guten Gast zur Aufbewahrung zu bekommen, aber keine weiteren Fragen gestellt. Er wusste nicht einmal, ob dieser Schlüssel in irgendein Türschloss in Isine passte oder ob er zu einem großen Vorhängeschloss in den italienischen Landen gehörte.

Matteos Entscheidung war auch davon geleitet worden, dass er immer wieder dem Mädchen über den Weg gelaufen war, in das er sich schon verguckt hatte, als er mit Hannß das erste Mal durch die Stadt kutschiert war. Weil Isine nun zwar eine Stadt, aber immer noch überschaubar war, hatte er sie seitdem öfter angetroffen. Zuerst waren sie sich nur rein zufällig und ganz zaghaft begegnet. Dann hatten sie ein paar unverfängliche Worte gewechselt. Aber dies war schon zu viel gewesen, denn in Matteo hatte es zu glühen begonnen. Er hatte sich sogar derart verliebt, dass er ihr eines Tages unbemerkt gefolgt war. Inzwischen hatte er festgestellt, dass sie immer zur gleichen Zeit zum Schmalzbrunnen ging, um in einem großen Tongefäß Trinkwasser zu holen. Das Wasser von der angrenzenden Felderhalde, das in Deichselleitungen herangeführt wurde und hier aus dem Brunnen lief, war reines Quellwasser allerbester Güte, weswegen dieser Brunnen nicht zum Wäschewaschen genutzt werden durfte.

Weil Matteo nichts dem Zufall überlassen wollte, hatte er sich seine Vorgehensweise gut überlegt und sich vorgenommen, die Schönheit an einem Markttag, also am kommenden Donnerstag, anzusprechen. Ein mutiges Vorhaben. Aber was hatte er zu verlieren? Sie konnte nicht *mehr* tun, als ihn abzuweisen! Sollte dies der Fall sein, würde er wenigstens wissen, dass er sich keine Hoffnungen zu machen brauchte. Er konnte nur als Sieger aus der Angelegenheit hervorgehen – so zumindest hatte er sich die Sache zurechtgelegt. Außerdem würde seine Zeit in Isine sowieso bald vorüber sein und er in seine Heimat zurückkehren müssen, wo sein Studium auf ihn wartete.

Matteo hoffte, dass sein Werben wegen des Markttrubels an diesem Tag niemandem auffallen würde – er mochte die Einheimische nicht öffentlich in Verlegenheit bringen. Also trieb er sich abwechselnd auf dem Hauptmarkt und auf dem Schmalzmarkt herum. Irgendwo dort musste sie bald erscheinen. Bei dem Gedanken daran wurde ihm so warm ums Herz, dass er einen Schweißausbruch nach dem anderen bekam. Seine Handflächen wurden schwitzig und seine Wangen glichen sich der Farbe der Äpfel an, die ihn aus einem der vielen Obstkörbe vor ihm anzulachen schienen. Obwohl er Äpfel liebte, hatte er in diesem Moment keine Lust darauf.

Endlich war es so weit: Zwischen all den Menschen konnte er ihren mit jedem Schritt auf und ab wippenden Kopf sehen, sie kam die Straße hoch! Als er mehr von ihr sah, machte ihn das rhythmische Wippen fast verrückt. Und erst ihr graziler

Gang; er glich dem eines Rehs, ihr Lächeln dem eines bezaubernden Wesens aus einer anderen Welt.

»Ruhig, ganz ruhig, Matteo«, sagte er zu sich selbst, weil er wusste, dass sie erst einmal ein paar Schwätzchen mit anderen Frauen ihres Alters hielt, bevor sie ihren Krug so lange unter den Wasserauslauf stellte, bis er voll war. Matteo musterte das Objekt seiner Begierde von oben bis unten. Um die selbst verordnete Ruhe nachhaltig zu bewahren, durfte er allerdings nicht mehr auf den Ausschnitt ihres Armkleides schauen, unter dem fast etwas zu keck ein praller Busen hervorlugte. Durch das Mieder wurde ihre perfekte Figur so betont, dass Matteo wahnsinnig werden könnte. Aber er riss sich zusammen und wartete unruhig ab, bis sie ihren Krug gefüllt hatte und sich vom Schmalzbrunnen und der größten Menschenansammlung entfernte. Er folgte ihr ein Stückchen die Hauptstraße in Richtung Wassertor hinunter und bog dann hinter ihr nach links in Richtung des Rossmarktes ab. Bevor sie dort wieder auf viele Menschen stießen, musste er es gewagt haben. Also nahm er allen Mut zusammen, rannte hinter gestikulierenden und lärmenden Bauchladenhändlern und deren Kunden, hinter Fuhrwerken, Kisten und Stützpfeilern so an ihr vorbei, dass sie ihn nicht sehen konnte. Als er sie überholt hatte, drehte er sich um, wischte sich den Schweiß von der Stirn und lief – heftig schnaufend, aber gemäßigten Schrittes – direkt auf sie zu. »So, jetzt bist du dran«, murmelte er aufmunternd in sich hinein, bevor er sich der jungen Frau höflich als Matteo, ein Medico aus den italienischen Landen, vorstellte.

An der Reaktion von Alisah, wie *sie* sich knapp vorgestellt hatte, merkte Matteo sofort, dass es ihr nicht unangenehm war, von ihm angesprochen worden zu sein. Also ging der »Frauenversteher« aufs Ganze: »Alisah! Was für ein schöner Name. Darf ich Euch den Krug abnehmen?«

Zu seiner Verwunderung ließ sie Matteo gewähren und lächelte ihn sogar verführerisch an, als er ihr nahe kam, ihr den Krug aus den Händen nahm und ihn beiseite stellte.

»Und wie heißt Ihr weiter, edler Medico?«, mochte Alisah nun wissen.

»Äh ... Ich heiße mit Nachnamen Gallo! Ich bin zwar Arzt, aber nicht von edler Geburt!«, klärte Matteo auf und schlug vor, sich mit ihr auf den Sims zu setzen, den er auf der anderen Straßenseite entdeckt hatte. Bevor Alisah zusagte, vergewisserte sie sich, dass sie von niemandem gesehen wurde, der sie und möglicherweise auch ihre Eltern kannte. Dann nickte sie.

Nach einem Moment der Unsicherheit entspann sich ein solch formloses, aber vertrauensvolles Gespräch, wie es unter Fremden wohl nur selten der Fall war. Beide spürten auf Anhieb, dass sie sich mochten. So erfuhr Matteo schon bei diesem ersten Gespräch mit der offensichtlich gerne lachenden Alisah, dass sie die Tochter eines jüdischen Kaufmanns war. »Mein Vater heißt Schmuel Reichmann und meine Mutter Hannah!«

»Fühlst du dich hier wohl?«, fragte Matteo nicht ohne Hintergedanken, obwohl ihm klar war, dass es noch viel zu früh kam, sich Gedanken darüber zu machen, *gemeinsam* in seine Heimat zu gehen. Er musste ihr Herz erobern, erst wenn ihm dies gelungen war, konnte weitergeplant werden. Aber so waren sie einfach, die Männer aus den italienischen Landen: zielstrebig und besitzergreifend!

Kapitel 17

SEIT DER STADTERHEBUNGSFEIER in Isine waren drei Wochen vergangen, aber Cristoff Eberz hatte immer noch nicht aufgegeben, die wahren Umstände herauszufinden, die zum Tod seines Bruders geführt hatten. Wie bereits den italienischen Medico hatte er sich auch den neuen Kerkermeister des Grafen schon mehrmals vorgeknöpft – beides bisher leider erfolglos.

Nun war er schon wieder hier, um sich einmal mehr in dem Verlies umzusehen, in dem sein Bruder Lukas eines natürlichen Todes gestorben sein soll. »Pah, Tod durch Auszehrung!«, polterte er und winkte den Kerkermeister näher zu sich. »Die Luft hier ist ja kaum zu ertragen!«, schimpfte er weiter und holte ein Tuch aus seiner Hosentasche, um es sich vor Mund und Nase zu halten.

Im zugigen und feuchten Verlies stank es erbärmlich nach Schweiß und menschlichen Ausscheidungen – mit Moder und Fäulnis vermischt, ein ekelerregender Geruch. Im unbeständigen Licht einer Fackel sah der Besucher in die Wand eingelassene Ketten, an deren Enden schwere Eisenringe befestigt waren. In einer Ecke stand ein »Feuerkorb«, in dem Kohle und zwei Brenneisen darauf warteten, zum Einsatz zu kommen.

»Ist dieses Verlies gleichzeitig auch eine Folterkammer?«, wollte der Bürgermeister wissen.

»Wie ich Euch bei Euren letzten Besuchen bereits gesagt habe, befinden sich die Folterkammer und der Befragungsraum hinter diesem Zugang!« Als er dies sagte, zeigte der Kerkermeister zu einer schweren, mit Eisenplatten beschlagenen Tür.

»Sicher sind dies die persönlichen ›Spielzimmer‹ des Grafen«, lästerte der Bürgermeister, obwohl er wusste, dass ihn dies nichts anging. Selbst wenn dies keine offiziellen Räume und Instrumente der Rechtsausübung waren, konnte er nichts dagegen unternehmen. Innerhalb ihrer Häuser konnten die Bewohner machen, was sie wollten. Und der Graf von Montfort genoss in Isine sowieso sämtliche Freiheiten.

Cristoff Eberz hatte nicht vor, sich weiter damit aufzuhalten, er schäumte vor Wut. Denn es war bereits das vierte Mal, dass er versuchte, aus dem neuen Kerkermeister des Grafen etwas herauszuquetschen: »Es gibt keine geheimen Zugänge?«

»Nein!«, wiederholte der ungehobelte Geselle dem Bruder des Verstorbenen gegenüber zum weiß Gott wievielten Mal.

»Wenn niemand ins Verlies eingedrungen ist, kann mein Bruder doch nur von deinem Vorgänger ermordet worden sein, oder?«

»Das ist doch lächerlich! Der Medico hat den Grund für den Tod Eures Bruders festgestellt!«

»Aber diesen Saustall hier hast doch du zu verantworten, oder?«

»Was wollt Ihr? Dies hier ist ein Verlies und kein Ratssaal! *Ich* habe hier nicht reingeschissen!«

Kaum dass er dies ausgesprochen hatte, packte der Bürgermeister ihn am Kragen und drohte ihm mit der ganzen Kraft seines Amtes.

»Trotzdem habe ich Eurem Bruder nichts angetan und führe nur die Befehle meines Herrn aus!«

»Den nehme ich mir auch noch vor, wenn er endlich wieder aus Bregenz zurück ist!«, knurrte Eberz und drückte den kräftigeren, in diesem Moment dennoch hilflos wirkenden Kerkermeister an die Wand. »Du stinkst wie ein Bock!«

»Das mag schon sein, aber in meinem Kerker wurde niemandem etwas zu Leide getan, was nicht vom Grafen angeordnet worden war!«

»Pah! ›Niemandem etwas zu Leide getan‹!« Cristoff Eberz spuckte angewidert vor die Füße des Kerkermeisters, von dessen anfänglich selbstbewusstem Auftreten nicht mehr viel übrig geblieben war. Dass der Graf nicht hier war und seine schützende Hand über ihn halten konnte, war für den stämmigen Mann kaum zu verkraften. Obwohl der Kerkermeister dennoch weiterhin versuchte, locker zu bleiben, spürte Eberz, dass irgendetwas nicht stimmte. Also attackierte er den tumben Gesellen dieses Mal so lange, bis der nicht mehr wusste, wie er sich herauswinden sollte. Um den Bürgermeister endlich loszuwerden, stotterte er, etwas zu haben, das dem Delinquenten von seinem Vorgänger abgenommen worden sein musste.

Cristoff Eberz war überrascht, dass sein Bruder Lukas überhaupt etwas besaß, das von Wert oder Interesse sein konnte, dennoch sagte er in ruhigem Ton: »Na also; es geht doch!«

Weil sich der Kerkermeister erst noch von seinem Schrecken erholen musste, schwieg er.

Der Bruder des Toten drängte: »Was ist nun?«

Der tumbe Geselle schlurfte wortlos aus dem Verlies und winkte dem Bürgermeister, ihm zu folgen. Dann ging er zu einem geschmiedeten Wandhaken, an dem etliche Schlüssel hingen, und nahm einen davon an sich. »Den hier soll Euer Bruder bei sich gehabt haben, als er von den ›Stadtschergen‹ hierhergebracht wurde. Mein Vorgänger hat ihn wohl hier verwahrt!«

»Ein Schlüssel?«, wunderte sich der Bürgermeister. »Weißt du, wofür?«

Der Kerkermeister zuckte nur mit den Schultern.

Obwohl sich Cristoff Eberz im Grunde genommen nicht für die Tür interessierte, die zu einem Schreckenskabinett führte, das seinesgleichen suchte, ging er dort hin und versuchte, den Schlüssel ins Schloss zu stecken. »Verdammt! Passt nicht!«

»Sag ich doch!«, grinste der Kerkermeister, während er dem Bürgermeister den Weg nach draußen wies.

»Wehe, wenn ich herausbekomme, dass du etwas mit dem Schlüssel zu tun hast, dann …«

»… gnade mir Gott! Gehabt Euch wohl, Bürgermeister!«

Krachend fiel die Tür zum »Festen Haus« des Grafen von Montfort ins Schloss.

Matteo war es tatsächlich gelungen, Alisahs Herz im Sturm zu erobern. Die beiden hatten sich auf Anhieb so ineinander verliebt, dass die gläubige Jüdin ihrem christlichen Geliebten schon nach einer Woche des heimlichen Zusammenseins ihre Unschuld geschenkt hatte.

Obwohl die beiden in jeder Hinsicht hervorragend harmonierten und wie füreinander geschaffen waren, stand ihre Liebe unter keinem guten Stern. Denn Alisah Reichmann war dem ebenfalls jüdischen Iacup versprochen. Und der Sohn des Geldverleihers Lewi Bernstein ließ keinen Zweifel daran, dass Alisah ihm jetzt schon »gehörte«, obwohl sie noch nicht vermählt waren. Gemeinsame Interessen hatten sie nicht. Während Alisah sich gerne um die Bedürftigen von Isine kümmerte und die freie Natur ebenso liebte wie das Lesen der Schriften, die ihr älterer Bruder Jehuda von Zeit zu Zeit aus dem fernen Antwerpen mitbrachte, interessierte Iacup sich nur für sein Geschäft.

Weil die beiden Liebenden wussten, dass von Iacup eine ständige Gefahr ausging, waren sie bei ihren Treffen stets auf der Hut gewesen.

Eines Tages aber waren sie dem Rausch der Liebe derart verfallen, dass Alisah nicht nur stöhnte, sondern so laut schrie, dass sie draußen gehört wurde. Obwohl beide wussten, dass sie sich stets zusammenreißen mussten, wenn sie sich sanft in den Armen lagen, waren sie unvorsichtig geworden. Aber Matteo war ein solch begnadeter Liebhaber, wie es den Männern seines Heimatlandes gerne nachgesagt wurde.

Um sich ungestört mit Alisah treffen zu können, hatte Matteo seinen Kammergefährten Hannß gebeten, viermal wöchentlich an den Nachmittagen außer Haus zu sein, was ihm nicht schwerfiel. Denn der ebenfalls verliebte Salzroder verbrachte seine Zeit sowieso lieber in Resis Nähe als in der düsteren Kammer, die sich die beiden teilen mussten.

Alisah war eine ehrbare und zudem versprochene Bürgertochter, die abends nicht mehr aus dem Haus durfte. Vormittags nahm sie die tägliche Arbeit im Haushalt ihrer Eltern in Anspruch. Also blieben den beiden für ihre sinnlichen Genüsse nur die Nachmittage, eine Tageszeit, in der sich auf den Straßen und Plätzen von Isine viele Menschen tummelten – insbesondere bei schönem Sommerwetter. Und an diesem Nachmittag strahlten wohl an die tausend Sonnen vom Himmel. Dass vor dem Haus, in dem sich das Liebesnest der beiden befand, ausgerechnet jemand vorbeikam, der Alisah und Iacup gut kannte, war ein ausgesprochenes Pech für die beiden. Denn Iacups Freund war über Isine hinaus als hinterlistiger und bestechlicher Schwätzer bekannt, der für Geld sogar Alisah verraten würde.

Bürgermeister Eberz hatte alles getan, um etwas über den ominösen Schlüssel zu erfahren, den sein Bruder Lukas bei sich gehabt hatte, als er von den Stadtschergen festgenommen worden war. Trotz aller Bemühungen hatte er keine Antwort darauf bekommen, in welches Schloss er passte. Also war ihm nichts anderes übrig geblieben, als sämtliche Schlösser auszuprobieren, die ihm in den Sinn gekommen waren – erfolglos!

Nun kann nur noch der Graf helfen, hatte er sich gedacht und auf dessen Rückkehr gewartet, um vielleicht von ihm etwas zu erfahren. Aber das Gespräch war nicht so verlaufen, wie er es sich gewünscht hatte. Kaum dass der Graf erfahren hatte, dass sein Kerkermeister den Schlüssel weitergegeben hatte, war er laut geworden und hatte dem Bürgermeister Vorhaltungen gemacht, dass er – der Graf – es gleich gesagt hatte: Gesetzesbrecher mussten unverzüglich bestraft werden, bevor sie weitere Probleme machen konnten. »Und dein Bruder macht jetzt sogar noch nach seinem Tod Ärger!«, hatte er gemault und vom Bürgermeister den Schlüssel zurückverlangt.

»Bei allem Respekt, Erlaucht! Aber dies ist die einzige Hinterlassenschaft meines Bruders!«, hatte Cristoff Eberz erhobenen Hauptes gesagt und dabei dem Grafen furchtlos in die Augen geschaut. Dann hatte er seine Provokation weitergetrieben, indem er sich in höfischer Manier verneigt hatte und wortlos gegangen war, ohne entlassen worden zu sein.

»Seit Isine zur Stadt erhoben wurde, legt Ihr einen Hochmut an den Tag, der nicht gut für Euch ist, Bürgermeister! Passt auf, dass Ihr nicht über Euren Stolz stolpert!«, rief ihm der Graf nach.

Cristoff versuchte, sich zu Hause abzureagieren, indem er Ilse wütend vom Verlauf seines Gesprächs mit dem Grafen berichtete. Obwohl es ihr nichts ausmachte, wenn er seinen Ärger zu Hause ablud, und sie ihm stets aufmerksam zuhörte, stand er auf und nahm seine Joppe vom Haken.

»Was hast du vor?«, fragte die beunruhigte Ehefrau. Sie hatte ihm zwar auch dieses Mal verständnisvoll zugehört, wusste aber, dass sie ihn in diesem Fall kaum zu trösten vermochte. Wenn es um seinen Bruder ging, geriet der ansonsten friedliebende Mann leicht außer Kontrolle. Lukas hatte in der Vergangenheit mit seinen Eskapaden immer wieder dafür gesorgt, dass ihn der Herr Bürgermeister aus irgendeiner Notsituation hatte herausholen müssen. In seiner Wut auf Lukas hatte Cristoff eines Tages zu viel getrunken und seine Frau – was ihm zuvor niemals eingefallen wäre – sogar angebrüllt. Nun wäre er froh, wenn er Lukas helfen könnte. Aber es war zu spät; Lukas war in seinem Verlies eines »natürlichen« Todes gestorben. Die Unwissenheit um die wahren Todesumstände und die damit einhergehende Machtlosigkeit hatten Cristoff zerfressen.

»Wohin gehst du, mein Schatz?«, hakte Ilse noch mal nach.

»Zu Friedrik in den ›Schwanen‹!«, kam es knapp zurück. »Ich muss noch mit jemandem reden! Außerdem möchte ich mir den Ärger hinunterspülen!«

Ilse stand auf, ging auf ihren Mann zu und umarmte ihn. »Das verstehe ich! Trink aber mit Bedacht!« Sie wusste, dass er keinen Alkohol vertrug, weswegen er die Schenke seines Bruders selten aufsuchte.

»Was tust *du* denn hier?«, fragte der Schankwirt verwundert, weil er ebenfalls wusste, dass Cristoff nur höchst selten einen Tropfen Alkohol zu sich nahm und deswegen kaum im »Schwanen« zu sehen war. Er brachte ihm einen Becher Brunnenwasser an den Tisch, wo er sich zu ihm setzte.

Cristoff wehrte entschieden ab und rief die Schankmagd zu sich.

»Welch Ehre! Der Herr Bürgermeister hier?«, scherzte Resi, bevor sie ihn fragte, was sie denn für ihn tun könne.

»Den ›Bürgermeister‹ habe ich zu Hause gelassen, Resi! Bring mir bitte ein Bier und einen Branntwein!«, kam es so entschieden zurück, dass Friedrik glaubte, sich verhört zu haben.

»Ein Bier *und* einen Branntwein!«, wiederholte Cristoff laut, um klarzumachen, dass er es ernst meinte.

»Ist irgendetwas?«, sorgte sich sein Bruder, der sogleich von Cristoffs Gespräch mit dem Grafen erfuhr. Als er die Sache mit dem Schlüssel hörte, wurde er stutzig und bohrte nach, wie der aussehe.

Cristoff fischte das große Eisenteil aus seiner Jackentasche und knallte es auf den Tisch. Während Friedrik für einen Moment wie gebannt auf den Schlüssel starrte, leerte Cristoff den Branntweinbecher in einem Zug. Dies hatte einen solchen Hustenanfall zur Folge, dass ihm sein Bruder mehrmals auf den Rücken klopfen musste.

»Kennst du den Schlüssel?«, forderte Cristoff irritiert zu wissen, nachdem er sich ausgehustet und einen Schluck Bier zu sich genommen hatte. Ihm war nicht verborgen geblieben, dass sein Bruder sich erschrocken hatte und leichenblass geworden war, als er den Schlüssel auf dem Tisch gesehen hatte.

Friedrik schüttelte den Kopf und sagte nur: »Den nicht …« Dann stand er auf und verschwand im Flur, der zur Treppe ins obere Stockwerk führte.

Weil Cristoff momentan nichts anderes übrig blieb, als sich zu wundern, nahm er einen weiteren kräftigen Schluck Bier und wollte die Zeit nutzen, um sich ein wenig mit der Schankmagd zu unterhalten: »Komm doch mal zu mir, Resi!«, bat er höflich.

»Ja? Herr Bürgermeister!« Resi kam an den Tisch und machte einen Knicks, wie er sich höher gestellten Persönlichkeiten gegenüber geziemte.

Derart umschmeichelt, musste Cristoff Eberz trotz seiner schlechten Laune schmunzeln. »Ich hatte dir doch schon gesagt, dass ich …«

»… den ›Herrn Bürgermeister‹ zu Hause gelassen habe!«, wiederholte Resi lachend.

Obwohl Cristoff Eberz nicht zum Lachen zumute war, lächelte er. »Sag mal, ich habe gehört, dass dein Tyroler wegen dir ganz in Isine bleiben möchte! Stimmt das?«

Die ansonsten nicht gerade auf den Mund gefallene Schankmagd war nie um eine freche Antwort verlegen, doch fiel ihr im Moment außer einem erstaunt klingenden »Wie bitte?« nichts ein.

»Also stimmt es nicht!«

Resi schaute sich um und beugte sich dann so zum Bürgermeister hinunter, dass ihm beim Anblick der prallen Pracht schier schummrig vor den Augen wurde. »Doch!«, gab sie unumwunden zu und fragte, woher er dies wisse, obwohl es doch noch nicht offiziell sei.

Bevor sie eine Antwort bekam, schallte es von hinten in den Schankraum: »Hast du nichts zu tun, Resi?«

Weil die Schankmagd den Tonfall in der Stimme ihres Brotgebers gut zu deuten wusste, eilte sie zum nächsten Tisch, um die dort sitzenden Männer zu fragen, ob es noch etwas sein dürfe.

»Zwei Branntweine für uns!«, rief Friedrik ihr hinterher, bevor er sich wieder zu Cristoff an den Tisch setzte.

»Was ist mit dir?«, mochte Cristoff wissen. Er verstand nicht, weshalb sein Bruder plötzlich so streng war und finster dreinschaute.

»Verdammt: Wo bleibt der Branntwein?«, rief der Wirt so laut, dass es im Schankraum schlagartig still war. »Ich glaube, den können wir jetzt brauchen!«, sagte er, als er den Becher in der Hand hielt und mit seinem schon leicht angeschlagenen Bruder anstieß.

»Was ist nur mit dir los? *Ich* bin es, der heute Grund zum Grantigsein hat!«, empörte sich Cristoff und tippte ein paarmal mit der flachen Hand auf den Schlüssel, der immer noch auf dem Tisch lag. »Ich muss dir etwas dazu erzählen«, sagte er und wollte gleich lossprechen.

Aber Friedrik legte seine Hand auf Cristoffs und sagte: »Warte!« Dann holte er seinen Schlüssel hervor und legte ihn neben den anderen.

»Was?« Cristoff schüttelte fassungslos den Kopf. »Woher hast du den?«

Weil Friedrik seinen Freund Matteo nicht gerne verriet, überlegte er kurz. Dabei blies er die Wangen auf und legte die Stirn in Falten. Dann erzählte er seinem Bruder, woher der Schlüssel stammte.

Anstatt etwas darauf zu sagen, drehte Cristoff die beiden Schlüssel, legte sie aufeinander und nebeneinander, um sie zu vergleichen. Dabei hielt er sie direkt vor seine Nase und kniff ein Auge zu. »Eindeutig! Die beiden passen in dasselbe Schloss!«, bemerkte er schließlich und bestellte bei Resi zwei weitere Becher Branntwein.

»Wenn dieser ausländische Medicus den gleichen Schlüssel besaß wie unser Bruder, dann ist doch etwas faul, oder nicht?«, orakelte Friedrik.

»Möglicherweise hat er etwas mit Lukas' Tod zu tun!«, spann Cristoff die Gedanken seines Bruders weiter und ergänzte, dass sie das Schwein sofort suchen mussten.

»Das ist deine Aufgabe. Du bist der Bürgermeister und verfügst über Mittel und Wege!«

Um nichts von dem spannenden Gespräch der Eberz-Brüder zu verpassen, stand Resi hinter der Ausschanktheke und tat das, um was sie sich sonst gerne drückte: Sie spülte Becher und Krüge. So bekam sie Wort für Wort alles mit, was die beiden redeten. Weil sich die Lautstärke des Gesprächs alkoholbedingt immer weiter nach oben schraubte und zunehmend in eine gefährliche Richtung ging, war die Schankmagd unruhig geworden. Spätestens als in Zusammenhang mit Matteo das Wort »Mörder« fiel, wusste sie, dass sie etwas unternehmen musste. Aber was? Ich muss Matteo warnen und Zeit für ihn gewinnen, damit er seine Sachen packen und abhauen kann, schoss es ihr durch den Kopf. Aber wie? Da kam der pfiffigen jungen Frau der rettende Gedanke: Unaufgefordert füllte sie zwei weitere Becher mit Branntwein und brachte die bis zum Rand gefüllten Trinkgefäße an den Tisch.

»Was soll das, Resi?«, wurde sie von ihrem Brotgeber angeraunzt. »Wir haben nichts in Auftrag gegeben!«

»Entschuldigung! Ich dachte nur …«

»Ist doch scheißegal!«, mischte sich der inzwischen arg angetrunkene Cristoff ein und gebot Resi, die Becher hierzulassen und darüber hinaus noch zwei Krüge Bier zu bringen.

Auch wenn sie es nicht erwarten konnte, Matteo zu warnen, wartete die raffinierte Schankmagd diese Runde ab und ging dann an den Tisch, um dem Wirt mitzuteilen, dass ihr übel sei und sie sich gerne bis zum Abend auf ihrer Lagerstatt ausruhen würde. »Es ist ja sowieso noch nicht viel los!«

Weil mittlerweile beide Eberz-Brüder betrunken waren, kam sie damit durch. Um sicherzugehen, die beiden zumindest für den Rest dieses Tages außer Gefecht zu setzen, stellte sie noch einen großen Humpen Bier und eine Kanne Branntwein auf den Tisch. Dann nahm sie ihre Schürze und eilte davon, um Matteo zu suchen.

Das »Xundheit!« der beiden hörte sie nicht mehr. Ebenso wenig das dumpfe Geräusch, das beim Anstoßen von vollen Steinkrügen entstand.

Freie Reichsstadt

Anno Domini 1365

Die magische Zahl VII

Kapitel 18

In den vergangenen vierundachtzig Jahren hatte Isne etliche herbe Rückschläge erleiden müssen: Nicht nur dass 1284 ein verheerender Brand fast das ganze Kloster und die Stadt dem Erdboden gleich gemacht hatte, war die Stadt 1349 und 1350 auch noch von einer gewaltigen, nicht enden wollenden Pestepidemie heimgesucht worden. Für die hier lebenden Menschen waren dies zwar große Katastrophen, letztlich aber vorübergehende Rückschläge gewesen, die von ihnen irgendwie verkraftet worden waren. Für die Klosterbrüder hingegen hatten sie beinahe das Ende bedeutet. Aus welchem Grund das Kloster letztlich fast ausgestorben war, konnte niemand genau sagen. Deswegen hatten über Jahre hinweg viele Spekulationen die Runde gemacht. Es war sogar berichtet worden, dass der Klosterkoch »versehentlich« eine giftige Kröte mitgekocht haben soll.

»Gladius Dei« hingegen war vorsichtig gewesen und hatte die Stadt eine Zeit lang gemieden. 1281 war dort einfach zu viel vorgefallen. Der dortige Sezierraum war über drei Generationen hinweg nicht mehr betreten worden. Nun aber gab es einen guten Grund, den vom Geheimbund eingerichteten Raum endlich mit Leben zu füllen – besser gesagt mit Toten.

Und weil es weitere Dinge zu besprechen gab, hatte der amtierende Großmeister des Zirkels seine Mitverschwörer dazu aufgerufen, sich an einem bestimmten Tag zu mitternächtlicher Stunde am ihnen bekannten Ort zusammenzufinden.

Seit ihnen Hubertus von Hohenfels, der einstige Großmeister des Zirkels, den Kreuzgewölbekeller seiner Burg als »einen die Zeiten überdauernden« Versammlungsraum überlassen hatte, fanden die Zusammenkünfte nur noch dort statt. Einem späteren Großmeister war es sogar gelungen, einen vertrauenswürdigen Schlossbediensteten als eine Art Hausknecht in die Pflicht zu nehmen, der dafür Sorge trug, dass der Raum weiterhin unentdeckt blieb und stets zu ihrer Verfügung stand. Der Mann war dafür zuständig, kurz vor Beginn einer Versammlung Öl in die Umrandungsrinne des »Magischen Quadrates« auf dem Boden des Versammlungsraumes zu schütten und es gemeinsam mit den vielen Kerzen auf dem Altar und den Brennspänen an der Wand zu entzünden, um den düsteren und feuchten Raum auszuleuchten und etwas zu erwärmen. Des Weiteren hatte er dafür zu sorgen, dass die fünfundvierzig mit Zahlen versehenen Gewandungen für jeden einzelnen der Verschwörer bereitlagen und dass sich die Männer die weißen Kutten in einem kleinen Vorraum über- und abstreifen konnten, ohne von anderen Mitgliedern gesehen zu werden. Dieser Raum war eine diskrete Schleuse, die nach einem bestimmten Klopfzeichen immer nur von einer Person betreten werden durfte.

Nach einer Versammlung musste der Hausknecht die Kutten wieder auf Haken hängen und alles aufräumen. Während der Versammlung hatte er die Pferde der Verschwörer zu betreuen. Außerdem war darauf zu achten, dass der gut versteckt liegende schmale Pfad zum Eingang geheim blieb. Dies bedeutete, die Abdrücke der Pferdehufe zu verwischen bis zu der Straße hinunter, von der aus die Verschwörer in den Wald einbogen und zur Burg ritten. Abgeknickte Äste mussten entfernt und der Zugang mit Gebüsch getarnt werden. Dafür bekam der Knecht viel Geld, verdammt viel Geld! Aber dies allein war es nicht, das garantierte, dass der Mann dem

Geheimbund die Treue hielt. Vielmehr war es die menschliche Zuwendung und das Gefühl, wichtig zu sein, ja, sogar gebraucht zu werden, das den aus der Gesellschaft ausgestoßenen Diener antrieb. Deswegen suchte sich der Bedienstete selbst seinen Nachfolger, der ebenfalls ein Paria war. Selbstverständlich durften die Hausknechte keinen der Verschwörer ohne Kutte und Kapuze sehen und niemandem auch nur ein Sterbenswörtchen von dem erzählen, was sie über »Gladius Dei« wussten. Um sicherzugehen, dass sich der jeweilige Hausknecht an diese Anweisungen hielt, war ihm in den schillerndsten Farben erzählt worden, was mit ihm geschehen würde, falls er dagegen verstoßen würde.

Der Versammlungsraum war auf diese Weise auch beim heutigen Treffen bestens vorbereitet und vierundvierzig Männer warteten auf das Erscheinen ihres Großmeisters.

Während es in der Vergangenheit immer wieder Großmeister gegeben hatte, die imponierende Auftritte liebten, wirkte die amtierende Nummer eins in allem, was sie sagte oder tat, eher bescheiden. So hielt sich der Versammlungsleiter nie lange mit Vorreden auf und kam nach dem Begrüßungsritual stets gleich zur Sache – auch dieses Mal: »Meine Herren! Seit Bestehen unseres Bündnisses haben wir sechsunddreißig geheime Räume rund um den See, in Westschwaben und im Allgäu eingerichtet, in denen Hunderte durch uns geförderte Scholaren den menschlichen Körper erkunden konnten, ohne Angst davor haben zu müssen, dafür mit dem Tod bestraft zu werden. Nur drei der Scholaren wurden entdeckt. Dass einer dem Strick und ein anderer dem Richtschwert ausgeliefert wurde, konnten wir verschmerzen, weil wir dadurch keinen unserer bestens eingerichteten Sezierräume verloren haben. Dass aber ausgerechnet der Scholar in Ulm als Hexer verbrannt wurde, ist für unseren Zirkel bedrohlich. Denn zuvor war der Scholar so lange der ›Peinlichen Befragung‹ unterzogen worden, bis er unter unerträglichen Schmerzen verraten hatte, wo sich unser dortiger Raum befand! Und weil auch sein dortiger Mentor versagt hat, musste er durch ein neues Mitglied unserer Vereinigung ersetzt werden! *Das darf nicht mehr passieren!*«

Um zu zeigen, dass sie die unverhohlene Drohung ihres Großmeisters verstanden hatten, stampften die Verschwörer mit einem Bein auf den Boden.

»Gut!«, grummelte der Großmeister, fuhr dabei aber mit nunmehr gemäßigter Lautstärke fort: »Unabhängig davon haben wir aus unzähligen mittellosen Knaben ehrbare Mitglieder unserer Gesellschaft gemacht, von denen nicht wenige auf dem besten Weg gewesen waren, zum Abschaum unserer Gesellschaft zu werden.« Der Großmeister hob einen Zeigefinger und gleichzeitig wieder seine Stimme: »Wir haben aus ihnen Arithmetiker und Mathematiker, Astrologen und Astronomen, große Redner und Schreiber, Geografen und berühmte Musiker gemacht, die die Welt verändert haben und auch weiterhin verändern werden!« Bevor er weitersprach, legte er eine kurze Pause ein. Dann kam er zu dem, auf das er hinaus wollte: »Zu all dem hin haben wir der Wissenschaft gedient, indem wir ihr begnadete und mutige Ärzte geschenkt haben, denen wir die Möglichkeit geben konnten, in das Innere des menschlichen Körpers hineinzusehen, um ihn besser verstehen zu können! Dadurch können wir jetzt Krankheiten schneller und besser erkennen! Nun haben wir wieder einen Burschen, der nicht nur äußerst talentiert ist, sondern auch ganz besonders ehrgeizig und wissensdurstig zu sein scheint! Aber wir werden den jungen Mann dieses Mal nicht an eine Universität in den italienischen, britannischen, fränkischen oder spanischen Landen schicken!«

Als er dies sagte, durchzog ein missgestimmtes Raunen das Gewölbe, dessen Pfeiler wegen des flackernden Lichtes durcheinander zu tanzen schienen. Dem Codex ihrer Vereinigung entsprechend, sagte niemand etwas laut.

»Wir werden ihn nach Wien entsenden!«

Erneut hallte ein Raunen durch das Gewölbe.

Der Großmeister ließ sich davon nicht beirren und unterrichtete seine Männer weiter: »Weil die Universität zu Wien erst vor zwei Monaten gegründet wurde und die medizinische Fakultät bisher nicht eingerichtet ist, können wir unseren neuen Schützling dort noch einschreiben. Dementsprechend bleibt Wolfram Tichtel – so heißt der junge Mann – und seinem Mentor nichts anderes übrig, als abzuwarten und die Zeit zu nutzen, sich bis zu Tichtels Studienbeginn im Geheimen mit der Anatomie des menschlichen Körpers zu befassen. Um den Bodensee herum gibt es zu wenige, in Westschwaben und im Allgäu überhaupt keine anerkannten Lerninstitute für begabte junge Männer, die Ärzte werden wollen. Wie allerorts, ist zwar auch in diesen Gebieten damit begonnen worden, die Kräuterheilkunde einer gewissen Hildegard von Bingen zu lehren, mehr aber nicht. Immerhin besteht die Aussicht, dass daraus Heilerinnen und Heiler hervorgehen werden, die zu mehr fähig sind als gewöhnliche Bader und simple Kräuterweiber. Das Studium der Medizin soll allerdings nach wie vor nur dem männlichen Geschlecht vorbehalten bleiben!«

Bevor er weitersprach, nahm der Großmeister einen Schluck Wasser. »Als der erste Großmeister unseres Geheimbundes bei der Gründungsversammlung vor dreihundertvierundsechzig Jahren verkündet hat, den Bau von Universitäten mit medizinischen Fakultäten zu unterstützen, hat er den Mund etwas zu voll genommen!«

Die ersten Hände schossen hoch, um den Großmeister um ein Einzelgespräch nach dieser Versammlung zu ersuchen, doch er fuhr fort: »Trotz unseres immensen Vermögens ist es uns nicht gelungen, eigene Universitäten zu gründen. Unsere Vorgänger haben schnell gemerkt, dass zur Gründung einer solchen Einrichtung mehr nötig ist als schnöder Mammon. Also haben sie damit begonnen, die von ihnen geförderten jungen Männer an die besten Universitäten des Auslandes zu schicken und dort ihre Studien zu finanzieren. Und so haben wir es bis heute gehalten! Dies wird sich nun ändern: Denn bei der Gründung der Universität in Wien werden wir uns finanziell so einbringen, dass wir dort so viele Scholaren unterbringen können, wie wir möchten!«

Das Raunen, das erneut durch das Gewölbe drang, klang wohlwollend, nicht entrüstet.

»Der Erste, dem diese Ehre zuteilwerden soll, ist der soeben genannte Wolfram Tichtel aus der Türmestadt Ravensburg!«

Nachdem der Großmeister noch einige Worte über die Handhabung dieser Sache gesprochen hatte, wechselte er zum zweiten Thema seiner Rede: »Um die Zeit bis zum allerersten Semesterbeginn an der Universität zu überbrücken, werden wir ihn in Isne das Sezieren von Leichen erlernen lassen. Und dazu ist es notwendig, den Sezierraum in den Gewölben des dortigen Benediktinerklosters zu reaktivieren!«

Er drehte sich um und ging zum Altar, um etwas zu holen. Dann rief er denjenigen seiner Männer zu sich, der Wolfram Tichtels Talent entdeckt hatte und dessen Mentor werden sollte. Aus dem Quadrat mit der Ziffer Drei trat ein besonders großer Mann heraus und ging zum Anführer ihres Zirkels, um von ihm Anweisungen entgegenzunehmen: »Dies hier ist der einzige Schlüssel, der uns geblieben ist! Wo die anderen beiden sind, wissen wir nicht! Achte sorgsam auf ihn und finde heraus, wo die beiden anderen Schlüssel sind!«

Innerhalb der Familie Eberz war die Angelegenheit um Matteo, den italienischen »Freundesmörder und Frauenentehrer«, nicht in Vergessenheit geraten. Aber auch den jüdischen Familien Reichmann und Bernstein steckte die üble Geschichte seither wie ein Dorn im Familiengedächtnis. Weil der junge Iacup Bernstein der lieblichen Alisah Reichmann versprochen gewesen war, hatte sich der Spross eines Geldverleihers dem Suchtrupp von Bürgermeister Cristoff Eberz angeschlossen, um Alisah zurückzuholen. Gemeinsam hatten sie die Flüchtenden mit dem unbändigen Hass Gedemütigter verfolgt. Weil Hannß Greiter seinen italienischen Freund mit dessen neuer Gefährtin nicht allein hatte ziehen lassen wollen, hatten er und Resi kurzerhand beschlossen, die beiden Verliebten zu begleiten. Einer der Gründe mag gewesen sein, dass dem Salzroder in Isine langsam, aber sicher das Geld ausgegangen wäre und er früher oder später sowieso wieder ins heimatliche Tyrol zurückgemusst hätte. Außerdem hatte er ein Fuhrwerk besessen und Matteo nicht. Die vier hatten sich zusammengetan, um gemeinsam zu fliehen und – wenn sie es schaffen sollten – in ihrer jeweiligen Heimat neue Leben zu beginnen: Alisah und Matteo im italienischen Bologna, Resi und Hannß im tyrolerischen Hall.

Im Moment aber hatte die Familie Eberz etwas anderes zu tun, als in den mündlichen Überlieferungen ihrer Vorfahren zu kramen. Vor ihnen lag ein großes Ereignis. Benedict, der Urenkel von Bürgermeister Cristoff Eberz und dessen Frau Ilse, hatte dasselbe Amt wie sein Urgroßvater inne. Schon in jungen Jahren war er zum Bürgermeister von Isne ernannt worden, wie seine geliebte Heimatstadt mittlerweile genannt wurde. Es war seine Aufgabe, auf diesen 3. Mai des Jahres 1365 bestens vorbereitet zu sein. Mit der verhältnismäßig einfachen Aufgabe seines Urahns Gerold Eberz, der es vor über dreihundertdreißig Jahren aus einfachsten Verhältnissen heraus zum ersten Mann des Dorfes gebracht hatte, war das Amt eines heutigen Bürgermeisters nicht mehr zu vergleichen. Während sein Vorfahr noch alles allein hatte entscheiden können und lediglich auf die Obrigkeit hatte hören müssen, gab es mittlerweile sieben Ratsherren, die bei allen Entscheidungen ein Wörtchen mitzureden hatten … und dies auch gerne taten. Glücklicherweise genoss Benedict den uneingeschränkten Respekt aller und die meisten Ratsherren standen hinter ihm. Lediglich Johann Klöppel machte ihm ständig das Leben schwer.

Der Viehhändler neidete Eberz sein gutes Geschäft als Kaufmann *und* sein Bürgermeisteramt, das er gerne selber bekleiden würde. Doch an diesem denkwürdigen Tag war sogar er milde gestimmt und nicht auf Streit aus.

Benedict stand vor seiner Frau Klara, die ihm geduldig die vielen Fuseln aus der Kleidung zupfte. Zur Feier dieses ganz besonderen Tages war es für den imposanten Mann mit dem gepflegten Vollbart Ehrensache, sein feinstes Amtsornat zu tragen. Über dem fußfreien Unterkleid trug er ein Überkleid aus hellgrünem Leinenstoff. Sein Rock reichte bis zu den Knien und war am Saum geschlitzt, an den Rändern waren fein gestickte Goldbänder angebracht. Über dem langärmeligen Unterkleid trug er die Suckenie und über der leinenen Bruche enganliegende oberschenkellange Beinlinge. Und weil seine Schuhe allesamt nicht mehr in zufriedenstellendem Zustand waren, hatte er sich zur Feier des Tages beim Suter ein Paar neue Schnabelschuhe mit passenden Trippen machen lassen. Er hatte nicht wissen können, dass an diesem Tag gutes Wetter sein würde, weswegen er die hölzernen Unterschuhe gar nicht benötigte.

»So, mein Schatz!«, sagte Klara und reichte ihm den mantelartigen Umhang aus dunkelgrünem Samt, auf den er sich zum Zeichen seines respektablen Standes das Wappen von Isne hatte einsticken lassen. »Jetzt noch deine Kappe, dann kann ich dich gehen lassen!«

»Was würde ich nur ohne dich tun, mein geliebtes Klärchen?« Benedict drückte seine Frau an sich und strich ihr sanft übers Haar. Während er dies tat, gestand er ihr, doch etwas aufgeregt zu sein.

»Du hast alles sorgsam geplant und bestens organisiert«, beruhigte sie ihn. »Jetzt muss ich noch Kuntz und die Mädchen gewanden, dann kommen auch wir zum Marktplatz!«

Und dort war – wesentlich aufwendiger als dies bei der Verleihung des Stadtrechts vor vierundachtzig Jahren der Fall gewesen war – alles bereit für die wohl größte Stunde, die Isne je hatte erleben dürfen. Die angekündigten Bischöfe, Herzöge, Grafen und anderen Edlen erwartete bereits an den vier Stadttoren eine Fahnen- und Wappenfülle, wie sie ansonsten nur bei Ritterturnieren an den großen Höfen zu sehen war. Weil sich alle gebührend präsentieren mochten, hatten nicht nur die Waldburger und andere umliegende Herrschaftsgeschlechter Fahnen und Zierwappenschilde nach Isne schicken lassen. Auch die meisten Unterzeichner der Kaiserurkunde zur Erhebung Isnes zur Freien Reichsstadt wollten sich durch die Farben ihrer Geschlechter präsentiert wissen, weswegen Banner aller Größen und Formen den Weg von weither ins Allgäu gefunden hatten.

Außer der Obrigkeit, die in der Klosterherberge untergebracht worden war, und den persönlichen Gästen der Waldburger hatte viel spielendes und musizierendes Volk den Weg nach Isne gefunden. Neben den Bauchladenhändlern und dem einfachen Volk, das bis aus dem oberen Teil des Allgäus, dem hintersten Winkel Westschwabens und sogar von jenseits des Mare Brigantium nach Isne gekommen war, wollte auch übelstes Gesindel an der bevorstehenden Festivität profitieren: Bettler, Beutelschneider, Karten-, Hütchen-, Würfelspieler und andere Haderlumpen hatten sich eingefunden, um krumme Geschäfte zu machen. Dazu hatte sich ein Heer von Wanderhuren gesellt, die an jedem der vier Zugangstore außerhalb der Stadt ihre Planwagen platziert hatten. Der Bürgermeister hatte ihnen streng untersagt, ihre Geschäfte innerhalb des ovalen Stadtrings zu tätigen.

Und dann war da noch Wolff Berger, ein reisender Bader mit seinem Gehilfen, der schon seit Tagen in der Stadt herumlungerte und seine Nase in alles steckte, was ihn nichts anging. Zwischen dem Ziehen von Zähnen und dem Verkaufen des von ihm hergestellten »Wundersaftes«, der laut seinem tagtäglichen Geschrei vom Bock seines Verkaufswagens herunter »für und gegen alles« helfen sollte, verkehrte der auffallend große Mann gerne im »Schwanen«, wo er die Menschen unverholen nach einem Amulett ausfragte, das er zwar immer als Münze deklarierte, dessen Motive er aber klar beschrieb. So wusste jeder, dass es sich um etwas anderes handeln musste. Doch niemand hatte je eine Metallprägung gesehen, auf der eine merkwürdige Zahlenfolge und ein toter Mann mit Krone zu erkennen waren. Durch seine Fragerei wollte er in Erfahrung bringen, ob die Einheimischen noch etwas von alten Geschehnissen in Bezug auf ein Amulett in Erinnerung hatten.

Um die Menschen nicht allzu aufmerksam werden zu lassen, hatte Wolff Berger allerdings nie etwas von seinem richtigen Namen und schon gar nichts von den menschlichen

Organen erzählt, die zu beiden Seiten des toten »Königs« auf dem Avers des Amuletts zu sehen waren.

Weil das »Magische Amulett« im Besitz des derzeitigen Großmeisters war, interessierte er sich mehr für einen alten Schlüssel, den einer seiner Vorgänger im damaligen Isinensi verloren haben sollte. Aber auch darüber schien niemand etwas zu wissen. Nur der Wirt hatte einmal kurz gestutzt, als am Tisch des Baders von einem verschwundenen Schlüssel die Rede gewesen war und er ein paar Wortfetzen aufgeschnappt hatte. Im allgemeinen Trubel seiner Schankstube hatte er aber keine Zeit gehabt, dem etwas beizumessen.

Aber – da war sich der Bader sicher – er würde schon noch herausbekommen, wo die beiden verlorenen Schlüssel abgeblieben waren.

Bei seinen Gesprächen mit Einheimischen ließ der dubiose Wunderheiler oft genug durchblitzen, dass er über das Wissen eines studierten Arztes verfügte. Die frechen Verkaufssprüche begeisterten seine Zuhörerschaft immer wieder aufs Neue – sogar so, dass ihm Barthel Müller, der Schankwirt des »Schwanen«, einmal erlaubt hatte, seinen Esel in den Gastraum mitzubringen, um an ihm zu beweisen, dass sein Mittelchen tatsächlich half.

»Schaut her, edles Volk von Isne!«, hatte er gerufen, um die Aufmerksam aller auf sich und seinen Esel zu lenken. Dann hatte er von seinem Helfer das Maul des widerspenstigen Tieres aufhalten lassen und seine Zuhörerschaft gefragt, ob jemand solch gute Zähne habe wie sein Esel oder solche je bei seinem Weib gesehen habe. Um die Lachenden zum Kauf zu bewegen, hatte er seinem bedauernswerten Tier das »Wundermittel« eingeflößt. Zur Unterstreichung seines Vergleichs hatte er um absolute Ruhe gebeten, damit das Knacken der

Möhre zu hören gewesen war, die er dem Esel danach ins Maul gesteckt hatte. »Nehmt von meinem Wundertrank drei Schlucke über den Tag verteilt, dann könnt ihr fürderhin genauso in Obst und Gemüse beißen!«, hatte er seiner erstaunten Zuhörerschaft zugerufen und selbst in eine Karotte gebissen. Aber trotz seines erheblichen Engagements war nichts aus diesem Geschäft geworden, denn kaum dass der Esel die Karotte gefressen hatte, war ihm danach gewesen, sich mitten in der Schankstube zu erleichtern.

Kein Wunder also, dass der Wirt unter dem Jubel seiner Gäste den alten Sprücheklopfer und seinen jungen Helfer mitsamt dem Vierbeiner aus seiner Schenke schmeißen wollte. »Aber vorher putzt du den Mist weg!«, hatte Barthel Müller gefordert und den Bader so lange festgehalten, bis dessen Helfer die Hinterlassenschaft des Esels restlos beseitigt hatte. Der einfallsreiche Bader hatte die Zeit genutzt, um sein Mittelchen vielleicht doch noch an den Mann zu bringen: »Nun seht ihr es mit eigenen Augen: Meine Tinktur wirkt auch auf die Verdauung!« Er wurde dennoch hinausgeworfen.

Wegen solcher und ähnlicher Eskapaden wäre nie im Leben jemand darauf gekommen, einen gefährlichen und zu allem entschlossenen Geheimbündler vor sich zu haben. Zumal das einfache Volk nichts von einem Amulett wusste, dessen letztes Verschwinden fast ein Jahrhundert her war. Selbst sein junger Begleiter Wolfram Tichtel hatte keine Ahnung davon und ahnte auch nichts vom Doppelleben seines Mentors. Er wusste lediglich, dass er mit dem Medicus nach Isne gekommen war, weil er sich auf das gewagte Abenteuer eingelassen hatte, hier in aller Heimlichkeit das verbotene Öffnen von Leichen zu erlernen, um dadurch die genauen Funktionen der inneren Organe studieren zu können. Dies war die Voraussetzung dafür, dass ihm durch »eine ihm unbekannte Institution« die Möglichkeit gegeben werden sollte, in der neu gegründeten Universität zu Wien die Medizin zu studieren.

Bürgermeister Eberz hatte direkt vor der Herberge der Barfüßler ein solch langes hölzernes Podium errichten lassen, dass die etwa dreißig erwarteten hochrangigen Gäste an einer Tafel sitzen und zu beiden Außenseiten des schmalen Tisches jeweils etwa zehn der wichtigsten Männer von Isne und Umgebung Stehplätze in Richtung des Publikums hatten. Darüber war eine Plane gespannt, die vor Sonne oder Regen schützen sollte. Vor dem Podium prangte ein Wappenschild am anderen.

Truchsess Otto von Waldburg hatte seine Gardesoldaten mit Hellebarden bewaffnen und aufmarschieren lassen. Sie standen im Abstand von zwei Ellen nebeneinander und etwa zehn Fuß vor dem Podium, um die Ehrengäste bei Notwendigkeit schützen zu können. Es war nicht ungewöhnlich, dass sich verbitterte Untertanen gegen Adel und Klerus auflehnten und nur auf eine günstige Gelegenheit warteten, um sich durch eine ruchlose Tat für vermeintliche Ungerechtigkeiten zu rächen. Die Zeiten waren immer noch rau. Wenn jemand einigermaßen satt werden wollte, hatte er durch harte Arbeit die Möglichkeiten dazu. Allerdings war es leichter, auf die vollgefressene Obrigkeit zu schimpfen und seinen Lebensunterhalt einfach zusammenzustehlen.

Um das Ganze noch feierlicher zu gestalten, ließ es Bürgermeister Eberz nicht zu, dass die Geistlichkeit und der weltliche Adel einzeln und nacheinander zum Podium kutschiert wurden oder dorthin sogar zu Fuß gehen mussten. Er hatte angeordnet, dass sich alle Zugteilnehmer außerhalb der nördlichen Stadt vor dem Wassertor versammeln sollten, um sich dann im Tross die Hauptstraße entlang auf den Marktplatz zuzubewegen. Dass einige Angereiste dafür um die Stadt herum geleitet werden mussten, hatte zur einen oder anderen Missstimmung unter den hohen Herren geführt. Als ausgerechnet der hochangesehene Rupertus, Pfalzgraf und Herzog von Baiern, ein dringendes Bedürfnis gehabt hatte, weil die Sache zu sehr in die Länge gezogen worden war, wäre die angespannte Stimmung unter den durch die Reise geschwächten Adeligen fast ganz gekippt. Weil es der gestandene Baier – *nach* der Verrichtung seiner Notdurft – aber selbst mit Humor genommen hatte, war dann doch nichts aus dem Ruder gelaufen, im Gegenteil: Nachdem die Reise für alle Beteiligten ohnehin anstrengend und für viele auch lang gewesen war, hatten die meisten die Gelegenheit genutzt, sich ebenfalls zu erleichtern. Den Anblick der Adeligen von hinten dürfte wohl der eine oder andere Helfer des Bürgermeisters sein Leben lang nicht mehr vergessen.

Irgendwann war es endlich so weit gewesen, dass sich der Zug auf Anordnung des aus Altshausen entlehnten Zeremonienmeisters formierte und in Bewegung setzte. Bürgermeister Eberz und die Räte der Stadt, der Abt und der Pfarrer mitsamt seinen vier Ministranten und alle mehr oder minder wichtigen Leute aus Isne und Umgebung standen neben der mit Wein- und Wasserkaraffen, Bechern und Kerzenleuchtern bestückten Tafel bereit und warteten nur noch darauf, die Delegationen empfangen zu können. Die beiden Seiten der Hauptstraße waren von einer unüberschaubaren Menschenmasse gesäumt. Das Volk winkte dem Zug fröhlich zu, klapperte mit den Händen oder johlte und pfiff, was die Atmungsorgane hergaben.

Um der illustren Gästeschar zu zeigen, dass sie in Isne willkommen war, hatte Bürgermeister Eberz aus gelben und schwarzen Stoffresten Streifen schneiden und an Holzstecken befestigen lassen, damit die Kinder mit den Farben ihrer Heimatgemeinde winken konnten. Der organisatorisch gut aufgestellte Bürgermeister von Isne hatte nichts dem Zufall überlassen.

Es war ein beeindruckendes Bild, als vier nebeneinander her reitende Herolde vom Wassertor kommend mit ihren Fanfaren ankündigten, was folgen würde: Vier Plattenreiter mit Standarten in den kaiserlichen Farben und in etwas Abstand dahinter die ersten vier Kutschen mit der hohen Geistlichkeit. Nach vier weiteren Gerüsteten folgten die acht Kutschen mit den Vertretern des Hohen Adels, bevor noch vier Plattenreiter die neun Kutschen der Niederadeligen und der Edlen ankündigten, die von vier Plattenreitern geschützt wurden. Hinter ihnen schlossen sich die Menschen spontan dem Festzug bis zum Podium an, wo der Bürgermeister, flankiert von Hugo Graf von Montfort-Tettnang-Bregenz und Otto Truchsess von Waldburg, darauf wartete, die hochrangigen Gäste begrüßen zu können.

Außenstehende konnten sich nicht vorstellen, was in den Köpfen der Isner vorging, die es immer noch nicht richtig fassen konnten, in wenigen Augenblicken den Nimbus der freien Reichsbürger zu erhalten. Kein Wunder, dass die Glücksgefühle überschwappten und die Menschen so unachtsam wurden, dass etliche von ihnen nicht merkten, wie ihnen die Geldbeutel abgeschnitten oder ihnen die Münzen aus den Taschen gezogen wurden.

Wegen der allgemeinen Aufregung hatte das Ankleiden ihrer Kinder, das Haarekämmen und das Händewaschen länger gedauert. Deswegen war Klara Eberz mit ihrem Anhang so spät aus dem Haus gekommen, dass auf der Hauptstraße von Isne kein Durchkommen mehr gewesen war. Sie hatte keinen guten Platz ergattern können und würde sich damit begnügen müssen, ihren Mann nur aus der Ferne hören zu können.

Dem Bader und seinem Gehilfen hingegen war es gelungen, sich mit Raffinesse bis zur vordersten Reihe durchzudrücken. Dort standen die gepflegten Männer eingezwängt zwischen übel riechenden Menschen, von denen niemand ahnte, dass es sich um einen studierten Medicus aus Ravensburg und seinen talentierten Schützling handelte. Ebenso konnte niemand wissen, dass der vermeintliche Bader unverhofft in eine zweite geheime Mission rutschte, weil etwas Schreckliches geschehen war. Zu seinem Erstaunen näherte sich ihm ein Mann, der sich unumwunden als Großmeister ihres Geheimbundes vorstellte und ihn einige Schritte von seinem Schützling fortzog. Als er dies hörte, glitt Bergers rechte Hand unweigerlich zum Heft seines unter der wallenden Gewandung versteckten Schwertes.

»Du kannst dein ›Jiàn‹ getrost stecken lassen«, sagte der Fremde und zeigte ihm mit dem Daumen eine Eins. Dieses eindeutige Zeichen ließ das gewöhnliche Mitglied des »Gladius Dei« stutzig werden. Unsicher formte Berger mit seinen Fingern eine Drei und gab dem Fremden die Möglichkeit, sich zu erklären. Der Mann stellte sich als Endres von der Linde aus der Freien Reichsstadt Lindau vor und legte ihm einige Vertrautheiten innerhalb des Geheimbundes dar. Danach war für den Medicus klar, dass er tatsächlich seinen Großmeister vor sich hatte – zumal der große Mann auf Bergers Fangfragen durchweg die richtigen Antworten parat hatte. »Weshalb sollte ich mich dir als gemeinem Mitglied unseres Zirkels vorstellen, wo du doch genau weißt, dass nur der Großmeister die Identitäten seiner Mitglieder kennen kann … und darf!«, fragte er Berger und zerstreute dessen Bedenken. Darauf, dass der Großmeister seinen wahren Namen verschwiegen haben konnte, kam Berger nicht.

Weil der Medicus wusste, dass es für beide Seiten ein lebensbedrohliches Unterfangen war, sich gegenseitig zu kennen, wollte er vom Großmeister wissen, weshalb er sich ihm gegenüber offenbart hatte.

Der Großmeister erzählte, dass er sich selbstverständlich nur notgedrungen entblößt hatte. »Weil die Sache mit der Sezierstube hier in Isne bei einem meiner Vorgänger schon einmal aus dem Ruder gelaufen ist, wollte ich mich unerkannt selbst über den Stand der Dinge informieren! … Aber es ist alles anders gekommen.«

»Ja, und?«, wunderte sich Berger und erfuhr, dass dem Großmeister heute Morgen das »Magische Amulett« gestohlen worden war, als er es beim Entkleiden für einen Moment auf das Fensterbrett der hiesigen Badstube gelegt hatte. Wegen des Zeitpunkts, des Ortes und der Umstände des dreisten Diebstahls vermutete er, dass es nur ein herumstreunender Gassenjunge gewesen sein konnte.

»Hilf mir, das Amulett wiederzubekommen!«, befahl der Großmeister seinem Mitverschwörer unumwunden, weil er vermeiden wollte, die anderen dreiundvierzig Mitglieder seines geheimen Zirkels darüber informieren zu müssen. Ein derartiges Versagen würde seine Position ungemein schwächen.

Obwohl dies ihrem selbstauferlegten Codex widersprach und insbesondere für das gemeine Mitglied ihrer Bruderschaft lebensgefährlich werden konnte, willigte Berger ein. Dabei war ihm sehr wohl bewusst gewesen, dass es nur eines einzigen Befehls des Großmeisters bedurfte, um ihn, den einzigen Mitwisser seines Versagens, zu beseitigen.

»Das werde ich dir nie vergessen!«, sagte der Großmeister und reichte dem Medicus die Hand. »Ach, noch etwas: Weiß euer Schutzbefohlener inzwischen etwas von unserem Geheimbund?«

Berger schüttelte beruhigend den Kopf.

Nachdem dies geklärt worden war, stand der Großmeister mit Wolff Berger und Wolfram Tichtel in der ersten Reihe vor dem Podium und wartete gespannt auf die Zeremonie.

Kapitel 19

»Volk von Isne!«, schallte es den Festbesuchern ein paarmal hintereinander und immer lauter entgegen, um auf der Hauptstraße und auf dem Marktplatz Ruhe einkehren zu lassen. Der Festzug war inzwischen an seinem Ziel angekommen. Unter dem Jubel der Bevölkerung waren die größtenteils feisten Ehrengäste schnaufend aus ihren Kutschen heraus und die Treppe hoch zum Podium gestiegen.

Um möglichst von allen gehört und gesehen zu werden, hatte sich der Bürgermeister vor dem langen Tisch mitten auf dem Podium platziert. Bis alle Ehrengäste auf den ihnen zugedachten Plätzen saßen, herrschte dort ein solches Durcheinander, dass der Bürgermeister noch eine ganze Weile warten musste, bis er mit seiner Rede beginnen konnte. Dies zerrte zwar gewaltig an seinen Nerven, aber Benedict Eberz riss sich zusammen und erhob – nachdem es endlich ruhig geworden war, weil auch die Becher der Ehrengäste mit Wein oder Wasser gefüllt waren – das Wort: »Hiermit tue ich in meiner Eigenschaft als ordentlich bestallter Bürgermeister von Isne zusammen mit dem ehrbaren Rat unserer Stadt kund und zu wissen …«

Nachdem er in kurzen Worten auf den Grund dieser Feierlichkeit eingegangen war, begrüßte er mit salbungsvollen Worten zuerst die hohe Geistlichkeit, dann die Herzöge vor den Grafen, gefolgt von den anderen Edlen niederen Ranges. Obwohl er alle siebenundzwanzig Ehrengäste namentlich begrüßt und dabei jeden einzelnen von ihnen kurz zu sich gewinkt hatte, damit der sich vom Volk huldigen lassen konnte, schien die überschwängliche Begeisterung der Besucher nicht zu erlahmen. Im Gegenteil: Sie beklatschten und bejubelten jeden Einzelnen, als wenn er allein dafür gesorgt hätte, dass Isne nun eine Freie Reichsstadt werden durfte. Diese grandiose Stimmung vermochten auch die immer wieder vereinzelt aufkommenden Pfiffe und Schmährufe einiger Unzufriedener gegen die Obrigkeit nicht zu schmälern.

Als der Bürgermeister die örtlichen Respektspersonen und ganz zuletzt die riesige Besucherschar in seine herzlichen Begrüßungsworte einschloss, wollte der Jubel überhaupt kein Ende mehr nehmen. Erst als er erneut mehrmals um Ruhe gebeten hatte, verstummte das Volk. Das frenetische Feiern tat ihm in der Seele gut und bestätigte ihn darin, die Feierlichkeit genau so organisiert zu haben, wie er es getan hatte, obwohl Ratsherr Klöppel ihn dafür heftig kritisiert hatte.

»Meine Erlauchten, Durchlauchten und Edlen, hochgestellte Geistlichkeit, werte Gäste unserer heutigen Feierlichkeit!«, begann er nun, in den ersten Teil seiner Festrede überzuleiten.

»Bevor ich auf den eigentlichen Grund eingehe, weshalb wir uns an diesem denkwürdigen Tag versammelt haben, bitte ich Euch, Ihr hohen Herren, die Vedute vor uns zu betrachten! Lasst Eure Blicke in aller Ruhe schweifen, dann werdet Ihr feststellen, dass unsere Tortürme und die anderen Gebäude ein hervorragendes Zeugnis für das Gedeihen unserer wunderschönen Stadt sind! So herrlich nach Symmetrie und Geometrie errichtet, spiegelt sich darin die Weisheit unserer Gründerväter. Einst hat sogar ein Salzroder aus Tyrol unsere Stadt gegenüber meinem Ahnen Cristoff Eberz gepriesen.«

Nachdem der Bürgermeister die zunehmende Unruhe vor sich bemerkt hatte, leitete er zur Musikgruppe über, die er extra zu diesem Festakt hatte kommen lassen: »Bevor ich nun die kaiserliche Urkunde verlesen werde und wir uns zur Freien Reichsstadt erheben lassen, hören wir auf die Töne von ›Triskilian‹, einer umherziehenden Musikantengruppe aus den rheinischen Landen, die nun unsere Ohren erfreuen wird.«

Bürgermeister Eberz plante, die Musikanten nicht zu lange spielen zu lassen. Sonst würde er den Ehrengästen nicht genügend Zeit geben, sich zu unterhalten. Um die Form zu wahren, ging er zur Tafel und informierte die illustre Gesellschaft darüber, dass er nun zum Hauptthema kommen würde: »… wenn es den hohen Herren genehm wäre!« Und es schien ihnen genehm zu sein. Die Herzöge Bolko von Oppeln, Heinrich von Brieg und Rupertus von Liegnitz gaben durch ein gönnerhaftes Nicken ihr Einverständnis. Eberz trat wieder vor die Besucher und bat um Aufmerksamkeit. Weil die Menge aber nicht verstummen wollte, beauftragte er die Fanfarenbläser, für Ruhe zu sorgen. Endlich konnte der Bürgermeister mit der Verlesung der Kaiserurkunde beginnen, aber nicht, ohne erneut das langwierige Begrüßungsprotokoll zu beachten. Selbst dies ging vorüber und es war so weit, dass alle aus dem Mund des sichtlich stolzen Bürgermeisters *das* hören durften, auf das sie *so* lange gewartet hatten. Die Isner würden gleich Freie Reichsbürger sein!

»Kaiserurkunde vom 3. Mai 1365«, begann Benedict Eberz und atmete tief durch. Dass er zitterte, sah man am Pergament, das er in seinen Händen hielt. Seine Augen und seine ganze Konzentration waren darauf gerichtet.

»Bürger von Isne!«

Wieder eine Verschnaufpause. Der Bürgermeister war derart ergriffen, dass er kaum sprechen konnte. Eine persönliche Anrede des Kaisers nur an sie, die »Bürger von Isne«. Das konnte ihn nicht kalt lassen. Obwohl seine Lippen vibrierten, las er weiter:

»Im Namen und auf Weisung seiner Kaiserlichen Majestät Karl IV. tun wir Euch kund und zu wissen, dass unsere Stadt nun des Reiches Stadt ist, und verlesen die kaiserliche Urkunde!«

Erneut brandete Jubel auf. Eberz fuhr mit dem Original-Text auf der Urkunde fort:

»*Wir Karl von Gotts Gnaden römischer Kaiser*
zu allen Ziten Mehrer des Reichs und Kuneg zu Behem
bekennen offentlich an diesem Briefe und tun kund allen denen
die ihn sehen oder horend lesen wann der edel
Ott Trucksetze von Waldpurrk die Stadt zu Isne
die seine recht vaterlich eigen gewest ist
rechtlich und redliche mit Rate seiner Freunde verkouft hat
in einem rechten Kouf den Bürgern und der Genaden derselben Stadt
die sich von ihm an das Heilig Römische Reich

umb 9.000 Pfund Haller gekouft haben als auch
Otte der Vorgenannte, der uns leiplich bekannt hat und dieselbe Stadt Isne
freilichen und lediglichen uffgesatzten und gegeben hat …«

Der Bürgermeister unterbrach seine Lesung und erklärte seiner Zuhörerschaft, dass in einem Verweis auf den Kaufvertrag zwischen der Stadt Isne und dem Truchsessen Otto von Waldburg ausdrücklich bestätigt wurde, dass die Stadt Isne nicht verkauft und verpfändet werden solle, Bündnisse schließen, sowie Eigenleute, Vogtleute und Zinser zu Bürgerrecht nehmen könne. Anspruch an deren Erbe sollte nur die nächste Sippe haben. »Stadt und Bürger sind frei von fremden Gerichten. Die Stadt wird in die Reihe der Reichsstädte aufgenommen!«

Als die Bevölkerung dies hörte, brandete erneut Jubel auf. Um die Begeisterung seiner Bürgerinnen und Bürger etwas einzudämmen, warf ihnen Eberz einen schwer verdaubaren Brocken hin: »Aber, mein gottgefälliges Volk von Isne! Wie wir alle wissen, ist nichts umsonst!«

Diese Aussage sorgte für Stille und Eberz erläuterte, dass die Stadt jährlich an Martini fünfzig Pfund Heller an das Reich zu zahlen habe. Und falls die im Kaufvertrag Truchsess Otto von Waldburg vorbehaltenen Rechte auch an die Stadt fallen, sogar einhundert Heller. »Die im Vertrag bezeichneten Freiheiten der Stadt werden neu verliehen und ihre alten Rechte bestätigt! Kein Bürger kann zur Zahlung von Abgaben wegen ungenossamer Ehe und wegen Hauptrecht und Fall angesprochen werden!«

Somit hatte der Isner Bürgermeister Benedict Eberz seiner Bürgerschaft den faktischen Inhalt der Kaiserurkunde verlesen und alles Weitere erklärt. Nun konnte er zur Besiegelung kommen:

»Mit Urkund dieses Briefes versiegelt mit unser kaiserlichen Majestät Insiegel
der geben ist zu Bern im Üchtlande nach Christes Geburt
drüzehnhundert Jahr danach in dem fünfundsechszigisten Jahre
an des heiligen Krützes Tage, als es erfunden wurde und des Reiches
in dem nünzehenden und des Kaisertums in dem elftewn Jahre.«

Nach der Verlesung des Urkundentextes folgte die Litanei der insgesamt sechsundzwanzig Unterschriften derjenigen, die das Ganze beurkundet hatten. Und um insbesondere die Isner Bürgerschaft komplett zu informieren, erklärte der Bürgermeister abschließend, dass er die in Latein ausgefertigte, kostbar ausgestattete Originalurkunde in Händen hielt und diese mit dem Kaisersiegel – der Goldenen Bulle – gesiegelt sei. »Diese Urkunde«, er hielt sie für alle sichtbar wie eine Trophäe in die Höhe, »beurkundet den zwischen Isne und Otto II. Truchsess von Waldburg am 9. April des Jahres geschlossenen Vertrag!«

Bürgermeister Benedict Eberz war so stolz wie nie zuvor. Er badete im Jubel des Volkes, dem Jubel *seines* Volkes! Denn ab jetzt war *er* derjenige, der die Geschicke seiner Stadt frei leiten durfte.

»Und nun, meine lieben Bürger von Isne, hat die hohe Geistlichkeit das Wort! Die ehrwürdigen Bischöfe Marquart von Augsburg, Johannes von Basel, Berthold von Eichstätt und Johannes von Straßburg werden nun Gottes Segen über unsere Stadt und über uns alle kommen lassen!«

Danach war die Stadt außer Rand und Band. Der für viele ansonsten kaum bezahlbare Alkohol floss in Strömen. Zur Feier des Tages hatte es sich der Bürgermeister nicht reuen lassen und so viele Fässer Bier von der Prämonstratenser-Brauerei Suzzenriet spendiert, dass alle Männer auf ihre Kosten gekommen waren. Was allerdings als fröhliches Fest begonnen hatte, endete mit einigen unangenehmen Geschehnissen, zu denen neben Übergriffen auf Frauen und Mädchen, Vandalismus, mehr oder weniger nennenswerten Streitereien und handfesten Raufereien auch etliche schwere Diebstähle, ja sogar Einbrüche und Überfälle gehörten.

So wurden unter anderem – was dem Bürgermeister später mehr als unangenehm werden sollte – dem Grafen Ludwig von Öttingen und dem Marschall Conrad von Papenheim die Kutschpferde ausgespannt und gestohlen, obwohl Benedict für jede Kutsche der Ehrengäste eine Wache abgestellt hatte. Das spendierte Bier hatte offensichtlich auch den Weg bis zu den Kutschenwachen hinunter gefunden, sodass zwar nicht alle Pferde gestohlen, dafür aber *alle* Kutschen ausgeraubt worden waren.

Der Bierrausch der Wachen und das ganze Durcheinander an diesem besonderen Tag wurde nicht nur von den bösen Buben ausgenutzt, die extra deswegen von auswärts nach Isne gekommen waren, um dort abgreifen zu können. Auch der erst sechzehnjährige einheimische Tunichtgut Seyfrid Rotter und seine Bande hielten sich gütlich, indem sie klauten, was das Zeug hielt. Dabei schreckte das »Kleeblatt«, wie sich die drei einheimischen Strauchdiebe und ihr »Hauptmann« Rotter nannten, auch vor Einbrüchen und Überfällen nicht zurück. Obwohl in Isne schon seit längerer Zeit allgemein bekannt war, dass es ein paar junge Einheimische gab, die es mit Recht und Gesetz nicht allzu genau nahmen, hatte man ihnen bisher nur ein paar kleinere Verfehlungen, aber keine einzige schwerwiegende Straftat nachweisen können. Bisher war das »Kleeblatt« viel zu raffiniert vorgegangen, um sich erwischen zu lassen.

»Eines Tages kriegen wir sie, und dann zahlen sie einen hohen Preis für ihre ruchlosen Taten!«, hatte Bürgermeister Eberz anlässlich einer Ratssitzung mit demonstrativ geballter Faust orakelt und beschlossen, eine Art »Schutztruppe« einzurichten, die in seiner Stadt für Recht und Ordnung sorgen sollte. Leider war ihm dies im allgemeinen Trubel der Vorbereitungen nicht mehr bis zum großen Ereignis gelungen.

Aber trotz aller Widernisse war der Tag alles in allem zu einem durchschlagenden und nachhaltigen Erfolg für Isne und seine Bewohner geworden.

Kapitel 20

SCHON ZWEI TAGE SPÄTER war vom Glorienschein des Hochadels in Isne nicht mehr viel zu spüren. Das Podium war längst abgebaut und die Dekoration verräumt. Die Fahnen und Schilder der adeligen Wappenträger hatte Eberz nicht an die teils weit entfernt lebenden Besitzer zurückschicken lassen, was ein schier unmögliches Unterfangen gewesen wäre. Stattdessen hatte er alles in die Alte Schranne bringen lassen. »Wer weiß, vielleicht haben wir ja bald wieder einen Grund zu feiern!«, hatte er schmunzelnd zum einfältigen »Rinzlers Lise« gesagt, einem der Abbauhelfer.

Aber auch die Gaukler und Komödianten, die Possenreißer und Musikanten hatten die Stadt verlassen und mit ihnen die Wanderhuren und die Händler mit ihren Bauchläden. Und – Gott sei's getrommelt, gepfiffen und gejubelt – auch die vielen Spieler und Beutelschneider waren verschwunden, allerdings mit ihnen auch das viele Geld, das sie den unvorsichtigen und gutgläubigen Menschen abgenommen hatten. Geblieben waren nur die Einheimischen. Unter ihnen auch der »Hauptmann« mit seiner Bande … und Endres von der Linde aus der Freien Reichsstadt Lindau. Er, Wolff Berger und der künftige Medizinscholar Wolfram Tichtel würden zumindest so lange in Isne bleiben, bis das geklaute Amulett wieder im Besitz des Großmeisters und der Diebstahl durch das traditionelle Ritual gesühnt war. Außerdem mussten sie sich endlich um den Sezierraum kümmern. Deswegen überlegte der Großmeister zusammen mit seinem willfähriger Handlanger, den künftigen Scholaren bezüglich ihres Geheimbundes einzuweihen.

Wenn der Stadt äußerlich auch nicht mehr viel davon anzusehen war, dass sie Kaiser Karl IV. erst vorgestern zur Freien Reichsstadt erhoben hatte, saß das gewaltige Ereignis doch noch in den Köpfen der Menschen in Isne. Kein Wunder, dass es das Thema Nummer eins im völlig überfüllten »Schwanen« war wie in allen Tavernen und Ausschankstuben im Umkreis von einhundert Meilen. Nicht nur im Staufner »Adler«, im Gögginger »Adler« oder in anderen Wirtshäusern des Umfelds, sogar im Augsburger »Ratskeller« wurde die Erhebung Isnes zur Freien Reichsstadt thematisiert – Isne hatte es endgültig geschafft, zu den erlauchten Städten der deutschen Lande zu gehören. Im Hause Eberz erklärte der Bürgermeister seiner Frau, dass die kaiserliche Urkunde nicht in der kaiserlichen Hofkanzlei zu Prag, sondern in Verone im Üchtland ausgestellt worden war. »Und dann ist da noch eine Kunde bis hierher gedrungen: Am Samstag nach ›Walpurgis‹ – also am vorgestrigen Ehrentag unserer Stadt – soll unser Kaiser von Solothurn kommend mit seinem Gefolge in Verone im Üchtland eingeritten und dort herzlich empfangen worden sein«, wusste der Bürgermeister »aus ziemlich sicherer Quelle« zu berichten und ergänzte, dass der Kaiser nach einer Visite beim Papst in Avignon diese Stadt bereits zum zweiten Mal besucht hatte.

»Aber dann hätte er doch auch gleich nach Isne kommen können, um uns persönlich die Ehre zu geben!«, klang es gleichsam enttäuscht und verständnislos aus Klaras Mund.

»Na ja …«, schmunzelte ihr belesener Mann. »Vom schweizerischen Solothurn bis zu uns nach Isne dürften es immerhin einhundertfünfzig Meilen oder mehr sein!«

»Ich meinte ja nur …«, kam es resignierend zurück.

»Wisst ihr«, der Familienvater wandte sich direkt an seine Kinder, um die Gelegenheit zu nutzen, ihnen etwas Allgemeinbildung näherzubringen, »dass unser Deutsches Reich derzeit keine Hauptstadt hat! Früher war dies im fernen Aachen, wo bisher alle römischen Kaiser und Könige deutscher Nation gekrönt wurden. Unser Kaiser setzt alles daran, eine ausländische Stadt namens Prag zur Hauptstadt auszubauen! Solange er keinen festen Sitz hat, reist er mit seinem ganzen Gefolge und sogar mit seiner ›Hofkanzlei‹ von Stadt zu Stadt, um Präsenz zu zeigen. Deswegen nennt man Karl auch den ›Reisekönig‹! Verhandlungen führt er ebenso direkt in den betreffenden Städten, wie er dort auch Verträge schließt und Streitigkeiten schlichtet!«

Als Benedict dies sagte, schaute er seinen Töchtern streng

in die Augen. Weil die beiden noch zu jung für einen solchen Unterricht waren, hatten sie damit begonnen, sich zu streiten.

»Seht ihr«, ging nun auch die Mutter dazwischen. »Bei uns zu Hause ist euer Vater der Kaiser!« Dann kam sie auf die vergangene Feierlichkeit zu sprechen: »Ich selbst hatte beim Festakt keinen guten Platz und konnte wegen des ständigen Jubels leider auch nicht alles verstehen. Aber die alte Fischerin – du weißt schon, Fischers Rosalinde vom ›Rossmarkt‹ drüben – hat mir erzählt, dass du von einem Salzroder aus Tyrol gesprochen hast, der Bürgermeister Cristoff Eberz gegenüber die Stadt gepriesen hat! Wie bist du denn ausgerechnet darauf gekommen, während deiner Rede auf dieses schlimme Jahr zurückzugreifen?«, mochte seine Frau wissen und bekam zur Antwort, dass ihn der damalige Tod von Lukas Eberz immer noch beschäftigen würde.

»Ich weiß, mein Geliebter! Aber das ist drei Generationen her!«, wunderte sich Klara immer wieder, wenn Benedict diese alte Geschichte aufwärmte.

Und weil dies auch die Kinder mitbekommen hatten, bat Kuntz, der zwölfjährige Sohn der beiden, seinen Vater, die spannende Geschichte des Urgroßvaters zu erzählen.

»Au ja!«, drängten auch die beiden Mädchen.

Erwartungsvoll saßen sie in der Stube zusammen und konnten es nicht erwarten, die Geschichte ihres Urgroßvaters zum wer weiß wievielten Mal zu hören.

Benedict rollte mit den Augen und presste die Lippen zusammen. »Also gut!«, grummelte das Familienoberhaupt und ließ sich von seiner Frau Wein nachschenken. Nachdem sie Vaters Zusage vernommen hatten, rückten die beiden Mädchen eng an ihre Mutter, während sich Kuntz erwartungsvoll zurücklehnte.

»Aber«, begann der Vater, weil er an diesem Abend keine rechte Lust dazu hatte, diese alte Geschichte schon wieder herunterzuleiern und deswegen schnell damit fertig werden mochte, »ihr dürft mich dieses Mal nicht unterbrechen!«

Das einmütige Kopfnicken bedeutete ihm, mit seiner Erzählung beginnen zu können: »Die Personen brauche ich euch ja nicht schon wieder vorstellen, die kennt ihr ja bereits von meinen früheren Erzählungen. Und um was es geht, wisst ihr auch schon!«

Obwohl sie auch dies gerne gehört hätten, nickten die Kinder. Sie waren schon froh, dass sich ihr Vater darauf eingelassen hatte, ihnen den Ausgang der herzzerreißenden Geschichte ein weiteres Mal zu erzählen.

»Gut! … Euer Urgroßvater und sein Bruder Friedrik sind zusammen mit dem betrogenen Iacup und ein paar seiner Freunde hinter den Flüchtenden hergeritten und …«

»Wer waren die Flüchtenden?«, unterbrach die Kleinste ihren Vater.

»Berta! Was habe ich eingangs gesagt?«

»Dass wir dich nicht unterbrechen dürfen!«, tönten die beiden anderen Kinder.

Der Vater nickte milde und fuhr mit einer betont sonoren Stimmlage fort: »Die Flüchtenden waren Matteo, ein Medicus aus den italienischen Landen, von dem ich euch schon viel erzählt habe, und seine Freundin Alisah, die allerdings Iacup ehelichen sollte, dies aber nicht wollte, weil sie Matteo geliebt hat! Dann waren da noch Matteos Freund Hannß, der Salzkutscher aus Tyrol, den eure Mutter vorhin gemeint hat, und seine Freundin Resi, die in der Schenke eures Urgroßoheims als Magd gearbeitet hat! Die vier haben Isne noch am selben Tag verlassen, als die beiden Schlüssel von unseren Vorfahren verglichen wurden und der Ärger begann. Weil mein Großvater und sein Bruder an diesem Tag so viel getrunken hatten, dass sie ihren Rausch bis zum Folgetag ausschlafen mussten, konnten sie den Flüchtenden erst zwei Tage später folgen –

sie mussten ihre Reise ja vorbereiten und wollten am nächsten Tag nicht in die dunkle Nacht hineinreiten. Deshalb hatten die Flüchtenden einen Riesenvorsprung!«

Weil sie wussten, was jetzt kam, kuschelten sich die Mädchen noch enger an ihre Mutter.

Benedict schaute seine Kinder gespielt betrübt an, bevor er weitererzählte: »Hannß hatte ein Ochsengespann, weswegen er nur langsam vorwärts gekommen war. Um ihre Verfolger zu täuschen, hat er nicht die Salzstraße gewählt, die er sonst benutzte. Stattdessen wollte er über verschlungene Wege in Richtung der Alpen ziehen, in der Hoffnung, dass ihre Verfolger diese vielbenutzte Handelsstraße nehmen würden, von der Hannß in Isne viel erzählt hatte. Ich weiß nicht, was unsere Vorfahren mit Matteo gemacht hätten, wenn sie seiner habhaft geworden wären. Und Alisah wäre es sicher auch nicht gut ergangen, wenn Iacup sie in die Finger bekommen hätte!«

Der Vater schaute ins Rund und sagte mit leiser Stimme: »Aber die Flüchtenden sind durch Hannß' List entkommen. Mein Urgroßvater ist bei der Verfolgung über viele Irrwege letztlich bis nach Reutte gekommen – das ist ein Dorf in Tyrol, in einem anderen Land, weit weg von hier –, wo er gleichsam enttäuscht und wütend aufgegeben hat. Während ihrer ganzen Verfolgung wollte niemand das Ochsengespann gesehen haben! Vielleicht hatten sie es gegen vier Pferde eingetauscht. Ich weiß es nicht, genauso wie über den Tod meines straffällig gewordenen Uroheims Lukas keine genauen Umstände bekannt sind. Weil der Medicus aus den italienischen Landen verschwunden war, konnte er nicht mehr dazu befragt werden!«

Nachdem der Vater dies gesagt hatte, stand er auf und ging zu seinem Arbeitstisch. Dabei wurde er von erwartungsvoll großen Augen verfolgt. Die Kinder wussten, was er holte und ihnen gleich zeigen würde. »Und weil niemand mehr etwas von Matteo gehört hat, wissen wir bis heute nicht, was es mit diesen beiden Schlüsseln auf sich hat!«

Einen Schlüssel gab er Kuntz, den anderen seinen Töchtern, die das rostige Eisenteil so ehrfurchtsvoll in die Hände nahmen, als handle es sich um eine Reliquie.

»So, meine Lieben ...« Der Vater klatschte erleichtert schnaufend mit seinen Händen auf die Oberschenkel und beendete den Abend mit den für Kinderohren leidigen Worten: »Ab in eure Kammern!«

»Geabet 'm Vadd'r a Bussi und schlofet dann wohl!«, sagte die Mutter und versprach den Mädchen, gleich noch nach ihnen zu sehen. Beides – das »Bussi« und die Kontrolle durch die Mutter – verbat sich der fast schon erwachsene Kuntz. Schließlich war er ein schneidiger Bub und kein verweichlichtes Mädchen.

Die drei Fremden, die über die Feierlichkeit hinweg in Isne geblieben waren, konnten zwar ebenfalls nicht als verweichlicht, aber auch nicht im Entferntesten als schneidig bezeichnet werden. Denn als »schneidig« zu gelten, war zumindest im Allgäu gleichbedeutend mit »mutig«, »aufrecht«, »offen« und »ehrlich«. Alles Attribute, die Endres von der Linde und Wolff Berger beileibe nicht verdient hatten, selbst wenn sie hehren Zielen folgten und ihre Vereinigung im Laufe der Jahrhunderte viel Gutes bewirkt hatte – von den bisher einundzwanzig unschuldigen Mordopfern abgesehen. Keiner der bisherigen Großmeister hatte sich getraut, den sinnlosen Codex zu brechen, der ihrem Geheimbund vom ersten Großmeister auferlegt worden war. Dieses Mal würden es sieben Menschen sein, die sterben mussten, falls das Amulett wiedergefunden werden sollte.

Lediglich dem jungen Wolfram Tichtel konnte Mut attestiert werden. Aufrichtigkeit, Offenheit und Ehrlichkeit konnte man ihm nicht absprechen. Denn der künftige Medizinscholar hatte sich lediglich aus wissenschaftlichem Interesse heraus gutgläubig darauf eingelassen, von seinem Mentor Wolff Berger das Öffnen von Leichen zu erlernen. Darüber, wie sie an die benötigten Körper gelangen sollten, hatte er sich bisher allerdings keine Gedanken gemacht. Aber er sollte es bald erfahren.

Kapitel 21

Dass man in Isne die Erhebung zur Freien Reichsstadt gebührend gefeiert hatte, war nun fünf Tage her. Es war Donnerstag, Markttag. Seit die Stadt und deren Bürger die Freiheit erlangt hatten, konnte die Neugier der Menschen im Umland kaum noch gezügelt werden. Es war ein »Muss«, wenigstens einmal in Isne gewesen zu sein, um mitreden zu können. Viele träumten davon, Isner zu werden! Weil der Rat der Stadt aber beschlossen hatte, zumindest vorübergehend keine Daueraufenthaltsgenehmigungen zu erteilen, war dies ein schwieriges Unterfangen. Dennoch war in Isne der Teufel los.

Das Ansinnen der vielen Bewerber war verständlich. Denn das zuvor schon schöne Städtchen war schlagartig ganz besonders interessant geworden. Die Isner Märkte boten nun wirklich *alles*, was die Herzen begehrten. Und dies im wahrsten Sinne des Wortes: Denn an den Handelsknotenpunkten der Stadt fanden auch zunehmend fremde Menschen zueinander, was frisches Blut in die Familien der Allgäuer Dörfer und Städte brachte. Aus den Warenmärkten hatten sich im Laufe der Zeit auch noch wahre Heiratsmärkte entwickelt. Es war gesellschaftsfähig geworden, dass die Händler ihre Töchter bei ihren Handelsreisen mitnahmen, um sie auf diese Art und Weise unter die Haube zu bekommen. Umgekehrt schickten die einheimischen Väter ihre ledigen Töchter auf die Märkte, damit sie einem reichen Händlerspross schöne Augen machen konnten. Damit diese Art der Partnersuche nicht in falsche Bahnen geriet, wurden die heiratsfähigen Jungfern selbstverständlich von ihren Müttern begleitet. So hatte der »Schwanenwirt« an diesem Donnerstag zum ersten Mal auch seiner sechzehnjährigen Tochter Elsebeth gestattet, nach einem adäquaten Freier Ausschau zu halten. »Übertreibt es aber nicht!«, hatte er seiner Frau und seiner Tochter nachgerufen, dabei aber im Stillen die Daumen gedrückt, dass es funktionieren möge. Elsebeth war zwar ein äußerst liebes, wegen der Ähnlichkeit mit ihrer Mutter jedoch kein allzu ansehnliches Wesen. Deshalb war es für den Vater schwierig, einen Mann für sie zu finden. Und mit zunehmendem Alter des Mädchens würde es immer problematischer werden. An diesem Tag aber war der Vater guter Hoffnung und bestens gelaunt – nicht zuletzt, weil seine Schenke bis auf den letzten Platz besetzt war. Und weil sich unter den Gästen auch betuchte Händler und Kaufleute befanden, die nicht auf den Heller spucken mussten, bevor sie ihn ausgaben, genehmigte sich der Wirt selbst ein paar Bierchen. Als seine Frau ihm die Kunde brachte, dass Elsebeth wieder kein Glück gehabt hatte, trank er noch ein paar mehr.

Glück?, hatte er sich gedacht. Das habe ich auch nicht gerade gehabt, als ich *dich* zum Weib genommen habe. Dennoch liebte er »seine beiden Wiber«, wie er immer zu sagen pflegte. Wenn ihm an der vor siebzehn Jahren geehelichten Mechthild auch nicht alles gefallen mochte, verstand er sich doch bestens mit ihr – vor allem, weil sie arbeiten konnte wie eine Schindmähre.

Niemand kannte die beiden Männer und den jungen Kerl, die seit Stunden in der Klosterschenke »Zum Schwanen« saßen und kaum etwas miteinander sprachen, weil sie lieber den anderen Gästen zuhörten. Seit der Ernennung Isnes zur Freien Reichsstadt waren sie jeden Abend hier gewesen.

Der Wirt hatte sich zu ihnen an den Tisch gesetzt, um zu erkunden, was die drei fein gewandeten Stammgäste für Menschen waren. Vielleicht war ja der jüngste von ihnen etwas für Elsebeth.

»Barthel Müller! Ich bin hier der Wirt!«, stellte er sich mit ausgestreckter Hand vor, was er nüchtern niemals getan hätte.

Der Großmeister bemerkte, dass der Wirt getrunken hatte, gab sich betont freundlich und stellte sich als Leiter des Lindauer Fischereikontors vor, der am Mare Brigantium die Fischereirechte vergab.

»Das ist ja hochinteressant, dass es so etwas gibt«, ging der Wirt darauf ein und mochte mehr über einen Beruf erfahren, von dem der Großmeister im Grunde genommen auch nicht viel wusste. Dem Aufschneider blieb nichts anderes übrig, als zur Verwunderung seiner beiden Begleiter etwas von dort zu erzählen, woher er den Begriff »Kontor« kannte, nämlich von einer seiner Reisen ins weit entfernte Hamburg. »Bei meinem Beruf handelt es sich um eine Art Vorsitzender einer Handelsgesellschaft – in meinem Fall um eine Handelsniederlassung am Mare Brigantium, die mit Fischen zu tun hat!« Er räusperte sich, bevor er im Sinne seiner Tarnung weiterlog: »Ich habe sozusagen die Aufsicht über alles, bin so etwas Ähnliches wie ein Richter und Schlichter.« Zur Unterstreichung seiner Glaubwürdigkeit hob er einen Zeigefinger. »Ich habe auch den Schlüssel zur Kasse!«

Als der Wirt dies hörte, unterbrach er seinen Gast mit einer abwertend gemeinten Handbewegung. »Pah! Das ist doch gar nichts! Ich weiß sogar etwas über *zwei* Schlüssel, die in ein und dasselbe Schloss passen!«

Nun wurde der Großmeister stutzig: »Holde Maid!«, rief er der Schankmagd zu und bestellte vier Krüge Bier. Die drei stießen mit dem Wirt an, nahmen einen kräftigen Schluck und ließen ihn reden: »Ihr habt mich schon verstanden! Ich habe von zwei alten Schlüsseln gehört, von denen bis heute niemand weiß, in *welches* Schloss sie gehören!«

»Was sind das für Schlüssel? Ihr spracht von *einem* Schloss! Heißt das wirklich, dass es sich um zwei identische Schlüssel handelt, die ins selbe Loch passen?«

Barthel Müllers Zunge war durch den Alkohol derart gelockert, dass er munter weitererzählte, während er immer wieder kräftige Schlucke aus seinem Krug nahm und zwischendurch seine spindeldürre Schankmagd antrieb, die Mühe hatte, vier Krüge auf einmal zu tragen.

Der Großmeister hörte aufmerksam zu, während sein junger Begleiter nichts mit dem anzufangen wusste, was um ihn herum geschah. Lediglich dem Medicus war klar, was die Stunde geschlagen hatte, weswegen er seinem Herrn und Meister zuzwinkerte, um ihn dies wissen zu lassen.

»Noch einen Krug für den Wirt!«, rief der Großmeister und begann damit, Barthel Müller vorsichtig, aber direkt auszufragen. So erfuhr er, dass Barthel von einem gewissen Friedrik Eberz, dem einstigen Wirt der Klosterschenke, von den mysteriösen Schlüsseln erfahren hatte.

»Und wo sind die Schlüssel jetzt?«, interessierte den Großmeister, er bekam allerdings keine Antwort mehr, weil der Wirt zur Theke gerufen wurde.

»Verdammt!«, entfuhr es ihm. »Fast hätte ich ihn so weit gehabt!«

»Ihr glaubt, dass es ›unsere‹ beiden verschwundenen Schlüssel sind?«, vergewisserte sich der Medicus.

»Ihr seid ein Narr!«, blaffte der Großmeister zurück, weil er verärgert darüber war, kurz vor seinem Ziel gescheitert zu sein. »Natürlich sind das *unsere* Schlüssel! Welche Schlüssel sollen es denn sonst sein?« Er lachte bitter auf: »Wir müssen dahinterkommen, wer diese Schlüssel hat! Dann haben wir nicht nur alle Schlüssel, sondern auch schon eine Person, die unserem Codex entsprechend, sterben muss. Der zweite wird dann«, er schaute sich zur Theke um, wo sich Barthel Müller mit seiner Schankmagd über die Beschwerde eines Gastes unterhielt, in dessen Krug zu wenig Bier gewesen sei, »unser Schankwirt sein, der zu viel weiß! Und auf die anderen fünf stoßen wir, wenn wir das Amulett wiederhaben!« Während er sprach, verfinsterte sich die Miene des Großmeisters. »Um den Codex erfüllen zu können, müssen wir das Amulett allerdings erst einmal zurückbekommen und auch die Schlüssel an uns bringen!«

Während des letzten Teils dessen, was er soeben gehört hatte, war es dem jungen Wolfram Tichtel mulmig zumute geworden. Er hatte zwar nicht alles kapiert, was Endres von der Linde in verschwörerischem Ton über die Lippen gekommen war, hatte aber verstanden, dass es um Morde ging. Er traute sich, zu fragen: »Heißt das, dass Ihr sieben Menschen umbringen werdet?«

Der Großmeister schaute sich erst nach allen Seiten um und gab dann ein schnörkelloses »Ja!« von sich.

Der unbedarfte Medizinscholar-Anwärter war entsetzt. Gleichzeitig stieg das Gefühl der Faszination in ihm hoch, Mitwisser einer kommenden Mordserie zu werden, die er selbst nicht zu verantworten haben würde.

»Also gut: Wir weisen dich nun in etwas ein, von dem du bei deinem Leben niemandem etwas sagen darfst!«

Dem jungen Mann wurde noch mulmiger, dennoch nickte er.

»Gut.« Nachdem der Großmeister dem fassungslosen jungen Mann alles über seine Organisation erklärt hatte, stellte er ihm eine Frage: »Kennst du die sieben Weltwunder?«

»Klar!«, antwortete der kluge Bursche und wollte mit den »Hängenden Gärten der Semiramis« in Babylon beginnen, die Bauwerke aufzuzählen.

Der Großmeister hob die Hand und schüttelte den Kopf. Er zollte dem jungen Mann zwar Respekt für sein offenkundiges Wissen, mochte aber etwas anderes von ihm hören: »Ich meinte eher die intellektuellen Weltwunder …«

Als er merkte, dass sein Gegenüber nichts darüber wusste, klärte er auf: »Das waren sieben Weise, die wegen ihrer Klugheit bis heute verehrt werden! Ihre Namen sind Solon von Athen, Periander aus Korinth, Chilon von Sparta, Thales von Milet, Pittakos von Mytilene, Bias aus Priene und Kleobulos von Lindos. Sie sind denjenigen auch heute noch bekannt, die sich den sieben freien Künsten verschrieben haben!«

»Ich kenne die ›artes liberales‹!«, schoss es aus Wolfram Tichtel heraus, der zeigen mochte, dass er nicht nur würdig war, die Medizin zu studieren, sondern auch Geheimnisträger der soeben gehörten Ungeheuerlichkeit zu sein.

»Gut!«, lobte der Großmeister. Bestens gelaunt ließ er sich auf ein kleines Wortspiel ein: »Ich habe genug gehört! Packen wir also unsere Siebensachen zusammen und gehen den sieben Planeten entgegen!«

»Saturn …«, begann der inzwischen leicht angetrunkene junge Mann, wurde aber vom Großmeister ausgebremst: »Schon gut, mein Freund! Ich weiß, dass deinem Körper ein gesunder Geist innewohnt!«

Der Markt hatte Elsebeth Müllers Leben nicht verändert, dafür aber der Besuch von Wolfram Tichtel in der Schenke ihres Vaters. Seit Wolfram der Jungfer vor dem Eingang zum Schankraum einen schweren Mosteimer abgenommen und ihn für sie in die Küche gebracht hatte, konnten sie nicht mehr die Augen voneinander lassen. Aber noch war nichts weiter passiert. Dennoch ahnten beide, dass mehr daraus werden würde und es nur eine Frage der Zeit war und von Wolframs Mut abhing, bis sie sich näherkamen.

»Du bist so fleißig geworden wie deine Mutter!«, lobte Barthel, dem aufgefallen war, dass Elsebeth seit einigen Tagen keinen Abend ausließ, um ihm und Mechthild in der Schenke zu helfen. Während sie zuvor lieber jede andere harte Arbeit verrichtet, aber nur ungern als Schankmagd ausgeholfen hatte, war sie nun aus der Gaststube nicht mehr herauszubringen. Würde der Vater ahnen, dass das fleißige Mädchen dies tat, um dem jungen Gast näher zu sein, würde er wahrscheinlich die klapprige Schankmagd entlassen und an deren Stelle Elsebeth einsetzen, anstatt sie wie bisher in der Küche, im Stall und im Garten schuften zu lassen.

Aber an diesem Abend ließ sich keiner der feinen Herren in der Schenke blicken, zu Elsebeths Missmut auch Wolfram nicht. Auf Anordnung des Großmeisters mussten sie so lange in ihren Kammern warten, bis es Nacht war, um endlich ihre Mission angehen zu können. Dazu würde Alkohol sicherlich kein guter Helfer sein. Also waren sie erst gar nicht in die Schenke gegangen und bereiteten sich stattdessen im Stillen vor. Als es dunkel wurde, klopfte der Großmeister an die Kammertür der anderen. »Pssst! Es geht los!«

Wolff Berger hatte den anderen beiden schon vor Tagen aus sicherer Entfernung von außen gezeigt, wo in etwa sich der Sezierraum hinter dem Dickicht befand, ihnen aber nicht den Weg zum Eingang weisen können. Am helllichten Tag wäre dies viel zu gefährlich gewesen. Weil nur er den versteckten Pfad kannte, würde er vorangehen. Um nicht aufzufallen, verhielten sie sich auf der Straße wie immer; sie sprachen miteinander und es hatte den Anschein, als wenn sie gemütlich schlenderten. Dies taten sie so lange, bis sie in der Dunkelheit des westlichen Außenbereiches der von Wildwuchs überwucherten Klostermauer verschwunden waren. Seither sprach keiner mehr ein Wort. Obwohl der Großmeister seinem Bundesbruder traute, umklammerten seine Finger das Heft seines »Jiàns«.

»Jetzt!«, zischte Berger plötzlich, nachdem er sich einmal mehr vergewissert hatte, dass sie von niemandem verfolgt wurden. Dann schlug er hastig einen Haken nach rechts, schob etliche Äste beiseite und arbeitete sich ein paar Schritte nach vorn. »Ich habe ihn wiedergefunden. Wir sind da«, flüsterte er. Dann duckte er sich und kroch durch schier undurchdringliches Gebüsch. »Beeilt euch!«

Während sie bisher vom abnehmenden Mond begleitet worden waren und mit dessen Hilfe den Weg durch wild wachsendes Geäst und Gestrüpp gefunden hatten, war es nun stockdunkel. Sie standen in einer Einbuchtung, die sich hinter dem Gebüsch in der Außenmauer des Klosters aufgetan hatte. Dem steinernen Gang entströmte eine solch feuchte Kälte, dass es alle drei schauderte. Außerdem roch es merkwürdig modrig.

»Ich würde jetzt noch kein Licht machen!«, empfahl Berger, der ein Feuereisen und einen ganzen Beutel voller Brennspäne dabei hatte.

Dass die anderen nickten, konnte er nicht sehen, denn seine Augen mussten sich erst noch an die Dunkelheit gewöhnen. Als er so weit war, zog er seinen Schlüssel hervor und gebot den anderen, so lange an Ort und Stelle zu verharren, bis er sie rufen würde. »Ich gehe rein und entzünde erst einmal ein paar Späne, dann hole ich euch! Ist das in Ordnung?«

»Das machst du gut!«, lobte der Großmeister und drängte Berger voran.

Dann hörten er und Wolfram das kratzende Geräusch eines suchenden Schlüssels, der sich kurz darauf mühsam im verrosteten Schloss zu drehen schien. Noch bevor sie ein »Herr der Gnaden! Das ist ja nicht zum Aushalten!« hörten, stieg ihnen ein stechender Gestank in die Nasen, der sie instinktiv ein paar Schritte zurückweichen ließ.

Nur wenige Momente später hörten sie das Klacken von Bergers Feuereisen auf einem Stein, das bewirkte, dass sie vor sich etwas Licht flackern sahen, das nach und nach heller wurde.

»Ihr könnt jetzt kommen!«, hallte es ihnen entgegen.

Der Geruch des Todes stammte von zwei Leichen. Die eine lag nackt auf einem Tisch, während eine bekleidete Leiche, die sitzend an der Wand lehnte, ebenfalls ziemlich verwest aussah. »Darf ich vorstellen!«, sagte der Medicus und zeigte auf die auf dem Boden hockende Leiche. »Das ist der ehemalige Gärtner dieser Klosteranlage, der einem unserer Bundesmitglieder von diesem geheimen Gewölbe erzählt und …«

»… dafür mit seinem Leben bezahlt hat!«, vollendete der Großmeister den begonnen Satz.

»Und wer ist das?«, mochte der künftige Medizinscholar wissen, während er zum Seziertisch zeigte.

»Das kann ich dir ebenfalls sagen!«, trumpfte der Großmeister auf. »Meinen Recherchen zufolge kann dies nur Lukas Eberz sein, der vor vierundachtzig Jahren aus seinem Grab verschwunden ist und bis heute auf seine Sektion wartet!«

»Ich … ich soll doch nicht …«

Die Blauäugigkeit des jungen Mannes entlockte dem Großmeister ein Schmunzeln. »Nein!«, beruhigte er ihn. »Selbstverständlich werden wir diese beiden Leichen hier nicht sezieren. Wir werden sie nur verschwinden lassen, um diesen ekelerregenden Gestank zu vertreiben und Platz für neue Opfer zu finden, die wir allerdings erst noch auswählen müssen, bevor wir sie …«

Obwohl Wolfram Tichtel schon längst klar geworden war, auf was er sich eingelassen hatte, fiel es ihm erst jetzt – nachdem er es direkt vor sich sah – wie Schuppen von den Augen. »Heißt das …«

»Was sonst?«, mischte sich der Medicus ein. »Dies hier ist deine Wirkungsstätte, hier wirst du unter meiner Obhut das Sezieren von Leichen erlernen, damit du während deines Studiums in Wien die inneren Organe des Menschen mit gewissen Vorkenntnissen erforschen kannst, um allen anderen voraus zu sein und somit der Wissenschaft auf herausragende Weise dienen zu können!«

»Denn dies allein ist deine Aufgabe!«, ergänzte der Großmeister, bevor er nach draußen ging, um frische Luft zu schnappen.

Nachdem Wolfram das erste Entsetzen abgeschüttelt hatte, folgte er dem Großmeister ein paar Schritte nach draußen.

Ihn interessierte, weshalb der Ältere wusste, wer die beiden Toten waren.

Als der großgewachsene Mann im flackernden Licht der Brennspäne auf ihn zuging, fröstelte es ihn.

Der Großmeister legte fast väterlich eine Hand auf die Schulter des jungen Mannes und erklärte ihm in ruhigem Ton, dass all das, was seit Gründung des Geheimbundes geschehen war, in der Chronik stehen würde, die von Großmeister zu Großmeister weitergegeben wurde. »Alles klar? Und nun lass dir diesen Raum von deinem Mentor erklären! Danach bringt ihr hier alles wieder in Ordnung und vergrabt die beiden Leichen.«

Als Endres von der Linde seine Hand von Wolframs Schulter nahm und sich von ihm abwandte, stieg Erleichterung im künftigen Scholaren hoch. Der Großmeister führte alles über diesen geheimen Raum aus, was in der Chronik niedergeschrieben war. »Und nun schaffen wir die beiden hier raus!«

Nachdem sie die Leichen im wahrsten Sinne des Wortes vor die Tür gesetzt hatten und alles was mit ihnen zu tun hatte, entfernt worden war, begutachteten sie gemeinsam das »Werkzeug«, das der falsche Freiherr von Königsegg hiergelassen hatte. Das Sezierbesteck ist zwar vollständig, aber nicht gebrauchsfähig. »Rostig!«, grummelte der Medicus einsilbig. »Das hat man davon, wenn man billige Arbeitsgeräte kauft!«

Obwohl ihm der Großmeister recht geben musste, verlangte er vom Medicus und seinem Schutzbefohlenen, den Seziertisch und das Sezierbesteck zu reinigen und so gut wie möglich von Rost zu befreien. »Vorerst müsst ihr damit arbeiten!«

»Und was …«, wollte der Medicus aufbegehren, wurde aber vom Großmeister ausgebremst. »Wir reden später darüber! Damit wir niemandem abgehen und nichts auffällt, begebe ich mich jetzt in den ›Schwanen‹! Ihr bringt die Leichen weg und danach geht unser junger Mann in seine Kammer, um sich von diesem Schrecken zu erholen«, stellte er Wolfram gegenüber unmissverständlich klar, bevor er sich an den Medicus wandte: »Sowie ihr fertig seid, kommst du ebenfalls in die Schenke!« Kaum hatte er dies gesagt, verschwand er im Dunkel des Gebüsches.

Schon eine halbe Stunde später traf auch Wolff Berger in der voll besetzten Schenke ein.

»Wo kommst du denn schon her?«, mochte Endres von der Linde erstaunt wissen und erfuhr, dass der Medicus die ihnen aufgetragenen Arbeiten an seinen Scholaren weiterdelegiert hatte. »Wolfram muss lernen, eigenverantwortlich und selbstständig zu arbeiten!«, begründete Berger seine Entscheidung, die dem »Fischkaufmann« nicht gefallen mochte. Dennoch bemängelte er Bergers eigenmächtiges Handeln nicht. Stattdessen erklärte er ihm, dass es eigentlich keinen Sinn mehr mache, den Burschen auszubilden, weil er wegen seines Wissens sowieso beseitigt werden müsse.

Als er dies hörte, war Berger zwar enttäuscht, verstand es aber. Er sagte nichts dazu. Er wusste, dass sich ihr Geheimbund keine außenstehenden Mitwisser leisten konnte.

»Zuvor aber werden wir uns gemeinsam auf die Suche nach dem Amulett machen. Sobald wir es gefunden haben, muss dein Schützling sterben! Ich hoffe, das ist dir klar?«

Weil der Medicus den Codex und die Regeln ihres Zirkels kannte und wie alle Geheimbündler geschworen hatte, seinem Großmeister bedingungslos zu dienen und dessen Befehle auszuführen, ohne sie infrage zu stellen, nickte er demütig. Dass er selbst ein »Mitwisser« geworden war, kam ihm dabei immer noch nicht in den Sinn. Denn die Regeln besagten auch, dass niemand den Großmeister kennen durfte.

Während sich die beiden über die weitere Vorgehensweise unterhielten, ging die Tür auf und ein wütend fluchender Mann betrat den Schankraum. »Gib mir ein Bier und einen Branntwein, Barthel!«, rief er zum Ausschank, bevor er seinen Stammplatz einnahm.

»Wir werden morgen also …«, wollte der Medicus das Gespräch erneut aufnehmen, von dem sie der neue Gast abgelenkt hatte.

Aber der Großmeister legte nur eine Hand auf seine. Damit wollte er ihm bedeuten, noch für einen weiteren Moment still zu sein. Denn er musste hören, was Elmar, wie der eingetretene Mann hieß, so erzürnt hatte.

Nachdem ihm die Schankmagd die bestellten Getränke hingestellt hatte, nahm Elmar erst einen kräftigen Schluck Bier und spülte ihn mit dem Branntwein hinunter. Dann berichtete er seinen Stammtischbrüdern, dass bei ihm zu Hause eingebrochen worden war und er deswegen verärgert sei.

Um ihrem Freund zu zeigen, dass sie mit ihm fühlten, schüttelten alle entsetzt ihre Köpfe, während sie schimpfend vor sich hin grummelten.

»Das war sicher der ›Rote Rotter‹!«, wusste einer der Zecher.

Als der Medicus etwas zu seinem Großmeister sagen wollte, zischte der ein »Pssst!«.

Sie hörten weiter mit, was am Nebentisch gesprochen wurde: »Wenn ich den in die Finger bekomme, dann gnade ihm Gott!«, drohte der Mann.

»Hast du Beweise, dass es der ›Hauptmann‹ war?«, mochte ein offensichtlich besonnener Freund des Geschädigten wissen.

»Beweise! Beweise!«, schimpfte der Bestohlene. »Das weiß doch in Isne jeder, dass es immer nur der Rotter Seyfrid und seine Bande gewesen sein kann, wenn irgendwo eingebrochen oder etwas gestohlen wurde! Der klaut doch alles, was nicht nagelfest ist!«

»Da hat Elmar recht!«, pflichtete ihm der größte Metzger von Isne bei. »Meiner Alten hat er die heißen Kartoffeln mitsamt dem Topf vom offenen Fenster weg geklaut! Und dafür hat er nicht einmal eine Strafe bekommen, obwohl eindeutig klar war, dass der vermaledeite Rotschopf die Kartoffeln gestohlen hat! In Wangen oder in Ravensburg hätte man ihm einen Finger dafür abgehackt! Aber hier tut niemand etwas gegen diesen Herumtreiber, der mit seinem sauberen ›Kleeblatt‹ unsere Stadt tyrannisiert!«

»Er soll nicht nur Diebstähle und Einbrüche, sondern auch Überfälle auf dem Kerbholz haben!«, bemerkte einer der drei Flachsbauern, die mit am Tisch saßen. Er verwies auf die Gerichtsbarkeit, die Isne mit dem Stadtrecht erhalten hatte, weswegen solche Vergehen sogar mit dem Tode bestraft werden konnten. »… wenn man es denn auch tun würde!«

»Da muss ich Josef beipflichten!«, mischte sich nun auch noch der Pferdehändler ein, den man nur selten am Stammtisch antraf. »Die Vergehen dieser wüsten Kerle sollten mit blutiger Strenge geahndet werden!«

»Aber dazu müssen sie erst einmal gefunden werden! Wer weiß, wo sich die Brut versteckt hält.«

»Wahrscheinlich irgendwo in einem der umliegenden Wälder«, mutmaßte Jodok Müller und winkte resigniert ab. Er wusste, dass die abergläubischen Menschen nur ungern in den Wald gingen, weil dort von jeher Unheil drohte.

Am Schluss des Disputs meldete sich auch noch derjenige zu Wort, der sich nie an ernsten Gesprächen beteiligte, dafür aber in ganz Isne für seine derben Scherze bekannt war: »Sag mal, du Fliegenmetzger, was hat deine Agath denn getan, als sie gemerkt hat, dass die Kartoffeln weg waren?«

»Ja, was wohl? Sie war so grantig, dass ich an diesem Tag nichts mehr zu fressen bekommen habe!«, antwortete der feiste Metzger erzürnt, musste dabei aber selbst so lachen, dass sein Wanst wackelte.

Am Stammtisch brandete schadenfrohes Gelächter auf.

Am Nebentisch hingegen war es immer noch still. Allerdings hatte sich ein schmales Lächeln auf die Lippen des Großmeisters gelegt. »Das ist unser Mann«, sagte er leise zum Medicus.

»Wer? Der Metzger? Ich … ich verstehe nicht!«

Wenn er wegen des soeben Gehörten nicht so gut aufgelegt gewesen wäre, hätte der Großmeister mit den Augen gerollt. Stattdessen erklärte er seinem Gegenüber, dass nur dieser Seyfrid Rotter und seine drei Freunde das »Magische Amulett« gestohlen haben konnten. »Dem Anschein nach ist dieser Rotter schon in jungen Jahren zu einer Art unrühmlicher Legende geworden!«

»Wie meint Ihr das?«, mochte Berger wissen.

Der Großmeister antwortete: »Wegen seiner roten Haare wird er ›der rote Rotter‹ genannt. Und wegen seiner bandenmäßig organisierten Laufbahn auch noch als ›Hauptmann‹ bezeichnet! Viele ›Ehrentitel‹ für einen solch jungen Burschen! Meinst du nicht auch?« Ohne eine Antwort abzuwarten, flüsterte er Berger zu, dass sie diesen »Hauptmann« schleunigst aufstöbern mussten.

Wie in allen anderen Nächten lagen wenige Stunden später die meisten Bewohner und Gäste von Isne auf ihren Lagern und gaben sich dem Schlaf der Gerechten hin. Aber dies sollte ihnen nicht lange gegönnt sein. Denn kurz vor Mitternacht sorgte ein Donnern und Blitzen dafür, das alle aufschreckten.

Der darauffolgende Wolkenbruch war so gewaltig, dass nur die Schwerkranken und Verletzten liegen blieben. Alle anderen riss es aus ihren Nachtlagern, sie mussten sich in Sicherheit bringen oder ihre Behausungen inspizieren. Denn der Einschlag eines einzigen Blitzes in eines der Gebäude könnte einen Stadtbrand auslösen, wie er vor gut achtzig Jahren gewütet hatte. Es donnerte so laut, dass den Isnern das Blut in den Adern gefror. Einem verhältnismäßig leisen Grummeln folgte ein gefährlich blitzender Knall, der alle zusammenzucken ließ. Der Sturm wütete so stark, dass er einige Dächer abdeckte und sogar ganze Unterstände für Tiere, Ställe und Stadel mit sich riss. Vielerlei Dinge wirbelten durch die Luft, Holztonnen rollten über die Straßen, Bretter und sogar Türen wurden ebenso aus ihren Verankerungen gerissen wie Zäune aus dem Boden, während das völlig verstörte Vieh wie wild geworden durcheinanderrannte. Weil die meisten Viehbesitzer damit beschäftigt waren, sich um ihre Wohnstätten und um ihre betagten oder die jüngsten Familienmitglieder zu kümmern, waren sie nicht dazu in der Lage, ihre wertvollen Nutztiere einzufangen.

Bürgermeister Eberz versuchte zwar, Ruhe in dieses Inferno zu bringen, war aber gleichsam mit seinem eigenen Haus beschäftigt. Und dann musste er sich auch noch dem überlaufenden Stadtbach stellen, dessen Wassermassen durch die Stadt schossen und sämtliche stehenden Gewässer zum Überlaufen brachten.

Obwohl das Unwetter auch im Kloster diverse Schäden anrichtete, konnte es den dortigen Gebäuden nicht allzu viel anhaben. Nach dem großen Klosterbrand vor einundachtzig Jahren, der auch beide Kirchen und zwei Drittel der Stadt in Schutt und Asche gelegt hatte, war der gesamte Klosterbereich so massiv wiedererrichtet worden, dass er wohl nicht in den sich öffnenden Höllenschlund gezogen werden konnte. Und weil die Anlage erhöht stand, stellten auch die Wassermassen keine große Bedrohung dar. Außerdem lag darüber der ganz besondere Schutz Gottes, was zumindest Abt Berthold IV. und seine Klosterbrüder ungemein beruhigte.

Während die Bewohner von Isne das Gefühl hatten, vom Teufel höchstpersönlich geholt zu werden, blieb der Großmeister gelassen. So gelassen sogar, dass er sich traute, zusammen mit dem Mitglied seines geheimen Zirkels auf die Suche nach Seyfrid Rotter und dessen Diebesbande zu gehen. Er klopfte an Bergers Kammertür, um ihn zu wecken, was nicht nötig gewesen war, weil es den Medicus nicht auf seiner Lagerstatt gehalten hatte.

Anstatt im Nachtgewand öffnete Wolff Berger die Tür in voller Montur. Er hielt sogar schon seine wettertaugliche Gugel in der Hand. »Ich kann mir schon denken, was Ihr wollt!«, kam es dem Großmeister entgegen.

»Was stehst du dann noch herum? Streif dir deinen Umhang über und komm mit!«

»Ja, Herr!«, kam es demütig zurück. »Wohin gehen wir?«

»Das kann ich dir sagen: Bestimmt nützt das ›Kleeblatt‹ des ›Hauptmanns‹ das ganze Durcheinander für Plünderungen! Das zieht solche schrägen Vögel doch magisch an«, war sich der Großmeister sicher und schob sich die Kapuze seiner Kukulle über den Kopf, bevor er mit dem Medicus die Herberge verließ, um sich das »Magische Amulett« zurückzuholen, das er in Seyfrid Rotters Händen vermutete.

Anderntags regnete es zwar immer noch in Strömen, aber wenigstens hatte sich der Sturm gelegt. So konnten die Isner die Schäden an ihren Gebäuden sichten und erste Maßnahmen einleiten. Die zuvor schmucke Stadt war ein Bild des Jammers. Weil ausnahmslos alle Bewohner mithilfe der Klosterbrüder Aufräum- und Flickarbeiten verrichteten oder ihr versprengtes Vieh suchten, hatte niemand bemerkt, was um sie herum vorgegangen war: Nachdem die beiden Geheimbündler die Herberge verlassen hatten, waren sie auf den »Schwanenwirt« gestoßen, der damit beschäftigt gewesen war, die schweren Tische und Bänke, die vor seiner Schenke gestanden hatten, an die Hauswand zu lehnen. Als seine beiden Gäste an ihm hatten vorbeihuschen wollen, waren sie von ihm bemerkt und angesprochen worden. Der Großmeister hatte nicht lange gefackelt, kurz um sich geschaut und Barthel Müller kalten Blutes erstochen. Dann hatte er den toten Wirt mit Wolff Bergers Hilfe zum Sezierraum getragen und dort abgelegt. »Der wäre sowieso fällig gewesen!«, hatte der Großmeister gefühllos gesagt und dies dem Ravensburger Medicus gegenüber damit begründet, dass der Wirt etwas über die Schlüssel gewusst hatte, weswegen er ihm am liebsten eine lateinische Sieben in die Stirn geritzt und ihn irgendwo gut sichtbar abgelegt hätte. Aber er hatte nicht auf sich aufmerksam machen wollen und seine wahre Identität schützen müssen. Außerdem hatte er keine Zeit gehabt, sich weitreichendere Gedanken darüber zu machen. Denn die beiden Geheimbrüder waren unterwegs, um Seyfrid Rotter aufzustöbern. Am Ende wird sich das Amulett wieder in meinem Besitz befinden und sieben Menschen werden zur Erfüllung des Codex gestorben sein, hatte er sich zuversichtlich gedacht, als er sich zusammen mit dem Medicus zum Sezierraum begab.

Auch an diesem Morgen bekam niemand etwas davon mit, was sich in einer dunklen Ecke des Klosters abspielte. Vom schier undurchdringlichen Dickicht der Bäume und Büsche geschützt, saß der Großmeister mit seinem Vasallen auf einer Bank im hellerleuchteten Sezierraum und starrte erwartungsvoll zum Holztisch in der Mitte des Raumes, dessen Besonderheit die rund um die Tischplatte eingeschnitzte Blutrille war.

Auf dem Boden lag der tote »Schwanenwirt« und auf dem Tisch lag ein Mensch, dessen Extremitäten so festgebunden waren, dass er sich kaum bewegen konnte, geschweige denn aufstehen oder flüchten. Um das Ganze noch geheimnisvoller aussehen zu lassen, als es ohnehin schon war, hatte Endres von der Linde sechs dicke Kerzen mitgebracht, die er auf die vorhandenen Eisenständer gesteckt hatte.

Eigentlich waren die Kerzen auf diesen schlicht geschmiedeten Ständern dazu gedacht, dem jeweiligen Leichensezierer genügend Licht für seine Arbeit zu spenden. An diesem verregneten Vormittag war es jedoch noch zu früh, um in diesem Raum die erste anatomische Sektion vorzunehmen, auf die der Tisch immerhin länger als achtzig Jahren gewartet hatte.

Stattdessen musste ein junger Mann derart eingeschüchtert werden, dass er die Befehle des Großmeisters befolgen und all seine Fragen beantworten würde. Dazu musste er ansprechbar sein. Und genau darauf warteten die beiden krankhaft verblendeten Geheimbündler.

»Ah, er wacht aus seiner Besinnungslosigkeit auf!«, freute sich der Großmeister, der den jungen Mann in der vergangenen Nacht mit einem speziellen Kräutersud so ruhiggestellt hatte, dass er bis in die Vormittagsstunden hinein geschlafen hatte.

Dem kranken Hirn des Geheimbundes war es tatsächlich gelungen, ein »Blatt« des vierblättrigen »Kleeblattes« in seine Hände zu bekommen. Während der junge Scholar in seiner Kammer geblieben war und bis jetzt nicht wusste, was los war, hatten die beiden Geheimbündler in der ganzen Stadt gezielt nach Plünderern Ausschau gehalten. Stundenlang waren sie durch die Straßen und Gassen von Isne geschlichen und hatten sich insbesondere diejenigen Gebäude vorgenommen, die wegen des Unwetters besonders große Schäden erlitten hatten. Im allgemeinen Trubel war es ein Leichtes, durch fehlende Türen und offene Fenster einzusteigen, ohne gesehen zu werden. Es war eine aufreibende Suche gewesen. Lange hatten sie keinen einzigen der vier gesuchten Plünderer entdeckt. Völlig durchnässt und müde hatten sie in den frühen Morgenstunden aufgeben wollen. Als sie sich enttäuscht auf den Nachhauseweg in Richtung Kloster begeben hatten, war dem Großmeister ein Schatten aufgefallen, der sich genauso verhielt wie er selbst. Schnell war klar geworden, dass die Gestalt etwas zu verbergen gehabt hatte. Der Großmeister hatte sein Zirkelmitglied darauf aufmerksam gemacht und ihm mit einer Handbewegung bedeutet, dem Unbekannten den Weg abzuschneiden, während er sich vorsichtig an ihn heran- und dann hinter ihm herschleichen würde. Erst als er die Gestalt am Kragen gepackt hatte, war ihm bewusst geworden, dass sie nicht allein gewesen waren und ein weiterer Unbekannter das Weite gesucht hatte. Wahrscheinlich ist das Kleeblatt in Zweiergruppen auf Raubzug gegangen, hatte sich der Großmeister gedacht und dem Gefassten einen solch festen Schlag auf den Kopf verpasst, dass der geräuschlos in sich zusammengesackt war. So hatten sie ihn mühelos zu ihrem Gewölbekeller tragen und dort auf dem Seziertisch festbinden können, bevor sie ihm mit Gewalt einen einschläfernden Trank eingeflößt hatten. Anschließend waren sie beruhigt in ihre Herberge zurückgegangen, wo sie sich die vor Nässe triefenden Gewandungen abgestreift und noch ein paar Stunden aufs Ohr gelegt hatten, um am nächsten Tag frisch ans Werk gehen zu können.

»Also: Wer bist du?«, mochte der Großmeister von seinem Opfer als Erstes wissen, das wie wild an den Stricken um seine Arm- und Fußgelenke zerrte, während es in Todesangst schrie.

»Du kannst hier herumplärren, wie du möchtest. Aber es wird dich niemand hören! Sei also vernünftig und halt dein Maul, sonst …«

Der bestimmende Ton und die unausgesprochene Drohung des großen Mannes mit der rauen Stimme zeigten Wirkung. Denn der verwahrloste Bursche verstummte und lag nun völlig regungslos, aber am ganzen Körper zitternd vor seinen beiden Peinigern.

Um Wolff Bergers Schutzbefohlenen nicht auf närrische Gedanken kommen zu lassen, hatte ihn der Medicus im Auftrag des Großmeisters aus allem herausgehalten. Er sollte die Zeit bis zu den Leichensektionen nutzen, um sich zu verlustieren. Damit wollte der Medicus dem netten Burschen noch eine schöne Zeit gönnen. Denn ihm war klar gewesen, dass aus seinem Protegé kein Medizinscholar werden konnte. Er hatte den Großmeister ja persönlich kennengelernt. Die Regeln des Codex waren eindeutig.

Weil Wolfram Tichtel nichts von der Lebensgefahr ahnen konnte und seinem Mentor blind vertraute, hatte er geglaubt, was Wolff Berger ihm gesagt hatte. Gerne hätte er in den

Sezierraum geschaut, um zu sehen, ob sein Mentor und der Großmeister etwas mit dem Verschwinden des Schankwirts zu tun hatten.

Für trübe Gedanken hatte Wolfram jedoch bald schon keinen Platz mehr in seinem Kopf. Denn während der Zeit im »Schwanen« war er Elsebeth Müller nähergekommen, die nun ihren Vater ersetzen musste und deswegen ständig präsent war. Bevor Barthel Müller verschwunden war, hatte sich Wolfram gerne mit dem bodenständigen Wirt unterhalten, der keinen Hehl daraus gemacht hatte, dass er einen künftigen Medicus als Schwiegersohn akzeptieren würde. Und weil Wolfram ein äußerst feinfühliger junger Mann war, hatte er keine Probleme damit, sich allein um die Wirtstochter zu kümmern und sie zu trösten. Allerdings fiel ihm dies Tag für Tag schwerer. Als nach dem Unwetter die Eisenach, der brodelnde Stadtbach und sämtliche stehende Gewässer nach dem Verschwundenen abgesucht worden waren, hatten Elsebeth und ihre Mutter noch Hoffnung gehabt. Nachdem das Hochwasser nachgelassen hatte und die Suchtrupps ihren Vater auch am Tag danach nicht gefunden hatten, war die Hoffnung geschwunden. Über die Trauer um ihren Vater und weil Wolfram ihr ganz besonders sensibel Trost spendete, hatte sie sich in ihn verliebt.

Weil Elsebeths Mutter Mechthild ausnahmsweise einmal ihre Gäste selbst bediente, konnte die Wirtstochter mit ihrem neuen Freund die freie Zeit nutzen, um alles nochmals nach dem Vater abzusuchen. Obwohl Wolfram der Sezierraum in den Sinn kam, sagte er ihr nichts von seinem vagen Verdacht, dass ihr Vater möglicherweise tot dort liegen könnte. Stattdessen versicherte er ihr, dass ihr Vater sicherlich keinem Gewaltverbrechen zum Opfer gefallen war, weil es ansonsten Anhaltspunkte dafür geben müsste. Damit nährte er die allgemeine Stammtischmeinung, dass aller Wahrscheinlichkeit nach das Unwetter etwas damit zu tun haben musste. Die Frage war nur, was.

Inzwischen war der Platz auf dem Seziertisch wieder frei geworden und Barthel Müllers Mörder hatte sein Opfer darauf gelegt. Er wartete zusammen mit dem Medicus darauf, dass der junge Räuber mit seinen drei Freunden zurückkommen würde. Bevor der Großmeister den Plünderer frei gelassen hatte, war dem jungen Mann unter Androhung schlimmster Bestrafung klargemacht worden, dass es besser für ihn sei, wieder zurückzukommen und seine drei Freunde mitzubringen. Der Großmeister hatte ihm versprochen, dass er ihn überall aufstöbern und einen schmerzhaften, langsamen Tod sterben lassen würde, wenn er nicht tat, was von ihm verlangt wurde. Andererseits – so Endres von der Linde – würde er die vier Burschen für die Überlassung des Amuletts reichlich belohnen. Dass das Amulett von Seyfrid Rotter gestohlen worden war, hatte ihm der Plünderer bereits bestätigt, als ihm der Medicus das Sezierbesteck gezeigt und erklärt hatte. Und weil das »Kleeblatt« genügend Dreck am Stecken hatte, waren die Geheimbündler sicher gewesen, dass das Raubgesindel niemandem etwas von der Existenz des Sezierraumes erzählen würde. »Ein Quäntchen Risiko ist überall dabei!«, hatte der Großmeister zum unsicher dreinschauenden Medicus gesagt, als er den jungen Plünderer mit einem Fußtritt aus dem Gewölbekeller gejagt hatte.

Die Zeit des Wartens erschien beiden endlos. Als eine Stunde später immer noch niemand gekommen war, wurde sogar der Großmeister unruhig, sodass er im Gewölbekeller auf und ab ging.

»Na, endlich!«, schnarrte er schließlich den zuerst eintretenden Burschen an, während er zur Tür ging, um sie hinter dem letzten der Diebesbande zu schließen. Als er feststellte, dass der Vierte im Bunde fehlte, schlug er die Tür mit voller Wucht zu, sperrte sie ab und schrie die drei jungen Räuber an: »Wer von euch ist Seyfrid Rotter?«

Die eingeschüchterten Räuber brachten kein Wort heraus.

Der Großmeister hakte nach: »Verdammt noch mal! Wer von euch ist …«

»Keiner von uns!«, unterbrach derjenige, der vor über einer Stunde auf dem Seziertisch gelegen hatte.

Der Großmeister und der Medicus konnten fragen, sooft sie wollten, die drei wussten nur zu antworten, dass sie gemeinsam für ihren »Hauptmann« die Vorverhandlungen in Bezug auf das Amulett führen sollten, ihn aber erst informieren durften, wenn die »Preisrichtung« klar und zufriedenstellend wäre.

Keiner von ihnen durfte jedoch das muffige Gewölbe verlassen.

»Wir haben nur eine einzige Möglichkeit!«, sagte der Großmeister, der längst gemerkt hatte, dass der Anführer dieser Diebesbande klüger war als die anderen drei zusammen.

»Entlocke diesen Kerlen hier, wo ihr ›Hauptmann‹ zu finden ist!«, empfahl der Medicus seinem Großmeister, was ihm ein Lob einbrachte.

Weil es dem vermeintlichen Leiter des Lindauer Fischkontors trotz massiver Drohungen nicht gelungen war, das Versteck der Bande herauszupressen, flüsterte er dem Medicus zu, einen der Burschen niederzuschlagen. Berger stach stattdessen einem der Räuber direkt ins Herz. »Die müssen ja sowieso alle sterben, oder?«, hatte er nach getaner Arbeit zurückgeflüstert und die Klinge seines Schwertes abgeputzt.

Das hatte die erwünschte Wirkung erzeugt und die verbliebenen beiden einknicken lassen. So erfuhren die Geheimbündler, wo sie Seyfrid Rotter und mit ihm das Amulett finden konnten. »Das hast du gut gemacht!«, lobte der Großmeister, der nun ebenfalls sein »Jiàn« gezogen hatte. »Nun geh und bring mir …«

»Ich weiß«, unterbrach der Medicus fast übermütig, »… das Amulett *und* den Dieb!«

Endres von der Linde nickte zufrieden und gebot seinem Handlanger, vorsichtig zu sein und sein Opfer zu fragen, ob er von diesem Raum hier etwas gehört habe. »Ich glaube zwar nicht, dass er dies – sollte er denn etwas wissen – in der Kürze der Zeit anderen gegenüber geäußert hat! Aber man weiß ja nie! Und nun geh! Mit den beiden hier werde ich allein fertig!«

Kapitel 22

Die direkt über der Schenke liegende Wohnstätte der Müllers war gemütlich eingerichtet und mit verhältnismäßig wertvollen Möbeln ausgestattet. Wolfram Tichtel war sofort aufgefallen, dass Barthel Müller bei der Einrichtung kaum gespart hatte. Nicht schlecht, dachte er sich, als er sich in dem großen Raum umsah. Auf der Eichenholzplatte des großen Tisches mit den meisterlich geschnitzten Beinen stand eine Vase mit bunten Wiesenblumen, daneben ein Kerzenhalter aus Zinn, in dem eine halb heruntergebrannte Kerze steckte. Unter einem anderen Kerzenhalter auf einem Kästchen an der Wand lag ein gehäkeltes Deckchen. Man merkt, dass hier zwei Frauen wohnen, schmunzelte Wolfram im Stillen.

Schon beim Betreten der Wohnung war der Gast auf die große Kochstelle aufmerksam geworden. Weil er wusste, dass es so etwas nur in herrschaftlichen Gebäuden, allenfalls noch bei gut betuchten Kaufleuten gab, wunderte er sich ebenso darüber wie über den bunten Wandteppich, der im sogenannten »Sitzzimmer« hing. Das dürfte es wohl ebenfalls nur in Adelshäusern geben, dachte er sich, während er erstaunt darüber war, dass es hier für alles ein separates Zimmer gab. Sogar die Notdurft konnte in einem eigens dafür gedachten Raum verrichtet werden. Die Hinterlassenschaften der Müllers mussten nicht aus dem Fenster geschüttet werden, sondern landeten durch ein Loch im Außenerker direkt auf dem Abfallhaufen der Schenke. So konnte der Hof sauber bleiben.

Der selbst aus recht gutem Hause kommende junge Mann hatte bisher nur Wohnstätten betreten, in denen der Esstisch dort stand, wo sich das gesamte Leben der Bewohner abspielte, in der Küche. Einen separaten Speiseraum, in dem es einen wunderschönen geschlossenen Ofen aus roten Steinen gab, hatte er noch nie gesehen. »Das ist die Rückseite unseres Küchenofens!«, hatte Elsebeth ihren Freund aufgeklärt, weil sie Wolframs Verwunderung bemerkt hatte. »Im Winter ist es hier gemütlich warm!«

Und erst die vielen schönen Dekorationen! Wolfram kam aus dem Staunen nicht mehr heraus.

Was unter normalen Umständen nicht denkbar war, hatte Barthel Müllers Verschwinden möglich gemacht. Mechthild Müller schenkte Wolfram einen Kräutersud ein, während der etwas verunsicherte junge Mann mit Elsebeth am Tisch saß, unter dem sich heimlich ihre Füße berührten. Es war der Tisch im »Sitzzimmer«, den Wolfram kurz zuvor noch bewundert hatte. Nun steckte er selbst seine Füße darunter. Obwohl er aufgeregt war, fühlte er sich wohl.

»Ich weiß, dass es sich nicht geziemt, einen Freier nach Hause einzuladen, der unserer Tochter noch keinen Antrag gemacht hat«, eröffnete die Mutter zum Erstaunen der beiden jungen Leute das Gespräch. Aber noch bevor Wolfram von sich weisen konnte, ein Freier zu sein, weil er Elsebeth doch gerade erst kennengelernt hatte, fuhr die Mutter fort: »Es ist gut, dass du hier bist! Mein verschwundener Mann würde dies wollen. Er hat mir mehrmals gesagt, dass du einen guten Schwiegersohn abgeben würdest. Und dass du uns nun in der Stunde der Not beistehst und unsere geliebte Tochter tröstest, würde ihm sowieso gefallen.«

Als sie dies hörten, erröteten die beiden jungen Leute. Denn Elsebeth und Wolfram hatten zwar gemerkt, dass sie gegenseitige Gefühle entwickelt hatten, waren aber noch nicht so richtig vertraut miteinander – sie kannten sich ja kaum. Das unbeschreibliche Gefühl von Liebe konnte insbesondere junge Menschen schlagartig treffen wie ein Blitz, aber Vertrautheit oder gar Vertrauen? Das musste langsam wachsen. Und *so weit* waren die beiden noch lange nicht.

Während Elsebeth in ihrer Unsicherheit albern kicherte, wusste Wolfram nicht, wohin er schauen sollte. Aber die Mutter ließ ihnen keine Zeit für Gefühlsirritationen. Stattdessen bedankte sie sich bei Wolfram dafür, dass er – nachdem sie schweigsam den Kräutersud getrunken hatten – zusammen mit ihr und Elsebeth die Stadt und deren Umgebung nach Barthel absuchen würde. »Wir haben schon alles nach meinem Mann durchforstet, aber …«, klagte die Mutter und begann zu weinen.

»Irgendwo muss er sein!«, tröstete Elsebeth ihre Mutter mit Tränen in den Augen.

Obwohl Wolfram wusste, dass dies angesichts ihrer Mutter zu weit ging, nahm er sie sanft in den Arm und küsste sie auf die Stirn. »Wir werden alles daran setzen, ihn zu finden!«

»Ja! Die Frage ist nur, lebend oder …«, sie musste schlucken, »tot!«

Weil sich Mechthild Müllers Ton anklagend angehört hatte, erklärte Wolfram, dass er mitbekommen habe, wie der Bürgermeister mindestens zwanzig Männer dazu eingeteilt hatte, so lange nach dem »Schwanenwirt« zu suchen, bis sie ihn gefunden haben würden. »… und für das Unwetter kann schließlich niemand etwas!«

Nachdem ihm dies herausgerutscht war, hatte Wolfram das Gefühl, das ganze Wohlwollen, das im Frau Müller bisher entgegengebracht hatte, mit einem Satz verspielt zu haben.

Wie vom Großmeister befohlen, hatte sich der Medicus unverzüglich auf den Weg zu Seyfrid Rotter gemacht. Weil die Spießgesellen des »Hauptmannes« ihren gemeinsamen Unterschlupf verraten hatten, war Wolff Berger bald fündig geworden. Die »Räuberhöhle« lag gut getarnt in einem kleinen Wäldchen nördlich der Stadt. Ein ideales Versteck für Strauchdiebe, die sich am helllichten Tag nirgends blicken lassen wollen, dachte er sich, während er die Umgebung absuchte. Dann zog er sein »Jiàn« und schlich in geduckter Haltung im großen Bogen auf den Höhleneingang zu. Dass er beobachtet wurde, merkte er nicht. Er stand jetzt seitlich vor dem Höhleneingang und streckte seinen Kopf vorsichtig nach vorne. Immer wieder lauschte er ins dunkle Nichts der

Höhle hinein. Außer dem aufgeregten Krächzen eines Rabenvogels hörte er nicht das geringste Geräusch.

Dass der erst sechzehnjährige »Räuberhauptmann« schon in diesem Alter derart durchtrieben und findig war, ein Tier dieser Gattung zu fangen, damit es vor unerwünschten Besuchern warnte, konnte der Medicus nicht wissen. Der Verschwörer drang in die Höhle ein. Es roch zwar nach Rauch, war aber stockdunkel. Um sich seinen Rückzugsweg zu merken, drehte er sich immer wieder kurz um – so lange, bis er den Höhleneingang nur noch als kleinen weißen Punkt wahrnahm. Als der Lichtpunkt ganz verschwunden war, hatte er keine Sichtverbindung mehr zur Außenwelt. Er hielt sein Schwert mit beiden Händen umklammert und schwang es in großem Kreis vor sich hin und her.

Obwohl Rotter nicht da zu sein schien, setzte Berger leise weiter einen Fuß vor den anderen. Um die Höhle zu inspizieren, würde er Licht benötigen. Deswegen blieb er stehen. Er musste nach seinem Feuereisen und dem Zündstein in einem der Lederbeutel kramen, die an seinem Gürtel hingen. Um das Strohbündelchen entzünden zu können, das er stets mit sich führte, musste er beide Hände frei bekommen. Er klemmte das Schwert zwischen seine Beine.

Unvermittelt spürte er einen Schlag auf den Hinterkopf, der zwar schmerzhaft war, ihn aber nicht umwarf. Ihm war sofort klar, dass es sich nur um den jungen Räuberhauptmann handeln konnte, der ihn am Kopf getroffen hatte. Dem Medicus blieb nichts anderes übrig, als sein Feuerbesteck fallen zu lassen und mit seinem »Jiàn« wie wild um sich zu schlagen.

Weil Rotter kurz zuvor noch in der Höhle gewesen war, bis der Rabenvogel zu krächzen begonnen hatte, gewöhnten sich dessen Augen nach seiner Rückkehr schnell wieder an die Dunkelheit. So konnte der Medicus um sich hauen, wie er mochte; außer ein paar Gegenstände traf sein Schwert nur ins Leere. Rotter lockte den Eindringling so weit zum Höhleneingang zurück, bis er das eindringende Licht sehen konnte. Nachdem ihm das gelungen war, brauchte er aus einem gewissen Sicherheitsabstand heraus nur auf die Gelegenheit warten, bis sein heftig schnaufender Angreifer so stand, dass er dessen Silhouette im eindringenden Tageslicht erkennen konnte. Ein weiterer Schlag beendete den einseitigen Kampf, noch bevor er richtig begonnen hatte. Unter dem beifälligen Krächzen des schwarzen Vogels ging der Medicus zu Boden.

Nachdem Seyfrid Rotter den besinnungslosen Medicus in die Helle des Tages gezogen hatte, erkannte er in ihm *den* Mann wieder, der in der Plünderungsnacht seinen Spießgesellen verschleppt hatte – er selbst war der Schatten gewesen, den die Verschwörer gesehen hatten.

»Was mache ich jetzt mit dir?«, sinnierte Rotter laut, obwohl ihn außer dem Rabenvogel niemand hören konnte. Er überlegte so lange hin und her, bis er klar vor Augen hatte, dass seine drei Freunde irgendwo im Kloster gefangen sein mussten und er wegen des eigenartigen Amuletts, das er von einem Fensterbrett gestohlen hatte, ebenfalls dorthin gelockt werden sollte. Dieses bedeutungslose Amulett ist also doch mehr wert, als ich dachte, sinnierte er, während er es interessiert betrachtete.

Leider hatte sein Kumpan, der bereits auf dem Seziertisch gelegen hatte und seinen »Hauptmann« mitsamt dem Amulett hatte holen sollen, den Eingang zu diesem offensichtlich geheimen Raum nur vage beschrieben. Aber es würde sowieso nichts nützen, sich dorthin zu wagen. Wer weiß, wie viele Männer und was sonst noch dort auf mich warten, dachte er sich und beschloss, auf schnellstem Weg abzuhauen. Er musste Isne *sofort* verlassen und in einer anderen Stadt sein

Glück suchen. Weil er sowieso schon lange bemerkt hatte, dass ihm hier der Boden zu heiß zu werden drohte, fiel ihm die Entscheidung nicht schwer. Trotz aller gebotenen Eile wollte der kluge Bursche nichts überstürzen und seine Flucht in der gegebenen Kürze der Zeit planen. Als Erstes nahm er das zwar ungewöhnliche, dennoch aber wunderschöne Schwert mitsamt der Scheide und den wertvoll aussehenden Dolch des besinnungslos vor ihm liegenden Mannes an sich. Dann durchsuchte er ihn nach allem, was von Wert sein könnte.

Der ansonsten eiskalte Großmeister war zunehmend unruhig geworden. Weil der Medicus mit Einbruch der Dunkelheit immer noch nicht zurück war, tat er, was er früher oder später sowieso getan hätte: Er brachte die beiden wehrlosen Burschen um, die gefesselt in einer Ecke kauerten und vor Todesangst zitterten, während einer ihrer Freunde bereits tot neben ihnen lag. »Das habt ihr eurem ›Hauptmann‹ zu verdanken! Hätte er mir mein Amulett zurückgebracht, hätte ich euch vielleicht verschont!«, hatte der Großmeister gelogen, bevor sein Schwert langsam aus der Scheide gerutscht war.

Der Großmeister konnte zwar nicht zufrieden sein, hoffte aber dennoch auf einen guten Ausgang der leidigen Sache mit dem gestohlenen Amulett – alles andere würde sich schon irgendwie regeln lassen. Die Tatsache, dass er sein Amulett nicht zurückerlangt hatte, ärgerte ihn – insbesondere, weil es Leichen zuhauf gab und zudem die passende Räumlichkeit mitsamt dem benötigten »Werkzeug«. Bessere Voraussetzungen für wissenschaftliche Leichenöffnungen konnte es nicht geben. Nun war auch noch sein Bundesbruder verschwunden. Dass sich der Medicus nicht zurückgemeldet hatte, erzürnte ihn ebenfalls maßlos. Wahrscheinlich traut er sich nicht, weil er das Amulett nicht in seine Finger bekommen hat, oder er hat es und führt nun etwas gegen mich im Schilde, reimte sich der Großmeister fahrig zusammen, während er unzufrieden den Sezierraum abschloss und sich auf den Weg zu seiner Herberge machte, wo er sich waschen und ein neues Wams überstreifen wollte. In der Schenke würde er dann auf seinen Mitstreiter warten. Bei dieser Gelegenheit konnte er Wolfram mitteilen, dass »Material« für vier Sektionen zur Verfügung stand. Dabei war dem Großmeister klar, dass der junge Mann sein Studium niemals würde aufnehmen können, weil er ihn töten musste. Vielleicht gelangen ihm bis dahin doch noch einige Erkenntnisse über den Körper, die der Großmeister für seinen Geheimbund sammeln konnte.

Aber wo waren Wolfram Tichtel und Wolff Berger abgeblieben? Obwohl Endres von der Linde bereits das vierte Bier und den vierten Branntwein vor sich stehen hatte, saß er immer noch allein an dem kleinen Tischchen im hintersten Winkel der Schankstube, wo die drei immer gesessen hatten, wenn sie in den »Schwanen« gekommen waren. Dass der Jüngling an diesem Abend sein erstes Liebeserlebnis mit der Wirtstochter hatte, konnte der Großmeister nicht wissen. Und weshalb der Medicus nicht erschien, würde er frühestens morgen erfahren können. Es reichte ihm! Nachdem er noch ein Bier und einen Branntwein getrunken hatte, warf er das Zechgeld auf den Tisch und zog sich missgestimmt in seine Schlafkammer zurück.

Am Mittag des nächsten Tages verbreitete es sich in Isne wie ein Lauffeuer, dass die Suchmannschaft beim Stochern auf dem Grund des Sauweihers eine Leiche gefunden hatte.

»Kommt herunter!«, schrie Seppi, ein zwar liebenswerter, aber etwas einfältiger Färberknecht, zur Wohnung der Müllers. Weil niemand öffnete, rüttelte er so fest am Türschloss, dass Mechthild herunterrief, er solle still sein.

»A… a… a… aber … d… d… die ha… ha… haben den Ba… Ba… Barthel gefunden!«

»Was? Wo?« Bevor Seppi überhaupt zu einer Antwort ansetzen konnte, rief Mechthild ihre Tochter, mit der sie gleich darauf aus dem Haus eilte, in die Richtung, in die Seppi mit dem Arm wies.

Schon von Weitem sahen sie eine Menschentraube, die zwei Männer auf einem kleinen Boot dabei beobachtete, wie sie sich damit abmühten, jemanden aus dem See zu ziehen. Weil die Nussschale bei jeder ihrer Bewegungen so wackelte, dass sie zu kentern drohte, mochte es mit der Bergung nicht so recht klappen. Dennoch war den beiden heftig schnaufenden Frauen klar, dass es sich bei dem Toten nur um ihren geliebten Mann und Vater handeln konnte. Aus Angst davor, dass ihre Vermutung bestätigt wurde, blieben sie stehen, um sich schluchzend zu umarmen.

»Komm!«, sagte die Mutter zu Elsebeth und zeigte in Richtung des Gewässers. »Da vorne ist der Bürgermeister! Lass uns zu ihm gehen! Sicher hat er schon Neuigkeiten.«

Dort angekommen, bekamen beide mit, wie der allseits unbeliebte Ratsherr Johann Klöppel dem Bürgermeister heftige Vorhaltungen machte. Benedict Eberz winkte entschieden ab und machte dem durchtriebenen Viehhändler klar, dass niemand – auch er selbst nicht – etwas dafür konnte, dass der »Schwanenwirt« während des Unwetters im Gewässer ertrunken war. »Herrgott noch mal: *Ich* mache doch das Wetter nicht! *Dafür* bin ich nun wirklich nicht verantwortlich!«

Nun war es also gewiss: Der Bürgermeister hatte *das* ausgesprochen, was Mutter und Tochter seit Tagen fürchteten, aber nicht wahrhaben mochten: Der liebenswerte Wirt war tot! Während des Sturms ertrunken!

»Was für ein unwürdiges Ende«, kam es Mechthild leise über die Lippen, während sie sich bekreuzigte und haltlos zu heulen begann.

Dass Benedict Eberz seinem verhassten Ratsmitglied vorwarf, nur darauf aus zu sein, selbst Bürgermeister zu werden, und er angesichts des Unglücks vor ihm keine Lust habe, sich mit ihm zu streiten, weil er jetzt zu Mechthild und Elsebeth müsse, hörten die Frauen wie durch einen Schleier.

»Es tut mir leid!«, sagte Benedict kurz darauf mit belegter Stimme zu den beiden, bevor er sie an sich drückte. Seine Frau Klara und er waren schon seit ihrer Vermählung eng mit Mechthild und Barthel befreundet. Und ihr Sohn Kuntz hatte früher mit Elsebeth gespielt. Als sich Mechthild von Benedict löste, um zum Weiherufer zu gehen, hielt er sie zurück. »Tu dir das bitte nicht an«, empfahl er ihr, während Wolfram auf sie zugerannt kam und Elsebeth in die Arme nahm, wo es nun erst richtig aus ihr herausbrach.

Benedict konnte seine Freundin beim besten Willen nicht aufhalten. Also ging er mit Mechthild zum Ufer des Weihers, in dem die hiesigen Bürger ansonsten Schweine und Pferde wuschen.

Wolfram legte seiner Geliebten einen Arm um die Schulter und sie folgten der Mutter.

Regungslos standen sie am Ufer und starrten auf das kleine Gewässer hinaus, wo der schlaffe Leichnam endlich ins Boot gezogen werden konnte.

»Heiliger Sankt Lazarus!«, entfuhr es einem der Helfer, der sich sogleich bekreuzigte, was auch der andere tat, nachdem er das Gesicht des Toten gesehen hatte.

»Was sollen wir tun?«, mochte er leise vom anderen wissen.

»Nichts sagen! Wir bringen ihn an Land!«

Für die am Ufer wartenden Menschen waren es schrecklich lange Momente, die einige von ihnen zu verkürzen suchten, indem sie das Paternoster herunterleierten. Weil die Warterei unerträglich wurde, stimmten immer mehr Menschen in das Gebet ein. Als ein paar Mönche des Klosters dazukamen, gab es außer Mechthild und Elsebeth niemanden mehr, der nicht betete. Sie standen einfach nur da und weinten. Sie brachten es nicht einmal fertig, ihre Köpfe zu heben und den beiden Männern zuzusehen, wie sie ihren über alles geliebten Mann und Vater an Land ruderten.

Wolfram hingegen widmete dem Tun der beiden seine ganze Aufmerksamkeit. Als der Leichnam vom Boot gehoben und an Land gebracht wurde, stutzte er. Die Gewandung kenne ich doch, schoss es ihm durch den Kopf. Er löste sich sanft von Elsebeth und ging langsam auf den nunmehr auf dem Boden liegenden Leichnam zu. Als er deutlich erkannte, wer da vor ihm lag, nahm sein Gesicht die Farbe des Toten an. Er begann, am ganzen Körper zu zittern.

»Aber … das ist doch mein Mentor!«, flüsterte er, weil er nicht glauben konnte, dass anstatt des »Schwanenwirtes« der Medicus vor ihm lag. Er wusste nicht, ob er sich freuen durfte oder weiter trauern sollte. Die Gedanken schwirrten ihm wie wild durch den Kopf. Als wenn er es nur durch eine Berührung fassen könnte, kniete er sich neben den Toten und legte ihm die flache Hand auf die Stirn. Das Gemurmel der Menschen, die sich nach und nach um ihn und den Toten drängten, nahm er nicht wahr. Tatsächlich, es ist der Medicus, bestätigte er sich selbst und drehte seinen Kopf in Richtung der beiden Frauen, die er aber wegen der Menschenansammlung vor ihm nicht sehen konnte. Er stand auf und rief, so laut er konnte: »Elsebeth, es ist nicht dein Vater!«

Während er regungslos dastand, öffnete sich die Menschentraube langsam zu einer Gasse, an deren Ende die beiden Frauen und der Bürgermeister standen. »Hast du gehört, Mechthild? Der Tote ist nicht dein Mann!«

Die Frau schaute den Bürgermeister ungläubig an, begann wieder zu weinen und drückte ihre Tochter an sich.

»Kommt!«, sagte Benedict leise und zog die Frauen mit.

Weil der Großmeister von seinem gestrigen »Tagewerk« erschöpft gewesen war und danach zu tief in Krug und Becher geschaut hatte, war er angetrunken und hundemüde in seine Kammer geschlurft, um sich ausnahmsweise einmal richtig auszuschlafen. Dabei war ihm klar gewesen, dass er über Nacht einen klaren Kopf bekommen musste, um anderntags darüber nachzudenken, wie es weitergehen sollte. Also hatte er länger geschlafen als gewöhnlich. Er hatte nicht einmal Seppis Geschrei gehört und auch nichts von alledem mitbekommen, was am Sauweiher passiert war. Erst nachdem er von Wolfram geweckt worden war und der ihm noch in der Schlafkammer berichtet hatte, was geschehen war, hatte es den Großmeister von seinem Lager gerissen.

»So ein verdammter Schweinemist!«, hatte er geschrien und dabei seinen schmerzenden Kopf gehalten. Trotz seiner schlechten Verfassung war ihm sofort klar geworden, was geschehen sein musste … und dass seine Tarnung endgültig aufzufliegen drohte. Die Zornesröte war ihm so stark ins Gesicht geschossen, dass Wolfram Angst bekommen hatte.

Das interessierte den angeschlagenen Großmeister nicht. Anstatt sich zu besinnen, was er in diesem Moment alles von sich gab, schimpfte er weiter: »Das Amulett immer noch nicht zurück! – *Mist!* Keine einzige Leichensektion! – *Mist!* Ein Medizinscholar, mit dem wir nichts mehr anfangen können! – *Mist!* Die beiden Schlüssel nach wie vor verloren! – *Mist!* Und nun auch noch ein ermordetes Mitglied meines Geheimbundes! – *Mist! Mist! Mist! Mist!*«

»Weshalb könnt Ihr nichts mehr mit mir anfangen?«, mochte der Bursche wissen, obwohl er es im Grunde genommen wusste. Allein diese Frage deutete dem Großmeister an, dass er sich nun schnellstens um Tichtels Beseitigung würde kümmern müssen. Wenn die anderen dreiundvierzig Mitglieder des »Gladius Dei« von den Geschehnissen in Isne erfahren würden, wäre sein Ansehen auf einen Schlag gänzlich zerstört.

Der Großmeister gebot Wolfram zuzuhören. Obwohl der kluge Bursche nun keinen Sinn mehr darin sah, sich dem undurchsichtigen Mann unterzuordnen, stimmte er zu, mit ihm zusammen Rotters Versteck zu suchen.

Wie zuvor schon der Medicus, hatten Stunden später auch sie die Höhle des ehemaligen »Kleeblattes« gefunden, von dem nur noch ein einziges »Blatt« übrig geblieben war. Dabei hatten sie sich leichter getan als der Medicus tags zuvor. Denn die Schleifspuren, die Bergers schlaffer Körper auf dem Weg zum Sauweiher hinterlassen hatten, waren nicht zu übersehen gewesen. Allerdings hatte das Finden des Unterschlupfes keinen Anlass zum Jubel gegeben – denn er war leer, fast gänzlich ausgeräumt. Und der Gesuchte war natürlich weg. Alle Zeichen sprachen dafür, dass sich Seyfrid Rotter nach dem Mord an Wolff Berger aus dem Staub gemacht hatte. Als zu allem hin auch noch die leise Hoffnung des Großmeisters starb, wenigstens Bergers »Jiàn« in der Höhle zu finden, lief das Fass über – er schäumte vor Zorn und tobte herum wie ein Berserker, warf mit den wenigen wertlosen Dingen um sich, die Rotter hiergelassen hatte, und fluchte, was das Zeug hielt.

Ohne dass Wolfram es bemerkte, zog der Großmeister *sein* »Jiàn«. Mit einem markerschütternden Schrei trennte er Wolframs Kopf vom Körper. »Tut mir leid! Das musste sein«, sagte er in einem menschenverachtenden Ton, hielt sein Schwert mit ausgestrecktem Arm nach oben und schrie so laut, wie er es vermochte: »Seyfrid Rotter! Ich kriege dich! Und dann gnade dir Gott! Auch wenn ich dir um die ganze Welt folgen muss, wird das ›Magische Amulett‹ wieder in meinen Besitz gelangen!«

Am Abend saß der Großmeister allein an seinem Platz in der Ecke der Schenke.

Als Elsebeth an den Tisch kam, um seine Bestellung aufzunehmen, nutzte sie die Gelegenheit, um sich nach Wolfram zu erkundigen. Nachdem klar geworden war, dass der Tote nicht ihr Vater gewesen war, hatte sie sich hoffnungsvoll darauf gefreut, mit ihrem Geliebten zusammen sein zu können. Weil er sich danach aber nicht mehr hatte blicken lassen, hatte sie damit gerechnet, ihn abends in der Schenke anzutreffen.

»Es tut mir leid! Aber mein Schüler musste unverhofft nach Wien abreisen, weil er dort früher als erwartet sein Studium aufnehmen kann! Er ist heute schon vorabgeritten!« Ohne auf die Gefühlsregung des Mädchens einzugehen, fuhr er mit seiner ungeheuerlichen und schmerzenden Erklärung fort: »Und weil ich ihm folgen muss, bitte ich dich, deiner Mutter zu sagen, dass ich Isne morgen früh ebenfalls verlassen werde, weswegen sie mir mitteilen soll, was ich noch zu bezahlen habe!«

Als Elsebeth gleichsam enttäuscht wie ungläubig zu schluchzen begann, tröstete sie der Großmeister, indem er ihr versicherte, dass Wolfram »bald« wieder zurückkommen werde. »Ein Semester dauert nur die Hälfte eines Jahres! Dann könnt ihr euch wiedersehen! Bringst du mir nun ein Bier?«

Weil dem Großmeister klar war, dass man die Höhle und somit auch den enthaupteten Jüngling früher oder später finden würde, war Eile geboten, sich davonzumachen. Weil ihm kein Handlanger mehr zur Verfügung stand, musste er den Leichnam selbst verscharren. Aber dazu hatte er weder Lust, noch wollte er sich schmutzig machen.

Er würde Isne zwar verlassen, aber nicht gleich in seine Ravensburger Heimat zurückreisen. Stattdessen trieben ihn seine Wut auf Seyfrid Rotter und die Angst um das eigene Leben dazu, sich an die Fersen des dreisten Diebes zu heften. Solange er nur schlechte Nachrichten für die verbliebenen dreiundvierzig Mitglieder seines Geheimbundes hatte, brauchte er keine Zusammenkunft einberufen. Dies konnte er frühestens dann tun, wenn er einen würdigen Nachfolger für den Medicus gefunden hatte, den er unbemerkt an dessen Stelle einsetzen konnte. Wegen ihres Schweigegelübdes untereinander würde kein Mitglied seines Zirkels merken, dass unter der Kapuzengewandung ein anderer steckte. Aber ohne das Amulett brauchte er sich sowieso nicht blicken zu lassen. Er würde zweifellos abgesetzt werden. Und was »abgesetzt werden« laut Codex des »Gladius Dei« bedeutete, wusste er nur allzu gut. Aber ausgerechnet er – der keinerlei Respekt vor dem Leben anderer hatte – wollte unbedingt sein eigenes behalten.

Tags darauf wurde der Sezierraum – wie bereits vor vierundachtzig Jahren – in aller Eile verlassen. Das vom hoffnungsvollen Medizinscholaren Wolfram Tichtel sorgsam geputzte und bereitgelegte Besteck musste weiterhin auf seinen ersten Einsatz warten. Es würde weiter ungestört vor sich hin rosten. Und während die Büsche vor dem Eingang dicker und dichter wurden und die Bäume davor weiter wuchsen, würde der Kreuzgewölbekeller eines unbekannten Teils des Isner Klosters wieder den süßen Geruch von Leichen aufnehmen. Der Unterschied zu den vergangenen acht Jahrzehnten würde lediglich darin bestehen, dass es dieses Mal anstatt zwei vier Leichen waren, die zurückgelassen wurden. Hauptsache, das geheime Gewölbe würde auch weiterhin von niemandem entdeckt werden.

Aber diese vier Leichen sollten dem Großmeister noch nicht genügen; denn um dem Codex wenigstens in einem Punkt gerecht zu werden, mussten *sieben* Menschen sterben. Also hatte er noch zwei weitere umbringen müssen. Und weil es vor Ort niemanden mehr gegeben hatte, der etwas mit dem Diebstahl des Amuletts zu tun gehabt hatte, war ihm gerade recht gekommen, dass ihm beim nächtlichen Rückweg vom Sezierraum in einer dunklen Gasse der »Speckbruder« Wentzel Bleyle über den Weg gelaufen war. Nach dieser Begegnung sollte der Bettler mit einer auf die Stirn geritzten römischen Sieben aufgefunden werden. Die letzte Sieben würde er sich für Seyfrid Rotter aufsparen. »Ich kriege dich!«, murmelte er mit geballter Faust immer wieder in sich hinein, während er aus der Stadt ritt.

Wenngleich Elsebeth anfangs noch voller Zuversicht gewesen war, hatte sie ein Jahr später die Hoffnung auf ein Glück mit Wolfram aufgegeben. Nachdem sie ein Semester lang in liebender Treue auf ihn gewartet hatte und ihr Geliebter auch nach Ende des zweiten Semesters nicht zurückgekehrt war, hatte sie beschlossen, der Männerwelt endgültig den Rücken zuzukehren und eine alte Jungfer zu werden, die nur ein einziges Mal den Nektar der Liebe gekostet hatte. Sie durfte nicht daran denken, wie nah sie dran gewesen war, ihre Jungfräulichkeit zu verlieren. Wäre das Verschwinden ihres Vaters damals nicht so frisch und Wolfram nicht so verständnisvoll gewesen …

Wenn es ihr in einer der vielen schlaflosen Nächte wieder in den Sinn kam, sich an Wolframs zärtliche Berührungen zu erinnern, ertappte sie sich dabei, wie ihre Hand von ihrem Busen langsam nach unten strich. Dabei spürte sie, dass ihre Hände immer rauer geworden waren. Denn seit Vaters Verschwinden musste sie ihrer Mutter tagtäglich in der Schenke helfen.

Trotz allem hoffte Mechthild Müller auch noch ein weiteres Jahr auf das Wunder, ihren geliebten Barthel wieder in die Arme schließen zu dürfen. Sie dachte nicht daran, die gut gehende Schenke aufzugeben. Die Arbeit war zwar hart, lenkte sie aber von ihren trüben Gedanken ab. Und die Fürsprache bei den gelegentlichen Besuchen von Bürgermeister Benedict Eberz gaben ihr stets Kraft und Zuversicht.

Die Zunftverfassung

Anno Domini 1381

Die magische Zahl VIII

Kapitel 23

Das Versteck des räuberischen »Kleeblattes« musste wirklich gut gewesen sein. Weil ein Regen die von Rotter hinterlassenen Schleifspuren schon tags darauf verwischt hatte, war niemand darauf aufmerksam geworden. Dass die Höhle sechzehn Jahre später immer noch von niemandem entdeckt worden war, konnte daher nicht verwunderlich sein. So hatte in Isne über eineinhalb Jahrzehnte hinweg alles seinen normalen Verlauf genommen. Aufregung hatte es nur einmal gegeben, als der Hund des Knopfmachers den skelettierten Unterkiefer eines menschlichen Schädels angeschleppt und ausgerechnet am Markttag seinem Herrchen vor die Füße gelegt hatte. Aber dies war auch schon wieder ein paar Jahre her. Inzwischen war der Höhleneingang von Strauchwerk völlig zugewachsen.

Seit dem Aufstieg zur Freien Reichsstadt war mit dem hohen Selbstbewusstsein der Isner Bürger deren Einfluss weitergewachsen. Insbesondere konnten die Handwerker ihren Stellenwert gewaltig erhöhen und sich dem Nimbus der Kaufleute annähern. Gleichgestellt waren sie deshalb aber noch lange nicht. Dafür war es ihnen gelungen, über die Jahre hinweg in Lindau und bei Otto Truchsess von Waldburg einen solchen Druck auszuüben, dass sie nach Lindauer, Ravensburger und Wangener Vorbild auch in Isne eine eigene Zunftverfassung bekommen würden. Diese Bündelung von Regeln, wie es sie für Handwerksmeister, deren Gesellen und Lehrlinge in anderen Städten der deutschen Lande bereits gab, war in Isne längst überfällig.

Trotz einiger hinterhältiger Attacken des Ratsherrn Johann Klöppel und sogar einer haltlosen Denunzierung im Stadtrecht gebenden Lindau war Bürgermeister Eberz über all die Jahre hinweg im Amt geblieben. Aber dies sollte sich nun ändern; denn Isnes Bürger – allen voran die Kaufleute – hatten sich das Recht der Mitwirkung und Mitberatung im Stadtregiment erkämpft. Obwohl Benedict Eberz die Sache aktiv unterstützt hatte und letztlich sogar maßgeblich dafür verantwortlich war, dass es nun endlich klappen würde, sollte ausgerechnet er es sein, der Federn lassen musste. Denn gleichzeitig mit der Einführung einer Zunftverfassung und der damit verbundenen Einsetzung eines Zunftmeisters sollte der Bürgermeister von Isne erstmals frei gewählt werden.

Es war der 21. Juni 1381. Wie in all den Jahren zuvor, hatte die Bevölkerung von Isne für schönes Wetter gebetet und war einmal mehr erhört worden. Wenn das Wetter in den vergangenen Tagen auch durchwachsen gewesen war, so hatte es rechtzeitig zur Sommersonnenwende umgeschlagen. Der sonnendurchflutete Tag hatte traditionsgemäß damit begonnen, dass sich die Leute in der Bergtorstraße versammelt hatten, die exakt auf der Linie des Lichteinfalls zur Sonnenaufgangsstunde lag. Dieses außergewöhnliche Lichtspektakel hatte sich niemand entgehen lassen wollen.

Und weil die Isner weithin als ein feierfreudiges Völkchen galten, hatte es sich Bürgermeister Benedict Eberz auch in diesem Jahr nicht nehmen lassen, auf einem Teil der Wiese vor dem Espantor Tische und Bänke für einen geselligen »Hock«

aufzustellen. Durch dieses Tor kam man direkt zu *dem* Platz, der als Allmendplatz der Allgemeinheit für ihr Kleinvieh zur Verfügung stand. Dort wurden auch Übungen der wehr- und verteidigungsfähigen Burschen und Männer abgehalten, wenn der Platz nicht gerade für Spiele und Feiern benötigt wurde, was an diesem Tag der Fall war.

Weil der Bürgermeister wusste, dass seine über zwanzig Jahre währende Amtszeit in Kürze zu Ende gehen würde, hatte er sich für die diesjährige Sommersonnenwendfeier etwas ganz Besonderes einfallen lassen, das er nicht mit der ersten freien Wahl eines neuen Bürgermeisters in seiner geliebten Heimatstadt verknüpfen wollte. Denn an diesem Festwochenende mochte *er* noch der unangetastete Bürgermeister von Isne sein und sich nicht über die Rangeleien um den bald vakanten Posten ärgern müssen. Es hatte sich schon abgezeichnet, dass es gleich zwei Interessenten für dieses verantwortungsvolle Amt geben würde, die sich an den Stammtischen, in den Geschäften und auf den Straßen jetzt schon gegenseitig als unfähig darstellten. Insbesondere Johann Klöppel, der durchtriebene und ständig maulende Ratsherr, verhielt sich wie ein Viehhändler. Er wollte sich diese einmalige Gelegenheit nicht entgehen lassen, endlich Bürgermeister von Isne zu werden. Und dabei schienen ihm alle Mittel recht zu sein.

Zur Wintersonnenwende sollte Bürgermeister sein, wer wollte, Benedict Eberz war es ziemlich gleich. Die Hauptsache war, das neue Stadtoberhaupt würde das Wohl seiner Bürgerinnen und Bürger stets so im Auge behalten, wie er es immer getan hatte. Jetzt aber sollte erst einmal ein dreitägiges Freudenfest gefeiert werden, das mit der Sonnwendfeier beginnen würde. Tags darauf hatte er den »Tag des Handwerks« ausgerufen, an dem die Zünfte die Einführung ihrer Zunftverfassung feiern und ihre Gewerke der Öffentlichkeit vorstellen konnten. Zum krönenden Abschluss hatte Bürgermeister Eberz unabhängig vom üblichen Unterhaltungsangebot ein zwar nicht besonders großes, dennoch aber recht respektables Ritterturnier organisiert, zu dem acht Plattenreiter ihre Zusagen gegeben hatten. Unter ihnen befand sich neben dem helfensteinischen Ministerialen Cuno von Leimberg auch der bei Turnieren gefürchtete Reichsritter Ulrich von Schellenberg. Ebenso konnten Conrad von Laubenberg zu Altlaubenberg, der turniererfahrene Herr von Entringen sowie die Ritter Hugo von Ehingen und Anselm von Hailfingen für dieses kleine und deswegen nicht besonders ehrenträchtige Turnier gewonnen werden. Weil es sieben Kämpfer gewesen wären, hätte sich ausgerechnet derjenige, um dessen willen das Turnier überhaupt stattfand, nicht daran beteiligen können. Also hatte Otto Truchsess von Waldburg einen weiteren Turnierreiter benötigt, um selbst mitmischen zu können.

Mit Ritter Friedrich von Freyberg-Eisenberg zu Hohenfreyberg hatte er nicht nur die Turnierfähigkeit festgemacht, sondern auch noch einen der hochgeachtetsten Männer weit und breit nach Isne gebracht. Dass dies hatte gelingen können, war mehr als ein Wunder gewesen. Denn der als schwierig und ganz besonders hochnäsig bekannte Adelige hatte von diesem Turnier gehört und sich ohne Aufforderung und aus eigenem Willen heraus bei Otto von Waldburg zum Turnier gemeldet. Dies war umso bemerkenswerter, weil er normalerweise nur an den ganz großen Turnieren teilnahm, für die er sogar bis in das Frankenland oder in die italienischen Lande zu reisen pflegte. Generell war es schwierig, Ritter für ein Turnier zu finden, denn es gab immer weniger adelige Recken. Man munkelte sogar, dass das Rittertum ganz aussterben würde. Aber davon war an diesem Tag in Isne nichts zu spüren. Die Atmosphäre war unbeschreiblich, Ritter Friedrichs Tross wirkte äußerst imposant auf die Betrachter: Vor seinem blau-gelb gestreiften Turnierzelt hing sein kompletter Turnierharnisch als Zeichen dafür, dass er selbst anwesend war. Zwei Fahnen an beiden Seiten des Zugangs zu seinem Areal, in dem sich auch ein mit Planen überspannter Pferdeunterstand befand, zeigten sein Wappenschild mitsamt der Helmzier, eine dreizackige Krone mit fünf Straußenfedern. Die Kurztuniken der beiden Wachen trugen ebenso die Farben ihres Herrn wie die Fahne auf der Spitze des Rundzeltes, die munter im lauen Sommerwind flatterte.

Das Gelände nördlich vor der Stadt neben der Wasservorstadt war zu einem großen Spielplatz für kleine und große Kinder geworden: Vor der Stadtmauer hatten städtische Bedienstete das Turnierfeld über die ganze Länge hinweg mit Sägespänen ausgelegt. Zu beiden Seiten des Feldes flatterten Fahnenbänder. Auf acht hohen Stangen im Abstand von etwa einhundert Fuß kündigten Wappen die Kämpfer an, die sich an dieser Stelle in zwei Tagen messen würden.

Das zur Mauer leicht steigende Gelände bot eine gute Sicht für die Besucher, die durch das stehende Gewässer vom Turnierplatz getrennt waren. Die Mauer im Rücken, konnten sie schon im Vorfeld des Turniers das Treiben der edlen Recken und deren Knappen verfolgen. Die acht Zelte in den Farben ihrer Besitzer reihten sich direkt hinter dem Turnierplatz wie bunte Perlen auf einer Schnur.

»Fehlt nur noch eine Burg als schmückender Hintergrund«, meinte Benedict Eberz zu Magnus, seinem leitenden Helfer, der für einen fachkundigen Aufbau und Abbau verantwortlich war. Darüber hinaus hatte der kräftige Kerl für einen reibungslosen Ablauf des Ganzen und für die Sicherheit der edlen Gäste zu sorgen.

»Da habt Ihr wohl recht, Bürgermeister! Gibt es noch etwas zu tun?«

Eberz ließ seinen Blick schweifen, dann sagte er: »Sieh zu, dass auf dem Übungsplatz hinter den Zelten genügend Spanholz liegt und dass dort ausreichend Wasser für die Pferde zur Verfügung steht! … Was macht das Wetter?«

Beide blickten nach oben.

»Es hält!«, antwortete der Mann, der ansonsten dafür verantwortlich war, dass auf den öffentlichen Straßen von Isne alles seine Ordnung hatte, dass die Brunnen sprudelten und dass die Marktplätze sauber waren. Überdies war er auch für den Zustand der Stadtmauer und der Tore zuständig. Und dann hatte er auch noch für die Ausbildung der »Feuerknechte« zu sorgen.

Nach dem interessanten Lichterspektakel in der Bergtorstraße strömten die begeisterten Menschen nun auf den Festplatz, um sich zu vergnügen. Während die einen versuchten, Plätze an den Tischen zu ergattern, um sich einen Humpen Bier oder gar einen Becher Wein zu gönnen, schlenderten andere über das Gelände und schauten den Gauklern und Komödianten zu. Dabei faszinierten sie am meisten die Possenreißer und die vier Stelzengänger, die wie Fabelwesen aus einer anderen Welt wirkten, wenn sie mit langen Schritten über die Menschen hinweggingen, während sie ihre Flügel ausbreiteten, die so echt aussahen, dass niemand darunter menschliche Arme vermuten würde.

Gleich mehrere Bauchhändler boten getrocknete Feigen, mit Honig beschmierte Hölzer und andere Süßigkeiten an. Einer von ihnen hatte Hartwürste und dünn geschnittene Speckstreifen mit Brot im Angebot. Ein anderer bot gesüßte Getränke feil. Und Obst gab es wegen der Jahreszeit und des nahen Bodensees in Hülle und Fülle für die, die es sich leisten konnten.

Der junge und gut aussehende Minnesänger, den Truchsess Otto von Waldburg mitgebracht hatte, mischte sich mit seiner Leier unters Volk und gab ein Lied zum Besten, das von einem Mann stammte, den man vor weit über dreihundert Jahren »der von Kürenberg« genannt hatte und der wohl der erste Minnesänger in den deutschen Landen überhaupt gewesen war. Sein berühmtestes Werk hatte die Zeiten überdauert, weswegen es die Isner nun zu Gehör bekommen konnten: »Ich zoch mir einen valken, mere danne ein jar …«

Während sich die Männer darüber lustig machten, schmolzen die Frauen nur so dahin: »… Got sende si zesamene, die geliep weilen gerne sin.«

Für die Jüngsten war es ein Fest, wie sie es nur selten geboten bekamen. Obwohl gleich mehrere Spiele, darunter die beliebte »Mäuse-Versteckburg« und sogar ein »Kindertjosten« angeboten wurden, interessierte insbesondere den männlichen Nachwuchs nur eines: das Heerlager! Noch nie hatte auch nur eines der Kinder einen leibhaftigen Plattenreiter oder ein gepanzertes Pferd gesehen. Dass es eigentlich nicht als »Heerlager« bezeichnet werden konnte, weil keine Ritterhaufen zu Fuß dabei waren, um sich beim Buhurt zu messen, tat der Bewunderung keinen Abbruch. Bis zum eigentlichen Turnier mussten sie sich noch zwei lange Tage gedulden. Das Tjosten würde erst am Tag des Herrn stattfinden, an dem Tag, an dem die Arbeit ruhte und der traditionsgemäß mit dem Besuch der heiligen Messe begann.

Wegen des Aufstieges von Isne hatte sich im Laufe der vergangen Jahre auch viel im Bereich der Ess- und Trinkkultur getan. Neben zwei zusätzlichen Wirtshäusern in der Obertorstraße hatten sich wegen der bevorstehenden »Adelung« der hiesigen Zünfte auch etliche kleine »Trinnckstuben« etabliert, in denen die Handwerker der einzelnen Gewerke ihre Stammtische hatten. Diese »Zunftstuben«, wie sie auch genannt wurden, waren über das gesamte Stadtgebiet verteilt.

»Ich danke dir, Eberz! Schade, dass du bald nicht mehr unser Leithammel sein wirst«, rief der »Rösslewirt« Utz Scherer lachend dem Bürgermeister zu und meinte damit dessen weitsichtige Stadtpolitik, die Isne in der Reihe der Freien Reichsstädte einen herausragenden Platz eingebracht hatte.

Keine einhundert Schritte weiter die Obertorstaße hinunter winkte Magnus Zeller, Wirt der Speise- und Trinkstube »Zum Schwarzen Bären« dem scheidenden Bürgermeister zu. Weil der Andrang groß und das Wetter schön war, musste er mithilfe seines Schankknechtes vor dem Lokal noch ein paar Tische und Bänke aufstellen.

Wie die Wirte hatten auch die anderen Geschäftsleute viel zu tun – insbesondere, weil die Stadt von zusätzlichen Gästen bevölkert wurde, die extra wegen des Ritterturnieres angereist waren. Weil Isne Jahr für Jahr mehr Einwohner zu verzeichnen hatte, starben auch mehr Menschen als früher – ein lohnendes Geschäft für Totengräber, der wohl lukrativsten Sparte überhaupt. So hatte sich vor einem halben Jahr ein Leichenbestatter niedergelassen, obwohl es in Isne bereits einen gegeben hatte.

»Als wenn er es gerochen hätte«, war nur einer der bösen Aussprüche in Bezug auf den »Neuen« gewesen, weil der angestammte Leichenbestatter noch vor der Eröffnung des neuen Geschäftes an einer unerklärlichen Krankheit verstorben war. So hatte »der Neue« auch nicht lange gefackelt und sein Geschäft in bester Lage nahe des Friedhofes eingerichtet. Er verstand es trefflich, sich zu inszenieren: Weil er seine schwarze Kutte noch nie gewaschen hatte, konnte man förmlich den Atem des Todes an ihm riechen. Um seinen Hals hingen mehrere Ketten und Lederbänder mit unterschiedlich gefertigten Totenköpfen, Amuletten und Münzen ferner Länder, kunstvoll aus Bronze gearbeiteten Runen aus der Zeit der Kelten, aus Knochen geschnitzten Kreuzen und anderen Symbolen aus Holz, Glas, Stein oder Metall. Der furchteinflößende Mann traute sich sogar, einen Ohrring mit dem Symbol der Juden und einen mit dem Symbol der Muselmanen zu tragen – denn allein durch sein Erscheinungsbild konnte er sicher sein, dass ihm niemand zu nahe kam.

Über dem Geschäftseingang hatte er ein Schild aufgehängt, dessen Worte auch die verstanden, die kein Mönchslatein kannten oder überhaupt nicht lesen konnten: »MEMENTO MORI«, was in etwa so viel hieß wie: »Sei dir der Sterblichkeit bewusst!« Durch seinen langen roten Bart und sein kreideweißes Gesicht ähnelte der neue Totengräber seinen Kunden. Aber nicht nur sein Äußeres ließ den allesamt abergläubischen und gottesfürchtigen Menschen Schauer über die Rücken laufen. Den Isnern missfiel auch, dass er sich im Gegensatz zu seinem Vorgänger gerne in den Gaststuben aufhielt. Dort schien er sich neugierig für Dinge zu interessieren, die vor langer Zeit geschehen waren.

Unabhängig des Totengräbers zeigte sich auch noch ein anderer Mann neugierig. Während die anderen Ritter sich locker im Schwertkampf übten oder sich beim Spiel der Könige maßen, schien dies Friedrich von Freyberg-Eisenberg nicht sonderlich zu interessieren. Stattdessen ritt er tagsüber allein durch die umliegenden Wälder, als wenn er etwas suchen würde. Und gegen Abend ging er durch die Stadt, wobei er ebenfalls den Eindruck erweckte, auf der Suche zu sein. Dass er sich dazu herunterließ, dem einfachen Volk ähnlich merkwürdige Fragen zu stellen wie der Totengräber, fiel allerdings niemandem auf. Nachdem er vom Turnierplatz aus durch das Espantor zum Rossmarkt gegangen war, um dort zweimal rechts abzubiegen, ging er am Hafendeckelturm vorbei bis zum Diebsturm hoch. Dann war er zum Blaserturm hinuntergelaufen und von dort aus über den großen Marktplatz am Prangerstein und am Schmalzmarkt vorbei die Wassertorstraße hinunter bis zum Kloster gegangen – immer auf der Suche nach Menschen, die er ausfragen konnte. Dass er niemanden fand, lag daran, dass die ganze Stadt beim großen Fest war. Ritter Friedrich von Freyberg-Eisenberg beschloss, ungestört das Kloster von außen zu betrachten.

Auch der Bürgermeister selbst mochte sich das Fest nicht entgehen lassen – insbesondere nicht, weil er und seine Frau Klara einen »Ehrengast« hatten, der insbesondere bei Klara höchste Verzückung hervorrief, wenn sie ihn nur ansah. Es war ihr einziger Sohn Kuntz, der vor sechzehn Jahren nach Venedig gegangen war, um in der dortigen Handelsniederlassung Isner Kaufleute das Kaufmannsgewerbe von der Pike auf zu lernen. Und weil es dem abenteuerlustigen Allgäuer Bürgermeisterspross in der Ferne gut gefallen hatte, war er in Venedig geblieben, um sein dort Erlerntes zu versilbern. Dass ihm dies bisher sehr gut gelungen war, zeigte sich allein schon an seiner Ausstattung, zu der neben einer eleganten Gewandung und hochwertigen Waffen auch ein Ross mit sündhaft teurem Sattel gehörte, auf dem die Silberbeschläge nur so funkelten. Die Mutter konnte es immer noch nicht glauben, dass Kuntz nach so vielen Jahren der Einladung seines Vaters gefolgt war und die beschwerliche Reise über die Alpen nach Isne zurück auf sich genommen hatte, um bei diesem Fest und bei Vaters Verabschiedung dabei sein zu können.

»Und du hast wirklich noch keine Frau? So, wie du aussiehst!« Dies konnte die Mutter noch viel weniger glauben.

»Wegen der vielen Arbeit habe ich nicht einmal eine Gefährtin!«, ergänzte der Sohn wahrheitsgemäß.

»Aber du bist doch schon …«

»Nun lass es gut sein, mein Schatz!«, mischte sich der nicht minder stolze Vater ein. »Kuntz weiß selbst, wie alt er ist! Und nun kommt endlich!«

Kurze Zeit später trafen sie auf dem Festplatz ein. Dort stieß Kuntz auf einige seiner alten Freunde aus Kindheitstagen, die darauf bestanden, dass er sich zu ihnen gesellte. Zum Leidwesen seiner Mutter setzte er sich an deren Tisch.

»Lass ihn!«, gebot ihr Ehemann und zog sie zu einem der anderen Tische, die für ihn und die Mitglieder des Rates mitsamt ihren Frauen, den Truchsessen von Waldburg, den Apotheker, den Medicus, die hohe Geistlichkeit und andere besonders ehrenwerte Bürger der Stadt reserviert waren. Das Küsschen, das ihr Kuntz gab, konnte die Enttäuschung seiner Mutter nur leidig schmälern. »Aber später kommst du noch zu uns …«

»Ja, Mutter!«, versprach der Achtundzwanzigjährige brav und setzte sich zu seinen ehemaligen Spielkameraden Utz und Anselm an den Tisch, die dort mit ihren Frauen saßen und offensichtlich schon ein paar Bier intus hatten. Kaum dass Kuntz saß, hatte er ein Wiederholungserlebnis: »Hast du dir in den italienischen Landen ein rassiges Weib genommen?«, mochte Utz als Erstes wissen.

Bevor der wohlerzogene und gebildete Bürgermeisterspross auf diese Frage antworten konnte, setzte Anselm noch unfeiner nach: »Du bist sicher zurückgekommen, weil die Weiber ›dort unten‹ nichts können und du hier eine triebhafte Alte besorgen möchtest! Stimmt's?« Nachdem er gesprochen hatte, zwinkerte er Kuntz zu und machte mit seiner rechten Hand eine dazu passende Geste, weswegen ihm seine Frau erbost auf die Finger klopfte.

So kurz wie Kuntz am Tisch gesessen hatte, so schnell stand er auch schon wieder auf. »Ihr beide habt scheinbar nichts dazugelernt«, sagte er enttäuscht und verließ den Tisch, um zu seinen Eltern zu gehen.

»Du bist schon hier?«, freute sich die Mutter, während sie nach einem Platz für Kuntz Ausschau hielt.

»Lass es gut sein, Mutter! An eurem Tisch sitzen ja sowieso schon mehr Leute, als eigentlich Platz hätten!«, sagte er, begründete aber nicht, weshalb er seinen Tisch schon wieder verlassen hatte. »Weißt du was?«, kam es ihm aus dem Augenblick heraus in den Sinn. »Ich mache eine kleine Runde durch Isne! Die Gelegenheit, durch die leeren Straßen und Gassen zu schlendern wie heute, bekomme ich nie wieder! So kann ich meine Geburtsstadt in Ruhe erkunden! Bis später!«

Klara wollte etwas sagen, kam aber nicht mehr dazu, denn Kuntz war schon auf dem Weg.

Weil Benedict die Enttäuschung seiner Frau bemerkt hatte, flüsterte er ihr ins Ohr, dass sie noch genügend Gelegenheit bekommen würde, mit ihrem Sohn anzugeben.

Ihr Blick zeigte ihm, dass sie im Moment zwar etwas enttäuscht, im Grunde genommen aber überglücklich war. Wenn schon ihre beiden Töchter auswärts verehelicht waren und deswegen nicht hier sein konnten, hatte sie doch ihren Sohn zurück – zumindest für eine gewisse Zeit. Denn Kuntz hatte ihr gegenüber gleich nach seiner Ankunft klargestellt, dass er nach Venedig zurückkehren musste.

»Wegen einer Frau?«, hatte sie da schon gefragt und zur Antwort bekommen, dass es nur wegen der Arbeit sein müsse.

Als Kuntz Eberz losgezogen war, um sich allein seine Geburtsstadt anzusehen, hatte er sich anfangs noch darüber geärgert, dass ihn seine ehemaligen Schulfreunde bezüglich einer Ehefrau derart unfein brüskiert hatten. Dann aber hatte er doch irgendwie ernsthaft darüber nachgedacht, was seine Mutter von ihm erwartete. Er hatte längst bemerkt, dass ihr nichts lieber wäre, als wenn ihr eine warmherzige und fürsorgliche Schwiegertochter Enkel schenken würde. Natürlich würde er ebenfalls gern eine gute Frau an seiner Seite wissen, die ihm beruflich den Rücken freihielt und für die gemeinsamen Kinder sorgte. Aber es hatte sich einfach noch nicht ergeben – außerdem war sein derzeitiger Lebens- und Arbeitsmittelpunkt Venedig. Obwohl es dem gut aussehenden »tedesco« in Venedig weiß Gott nicht an Möglichkeiten gemangelt hatte, war die Richtige noch nicht dabei gewesen.

Als er genug darüber sinniert und seine alte Heimat hinreichend besichtigt hatte, war ihm klar geworden, *wie* schön es hier eigentlich war und dass er sich gut vorstellen konnte hierzubleiben. Während er die vielen Neuerungen in Isne betrachtet hatte, war er immer stolzer auf seinen Vater geworden, der offensichtlich ein weitsichtiger Denker und Lenker seiner Stadt war. »Schade!«, war es Kuntz bei diesem Gedanken über die Lippen gekommen. Er bedauerte es, dass sein Vater das Bürgermeisteramt aus freien Stücken heraus abgeben würde, obwohl er dies nicht unbedingt musste. Er könnte sich ja zusammen mit dem Viehhändler Johann Klöppel und dem zweiten Kandidaten zur Wahl stellen. Wie Kuntz gehört hatte, wäre es sicher kein Problem für seinen Vater, die erste freiheitlich bestimmte Bürgermeisterwahl in Isne zu gewinnen. Allerdings hatte Kuntz Verständnis dafür, dass es seinem Vater nach zwanzig zwar schönen, aber auch aufreibenden Amtsjahren reichte und es ihm aus Altersgründen gerade recht gekommen war, dass der Bürgermeister nun von den

Bürgern gewählt und nicht mehr von der Obrigkeit eingesetzt oder bestimmt wurde. Das viele Sinnieren, das ständige Staunen und letztlich auch die viele Lauferei hatten Kuntz irgendwann durstig werden lassen. Aber anstatt auf den Festplatz zurückzukehren, hatte er vor, jemandem seine Aufwartung zu machen, mit dem ihn in jungen Jahren eine herzliche Freundschaft verbunden hatte.

Ich muss wohl zehn oder zwölf Jahre jung gewesen sein, als ich mit meinem Vater zum letzten Mal dort drin war, dachte er, als er die Tür zum »Schwanen« aufstieß. Enttäuscht musste er feststellen, dass der holzgetäfelte Raum überfüllt und wohl kein einziger Platz frei war. Er wollte schon wieder gehen, da sah er im hintersten Winkel einen kleinen Tisch, an dem zwar drei Stühle standen, von denen aber nur einer besetzt war. Er ging dorthin und fragte, ob er auf einem der beiden freien Stühle Platz nehmen zu dürfe. Das wortlose Nicken des Mannes deutete ihm, dies tun zu dürfen.

»Ich danke Euch!«

»Schon gut!«, kam es grummelnd zurück.

Na ja, sehr unterhaltungsfreudig scheint der nicht zu sein, dachte sich Kuntz, während er auf die Schankmagd wartete, um einen Becher Rotwein zu bestellen. Dabei begutachtete er die Schankstube und beobachtete die Gäste, die alle von auswärts zu sein schienen.

Als wenn sie seine Gedanken lesen könnte, wurde er von der Schankmagd angesprochen: »Heute und in den nächsten Tagen werdet Ihr hier keine Einheimischen antreffen! Ein Bier?«

»Äh! … Nein! Ich hätte gerne einen Becher roten Weines!«

»Haben wir nicht!«

»Einen weißen Wein vielleicht?«

»Wartet! Ich helfe hier nur über die Festtage aus! Aber ich frage bei der Wirtin nach!«

Weil die Zeit bisher zu knapp gewesen und er von seinen Eltern fortwährend mit Fragen malträtiert worden war, während *er* kaum eine Frage an *sie* hatte richten können, wusste Kuntz noch nicht, dass Mechthild Müller die Klosterschenke zwar noch knappe zwei Jahre weitergeführt, sich dann aber aus Gram über Barthels Verschwinden das Leben genommen hatte.

»An dem kleinen Tisch dort hinten hockt ein feiner Herr, der gerne einen Rotwein hätte, aber mit einem Weißen auch zufrieden wäre«, grummelte die Aushilfe über die Schanktheke.

»Am ›Büßertischchen‹?«, versicherte sich die neugierig gewordene Wirtin und ging dem Tisch ein paar Schritte entgegen. Es kam nur höchst selten vor, dass sich hier jemand einen teuren Wein leistete. Als sie die beiden Männer am »Büßertischchen« sah, blieb sie plötzlich wie angewurzelt stehen und hielt sich beide Hände vor den Mund, um nicht laut aufzuschreien.

Am Ausschank zurück, lehnte sie sich an einen der Stützbalken und schloss für einen Moment die Augen.

Weil sich die Aushilfe darüber wunderte und sogar ein wenig sorgte, mochte sie wissen, was nun sei. »Haben wir Wein?«

»Frag nicht so saudumm!«, wurde sie in einem Ton angeraunzt, der nicht nötig gewesen wäre. »Natürlich bekommt der Herr einen Wein! Und zwar den besten vom Bodensee! Wir haben noch ein Fass im Keller, das ich jetzt anstechen werde!«

Weil die Schankmagd nicht wusste, weshalb die Wirtin sie derart schlecht behandelt hatte, maulte sie nur zurück, dass sie das doch nicht wissen könne. Dann ging sie zu dem Gast und sagte ihm, dass ihm die Wirtin höchstpersönlich den Wein aus dem Keller holen würde.

»Man kennt Euch hier?«, mochte nun der bisher maulfaule Mann wissen.

Anstatt eine Antwort zu geben, schmunzelte Kuntz nur.

Bevor sich ein Gespräch zwischen den beiden anbahnen konnte, kam die Wirtin an den Tisch, stellte wortlos den Becher vor Kuntz und schaute ihm in die Augen.

Nach einer gefühlten Ewigkeit zauberte sich erst ein Lächeln und schließlich ein herzliches Strahlen auf ihre Lippen.

»Du hast mich gleich wieder erkannt, Elsebeth?«

»Du mich doch auch, Kuntz! Oder etwa nicht?« Während sie auf eine Antwort wartete, hüpfte ihr Blick unruhig von einem Auge zum anderen.

Langsam stand Kuntz auf und strich mit einem Handrücken über Elsebeths Gesicht, in dem ihm eine Narbe auffiel. Sie entzog sich ihm.

»Was ist passiert?«, mochte Kuntz wissen, bekam aber anstatt einer Antwort nur den Rücken der Wirtin zu sehen.

Während Kuntz über Elsebeths Verhalten grübelte und dabei seinen Rotwein genoss, unterhielt er sich mit dem Mann an seinem Tisch, der vorgab, ein Medicus zu sein. Bevor er in Erfahrung bringen konnte, woher der Mann kam und was er in Isne zu tun hatte, kam Elsebeth zurück.

»Ich habe noch etwas im Becher!«, wehrte Kuntz ab, der glaubte, dass sie ihn nur bedienen wollte.

Aber die Wirtin setzte sich an seinen Tisch. Dann erzählte sie Kuntz zuerst die traurige Geschichte ihrer Eltern, dann die ihrer Narbe, wegen derer sie sich schämte. Ungeachtet des fremden Mannes an ihrem Tisch, von dem sie allerdings das Gefühl hatte, ihn irgendwoher zu kennen, redete sie offen: »Du warst noch kein Jahr in Venedig, da hat mich Anselm … Du kannst dich doch noch an Anselm Rieger erinnern?«

»Na klar, ich hatte erst heute Vormittag das Vergnügen, mich mit diesem Frauenverachter zu unterhalten!«, bestätigte Kuntz, ließ Elsebeth aber gleich weitererzählen.

»Eines Tages hat er das Messer seines Vaters geklaut und mir an den Hals gehalten!«

»Er wird doch nicht zudringlich geworden sein?«

Elsebeth nickte. »Doch! Aber ich habe mich gewehrt! Und so ist es passiert, dass er mir die Klinge über die Wange gezogen hat. Ich denke, das war nicht beabsichtigt. Ende der Geschichte! ... Und nun erzähl mir, wie es *dir* in all den Jahren ergangen ist!«

Bevor Kuntz sich über Anselm aufregen konnte, musste er Elsebeth einen ausführlichen Bericht über die vergangenen sechzehn Jahre erstatten. Weil dies aber an einem einzigen Abend – und auch noch während Elsebeths Arbeitszeit in einer vollen Gaststube – nicht möglich war, verabredeten sie sich für den nächsten Tag.

»Der Wein geht aufs Haus!«, sagte sie, als Kuntz bezahlen wollte. »Ich bring dich noch raus!«

Inzwischen war es so düster geworden, dass vom Blaserturm wohl bald jene Fanfarentöne über die ganze Stadt schallen würden, die alle Menschen innerhalb der Stadtmauer aufforderten, unverzüglich nach Hause zu gehen und ihre Türen zu schließen.

»Es tut mir leid, dass ich im Beisein eines Fremden so viel von mir erzählt habe«, entschuldigte sich Kuntz und bekam von Elsebeth zur Antwort, dass sie nicht glaube, einen Fremden vor sich gehabt zu haben. »Irgendwie ...«

Noch bevor sie ihre Vermutung ausgesprochen hatte, zog Kuntz die Frau an sich und gab ihr ein Küsschen. Weil Elsebeth sich nicht gewehrt hatte, ging Kuntz aufs Ganze und küsste sie richtig. Über seinen Mut selbst erschrocken, brachte er danach nur noch ein »Bis morgen!« heraus. Dann verschwand er in der aufziehenden Dunkelheit.

Um diesen lange Jahre nicht mehr gekannten Moment des Glücks festzuhalten, schloss Elsebeth ihre Augen und berührte mit der Hand ihre Lippen. Sie konnte nicht fassen, was soeben geschehen war.

Ritter Friedrich von Freyberg-Eisenberg zu Hohenfreyberg hatte die äußere Klostermauer zwar ungestört umrundet, dabei aber nicht gefunden, was er gesucht hatte. Bevor er sich in der zunehmenden Dunkelheit seinen Ausgehrock versaute oder ihn gar im undurchdringlichen Gestrüpp zerriss, das rund um die Mauer herum wucherte, hatte er seine Suche beendet. Um dennoch vorwärtszukommen, ließ er sich unmittelbar danach vom Bruder Pförtner bei Abt Nicolaus Stainegger anmelden. Wegen seines hohen Ranges wurde er trotz des gleich beginnenden Ausgehverbotes zu ihm vorgelassen.

Kapitel 24

»Respekt, Magnus! Bisher hat alles reibungslos geklappt!«, bemerkte der Bürgermeister seinem treuen Helfer gegenüber und klopfte ihm anerkennend auf die Schulter. »Und dass ihr gestern Abend noch die meisten Buden und Stände für die Handwerker und Händler abgebaut habt, war eine Meisterleistung!« Während er seinen besten Mann lobte, schaute Benedict Eberz zufrieden über das weitläufige Gelände. Linker Hand befand sich der Festplatz, wo er es gestern so lange ausgehalten hatte, bis Klara ihn bei Einbruch der Dunkelheit nach Hause geschleppt hatte. »Schön war's!«, hatte er noch gesagt, bevor er eingeschlafen war, mehr nicht. Klara hatte nicht einmal das ansonsten selbstverständliche Gutenachtküsschen bekommen.

Der Bereich, in dem die Gäste am zweiten Festtag verköstigt werden sollten, war ebenso unverändert geblieben wie das Ritterlager und der Turnierplatz, wo sich noch nicht viel rührte. Dafür herrschte auf dem Platz dazwischen, der gestern nur den Stelzengängern gehört hatte, Betriebsamkeit. Dort bereiteten sich alle Handwerksbetriebe, die es in Isne gab, auf ihren großen Tag vor: Die einen bauten Spinnräder, Werkbänke und sogar eine komplette Schusterwerkstatt auf, die anderen brachten ihr Handwerkszeug an Ort und Stelle und nagelten an ihren Ständen herum. Selbst eine Schmiede durfte nicht fehlen, um dem Publikum zu demonstrieren, zu was die Isner Handwerker in der Lage waren.

»Magnus!«, rief die alte Rechlerin und winkte ihm aufgeregt zu. »Wo sollen meine Söhne mit dem Webstuhl hin?«

»Ich muss …«, entschuldigte sich Magnus beim Bürgermeister. Dann eilte er zur Rechlerin.

An diesem Ehrentag für das Handwerk wollte es sich niemand reuen lassen. *Alle* wollten ihren Beitrag dazu leisten, Isne in bestem Licht erstrahlen zu lassen. Die meisten hatten ihren besten Zwirn übergestreift, manche sogar gebadet. Selbst der Totengräber präsentierte sich ausgesprochen ansehnlich.

Lediglich fremde Anbieter hatten an diesem Tag ausnahmsweise einmal überhaupt nichts zu melden. Magnus achtete sorgsam darauf, dass sich kein Auswärtiger unter die einheimischen Handwerker oder Händler mischte.

Den ersten Festtag hatten die Isner ohne nennenswerte Zwischenfälle hinter sich gebracht und Bürgermeister Eberz konnte zufrieden sein. Andere hingegen waren mit dem bisher Erreichten überhaupt nicht glücklich: Seit vor sechzehn Jahren ein Bursche namens Seyfrid Rotter das »Magische Amulett« gestohlen hatte, war der damalige Großmeister des Geheimbundes »Gladius Dei« hinter dem Dieb hergejagt. Weil er ihn aber nie zu fassen bekommen hatte, war ihm nichts anderes übrig geblieben, als seine Suche nach ihm vorübergehend abzubrechen und zur Burg Hohenstein zu reiten. Im dortigen Versammlungsraum des geheimen Zirkels hatte er seine ordentlich zusammengefaltete Kutte und sein »Jiàn« auf den Altar gelegt, bevor er den Schlüssel zum Sezierraum im Kloster St. Georg zu Isne daraufgelegt hatte.

Dann hatte er in einer Botschaft für die verbliebenen dreiundvierzig Mitglieder seines Zirkels all das erklärt, was vorgefallen war. Wenngleich er die Situation haarklein dargelegt hatte, war es ihm in der Eile nicht gelungen, den Eingang zum Sezierraum so detailliert zu beschreiben, dass er gefunden werden konnte. Dafür hatte er in diesem Schreiben seinen Nachfolger bestimmt, an den die Nachricht adressiert war. Weil nur er allein die Viten und Wohnorte seiner Mitverschwörer gekannt hatte, blieb der Absender des Schreibens für alle Mitglieder des Geheimbunds und den neuen Großmeister im Dunkeln. Der scheidende Anführer war vor Nachstellungen und Sanktionen sicher und konnte sich weiterhin ganz auf die Verfolgung des Amulett-Diebes konzentrieren.

Mit seinen letzten Worten in der Botschaft versprach er, alles daranzusetzen, das »Magische Amulett« *und* das »Jiàn« wiederzubeschaffen, das Rotter dem ermordeten Ravensburger Medicus Wolff Berger in der Höhle abgenommen hatte. Und dies hatte der scheidende Großmeister bis zum heutigen Tag mit einer zornigen Leidenschaft versucht, die bald zur krankhaften Obsession ausgeartet war.

Obwohl er nun schon seit sechzehn Jahren hinter dem Dieb herjagte, waren die äußeren Zeichen des Geheimbundes immer noch nicht in den Besitz seines Nachfolgers gelangt. Sowohl das »Magische Amulett« als auch das »Jiàn« blieben verschwunden. Und dies, obwohl der ehemalige Großmeister dem Dieb zwischendurch recht nahe gekommen war. Allerdings hatte er ihn nie zu Gesicht bekommen. Es war stets das Gleiche gewesen: Sobald er den Dieb in irgendeiner Stadt aufgestöbert hatte, war Rotter wieder verschwunden. Immer wieder war es dem einstigen Verschwörer gelungen, die Spur aufzunehmen. Ein Reitunfall vor acht Jahren hatte ihn dann fast ein Jahr lang außer Gefecht gesetzt. In seiner Verzweiflung hatte er zu trinken begonnen und war schon lange nicht mehr Herr seiner eigenen Sinne. Wegen seines Versagens war er innerlich so zerfressen, dass es ihm nicht mehr um die verlorenen Artefakte seiner einstigen Gemeinschaft ging; er wollte nur noch persönliche Rache!

Als er in Sigmaringen von den Festtagen in Isne gehört hatte, war in ihm der unbezähmbare Wunsch entstanden, ins Allgäu zurückzukehren. Und dies, obwohl er im Grunde genommen nicht wusste, was er dort sollte. Vielleicht stoße ich ja auf etwas, das mir weiterhelfen kann, hatte er sich gedacht. Weil ihm zwischenzeitlich die Haare ausgegangen waren und er sich auch sonst in seinem Erscheinungsbild nicht nur wegen des Bartes sehr verändert hatte, sah er keine allzu große Gefahr, nach so vielen Jahren wiedererkannt zu werden. Obwohl er seit seinem Unfall humpelte, vermochte er es wieder, ohne fremde Hilfe auf ein Ross zu steigen. So konnte er Isne bei Notwendigkeit auch schnell wieder verlassen. Um überhaupt kein Risiko einzugehen, hatte er sich eine andere Unterkunft gesucht als die Klosterherberge, in der er seinerzeit abgestiegen war. Aber in die Schenke hatte es den Säufer dann doch gezogen, obwohl es in Isne mittlerweile mehr als genügend Schankstuben, Tavernen und Pinten gab, in denen er sich hätte volllaufen lassen können.

Wie in allen anderen Bereichen dieser grandios organisierten Festtage hatte sich Bürgermeister Eberz in Erinnerung an den Umzug bei der Ernennung Isnes zur Freien Reichsstadt vor sechzehn Jahren auch am »Tag des Handwerks« etwas ganz Besonderes einfallen lassen. Die Akteure hatten vor dem eigentlichen Beginn des Festtages auf dem Marktplatz vor dem alten »Domum Ulrici« Aufstellung genommen. Für einen stadtbekannten Rabauken und Ruhestörer, der dort eigentlich für alle sichtbar auf dem Prangerstein stehen müsste, hatte er einen Gnadenerlas ausgesprochen. Er hatte nichts zulassen wollen, was diesen schönen Tag trüben konnte.

Es hatte ein Weilchen gedauert, bis sich der Zug ordentlich formiert und in Bewegung gesetzt hatte. Allen voran ein orientalischer Trommler mit seiner großen Davul, flankiert von jeweils zwei weiteren Paukenspielern aus einem fernen Land, die ihre mit Ziegenfell bespannten Instrumente schlugen. Wie es ihm gelungen war, diese fünf musikalischen Fremden zu organisieren, sollte vorerst sein Geheimnis bleiben – Hauptsache, sie waren da, um die Menschen mit ihren geheimnisvollen Klängen zu faszinieren.

Zu allem hatte Eberz bis auf Friedrich Freyberg-Eisenberg zu Hohenfreyberg alle Ritter dafür gewinnen können, sich an dem Umzug zu beteiligen. So ritten sechs Plattenreiter – zwar ohne Rüstung, aber in ihren bunten Waffenröcken und mit ihren Schwertern am Gürtel – in zwei Dreierreihen hinter den Trommlern vom Marktplatz aus auf den Festplatz. Ihnen folgte der Isner Oberzunftmeister Gottfried Burger, der vom Bürgermeister und Otto von Waldburg in die Mitte genommen wurde. Hinterher kamen die vor Stolz strotzenden Handwerksmeister mit ihren noch stolzeren Frauen an den Armen. Ihnen folgten die Gesellen und Lehrlinge aller beteiligten Zünfte. Den Schluss bildete eine riesige Menschenmenge.

Obwohl sich viele Gäste und Einheimische am Umzug beteiligten, standen immer noch Hunderte am Straßenrand, die dem Vorbeimarsch zujubelten. Auf dem Festplatz selbst warteten lediglich diejenigen auf den Zug, die Plätze an den Tischen reservieren wollten – eine Unsitte, die der Bürgermeister nicht zugelassen hätte, wenn er davon gewusst hätte.

Der Isner Oberzunftmeister war Herr über sechs Zünfte. Neben der Herrenzunft gab es die Bäckerzunft, die Schmiedezunft, die Schneiderzunft, die Schuhmacherzunft und die Weberzunft mit ihrem über diesen Kontinent hinaus bekannten und hochgeachteten Qualitätszeichen der Lilie, das auf die hölzernen Verpackungen eingebrannt, auf Säcke gemalt und auf die Erzeugnisse selbst gestempelt wurde. In diese sechs Zünfte waren alle anderen Gewerke eingegliedert, die jeweils ihre eigenen Zunftmeister, ihre eigenen Regeln und ihre eigenen Stammschenken hatten. An diesem Tag sollten sie alle – eingebunden in einen würdevollen Festakt – endlich eine eigene Zunftverfassung erhalten.

Nachdem Bürgermeister Eberz herzliche Begrüßungsworte gefunden und in seiner Begeisterung fast schon etwas zu ausschweifend über die immense Wichtigkeit des Handwerks im Allgemeinen gesprochen hatte, war Gottfried Burger an der Reihe. Er hatte nicht nur die große Ehre, die Zunftverfassung öffentlich zu verlesen, vielmehr würde er auch noch die Kornuten aus den verschiedenen Handwerksbereichen freisprechen und zu Gesellen schlagen. Darunter war auch einer seiner eigenen beiden Schutzbefohlenen. Nach ein paar Musikstücken würden dann die Handwerker den ganzen Tag über die Gelegenheit haben, ihre Gewerke vorzustellen. Und die Gäste konnten die Gelegenheit nutzen, um Fragen zu stellen.

Nach dem Eintreffen des Zuges waren die Turnierritter auf direktem Weg zu ihrem Lager weitergeritten, um die Pferde zu versorgen, die am kommenden Tag viel zu leisten haben würden. Anschließend konnten sie sich unters Volk mischen. Am Schluss waren sie allesamt begeistert, dass sie sogar der Einladung des Bürgermeisters gefolgt waren und ein Bier mit ihm tranken. Nur Ritter Friedrich war ferngeblieben. Der kräftige und großgewachsene Mann hatte sich überhaupt noch nicht blicken lassen. Um das zu finden, was er suchte, hatte er an diesem Morgen sogar seinen Stallburschen mitgenommen. Was *er* vorhatte, barg für alle, die davon in Kenntnis kamen, ein lebensbedrohliches Risiko.

Es war bereits früher Abend, als Ritter Friedrich die erfolglose Suche abbrach, seinen Knecht zu den Pferden schickte und zur Festwiese ging, wo er sich ein wenig umsehen *und* sich aus reiner Berechnung heraus der Öffentlichkeit zeigen wollte.

Schon als er dort ankam, entdeckte er seine inzwischen angetrunkenen Kontrahenten, die wohl der Geselligkeit des »einfältigen« Volkes zum Opfer gefallen waren.

»Ich komme gleich!«, rief er ihnen zu und ging zu den Handwerkerständen. Trotz seiner miesen Laune freute es ihn, als Einziger keinen Alkohol getrunken zu haben, weswegen er sich Vorteile beim Turnier versprach. »Wenigstens das!«, grummelte er in sich hinein. Als er so dahinschlenderte, wurde er auf einen Stand aufmerksam, vor dem sich eine Menschentraube gebildet hatte. Es war der Präsentationsstand des Totengräbers, der sich gerade aus einem Sarg erhob, um Kinder zu erschrecken. Der spindeldürre Mann war fürwahr eine närrische Gestalt – zweifellos aber eine Bereicherung für das Unterhaltungsprogramm.

Weil auch der Ritter sich nicht entziehen konnte, dem gruseligen Schabernack irgendwie fasziniert zuzusehen, bemerkte er nicht, dass er mit Argusaugen beobachtet wurde.

Auch andernorts wurde jemand beäugt; allerdings nicht unauffällig, argwöhnisch und fragend, sondern offen, herzlich und hingebungsvoll. Kuntz Eberz war wie versprochen am nächsten Tag in den »Schwanen« gekommen, um sich mit Elsebeth zu treffen. Weil die Wirtin trotz aller Verliebtheit, die sie beim gestrigen Kuss getroffen hatte wie ein Blitz, keine Zeit für ihn hatte, blieben den beiden nur schmachtende Blicke, die alles darüber aussagten, was sie füreinander empfanden. Denn auch Kuntz hatte es erwischt. Da war es nur gut, dass Elsebeth hin und wieder an seinen Tisch »musste«, um ihn zu bedienen. Dabei hätte sie sich am liebsten jedes Mal auf ihn gestürzt und ihn zärtlich umarmt, geküsst und gestreichelt. Weil auch er diese Gefühle hatte, nahm er sanft ihre Hand, die sie aber geniert zurückzog, weil sie sich im Beisein anderer Gäste keine Blöße geben konnte – schließlich galt sie in Isne als eine unnahbare Jungfer. Und diejenigen, die sich im Laufe der Jahre immer wieder an ihr versucht hatten, bezeichneten sie gar als eiserne Jungfrau. Wenngleich die von ihr abgewiesenen Verehrer damals recht gehabt haben mochten, hatte sich etwas in ihr verändert.

»Es ist alles noch so frisch, dass ich es nicht glauben kann!«, hauchte sie und warf Kuntz einen vielsagenden Blick zu. Elsebeth konnte es kaum fassen, dass ausgerechnet dieser gleichsam bodenständige wie welterfahrene Mann sich ernsthaft in sie verliebt haben sollte. Bis zu dem Zeitpunkt, als sie vor vielen Jahren den Medizinscholaren Wolfram Tichtel kennengelernt hatte, war er ihre heimliche Liebe gewesen … und im Grunde genommen bis heute geblieben. Das wusste sie jetzt ganz gewiss! Weil sie seinerzeit noch viel zu jung gewesen war, hatte sie ihm nie etwas davon gesagt. Außerdem hatte sie geglaubt, dass der Sohn des Bürgermeisters sowieso nicht für eine Wirtstochter infrage kam. Und nach Wolframs Verschwinden hatte sie die Hoffnung endgültig aufgegeben, jemals mit einem Mann glücklich zu werden.

Und nun?

Nein, das kann einfach nicht sein, dachte sie, als er mitten in der Schenke erneut die Initiative ergriff und sie ungeachtet der anderen Gäste innig umarmte. »In den italienischen Landen ist das ganz normal, wenn man«, er musste schlucken, »jemanden liebt!«, hauchte er ihr ins Ohr und brachte sie damit vollends aus der Fassung.

»Aber meine Narbe …«

»Pssst«, kam es Elsebeth leise entgegen. »Wahre Schönheit kommt von innen!«

Mit diesen »Zauberworten« hatte er Elsebeth endgültig für sich gewonnen. Weil sie wegen der vielen Jahre, in denen sie sich gekannt hatten, zwar das Gefühl hatte, ihm ganz nahe zu sein, aber alles noch so neu war, mochte sie ihren Verehrer nicht gleich mit nach oben nehmen – schließlich war sie eine ehrbare und unbescholtene Jungfer, für die Sittsamkeit einen hohen Stellenwert hatte. Da Kuntz sie nicht bedrängen wollte und einsah, dass es noch zu früh war, um ihr seine Männlichkeit zu beweisen, hatte er, ohne zu zögern, mit einem verständnisvollen Lächeln auf den Lippen nachgegeben. Sie hatten beschlossen, die laue Sommernacht zu genießen und einen Spaziergang zu machen.

Während die Frischverliebten es kaum erwarten konnten, bis die letzten Gäste gingen und Elsebeth die Schenke schließen durfte, brannte Kuntz' Mutter darauf, ihren Sohn wiederzusehen. Dass er sich den ganzen Tag über auf dem Festplatz kein einziges Mal zu ihr gesellt hatte, nahm sie ihm nun – da sich der Tag langsam dem Abend entgegenneigte – doch ein wenig übel. Immerhin hatte sie auf der Festwiese einen Tisch für ihre Freundinnen reservieren lassen, um ihnen den zurückgekehrten Sohn vorstellen zu können. Weil ihr feinfühliger Mann längst bemerkt hatte, was seine Frau umtrieb, nahm er sie in den Arm. »Ich werde diesen Tisch auch morgen für dich und deine Freundinnen freihalten!«

»Dich zum Mann zu haben, ist ein wahrer Segen!«, hauchte sie ihm ins Ohr und umarmte ihn. Denn sie wusste, dass dies nach so vielen Jahren Ehe auch etwas war, das sie den anderen Frauen zeigen konnte.

Nur wenige Schritte entfernt konnte es ebenfalls jemand kaum erwarten, sich jemandem vorzustellen. Der ehemalige Großmeister stand wie angewurzelt in gebührendem Abstand schräg hinter Ritter Friedrich, der sich immer noch von der makabren Vorstellung des Totengräbers belustigen ließ, um seine trüben Gedanken zu verscheuchen.

Da merkte Endres von der Linde, dass es den Adeligen vor ihm plötzlich so riss, als hätte er einen Waldgeist gesehen. Der ansonsten unerschrockene Recke schaute unruhig um sich, fast ängstlich. Unbewusst glitt seine rechte Hand an das Heft seines Schwertes, das er aber sofort wieder unter seinem Umhang verschwinden ließ. Dann trat er näher an den Totengräber heran, zuckte aber sofort zusammen, als sich zufällig ihre Blicke trafen. Obwohl sich der Totengräber offensichtlich nichts dabei dachte, wandte sich der Zuschauer ab und eilte davon wie von einer Rossbremse gestochen.

Wegen seines verletzten Beines konnte der ehemalige Großmeister nicht so schnell hinterherhumpeln. Da schien es nur gut, dass es bis zum Lager des Ritters nicht weit war.

»Was wollt Ihr?«, fragte gleich darauf eine der beiden Wachen, die ihre Spieße schon gekreuzt hatten, als sie den ungepflegt wirkenden Fremden auf das Zelt zuhumpeln sahen, in dem der Ritter gerade verschwunden war.

»Ich habe eine wichtige Neuigkeit für euren Herrn! Lasst mich zu ihm!«, keuchte der Angesprochene.

»Das geht jetzt nicht! Ritter Friedrich von Freyberg-Eisenberg zu Hohenfreyberg braucht seine Ruhe! Morgen findet …«

»Jaja, ich weiß: … das Turnier statt!«, unterbrach der ehemalige Großmeister, der wegen der anstrengenden Humpelei immer noch heftig schnaufen musste. »Aber ich muss ihn trotzdem sprechen!« Er stellte sich den beiden Wachen mit seiner vor sechzehn Jahren benutzten falschen Identität vor: »Ich bin Endres von der Linde aus der Freien Reichsstadt Lindau! Lasst ihr mich nun durch?«

Der harte Ton in seiner Stimme wäre nicht nötig gewesen, denn das »von« im Namen des ganz und gar nicht adelig aussehenden Mannes hatte Wirkung gezeigt. Deswegen tuschelten die beiden Wachen. Aber noch bevor sie sich dazu entschließen konnten, ihren Herrn zu stören, kam der aus dem Zelt heraus. Weil die Zeltplanen dünn waren, hatte er natürlich alles mitbekommen. »Wer Ihr seid, habe ich gehört! Aber was ist Euer Begehr?«

Weil der ehemalige Großmeister seinem Nachfolger nun so nah gegenüber stand, wurde er schalweiß im Gesicht und brachte nichts heraus. Er war mit der unerwarteten Situation völlig überfordert.

»Nun, was ist?«, kam es ihm streng entgegen.

Weil ihm immer noch die Worte fehlten, hob der ehemalige Großmeister zitternd einen Arm und zeigte mit dem Daumen eine Eins!

Kaum dass der Ritter sich dessen gewahr wurde, was er vor Augen hatte, schrie er den Fremden an, sofort die Hand herunterzunehmen. Dann zog er ihn in sein Zelt hinein.

Im Zelt wussten beide nicht, was sie tun sollten. Während der ehemalige Großmeister ehrfurchtsvoll zu seinem großgewachsenen Gegenüber hochschaute, beäugte dieser den kleineren und nach Alkohol riechenden »Endres von der Linde« misstrauisch. Dann stellte er ihm eine Frage: »Welche Zahlen waren für Euch die wichtigsten?«

Als er die Frage hörte, verzog der ehemalige Großmeister sein zerfurchtes Gesicht zu einem eigenartigen Lächeln. Denn er wusste, dass er richtig lag und deswegen entspannt antworten konnte: »Dass Ihr mich fragt, welche Zahlen für mich die wichtigsten *waren*, sagt mir, dass Ihr zumindest ahnt, wer ich wirklich bin, oder …«, er räusperte sich verlegen, »… war!« Um seinem Gegenüber nicht allzu forsch zu kommen, sprach er weiter: »Dass Ihr mich nicht kennen könnt, hängt damit zusammen, dass *ich Euch* kenne!« Dann schaute er an Ritter

Friedrich herunter und zeigte auf dessen Schwert. »Dieses ›Jiàn‹ ist sicher keine Waffe, die üblicherweise zur Ausstattung eines Ritters gehört! Und was die wichtigsten Zahlen in meinem Leben waren *und* auch heute noch sind, könnt Ihr Euch nun ja denken: Die Zahlen von eins bis neun! Außerdem die Zahl Fünfzehn und die Fünfundvierzig!« Nachdem er mit seiner Antwort fertig war, verbeugte er sich, während er seine rechte Hand mit dem ausgestreckten Daumen nach oben hielt. Dies erwiderte der amtierende Großmeister mit seinem Daumen. Dass zwei Geheimbündler sich gegenseitig die eins zeigten, war in der Geschichte des »Gladius Dei« einmalig und irritierte Ritter Friedrich.

»Ehrwürdiger Großmeister unseres geheimen Bundes! Ich stehe Euch zu Diensten!«

»Schweigt!«, erwiderte der Ritter, weil er in Sorge war, dass die Wachen zu viel mitbekommen könnten. »Lasst uns woanders hingehen! Dorthin, wo die Wände keine Ohren haben!« Dann kramte er aus seiner Reisetruhe ein paar Dinge heraus, warf sich seinen Umhang über die Schulter und ging aus dem Zelt. »Folgt mir!«, gebot er seinem verdutzt dreinschauenden Vorgänger.

Kurz darauf saßen sie im Gasthaus »Zum schwarzen Bären«. Diese Taverne hatte der ehemalige Großmeister vorgeschlagen, weil es sie vor sechzehn Jahren noch nicht gegeben hatte. Während sich Ritter Friedrich einen Holundersaft bestellte, um nüchtern zu bleiben, ließ sich sein Vorgänger einen Krug Bier und einen Branntwein bringen. Nachdem er den Schnaps bereits hinuntergekippt hatte, bevor sein Gegenüber den Becher in Händen hielt, war dem Adeligen klar, mit was für einer Art Mensch er es zu tun hatte. Allein das bisherige Auftreten seines Vorgängers ließ keinen Zweifel, dass er mit Endres von der Linde – oder wie der heruntergekommene Säufer sonst heißen mochte – ein leichtes Spiel haben würde. Und weil er wusste, dass dieser Versager vor sechzehn Jahren so viel Schaden angerichtet hatte, dass »Gladius Dei« fast auseinandergebrochen wäre, würde das Wrack ihm aus der Hand fressen. Der Großmeister jubilierte innerlich. »Also …«, begann er das Gespräch, »ich rekapituliere, was damals geschehen ist …« Nachdem er sein Wissen ausgebreitet und Endres von der Linde zwei zusätzliche Schnäpse und ein weiteres Bier in sich hineingeschüttet hatte, bedankte sich der Großmeister scheinheilig dafür, dass er durch ihn zu dessen Nachfolger hatte werden können. »Ihr braucht Euch für gar nichts entschuldigen! Die alte Sache ist vergessen! Hauptsache, wir bekommen das Amulett und das ›Jiàn‹ zurück!«, ermunterte er seinen Vorgänger, der überhaupt nicht wusste, wie ihm geschah. Bevor der etwas sagen konnte, ergriff der Großmeister wieder das Wort: »Und noch etwas: Weil keiner unserer vierundvierzig Brüder etwas von Euch weiß und nur ich Euch kenne, werde ich alles daran setzen, Euch wieder einzusetzen! Es gibt da einen der Unseren, der sich nicht für unsere Sache eignet! … Ihr versteht?«

Derart angespornt, warf Endres von der Linde sämtliche Bedenken beiseite. Immerhin war er der Einzige, der die Identität des amtierenden Großmeisters kannte. Dies musste doch Vorteile für ihn bringen, oder?

Nachdem geklärt war, dass in Isne niemand etwas vom Doppelleben des ehemaligen Großmeisters wissen konnte, legte Ritter Friedrich fest, dass »Endres von der Linde« seinen Namen behalten solle. Ob der echt war oder nicht, interessierte den Adeligen nicht – nach getaner Arbeit würde er seinen Vorgänger sowieso eliminieren. Er war wieder ganz in seinem Element und voller Zuversicht, das Vermächtnis genau nach dem im Codex festgehaltenen Ritual erfüllen zu können. Seit Kurzem wusste er – nach sechzehn Jahren erfolgloser Suche –, wo sich das »Magische Amulett« befand. Bedenkenlos beugte er sich seinem Sitznachbarn entgegen und erzählte es ihm. Weil so viel Zeit vergangen und Endres von der Lindes Rückholaktion gescheitet war, stand für den Ritter außer Frage, dass die Situation als ein erneutes Verschwinden des Amulettes betrachtet werden musste. Schließlich war Rotter jahrelang verschollen gewesen, und mit ihm das Allerheiligste des Geheimbundes. Bei der Rückführung des Amuletts mussten demnach acht Menschen sterben. So zumindest die krude Logik des aktuellen Großmeisters. In Genesis 6,18 wird erwähnt, dass acht Menschen die Sintflut überlebt haben, weil sie durch die Arche Noah gerettet wurden. Ich aber muss unseren Geheimbund retten. Dies geht nur, wenn ich acht Menschen töte, dachte er sich und zählte im Geiste auf, welche dies sein würden. Fast etwas mitleidig schaute er zu seinem Vorgänger, der gerade die Schankmagd rief, um sich noch ein Bier zu bestellen. Als er an denjenigen dachte, der im Moment noch im Besitz des Amuletts war, hellte sich seine Miene kurz auf, wurde aber sofort wieder starr. Er hatte keinen blassen Schimmer, wer die anderen sechs sein würden.

»Noch einen Holundersaft?« Die Schankmagd hatte ihn aus seinen Gedanken gerissen.

»Nein! Bezahlen!«, antwortete er schroff.

Nachdem das Mädchen in die Münze gebissen und zufrieden genickt hatte, ging es zu einem anderen Tisch. Der Großmeister wartete noch einen Augenblick, dann griff er in einen der beiden Lederbeutel, die er am Gürtel trug, und kramte einen Schlüssel heraus, den er fast sanft auf den Tisch legte: »Kennt Ihr den?« Mit zusammengekniffenen Augen wartete er auf eine Antwort seines Vorgängers, der grinsend nickte.

»Ihr kennt den Weg zum Sezierraum. Führt mich dorthin!«

»Jetzt?«, kam es ungläubig zurück.

»Ja, jetzt!«

Endres von der Linde drehte sich um und schaute zum Fenster raus. »Aber es ist bereits stockdunkel!«

»Das macht nichts!«, entgegnete der Großmeister und klopfte mit einer Handfläche auf den zweiten Beutel an seinem Gürtel. »In dem habe ich alles dabei, um Licht zu machen!«

»Na dann …«

Während ihres Spazierganges durch Isne hatten sich Elsebeth und Kuntz immer wieder geküsst, – zunächst zaghaft, dann innig und später sogar dermaßen leidenschaftlich, dass es die beiden nach mehr gelüstete. Deswegen hatte Kuntz ihren Weg zum Kloster gelenkt. An der ruhigen Ostseite hatte er ein ideales Plätzchen aussuchen wollen, das für ihr Vorhaben dunkel genug war und an dem mit Sicherheit keine ungebetenen Zuschauer auftauchen würden. Weil er sich aus seiner Kindheit an diesen Teil der äußeren Klosteranlage hatte erinnern können, war er schnell fündig geworden. Einer intimen Begegnung mit der Frau seiner Begierde stand also nichts mehr im Wege.

Weil Elsebeth den zarten Küssen und den sanften Berührungen ihres Verehrers erlegen war, ließ sie mehr zu, als sie es ursprünglich vorgehabt hatte. Kuntz war bei seiner Umwerbung nicht nur unglaublich zärtlich gewesen, sondern auch äußerst raffiniert vorgegangen – genau so, wie es ihm die Venezianer beigebracht hatten, als er noch ein junger Bursche gewesen war. Obgleich er etwas forsch an die Sache ging, gab er Elsebeth dennoch das Gefühl, den nächsten Schritt selbst zu bestimmen. Jedenfalls lagen sie nun im dichten Gebüsch der äußeren Klostermauer, wo die Leidenschaft der beiden Verliebten aufflammte. Allerdings wurde der Akt inniger Liebe jäh gestört.

»Hast du das gehört?« Elsebeth richtete sich erschrocken auf und zupfte ihr Armkleid und ihren Rock wieder zurecht.

Aber Kuntz konnte noch keine Antwort geben. Nun hörte er auch etwas. »Pssst!« Er drückte einen Zeigefinger auf Elsebeths Mund und lauschte ins Dunkel. »Eindeutig! Da ist jemand«, flüsterte er. Dabei knöpfte er seine Gewandung zu.

Es raschelte. Das Geräusch wurde immer lauter und kam ständig näher. Schließlich hörten sie eine Stimme.

»Schhhh!«, machte Kuntz, während er Elsebeth half aufzustehen.

»Da vorne muss es sein«, hörte er aus dem Mund einer männlichen Stimme. Kuntz wusste nicht, wo er sie einordnen sollte.

Da hörten sie denselben Mann sagen, dass das Loch zum »Sezierraum« nicht mehr weit sein konnte.

Eine andere Stimme sagte: »Ich kann die vier Leichen jetzt schon riechen, die dort drin sind!«

Als sie dies hörte, entfuhr Elsebeth ein so lauter Schreckensschrei, dass die beiden Männer aufmerksam wurden. Kuntz hielt ihren Mund so fest zu, dass sie das Gefühl hatte zu ersticken.

»Du gehst nach links, während ich von rechts komme!«, flüsterte der Großmeister seinem Vorgänger zu. Dann ging alles ganz schnell. Als Elsbeth glaubte, hinter sich eine Schnapsfahne zu riechen, riss sie sich los und begann, sich durch die dichten Äste zu kämpfen. Aber das dicke Gestrüpp bremste sie.

Elsebeth lief dem Großmeister direkt in die Arme. Wenige Augenaufschläge später war Kuntz zur Stelle und versuchte, sie dem Mann zu entreißen, den er wegen der Dunkelheit nicht erkennen konnte. Es gelang ihm nicht, denn er bekam von hinten einen solch harten Schlag auf den Kopf, dass er schlaff in sich zusammensackte.

»Hier, Endres!«, schnarrte der Großmeister seinen Vorgänger an, den er kurz zuvor im Trubel der Ereignisse erstmals geduzt hatte. »Nimm den Lederriemen von deinem Wams und fessle ihr die Arme! Nun mach schon!«, schrie er. Aber Elsebeth gab nicht kampflos auf. Wegen des vielen Alkohols, den er getrunken hatte, fiel es Endres ohnehin schwer, den Befehl auszuführen. Obwohl sie der kräftige Strauchritter fest im Griff hatte, schlug Elsebeth mit ihren Füßen wild um sich. Mehr konnte sie im Moment nicht tun. Als der Großmeister fälschlicherweise glaubte, Endres habe ihr die Arme zusammengebunden, und sie deswegen aus seinem Würgeriff entließ, nutzte sie die Möglichkeit, um auszuholen und ihm mit ihrem Ellenbogen so fest ins Gesicht zu schlagen, dass sich der Großmeister vor Schmerz schreiend mit beiden Händen an die blutende Nase fasste. Fast gleichzeitig schlug Elsebeth das Knie in den Schritt des anderen, der ebenfalls schrie, während er zusammenbrach.

Für den Bruchteil eines Moments wusste Elsebeth nicht, was sie tun sollte. Wenn ich versuche, Kuntz zu helfen, haben die mich gleich wieder, fuhr es ihr durch den Kopf. Sie beschloss, Hilfe zu holen. »Ich komme zurück, Liebster!«, rief sie dem Besinnungslosen zu und rannte los!

Weil sich ihre beiden Gegner immer noch vor Schmerzen krümmten und es stockdunkel war, würde es keinen Sinn machen, ihr nachzurennen. Also blieb dem Großmeister nichts anderes übrig, als der Frau nachzuschreien, dass sie Kuntz umbringen würden, wenn sie jemandem etwas sagen würde. Elsebeth blieb für einen Augenblick stehen und dachte daran zurückzugehen. Weil ihr aber klar war, dass sie dann beide Probleme bekommen würden, rannte sie weiter und überlegte fieberhaft, wie sie vorgehen sollte.

Zu Hause musste Elsebeth zuerst verschnaufen und sich kaltes Wasser übers Gesicht laufen lassen, um einen klaren Kopf zu bekommen.

Zur selben Zeit suchten die anderen noch den Eingang zum Sezierraum und fanden ihn. »Na also, der Schlüssel passt!«, freute sich der Großmeister, trotz der Schmach, die er – der stolze Ritter von Freyberg-Eisenberg zu Hohenfreyberg – soeben erlitten hatte. An die Blessuren in seinem Gesicht, die ihm von einem gewöhnlichen Weib zugefügt worden waren, dachte er gar nicht mehr. Dafür habe ich ein weiteres Opfer, um dem Codex gerecht zu werden, redete er sich die Sache schön. Und das Weib bekomme ich auch noch. »Nun bring mich auf den Stand der Dinge!«, schnauzte er seinen Vorgänger an.

»Ihr riecht ja selbst, was ihr hier noch nicht sehen könnt!«, schnarrte der gedemütigte Endres von der Linde zurück, in dem längst der Plan gereift war, den Großmeister in diesem Raum zu beseitigen, um selbst wieder seine Stelle im Zirkel einzunehmen.

»Schon gut!«

Die Stimmung war gereizt. Wäre Endres von der Linde nicht so betrunken, würde er sein Vorhaben, ohne zu fackeln, in die Tat umsetzen und mit dem Pferd dieses hochmütigen Mistkerls zur Burg Hohenstein reiten, um dort alles in die Wege zu leiten, was für eine Zusammenkunft der Mitglieder nötig war. Zuvor müsste er sich noch um den Totengräber kümmern, wie er vom Großmeister im »Schwarzen Bären« erfahren hatte. Im Moment aber blieb keine Zeit, sich auszumalen, wie seine Zukunft aussehen würde. Durch ein entsetzt klingendes »Um Gottes willen!« wurde er aus seinen Gedanken gerissen. Der Großmeister hatte mit seinem Feuereisen und einem Funkenstein das kleine Strohbündel entfacht und damit einen Holzspan entzündet. Als er nach weiterem brennbarem Material gesucht hatte, war er auf die Leiche gestoßen, die auf dem Seziertisch lag. Sein Gehilfe nahm ihm den Holzspan ab und entzündete damit die Späne an der Wand, die vor sechzehn Jahren zuletzt gebrannt hatten.

»Was genau ist hier damals passiert?«, fragte der Großmeister erneut, bevor er sich ein Tuch vor den Mund hielt und die verwesten Leichen zählte.

Sein alkoholisierter Vorgänger bemühte sich mit schwerer Zunge, ihm all das zu schildern, was damals in dem Raum vorgefallen war und wofür er bei seiner letzten Nachricht vor seiner Flucht keine Zeit gehabt hatte. Nachdem er mühsam damit fertig geworden war, befahl der Großmeister ihm, Kuntz zu fesseln und hier einzusperren.

»Und nun lass uns gehen! Wir werden uns morgen nach der Siegerehrung wieder hier treffen, um alles Weitere zu besprechen. Und bis dahin verhältst du dich unauffällig und machst einen großen Bogen um mich!«, ordnete der Großmeister an.

»Gerne!«, antwortete sein Vorgänger und grinste still in sich hinein, weil er sich jetzt schon als Sieger fühlte. Den Schlüssel zum Sezierraum steckte *er* ein.

Nachdem die beiden den Gewölbekeller verlassen und sich aus dem Dunkel des Gemäuers gelöst hatten, trennten sie sich wortlos. Der Säufer wankte in Richtung seiner Herberge, der Adelige schlug den Weg zu seinem Zelt ein, der ihn über das Festgelände führte. Der Rittersmann war nicht nur schwer angeschlagen, sondern auch todmüde. Zudem wusste er, dass er für das morgige Turnier ausgeschlafen sein musste – wenn es überhaupt noch einen Sinn für ihn machen würde, sich daran zu beteiligen. Denn seine Nase dürfte gebrochen sein. Dies würde er verschmerzen können, wenn er trotzdem seinen Turnierhelm aufsetzen konnte. Dass aber sein linkes Auge immer weiter zuschwoll, bereitete ihm größere Sorgen.

Am Festplatz angekommen, fiel sein getrübter Blick zu der Stelle, wo der ganze Ärger dieses Tages begonnen hatte. Die zwei Särge des Totengräbers zogen ihn wie magisch an. Obwohl er nicht wusste, was er dort sollte, ging er zu dem Platz, wo er nur wenige Stunden zuvor dem Schabernack des rotbärtigen Bestatters gelauscht hatte. Allerdings hatte er sich nicht von dessen närrischem Geschwätz beeindrucken lassen, sondern von dem, was er um den Hals getragen hatte.

Kapitel 25

Elsebeth Müller hatte eine schlaflose Nacht hinter sich. Nach dem schrecklichen Erlebnis bei der Klostermauer war an Schlaf überhaupt nicht zu denken gewesen. Unruhig war sie in ihrer Schlafkammer auf und ab gegangen und hatte überlegt, was zu tun sei. Einerseits hatte sie Kuntz helfen wollen, andererseits war ihr die Warnung des Mannes, der sie festgehalten hatte, immer noch in den Ohren geklungen. Die Sorge um ihren Geliebten hatte sie schließlich alle Bedenken beiseiteschieben lassen, und sie war zwei Stunden später dorthin zurückgekehrt, wo sich alles zugetragen hatte. Aber in der Aufregung hatte sie die genaue Stelle nicht mehr gefunden. Ihr war nichts anderes übrig geblieben, als sich einen guten Platz zu suchen, von dem aus sie sehen konnte, wenn sich jemand der hinteren Klostermauer näherte. Weil sie eine Heidenangst davor gehabt hatte, von den beiden zweifellos durch und durch bösen Männern erwischt zu werden, hatte sie sich nicht getraut, im Gebüsch nach einem Erdloch oder etwas Ähnlichem zu suchen, in das Kuntz möglicherweise gesteckt worden war. Das »Loch« zu einem »Sezierraum« könne nicht mehr weit sein, hatte einer der beiden gesagt.

»Nicht mehr weit!«, betete sie sich leise vor. Sie hatte keinen blassen Schimmer davon, was ein »Sezierraum« war.

Der Tag des Herrn begann – wie es sich bei besonderen Festen in Allgäuer Städten und Dörfern gehörte – in aller Herrgottsfrüh mit einem »Weckruf«. Und wie es sich bei Ritterturnieren geziemte, schallten an diesem Sonntagmorgen sogar Fanfarenklänge vom Blaserturm über die Freie Reichsstadt Isne. Sie schreckten Elsebeth auf, die in den frühen Morgenstunden in ihrem ungemütlichen Versteck eingenickt war. Gähnend rieb sie sich die Augen, orientierte sich kurz und wollte dann das tun, was sie in der Nacht beschlossen hatte; unverdrossen nach dem »Loch« suchen. Dies konnte sie aber erst tun, nachdem sie zu Hause alles so organisiert hatte, dass die Schenke einigermaßen ordentlich laufen würde. Ihr würden eine Menge Einnahmen durch die Lappen gehen, aber das war Kuntz ihr wert. Zu Hause musste sie sich außerdem bewaffnen. Anschließend würde sie sich auf die Suche nach ihrem Geliebten begeben. Elsebeth hatte sich vorgenommen, das dichte Buschwerk so lange zu durchkämmen, bis sie ihn gefunden hatte.

Während ihres Nachhauseweges bemerkte sie ein für diese frühe Morgenstunde ungewöhnlich pulsierendes Treiben in ihrer geliebten Stadt. Einige Handwerker begannen schon damit, den Rest ihrer Demonstrations- und Verkaufsstände vom Festplatz wegzubringen. So waren auch die Helfer des Leichenbestatters auf dem Weg dorthin, um die auf dem Rain zurückgelassenen Mustersärge wegzukarren. Eigentlich hätten sie dies gestern Abend noch tun sollen. Aber sie waren der Versuchung des Alkohols erlegen und deshalb zu nichts mehr fähig gewesen. Und weil auch der Totengräber viel zu viel getrunken hatte, war er im Suff in einen der beiden Särge gestiegen, um darin seinen Rausch auszuschlafen. Und genau dies war ihm zum Verhängnis geworden. Um kein unnötiges Aufsehen zu erregen, hatte ihm der Großmeister eigentlich erst nach dem Turnier das »Magische Amulett« abnehmen wollen, das er Stunden zuvor um den Hals des Rotbärtigen hatte hängen sehen. Weil ihm aber in der vergangenen Nacht die Möglichkeit dazu auf dem Silbertablett serviert worden war, hatte er aus dem gestrigen gebrauchten Tag doch noch einen Tag des Triumphes gemacht. Als er auf dem Nachhauseweg bemerkt hatte, dass die Särge des Totengräbers immer noch dort gelegen hatten, wo dessen Präsentationsstand gewesen war, hatte er sie näher begutachtet. Dort angekommen, hatte er geglaubt, von einem der gefürchteten Waldgeister heimgesucht zu werden. Denn der Deckel eines Sarges hatte sich wie von Geisterhand bewegt, gleichzeitig hatte es im Sarg gerumpelt. Bis ins Mark erschrocken, war der mittlerweile nur noch auf einem Auge sehende Ritter zurückgesprungen, hatte blitzschnell sein »Jiàn« gezogen und abgewartet. Nach einer Weile des stillen Lauschens hatte er geglaubt, sich zu verhören. Aus dem Sarg war das Schnarchen eines Menschen gedrungen. Schritt für Schritt war er auf die Totenkiste zugegangen und hatte mit der Spitze seines Schwertes den Deckel so weit beiseitegeschoben, dass er den Verursacher der Schnarchgeräusche gesehen hatte.

»Nun hilf mir schon, du faule Sau!«, maulte einer der beiden Helfer des Totengräbers den anderen an, weil er einen Sarg auf den anderen stapeln wollte, um nicht zweimal laufen zu müssen.

»Verdammt, ist der schwer!«, erkannten die beiden tumben Gesellen gleichzeitig und hoben den Deckel des schweren Sarges hoch, ließen ihn aber gleich wieder los, um Fersengeld zu geben.

Kurz darauf standen alle, die sich in Rufweite befunden hatten, um den Sarg herum und starrten entsetzt darauf. Sie sahen ausgerechnet denjenigen, der für andere Holzkisten zimmern und Gräber ausheben ließ, tot in einem seiner eigenen Särge. Die Hände unter seiner blutenden Brust gefaltet, hätte der gefürchtete Narr friedlich ausgesehen, wenn auf seine Stirn keine römische Acht in einem Quadrat geritzt gewesen wäre.

Nach und nach versammelten sich mehr Menschen auf diesem Teil der Festwiese, auf dem gestern noch die örtlichen Handwerker ihr Können demonstriert oder Aufträge entgegengenommen hatten. »Lass uns nachsehen, was dort oben los ist!«, mobilisierte Friedrich von Freyberg-Eisenberg zu Hohenfreyberg die anderen Ritter, um sich selbst unauffällig bei Tageslicht den Tatort besehen zu können. Er wollte in Erfahrung bringen, ob ihn irgendein Fehler in Verdacht bringen konnte.

»Der hat ja noch seinen ganzen Schmuck um den Hals hängen!«, stellte ein Mann fest, der sich gestern vom Totengräber hatte beschwatzen lassen, für sein Seelenheil jetzt schon einen geweihten Sarg zu bestellen und anzuzahlen. Als ihm die Situation klar wurde, fragte er in die Menge der Umstehenden, wer ihm das Geld zurückerstatten würde. Trotz des entsetzlichen Anblicks brandete schallendes Gelächter auf.

»Er hat recht«, tuschelte der Reichsritter Ulrich von Schellenberg dem Herrn von Entringen zu und ergänzte, dass es merkwürdig sei, dass dem verstorbenen Totengräber der Schmuck gelassen und ihm eine Zahl in die Stirn geritzt worden war.

»Also kein Raubmord!«, konstatierte Ritter Friedrich, der zufrieden war, obwohl er in der Nacht nicht daran gedacht hatte, ihm den Schmuck abzunehmen und somit auf einen räuberischen Akt hinzulenken. Sein Auge war nach wie vor zugeschwollen und seine Nase pochte bei jeder Bewegung seines Körpers so schmerzhaft, als würde er mit einem Schmiedehammer gezüchtigt. Obwohl er seine Teilnahme beim Turnier deswegen gleich zurückziehen musste, fühlte er sich als Sieger. Ich habe unserem Codex auf vorbildliche Art und Weise gedient, das ist das Wichtigste! Und niemand wird dahinterkommen, dass dem Toten ein einziger Anhänger fehlt, geschweige denn, dass *ich* ihn habe, dachte er sich und erwog, ob er sich nicht schon während des Turniers um seinen Vorgänger kümmern solle.

Da bückte sich Conrad von Laubenberg zu Altlaubenberg zu dem offensichtlich Ermordeten hinunter und riss ihm zum Entsetzen der anderen Gaffer das Hemd auf, um sich die Stichwunde genauer anzusehen. Dann wandte er sich an denjenigen, den er im Turnier gerne als seinen ersten Gegner gehabt hätte: »Die Einstichwunde ist so schmal wie Euer fremdländisches Schwert.«

Der ansonsten nicht aufs Maul gefallene Ritter Friedrich von Freyberg-Eisenberg zu Hohenfreyberg wusste für einen Moment nicht, was er sagen sollte. Er konnte nur hoffen, dass ihm seine Verlegenheit wegen der Blessuren nicht anzumerken war. Es hatte ihm schon genügt, seinen adeligen Kontrahenten nach dem Aufstehen erklären zu müssen, wie er in der Nacht zu einer gebrochenen Nase und zu einem blauen Auge gekommen war.

»Also müssen wir nach einem Fremden suchen, der ein

ebensolches Schwert trägt wie ich«, antwortete der Großmeister, der versuchte, ein witziges Lächeln in sein malträtiertes Gesicht zu legen. Er wusste, dass die Feststellung seines Standesgenossen sich zu einem Feuer entwickeln und zu einem Flächenbrand ausweiten konnte. Da hörte er einen Mann sagen, dass er »ganz genau« gesehen habe, wie sich der Totengräber gestern mit einem anderen Kerl böse gestritten und sogar geprügelt habe. Als er dann auch noch felsenfest behauptete, diesen Mann genau beschreiben zu können und dabei die Körpergröße des streitsüchtigen Raufboldes auf gerade mal fünfeinhalb Fuß schätzte, machte sich beim wesentlich größeren Ritter Friedrich Erleichterung breit. Dennoch wurde er vom Laubenberger mit einem solch kritischen Blick bedacht, dass ihm klar wurde, dass er Isne möglichst schnell verlassen musste.

Als sich ein betagter Einheimischer über den Sarg beugte und behauptete, den Toten schon seit dem vorletzten Jahrzehnt zu kennen, wurde das Interesse der Leute endgültig in eine andere Richtung gelenkt. Um dieser glücklichen Wendung einen zusätzlichen Schub zu geben, fragte der Großmeister den Alten, wer der Ermordete denn sei.

»Ja, Gilg«, drängte nun ein anderer. »Sag uns, wer das ist!«

Der Alte beugte sich abermals über den Sarg, um den Leichnam ganz genau zu betrachten. »Kein Zweifel: Er ist es«, murmelte der Mann und bekreuzigte sich.

»Was sagst du? Wir verstehen dich nicht, Gilg!«, krächzte die fast gleichaltrige Schädlerin, während sie sich mit Hilfe ihres Gehstocks zwischen den Menschen von hinten bis zum Sarg vordrückte.

»Du wirst es gleich erfahren, damit du wieder etwas hast, das du als Erste durch die Stadt tragen kannst«, antwortete Gilg, der die unangenehme Ratschkattel nicht ausstehen konnte.

»Dann spuck's schon aus, du alter Narr!«, fauchte sie zurück.

»Das hier«, er kümmerte sich nicht mehr um das Weib und zeigte zum Toten, »ist zweifelsfrei Seyfrid Rotter, der ›Hauptmann‹!«

»Bist du sicher?«, fragte ein ebenfalls betagter Isner, der zwar nicht mehr gut sah, sich aber noch gut daran erinnern konnte, wie der »Hauptmann« mit seinen drei Kumpanen die Menschen von Isne mit Diebstählen, Einbrüchen und Überfällen geschunden hatte.

Weil das »Magische Amulett« zurück im Besitz des Geheimbundes war, zog Friedrich es vor, sich unauffällig vom Ort des Geschehens zu entfernen. Dass er dabei vom Laubenberger immer noch kritisch beäugt wurde, merkte er nicht.

Nach einem ganz besonders feierlichen Gottesdienst in der dreischiffigen Nikolaikirche, den Abt Nicolaus Stainegger höchstpersönlich zelebriert hatte, waren die Messebesucher zum Turnierplatz hinuntergezogen. Dieses Mal waren die Turnierteilnehmer ganz im Vordergrund gestanden, weswegen alle ihren persönlichen Tross dabei gehabt hatten; Wachen, Diener, Knappen und Pferdeknechte mit den Ersatzpferden. Lediglich Ritter Friedrich hatte aus verständlichen Gründen gefehlt. Er hatte sich zwar am Gottesdienst beteiligt, war aber gleich danach in sein Lager zurückgekehrt, um die Anweisung zu geben, direkt nach dem Turnier abzubauen und ohne ihn nach Eisenberg zurückzukehren. »Ich werde zu einem Medicus ans Mare Brigantium hinunterreiten, um mich dort versorgen zu lassen! Ihr kennt ja den Weg nach Hause!«, hatte er knapp gesagt und sich vom Turnierplatz entfernt. Um nicht unangenehm aufzufallen, musste er bis zum Turnierbeginn zurück sein. Weil er nicht teilnehmen konnte, war dies dem Truchsess ebenso verwehrt, und ihm war nichts übrig geblieben, als den bemitleidenswerten Ritter Friedrich einzuladen, neben ihm auf der Ehrenloge Platz zu nehmen, die Magnus meisterhaft zusammengezimmert hatte.

Nach der Mittagszeit kündeten erneute Fanfarenklänge den Beginn des Ritterturniers an. Da hatte der Großmeister bereits mit Endres von der Linde gesprochen und ihm aufgetragen, sich eine halbe Stunde nach Ende des Turniers an der nordöstlichen Ecke der Klostermauer einzufinden, um gemeinsam mit ihm zum Sezierraum zu gehen. Der Adelige würde die Stelle allein nicht wiederfinden. Außerdem hatte er den Schlüssel nicht wieder an sich genommen.

Bis auf die traurige Sache mit dem erstochenen Totengräber und dem ständigen Nörgeln seiner Frau konnte Bürgermeister Eberz auch an diesem Tag zufrieden sein: Die Sonne strahlte vom Firmament, die Menschen waren in Massen in seine Stadt gekommen und zum Turnierplatz geströmt, um den Recken hoch zu Ross beim Tjosten zuzusehen. Das gesamte Areal war festlich geschmückt und sämtliche Bänke auf der Festwiese waren bis auf den letzten Platz besetzt.

Während sich nach und nach die Tribüne füllte und Bürgermeister Eberz die zum Teil von weither angereisten Ehrengäste begrüßte, wurde Klara immer unruhiger. »Wo bleibt der Bub nur?«

»Das weiß *ich* doch nicht!«, antwortete Benedict gereizt, weil ihn seine Frau bereits gestern Abend bis in die Schlafkammer hinein mit ihrer Sorge um Kuntz malträtiert hatte. Bei aller Liebe zu seinem Sohn konnte er sich *jetzt* beim besten Willen nicht damit befassen.

»Aber er ist heute Nacht nicht nach Hause gekommen!«

»Ich weiß, Klara! Aber Kuntz ist kein Kind mehr! Er ist erwachsen und weiß schon, was er tut!« Als er dies sagte, legte er sanft seine beiden Handflächen auf Klaras rot gewordene Wangen. »Vielleicht hat er die Nacht bei einer holden Maid verbracht?«

Obwohl dies Klara freuen würde, vermochte sie die Einschätzung ihres Mannes in diesem Moment nicht zu trösten. »Wir müssen ihn suchen! Wenn er Isne verlassen hätte, wäre er zu mir gekommen und hätte sich verabschiedet!«, entgegnete sie merkbar erregt.

»Ich bin sicher, dass Kuntz nach wie vor in der Stadt ist! Wahrscheinlich hat er eine Liebschaft gefunden und ist bei ihr oder er ist mit ein paar alten Freunden in irgendeiner Pinte versumpft und tauscht alte Erinnerungen aus«, beruhigte der Bürgermeister seine Frau erneut.

»Aber …«

»Kein Aber! Wir reden nach dem Turnier darüber.«

»Aber …«

»*Klara!*«

»Ist ja schon gut!«, wehrte sie enttäuscht ab. Dabei merkte ihr Mann nicht, dass sie zu zittern begann.

Als Fanfarenklänge den Beginn des Turniers ankündigten, wurde es nicht nur auf der Tribüne und auf den Stehplätzen vor dem Wettkampfplatz, sondern auf dem ganzen Rain ruhig. Nur das ungeduldige Schnauben der erfahrenen Turnierpferde und das gelegentliche Klappern der Rüstungen unterbrachen die spannungsgeladene Stille.

Die Zuschauer interessierte jetzt, welche Paarung als erste anstand. Alle waren gespannt, wer den Turniersieg mit nach Hause nehmen würde. Klara verhielt sich trotz ihrer inneren

Unruhe so, wie es ihr Mann von ihr erwartete. »Schau mal; sieht Magnus in der Gewandung eines Herolds nicht gut aus?«, flüsterte Benedict seiner Frau zu, die stumm nickte.

Dann kam die große Stunde des leitenden Helfers. Die vielseitig einsetzbare rechte Hand des Bürgermeisters verfügte nicht nur über handwerkliches und organisatorisches Geschick, er konnte auch gut reden und sogar Possen reißen. Im Grunde genommen war an ihm ein Gaukler verloren gegangen. »Volk von Isne!«, hob er mit lauter Stimme an, während er sich zu den Besuchern links und rechts der Ehrentribüne verneigte. »Edle Frauen! Hohe Herren!« Magnus knickste mit einer ausladenden Geste noch tiefer als zuvor. Den Ausfallschritt hatte er von einem als Höfling verkleideten Faxenmacher abgeschaut, der vor vielen Jahren anlässlich eines Jahrmarktes in Wangen gastiert hatte. Magnus hatte dort zwei Jahre lang für den dortigen Bürgermeister gearbeitet, was ihm in vielerlei Dingen zugutegekommen war. Er breitete die Arme aus und rief, so laut er konnte: »Das Turney möge beginnen! Zuvor aber noch einige Regularien, die es einzuhalten gilt!«

Nachdem der offensichtlich spiel- und redefreudige Herold den Ablauf des Turniers mit eindrucksvollen Worten erläutert hatte, kündigte er die Turnierreiter an, die inzwischen allesamt auf ihren schnaubenden Streitrössern saßen und nacheinander an der Ehrentribüne vorbeiritten, wo sie nach höfischer Manier ihre Lanzen senkten. Dass keine Maiden von edler Herkunft in Isne waren, für die es sich lohnte, den Sieg zu erringen, tat dem Ritual keinen Abbruch.

Nachdem sich ein Reiter nach dem anderen gegenüber der Ehrentribüne aufgereiht hatte, ertönten wieder die städtischen Fanfarenbläser, denen dumpfer Trommelschlag der von beiden Seiten einmarschierenden Trommlergarde aus Weingarten folgte.

»Ein Bild für Götter«, flüsterte der Bürgermeister dem Truchsessen Otto von Waldburg zu seiner Linken zu.

Vor ihnen scharrten die sechs Prachtpferde in den Farben ihrer Herren mit den Hufen um die Wette. Darauf saßen die kampflustigen Ritter in ihren Rüstungen, die im Sonnenlicht glänzten. Die Pferde wurden von den Schildknappen der Ritter gehalten. Zu beiden Seiten saßen je zwei Fanfarenbläser zu Ross, neben die sich sechs Fußtrommler gesellten. Davor stand Magnus, der stolze Herold, der das Ganze abschritt, um die Turnierfähigkeit festzustellen.

Dann wurde zur Auslosung der ersten Paarung geschritten.

Die Stimme des Herolds rollte über das Gelände wie ein Gewitter: »Der wohledle Reichsritter Ulrich von Schellenberg …«, um die Sache noch spannender zu machen, ließ sich Magnus Zeit, »… gegen …«, er ließ sich sogar viel Zeit, »… den ebenfalls wohledlen … Conrad von Laubenberg zu Altlaubenberg!«

Nachdem die erste Paarung bekannt geworden war, brach frenetischer Jubel und Handgeklappere aus, Fähnchen wurden geschwungen und Hüte in die Höhe geworfen. Das Volk war begeistert. Und weil auch die Obrigkeit zufrieden war, konnte das Turnier beginnen.

Kapitel 26

ELSEBETH MÜLLER WAR indessen in ihre Schenke geeilt, um dem Koch und der Schankmagd mitzuteilen, dass sie voraussichtlich bis über die Mittagszeit hinaus weg sein würde. »Ihr seht ja selbst, dass noch nichts los ist, weil alle beim Turnier sind!«, begründete sie, bevor sie sich an den Koch wandte: »Tritt dem Spülknecht in den Hintern, wenn er nicht spurt!« Dann ging sie zur Schankmagd und zeigte mit einer Kopfbewegung zu dem Tisch, an dem der einzige Gast saß. »Unser alter Medicus möchte sein Bier angewärmt, vergiss das nicht!«

»Ich weiß!«, antwortete das fleißige Mädchen, das versuchte, Elsebeth zu beruhigen. »Wir machen das schon! Du kannst unbesorgt gehen!«

»Also gut! Ihr wisst, was ihr zu tun habt?«, schloss sie ihre Visite ab, bevor sie zum Tisch des ehemaligen Stadtarztes ging, um ihm einen schönen Tag zu wünschen. Da fiel ihr eine Frage ein, die sie an den gebildeten Greis richten konnte. Um nicht mit der Tür ins Haus zu fallen, sprach sie mit ihm erst ein wenig über das Ritterturnier, das den betagten Mann nicht sonderlich interessierte, weswegen er es vorgezogen hatte, ins Wirtshaus zu gehen, um sich in aller Ruhe sein Sonntagsbier schmecken zu lassen.

Der alte Fuchs merkte, dass mit der jungen Wirtin etwas nicht stimmte. Also fragte er sie unumwunden, was sie bedrückte.

So angesprochen, traute sich Elsebeth, ihn zu fragen, was ein »Sezierraum« sei.

Der ehemalige Medicus stutzte. Er wollte wissen, wie sie darauf komme.

Weil die gottesfürchtige Frau spürte, dass ein »Sezierraum« etwas Böses war, zog sie es vor, die Sache herunterzuspielen. Aber der alte Mann ließ nicht locker. Also erzählte sie ihm notgedrungen von einem Loch, das »dort oben« so bezeichnet wurde. Dabei zeigte sie in Richtung Osten.

»Ein ›Loch‹ vor der Klostermauer? Oder meintest du *im* Gemäuer?« Obwohl der Ruheständler keinen Schimmer davon hatte, was ein »Loch« mit einem »Sezierraum« gemein haben könnte, und er immer noch nicht wusste, weshalb Elsebeth sich dafür interessierte, erklärte er ihr in allen Details, was es mit einem »Sezierraum« auf sich hatte. Dabei bemerkte er, wie sie zunehmend blasser wurde. Also legte er seine Hand auf ihre und sagte: »Du weißt, dass ich deinem Vater Barthel, selig, ebenso eng verbunden war wie deiner Mutter Mechthild, selig!« Als er die Namen der Toten aussprach, schlug er ein Kreuz.

Während die junge Frau stumm vor sich hin nickte, wirkte sie auf ihn in weite Ferne entrückt. »Du kannst dich mir getrost anvertrauen!«, fügte er hinzu, bekam zur Antwort aber nur ein »Danke!«. Dann rannte die Wirtin aus ihrer eigenen Schenke, als wenn der Leibhaftige hinter ihr her wäre.

Zur selben Zeit wartete der ehemalige Großmeister im Schatten der Büsche vor der Klostermauer auf seinen Nachfolger, den er im Sezierraum umbringen und dem er das »Magische Amulett« abnehmen würde. Sich das verschwundene Schwert aus den Räumen des Totengräbers zurückzuholen, wäre ihm Ehre und Verpflichtung zugleich. Falls es sich dort befinden sollte. Aber das hatte im Moment noch etwas Zeit. Nach der Ermordung des Großmeisters würde er mit dessen Pferd zur Burg Hohenfels reiten, um sich seine Kutte anzueignen und von dort aus eine Zusammenkunft zu organisieren. Mit dem »Magischen Amulett« würde er sich als Oberhaupt des Geheimbundes legitimieren. Alles würde gut werden – so zumindest malte sich der heruntergekommene Säufer seine Zukunft aus.

Ritter Friedrich von Freyberg-Eisenberg zu Hohenfreyberg war allerdings noch nicht auf dem Weg zu seinem Vorgänger, sondern zum Haus des toten Sargmachers. Denn im Gegensatz zu ihm sah er es als äußerst dringlich an, sich *sofort* auch noch das »Jiàn« anzueignen. Dabei sinnierte er darüber, wen er noch umbringen konnte, um den Codex seiner geheimen Bruderschaft gänzlich zu erfüllen. Das vermaledeite Weib, das ihn so zugerichtet hatte, dass er kaum noch etwas sehen konnte, würde auf jeden Fall sterben. Nachdem er gleich beim Totengräber nach dem verschwundenen Schwert gesucht haben würde, war der junge Mann an der Reihe, der im Sezierraum gefangen war. Seinen Vorgänger würde er ebenso sterben lassen. Es fehlten noch vier Opfer. Dafür würde ihm schon noch etwas einfallen, war er sich sicher.

Weil die ganze Stadt beim Turnier ist, habe ich leichtes Spiel, dachte er, während er die Wassertorstraße hinaufging. Obwohl er nicht genau hatte erfahren können, wo der Laden des Sargmachers war, fand er ihn schnell. Die auffallende Gestaltung und der Schriftzug über dem Eingang hatten es ihm leicht gemacht. Er versteckte sich im Dunkel einer schmalen Gasse und beobachtete das baufällige Gebäude. Er wollte sicher sein, dass ihn kein Mensch sah, wenn er dort einbrechen würde. Als er das absolut sichere Gefühl hatte, dass die Luft rein war, umrundete er das kleine Häuschen und stieg über ein Fenster in die rückseitige Werkstatt ein. »Hier stinkt es ja ekelhaft!«, entwich es ihm, während er mit seiner Suche begann, die ihn in die ehemaligen Wohnräume des toten Leichenbestatters führte. Er konnte sich nicht vorstellen, dass jemand ein solch wertvolles Schwert achtlos in einer Werkstatt herumliegen ließ. Quietschend ging die Tür zur Schlafkammer auf, in der es ähnlich muffig roch wie in der Werkstatt. Da hörte er plötzlich die knarzenden Geräusche von eisenbeschlagenen Rädern, die zu einem Karren gehörten, der auf das kleine Haus zuzurollen schien.

»Verdammt!«, fluchte er, als er durch ein Fenster die beiden Helfer des Totengräbers erkannte, die zwei Särge transportierten. Während einer den Karren zog, hielt der andere die Holzkisten fest. Weil sich die beiden schwertaten, vermutete der Einbrecher, dass in einem der Särge der Totengräber lag. Nachdem er seine Gedanken sortiert hatte, verzog sich sein Gesicht zu einer zufrieden grinsenden Fratze. »Ihr zwei kommt mir gerade recht! … Fünf und sechs!«, murmelte er. Um die beiden Helfer des Totengräbers dem Geheimbund zu opfern, brauchte er sich nur gut zu verstecken und abzuwarten.

Es dauerte nicht lange und die Werkstatttür schlug krachend auf. Als der Karren im Inneren der Werkstatt war, fiel die Tür ebenso laut wieder in die einfache Verriegelung.

»Wir nehmen uns alles, was von Wert ist, und hauen aus Isne ab!«, schlug einer dem anderen vor.

»Und unser Meister?«

»Den können die Würmer auch hier fressen! Komm schon – du nimmst ihm den Schmuck ab, ich suche die Geldschatulle!«

»Nein!«, begehrte der andere auf. »*Ich* suche die Geldschatulle und du nimmst ihm den Schmuck ab!«

»Ihr braucht euch nicht zu streiten. Beides könnt ihr getrost mir überlassen!«, dröhnte eine Stimme aus der Dunkelheit der Nebenräume. Dann trat der Großmeister aus seinem Versteck und streckte den ersten Gesellen, ohne zu fackeln, mit einem gezielten Stich nieder. Es ging so schnell, dass der andere überhaupt nicht wusste, wie ihm geschah. »Zwei!«, bemerkte der Mann im Waffenrock, während er den anderen in eine Ecke drängte. Er fragte ihn, ob er etwas über ein Schwert wisse, das seinem verblichenen »Meister« gehört hatte.

Weil er nur ein Kopfschütteln zur Antwort bekam, verfuhr der Großmeister mit dem zweiten Bestattungsknecht genauso wie mit dem, der bereits erstochen auf dem Boden lag. Bei beiden fuhr er mit seinem »Jiàn« nomals in die Stichwunde, um diese zu vergrößern. So würde kein Verdacht auf sein schmales Schwert fallen. Nachdem er dem Totengräber diesmal auch noch den Halsschmuck abgenommen hatte, begab er sich wieder auf die Suche nach dem »Jiàn«.

»Nichts!«, grummelte er, als er die Küche verließ, um noch einmal einen Blick in die Schlafkammer zu werfen. Nachdem er die Schranktür geöffnet hatte, um alle Schubladen herauszuziehen, stocherte er in der verlausten Lagerstatt herum … und wurde fündig. Unter der Strohmatratze war etwas Langes versteckt, das sorgsam in ein Tuch gewickelt und mit einem langen Band zugebunden worden war. Er, Friedrich von Freyberg-Eisenberg, stolzer Ritter zu Hohenfreyberg und amtierender Großmeister des Geheimen Bundes »Gladius Dei«, hatte nicht nur das seit sechzehn Jahren verschwundene »Magische Amulett«, sondern auch das »Jiàn« wiedergefunden! Die in ihm aufkommenden Glücksgefühle waren unbeschreiblich. Der ansonsten stets besonnene Mann hatte gute Lust dazu, seine Freude laut in die Welt hinauszuschreien. Dann besann er sich. Nachdem er das wertvolle Schwert ausgewickelt und auf Schäden inspiziert hatte, wobei er es sanft gestreichelt hatte, fiel ihm siedend heiß ein, dass er sich mit seinem Vorgänger an der Ecke der nordöstlichen Klostermauer verabredet hatte. Hastig löste er die Schnalle seines Gürtels und zog den Lederriemen durch die Schlaufe der Schwertscheide. Mit dem zweiten Schwert am Gürtel suchte er eifrig nach der Geldschatulle, von der er zuvor gehört hatte. Schließlich fand er auch sie, nahm alles heraus, stopfte es unter seinen Waffenrock und eilte in die Werkstatt. Dort streifte er dem toten Sargmacher auch noch die Ringe von den Fingern und verließ das Haus auf demselben Weg, auf dem er gekommen war. Es sollte so aussehen, als wenn die beiden Sargknechte einen Einbrecher auf frischer Tat ertappt hatten, dem sie zum Opfer gefallen waren.

»Wo ist dieser ›Möchtegern-Großmeister‹?«, schimpfte Ritter Friedrich, der längst ahnte, was Endres von der Linde im Schilde führte. Der lädierte Mann war die Wassertorstraße hinunter und dann rechter Hand zum Kloster geeilt, um sich mit dem Versager zu treffen. An der verabredeten Stelle hatte er ihn aber nicht angetroffen.

Weil er – bis auf die fehlenden fünf Toten, die zur Erfüllung des Vermächtnisses nötig waren – alles hatte, was er wollte, erwog er, sich davonzumachen, noch bevor ihm sein Vorgänger den Schlüssel zum Sezierraum zurückgegeben hatte. Nein, er musste zumindest seinen Vorgänger als Mitwisser und den Kerl im Sezierraum eliminieren. Dass er vor den Mitgliedern seines Geheimbundes nur vier statt acht Tote würde nachweisen können, stufte er nun – da er hatte, was er wollte – als zweitrangig ein. Er musste es seinen vierundvierzig Mitverschwörern ja nicht auf die Nasen binden. Außerdem ließ sich dies ja nachholen. Ihm würde zu gegebener Zeit schon etwas einfallen, war er sich sicher. Hauptsache, das »Magische Amulett« und das »Jiàn« waren wieder im Besitz des »Gladius Dei«. Er klopfte mehrmals mit der flachen Hand so auf das Heft des zweiten Schwertes, als wenn er prüfen wollte, ob es noch da war.

Während er auf Endres von der Linde wartete, drangen vom Rain her die vertrauten Geräusche eines Ritterturniers zu ihm hoch. Wie gerne würde er sich jetzt mit seinem »Lieblingskontrahenten« Ulrich von Schellenberg im Tjost messen. Immerhin hatte er beim letzten Turnier auf der großen Wiese vor der Burg Sulzberg nahe der Stadt Kempten eine zwar höchst seltene, dafür aber umso schmählichere Niederlage gegen den an diesem Tag ganz besonders kampfstarken Reichsritter einstecken müssen. Verklärt hörte der Adelige dem Treiben auf dem Turnierplatz zu. Aber er hatte nicht lange Zeit, um in alter Turnierherrlichkeit zu schwelgen, denn ein anderes Geräusch drang in sein Ohr. Er drehte seinen Kopf in die Richtung, aus der … kaum zu glauben: das Geschrei eines Mannes und einer Frau zu kommen schien. Dann verstummte es. Hatte ihm das Rascheln des Windes im Geäst einen Streich gespielt?

Er wandte sich wieder mit allen Sinnen in Richtung der unteren Stadtmauer. Schließlich musste sein Vorgänger von dort zum Treffpunkt kommen. Als er das Klirren von Waffen vernahm, wunderte er sich, weil auf dem Turnierplatz kein Buhurt geplant war. Da war es schon wieder! Oder doch nicht? Ganz langsam drehte er seinen Kopf erneut dorthin, woher zuvor das Schreien gekommen war. Mit einem Blick nach unten versicherte sich der Großmeister noch einmal, dass Endres von der Linde nicht ausgerechnet in dem Augenblick auftauchen würde, in dem er den merkwürdigen Geräuschen nachging.

Vorsichtig machte der Großmeister die wenigen Schritte zur Klostermauer und schlich durch das dichte Gestrüpp. Weil er ein paar Schritte weiter ziemlich sicher war, dass etwa neunzig oder hundert Fuß vor ihm ein Schwertkampf stattfinden musste, zog er sein »Jiàn« und huschte in geduckter Haltung an der dick gemauerten Klosterumfriedung weiter. Als er sich dem Lärm ganz nahe wähnte, richtete er sich auf. Da sah er, wie sich das Gebüsch direkt rechts vor ihm heftig bewegte. Und tatsächlich: Während er sich seine langen Haare aus dem Gesicht strich und die Zweige vor sich beiseiteschob, sah er, wie sich eine Frau mit Endres von der Linde einen Schwertkampf lieferte. Nach genauerem Hinsehen glaubte er, dieses elende Weib wiederzuerkennen, das ihm die Nase gebrochen hatte. Er beschloss, seinem Vorgänger zu helfen. Er würde sich zum ersten Mal in seinem Leben mit der Waffe in der Hand gegen eine Frau stellen müssen.

Kaum dass er diesen Entschluss gefasst hatte, hörte er erneut Geräusche, die nicht hierhergehörten und aus der Richtung zu kommen schienen, aus der er gerade gekommen war. Es waren das aufgebrachte Klagen einer Frau und die beruhigend klingenden Worte eines Mannes. Der Großmeister entschloss sich zur Flucht, bevor die Kämpfenden auf ihn aufmerksam wurden. Hastig schlug er sich in die Büsche. Wir sind verraten worden, schoss es ihm durch den Kopf. Ein schmerzhaft klingender Aufschrei holte ihn aus seinen Gedanken. Er hoffte, dass das Pochen seines Herzens und sein schwerer Atem nicht zu hören sein würden.

»Pssst! Hast du das gehört?« Die Frauenstimme war nun ganz nah.

Wieder rührte sich nichts.

Dann hörte der Großmeister ein verhaltenes »Ja«. Eine Männerstimme, die er nun erkannte. Was tut *der* denn hier?, schoss es ihm durch den Kopf.

In diesem Moment kämpfte sich das Paar in sein Blickfeld.

Klara Eberz war es doch noch gelungen, ihren Mann davon zu überzeugen, dass mit ihrem Sohn Kuntz etwas nicht stimmen konnte, weswegen sie ihn schleunigst suchen mussten. Also hatten die beiden das Turnier verlassen, als es noch in vollem Gange gewesen war. Da sie ihre Suche in den Gasthäusern und Tavernen der Stadt begonnen hatten, waren sie auf den aus Wolfegg zugezogenen »Rösslewirt« Utz Scherer gestoßen, der ihren Sohn überhaupt nicht gekannt hatte, weswegen er keine Auskunft hatte geben können. Bei Fritz Zeller, dem Wirt des Gasthauses »Zum Schwarzen Bären« hatten sie nicht viel mehr Glück gehabt. »Klar kenne ich Kuntz!«, hatte er gesagt und den besorgten Eltern erklärt, dass ihr Sohn nur einmal vor zwei Tagen kurz bei ihm gewesen sei und einen Becher Milch getrunken habe.

»War er allein?«, hatte Klara wissen wollen und ein Nicken als Antwort erhalten.

Danach waren sie in die Klosterschenke »Zum Schwanen« gehastet, wo sie nur einen einzigen Gast angetroffen hatten. »Gott zum Gruße, Bürgermeister! Und auch dir einen Gruß an diesem schönen Tag, Klara!«, hatte der alte Medicus den beiden freundlich entgegengerufen.

»Ob dies ein schöner Tag ist, wird sich noch herausstellen«, hatte Klara zum Unmut ihres Mannes unhöflich geknurrt.

»Trotzdem …«

»Hast du unseren Sohn Kuntz gesehen?«, hatte sie ohne Umschweife von ihm wissen wollen, war aber mit einem klaren »Nein!« beschieden worden.

»Aber ich habe ihn vorgestern mit Elsebeth gesehen!«, hatte der Stammgast des »Schwanen« hinzugefügt und durch sein unergründliches Schmunzeln die Neugierde der beiden geweckt.

»Ja, und?«, war es gleichzeitig aus den Eltern hervorgeschossen.

»Setzt euch zu mir und beruhigt euch erst einmal!«, hatte der alte Medicus empfohlen, der die besorgten Eltern bestens kannte.

Ungeduldig warteten sie darauf zu erfahren, was er ihnen mitzuteilen hatte. Als der Medicus seine Vermutung äußerte, dass Kuntz mit Elsebeth wohl eine Liebschaft eingegangen war, hatte dies bei Klara Eberz ein unbeschreibliches Glücksgefühl ausgelöst. Es hatte sich jedoch rasch verflüchtigt, als ihnen der Alte berichtet hatte, dass Elsebeth unruhig gewesen war, weil sie schnellstens zur hinteren Klostermauer gelangen wollte.

»Weshalb? Was war geschehen?«

»Ich weiß es nicht!«

»Wann war das?«, hatte Klara von dem Mann noch wissen wollen.

Der ehemalige Medicus schätzte, dass es das Viertel einer Stunde her gewesen sein musste.

»Gehabt Euch wohl!«, hatte Klara ihrem freundlichen Informanten zugerufen, nachdem sie sich herzlich bedankt hatte und mit Benedict an der Hand aus der Schenke gerannt war.

Das Ehepaar Eberz war zur Klostermauer hinaufgeeilt.

Dort oben angelangt, begegnete ihnen eine heftig schnaufende »Schwanenwirtin« mit einem blutigen Schwert in der Hand und einem augenscheinlich toten Mann vor sich.

»Geht es dir gut, Elsebeth?«, mochte Klara wissen, die auf die junge Frau zugerannt war und sie in die Arme nahm.

»Wer ist das?«, interessierte hingegen den Bürgermeister, der von der jungen Frau erfuhr, dass sie den Toten nicht kenne.

»Er muss mir nachgeschlichen sein!«, mutmaßte sie und erzählte abgehackt, dass er sich wie ein Wilder auf sie gestürzt hatte, nachdem sie »den Gang« hinter dem Gebüsch entdeckt hatte. »Ich habe mich nur verteidigt!«

»Schon gut, Elsebeth, ich glaube dir!«, beruhigte der Bürgermeister die völlig aufgelöste Frau. »Aber welchen ›Gang‹ meinst du?«, wollte er wissen, während er neugierig um sich schaute.

»Da vorne!« Elsebeth zeigte in Richtung des Klosters. Dann ging sie zur Klostermauer, wo sie hinter dem immer dichter werdenden Gestrüpp tatsächlich einen etwa fünf Fuß breiten Einschnitt sahen. Wenige Schritte weiter entdeckten sie einen kleinen Einlass, der von einem Türstock aus Sandstein umgeben war.

»Verdammt!«, platzte es aus dem Großmeister heraus, der von seinem Versteck aus alles beobachtete. Sie haben unseren Sezierraum entdeckt! Bevor sie den Schlüssel bei meinem Vorgänger finden, muss ich sie erledigt haben, fügte er dem zu laut geratenem Fluch gedanklich hinzu.

»Pssst! Leise!«, forderte Benedict, der den Großmeister gehört, aber nicht verstanden hatte. »Bleibt hier stehen und rührt euch nicht!«

Der Bürgermeister schlich – zum Entsetzen seiner Frau und unbewaffnet wie immer – in die Richtung, aus der das Geräusch gekommen war.

Der Großmeister war ein gestandener Rittersmann, der während seiner Ausbildung den richtigen Umgang mit einer derartigen Situation gelernt hatte. Wenn er alle drei töten wollte, mussten sie zusammen sein, damit keiner entwischen konnte. Er musste sie mit einem Streich erledigen. Also wechselte er seine Position, um auf eine passende Gelegenheit zu warten.

»Was ist?«, fragte Klara, nachdem ihr Mann nur wenige Momente später zurückgekommen war.

»Ja, was wohl? Nichts! Ich muss mich verhört haben!«, knurrte der verärgerte Mann, während er den beiden Frauen in Richtung des schmalen Ganges voraneilte. An der schweren Tür angekommen, lauschte er. Nachdem er nichts gehört hatte, tastete er das Holz ab und untersuchte das Schloss. Weil die Tür nach innen aufging, war keine Möglichkeit gegeben, die Scharniere zu entfernen, um hineinzugelangen.

»Ist … ist Kuntz dort drin?«, traute Klara sich kaum zu fragen und löste damit einen Weinkrampf bei Elsebeth aus.

Der alte Medicus hatte im »Schwanen« indessen seine zwei angewärmten Biere bezahlt und sich doch noch auf den Weg zum Turnierplatz gemacht. Dort herrschte absoluter Ausnahmezustand, denn inzwischen stand der Gewinner des Lanzenstechens fest; es war Ulrich von Schellenberg, der diesen Sieg ins heimische Sulzberg mitnehmen durfte. Damit sich die Recken vom Stechen erholen und für die spontan beschlossenen Schwertkämpfe vorbereiten konnten, hatte der Bürgermeister Magnus aufgetragen, nach dem Tjosten eine einstündige Pause anzukündigen, bevor er den Turnierplatz verlassen hatte. Die meisten Menschen hatte es daraufhin zum Festplatz hinübergezogen, wo sich diejenigen, die es sich leisten konnten, erfrischende Getränke gönnten. Innerhalb weniger Augenaufschläge hatten sich die Tische bis auf den letzten Platz gefüllt, kein einziger Sitzplatz war zu finden. Die Schankmägde hatten ebenso alle Hände voll zu tun wie die Bauchhändler, die Happen anboten. Dabei war der Ochse am großen Spieß die größte Attraktion, obwohl sich die meisten nur das Fleisch der Sauen an den kleineren Spießen leisten konnten. Lediglich diejenigen, die für das Unterhaltungsprogramm der Kinder zuständig waren, hatten nicht viel zu tun, weil sich alle Buben und die meisten Mädchen beim Ritterlager herumtrieben. Dies schien für sie zumindest an diesem Tag spannender zu sein, als beim Stangentheater zuzusehen, wie ein aus dünnem Eisen getriebener Drache von einem ebenfalls eisernen Ritter besiegt wurde.

»Habt Ihr den Bürgermeister gesehen?«, mochte Magnus vom alten Medicus wissen, als der auf dem Festplatz ankam. »Ich bräuchte ihn ... *dringend!* Er muss in etwa einer halben Stunde den Schwertkampf freigeben, damit ich ihn ansagen kann!« Der Herold nahm seine Kappe ab und wischte sich mit dem Handrücken den Schweiß von der Stirn.

Der alte Medicus erzählte dem leitenden Helfer des Bürgermeisters von seiner Begegnung mit dem Ehepaar Eberz.

Klara, Elsebeth und Benedict war nichts eingefallen, wie sie die Tür öffnen konnten, hinter der sie ihren Sohn Kuntz vermuteten. Weil das feste Klopfen und das laute Rufen nichts gebracht hatten, war die Stimmung schlecht.

»Nun hör endlich mit deiner Heulerei auf!«, schimpfte Benedict seine Frau, während er sich einen passenden Stock suchte, um damit die Tür auszuhebeln.

Der Großmeister in seinem Versteck wartete ungeduldig auf eine gute Gelegenheit, die drei auszuschalten.

Als Elsebeth sich wieder einigermaßen gut fühlte, stand sie auf und ging zu dem Mann, den sie niedergestreckt hatte. Sie roch den Alkohol, und ihr wurde klar, wie sie den Kampf hatte gewinnen können. Da fiel ihr etwas ein.

»Was tust du da?«, wolle Klara entsetzt wissen, die sich sogleich bekreuzigte, als sie sah, dass Elsebeth die Gewandung des Toten abklopfte und in seine Taschen fasste. »Herr der Gnaden, was tust du da?«, wiederholte die ältere der beiden Frauen abermals und bekam zur Antwort einen rostigen Schlüssel entgegengestreckt. »Den hier habe ich gesucht!«

»Was ist das?«

»Ich hoffe, der Schlüssel zu dieser Tür!«, antwortete Elsebeth triumphierend und ergänzte: »Wenn sich einer in dieser dunklen Ecke hier schon auskennt, mir hierher gefolgt ist und mich mit dem Schwert angreift, muss er gute Gründe dafür haben, oder?«

Klara hatte verstanden.

Wenige Augenaufschläge später standen alle drei vor der kleinen Tür, um sie mit dem Schlüssel zu öffnen.

Der kampferprobte Ritter sah seine Stunde gekommen. Zu seiner übergroßen Freude hatte die junge Frau, die er seit ihrem letzten Zusammentreffen abgrundtief hasste, ihr Schwert neben dem Toten liegen lassen. Drei Unbewaffnete; ein alternder Mann und zwei schwache Weiber.

Um möglichst schnell und effizient zuschlagen zu können, zog er beide Schwerter und schlich sich aus seinem Versteck, wohin es ihn aber sofort wieder zurückdrängte. Denn er hörte – verdammter Mist – schon wieder Stimmen. Nur dieses Mal schienen es gleich mehrere zu sein, die rasch näherkamen. Er fluchte innerlich, während er sich ein ganzes Stück weiter in die Büsche schlug als zuvor.

»Keine Sorge! Wir stehen euch bei!«, rief Magnus schon von Weitem.

»Hier sind wir!«, kam es vom Bürgermeister erleichtert zurück. Er hatte die Stimme seines besten Mannes erkannt.

Gleich darauf raschelte es im Blätterwald. Es war eine Handvoll Männer, die sich durch das Gebüsch kämpften.

»Was macht ihr hier?«, fragte Magnus verdutzt, der immer noch in seiner Heroldsgewandung steckte.

»Später!«, antwortete Elsebeth einsilbig. Sie konnte es nicht erwarten, den Schlüssel ins Loch zu stecken und die Tür zu öffnen.

»Hat jemand von euch ein Feuereisen dabei?«, mochte der Bürgermeister wissen, nachdem er sich angeekelt von der geöffneten Tür abgewandt hatte. Trotz ihrer Neugierde wichen auch die beiden Frauen zurück. Weil sie den unverkennbaren Geruch des Todes sofort mit Kuntz in Verbindung gebracht hatten, begannen beide, haltlos zu schluchzen. Nur Magnus konnte der mit menschlichen Ausscheidungen vermischte Leichengeruch nichts anhaben. Nachdem er einen trockenen Ast zum Brennen gebracht hatte, wagte er sich als Erster in den dunklen und feuchtkalten Raum. Dort entzündete er gleich mehrere der Brennspäne, die er auf einem Haufen entdeckt hatte. »Wartet noch!«, rief er den anderen zu, weil er in einer Ecke des Kreuzgewölbekellers zwei auf dem Boden hockende Leichen entdeckt hatte, deren Hände zusammengebunden waren. »Herr der Gnaden: Wo bin ich hier nur hingeraten?«, entfuhr es ihm, als er auch noch einen verwesten Leichnam auf einem Tisch liegen sah, in dessen Innerem Schlangen ihre Jungen zur Welt gebracht hatten, die den Leichnam als Kinderstube betrachteten und sich durch sämtliche Öffnungen schlängelten, während sich deren Mutter um sich selbst wand und dem unerwünschten Eindringling drohend entgegenzischte. »Kreuzottern!«, stellte er lakonisch fest, während er mit der Fackel den Raum weiter auszuleuchten versuchte.

Draußen indessen ärgerte sich der Großmeister darüber, dass die anderen noch nicht über die Schwelle der schweren Tür getreten waren. Er war sich nicht sicher, ob der als Herold verkleidete Mann den Schlüssel stecken gelassen hatte. Dennoch rechnete er fest damit und malte sich aus, wie er blitzschnell die Tür zuziehen und alle einsperren würde.

»Ich gehe jetzt ebenfalls dorthinein!«, sagte der Bürgermeister in einem festen Ton, der keine Zweifel zulassen sollte, dass auch er mutig war.

»Ich auch!«, bestand Klara darauf, dabei zu sein, wenn sie ihren toten Sohn finden würden. Sollte er dort drin und noch am Leben sein, hätte Magnus ihn schon längst herausgebracht.

»Ich gehe auch mit!«, kam es mit etwas Verzögerung aus Elsebeths zitterndem Mund.

»Ihr werdet nichts dergleichen tun und schön hier draußen bleiben!«, gebot Benedict den beiden, um die er sich nicht auch noch Sorgen machen wollte. »Wer weiß, was uns da drin erwartet! Ihr bleibt hier, bis ich euch rufe oder zurückkomme!« Um seine Anordnung zu unterstreichen, gebot er den vier Männern, die mit Magnus gekommen waren, auf die Frauen zu achten.

»Was für ein verdammter Mist«, grummelte der Großmeister leise in sich hinein, weil er immer noch nicht zum Zug kommen sollte. Dabei überlegte er … Nein, das klappt nicht, gestand er sich ein und verwarf sein Vorhaben gleich wieder: Vier Männer und zwei Frauen so lautlos zu töten, dass die anderen beiden nichts mitbekamen, war unmöglich. »Kruzifix aber auch!«

»Habt ihr das gehört?«, fragte Klara die anderen, die allesamt ihre Köpfe schüttelten. Dennoch löste sich die Frau des Bürgermeisters von Elsebeth und ging den Gang hinaus, um herauszufinden, was für ein Geräusch sie gehört hatte.

»Magnus!«, rief der Bürgermeister so laut die Steintreppe hinunter, dass es hallte.

Aber Magnus rührte sich nicht. Eberz blieb nichts anderes übrig, als sich langsam die Treppe hinunter ins schaurig wirkende Halbdunkel des Kellergewölbes vorzutasten. Als er unten angelangt war und die Leiche auf dem Tisch mitsamt ihrem Innenleben sah, wollte er wieder umkehren. Aber er riss sich zusammen, schnappte sich eine der von Magnus entzündeten Wandfackeln und leuchtete sich damit den Weg.

Obwohl er verängstigt war und es immer unerträglicher stank, je weiter er sich vorwagte, drang er tiefer in den Raum. »Magnus, wo bist du?«, rief er erneut, bekam aber wieder keine Antwort.

Klara hatte sich dem von Ritter Friedrich ausgehenden Geräusch so gefährlich genähert, dass der gerade im Begriff war, ihr von hinten mit einer Hand den Mund zuzuhalten und ihr die Kehle durchzuschneiden. Noch zwei Schritte, ein Schritt, zählte er still mit und wollte gerade in Aktion treten, als – verdammt nochmal – erneut Stimmen zu hören waren. Weil er durchs Geäst weitere Männer auf sich zukommen sah, reichte es dem Mann nun endgültig. Er glaubte, langsam, aber sicher der Narretei zu verfallen. Dieser geheimnisvolle Ort im Schatten der Klostermauer, wo normalerweise kein Mensch hinkommt, gleicht einem Wespennest, dachte er sich, während er sich einmal mehr zurückziehen musste. Die Frau hatte die Männer ebenfalls gehört und sich von ihm entfernt.

»Was tut *Ihr* den hier, Ewalt?«, mochte sie von einem der Neuankömmlinge wissen, die sie allesamt kannte.

»Wir sind nur gekommen, um Magnus zu suchen.«

»Wie kommt ihr denn darauf, dass er hier sein könnte, und weshalb sucht ihr ihn?«, wunderte sich Klara.

Ewalt Bechter drehte sich um und zeigte auf den Mann, mit dem Klara noch vor gut Kurzem im »Schwanen« gesprochen hatte. »Ich habe mitbekommen, wie Magnus und vier unserer Männer nach einem Gespräch mit dem alten Medicus den Turnierplatz verlassen haben. Also habe ich ihn danach gefragt, ob er wüsste, wohin sie gegangen sind! Weil Magnus den Schwertkampf ansagen sollte, dachten wir …«

»Schon gut, Ewalt!«, unterbrach Klara. »Du hast sie *beide* gefunden: Magnus und mein Mann sind hier! Kommt mit!«

Nun gab es auch für Klara kein Halten mehr. Ohne die beiden Männer im Inneren des Gewölbekellers um Erlaubnis zu fragen, trat sie zusammen mit Elsebeth an der Hand und dem bulligen Hufschmied Ewalt Bechter hinter sich über die Türschwelle. Dann nahmen sie sich je einen Brennspan und erschraken, als sie die schreckliche Szenerie vor sich sahen. Der Entsetzensschrei der beiden Frauen dürfte wohl bis zum Turnierplatz hinunter zu hören gewesen sein.

»Bürgermeister Eberz! Wo seid Ihr?«, rief Ewalt.

»Hier! Komm schnell zu uns!«, antwortete stattdessen Magnus und schwenkte seine Fackel.

Als die drei im hintersten Winkel des Raums ankamen, sahen sie im tanzenden Schein ihrer Lichter, wie sich Magnus und der Bürgermeister über einen Mann beugten.

»Ist das …« Klara traute sich nicht auszusprechen, was sie vermutete.

Dennoch kam von Magnus prompt die Antwort, dass es Kuntz sei, den er in der dunkelsten Ecke kauernd gefunden hatte.

»Lebt … lebt er?« Klara wollte etwas zu ihrem Sohn sagen, stand aber wie angenagelt da. Sie zitterte am ganzen Körper.

Erst als Ewalt den Bürgermeister und Magnus darauf aufmerksam machte, dass der alte Medicus hier sei, löste sich Klaras Starre. »Wir müssen Kuntz sofort zu ihm rausbringen!«

»Meine Frau hat recht!«, pflichtete Benedict ihr bei und begann, mit Ewalts Hilfe den schlaffen Körper seines Sohnes hochzuheben.

»Wir brauchen noch einen Mann!«, rief Ewalt nach draußen.

Kapitel 27

Seit die Isner die Sommersonnenwende am 21. Juni mit einem fulminanten dreitägigen Fest gefeiert hatten, waren sechs Monate vergangen, in denen sich viel ereignet hatte: Im fernen Jena war eine Liederhandschrift mit Lyrik und Singweisen in ungewöhnlich prunkvoller Ausstattung hergestellt worden. Dies mochte die Isner Bevölkerung nicht sonderlich interessieren. Dass man aber im viel weiter entfernten Wismar mit dem Bau eines Gotteshauses begonnen hatte, das nach seiner Fertigstellung Nikolaikirche heißen würde, interessierte sie im Zusammenhang mit *ihrer* Nikolaikirche schon mehr. Viel wichtiger war, dass im noch weiter entfernten Venedig nach dem kriegerischen Streit mit Genua um die Seeherrschaft die Wissenschaft und die Künste wieder aufgeblüht waren und mit ihnen der zeitweise schwächelnde Handel. Die Isner Kaufleute konnten also wieder gute Geschäfte im Ausland machen. Die Händler und Handwerker durften mit steigenden Umsätzen rechnen.

Das Ritterturnier hatte Spuren hinterlassen und würde wohl auch den aktiven Teilnehmern lange im Gedächtnis bleiben. Wider Erwarten hatte der Herold nach seiner Rückkehr auf den Turnierplatz den Beginn des Schwertkampfes mit etwas Verspätung doch noch ansagen und die Paarungen auslosen können. Zwischen den beiden Kämpfern der Endausscheidung hatte sich ein spannender und harter Wettkampf entwickelt. Der Sieger des Lanzenstechens, der geglaubt hatte, den Gesamtsieg sicher in der Tasche zu haben, hatte sich getäuscht. Conrad von Laubenberg hatte beim Schwertkampf eine solche

Überlegenheit an den Tag gelegt, dass sich die Überheblichkeit des Ulrich von Schellenberg gerächt hatte. Nach einem halbstündigen Kampf in voller Montur war der Schellenberger vor dem Laubenberger im Staub gelegen und hatte zum Zeichen seiner Aufgabe unter dem frenetischen Jubel der Zuschauer mit einem ausgestreckten Arm drei Mal auf die Erde geschlagen.

Von alledem hatten weder Bürgermeister Eberz und seine Frau noch die »Schwanenwirtin« Elsebeth Müller etwas mitbekommen. Nachdem Kuntz von vier Männern aus dem Kellergewölbe heraus die Treppe hochgetragen und auf die Wiese vor der Klostermauer gelegt worden war, hatte sich der alte Medicus um den Besinnungslosen gekümmert. Wäre der Mann den anderen nicht gefolgt, hätte es schlecht um den jungen Kaufmann gestanden. Denn die fachkundige Hilfe des Arztes hatte keinerlei Aufschub geduldet. Weil Endres von der Linde dem Gefangenen kein Wasser gebracht hatte, als er ihn in den Sezierraum gesperrt hatte, war der junge Mann völlig ausgetrocknet gewesen. Es war lebensrettend gewesen, dass Magnus seinen halb gefüllten Wasserschlauch dabei gehabt hatte. Kuntz hatte sich durch die liebevolle Pflege seiner Mutter, die tatkräftig von Elsebeth unterstützt worden war, nach und nach erholt.

Inzwischen war mit der Einführung der ersten Zunftverfassung und der Einsetzung eines Zunftmeisters auch die erste freie Wahl des Bürgermeisters von Isne über die Bühne gegangen. Der Kampf der beiden Bewerber um den Posten hätte das Dorf fast in zwei verfeindete Lager geteilt – insbesondere, weil sich zu allem hin auch noch das Kloster eingemischt hatte. Nur gut, dass der scheidende Bürgermeister mit strenger Hand das Ruder übernommen hatte. Ohne sein beherztes Einschreiten hätte es in aller Öffentlichkeit Mord und Totschlag gegeben.

Der Streit hatte dazu beigetragen, den Mord am Totengräber mitsamt seinen Gehilfen und Kuntz' Entführung in den Hintergrund zu rücken. Die Sache mit dem Sezierraum und den insgesamt vier Leichen, sie sich darin befunden hatten, war zwar noch lange nicht ganz verdaut, aber nach und nach in Vergessenheit geraten.

Bei Winterjohanni, der Wintersonnenwende, fanden sich die Isner zur Sonnenuntergangsstunde wie all die Jahre zuvor in der Obertorstraße ein, wo sie den Sonnenuntergang durch das geöffnete Obertor beobachteten. Dieses Mal gab es kein solch fulminantes Fest wie sechs Monate zuvor. Obwohl die Isner ein feierfrohes Völkchen waren, hatten sie Verständnis dafür gezeigt. Dass aber der Nachfolger von Bürgermeister Benedict Eberz nicht einmal dazu in der Lage gewesen war, eine kleine Feier zu organisieren, verübelten sie ihm so, dass sich viele von ihnen schon über die nächste Bürgermeisterwahl Gedanken machten, wo sie den ehemaligen Viehhändler Johann Klöppel wieder aus dem Amt hinauswählen konnten.

Der Großmeister war als Sieger aus der ganzen Sache hervorgegangen. Was die Summe der »Amulettleichen« anbelangte, hatte er einfach gelogen. Er hatte nicht beobachtet, wie Kuntz fortgetragen worden war und dass Bürgermeister Eberz den Raum zugesperrt und den Schlüssel eingesteckt hatte. Eilig war er noch am selben Tag zur Burg Hohenfels geritten. Dass er seinen Mitverschwörern bei ihrer nächsten Zusammenkunft nicht nur das »Magische Amulett«, sondern auch das verloren gegangene »Jiàn« hatte präsentieren können, hatte ihn im Zirkel zu einem Helden gemacht, der ab diesem Zeitpunkt schalten und walten konnte, wie es ihm beliebte.

Von alledem wussten die Isner nichts. Sie freuten sich auf das bevorstehende Weihnachtsfest. Diese Vorfreude mochten sie sich am Ende dieses erlebnisreichen Jahres nicht durch ihre Angst vor den Raunächten und den Gestalten, die nachts in den Wäldern herumspukten, nehmen lassen.

Das Münzrecht

Anno Domini 1507

Die magische Zahl IX

Kapitel 28

Kuntz Eberz hatte sich durch die fürsorgliche Pflege seiner Mutter und Elsebeths liebevolle Zuwendung zwar gut erholt, war aber bis über den kommenden Winter hinweg nicht reisefähig gewesen. Also hatte er das Weihnachtsfest und den Jahreswechsel von 1381 auf 1382 im kalten Isne verbringen müssen. Und das, obwohl es in Venedig angenehm warm war und in seinem Kontor mehr als genügend Arbeit auf ihn gewartet hätte. Dafür war er mit seinem bisher schönsten Weihnachtsfest entschädigt worden, das er je im Kreise seiner Lieben gefeiert hatte. Aber anstatt uneingeschränkte Freude hatte er Traurigkeit ins schmucke Heim des ehemaligen Bürgermeisters von Isne gebracht. Denn kaum dass das Frühjahr angebrochen war, hatte er ihnen eröffnet, dass er nach Venedig zurückmüsse und seine geliebte Elsebeth mitnehmen würde, um sie dort zu ehelichen. Die »Schwanenwirtin« hatte nicht gezögert, das immerhin drei Generationen andauernde Pachtverhältnis mit den Benediktinern in beiderseitigem Einvernehmen aufzulösen und ihre trotz der steigenden Konkurrenz gut gehende Schankwirtschaft an ihren Nachfolger zu übergeben. Aus dem Mobiliar hatte sie sogar noch etwas »Reisegeld« herausgeschlagen.

Gesund in Venedig angekommen, hatten sie noch im selben Jahr eine unbeschreiblich schöne Hochzeit gefeiert, wie sie nur in der Lagunenstadt hatte stattfinden können. Wo sonst hätte sie ein singender Gondelführer auf einem großen Wasserkanal zu einer der bedeutendsten Hochzeitskirchen der italienischen Lande bringen können? So war es kein Wunder, dass die Trauung in der Kirche Santa Maria Gloriosa dei

Frari für die Braut aus einfachen Allgäuer Verhältnissen ein wahr gewordener Traum gewesen war, der das vorangegangene Leid völlig in den Hintergrund gerückt hatte. Und weil Benedict Eberz sein Amt als Bürgermeister aufgegeben hatte, war es ihm und Klara möglich gewesen, bei der Vermählung dabei zu sein. Der einzige Wermutstropfen war gewesen, dass Elsebeths Eltern gefehlt hatten. Es war ein Trost gewesen, dass Klara ihr versprochen hatte, sich nach ihrer Rückkehr aus Venedig um das zwischen der Pfarrkirche und der Klosterkirche gelegene Grab ihres Vaters zu kümmern. Dass die beiden letztlich mit neun Kindern gesegnet wurden, hatten Klara und Benedict nicht mehr erfahren. Durch Sendschreiben und einige wenige gegenseitige Besuche hatten die glücklichen Großeltern lediglich noch drei Enkel erlebt. Benedict Eberz war im Jahre des Herrn 1384 an einer Entzündung der inneren Atmungsorgane verstorben, die gesundheitlich sowieso schon angeschlagene Klara hatte keinen Lebensmut mehr gehabt und war ihrem geliebten Mann ein Jahr später ins Grab gefolgt.

All dies war nun über einhundertzwanzig Jahre her. Und in dieser Zeit war viel geschehen: So war Otto Truchsess von Waldburg bei der »Schlacht von Sempach« getötet worden, weswegen Isne die volle Unabhängigkeit erlangt hatte. 1409 hatte es ein weiteres Ereignis gegeben, das in die Annalen der Stadt eingegangen war: Cuntz Müller zu Nellenberg hatte mit Haintz Feldin zu Isne einen heftigen Streit gehabt. Dabei soll er gerufen haben, dass alle Isner Appenzeller wären und »verhyt, mainaid böswicht«. Er war auf Bitten des edlen Hans Truchsess von Waldburg aus dem Gefängnis gekommen, hatte allerdings zusammen mit seinen Brüdern die Urfehde schwören müssen.

Irgendwann war ein Nachfahr von Elsebeth und Kuntz Eberz in die Stadt seiner Vorväter zurückgekehrt, um sich dort ein selbständiges Leben als internationaler Stoffhändler aufzubauen. Durch die guten Handelsbeziehungen vom südlichen »Bella Italia« ins alpine »Blaue Allgäu« hatte er erfahren, dass dort zwar Leinenstoffe allerbester Qualität hergestellt wurden, die zunehmend den Weg in die ganze bekannte Welt fanden, es dort aber keine fremdländischen Stoffarten wie Barchent aus Persien, Byssus vom Mare Mediterraneum oder Seta aus China gab. Also wollte er diese und andere feine Stoffe in den jeweiligen Ländern einkaufen, dann von Venedig aus ins Allgäu bringen und dort mit gutem Gewinn und Gewissen an Allgäuer Händler weiterverkaufen.

Obwohl der gute Name Eberz nach Benedicts Tod von 1384 weit über ein Jahrhundert hinweg in Isny, wie die Stadt mittlerweile genannt wurde, keine nennenswerte Bedeutung mehr gehabt hatte, war nicht alles, was dieses Geschlecht im Laufe von fünf Jahrhunderten zum Wohle der Stadt getan hatte, in Vergessenheit geraten. Die ehrbare Kaufmanns- und Bürgermeisterdynastie hatte überall ihre Spuren hinterlassen. Deswegen war es dem jungen »Rückkehrer« nicht schwergefallen, sich in der Stadt seiner Vorväter niederzulassen, allseitige Unterstützung zu bekommen und sich ein hohes Maß an Wertschätzung zu erarbeiten. Kaum dass er sich ein prunkvolles Haus mit vorkragendem Obergeschoss und einem Eingang mit kunstvollem Oberlicht, sowie seitlich schmückenden Steinelementen in einer Straße gebaut hatte, die direkt zu einem Durchlass in der unteren Stadtmauer nahe des Espantores führte, hatte er eine Näherin aus Oberstaufen geehelicht und mit ihrem gemeinsamen Sohn Kaspar dafür gesorgt, dass der Name Eberz in Isny künftig wieder eine Rolle spielen würde.

Kapitel 29

Dank ihrer akribisch geführten Chronik hatten auch die Mitglieder des Geheimbundes »Gladius Dei« nicht alles vergessen, was im Laufe ihres inzwischen fünfhundertsechs Jahre währenden Bestehens geschehen war. Gerade die von ihrem Großmeister bildhaft geschilderten und in der Chronik festgehaltenen Ereignisse vor einhundertsechsundzwanzig Jahren im damaligen Isne waren in ihrem kollektiven Gedächtnis verblieben.

Bei der Einführung eines neuen Großmeisters vor achtundsiebzig Jahren im geheimen Gewölbe der Burg Hohenfels hatte es eine Neuerung gegeben: Anstatt ihre Kutten nach Gebrauch sorgsam in mehreren Häufchen auf den Altar zu legen, hatte der Großmeister gleich nach seinem Amtsantritt angeordnet, direkt vor dem Altar Haken in die Gewölbedecke zu treiben, damit dort in genau errechnetem Abstand Ketten angebracht werden konnten, an deren unteren Ende große Eisenringe befestigt waren, durch die dicke Stangen geschoben werden konnten. Zwischen je zweiundzwanzig weißen Kutten der Geheimbundmitglieder, die zu beiden Seiten einer kurzen Strebe über lange Holzstangen gezogen werden konnten, hing die neuerdings mit güldenen Aplikationen versehene Gewandung des Großmeisters direkt vor dem Altar. Der symbolische Grund für diese Art, die Kutten aufzubewahren, war darin zu finden, dass der gesamte Altarraum so lange von den schweren Stoffgewandungen verdeckt wurde, bis der Letzte seine Kutte von der Stange genommen und übergestreift hatte. Der praktische Grund lag darin, dass die Geheimbündler pünktlicher zu ihren Versammlungen kamen, als dies zuvor der Fall gewesen war. Erst wenn der Letzte seine Kutte von der Stange genommen hatte und in dem ihm zugewiesenen Quadrat stehen würde, konnte die Zusammenkunft beginnen. Weil jede Kutte mit einer Ziffer versehen war und ihren festen Platz hatte, konnten die Männer erst an ihre eigene Gewandung gelangen, wenn derjenige, der vor ihnen an der Reihe war, seine Kutte abgenommen hatte. Ein zusätzlicher Sicherheitsmechanismus, der eine Infiltration des Zirkels unmöglich machte. Auch diese Vorsichtsmaßnahme hatte dazu geführt, dass der Geheimbund über eine solch lange Zeitspanne hinweg unentdeckt geblieben war. Allerdings war es mit der neuen Ankleidevorschrift den Mitgliedern nicht mehr möglich, jederzeit ihre Gesichter voreinander zu verstecken. Was das anging, hatte eine schleichende Lockerung der bisherigen Vorgaben stattgefunden. Ansonsten war im Versammlungsraum des »Gladius Dei« alles unverändert geblieben: Auf dem Altar standen ebenso Kerzen wie um das große »Magische Quadrat« auf dem Boden herum eine Ölrinne verlief. Es roch so vermodert und nach kaltem Rauch wie damals. Und der geheime Zugangspfad war immer noch von niemandem entdeckt worden. Es gab sogar noch einen sonderbaren Burgdiener, der sein geheimes »Nebenamt« von seinem ebenfalls sonderbaren Vorgänger erhalten hatte.

Ohne dass es der jeweilige Burgherr geahnt hatte, war vom schweigsamen Diener, der von seinem Vorgänger und vom Großmeister über alles, was den Geheimbund betraf, eingeweiht worden war, stets dafür gesorgt worden, dass der Zeremonienraum bereit war. Und so war dies auch an diesem verregneten und nebeligen Märztag der Fall.

Nachdem auch die Kutten abgenommen und übergestreift worden waren, die mit der Nummer vier versehen waren, dauerte es immer noch ein Weilchen, bis die Nummer eins an die Reihe kam. Den anderen mit dem Rücken zugewandt, tat sich der Großmeister trotz der Hilfe des Dieners sichtlich schwer, seine wegen der Applikationen schwerer gewordene Amtstracht von der Stange zu nehmen und über seinen Körper zu streifen, bevor er die ebenfalls gülden applizierte Kapuzenmaske über sein Gesicht zog. Als er dies hinter sich gebracht hatte, drehte er sich mit gesenktem Haupt langsam um und erklärte den anderen Verschwörern, weswegen sie sich hatten zusammenfinden müssen und weshalb ihm jede seiner Bewegungen Schmerzen zufügte: »… und dann wurde ich auf dem Weg zur Burg Ringenberg überfallen!«

Kaum hatte er dies ausgesprochen, zog sich ein unverständliches Gemurmel durch das Gewölbe.

Der Großmeister berichtete mit erhobener Hand weiter: »Als ich mit meiner Kutsche mitten auf jener Brücke war, die von den Römern über den tiefen Tobel gebaut wurde, haben die Strauchdiebe zugeschlagen!«

Wieder drang ein dumpfes Raunen durch die unterirdische Halle, das der Großmeister aber sofort wieder unterbrach, indem er weitererzählte: »Meine beiden Begleiter und ich hatten nicht die geringste Möglichkeit zu fliehen. Während von einer Seite zwei weitere Haderlumpen auf uns zugeritten kamen, näherten sich von der anderen Seite gleich drei zu allem entschlossen wirkende Gestalten. Die mittlere von ihnen war – wie sich schnell herausgestellt hatte – der Anführer!« Bevor der Großmeister weitererzählen konnte, musste er sich abstützen. Dabei atmete er tief durch. »Dann ging alles ganz schnell: Mein Kutscher und mein Reisediener konnten der Meute nichts entgegensetzen. Weil ich mich aber nicht geschlagen geben wollte, habe ich mein ›Jiàn‹ gezogen und mich den hämisch lachenden Männern gestellt. Doch ganze neun Angreifer waren zu viele. Ich habe tapfer gekämpft, …

aber letztlich verloren! Als ich wehrlos auf dem Boden lag, haben mich zwei dieser Wegelagerer so mit ihren Füßen malträtiert, dass ich zuerst unglaubliche Schmerzen, dann überhaupt nichts mehr gespürt habe. Bevor ich besinnungslos geworden bin, konnte ich noch sehen, wie sie meine beiden Männer über die Brückenbalustrade die Schlucht hinuntergeworfen haben!«

Weil der Großmeister spürte, dass jedem Einzelnen seiner entsetzten Zuhörer dieselbe Frage auf den Lippen lag, sie aber nicht fragen durften, wie es weitergegangen war, erzählte er ihnen schweren Herzens, dass er von einem Bauern mehr tot als lebendig gefunden worden war, der ihn zusammen mit seiner Frau auf einem Einödhof so lange gesund gepflegt hatte, bis er wieder einigermaßen hatte gehen können. Weswegen man ihn nicht in den Tobel unter der Brücke geschmissen hatte, wusste er nicht. »Vielleicht sind sie gestört worden«, mutmaßte er, bevor er seinen Bericht beendete: »Und seither hat sich der Mond einmal in vollem Glanz gezeigt! Ja, meine lieben Mitbrüder; so lange ist es schon her, dass mir das ›Magische Amulett‹ und mein ›Jiàn‹ gestohlen wurden!« Erleichtert darüber, dass nun alles heraus war, atmete der Großmeister erneut tief durch. Obwohl er wusste, dass es nicht seine Schuld war, beide äußeren Zeichen des Zirkels und zudem viel wertvolle Zeit verloren zu haben, fand er es selbst beschämend, bisher nichts gegen die neunköpfige Räuberbande unternommen zu haben. Dass von anderer Seite aus schon längst nach der Gruppe gefahndet wurde, wusste er nicht – dass dies bisher aber erfolglos geschehen war, hatte er am eigenen Leib zu spüren bekommen.

Weil er alles erzählt hatte, war ihm klar, dass es kein allzu großes Problem für seine Leute sein würde, ihn zu entlarven. Um herauszubekommen, wer unter der goldverzierten Kapuzenmaske steckte, bräuchten sie nur den Einödbauern ausfindig zu machen, der ihn auf der Brücke gefunden und mit zu sich nach Hause genommen hatte. Die Beschreibung des Mannes, der ihrem Großmeister das Leben gerettet hatte, würde sie zumindest auf dessen Fährte bringen. Aber dem Großmeister war dies egal, denn er hatte am Schluss dieser Zusammenkunft sowieso etwas anderes, etwas ganz besonderes und in der Geschichte seines Geheimbundes Einmaliges vor. Zunächst aber musste die Zusammenkunft ihren protokollgemäßen Lauf nehmen.

Wie vom Großmeister erhofft, wurde bei der schriftlichen Befragung seiner Mitglieder keinerlei Misstrauen gegen ihn ausgesprochen – im Gegenteil: *Alle* zeigten Verständnis dafür, dass das Wertvollste, was ihr Geheimbund besaß, auf diese üble Weise in fremde Hände gelangt war. Die meisten von ihnen ermunterten ihn mit ein paar zusätzlichen Worten auf den vom Diener verteilten Papierbögen, weiterhin ihr Großmeister zu bleiben. Und einige von ihnen machten zudem Vorschläge, wie das »Magische Amulett« und das »Jiàn« wiederbeschafft werden konnten.

»Ich danke euch für das einmütige Votum, trotz meines Versagens euer Großmeister bleiben zu dürfen!«, sagte er in gespielt sanftem Ton, um diesen aber gleich wieder anzuheben: »Wir werden uns wieder holen, was uns gehört!« Er reckte die Faust nach oben und die Verschwörer taten es ihm gleich. Würden sie nicht ihrem Schweigegelübde unterliegen, wäre es in diesem Moment wohl sehr laut im Versammlungssaal gewesen. So aber konnte der Großmeister gleich wieder das Wort ergreifen und eine Frage an seine Mitverschwörer richten: »Wer von euch hat die Zeit, sich um die Räuberbande zu kümmern?«

Kaum hatte er die Frage gestellt, reckten sich über zwanzig Hände nach oben – mehr hatte der Großmeister nicht erwarten können. Denn all seine Leute trugen eine hohe berufliche und gesellschaftliche Verantwortung; entweder galt es, ein Geschäftsimperium oder den familieneigenen Herrschaftssitz mitsamt den Ländereien zu leiten, Scholaren und Studiosen zu unterrichten, Patienten zu behandeln, ferne Handelsländer zu bereisen oder andere hoch angesehene Pflichten zu erfüllen. Umso mehr freute es den Großmeister, sich gerade in der Stunde der Not auf seine Männer verlassen zu können. Er las ihnen einige der Vorschläge vor, die auf den Papierbögen standen: »… Und hier habe ich noch eine interessante Anregung!«, sagte er zum Schluss, während er den anderen eines der Papierblätter entgegenstreckte. »Einem von euch ist wohl aufgefallen, dass unsere Probleme im Laufe der Jahrhunderte immer wieder in Isny ihren Ursprung nahmen und dass sich die Ereignisse zu wiederholen scheinen! Einer meiner Vorgänger hat vor hundertsechsundzwanzig Jahren das ›Magische Amulett‹ und ein ›Jiàn‹ im damaligen Isne zurückerobert. Nun wurden mir die beiden wertvollen Zeichen unseres Bundes in der Nähe dieser Stadt gestohlen! Deshalb schlägt unser Bundesbruder vor, dass wir uns wieder um den im Kloster verwaisten Sezierraum kümmern.«

Weil ihn das eifrige Handgeklappere seiner Mitbrüder bestätigte, richtig damit zu liegen, ausgerechnet diesen Vorschlag aufgegriffen zu haben, ging der Großmeister intensiver darauf ein: »Wir wissen nicht, inwieweit dieser Raum noch besteht, ob er von den Mönchen ausgeräumt und versiegelt wurde oder ob er gar in sich zusammengebrochen ist!« Der Großmeister räusperte sich, bevor er konkret wurde: »Obwohl wir auch nicht wissen, inwieweit die Isnyer Bevölkerung sich noch an die damaligen Ereignisse erinnern kann und ob sich einer der drei Schlüssel zu dem Kellergewölbe immer noch in den Händen des amtierenden Bürgermeisters befindet, schlage ich vor, dass wir der Sache auf den Grund gehen!«

Kaum hatte er ausgesprochen, brandete frenetisches Handgeklappere auf, das den Großmeister dazu veranlasste, auf die Inhalte der in ihrem Codex beschriebenen Gründe einzugehen, weswegen sie ihr Bündnis überhaupt geschlossen hatten: »Inzwischen haben wir im Laufe der Jahrhunderte mehreren Tausend mittellosen, aber talentierten jungen Männern ein Studium ermöglicht. Wir haben unsere Arbeit vorbildlich getan! Was aber …«, er räusperte sich wieder und wirkte dabei fast etwas verlegen, »… die Vorgaben auf dem Avers unseres ›Magischen Amuletts‹ betrifft, sind wir noch lange nicht am Ziel! Das heißt, dass wir das wissenschaftliche Öffnen von Leichen noch mehr vorantreiben müssen als bisher! Laut Chronik dürften es inzwischen um die fünftausend Sektionen sein, die mit unserer Unterstützung oder direkt durch uns stattgefunden haben! Das hört sich zunächst nach viel an, sind im Schnitt aber nur etwa zehn Sektionen im Jahr! *Das sind viel zu wenige!*« Nachdem er seine Stimme schlagartig hatte donnern lassen, fuhr er in ruhigem Tonfall fort: »Leider wissen wir nach wie vor viel zu wenig über den Körper. Geschwüre, Pest und andere Seuchen sowie ›die Hitze‹ oder andere Krankheiten führen allenthalben immer noch zum Tod.« Während er den letzten Satz von sich gab, hieb der Großmeister mit einer Faust auf den Altar und wartete das unverständliche, aber zustimmende Gemurmel seiner Mitverschwörer ab. Dann schlug er vor, in allen Teilen des Landes, wo es Mitglieder von »Gladius Dei« gab, aktiver zu werden. »… und Isny nehmen wir uns ganz besonders vor! Denn wir sind das ›Schwert Gottes‹!«

Nachdem er die Beifallskundgebungen seiner Zirkelmitglieder geduldig über sich hatte ergehen lassen, drehte er sich langsam zum Altar und zeigte ihnen seinen Rücken. Während das übliche Geraune begann, hob er beide Arme und zog ganz langsam die Kapuze vom Kopf. Dies veranlasste seine gleichsam erschrockenen wie fassungslosen vierundvierzig Bundesbrüder, nicht nur zu grummeln, sondern sich erstmals bei einer ihrer Versammlungen gut vernehmbar zu artikulieren. Sie waren zu entsetzt, um sich in diesem unglaublichen Moment an das Schweigegelübde zu halten – ein Sakrileg, das bisher zum unmittelaberen Tod geführt hatte. Aber so war es nun einmal: Die Zeiten hatten sich geändert und würden sich auch fürderhin ändern.

Zur selben Stunde bahnte sich auf der Tobelbrücke, über die Reisende aus weiten Teilen des Allgäus, Vorderösterreichs und der Schweiz nach Isny und von dort aus weiter ins westliche Schwaben gelangen konnten, ein ähnliches Unheil an, wie es dem Großmeister des »Gladius Dei« vor gut einem Monat widerfahren war: Wie auch sonst in unregelmäßigen Abständen hatten neun Strauchdiebe auf den Einbruch der Dunkelheit gewartet, um Kaufleuten, Händlern, Adeligen oder anderen gut betuchten Reisenden alles Geld, den Schmuck und danach auch noch das Leben zu nehmen. Dass sie dabei stets gute Beute machten, lag daran, dass von weither kommende Reisende nicht wussten, dass es auf der Brücke und im Schutze der Nacht immer wieder zu brutalen Raubüberfällen kam. Jedenfalls fand man in immer kürzeren Zeitabständen auf der Brücke zerstörte Kutschen, Fuhrwerke oder zerschlagene Gegenstände, die nicht von Wert gewesen waren. Im Tobel lagen regelmäßig Leichen, denen man trotz der Sturzverletzungen ansehen konnte, dass sie zuvor misshandelt und ermordet worden waren. Lediglich die Frauen wurden offensichtlich immer lebend über die Brückenbalustrade geworfen, ohne zuvor geschändet worden zu sein. Dass auch sie sterben mussten, lag nur daran, dass es keine Zeugen geben durfte. Der

Großmeister hatte überlebt, weil die Wegelagerer nicht mehr dazu gekommen waren, ihn über die Balustrade zu werfen. Sie waren – wie von ihm vermutet – von einer anderen schwer bewaffneten Reisegruppe überrascht worden.

Die Gesetzlosen gingen stets nach demselben Schema vor: Zuerst versteckten sie sich im Gebüsch zu beiden Seiten der Brücke und verharrten dort so lange, bis ihre Opfer mitten auf der schweren Holzkonstruktion waren. Dann signalisierte der nachgeahmte Ruf eines »Nusshackls«, dass es losging. Die Räuber entzündeten ihre übergroßen Fackeln. Um von Anfang an klarzustellen, dass eine Flucht zwecklos war, postierten sich je zwei der allesamt bewaffneten und zu allem entschlossenen Männer fackelschwingend und schreiend an den Brückenenden. Während von einer Seite zwei Männer und von der anderen Seite der Anführer, sein Stellvertreter und ein weiterer Strauchdieb auf ihre Opfer zuritten, wurden diese mit wüsten Drohungen so eingeschüchtert, dass sie ihr Hab und Gut oftmals freiwillig herausrückten, um wenigstens an Leib und Leben unbeschadet zu bleiben, was natürlich niemals der Fall war. Wenn sich die Überfallenen wehrten und gegen die Straßenräuber stellten, gab es nicht die geringste Gnade. Aber nicht nur, wer sich den brutalen Räubern entgegenstellte, endete zwangsläufig in der Oberen Argen.

Nach ihren Überfällen verteilten sich die neun Männer wieder auf die verschiedenen Ortschaften, aus denen sie gekommen waren und in denen sie als biedere Ehemänner und gottesfürchtige Familienväter unauffällig ihrem Tagewerk nachgingen. Die meisten von ihnen beteiligten sich in ihren Wohnorten aktiv am Miteinander, übten entweder das Amt eines Dorfvorstehers oder eines Kirchendieners aus, während sich andere neben ihrer eigentlichen Arbeit um die Alten und Bedürftigen kümmerten. So ahnte niemand, dass die schon seit vielen Jahren erfolglos gesuchten Männer aus den umliegenden kleinen Bauerndörfern wie Eggen, Horben und Riedholz sowie aus den etwas weiter entfernteren Ortschaften Gestratz, Harbatshofen und Schönau kamen. Einer von ihnen nahm sogar den Weg vom hochgelegenen Motzgatsried auf sich, um in aller Heimlichkeit reich werden zu können. Und dass je einer aus Grünenbach und Maierhöfen dabei war, verstand sich von selbst, weil von dort aus alles begonnen hatte. Sie alle einte, dass sie sich diszipliniert daran hielten, nicht mit Geld um sich zu werfen. Erst wenn sie so viel erbeutet hatten, dass es ihnen für den Rest ihres Lebens genügte, würden sie mit ihren Familien weit wegziehen, um dort unerkannt wie die Maden im Speck leben zu können. Was sie zu gegebener Zeit ihren Frauen und Kindern erzählen würden, wusste noch keiner von ihnen. Aber dies war im Moment nicht entscheidend. Wichtig war, dass keiner von ihnen ausscherte und sich alle an die Abmachungen hielten. Und weil dies bisher bestens geklappt hatte, konnte niemand im Entferntesten ahnen, was hinter den sauberen Fassaden der neun Männer lauerte. Dass sie mit einem Teil des geraubten Geldes auch Gutes taten, stand auf einem anderen Blatt geschrieben.

Auch in dieser Nacht hallte der Ruf eines »Nusshackls« wie aus dem Nichts durchs Dunkel. Dies konnte nur bedeuten, dass es wieder so weit war.

Seit einer der Nachfahren von Kuntz und Elsebeth Eberz von Venedig aus in die Allgäuer Heimat seiner Vorväter gezogen war, hatte sich die Familie erneut einen guten Namen in Isny gemacht. Wenngleich der Handel mit fremdländischen Stoffen florierte, waren die Eberz in Isny unauffällig geblieben. Dies mag daran gelegen haben, dass es der Handel mit Barchent, Byssus, Seto und anderen hochwertigen Stoffen aus fernen Ländern für den Familienvater erforderlich gemacht hatte, die meiste Zeit im Ausland zu verbringen. Nun aber – in der zweiten »neuen« Generation der Eberz in Isny – sollte ein Vertreter dieses altehrwürdigen Geschlechtes wieder von sich reden machen: Sein Name war Kaspar Eberz, und er war – wie konnte es in dieser allseits respektierten Familie auch anders sein – schon in jungen Jahren zum Bürgermeister gewählt geworden. Und dass er zudem ein erfolgreicher Stoffkaufmann geworden war, hatte sich fast schon von selbst verstanden. Er war siebenundfünfzig Jahre alt und schon seit neunundzwanzig Jahren mit Margarethe verehelicht, einer geborenen Schedlerin. Inzwischen hielt der einzige Sohn Leonhard seinem Vater den Rücken für dessen Amtsgeschäfte frei, indem er den familieneigenen Stoffhandel in seiner Verantwortung führte, während der Vater nur noch als Berater in seiner eigenen Firma fungierte.

Obwohl Leonhard – genau wie sein Vater *vor* der Übernahme des Bürgermeisteramtes – beruflich viel im Ausland weilen musste, plante er noch in diesem Jahr seine Hochzeit mit Catharina Zollighofer aus St. Gallen, die »schon bald« nach Isny kommen würde, um sich seinen Eltern vorzustellen, wie er ihnen versprochen hatte. Weil Leonhard bereits sechsundzwanzig Jahre alt und immer noch ledig war, drängte ihn seine Mutter mit aller Macht zur Ehe, die eine hohe Mitgift versprach, was für die gut betuchte Familie Eberz allerdings eher unwichtig war – Hauptsache, die Schweizerin war gebärfreudig. Aber hierbei hatte Margarethe in ihrer Eigenschaft als künftige Schwiegermutter schließlich ein Wörtchen mitzureden. Wenn es sein musste, sogar mit Herbarias Hilfe, einer ihr bestens bekannten »Kräuterhexe«, die das Venusorgan mit fein zerriebenem Cuprum stimulieren würde. Falls dies nichts helfen sollte, würde sie wie bei der jungen Hochlehnerin aus der Espantorstraße nebenan, bei der es um des Teufels willen nicht hatte klappen wollen, einen Kräutersud aus Stinkendem Storchenschnabel, Gundelrebe und Goldrute ansetzen. Für die Großmutter in spe war dabei wichtig, dass der Stadtmedicus nichts davon erfahren würde. Denn wenn bekannt wurde, dass ausgerechnet die Frau des Bürgermeisters sich mit Herbarias »bösen Mächten« einließ, musste womöglich der eigene Mann über sie richten. Darüber machte sich Margarethe Eberz im Moment jedoch keine Gedanken. Vielmehr wandte sie sich gut gelaunt an ihren Sohn: »Nicht, dass es Catharina so ergeht wie mir und sie erst ewig auf die Ehe und dann noch zwei weitere lange Jahre warten muss, bis sie ein Kind bekommt, weil ihr Mann ständig in der Welt herumreist!« So scherzte sie gerne, wenn sie an den Beginn ihrer eigenen großen Liebe zu Kaspar dachte, der seinerzeit viel im Ausland unterwegs gewesen war, weswegen sie selten die Möglichkeiten gehabt hatten, am Nachwuchs zu arbeiten. »Mach mir ja keine Schande und lass mich schnell zur Großmutter werden! Hörst du?«, beschwor sie Leonhard. Margarethe war in früheren Jahren keine allzu strenge, dafür aber eine umso liebevollere Mutter für ihren einzigen Sohn gewesen.

Und für ihren Mann war sie dessen Worten zufolge das Beste, was ihm hatte passieren können. »Also, was ist jetzt?«, mochte nun auch der Bürgermeister wissen, der soeben zur Tür hereingekommen war und den letzten Satz seiner Frau mitbekommen hatte. »Werde ich bald Großvater oder nicht?«

»Ihr könnt einem ganz schön auf den Geist gehen! Zuvor wird erst noch ordentlich geheiratet, dann vielleicht, möglicherweise, eventuell, unter Umständen …«, scherzte Leonhard, der trotz seines Späßchens sichtlich unruhig wirkte.

»Ja! Unter *anderen* Umständen!«, verfeinerte die Mutter Leonhards Satz, der nicht wie ein Versprechen geklungen hatte. »Aber sag mal, weshalb hast du dich eigentlich heute so fein herausgeputzt? Der Tag des Herrn ist doch erst übermorgen, oder etwa nicht?«, fiel ihr auf, als ihr großgewachsener und in jeder Hinsicht gut gelungener Spross in voller Montur vor ihr stand. Es muss einen Grund dafür geben, dass er seine schulterlangen Haare *so* ordentlich unter dem Barrett zurechtgekämmt und sich sein feinstes Wams aus dem Schrank geholt hat, sinnierte sie und wollte schon zur nächsten Frage ansetzen.

Aber Kaspar kam ihr zuvor: »Weshalb schaust du eigentlich die ganze Zeit so unruhig aus dem Fenster?«

Im stilvoll eingerichteten Wohnzimmer ihres Hauses war es so still, dass man einen Strohhalm hätte fallen hören können. Da fiel der Mutter Leonhards verschmitztes Grinsen auf. »Nein!«, entfuhr es ihr, während sie beide Hände auf ihren Mund drückte, um nicht entzückt aufzuschreien.

»Doch, Mutter!«, antwortete Leonhard. »Ich erwarte Catharina stündlich! Eigentlich müsste sie schon hier sein!«

»Du bist mir ja ein ...«

»Ich wollte euch damit überraschen!«, unterbrach Leonhard seine Mutter, die auf ihn losstürmte, um ihn zu umarmen.

»Das ist dir gelungen!«, bemerkte der Vater, der seinem Sohn die Hand reichte und ihm mit der anderen lobend die Wange tätschelte.

Für allzu große Freude hatte die Mutter aber keine Zeit. Unruhig geworden sah sie an sich herunter und strich sich unleidlich über ihren körperbetonenden Surcot, eine im Grunde genommen altmodische Ärmeltunika, die sie dennoch gerne trug, wenn sie das Haus nicht zu verlassen brauchte. »Ich muss mir eine andere Gewandung überstreifen, mir die Haare richten, und ...«, sagte sie und verschwand aus dem Zimmer.

»Weiber!«, schmunzelte ihr Mann, während er verständnislos den Kopf schüttelte. Keinen Augenaufschlag später verließ auch er den Raum. Allerdings tat er dies in solch betont gemächlichem Schritt, dass Leonhard nicht auffiel, dass auch er sich für den familiären Neuzugang zurechtmachen mochte.

Die Mutter war so aufgeregt, dass sie ihren Mann und ihren Sohn an den Rand des Wahnsinns gebracht hatte. Weil inzwischen die Dunkelheit hereingebrochen war, sorgte sich der angehende Bräutigam inzwischen ebenfalls. Lediglich der Vater schien hoffnungsvolle Ruhe zu verbreiten – was natürlich gewaltig täuschte. Er riss sich einfach nur zusammen, um die Stimmung nicht noch mehr zu drücken. Im Gegensatz zu den anderen beiden lief er im »Tafelzimmer«, in dem Margarethe von ihrer Küchenmagd und vom Dienstmädchen auf die Schnelle alles für ein Begrüßungsessen hatte vorbereiten lassen, nicht ständig auf und ab. Trotz der knappen Zeit war es Margarethe tatsächlich gelungen, alles so vorzubereiten, dass es einer Prinzessin würdig gewesen wäre. »Wir sprechen uns später noch!«, hatte sie Leonhard gedroht, weil sie gerne mehr unternommen hätte, um Catharina Zollighofer standesgemäß in Empfang nehmen zu können. In der Kürze der Zeit war es ihr wenigstens noch gelungen, eine Blumengirlande anfertigen lassen, die zwei ihrer Freundinnen um den Türrahmen herum befestigt hatten. So durfte sie sicher sein, dass diese beiden Frauen die frohe Kunde in die Stadt hinaustragen würden. Ach, wie gerne hätte sie es beim gestrigen Markttag selbst allen Freunden und Bekannten erzählt? Der Bub hört noch etwas von mir, grummelte sie in sich hinein, während sie in die Küche ging, um sich nach dem Stand der Dinge zu erkundigen. »Die Soße ist viel zu dünn!«, schimpfte sie und eilte auch schon wieder davon, um ihren beiden Männern erneut aufs Gemüt zu gehen. Aber kaum, dass sie hatte loslegen wollen, fuhr ihr Kaspar so über den Mund, dass sie sich nichts mehr zu sagen traute – für den Moment jedenfalls.

»Wisst ihr was?«, durchbrach Leonhard die ungewöhnliche Stille. »Ich reite ihr entgegen!«

»Aber nicht allein!«, stellte sein Vater klar und sprang aus seinem Armstuhl, einem thronartigen Sessel, den er sich zum Zeichen seines bürgerlichen Wohlstandes angeschafft hatte. Dann ging er zu seiner Frau, um sie zum Abschied zu küssen. »Wir sind sicher bald zurück, meine Liebe!«, beruhigte er sie, bevor er kurz ihre Hand drückte und ging.

»Halt!«, rief sie ihm energisch nach, weil sie ihn nicht mehr richtig zu fassen bekommen hatte.

»Was ist?«, mochte der verunsicherte Mann wissen und ging zu ihr zurück.

Mit dem Daumen zeichnete sie ihm ein Kreuzchen auf die Stirn. Dann wandte sie sich ihrem Sohn zu, küsste ihn auf die Wange und vollzog dasselbe Ritual, wie sie es immer tat, wenn einer ihrer Männer das Haus verließ. »Von mir aus; dann geht! Aber geht mit Gott!«

Obwohl der Großmeister bei der letzten Zusammenkunft des »Gladius Dei« seine Kapuzenmaske abgenommen und danach seinen vierundvierzig Bundesmitgliedern sein Gesicht gezeigt hatte, war außer einem verständnislosen Geraune, das von ungläubigem Kopfschütteln begleitet worden war, nicht allzu viel passiert. Lediglich ein paar der Geheimbündler hatten aus reiner Vorsicht ihre Hände langsam zum Heft ihrer Schwerter gleiten lassen. Ungewöhnlich war gewesen, dass es sich etliche unter ihnen nicht hatten verkneifen können, zum ersten Mal in der Geschichte ihres Geheimbundes ihre Stimme laut zu erheben und den Großmeister zu fragen, weshalb er dies getan habe. Dabei hatten die Verschwörer in ein charismatisches Gesicht geschaut, dessen strenge Züge auch vom dichten grauen Bart nicht verdeckt werden konnten. Die strahlend blauen Augen ließen Willenskraft erahnen. In jungen Jahren hatte der Großmeister strohfarbene Haare gehabt, die nun silbern glänzend auf seine breiten Schultern fielen.

Nun stand der Mann wieder ohne Kapuzenmaske vor seinen vermummten Mitstreitern, die ihm nach wie vor folgten. Weil sie beim vergangenen Treffen derart irritiert gewesen waren, dass ein Austausch in der bis dahin üblichen Form nicht mehr hatte stattfinden können, hatte er eine neue Versammlung einberufen. Dieses Mal war alles anders als sonst: Anstatt in den ihnen zugewiesenen Quadraten zu stehen, drückten sich die Geheimbündler direkt vor dem Altar um ihren Großmeister herum. Er wusste, dass dies für ihn gefährlich werden konnte, hatte es aber dennoch zugelassen. Um sein Ziel zu erreichen, ging er das Risiko ein, seinen eigenen Regeln zum Opfer zu fallen. Aber momentan schien keiner das Schwert gegen den bewusst unbewaffneten Mann erheben zu wollen. Er begann mit seiner Rede: »Hochgeschätzte Mitglieder des ›Gladius Dei‹! Wenn ihr der Meinung seid, dass ich zum Verlust des ›Magischen Amuletts‹ und zum Verlust meines ›Jiàns‹ einen weiteren Frevel an unserer Vereinigung begangen habe, könnt ihr mich dafür nach Manier unseres geheimen Bundes bestrafen! Bedenkt dann aber, dass ihr einen neuen Großmeister unter euch, unter Männern, die sich allesamt nicht kennen, auswählen müsst!«

Man hörte nun klar verständliche Worte wie: »Recht hat er!«, »Das wird ein Problem!«, »Wie sollen wir das nur hinbekommen?«

Diese erstmals mutig gezeigte Offenheit einiger seiner Männer belegte, dass die Zeit reif war für Veränderung. Also zog er wieder das Wort an sich: »Bevor ich euch erkläre, weswegen ich euch zu diesem außerordentlichen Treffen zusammengerufen habe, werde ich mich ganz vor euch entblößen, indem ich meine wahre Identität preisgebe.«

Bevor sich seine Mitglieder über das soeben Gehörte wundern konnten, wies der Großmeister erneut darauf hin, dass er – wenn es der Wunsch der Versammlung sei – die Konsequenzen tragen würde. Dann erklärte er den Männern, dass er ein Adeliger, ein Freiherr sei, dessen Vorfahren von der Insel Reichenau im Mare Brigantium stammten. Bernhard von Huldenfeld sei sein Name, er sei achtundfünfzig Jahre alt und lebe in Kempten, wo er gleich zwei Sektionsräume eingerichtet hatte, die bestens ausgelastet seien. »Von Beruf bin ich Kupferstecher und Buchdrucker in meiner eigenen Offizin! Nun kennt ihr mich und könnt gemäß des Codex mit mir verfahren. Zuvor aber hört mir weiter zu!«

Weil seine Männer nicht mit der Situation umgehen konnten, nickten sie. Einige von ihnen baten ihn sogar laut fortzufahren.

Weil er Ungemach ahnte, hatte sich der neugierige Diener in einer Ecke des Gewölbekellers versteckt.

Der Großmeister hatte dies zwar wahrgenommen, aber nichts dazu bemerkt. Stattdessen erklärte er den Männern mit eindrucksvollen, teilweise ausschweifenden, aber stets treffenden Worten, weshalb es in Zeiten der beweglichen Lettern und des Buchdrucks keinen Sinn mehr machen würde, sich unter einer Kutte zu verstecken. »Es ist doch besser, wenn wir uns alle persönlich kennen und genau wissen, wer zu was fähig ist, oder auf wen man sich in heiklen Situationen ganz besonders verlassen kann!«, argumentierte Bernhard von Huldenfeld. Er sprach sich mit inbrünstiger Leidenschaft dafür aus, zumindest das Schweigegelübde abzuschaffen. »Verdammt! Wir müssen doch miteinander reden können! Die Unterhaltung mittels Notizen mag vor gut fünfhundert Jahren opportun gewesen sein! Ich weiß, dass ich mich jetzt wiederhole; aber im Zeitalter der Vervielfältigung ist dies einfach nicht mehr haltbar!« Um seinen Männern noch deutlicher zu machen, dass die Stunde für ihren Geheimbund längst geschlagen hatte, unternahm der belesene Großmeister einen kurzen Abstecher in die Weltpolitik: »Überall in der Welt tun sich Dinge, die bis vor Kurzem nicht vorstellbar gewesen waren: So gibt sich der erfolgreiche Augsburger Kaufmann Jakob Fugger nicht nur mit dem ab, was vor seiner Haustür liegt! Seit letztem Jahr bezieht er ostindische Gewürze auf dem Seeweg. Seit einem Jahr haben die Portugiesen ihre Faktoreien sogar an der Ostküste Afrikas! Und der Genuese Cristofo Colombo hat schon vor Jahren auf dem Seeweg Westindien entdeckt! Leider ist er im vergangenen Jahr verstorben. Ich könnte euch eine ganze Litanei großer Taten aufzählen, die mich dazu inspiriert haben, unseren verstaubten Geheimbund auf Gedeih und Verderb aufzufrischen!«

Bevor sich gegen seine Worte Widerstand rühren konnte, versuchte er, die vierundvierzig Männer mit nach vorne gestreckten Handflächen zu beruhigen. Er bat sie, sich wieder in ihre Quadrate zu begeben, um von dort aus seine letzten Worte zu hören. Obwohl die meisten von ihnen völlig verunsichert waren, ihm aber allesamt stillen Respekt für seinen Mut und seine offenen Worte zollten, taten sie, um was er sie gebeten hatte.

Kurz darauf standen alle in den Quadraten und harrten stumm der Dinge, die jetzt kommen würden. Während der Diener verwundert seinen Kopf hervorstreckte, um alles mitzubekommen, bat der Großmeister einen der beiden Männer im Quadrat der Zwei, ihm sein »Jiàn« zu reichen. Weil sich die beiden aber nur verstört anschauten und nicht wussten, was sie tun sollten, sagte der Großmeister: »Solltet ihr meinem Wunsch nicht nachkommen wollen, den ich gleich äußern werde, braucht sich keiner von euch mit meinem Blut zu beflecken.« Er atmete tief durch und sagte mit kräftiger Stimme: »Dann werde ich mich vor euch selbst richten! *Und?* Bekomme ich nun eines eurer Schwerter?« Während er dies sagte, streckte er beide Hände mit nach oben geöffneten Handflächen vor.

»Nun gebt ihm schon eines eurer verdammten Schwerter!«, drängte einer aus dem Quadrat der Zahl Neun und offenbarte damit die allgemeine Anspannung.

»Ich danke und verzeihe dir, wenn dein ›Jiàn‹ meinen Tod herbeiführen sollte!«, sagte der Großmeister ganz ruhig, nachdem einer der beiden von ganz hinten zu ihm nach vorne gekommen war und ihm sein Schwert auf die Handflächen gelegt hatte. In dieser Haltung ging der Großmeister gemäßigten Schrittes zum Altar und legte das äußere Zeichen der Mitgliedschaft zum Geheimbund darauf. Dann wandte er sich wieder seinen Leuten zu und gab die eine, möglicherweise letzte Anweisung seines Lebens. Im vollen Bewusstsein dessen, was er gleich anordnen würde, wählte er seine Worte mit Bedacht. Dann strich er sich über die Stirn, um die Haare aus seinem Gesicht zu wischen. Reglos schaute er ins Rund. Niemand rührte sich. Nur das Quietschen einer Ratte war kurz zu hören. Als es wieder ganz still war, kam sie, die Aufforderung, die über Sein oder Nichtsein entscheiden würde. Es waren nur vier verdammte Worte, die über die Zukunft des Geheimbundes »Gladius Dei« *und* über das Leben des amtierenden Großmeisters bestimmen würden: »Streift eure Kapuzenmasken ab!«

Während der Großmeister in der etwa fünfzig Meilen entfernten Burg Hohenfels seine Mitglieder in die schwierigste

Situation seit Bestehen ihres Zirkels gebracht hatte, wartete Margarethe Eberz immer noch auf die Rückkehr ihres Mannes und ihres Sohnes mit der künftigen Schwiegertochter. Sie konnte es kaum erwarten, sich selbst davon zu überzeugen, dass Catharina Zollighofer die – wie Leonhard ihr immer und immer wieder versichert hatte – ideale Frau für ihn war. Zunächst aber musste sie gesund und unbeschadet in Isny eintreffen. Weil zwei Stunden später weder ihre beiden Männer noch Catharina mit ihrem Tross in Isny angekommen waren, trieb die Angst, dass etwas passiert sein könnte, Margarethe Tränen in die Augen.

»Ist die Soße jetzt besser?«, fragte die Küchenmagd mit einem gefüllten Löffel in der Hand zur Tür herein.

Was dann geschah, war im Hause Eberz äußerst ungewöhnlich: Die Hausherrin schien der Narretei zu verfallen, stampfte wütend auf den Boden, schrie das bedauernswerte Mädchen an und warf sogar eine mit Wasser gefüllte Karaffe nach ihr. »Sag mal, Hanna, hast du nichts anderes zu tun, als mich ausgerechnet jetzt mit deiner Soße zu belästigen?«, blaffte sie und wollte schon wieder mit etwas nach dem weinenden Mädchen werfen, das ihr immer noch den Löffel entgegenstreckte. Da hörte sie vielhufiges Pferdegetrappel und wenige Augenaufschläge später das ihr vertraute Geknarze, das durch die schweren Eisenbeschläge von Kutschen- oder Fuhrwerksrädern auf steiniger Erde verursacht wurde. »Geh zurück in die Küche und bereite alles vor!«, gebot sie Hanna gänzlich verwirrt, um gleich darauf nachzusetzen, dass sie die Soße abschmecken wollte. »Gut! Sehr gut! Vielleicht noch etwas mehr Salz! Nun verschwinde schon! Aber vorher putzt du das hier auf!« Dabei zeigte sie in Richtung der Glasscherben auf dem nassen Boden. Hastig wischte sie sich den Mund ab und eilte aufgeregt zum Fenster, um nachzuschauen, ob es die Kutsche mit Catharina war. Sie konnte tatsächlich eine Kutsche sehen, allerdings wurde diese dem Anschein nach von einem Heer Soldaten eskortiert. Das … das sind doch … Um besser zu erkennen, was dort draußen vor sich ging, kniff sie die Augen zusammen. Klar sind das Montforter Soldaten! Und das Wappen auf der Kutschentür zeigt die Montfortische Kirchenfahne, stellte sie im Stillen fest. Sie wunderte sich darüber, dass dieser militärische Tross den Weg über diese Seitenstraße nahm und nicht direkt auf der Hauptstraße durch die Stadt zog. Enttäuscht darüber, dass es nicht die Ihren waren, die sie unter sich sah, wollte sie sich wieder abwenden. Dann traute sie ihren Augen nicht mehr: »Noch eine Kutsche?«, entfuhr es ihr laut, während sie ihren Kopf aus dem Fenster streckte und sah, wie Kaspar und Leonhard von der hinteren Kutsche aus zum Hauptmann der Truppe vorritten, um ihm die Hand zu schütteln und ein paar Worte mit ihm zu wechseln, die sie nicht verstehen konnte – wahrscheinlich, weil ihr Herz so laut pochte. Dafür hörte sie den Befehl des Truppführers: »Vorwärts, Männer! Wir haben schon genug Zeit verloren.«

Zwischen ihren Pflichten als gute Hausfrau und Gastgeberin sowie ihren Gefühlen als liebende Ehefrau und Mutter hin- und hergerissen, wusste sie im Moment nicht, was sie tun sollte. Einerseits schien die Stunde der Wahrheit gekommen zu sein, in der sie einer unbekannten jungen Frau in wenigen Augenblicken beweisen musste, dass sie eine zu respektierende Schwiegermutter war, die in ihrem Haushalt alles im Griff hatte. Andererseits war ihr auch wichtig, dieser Catharina Zollighofer aus einem feinen Haus in St. Gallen von Anfang an das Gefühl zu geben, herzlich willkommen zu sein.

Nachdem sie Hanna und ihrer Dienstmagd Bescheid gegeben und mit einem schnellen Blick zum hundertsten Mal die Tischdekoration überprüft hatte, schaute sie nochmals aus dem

Fenster, wo sie aber nur zwei Kutscher sah, die ihren schwitzenden Pferden Decken überstreiften. »Jetzt aber schnell!«, drängte sie sich selbst und baute sich neben dem beindruckend aussehenden Armstuhl ihres Mannes auf, wo sie kurz an ihrer Gewandung herumnestelte. Kerzengerade, mit einer Hand auf der Armlehne, die andere mit einem Dufttüchlein zwischen Mittel- und Ringfinger am Körper, wartete sie erhobenen Hauptes auf ihren Mann, ihren Sohn … und die künftige Schwiegertochter. Obwohl Margarethe Eberz innerlich so angespannt war, dass sie den dreien am liebsten die Treppe hinunter entgegengeeilt wäre, behielt sie so lange Haltung, bis die Tür aufging und ihre beiden Männer in den Raum traten, wo sie sich zu beiden Seiten der Tür steif aufbauten.

Es schien, als wenn die Luft brennen würde, niemand sagte ein Wort. Während Leonhard zum Flur hinausschaute, schenkte Kaspar seiner Frau ein wissendes und zufriedenes Lächeln.

Dann trat Catharina – gefolgt von einem ebenfalls bezaubernden Mädchen, das sie später als Adelheit, ihre Sittenwächterin und beste Freundin vorstellen würde – durch die Tür. Catharina zauberte sofort ein Lächeln in den Raum und ging ein paar Schritte auf die ältere Frau zu. Mit einem höflichen Knicks, der von einer tiefen Verbeugung begleitet wurde, zollte sie ihrer künftigen Schwiegermutter Respekt. Sie gefiel Margarethe. Catharina hatte schon gewonnen, noch bevor sie das erste Wort gesagt hatte. »Es ist mir eine Ehre, Euch, meine verehrte Frau Eberz, kennenzulernen und …«, Catharina schaute sich kurz im Raum um, »… und in Eurem äußerst geschmackvoll eingerichteten Heim begrüßen zu dürfen!«

Die Hausherrin bedankte sich mit einer huldvollen Kopfbewegung.

Ihr Sohn und ihr Mann nahmen es wollwollend zur Kenntnis, denn auch sie hatten das Gefühl, dass das Eis gebrochen war.

Als Catharina ihrer künftigen Schwiegermutter mit glasklarem und ehrlichem Blick in die Augen sah und dabei ein unbeschreiblich einnehmendes Lächeln in ihr wunderschönes Gesicht legte, war die Sache entschieden. Anstatt den Gast mit etwas Abstand geziemend zu begrüßen, trat Margarethe einen Schritt nach vorn und öffnete ihre Arme, um Catharina auf herzliche Art im Hause Eberz zu begrüßen.

Eine halbe Stunde später – die Pferde und die Kutscher waren vom Hausknecht und vom Stallknecht der Eberz bestens versorgt und Catharinas Reisetruhe in ihre Kammer gebracht worden – hatte die junge Schweizerin Zeit genug gehabt, sich mit Hilfe ihrer Freundin den Reisestaub abzuklopfen und sich umzugewanden. Bei Tisch wusste niemand, wer unter den Anwesenden am glücklichsten war. Wer aber am stolzesten war, konnte der Vater des künftigen Hochzeiters nicht verstecken.

Weil Catharina nicht nur über ein überaus hohes Maß an Anstand und Einfühlungsvermögen verfügte, sondern auch eine gute Erziehung genossen hatte und zudem gebildet war, hatte sich von Anfang an ein angeregtes Gespräch entwickelt, das zunehmend offenbarte, dass sie genau die richtige Frau für Leonhard war.

Es verstand sich von selbst, dass sich die Freundin des Gastes beim Gespräch zurückhielt und der Gast selbst insbesondere die Gastgeberin lobte. Als sie aber explizit bemerkte, dass die Bratensoße »außergewöhnlich« war, fühlte sich die Herrin des Hauses trotz ihrer guten Laune für einen Moment schlecht.

»Hol Hanna her!«, trug sie der Dienstmagd knapp auf, die sogleich in der Küche verschwand.

»Hanna! Du sollst zur Herrschaft kommen! Ich glaube, es ist etwas mit der Soße!«, sagte die einfach gestrickte Dienstmagd zu ihrer Arbeitskollegin, die erschrocken zusammenzuckte, sich eilfertig den Schweiß von der Stirn wischte und die Hände an dem schmutzigen Küchentuch abtrocknete, das an ihrer Schürze hing.

Einen Moment später – Hanna hatte zuvor noch ein paarmal tief durchgeatmet – stand sie mit demütig gesenktem Haupt wie eine geprügelte Hündin vor der kleinen Gesellschaft. Man merkte ihr an, dass sie das Schlimmste befürchtete.

»Darf ich Euch Hanna, unsere Küchenmagd, vorstellen?«, sagte Margarethe in Richtung Catharina. »Sie ist zwar erst seit einem Jahr bei uns, aber jetzt schon unersetzlich!«

»Aha! *Du* hast also das hervorragende Essen zubereitet? Respekt! Die Soße war exzellent!«, lobte Catharina und zauberte einmal mehr ein Lächeln in ein Gesicht.

»Danke, Herrin!«

Dass Margarethe ein erleichtertes Schnaufen ausstieß, bemerkte niemand im Raum.

Mit einer kaum merklichen Handbewegung und einem leisen Lächeln auf den Lippen bedeutete die zufriedene Hausherrin ihrer Magd, sich wieder in die Küche zu begeben.

Nachdem Catharina einiges von sich und ihrer Familie erzählt hatte, war viel über »Gott und die Welt« gesprochen worden, nur über eines noch nicht: »Und nun erzählt mir, weshalb Ihr so spät gekommen seid und weshalb Ihr montfortische Soldaten bei Euch hattet«, forderte die Mutter.

Dabei erfuhr sie von Catharina, dass ihre Kutsche an einer Brücke – wie sich schnell klärte, war dies die Tobelbrücke zwischen Grünenbach und Maierhöfen – angekommen war, wo sie hatte mitansehen müssen, wie Raubgesindel eine andere Kutsche überfallen hatte. »Gott sei Dank habe ich in der Dunkelheit nicht alles gesehen, was mitten auf der Brücke geschehen ist!«, ergänzte sie und fuhr mit ihrem Bericht fort: »Wir waren ebenfalls schon fast in der Mitte, als ein paar schwer bewaffnete Männer mit Fackeln auf uns zukamen. Wir haben schnell bemerkt, dass sie nichts Gutes im Schilde führten!«

»Das ist ja schrecklich!«, fuhr Margarethe entsetzt dazwischen. »Was ist dann passiert?«

Nun musste Catharina schmunzeln. »Nichts!«

»Wie nichts?«

Catharina zuckte mit den entblößten Schultern und klärte ihre künftige Schwiegermutter über das auf, was die anderen bereits wussten: »Die Männer haben plötzlich Fersengeld gegeben! Während sie wie aufgescheuchte Hühner zur anderen Seite der Brücke gerannt und dort im Dunkel der Nacht verschwunden sind, haben wir von hinten Pferdegetrappel, militärische Befehle und Geschrei gehört!« Catharina benötigte einen Moment, bevor sie die Geschichte fertig erzählen konnte: »Es waren die Soldaten, die uns dann bis hierher eskortiert haben und …«

»… Gott sei Dank genau im rechten Augenblick an der Brücke angekommen waren!«, ergänzte Leonhard, der sich nun zum ersten Mal in Gesellschaft seiner Eltern traute, nach Catharinas Hand zu greifen. »Wie mir der Hauptmann der Montforter Gardesoldaten später erzählt hat, waren sie von der Burg Rothenfels bei Immenstadt auf dem Weg zur Schellenberger Burg nach Kißlegg unterwegs. Es war purer Zufall, dass sie ausgerechnet in dem Augenblick an der Brücke angekommen sind, als die Straßenräuber Catharinas Kutsche überfallen wollten.«

»Und was war mit euch?«, mochte die immer noch entsetzte Margarethe von ihren Männern wissen.

»Ich darf gar nicht daran denken, aber wir hätten Catharina nicht helfen können!«, musste sich Kaspar mit belegter Stimme eingestehen. »Nicht nur, dass wir bei einem Kampf in der Unterzahl gewesen wären, haben wir uns noch ein ganzes Stück entfernt aufgehalten. Von alledem, was auf der Brücke passiert ist, haben wir nicht das Geringste mitbekommen. Erst als Catharinas Kutsche endlich auf uns zugekommen ist, konnten wir uns freuen, sie gesund gefunden zu haben!«

»Ja! Und erst zu diesem Zeitpunkt haben wir erfahren, was es mit dem ›Begleittross‹ auf sich hatte«, ergänzte Leonhard und erhob sein Glas zu einem Trinkspruch: »Auf Catharina, meine baldige Ehefrau … und auf das Leben!«

Als die vier immer noch in gemütlicher Runde zusammensaßen, war die Vertrauensfrage in der Burg Hohenfels längst geklärt worden: Bernhard Freiherr von Huldenfeld hatte nicht lange warten müssen, bis der erste seiner vierundvierzig Mitverschwörer seine Kapuze heruntergezogen und seine Identität preisgegeben hatte. Nachdem dies einer nach dem anderen zögerlich getan hatte, waren am Ende nur vier übrig geblieben, die sich dagegen gesträubt hatten. Weil alle anderen, die sich ihren Mitverschwörern offenbart hatten, aus ihrem Quadrat getreten waren, um sich zum Zeichen ihres neuen Bundes gegenseitig zu umarmen, war offenkundig geworden, dass die Verweigerer ein Arithmetiker, ein Dialektiker, ein Geometriker und ein Mediziner sein mussten – zumindest standen sie in den betreffenden Quadraten.

Mit der Gewissheit, sehr hoch gespielt, aber gewonnen zu haben, war der Großmeister noch selbstbewusster geworden, als er dies zuvor schon gewesen war. Also hatte er zu den vier verbliebenen Vermummten in eindringlichem Unterton gesagt, dass sie sich darauf verlassen konnten, in jeder Hinsicht seine und die volle Unterstützung aller anderen Mitverschwörer zu bekommen, … egal, was sie zu verbergen hatten.

»Ihr könnt euch getrost so öffnen, wie eure anderen vierzig Brüder es soeben getan haben!«, hatte der Großmeister die vier Verbliebenen beschworen, dann aber eine unmissverständliche Drohung ausgesprochen: »Solltet ihr dies nicht tun, bleibt uns zum Schutze unseres geheimen Bundes nichts anderes übrig, als euch zu ersetzen!«

Den vieren war klar gewesen, was die Stunde schlagen würde, wenn sie der Aufforderung ihres Großmeisters nicht unverzüglich Folge leisteten.

Kapitel 30

»Keiner kann lesen, aber ich drucke Bücher!«, hatte Johannes Gutenberg vor ein paar Jahrzehnten gesagt, als er das erste gedruckte Buch der westlichen Welt mit beweglichen Lettern in seiner Druckerwerkstatt in Mainz hergestellt hatte – eine lateinische Bibel mit zweiundvierzig Zeilen pro Seite, kunstvoll von Hand gemalten Initialen und in einer Auflage von etwa einhundertachtzig Exemplaren. Dem Meister waren dabei um die zwanzig Schriftsetzer und Buchdrucker zur Seite gestanden. So viele Helfer wie der Erneuerer der Druckkunst hatte der Freiherr Bernhard von Huldenfeld freilich nicht zur Verfügung, als er sich selbst an seiner Spindel abmühte. Aber er brauchte auch nur ein einziges Blatt zu drucken – allerdings in einer wesentlich höheren Stückzahl, als Gutenberg sein berühmtestem Werk gedruckt hatte. Dennoch hatte er seine beiden Gesellen sowie die zwei Kornuten vorgestern nach Hause geschickt und ihnen vier Tage freigegeben.

Stattdessen standen ihm nun zwei Helfer und eine Helferin von »Gladius Dei« zur Seite, die jedes einzelne Blatt des von Hand geschöpften Papiers einlegten, den fahrbaren Schlitten unter die Spindel schoben und nach erfolgtem Druck wieder herauszogen, dann die Blätter herausnahmen und zum Trocknen auf eine Leine hängten – alles Tätigkeiten, die auch talentierte Laien verrichten konnten. Die Aufgabe des Meisters war zunächst das Zusammenfügen der einzelnen Lettern aus dem Setzkasten gewesen, die er dann zu einer Druckform zusammengebaut hatte. Weil diese Arbeit nur von Experten bewältigt werden konnte, hatte er sie noch am Tag zuvor selbst erledigt, nachdem er mit den drei Mitverschwörern von der Burg Hohenfels nach Kempten geritten war. Dabei hatte es ihn schmerzlich gekränkt, dass er aus Vertuschungsgründen bewusst ein paar Fehler mit einbauen musste.

Nun war es auch an ihm, mit zwei Lederballen Farbe auf die Lettern zu bringen und danach mit der Spindel und viel Gefühl genau so viel Druck auf das Papier auszuüben, dass der Pressdruck stark genug für eine saubere Wiedergabe der Schriftzeichen war. Dabei durften die aus einer verhältnismäßig weichen Bleilegierung gegossenen Buchstaben aber nicht gequetscht werden. Am Ende sollte ein Flugblatt in großem Umkreis der Tobelbrücke die Menschen dazu auffordern, dem Bürgermeister von Isny die Namen der Strauchdiebe zu nennen, die hinter den Überfällen steckten. Dass der Großmeister ausgerechnet Isny ausgewählt hatte, war natürlich kein Zufall gewesen.

Als es am Abend vor zwei Tagen in ihrem Versammlungssaal zu einer Zerreißprobe gekommen war, bei der es um ein Haar Tote gegeben hätte und »Gladius« Dei« fast auseinandergebrochen wäre, hatte sich am Schluss alles zum Guten gewendet. Nach der unverhohlenen Drohung des Großmeisters hatte die erste der verbliebenen vier vermummten Gestalten die Kapuze vom Kopf gestreift und sich ... als Frau zu erkennen gegeben. Fronica Messner war es gewesen, die das aufgebrachte Geschimpfe ihrer Mitverschwörer ignoriert und sich mit starker Stimme als eine erfahrene Baderin aus Bregenz vorgestellt hatte, die fast so viel von der Heilkunde und von der menschlichen Anatomie verstehe wie ein studierter Medicus. Nachdem sich das erste Entsetzen gelegt hatte und es dem Großmeister gelungen war, seine männlichen Bundesbrüder einigermaßen zu beruhigen, hatte die Frau, die mit gezogenem Schwert im Quadrat der Drei gestanden hatte, erklären müssen, wie es dazu gekommen war, dass sie die Kutte der Verschwörer trug.

»Ich habe mich nicht darum gerissen und schon gar nicht eingeschlichen!«, hatte sie trotzig gegen die auf sie eingeprasselten Vorwürfe gehalten und in aller Sachlichkeit berichtet, dass ihr Vater, ein hervorragender Medicus, über vierzig Jahre lang Mitglied des Bundes gewesen war. »Vor gut fünf Jahren erkrankte er so schwer, dass es ihm unmöglich gewesen war, zu einer der Versammlungen zu reiten. Da hat er mich über ›Gladius Dei‹ aufgeklärt und mir alles darüber erzählt. Er wollte, dass ich ihn bei dieser einen Versammlung vertrete und ...«

»... seither bist du bei uns, ohne dass wir es gemerkt haben?«, hatte ihr Blasius Gilg Respekt gezollt. Kurz zuvor war er neben Fronica Messner im selben Quadrat gestanden und hatte sich als Scharfrichter von Konstanz zu erkennen gegeben, der sich notgedrungen als Abdecker und leidenschaftlich als Heiler betätigte. Letzteres war der Grund dafür gewesen, dass er von seinem Vorgänger für den Geheimbund vorgeschlagen und vom damaligen Großmeister akzeptiert worden war, obwohl er von allen Verschwörern der Einzige sein dürfte, der kein Geld hatte einbringen können.

Und weil die selbstsichere Frau dem jungen Medicus Carl Bürgli aus Arbon ebenfalls imponiert hatte, war ihr auch der junge Schweizer zur Seite gestanden.

Allein durch diese beiden Zwischenreden hatte sich die Wut der anderen etwas gelegt, war aber sofort wieder aufgeflammt, als die Letzten ihre Identitäten gelüftet hatten: Denn es waren allesamt Frauen gewesen, die gewusst hatten, weshalb sie ihre Kapuzen aufbehalten wollten! Unter den falschen Namen ihrer Vorgänger hatten sie an den Versammlungen teilgenommen.

»Gleich vier Weiber, die uns unterwandert haben? Das schreit nach Bestrafung!«, hatte einer der Männer von hinten gerufen, während einer aus dem Fünferquadrat die Frage an die anderen gerichtet hatte: »Warum nicht? Warum keine Weiber?«

»Ja, weshalb eigentlich nicht!«, wiederholte der Großmeister, der sogar Vorteile darin gesehen hatte, Frauen in seinen Reihen zu wissen. Allerdings war seine Äußerung mit einem mehrfachen »Wir müssen unseren Geheimbund auflösen!« niedergeschmettert worden.

Während des darauffolgenden Disputs hatte Bernhard von Huldenfeld den Codex zur Hand genommen und in der Chronik nachgeschaut, ob etwas dagegenstünde, Frauen im Geheimbund zu dulden. »Nirgendwo steht etwas darüber geschrieben, dass wir keine Frauen aufnehmen dürfen!«

»Dann müssen wir diesen Passus eben jetzt aufnehmen«, hatte ein radikaler Gegner der Mitgliedschaft des weiblichen Geschlechts vorgeschlagen und schien fast damit durchzukommen. Plötzlich hatte sich die Stimmung ganz gegen die vier Frauen gewandt. Ein Großteil der Männer hatte damit begonnen, unkontrolliert durcheinanderzuschreien, massive Drohungen auszusprechen und gefährlich mit dem Schwert herumzufuchteln.

Der Großmeister war ruhig geblieben und sogar noch weiter nach vorn geprescht: »Dass alle vier von ihren Vorgängern vorgeschlagen worden sind, spricht für sie!«

Nachdem er bemerkt hatte, dass die zuvor am lautesten schimpfenden Männer ruhiger geworden waren, hatte er nachgesetzt: »Wissen wir, über wie viele Jahre, Jahrzehnte oder Jahrhunderte bereits Frauen unter uns sind und ob nicht auch schon bei der Gründung von ›Gladius Dei‹ eine oder mehrere von ihnen dabei gewesen waren?«

Als er dies in den Raum warf, verstummten auch die letzten Stimmen.

Der Großmeister legte einen zufriedenen Ausdruck in sein Gesicht.

Nachdem dies geklärt worden war, hatte der kluge Mann die Entscheidung zur Abstimmung freigegeben und festgestellt, dass fünf Männer gegen Frauen in ihren Reihen votiert hatten. Trotzdem war er einstimmig in seinem Amt bestätigt worden.

Nach diesem Prozedere hatten sie noch die halbe Nacht darüber gesprochen, wie sie sich künftig untereinander und in der Öffentlichkeit verhalten sollten. Das Ergebnis dieser Unterredung war gewesen, dass sich nach außen hin nicht viel ändern dürfe, sich die Geheimbündler untereinander aber besser würden austauschen müssen. »Was nun ja möglich ist!«, hatte sich nicht nur der Großmeister gefreut. Auch die meisten der anderen hatten sich schnell an die neue Situation gewöhnt und sich nach Ende des offiziellen Teils ihrer Versammlung angeregt unterhalten, Adressen ausgetauscht und sich verabredet. Sie hatten es spannend und enorm inspirierend gefunden, mit ihrem Geheimnis nicht mehr allein stehen zu müssen. Obgleich dies dem Großmeister über die Maßen gefallen hatte, war ihm bewusst, dass es gewisse Risiken in sich bergen würde. So würde er künftig in allem, was er tat, sagte oder befahl, vorsichtiger werden müssen. Mit dieser Öffnung war die Gefahr einer Revolte und möglicherweise sogar seines Sturzes größer geworden.

Bevor sie sich verabschiedet hatten, war von der Versammlung der Text für das Fahndungspapier abgesegnet worden. »Ich werde diese Blätter bewusst mit Fehlern versehen, damit niemand auf den Gedanken kommen kann, dass sie aus meiner Offizin stammen. Denn ich bin bekannt dafür, stets fehlerfreie Drucke abzuliefern«, hatte Bernhard von Huldenfeld seine Vorgehensweise begründet und sich dadurch als kluger Taktiker offenbart.

Damit war festgestanden, wie die Brückenräuber gesucht werden sollten und wie mit ihnen verfahren werden musste, falls sie gefunden würden.

»Könnt ihr noch kurz zu mir kommen?«, hatte der Großmeister die zwei Männer und die Frau aus dem Dreierquadrat gebeten und sie gefragt, ob sie mit ihm zuerst nach Kempten kommen würden, um ihm beim Drucken zu helfen, und danach mit ihm nach Isny reiten würden, um den dortigen Sezierraum zu suchen und herauszufinden, ob dieser noch benutzt werden konnte. »Ihr seid doch alle der anatomischen Kunst kundig und im Sezieren von Leichen erfahren, oder etwa nicht?«, hatte er die drei gelockt und deren Zusagen bekommen.

»Im Moment habe ich noch Zeit! Wenn ich Euch aber sage, dass ich nach Konstanz zurückmuss, sollte dies ohne Ärger sofort machbar sein«, hatte Blasius Gilg klargestellt. Dabei hatte er sich Kautabak in den Mund geschoben und erklärt, dass bei ihm derzeit keine Hinrichtung anstand. »Und der Hexe, die in ›meinem‹ Verlies auf ihre Verurteilung wartet, kann noch lange nicht der Prozess gemacht werden, weil der oberste Richter von Konstanz schwer krank ist, die ›Peinliche Befragung‹ aber höchstpersönlich vornehmen möchte. Meine Knechte kümmern sich um sie, bis ich zurück bin! Ich bleibe so lange bei euch, bis ich das Gefühl bekomme, dass ich zu Hause gebraucht werde!«

»*Das* habe ich also immer gerochen, wenn Ihr in unserem Quadrat neben mir gestanden seid!« hatte Fronica Messner gelacht und damit den Kautabak gemeint. Gleichzeitig hatte sie ebenfalls ihre Zusage gegeben, nach Isny mitzureiten.

»Und wie sieht es bei Euch aus?«

»Ich bin ebenfalls mit dabei!«, hatte Carl Bürgli mit seiner unverkennbaren Schweizer Klangfärbung bestätigt.

Inzwischen waren vier Tage vergangen und das Druckwerk war fertig. Während die drei Helfer die letzten Blätter von der Leine nahmen und aufeinanderstapelten, legte der Meister die von der Druckerschwärze sorgsam gereinigten Buchstaben einzeln in ihren Fächern des Setzkastens ab. Damit wollte er Spuren verwischen und vermeiden, dass seine Gesellen und Lehrlinge mitbekamen, aus welcher Offizin die Blätter stammten. Weil es in den südlichen Gefilden der deutschen Lande noch nicht allzu viele Druckwerkstätten gab, konnte man schnell auf ihn kommen. Um sicherzugehen, nicht in Verdacht zu geraten, durchsuchte er die Werkstatt nach Fehldrucken, die er während der Produktion achtlos auf den Boden geworfen hatte. Und von den Resten des Papiers, das er für die Flugblätter benutzt hatte, durfte in seiner Offizin ebenfalls kein einziges Blatt zu finden sein. Verraten könnten ihn allenfalls die Schrifttypen, die er verwendet hatte – aber die gab es auch in anderen Druckwerkstätten. Nachdem die Werkstatt ordentlich aufgeräumt und sauber geputzt worden war, hinterließ er Simmerl, seinem besten und zuverlässigsten Gesellen, ein paar Anweisungen zu Aufträgen und dem Umgang mit den beiden Kornuten, aus denen er Meister ihres Fachs machen wollte. Dabei teilte er ihm mit, »bis auf Weiteres« unterwegs zu sein, um neue Aufträge einzuholen. Danach verließ er mit den anderen die Werkstatt und Kempten, um zum Tobel zu reiten. Auf dem Weg dorthin würden sie jede Gelegenheit nützen, um die von ihnen gedruckten Blätter zu verteilen.

»Verfluchter Mist! Was ist das denn für eine Hetzschrift?«, schimpfte Bürgermeister Eberz zwei Tage später, als er eines der Blätter in die Hände bekam, über die man in der ganzen Stadt sprach. Der Inhalt war Grund genug für den ansonsten besonnenen Mann, um in Rage zu geraten und seine sieben Ratsherren zu einer außerordentlichen Sitzung zusammenzurufen, was er durch den Stadtbüttel auch gleich tun ließ.

Nachdem der letzte im Ratszimmer eingetrudelt war, konnte Kaspar Eberz mit der Sitzung beginnen.

»Um was geht es denn?«, mochte einer der Räte gleich zu Beginn wissen, bekam aber vom Bürgermeister nur ein unwirsches »Du weißt das noch nicht, Rupert? Dann wirst du es gleich hören!« zurück.

»Wahrscheinlich geht es um die Fetzen, die in Isny die Runde machen!«, mutmaßte ein anderer seinem Sitznachbarn gegenüber.

»Meine Herren!«, begann Eberz ohne Umschweife und schwenkte das bewusste Blatt Papier vor sich. »Das hier wird offensichtlich in allen Teilen des Allgäus verteilt!«, knurrte er, bevor er seinen teilweise des Lesens unkundigen Ratsherren den Text wortgetreu vorlas: »*Vür dass auffinden unnd lebendt herbeibringen dess ruchlosigk Reubers nach Isni der mitt acht andern Reuber auff der Brück zwischen Grünenbach unnd Maigerhofen ehrbar unnd unschuldigk Leit beraubet gibt es einen pfundt Silber. Zu melden bey Bürgermeister Ebertz zue Isni*«

»Das ist eine Aufforderung zur Menschenjagd!«, bemerkte Peter Buffler, der trotz seiner erst zweiunddreißig Jahre Ratsherr von Isny geworden war. Weil der erfolgreiche Kaufmann viel unterwegs war und schon in ein paar Tagen wieder nach München musste, um seine Waren auf Flöße zu verladen, die isarabwärts fuhren, mochte er gleich wissen, was der Bürgermeister dazu zu sagen hatte. »Erstens ist mein Name falsch gedruckt, zweitens …«, wollte der Bürgermeister loslegen, wurde aber unterbrochen.

»Na ja; so schlimm ist es nicht! Immerhin soll der Anführer dieser Räuberbande *lebend* nach Isny gebracht und *nicht* getötet werden!«, kam das Ratsmitglied dem Bürgermeister zuvor.

Der ließ sich das Wort aber nicht lange nehmen: »Um es gleich vorweg zu sagen; ich habe mit der ganzen Sache nichts zu tun! Ich habe keinen Auftrag für den Druck dieser Blätter gegeben! Mir sind zwar ein paar glaubhafte Geschichten von den Überfällen auf der Tobelbrücke zu Ohren gekommen, weswegen ich auch sehr besorgt bin. Aber wir können nichts dagegen tun, oder?«

»Scheinbar können aber andere etwas tun, damit diese Überfälle endlich aufhören!«, lästerte ein alter Bauer, der weder lesen noch schreiben konnte, aber gerne das Wort führte.

»Du weißt doch, dass nach den Strauchdieben schon seit Jahren ergebnislos gesucht wird, Lienhart! Deren Unterschlupf konnte bis heute nicht gefunden werden! Wenn wir auch alles daran setzen werden, unseren Teil zur Suche beizutragen, müssen wir die Bevölkerung von Isny darüber aufklären, dass es von uns kein Kopfgeld gibt!«

»Da hat Kaspar recht!«, pflichtete ihm Fritz Zeller, der Wirt des Gasthauses »Zum Schwarzen Bären« bei und ergänzte, dass die Bevölkerung von Isny dahingehend gewarnt werden müsse, dass es viel zu gefährlich sei, hinter dem Anführer dieser Meute herzujagen.

»Ich danke dir für deinen Wortbeitrag, Fritz! Das werde ich veranlassen! Aber ich möchte dennoch wissen, wer sich erdreistet, meinen Namen damit in Verbindung zu bringen. Weil der Verfasser meinen Namen und Isny falsch geschrieben hat, vermute ich, dass er von auswärts kommt oder einfach nur schlampig gearbeitet hat«, sagte der Bürgermeister. Dann wandte er sich an den Oberaufseher aller Isnyer Gefängniszellen: »Serafin, hast du Platz, falls man den Gesuchten tatsächlich zu uns bringen sollte?«

Der Ratsherr, der für viele unverständlich trotz seiner stadtbekannten Grausamkeit und seines »unehrlichen« Berufes Ratsherr geworden war, grinste hämisch. Dann antwortete er, dass im Wassertorturm derzeit zwar ein Dieb saß, der seiner rechten Hand nachtrauern würde, er den Kerker aber sehr gerne frei machen würde. »Der verreckt sowieso!«

»Gut!«, sagte Eberz gequält und meinte damit das Bereitstellen des Kerkers. »Wenn wir schon hier sind, lasst uns noch auf die Verleihung des Münzrechts in wenigen Wochen zu sprechen kommen!«

Nachdem viel darüber disputiert worden war, sprach sich Peter Buffler dafür aus, dieses Ereignis gebührend zu feiern. Für ihn als heimischen Kaufmann mit einem weitreichenden Netzwerk war es wichtig, die Gelegenheit zu nützen, um nicht nur auf den Stellenwert des Geldes, sondern auch auf dessen

Herstellung hinzuweisen. »Ich biete euch gerne meinen Hof für einen Empfang an!«, schlug er generös vor.

Dass er damit beim Bürgermeister offene Türen einrannte, wunderte keinen der Ratsherren, die sich mit nur einer Gegenstimme dafür aussprachen, die Sache groß zu feiern und den Tag mit einem festlichen Empfang zu beginnen.

»Wann genau wird es so weit sein?«, mochte einer wissen, der bei der letzten Sitzung gefehlt hatte, und bekam vom Stadtoberhaupt zur Antwort, dass voraussichtlich im Mai die erste Münzprägewerkstatt in Isny eröffnen würde. »Mehr kann ich dazu noch nicht sagen!«, beugte er weiteren Fragen vor.

»Dann brauchen wir nur noch eine Druckerwerkstatt in Isny, um …«

»… fehlerfreie Gegendarstellungen für solche Fetzen selber drucken zu können!«, ergänzte Eberz den Satz, während er wieder wütend mit dem Druckwerk herumwedelte.

Weil aber niemand mehr darauf einging, erlaubte sich Peter Buffler einzuwerfen, dass für die Organisation des Festes nicht mehr viel Zeit verbleiben würde.

»Wir haben jetzt Anfang März, also noch zweieinhalb Monate zur Verfügung!«, sah der Bürgermeister die Sache gelassen, schwächte aber dann doch noch etwas ab: »Es muss ja nicht so etwas Großes werden wie die Einführung unserer Zunftverfassung vor …«, er musste kurz nachrechnen, »… hundertsechsundzwanzig Jahren!«

Dies brachte das Ratskollegium zum Lachen. »Ich dachte, du bist außer Bürgermeister auch noch Kaufmann!«, lästerte Lienhart, der – wenn man ihm eines zubilligen konnte – gut im Rechnen, oder besser gesagt, im Feilschen war.

»Vergesst die Feierlichkeiten anlässlich unserer Erhebung zur Freien Reichsstadt anno 1365 nicht!«, erinnerte ein anderer an das große Fest, über das gelegentlich heute noch gesprochen wurde wie über das Ritterturnier und die große Handwerkerausstellung im Jahre 1381 anlässlich der Einführung der Zunftverfassung in Isny.

»So etwas kommt überhaupt nicht infrage! Die Zeiten hehrer Ritterlichkeit sind längst endgültig zu Ende!«, konterte der Bürgermeister, der sich zwar ebenfalls ein großes Fest wünschte, aber allein schon wegen einer bald anstehenden Familienfeier nicht die Zeit dazu haben würde, dies zu organisieren.

Der Bürgermeister beendete die Zusammenkunft mit dem Beschluss, dass sie in der Sache mit den Überfällen nichts unternehmen, sondern lediglich die Bevölkerung warnen und darüber informieren würden, dass die Stadt *kein* Kopfgeld ausgesetzt hatte und dieses ominöse Blatt Papier allenfalls dafür taugen würde, sich den Hintern damit abzuwischen. Und was die Feierlichkeiten bezüglich der Verleihung des Münzrechtes anbelangte, so werde man sich Gedanken dazu machen. »Und nun gehen wir noch auf ein Bier in den ›Bären‹!«

»Heute ist aber der ›Schwanen‹ dran!«, stellte der Bauer klar, weil einmal ausgemacht worden war, die Wirtschaften durchzuwechseln, wenn sie nach einer Sitzung auf ein Bier gingen.

Kaspar Eberz presste die Lippen zusammen und zog die Augenbrauen nach oben, bevor er zum »Bärenwirt« sagte, dass es ihm leid täte, Lienhart aber recht habe. »Dieses Mal ist die Klosterschenke dran!« Obwohl er es selbst bestimmen konnte, wo sie nach einer Sitzung ihr Bier tranken, mochte er seiner selbst auferlegten Regel nicht zuwiderhandeln. Dass der Bauer am liebsten in den »Schwanen« ging, weil dort das Bier am billigsten war, tat ebenso nichts zur Sache wie die Tatsache, dass der Bürgermeister auf den zyklischen Wirtshauswechsel gekommen war, weil er dadurch mehr Leute antraf, als wenn er sich immer nur in einem Lokal würde sehen lassen. »Also packen wir's!«

Der Großmeister war schon vor vier Stunden durch das Obertor in die Stadt geritten und hatte sich bei etlichen Einheimischen betont auffällig nach dem »Schwanen« durchgefragt, um dort Quartier zu beziehen – möglichst viele sollten ihn allein sehen.

Weil seine drei Mitverschwörer etwa eine Stunde später durch das Wassertor nach Isny hereingekommen waren, hatte niemand vermuten können, dass die vier zusammengehörten. Und dass auch sie im »Schwanen« untergekommen waren, hatte ebenfalls niemanden verwundert, weil dies die einzige ordentliche Herberge in Isny gewesen war, in der Händler, Pilger und andere Reisende von überallher absteigen konnten.

Sie waren getrennt auf Erkundung gegangen, bevor die drei Geheimbündler zwei Stunden später die gut gefüllte Schenke betreten hatten.

»Der ist schon besetzt!«, klärte die Schankmagd den edel gewandeten Mann auf, nachdem er die Wirtsstube betreten und zu einem Tisch geschaut hatte. »Dort drüben ist noch ein Platz frei!«, empfahl sie und zeigte zu einem wesentlich kleineren Tisch, an dem bereits drei der vier Neuankömmlinge saßen.

Der neue Gast bedankte sich und ging zu dem ihm zugewiesenen Tischchen.

»Na, endlich! Wo wart Ihr so lange?«, fragte Fronica Messner.

»Das erzähle ich euch gleich! Jetzt habe ich aber erst einmal Durst!«

»Was habt Ihr da an den Händen?«, mochte der junge Medicus noch wissen. »Die sind ja ganz zerkratzt!«

»Und im Gesicht habt Ihr ebenfalls Kratzer!«, wunderte sich nun auch noch der Scharfrichter.

»Halb so schlimm! Wie ich dazu gekommen bin, erzähle ich euch gleich! Aber jetzt …«

»… habt Ihr erst einmal Durst!«, repetierten die anderen im Chor und mussten darüber herzhaft lachen.

Die vier Verschwörer saßen bereits eine Stunde im »Schwanen« und hatten eine kräftige Fleischsuppe genossen, als die Tür aufging und Bürgermeister Eberz mit seinen Ratsherren eintraf. Um zu erfahren, wer die acht schwarz gewandeten Männer waren, die gerade das Lokal betreten hatten, brauchten sie keinen Einheimischen zu bemühen. Denn die meisten Gäste begrüßten Kaspar Eberz mit einem lockeren »Griaß di, Birgarmeuschdr!« und die anderen Räte mit einem einfachen »Griaß eich!«

»Was für ein Glück: Das ist also der erste Mann von Isny!«, freute sich der Großmeister, weil er irgendwie an ihn herankommen musste, um herauszufinden, ob *er* den Schlüssel zum Sezierraum verwahrte. Nachdem er bei der Schankmagd erneut eine Runde Bier – auch für Fronica – bestellt hatte, beugte er sich verschwörerisch über den Tisch, was ihm die anderen nachmachten. »Hört gut zu: Wir bleiben so, wie wir uns im wahren Leben verhalten! Um uns nicht zu verraten, sprecht ihr mich keinesfalls als ›Großmeister‹ an – auch nicht versehentlich! Ab jetzt nur noch Vornamen! Wir haben uns hier und heute rein zufällig kennenglernt, ansonsten keine engeren Beziehungen zueinander!«

»Und was ist mit mir?«, mochte Blasius Gilg wissen. »Wenn mich jemand nach meinem Beruf fragen sollte, kann ich doch nicht zugeben, dass ich Scharfrichter bin!«

»Da hast du wohl recht!« Bernhard überlegte kurz, dann machte er Blasius den Vorschlag, dass er einfach sagen solle, er sei genau wie Fronica ein Bader! Ihr drei seid alle Bader und wart auf einem Treffen eurer Zunft! Auch du, Carl.« Der auf seinen Beruf als Arzt stolze junge Mann nickte zwar, warf aber ein, dass ›Bader‹ nicht als Berufsgruppe organisiert waren und deswegen auch keiner Zunft zugehörten.

»Ärzte gehören auch keiner Zunft an, oder? Das war doch nur als Beispiel gemeint«, rechtfertigte sich Bernhard und sprach weiter: »Also bin ich der Einzige von uns, der nichts mit Heilkunde zu tun hat und eine Druckerwerkstatt betreibt! Euch habe ich hier in Isny nur zufällig getroffen! So machen wir es! Und nun lasst uns ein wenig lauschen, was das Stadtoberhaupt am Nebentisch zu erzählen hat!«

Eine weitere Stunde später saßen sie immer noch da und hörten unauffällig dem Bürgermeister und den redseligen Ratsherren zu. »Unser Druckwerk scheint seine Wirkung zu tun!«, stellte Bernhard zufrieden fest. Während er einen kräftigen Schluck aus dem Zinnkrug vor ihm nahm, erfuhr er, dass der Kopf der Räuberbande von Serafin Leubler in den Kerker im Wasserturm gesperrt werden würde, wenn man ihn erwischt hatte.

»Sehr gut!«, murmelte der Großmeister, der mit so viel Information an ihrem ersten Abend in Isny nicht gerechnet hatte. Aber es sollte noch besser kommen: Als die Männer sich über die anstehenden Festivitäten und die Eröffnung einer Münzprägeanstalt unterhielten, kam auch das bei der offiziellen Ratssitzung nicht allzu ernst gemeinte Thema »Druckerwerkstatt« auf den Tisch. Und je mehr auch der Bürgermeister getrunken hatte, umso mehr konnte er sich vorstellen, »so etwas« in Isny zu haben. Als er den anderen gut angesäuselt zusicherte, sich nach einem Betreiber umzusehen, der sich in Isny niederlassen würde, war dies das Stichwort für den Buchdrucker, den es nicht mehr an seinem Tisch hielt. Er stand auf, zog eines der Blätter aus seiner ledernen Umhängetasche und ging zum Nebentisch.

»Entschuldigt, meine Herren, wenn ich mich in Euer Gespräch einmische! Mein Name ist Bernhard Freiherr von Huldenfeld!« Als er dies sagte, verneigte er sich höflich. Dann warf er das bedruckte Blatt Papier wie eine Spielkarte auf den Tisch. »Dieses Pamphlet habe ich heute in die Hände bekommen! Der Inhalt darauf entzieht sich zwar meiner Kenntnis, weil ich aus Kempten stamme, die Druckqualität aber kann ich sehr wohl beurteilen – sie ist schändlich!«

»Was … was wollt Ihr uns damit sagen?«, interessierte Peter Buffler, der von allen am wenigsten getrunken hatte.

»Nun, ich kam vorhin nicht umhin, Euer Gespräch bezüglich einer Druckerwerkstatt in Isny mitzuhören! Und weil ich selbst Druckermeister bin und meine eigene Offizin in Kempten betreibe, interessiert mich das! Ich könnte mir vorstellen, hier in Isny eine Zweigstelle einzurichten!«

Kaum hatte er ausgesprochen, wurde er vom Bürgermeister gebeten, sich neben ihn an den Tisch zu setzen. Wie auf Befehl, rückten die anderen zusammen. »Und was ist mit Euren Freunden? Möchten die sich nicht auch zu uns gesellen?«

»Um Gottes willen, nein! Das sind keine ›Jünger Gutenbergs‹! Die haben nichts mit dem ehrbaren Druckerhandwerk zu tun! Die drei habe ich erst heute in dieser Schenke hier kennengelernt! Das sind scheinbar alles Bader oder so etwas Ähnliches, die bei einem Treffen Gleichgesinnter waren … oder noch zu einem solchen Treffen müssen!«

Na endlich, dachte sich der Großmeister, als er nach einem langen Gespräch, das von etlichen weiteren Bieren begleitet worden war, vom Stadtoberhaupt gebeten wurde, ihn am nächsten Tag zur sechsten Nachmittagsstunde in dessen Schreibstube zu besuchen, damit sie in aller Ruhe und ungestört über die Sache reden konnten.

Als der Kemptener Buchdrucker anderntags das »Sechsuhrläuten« der Pfarrkirche und der Klosterkirche vernahm, war er schon an der oberen Stadtmauer angelangt, wo sich direkt beim Marktplatz der Prangerstein und neben dem unübersehbaren Blaserturm auch das Bürgermeisteramt befanden.

Obwohl er auf den letzten Glockenschlag pünktlich war, ließ Eberz ihn warten. Dessen Assistentin bemühte sich zwar darum, den Besucher mit ein paar Bechern Wasser und unverbindlichen Worten bei Laune zu halten, wirkte dabei aber auffallend unruhig.

»Verdammt! Wo bleibt er nur?«, mochte der Bürgermeister von ihr wissen, als sie einmal mehr in seine Schreibstube trat, um ihm mitzuteilen, dass der Besucher langsam ungehalten zu werden drohe.

»Wir warten trotzdem noch etwas!«, ordnete Kaspar Eberz an, während er ungeduldig aus dem Fenster schaute. »Na, endlich!«, stöhnte er erleichtert auf. »Schick ihn sofort über die Hintertür zu mir! Aber beeil dich!«

Gleich darauf stand dem vorsichtigen Mann ein schwitzender und übelriechender Bote gegenüber, den er noch in der Nacht nach Kempten geschickt hatte, um Erkundigungen über seinen Besucher einzuholen.

»Hier, trink!«, drängte er und schob dem schwer atmenden Boten einen bis zum Rand gefüllten Wasserbecher zu, während er darauf wartete, was der Kurier gleich zu berichten wusste. Aber der trank erst einmal in einem Zug den Becher leer. Nachdem er sich mit dem Handrücken den Mund abgewischt hatte, entfuhr ihm ein Rülpser, was den Bürgermeister dazu veranlasste, den jungen Mann zu rügen. »Jetzt reiß dich zusammen und erzähl mir etwas!«

Obwohl es erst Frühjahr war, stand die Hitze im Raum. Wohl deswegen zog der Bote ein Tuch aus der Tasche und wischte sich damit übers unrasierte Gesicht. Dann begann er endlich: »Dieser Buchdrucker ist in Kempten ein hochgeachteter Mann! Dank Eures Sendschreibens hat mich der dortige

Ratsvorsitzende empfangen und mir berichtet, dass es sich bei Bernhard von Huldenfeld tatsächlich um einen Freiherrn handelt, der ursprünglich von der Insel Reichenau stammt, das Buchdruckerhandwerk aber im fernen Mainz erlernt hat, wo dereinst Meister Gutenberg gewirkt hat! Über einen langen Zeitraum hinweg muss er sich wohl in Wien aufgehalten haben, wohin er in regelmäßigen Abständen auch heute noch reist! Mittlerweile soll er selbst ein hervorragender und hochgeachteter Meister seines Fachs sein, der im Kemptener und sogar im Augsburger Zunftwesen eine große Rolle spielt. Um an mehr Aufträge zu kommen, reist er selbst durchs Allgäu und in andere Gegenden! Er muss wohl oft unterwegs sein!«

»Weiter!«, drängte der Bürgermeister.

»Die Reisen kann er sich laut Aussage des Kemptener Ratsvorsitzenden erlauben, weil er zwei Gesellen und zwei Kornuten hat!« Der Bote überlegte kurz, dann kam er zum Ende seines Berichtes, der dem Bürgermeister hinreichend Auskunft darüber gegeben hatte, mit was für einem Menschen er es zu tun bekommen würde. Solche Neubürger lasse ich mir gefallen, dachte er, während er dem Kurier weiter zuhörte.

»Viel gibt es nicht mehr zu sagen; vielleicht noch, dass er gut betucht ist und sich sehr für Arme und Bedürftige einsetzt. Ihm scheinen gerade das gesundheitliche Wohlergehen seiner Zeitgenossen und die Bildung junger Menschen sehr am Herzen zu liegen, weswegen er sich auch in Augsburg als Vorsitzender des Prüfergremiums für das Druckerhandwerk engagiert!«

»Familie?«, fragte der Bürgermeister.

Der Bote schüttelte den Kopf. »Nein! Er hat kein Weib und keine Kinder! Wahrscheinlich, weil er dafür zu viel unterwegs ist und sich zu viel für andere einsetzt!«, mutmaßte der Bote am Schluss noch.

»Gut! Und nun verschwinde auf dem Weg, auf dem du gekommen bist! Und zu niemandem ein Wort, hörst du? Lass dir von meiner Assistentin das Geld für drei Humpen Bier geben! Und jetzt ab mit dir!«

Zufrieden mit dieser aussagekräftigen Information lehnte sich Kaspar Eberz für einen Moment zurück. Dann rief er Kunigunde zu sich, um ihr aufzutragen, den Besucher unverzüglich zu ihm zu führen. »Und bring uns eine Karaffe Wein mit zwei ›guten‹ Gläsern!«

Als sie dies hörte, musste die Assistentin des Bürgermeisters schmunzeln. »Ihr meint die wertvollen Gläser, die Euch Herr Buffler aus den italienischen Landen mitgebracht hat?«

Die beiden Männer stießen an, bevor sie sich in ihr Gespräch vertieften, bei dem der Buchdrucker hohe Begehrlichkeiten beim Oberhaupt von Isny weckte, gleichzeitig aber auch wusste, dass er diese nicht erfüllen konnte. Er plante, nur so lange in der Freien Reichsstadt zu bleiben, bis er die beiden äußeren Zeichen seines geheimen Bundes zurückbekommen hatte. Ein längeres Verweilen würde er nur in Betracht ziehen, wenn es ihm gelingen würde, dem Sezierraum neues Leben einzuhauchen. Um dies bewerkstelligen zu können, würde er aber etliche Informationen … und einen der drei Schlüssel zum Kellergewölbe im hinteren Teil des Klosters benötigen. Während ihm der Bürgermeister mit eindrucksvollen Worten die Vorzüge Isnys als Standort für eine Druckerwerkstatt schmackhaft zu machen versuchte und das rührige Zunftwesen in den höchsten Tönen lobte, sann der Großmeister darüber nach, dass es den Raum tatsächlich noch geben könnte. Er hatte sich bereits gestern Nachmittag persönlich davon überzeugt, als er allein auf Erkundung gewesen war. Trotz detaillierter Aufzeichnungen des damaligen Großmeisters hatte er den Eingang nicht gleich gefunden und eine ganze Weile danach suchen müssen. Obwohl der Zugang zwischenzeitlich so von dornigem Gestrüpp zugewachsen war, dass es kaum ein Durchkommen gegeben hatte, war er zwar an den Händen und im Gesicht zerkratzt, nach beharrlichem Suchen aber endlich fündig geworden. Niemand würde diesen Ort entdecken können, … sofern er nichts davon wusste. Die Frage war nur noch, wie es hinter dem Zugang aussah.

»Hattet Ihr das ernst gemeint, als Ihr gestern Abend davon spracht, hier in Isny eventuell eine Druckerwerkstatt einzurichten?«

»Äh! Ja! Selbstverständlich!«, antwortete Bernhard von Huldenfeld überhastet, fügte dann aber besonnen an, dass hierzu noch viel abzuklären sei.

»Was meint Ihr damit?« Von dieser Aussage etwas irritiert, beeilte sich das Stadtoberhaupt, dem Buchdrucker seine vollste Unterstützung zuzusichern.

Während Bernhard von Huldenfeld begann, kritische Aspekte ins Feld zu führen, und seinem Gegenüber darlegte, dass allein die Anschaffung einer Druckerpresse und das Gießen von Lettern ein Vermögen verschlingen würden, klopfte es an der Tür und das Empfangsmädchen betrat das Amtszimmer des Bürgermeisters.

»Entschuldigung! Ich brauche nur den Schlüssel für den Aufbewahrungsraum unserer Dokumente, um die alten Aufzeichnungen über die Festivitäten anlässlich der …«

»Schon gut, Kunigunde!«, unterbrach der angespannte Bürgermeister seine Assistentin, der er schließlich erst vor ein paar Stunden aufgetragen hatte, sich um die Vorbereitungen des geplanten »Münzfestes« zu kümmern.

Der Besucher konnte es kaum glauben, mitbekommen zu dürfen, wie das Mädchen den unverschlossenen Schlüsselkasten öffnete, der versteckt hinter einem Ölgemälde in die Wand eingelassen war, das den ehemaligen Bürgermeister Benedict Eberz zeigte.

»Entschuldigt!«, sagte das Stadtoberhaupt, dem diese Unterbrechung überhaupt nicht zu passen schien.

»Schon gut! Da sind aber ganz schön alte Schlüssel dabei!«, bemerkte der aus der Sicht des Bürgermeisters untadelige Mann, der in lockerer Haltung vor ihm saß und mit einer Hand an seinem gepflegten Bart herunterstrich, während er mit der anderen verständnisvoll abwinkte. Durch das beim Bürgermeister erweckte Vertrauen und seinen spaßigen, aber dennoch anerkennenden Ton brachte der Buchdrucker das Stadtoberhaupt dazu, auf ein Exemplar ganz hinten im Schlüsselkasten zu zeigen, den er als ältesten Schlüssel der Stadt bezeichnete, von dem es sogar noch zwei weitere Exemplar geben solle.

»In was für ein Schloss passt denn ein solches Ungetüm?«, fragte der Besucher beiläufig. Er bekam die erhoffte Antwort: »Der gehört zu einem Raum, den seit einem Jahrhundert niemand mehr betreten hat und auch nie mehr jemand betreten wird! Es ist ein Keller. Irgendwo im Kloster! Ich glaube nicht, dass sich Abt Philipp von Stain oder sonst wer erinnert, wo sich der Raum genau befindet«, fügte er noch hinzu, was dem Großmeister bestätigte, dass selbst das Oberhaupt der Stadt keine Ahnung davon hatte, *wo* der Sezierraum war.

Um das Thema nicht auszureizen, lenkte der raffinierte Adelige geschickt zum eigentlichen Thema ihres Treffens zurück: »Genug von alten Schlüsseln, sprechen wir über die hohe Kunst des Buchdrucks …«

Kapitel 31

Catharina und Leonhard waren überglücklich. Sie hatten sich im vergangenen Herbst bei einer Leinwandschau in St. Gallen kennen- und auf Anhieb lieben gelernt. Als sie vor dem Auseinandergehen gegenseitig den Treueschwur geleistet hatten, war ihnen wohl bewusst gewesen, dass sie ihre Liebe von Anfang an einer harten Bewährung aussetzen würden. Also hatten beide beschlossen, ihren Eltern nicht gleich etwas davon zu erzählen. Die jungen Leute hatten sich ganz sicher sein wollen, dass ihre gegenseitige Zuneigung nicht nur ein Strohfeuer war, sondern ein heftig lodernder Brand mit ewiger Glut bleiben würde. Schon am zweiten Tag nach dem Abschied hatten beide ein Sendschreiben verfasst, das sie einander mittels berittenen Sendboten hatten zukommen lassen. Während der vielen Monate hatte ihrer Liebe nichts und niemand etwas anhaben können. Und dies, obwohl die blendend aussehende Tochter aus bestem Hause in ihrer Schweizer Heimat das »Geriss« gehabt hatte, weswegen über den vergangenen Winter hinweg der Schnee um das prächtige Haus der Zollighofers immer platt getreten war. Und auch um Leonhard hätten sich die Schönen der Stadt gerissen, wenn er ihnen die Möglichkeit dazu gelassen hätte. Aber die treue Seele hatte jeder Versuchung widerstanden – selbst den ständigen Annäherungsversuchen der rassigen Theresa, einem gut aussehenden, intelligenten und liebenswerten Mädchen, das erst vor Kurzem mit ihren Eltern aus Turin nach Isny gezogen war.

Nun waren sie – selbstverständlich mit Catharinas zukünftiger Schwiegermutter – dabei, ihre Wohnung im – und darauf hatte Margarethe bestanden – Elternhaus des Bräutigams einzurichten. Wenn dies geschehen war, würde Leonhard noch eine wichtige Aufgabe vor sich haben: Er würde nach St. Gallen reiten müssen, um bei Catharinas Eltern sein Heiratsersuchen vorzubringen. Normalerweise wäre bei einer solchen Höflichkeitszeremonie die Braut dabei. Weil aber die Wegelagerer trotz intensiver Suche geldgieriger Narren immer noch nicht gefasst worden waren und auch anderswo böse Buben in den Sträuchern auf unbedarfte Reisende lauerten, wäre dies viel zu gefährlich für die Braut, die das Glück nicht noch einmal herausfordern wollte. Also hatten sie vereinbart, zuerst ihr Nest zu bauen und direkt im Anschluss daran ihre Hochzeit zu organisieren. Wenn dies geschehen war, würde Leonhard mit ein paar Freunden nach St. Gallen reiten, um dort das zu tun, was einem bodenständigen und vertrauenerweckenden Hochzeiter geziemte und was von einem Schwiegersohn aus gutem Hause zu Recht erwartet werden konnte. Im Grunde genommen hätte Leonhard *jetzt schon* in die Schweiz reisen können, denn bei der Einrichtung seiner Wohnung hatte er nicht viel zu melden. Kaum dass er ein Möbelstück dorthin gestellt hatte, wo es ihm passend erschien, hatte seine Mutter einen anderen Vorschlag parat gehabt. Und kaum dass er einen Wandteppich aufgehängt hatte, war dieser von *beiden* Frauen wieder abgenommen worden. Trotzdem nahm er alles, so wie es war, und blieb bei dem, was er mit Catharina … und mit seiner Mutter vereinbart hatte: Wenn dabei auch das Pferd ein wenig von hinten aufgezäumt wurde, sollten Catharinas Eltern und Geschwister bei dieser Gelegenheit mit Leonhard nach Isny zurückreisen, um mit seiner Familie zu feiern.

Inzwischen waren ein paar Tage vergangen und Bernhard von Huldenfeld hatte immer noch keine Chance gehabt, unbemerkt in die Schreibstube des wichtigsten Mannes von Isny einzubrechen, um sich den Schlüssel »auszuleihen«. Aber eines Nachmittags schien sich die Gelegenheit zu ergeben. Bürgermeister Eberz befand sich zusammen mit seinen Ratsherren, Abt Philipp von Stain und dessen Schreiber bei einer Besichtigung der unteren Stadtmauer. Bis auf Peter Buffler, der inzwischen in München war, hatten sich alle Stadträte an der Seite ihres Oberhauptes versammelt und redeten recht gescheit daher. Weil es um ein Gewässer ging, das um die Stadtmauer herumfloss, war es eine außerordentlich heikle Sache, um die sie sich zu kümmern hatten. Wasser war schließlich ihr wertvollstes Gut! Die Sache war sogar so wichtig, dass auch Kunigunde alles mitschreiben musste, was gesprochen und an Ort und Stelle beschlossen wurde. Zudem wurde sie zwischendurch immer wieder zum Bürgermeisteramt geschickt, um dort Unterlagen, Pläne oder Aufzeichnungen zu holen. Und weil der Großmeister davon erfahren hatte, war er dem Gremium heimlich gefolgt, um dessen Tun aus sicherer Entfernung zu beobachten. Ihm war natürlich nicht verborgen geblieben, dass das Mädchen immer wieder zum Bürgermeisteramt eilte, um kurz darauf mit Papierrollen unter den Armen zurückzukehren. Er hatte sich an ihre Fersen geheftet und war ihr mehrmals von der nördlichen Stadtmauer aus bis zum Bürgermeisteramt gefolgt. Dabei war er ins Schwitzen gekommen.

Aber es sollte sich lohnen, denn bei all dem Hin und Her und in der Eile hatte Kunigunde beim vierten Mal tatsächlich vergessen, das Gebäude abzusperren. So war es ein Leichtes für den Buchdrucker, sich unbemerkt ins Haus und in die Schreibstube des Bürgermeisters zu schleichen, wo er das bebilderte Türchen zum Schlüsselschrank öffnete und den alten Schlüssel an sich nahm. Er hatte nicht vor, das rostige Teil zu stehlen – dies wäre viel zu gefährlich. Wenn dies bemerkt würde, wäre seine ganze geplante Mission umsonst gewesen. Nein! So dumm war er nicht. Anstatt den Schlüssel mitzunehmen, legte er ihn auf den Katheder des Bürgermeisters und kramte in seiner Umhängetasche nach einer mit Wachs gefüllten Schale, die er schon seit Tagen mit sich trug. Weil das Wachs zu hart war, zog er ein weiteres, etwas größeres Gefäß aus seiner Tasche, in dem sich klein zugeschnittene, mit Öl getränkte Brennspäne befanden. Vorsichtig schaute er aus dem Fenster, dann lauschte er konzentriert in den Flur hinaus. »Nichts!«, sprach er sich Mut zu und entzündete die Brennspäne mit seinem Feuereisen und dem kleinen Stein, den er immer in seiner Tasche hatte. Er nahm das Behältnis mit dem Wachs und drehte es so lange über dem Feuerchen, bis es weich genug war. Weil er am helllichten Tag nicht viel Zeit hatte, musste er umso behutsamer vorgehen. Als er mit dem Daumen die Konsistenz des Wachses überprüfte, legte sich ein Lächeln auf sein Gesicht. Er nahm den Schlüssel, küsste ihn vor Freude und betupfte das verrostete Teil mit dem Wasser, das er ebenfalls mitgebracht hatte. Damit wollte er bezwecken, dass der Schlüssel nicht kleben blieb, nachdem er ihn von beiden Seiten ins Wachs gedrückt hatte. Kaum fertig, löschte er das Feuerchen, indem er den Deckel über das Behältnis stülpte. Er wickelte das Teil in einen extra hierfür mitgebrachten Lumpen, bevor er es verschwinden ließ, wo er es hervorgeholt hatte. Dann verschloss er das Wachsbehältnis und verfuhr damit ebenso.

Der gewiefte Buchdrucker, der genau wusste, dass Bleilettern ebenfalls aus einer Form gegossen wurden, hatte nun, was er wollte; eine Form, mit deren Hilfe die Gussform für so viele Schlüssel hergestellt werden konnte, wie es ihm beliebte. Er war überglücklich! Aber sein inneres Jubilieren sollte ihm schnell vergehen – denn zuerst hörte er die schwere Haustür ins Schloss fallen und dann auch noch Schritte die Treppe hochkommen.

»Verflucht!«, entfuhr es ihm gefährlich laut, während er den Schlüssel hastig von ein paar Wachsteilchen befreite und ihn dorthin zurückhängte, wo er zuvor gehangen hatte. »Verflucht!«, entfuhr es ihm abermals. Einer der Schlüssel, die er abgenommen hatte, weil sie vor dem gesuchten guten Stück gehangen hatten, war ihm aus den Fingern geglitten und auf den Boden gefallen. Der Großmeister kam sich plötzlich klein vor. Erstarrt verblieb er in seiner Haltung und lauschte in den Flur. Weil er nichts mehr hörte, war ihm klar, dass der Krach gehört worden sein musste. Es war allerhöchste Eile geboten, um etwas zu unternehmen. Weil er nicht mehr die Zeit dazu hatte, den Schlüssel aufzuheben, schob er ihn einfach mit der Fußspitze unter den Arbeitstisch des Bürgermeisters. Schon hörte er Schritte, die schneller zu sein schienen als zuvor. Er schloss das Schranktürchen, aber wo sollte er sich verkriechen? Das Amtszimmer bot nicht viele Gelegenheiten, sich unsichtbar zu machen. Verdammt, gleich ist es so weit, schoss es ihm durch den Kopf, während er sich hastig nach einem Fluchtweg umsah. Weil er ums Verrecken nichts entdecken konnte, zog er sein Schwert.

Da sich von Seiten der Stadt nichts rührte, hatte der Großmeister beschlossen, die Suche nach dem Raubgesindel selbst in die Hand zu nehmen. Die von ihm entsandten zwanzig Verschwörer verteilten sich auf der Tobelbrücke zwischen Grünenbach und Maierhöfen, um die Lage zu erkunden und die geografischen Besonderheiten zu inspizieren. Ihr Ziel war es, die neun Wegelagerer auf einen Streich zu erwischen, um von ihnen das »Magische Amulett« und das »Jiàn« zurückzubekommen, das ihrem Großmeister gestohlen worden war.

»Lasst uns in den Tobel runtersteigen!«, empfahl einer von ihnen, nachdem sie die Vorgehensweise der Strauchdiebe verinnerlicht und einen Eindruck davon bekommen hatten, wie die Überfälle abliefen. Eine Menge abgebrochener Zweige und viele Fuß- und Schleifspuren hatten es ihnen leicht gemacht, den Methoden der neun Männer auf die Schliche zu kommen. Auch die eingetrockneten Blutspuren auf der Brückenbalustrade sprachen eine deutliche Sprache.

Nach einem mühsamen Abstieg durch steil abfallendes Gelände waren sie am Oberen Argenbach angekommen und machten eine solch entsetzliche Entdeckung, dass selbst die abgebrühtesten Mitglieder des Geheimbundes aus der Fassung gerieten. Teilweise im Wasser, teils im felsigen Uferbereich des Baches lagen die zerschmetterten Körper unzähliger Menschen; hauptsächlich Männer, aber auch Frauen und sogar Kinder, an denen sich Rabenvögel, Ratten, Würmer und Maden gütlich hielten. Manche von ihnen hingen in den Bäumen. Es stank so elend nach Fäulnis, dass sich die meisten Männer abwenden mussten, um sich zu übergeben. »Die das getan haben, sind Tiere und verdienen keine Gnade!«, sagte einer, während die anderen kein Wort herausbrachten. Aber auch unausgesprochen wussten alle, dass sie diejenigen, die das zu verantworten hatten, gnadenlos zur Rechenschaft ziehen würden.

»Was sind das nur für Menschen, die zu so etwas fähig sind?«, fragte sich ein Verschwörer, als er die Sprache wiedergefunden hatte.

Zurück auf der Brücke besprachen die Geheimbündler ihren Schlachtplan. In sicherem Abstand würden sie sich im Gebüsch verstecken und auf die Wegelagerer warten. Auf ein

Zeichen würden sechs von ihnen mit einer Kutsche auf die Brücke fahren, um sich überfallen zu lassen. Dann würden sie genauso vorgehen wie die Banditen, die nicht damit rechnen konnten, dass auf dem Kutschbock zwei und in der Kutsche vier schwer bewaffnete Verschwörer auf sie warteten, während von beiden Seiten der Brücke jeweils sieben Verschwörer die verhassten Mörder in die Zange nehmen würden. Durch ihre zahlenmäßige Überlegenheit dürfte es keine Probleme geben.

Kurz vor Einbruch der Dunkelheit begaben sich alle auf ihre Posten, um auf die ruchlosen Diebe und Mörder zu warten.

Wochen später kündigte sich der April mit einem Wetterumschwung an, der es gleich mehreren Menschen aus Isny und um Isny herum schwermachte, ihre Pläne umzusetzen: Zu Margarethes Entsetzen hatte sich Leonhard nicht davon abbringen lassen, trotz des Wetters mit ein paar Freunden nach St. Gallen zu reiten. Er hatte keine Lust mehr gehabt, sich in seiner eigenen Wohnung sagen lassen zu müssen, wohin welcher Schrank kam und wo ein Nagel in die Wand geschlagen werden durfte. Und von den vielen Spitzendeckchen hatte er genauso die Nase voll. Nachdem sich auch noch Catharinas Freundin Adelheit in die Gestaltung seiner Wohnung eingemischt hatte, war es ihm zu viel geworden und er hatte nur noch weg gewollt. Als sich eines Tages klammheimlich der Gedanke in seinen Kopf geschlichen hatte, dass es möglicherweise doch kein so guter Einfall gewesen war, sich jetzt schon zu vermählen, war ihm endgültig klar geworden, dass er dringend raus musste. Also hatte er, wie ursprünglich mit seinen Eltern und Catharina vereinbart, alles für die Hochzeit organisiert, bevor seine Mutter diesbezüglich auf närrische Gedanken kam. Mittlerweile musste er tagtäglich mit der Fertigstellung seiner Wohnung rechnen, was so viel bedeutete, dass seine Mutter Zeit für die Vorbereitung der Hochzeit haben würde. Und wenn bei der Gestaltung der Kirche und der Hochzeitstafel nur halb so viel Spitzen und anderer Tand Verwendung finden würden wie in seiner Bleibe, würde es Probleme geben. Deshalb hatte er mit dem Pfarrer gesprochen und ein paar Termine in den Raum gestellt. Dann hatte er das Festlokal ausgewählt, mit dem Wirt die Speisefolge besprochen und mit dessen Frau die Tischdekoration festgelegt. »Wenn meine Mutter zu dir kommen sollte und du zulässt, dass sie etwas über den Haufen schmeißt, heirate ich im ›Rössle‹!«, hatte er dem »Bärenwirt« Fritz Zeller gedroht. Tags darauf war er trotz des schlechten Wetters nach St. Gallen abgereist.

Auch anderen machte das Wetter schwer zu schaffen: Nachdem die zwanzig Verschwörer die Tage »totgeschlagen« hatten, um in den Nächten erfolglos auf die Straßenräuber zu warten, waren sie der Sache auf den Grund gegangen. Dabei hatten sie herausbekommen, dass seit dem scheinbar von Bürgermeister Eberz ausgesetzten »Kopfgeld« ständig irgendwelche einfältigen und geldgierigen Bauerntrampel in der Nähe der Brücke herumlungerten, weswegen es die Wegelagerer vorgezogen hatten, sich rarzumachen. Sie wollten keine einheimischen Burschen umbringen, bei denen nichts zu holen war.

»Wenn die Wegelagerer weiter ungestört ihrer ›Arbeit‹ nachgehen möchten, müssen *sie* die strohdummen Kerle umbringen, die sie festnehmen und zum Isnyer Bürgermeister bringen wollen, um von ihm die Belohnung zu kassieren!«, stellte einer der Verschwörer fest.

»Das können sie nicht!«, ergänzte ein anderer und begründete seine Aussage: »Was glaubt ihr, was hier los wäre, wenn die Wegelagerer jetzt auch noch Einheimische umbringen würden!«

Den Geheimbündlern war nichts übrig geblieben, als ebenfalls abzuwarten, bis sich in die hintersten Weiler der Umgebung herumgesprochen haben würde, dass es *keine* Belohnung auf die Köpfe der Straßenräuber gab. Und nun, da es so weit zu sein schien, spielte das Wetter nicht mit. Sie hatten abgemacht, zunächst in ihre jeweilige Heimat zurückzukehren und sich zu gegebener Zeit wieder zusammenzufinden, um das zu beenden, was sie noch nicht einmal richtig begonnen hatten.

Indessen braute sich in der Stadt etwas zusammen, mit dem der Großmeister und seine drei Gleichgesinnten nicht hatten rechnen können: Jackl Kohler, dem offiziell bestallten Stadtmedicus von Isny und Freund des Bürgermeisters, war im »Schwanen« das Gerücht zu Ohren gekommen, dass sich gleich drei auswärtige Bader in seinem Revier niederlassen wollten, wovon einer ein Weib sein solle. Weil der alte Arzt die zunehmende Konkurrenz, die von Abdeckern, Kräuterweibern, Hebammen und insbesondere von Badern ausging, hasste wie die Pest, drohte er, zur Gefahr für die Verschwörer zu werden. Durch sein ständiges Gezetere, in das auch der Apotheker eingestimmt hatte, gerieten sie mehr und mehr in den Mittelpunkt der Stammtischgespräche. Das weinselige Geplärre war auch dem Großmeister zu Ohren gekommen, der trotz der »Niederlage« auf der Tobelbrücke über den Verlauf der Dinge glücklich sein konnte.

Der dreiste Einbrecher hatte sich gerade noch retten können, als er im Arbeitszimmer des Bürgermeisters Schritte auf sich hatte zukommen hören. Im allerletzten Augenblick hatte er das durch eine Wandtäfelung getarnte Türchen entdeckt, durch das kurz vor seinem Gespräch mit dem Bürgermeister der aus Kempten zurückgekehrte Bote gehuscht war. Zu seinem Glück war die kleine Tür unverschlossen gewesen, weswegen er sich gerade noch in den Gang dahinter hatte flüchten können, als die Tür zur Amtsstube behutsam geöffnet worden war. Um sicherzugehen, dass das Türchen nicht von innen geöffnet werden konnte, hatte er sich mit vollem Körpereinsatz an den außen angebrachten Türknopf gehängt. Und damit hatte er gut getan. Denn die Assistentin des Bürgermeisters war zurückgekehrt und hatte daran gezogen, weil ihr kurz zuvor ein ungewöhnliches Geräusch an die Ohren gedrungen war, das aus dem Arbeitszimmer des Bürgermeisters gekommen war. Als sie das eigenartige Geruchsgemisch aus Kerzenwachs und Feuer in die Nase bekommen hatte, war sie sich sicher gewesen, dass jemand im Raum gewesen sein musste. Aber sie hatte keine Zeit gehabt, sich darum zu kümmern, denn das Stadtoberhaupt und seine Ratsherren hatten zusammen mit dem Abt auf einen Plan gewartet, der noch genau dort gelegen hatte, wo sie ihn am Morgen hingelegt hatte. Ich muss mich geirrt haben, hatte sie gedacht und sicherheitshalber die Tür zur Amtsstube und die Außentür abgeschlossen.

Der Großmeister hatte noch ein Weilchen ins Dunkel gelauscht und sich dann aus seiner Starre gelöst. Nachdem er sicher gewesen war, wieder allein zu sein, hatte er das Türchen einen Spalt geöffnet und in den Raum hineingelugt. Dann hatte er die Kaltschnäuzigkeit besessen, das Fenster zu öffnen, um zu lüften. Während frische Luft in den Raum geströmt war, hatte er den Schlüssel unter dem Tisch hervorgekramt, um ihn dorthin zu hängen, wo er hingehörte. Als er kurz darauf durch das Schlupfloch verschwunden war, hatte rein gar nichts mehr auf einen Besucher hingedeutet. Und dies, obwohl er in all der Aufregung doch noch einen Fehler begangen hatte. Denn als der Bürgermeister am nächsten Tag zur Arbeit gekommen war, hatte das Fenster immer noch offen gestanden. Kaspar Eberz hatte sich nichts dabei gedacht. Wahrscheinlich hatte Kunigunde wegen der Schwüle gelüftet und vergessen, das Fenster zu schließen. Als die Assistentin den Raum betreten und geschnuppert hatte, war keinerlei Wachs oder Feuer zu riechen gewesen. Um sich vor ihrem Principal nicht zu blamieren, hatte sie nichts über ihren gestrigen Verdacht gesagt.

Kapitel 32

»Sowie ich meinen Morgeneintopf ausgelöffelt habe, reite ich nach Weissach!«, offenbarte Bernhard von Huldenfeld seinen drei Mitstreitern, während sie im hinteren Zimmer der Gaststube zusammensaßen, das in den Morgen- und Vormittagsstunden den Übernachtungsgästen der Herberge vorbehalten war.

Dabei war es an jedem Morgen dasselbe: Sie saßen zwischen täglich wechselnden ungeniert schmatzenden und rülpsenden Kutschern, denen ständig Leibeswinde entfleuchten. Meist waren auch noch muffig riechende, verschlagen wirkende Wandermönche dabei, die sämtliche Ranken Brot in ihre Taschen steckten, die sie in die Finger bekamen. Deshalb hatte der Großmeister an diesem Morgen keinen Appetit gehabt. Da er aber für einen halben Tagesritt bei Kräften sein musste, bat er die Schankmagd sogar um eine zweite Kelle. Dies hatte die dicke Köchin mitbekommen. Stolz auf ihr nahrhaftes Gemisch aus Bohnen, Zwiebeln, Kräutern und Wasser, dem sie ein klein wenig Mehl beigemischt und etwas Speck zugegeben hatte, zwängte sich die schwitzende Frau durch die schmale Küchentür, um dem hohen Herrn höchstpersönlich einen zweiten Schlag in die Schüssel zu schöpfen. Als sie mit einem breiten Lächeln vor ihm stand, sodass er unweigerlich in ihren fast zahnlosen Mund schauen musste und die vor Dreck strotzende Schürze bemerkte, legte der Gast hastig eine Hand über das flache Tongefäß und bedauerte ihr gegenüber, doch nichts mehr zu wollen. Ihm war der Appetit endgültig vergangen.

Trotz der Standesunterschiede, der verschiedenen Berufe und der sicherlich auch grundverschiedenen Weltanschauungen einte die anderen Gäste etwas: Sie ließen den befremdlich wirkenden und irgendwie Angst einflößenden Mann mit dem imponierenden grauen Vollbart und die drei anderen, die mit an dessen Tisch saßen, nicht aus den Augen. Die Reisenden waren es allesamt nicht gewohnt, die erste Mahlzeit des Tages in einer Herberge gemeinsam mit schwer bewaffneten Gästen zu sich zu nehmen. Dass der Mann mit dem Vollbart ein anderes Schwert am Gürtel trug als die anderen, war den Gästen aufgefallen, weil deren drei Schwerter ebenso fremdartig auf sie wirkten wie die Tatsache, dass die Frau in deren Mitte ebenfalls bewaffnet war.

»Wohin, Bernhard?«, fragte Fronica nach, ohne sich um die anderen Gäste zu kümmern. Sie kannte den Ort. Denn wenn sie im Allgäu zu tun hatte oder ins Tyrolerische musste, nahm sie meistens den Weg von Bregenz aus über Staufen, dem der zersiedelte Weiler Weissach in einem lang gezogenen Tal vorgelagert war.

»Ich muss zu einer Schmiede in der Herrschaft Staufen!«, kam es zurück.

Also doch, dachte Fronica, die sich nun sicher war, dasselbe Weissach zu meinen wie der Großmeister. »Weswegen musst du dorthin?«

»Das habe ich euch doch bereits gestern gesagt!«, antwortete er und verwies einmal mehr mit sichtlichem Stolz auf die Gipsform, die er erfolgreich vom Wachsmodel gemacht hatte.

»Und du glaubst, dass dieser Weissacher Schmied einen Schlüssel schmieden kann?«

»Er heißt Martin!«, erwiderte Bernhard und erklärte ihr, dass der Schmied der Beste seines Fachs weit und breit sei und der Schlüssel nicht »geschmiedet«, sondern aus Eisen gegossen werden müsse. »Während ich dorthin reite, könnt ihr euch ja ein wenig umhören, ob die jungen Isnyer immer noch sinnlos Jagd auf die Wegelagerer machen! Verhaltet euch dabei aber unauffällig!«

»Machen wir!«, versprach der Scharfrichter und bat Bernhard, beim Schmied nachzufragen, ob er auch ein guter Waffenhersteller sei und ihm ein neues Richtschwert schmieden könne.

»Ich dachte, die Arbeitsgeräte von Scharfrichtern geben die jeweiligen Städte in Auftrag … und bezahlen sie auch«, wunderte sich der Großmeister.

»Im Grunde genommen ist das meist auch so. Aber das Konstanzer Richtschwert ist mir etwas zu kurz und von minderwertiger Qualität! Außerdem ist es uralt und hat etliche Scharten, die ich nicht mehr auswetzen kann, ohne dass die Klinge zu schmal wird!« Während er erzählte, kam Blasius ins Schwärmen: »Ich möchte so etwas Ähnliches wie einen britannischen Bidenhänder, dessen langer Griff mit einer Lederwicklung versehen sein muss, damit ich ihn gut halten kann und mein Ziel nicht verfehle … was mein eigenes Todesurteil wäre!« Bei diesem Gedanken musste der im Grunde genommen gutmütige und weichherzige Mann schlucken, fuhr dann aber fort: »Die Klinge muss vier Ellen lang sein, drei Löcher und eine abgerundete Spitze haben und über eine breite Parierstange verfügen! In die Klinge möchte ich meine Initialen und einen Sinnspruch einziselieren lassen!«

Nun waren alle gespannt, was es mit diesem Spruch auf sich hatte.

»Wenn du nichts hoffst, dennoch aber glaubst, dann wirst du frei sein!«, sagte er leise mit einem Glanz in den Augen, der den anderen verriet, dass er weder sich selbst in den Vordergrund stellen noch die jeweiligen Taten seiner Delinquenten verurteilten mochte. Vielmehr schien ihm das Seelenheil derjenigen, die von ihm geköpft wurden, am Herzen zu liegen.

Deswegen zollte ihm der Großmeister Respekt, bevor er aufstand, um sein Pferd zu satteln.

Dass ein berittener Sendbote durch das Obertor ritt und die Wassertorstraße hinunterpreschte, als wäre der Teufel hinter ihm her, war nicht sonderlich verwunderlich – fast wöchentlich hatte es irgendein Reiter damit eilig, irgendeine Botschaft an irgendeinen der wichtigsten Männer von Isny zu übergeben oder eine solche mitzunehmen. Mal war es der Totengräber, mal der Medicus oder der Apotheker, oft auch der Abt, immer aber waren der Bürgermeister oder einer der Kaufleute dabei, die ihre Verbindungen in der gesamten Welt zu pflegen hatten, was natürlich viel Schriftwechsel mit sich brachte. Dieses Mal allerdings suchte der Bote nur den Bürgermeister. Offensichtlich war er entweder noch nie in Isny gewesen oder er mochte sich wichtigmachen. Denn das Bürgermeisteramt befand sich unweit des oberen Tores auf der rechten

Seite und nicht beim Wassertor. Er hätte sich nicht so anstrengen müssen, um der Isnyer Bürgerschaft seine Reitkunst zu zeigen. Weil er aber unaufhörlich gerufen hatte, ein Sendschreiben des Kaisers bei sich zu haben, war dies doch etwas Besonderes, sodass ihm die Menschen in Scharen nachrannten. Am Wassertor angekommen, zwang er sein Pferd in die Zügel. »Wo ist euer Bürgermeister?«, fragte der schwitzende Mann eine alte Vettel, die – anstatt zu antworten – zur allgemeinen Erheiterung von ihm wissen mochte, ob er sich denn nicht *mit ihr* zufrieden geben würde.

»Doch«, antwortete der Mann hoch zu Ross zum Erstaunen der um ihn herumstehenden Menschen, »wenn du dir neue Zähne wachsen lässt!«

Damit hatte er die anderen nicht nur zum Lachen, sondern auf seine Seite gebracht, weswegen sie ihm den Weg zum Bürgermeisteramt korrekt erklärten. Weil er sich von der schweißtreibenden Reiterei völlig erschlagen fühlte, ritt er den Weg gemächlich zurück. Und weil er sah, dass ihm die Menschenmasse folgte, tat er dies *so* gemächlich, dass ihm auch die Älteren mühelos folgen konnten. Am Marktplatz angekommen, sah er jemanden, den er aufgrund seiner schwarzen Gewandung mit dem schwarzen Barett und der ebenfalls schwarzen Straußenfeder als Edelmann ausmachte. Wegen der Pluderbundhose und dem bestickten Wams mit den Puffärmeln und der weißen Halskrause glaubte er für einen Moment sogar, einen hispanischen Granden vor sich zu haben. Aber er wusste natürlich, dass dies die Amtstracht eines Bürgermeisters war, zu dem ihn der Schreiber des Kaisers nach Isny geschickt hatte. Weil Eberz den Tumult längst mitbekommen hatte, war er von seiner Amtsstube aus auf die Straße gegangen und hatte unverzüglich erfahren wollen, was dort draußen los war. »Wer seid Ihr und was wollt Ihr?«, fragte er den Reiter höflich, aber bestimmt und bekam zur Antwort, dass er einer der zweiunddreißig Boten des Kaisers sei, der ein Sendschreiben von Maximilian für den Bürgermeister von Isny bei sich trage.

Als die Menschen den Begriff »Kaiser« und den damit verbundenen Namen »Maximilian« hörten, ging ein Raunen durch die Reihen, einige bekreuzigten sich sogar.

Nur der Bürgermeister zeigte sich nicht sonderlich beeindruckt. »Woher kommt Ihr?«, mochte er wissen.

»Aus Staufen!«

»Aus Staufen?«

»Ja!«, erwiderte der Reiter und erklärte dies damit, dass Kaiser Maximilian mitsamt seinem Hofstaat derzeit in Füssen weilte und einen Abstecher zur Burg Staufen gemacht hatte.

»Aber dann hätte er ja auch noch zu uns kommen können!«, ärgerte sich der Bürgermeister.

»Da habt Ihr wohl recht! Ihr werdet es nicht glauben; aber der Kaiser hatte dies sogar in Erwägung gezogen. Allerdings war ihm dann doch die Zeit zu knapp gewesen.«

Obwohl es Eberz wirklich ärgerte, war er neugierig geworden: »Und was habt Ihr nun für mich?«

»Ach so, ja …« Der Bote kramte in seiner Satteltasche und übergab dem Bürgermeister eine aus dünn geschlagenem Eisen hergestellte Bulle, deren Bleisiegel und das Wachssiegel auf dem darin aufgerollten Papier eine deutliche Sprache sprachen. Nun doch ehrerbietig geworden, löste er die beiden Siegel vorsichtig mit seinem Dolch, um sie nicht zu beschädigen – immerhin waren es die Siegel des Kaisers.

Dann rollte er das Papier auf, um zu lesen, was sein oberster Herr ihm mitzuteilen hatte.

»Jetzt wissen wir wenigstens, wann der Kaiser geruhen, uns das Münzrecht zu verleihen!«, stellte der Bürgermeister fest.

»Was ist denn?«, wurde er vom Oberzunftmeister gefragt, den die Sache schließlich auch etwas anging. Mittlerweile dürfte sich die halbe Stadt um den Prangerstein herum versammelt haben, auf den der Bürgermeister sich gestellt hatte, um besser gesehen und gehört zu werden. Dann legte er eine erleichterte Miene auf und teilte den anwesenden Bürgerinnen und Bürgern sachlich mit, dass die Freie Reichsstadt Isny das Recht zum Prägen von Silbermünzen erhielt. »... und zwar schon am 16. Mai!«

Kaum dass er dies gesagt hatte, brandete Jubel auf, den Eberz allerdings gleich wieder unterband: »Einen Augenblick bitte! Das war noch nicht alles! Seine Kaiserliche Hoheit teilt uns auch mit, dass ein Münzmeister namens Jörg Öberer bereits in wenigen Tagen bei uns eintreffen wird, um die erste offizielle Münzprägeanstalt in Isny einzurichten!« Mehr wollte der Bürgermeister den Leuten im Moment nicht vorlesen. Seine Sorge galt nun der aufwendigen Organisation, die nötig sein würde, um die Verleihung des Münzrechtes wenigstens in einigermaßen ordentlicher Manier zu begehen. »Ausgerechnet jetzt ist Leonhard nicht da!«, grummelte er leise in sich hinein, während er unter dem Jubel seiner Bürgerinnen und Bürger vom Prangerstein herunterstieg und seine Assistentin anwies, den kaiserlichen Boten im »Schwanen« unterzubringen und ihn ordentlich zu verköstigen. Er hatte dies kaum ausgesprochen, da begann es, heftig zu regnen.

Kurz darauf saß der Bürgermeister wieder an seinem Arbeitstisch. Gleich nachdem sie ihrem hustenden Principal einen Kräutersud aufgebrüht hatte, war die treusorgende Assistentin zum Büttel gegangen, um ihm aufzutragen, den Obermeister der Isnyer Zünfte hierherzubringen. »Wenn möglich, soll Herr Trimmel jetzt gleich kommen! Hörst du, Bartl?«, drängte sie, während sie ihm seinen wie eine Kappe geformten Helm in die Hände drückte. »Und nun mach schon!«

In der Amtsstube kümmerte sie sich wieder um den immer stärker hustenden Bürgermeister, indem sie ihm den inzwischen gezogenen Kräutersud hinstellte. »Soll ich den Medicus rufen lassen?«

»Nein, Kunigunde! Es geht schon!«, wehrte Eberz ab, der es sich jetzt nicht leisten mochte, ernsthaft krank zu werden. »Hast du …«

»Ja, Bartl ist schon auf dem Weg zu Herrn Trimmel!«

»… falls der alte Säufer nicht am ›Schwarzen Bären‹ oder am ›Rössle‹ vorbeikommt!«, bezweifelte der Bürgermeister die Zuverlässigkeit des Stadtbüttels und brachte damit seine Assistentin zum Schmunzeln.

»Da habt Ihr wohl recht!«, pflichtete sie ihm bei.

»Was würde ich nur tun, wenn ich dich nicht hätte, meine liebe Kunigunde!«, lobte der Bürgermeister in Erinnerung daran, wie sich seine Ratsherren dagegen gesträubt hatten, eine Assistentin anstelle eines Assistenten zu bestallen. Zuvor war Kunigundes Bruder die rechte Hand des Bürgermeisters gewesen, während seiner Arbeitszeit aber bei einem schweren Unfall ums Leben gekommen. So hatte es seinerzeit keine andere Möglichkeit gegeben, Kunigundes Familie zu unterstützen, als das kluge, an allem interessierte Mädchen als Ersatz für ihren toten Bruder einzustellen. Und dass dies zwar eine ungewöhnliche, aber absolut richtige Entscheidung gewesen war, zeigte sich täglich. Kunigunde kümmerte sich nicht nur um den Schriftverkehr und das städtische Archiv, sondern auch um die Verwaltung der Stadtkasse oder um Termine und Bürgerbeschwerden. Darüber hinaus lag ihr auch das Wohlergehen ihres Principals und das der ganzen Stadt so sehr am Herzen, dass sie es sich in ihren kühnsten Träumen niemals vorstellen konnte, diese Arbeit aufzugeben oder Isny gar zu verlassen. Wenn es darum ging mitzuhelfen, ihre geliebte Heimatstadt nach vorne zu bringen, war ihr keine Mühe zu groß. Dafür war sie sogar dazu bereit, auf hoffnungsvolle Liebschaften mit auswärtigen jungen Männern zu verzichten. Dass in ihr zunehmend der Wunsch nach eigenen Kindern wuchs, ignorierte sie einfach, indem sie sich umso eifriger in die Arbeit stürzte.

Na, endlich, hätte der Bürgermeister am liebsten laut gesagt, als Mattheiß Trimmel später völlig durchnässt vor ihm stand. Weil er wusste, dass er dem allseits respektierten Mann nicht so zu kommen brauchte, und der zudem einer seiner Vertrauten war, schluckte er es hinunter und sagte stattdessen: »Schön, dass du so schnell kommen konntest!«

»Das versteht sich doch von selbst! Außerdem kann ich mir denken, um was es geht!«

»Womit wir auch schon beim Thema wären!«, freute sich der Bürgermeister, bevor er von einem heftigen Hustenanfall gepackt wurde.

»Meinst du nicht, dass es besser wäre, wenn du nach Hause gehen und dich hinlegen würdest?«, empfahl der zünftige Obermeister, der nicht nur fachlich, sondern auch menschlich ein Vorbild für den Nachwuchs war. Aber er sollte nicht damit durchkommen, denn Bürgermeister Eberz wollte mit ihm den Ablauf der Münzrechtsverleihung am 16. Mai besprechen und hatte vor, noch an Ort und Stelle Nägel mit Köpfen zu machen, anstatt – wie meistens bei solchen Dingen – ewig um das Thema herumzulamentieren.

»Uns läuft die Zeit davon! Wir müssen schleunigst einen Organisationsbeirat gründen, der sich unverzüglich mit der Sache befasst! Ich schlage vor, dass sich die Stadt und die Zünfte die Arbeit teilen!«

Mattheiß Trimmel musste nicht lange überlegen, um seine Bereitschaft zu bekunden. Allerdings brachte er in Bezug auf einen »Beirat« seine Bedenken ein, dass zu viele Leute mitreden wollen würden und erfahrungsgemäß nichts vorwärtsginge.

»Da hast du sicherlich recht, Mattheiß: Viel Grind, viel Si!«, pflichtete ihm der Bürgermeister bei und schlug vor, die gesamte Organisation nur in ihrer beider Händen zu belassen. »Du kümmerst dich um …«, weil er sich den Namen des Münzmeisters noch nicht gemerkt hatte, rief er nach seiner Assistentin, die ihm die kaiserliche Bulle brachte, die er wieder aus der Hülle nahm und aufrollte, »… Öberer! Jörg Öberer!«

»Klar mache ich das gerne! Ich freue mich darauf, ihm beim Einrichten seiner Münzprägeanstalt zu helfen!«

Der Bürgermeister spürte, wie glücklich der Oberzunftmeister darüber war, bald eine besonders honorige und seltene Zunft in seinen Reihen zu haben. »Jaja, schon gut!«, bremste er den Enthusiasmus des Mannes aus, weil er noch weitere Aufgaben bekommen sollte: »Ich denke da an ein Schauprägen, bei dem unser Münzmeister coram publico ein ›Phylakterium‹ herstellt!«

»Moment mal!«, gebot der Obermeister dem erneut hustenden Bürgermeister Einhalt. »Was ist das, ein Püla…«

»Entschuldigung!«, winkte das belesene und in alten Schriften bewanderte Stadtoberhaupt ab, hustete sich aus und erklärte seinem Gegenüber, dass die Bezeichnung P…h…y…l…a…k…t…e…r…i…u…m aus dem Griechischen käme und damit ein geweihter Gegenstand – in diesem Fall ein Amulett in der Art einer Münze – gemeint sei, die man zur Erinnerung an diesen großen Tag aus Kupfer … oder noch günstiger aus Blei prägen könne.

»Das ist ein guter, sogar ein sehr guter Gedanke, Kaspar! Blei lässt sich zwar gut gießen, dafür aber nur schlecht prägen!«, wusste der oberste Hüter der Isnyer Zünfte, obwohl er ein Hafnermeister und kein Zinngießer war, den es ebenfalls in seiner Zunftvereinigung gab. »Wenn dieses Phylak… Wenn unser Pfarrer oder sogar der Abt diese Amulette weiht und ein Loch durchgestochen wird, können es die Festbesucher an einem Lederband um den Hals hängen! Das wäre wirklich eine schöne Erinnerung an unser ›Münzfest‹!«

»Nicht nur das! Wir könnten es – sozusagen als Beteiligungszulassung – an die Festgäste verkaufen!«

»Man merkt, dass du außer Bürgermeister auch Kaufmann bist!«, scherzte Mattheiß. »Schon wieder hast du recht: Umsonst ist nur der Tod!«

»Und der kostet das Leben!«, scherzte nun der Bürgermeister angesichts seiner eigenen gesundheitlichen Verfassung etwas gequält.

»Ich sehe schon, dass ich sehr viel Arbeit haben werde!«, stellte der Oberzunftmeister fest und richtete an den Bürgermeister die Frage, was er denn alles zu tun gedenke.

»Na ja, ich müsste den Festzug auf die Beine stellen, die Verköstigung gewährleisten, Ehrengäste einladen, Tribünen bauen und Straßen absperren lassen! Das ist Arbeit genug, meine ich. Du kümmerst dich mit deinen Zünften um alles, was das handwerkliche Thema betrifft und um das Münzenprägen, ich kümmere mich um alles andere!«

»In Ordnung!«, stimmte der Obermeister zu und unterbreitete dem Bürgermeister noch einen Vorschlag: »Was würdest du davon halten, wenn wir am Festumzug die Isnyer Kinder teilnehmen lassen?«

Der Bürgermeister verstand zwar nicht, was sein Gegenüber damit bezwecken wollte, nickte aber dennoch. »Von mir aus gerne!«

»Ich merke schon, dass du dich über mein Ansinnen wunderst«, stellte Mattheiß fest. »Wenn wir die Kinder in die Handwerksgewandungen unserer Zunftberufe stecken, bekommen sie schon früh Interesse an unserem Tagwerk! Kaufleute haben wir ja schon genügend in Isny!«, setzte er mit einem leicht kritischen Unterton nach.

»Aber die …«

»… Gewänder können deren Eltern nähen! Sicher finden wir auch ein Nonnenkloster, das ihnen dabei hilft. Und Stoffe zum Färben und Vernähen haben wir genug in Isny!«, hakte Mattheiß gleich wieder ein, um weitere Bedenken vonseiten des Bürgermeisters zu zerstreuen.

Der hatte nichts dagegen und machte sogar den Vorschlag, einen eigenen Umzug für die Kinder zu organisieren.

»Gut!«

»So machen wir es! An die Arbeit!« Kaspar Eberz stand auf, um seinen Vertrauten, der ihm fast schon ein Freund war, zu verabschieden.

»Pfiat di, Kaspar! Und nun schau, dass du nach Hause gehst und dich hinlegst!«

Der Großmeister hatte indessen einen spannenden Vormittag hinter sich gebracht: Nachdem er den Schmied in Weissach etwas abseits gefunden hatte, links unterhalb der Straße, die von Staufen in das Bergdorf Steibis und ins Vorarlbergische hineinführte, war er nach einem kurzen Vorstellungsgeplänkel gleich zum Thema gekommen. Der freundliche Schmied war auf seinen Wunsch eingegangen, aus dem mitgebrachten Gipsmodel einen Schlüssel zu gießen. »Aber zuerst muss ich die beiden Seiten Eures Models zurechtschleifen und zusammenbringen. Erst wenn die Schlüsselform genau stimmt, das Model fest verschlossen und zusammengebunden ist, kann ich ein Gießloch bohren und flüssiges Eisen hineinlaufen lassen!«, hatte der Handwerker gesagt, der mit seiner eher asketischen Statur nicht dem gewohnten Bild eines bulligen Schmiedes entsprach. »Das Gipsmodel darf nicht brechen, wenn ich es auf meine Arbeitsplatte klopfe, um die Luftblasen rauszubringen! Sollte dies der Fall sein, müsstet Ihr leider ein neues

Modell bringen! Gips als Form ist heikel, ein Holzmodell wäre wesentlich besser«, hatte er zum Verdruss des Kunden gesagt. Dann hatte er ihm die Zeit gegeben, sich die Sache zu überlegen, und ihn nach dessen zähneknirschender Zusage weggeschickt mit der Begründung, dass das Erhitzen des Metalls etwa drei Stunden in Anspruch nehmen würde. »Der Schlüssel ist erst fertig, wenn ich auch noch die Grate abgefeilt habe!«

»Gut, dann geht dies so an, Meister Martin! … Bis später!«

Der Großmeister war nach Staufen geritten, um sich die Zeit damit zu vertreiben, in der dortigen Burg vorbeizuschauen. Vielleicht lässt sich mit dem Montforter ja ein Geschäft machen, hatte er sich im Hinblick auf seine Druckerwerkstatt gedacht und war sich dabei sicher gewesen, in seiner Eigenschaft als adeliger Standesgenosse auch ohne Voranmeldung zum Grafen vorgelassen zu werden. Aber darin sollte er sich gewaltig getäuscht haben. Denn just an diesem Tag weilte der Habsburger Kaiser Maximilian I., Sohn des Kaisers Friedrich III. und Herzog von Burgund, zu Gast auf der Burg Staufen. Weil er zurzeit sein Lager im hohen Schloss zu Füssen aufgeschlagen hatte, sozusagen »in der Nähe« von Staufen weilte, hatte er die Gelegenheit für einen längst überfälligen Kurzbesuch genutzt. Deshalb war die Burg großräumig abgeriegelt worden. Schon am Fuß des Kapfberges, wo die trutzige Burg auf einem weithin sichtbaren Felsensporn thronte, war der Kemptener Buchdrucker von »Reisigen« empfangen … und gleich wieder zurückgeschickt worden. Mehrere Versuche, sich als Adeliger vorzustellen, der vom Burgherrn erwartet würde, liefen ins Leere. So war ihm nichts anderes übrig geblieben, als bis zum »Adler« zurückzureiten, einer äußerst beliebten Herberge, in der vornehmlich Fernreisende übernachteten und es sich in der dazugehörenden Gaststube gut gehen ließen. Da hätte er sich richtig wohl fühlen können, wenn ihn nicht ständig die Gedanken an das Zerbrechen seiner einzigen Gussform geplagt hätten. In diesem Fall wäre alles aus, weil die Wachsform beim Herstellen des Gipsmodels kaputtgegangen war. Und sich noch einmal in das Arbeitszimmer des Bürgermeisters zu schleichen, kam für ihn nicht infrage. Er gab sich während des Wartens der Hoffnung hin und trank ein Bier. Wenn möglich, wollte er vor Einbruch der Dunkelheit in Isny zurück sein.

Kapitel 33

Wie schon an ein paar Abenden zuvor hatten sich die zwanzig Verschwörer erneut versammelt und bereiteten sich zu beiden Seiten der Tobelbrücke darauf vor, endlich die Straßenräuber zu stellen. Nachdem schon seit einer Woche selbst den dümmsten Burschen klar geworden war, dass Isnys Bürgermeister *keine* Belohnung für das Ergreifen der Räuberbande ausgelobt hatte und es zudem lebensgefährlich war, sich ihr entgegenzustellen, war es um die Tobelbrücke herum ruhig geworden. Dies – so hofften zumindest die Geheimbündler – würde die Strauchdiebe dazu verleiten, ihre »Arbeit« wiederaufzunehmen.

»Schau doch!«, flüsterte einer der beiden Kutscher dem anderen zu, die in einiger Entfernung auf das vereinbarte Zeichen ihrer Mitverschwörer warteten, um ihr Gefährt aus dem Versteck in Richtung Brücke zu lenken.

»Kruzifix aber auch! Der passt uns jetzt nicht in den Kram«, grummelte der andere, nachdem auch er den Reiter gesehen hatte. Sofort informierte er die in der Kutsche sitzenden, die ausstiegen und dem Reiter entgegenrannten. Um ihre Mission nicht zu gefährden, mussten sie ihn unbedingt aufhalten.

Und der Mann zu Ross schien sich aufhalten zu lassen. Jedenfalls wurde aus dem Galopp seines Pferdes ein Trab. Weil der Reiter nur allzu gut wusste, was es mit dieser Brücke zu dieser spätabendlichen Stunde auf sich hatte, zog er sein Schwert und schaute sich prüfend nach allen Seiten um. Aber außer den vier Männern, die sich vor ihm aufgebaut hatten, konnte er nichts Verdächtiges sehen. Allerdings wunderte er sich darüber, *jetzt schon* und dazu auf diese primitive Art so weit *vor* der Brücke überfallen zu werden.

Da rief ihm einer der Männer zu, dass er ihn nur schützen wolle.

Die Stimme kenne ich doch, wunderte sich der Reiter, dem schlagartig bewusst wurde, was vor sich ging. Um sich zu erkennen zu geben, hob er einen Arm und zeigte mit seiner rechten Hand eine Eins.

»Das glaube ich jetzt nicht!«, bemerkte einer der Männer den anderen gegenüber und formte zögernd mit der Hand eine vier. Der nächste zeigte eine Neun, ein weiterer ebenfalls und der letzte eine Sieben.

»Was tut *Ihr* denn hier, Großmeister?«, fragte einer der Geheimbündler, während alle ihre Waffen immer noch fest im Griff hatten.

»Ich komme aus Staufen! Und was ist mit euch?«, fragte er zurück. Nachdem er seinen vier Männern bis zum Versteck der Kutsche gefolgt war, ließ er sich den Stand der Dinge erklären. »Gut! Alles bleibt, wie von euch geplant. Ich reite jetzt zu den anderen vor. Vielleicht werde ich ja noch mal überfallen«, scherzte er und preschte davon.

Gleich darauf gab er sich den anderen zu erkennen, die auf dieser Seite der Brücke Posten bezogen hatten. Ohne auf die Verwunderung der Männer einzugehen, kam er gleich zur Sache: »Es ist noch nicht dunkel! Sollten die Strauchdiebe heute tatsächlich wieder zuschlagen wollen, kommen sie bestimmt erst mit Einbruch der Nacht. Also haben wir noch etwas Zeit! Ruf alle zusammen! Aber beeil dich!«, gebot er dem, der ihm am nächsten stand.

»Was ist mit der Kutsche?«, mochte ein anderer wissen, nachdem sich vierzehn Geheimbündler um ihren Großmeister versammelt hatten.

»Die Männer habe ich bereits informiert!«, beschied er den Fragesteller knapp und erklärte, dass sie sich viel zu nah an der Brücke versteckt hatten. »Dort, wo ihr gewesen seid, warten meiner Erfahrung nach unsere Gegner auf ihre Opfer! Wenn ihr nicht riskieren wollt, selbst entdeckt und angegriffen zu werden, müsst ihr euch mindestens fünfzig Schritte weiter hinten in die Büsche schlagen und den anderen die Verstecke unter der Brücke überlassen!« Obwohl ihn die Fehlplanung seiner Leute ärgerte, bemerkte er nichts mehr dazu. Stattdessen schloss er seine Rede: »Ab jetzt! Verteilt euch wieder und verhaltet euch absolut ruhig! Ich reite zur Kutsche zurück und warte dort auf diese Schweine! Hoffentlich kommen sie auch und ich kann den Spieß heute umdrehen! Bis gleich!«

Zur selben Zeit ahnten die drei in Isny zurückgebliebenen Mitstreiter des Großmeisters nichts von dessen Eskapade. Vielmehr wähnten sie ihn auf dem Rückweg aus Weissach. Weil sie von ihm sofort erfahren mochten, ob es mit der Herstellung des neuen Schlüssels geklappt hatte, wollten sie ihn auf keinen Fall verpassen. Deswegen hatten sich Fronica, Blasius und Carl dazu entschlossen, den Abend schon wieder im »Schwanen« zu verbringen, anstatt wie geplant zur Abwechslung einmal in den »Schwarzen Bären« oder ins »Rössle« zu gehen. Gerade der junge Medicus war gespannt darauf, ob der Großmeister einen neuen Schlüssel mitbringen würde. Sollte dies der Fall sein, wäre bald seine erste Leichensektion fällig. Und darauf freute sich Carl genauso, wie er sich davor fürchtete. Denn einerseits liebte er es dazuzulernen. Aber eine Leiche war nun mal eine Leiche und ihr gebührte Respekt. Außerdem hatte der Großmeister davon gesprochen, diejenigen zu töten, die vom Schlüssel wussten; den Bürgermeister und seine Assistentin.

Auch Catharina war an diesem Abend ausgegangen, sie gelüstete es, endlich einen Abend *ohne* ihre Schwiegermutter zu verbringen. Sie war mit Adelheit auf dem Weg zum »Schwanen«, um sich dort einen Becher Wein zu gönnen und mit ihrer Freundin ein wenig über die bevorstehende Hochzeit sowie über Leonhard zu plaudern.

Wie es der Teufel wollte, war die Schenke voll mit Männern, die fast alle in Richtung Tür starrten, weil Weiber ohne männliche Begleitung nichts in einem Gasthaus zu suchen hatten – im Grunde genommen nicht einmal *mit* dem starken Geschlecht an ihrer Seite.

Lediglich an einem Tisch schienen zwei Plätze frei zu sein. Dort saß zwischen zwei Männern eine Frau. Kaum hatte Adelheit dies gesehen, ging sie forsch zu dem Tisch und fragte den jüngeren der Männer, ob sie sich dazugesellen durften. Weil der Mann in seiner unverkennbaren Schweizer Mundart antwortete, war das Eis sofort gebrochen. »Rutsch amôl«, sagte er zu Blasius und gab ihm einen Schubs in die Seite.

»Grüezi!«, warf Catharina höflich über den Tisch und offenbarte dadurch den anderen, ebenfalls eine Schweizerin zu sein.

»Woher chummet ihr?«, war die erste Frage, die der Medicus an die Jüngere der beiden richtete.

Etwas verunsichert schaute Adelheit ihre Freundin an und antwortete nach deren wohlwollendem Nicken mit einem »Mir chummet us St. Galle'! Ich hüß Adlhit!«

»Ah! Ich bin der Carl! Und des sünd Fronica und Blasius!«

»Was macht ihr hier in Isny?«, fragten sich dann beide Parteien gleichzeitig. So erfuhren Catharina und Adelheit, dass die drei als Bader arbeiteten, die nur auf der Durchreise waren. Und Carl hörte von Adelheit, dass sie die beste Freundin »der anderen« war, die ihn nicht sonderlich zu interessieren schien.

Nach der gegenseitigen Vorstellung herrschte betretene Stille. Weil im Moment niemandem etwas einfiel, unterhielt sich Catharina mit ihrer Freundin. Der Scharfrichter lehnte sich dem Medicus entgegen und flüsterte ihm etwas ins Ohr.

»Warum denn nicht?«, kam es entsetzt zurück.

»Pssst! Nicht so laut!«, rügte Blasius. »Meinst du nicht, dass du ein bisschen übertreibst? Heute Nachmittag hast du der Assistentin des Bürgermeisters noch den Kopf verdreht! Und jetzt?«

»Schon gut!«, entgegnete Carl. »Keine Sorge: Von der lass ich bestimmt die Finger!«

»Das ist auch besser so, denk daran, was der Großmeister gesagt hat.«

»Schhh!« Weil er sich darüber sorgte, dass die beiden Schweizerinnen etwas mitbekommen würden, legte Carl einen Zeigefinger an seine Lippen. Um vom Thema abzulenken, schaute der Medicus Adelheit an, die dies sofort bemerkte und ihn mit einem himmlischen Lächeln verzauberte. Dieses Lächeln war kein gewöhnliches, kein freundschaftlich gemeintes Lächeln. Es war ein unglaublich schönes Lächeln, das nicht in diese Welt gehörte. Adelheits Lippen waren dabei von einer solchen Sanftheit umspielt, wie sie auch ihre tiefblauen Augen ausstrahlten. Es war ein … ein Lächeln, wie es Carl noch nie zuvor in seinem Leben gesehen hatte. Wenn Adelheit nur den Blick von mir lassen würde, hoffte er im Stillen, weil *er* seinen Blick nicht von *ihr* lassen konnte. Aber Adelheit hielt seinem hoffnungslos missratenen Dreingeschaue stand.

Wenngleich die Leidenschaft auch bei den zwanzig Mitgliedern des »Gladius Dei« durchzugehen drohte, hatte dies nichts mit Liebe, sondern mit Rache zu tun. Auf der Tobelbrücke, wo in Kürze zwei Gruppen aufeinanderstoßen würden, sollte es um Leben und Tod gehen.

Wie vom Großmeister und seinen Männern erhofft, waren die neun dunkel gewandeten und in den Gesichtern mit Ruß beschmierten Straßenräuber kurz vor dem gänzlichen Einbruch der Dunkelheit aufgetaucht und hatten nach einer kurzen Absprache ihre Plätze eingenommen. Die Strauchdiebe hatten nichts von den Verschwörern gemerkt, die in etwa einhundert Fuß Entfernung zu beiden Seiten der Brücke lauerten.

»Gleich ist es so weit!«, flüsterte einer der vierzehn Männer demjenigen zu, der neben ihm bäuchlings hinter einer dicken Eiche lag. Wie auch die anderen Verschwörer, hatten die beiden das Geknarze von eisenbeschlagenen Rädern und das Wiehern von Pferden gehört. Jetzt sahen sie ihren Großmeister und die Kutsche an sich vorbeiziehen. Die Spannung war unerträglich geworden.

Und dann löste der Schrei des Eichelhähers das aus, auf das alle gewartet hatten: Wie aus dem Nichts erhellten Fackeln zu beiden Seiten der Brücke das Geschehen. Alles verlief genau so, wie es der Großmeister an die anderen weitergegeben hatte.

Als sich der Anführer des Haufens auf seinem Pferd direkt vor dem imponierenden Mann befand, wollte er einen seiner üblichen Einschüchterungssprüche loswerden. Allerdings sollte ihm dies nicht gelingen, weil ihm sein Gegenüber zuvorkam: »Kennst du mich nicht mehr, du elende Ratte?«

Der Räuber wurde merklich unruhig und wollte etwas erwidern, brachte in seiner Verwunderung aber keinen Ton heraus.

Der Großmeister sprach weiter: »Vor ein paar Wochen habt ihr mich hier überfallen und meine beiden Begleiter in den Tobel geschmissen! Jetzt seid ihr dran!«

Weil in der Zwischenzeit die anderen Männer des Räuberhaufens näher gerückt waren, fühlte sich der oberste Strauchdieb sicherer, kam aber erneut nicht zu Wort. Denn seine Männer bemerkten, dass sie nun auch noch von der gegenüberliegenden Seite aus in die Zange genommen wurden.

Dann ging alles ganz schnell. Die zwei Kutscher zogen ihre Schwerter und sprangen vom Bock, während die Kutschentüren aufgerissen wurden und vier weitere Verschwörer ihre Kampfbereitschaft zeigten. Nachdem auch die anderen ihre »Jiàns« in den Händen hielten, gab es kein Zurück mehr. Es entwickelte sich ein heißes Gefecht. Dabei ging es nicht um einen ehrenhaften Kampf, sondern darum, der Erfüllung eines jahrhundertealten Vermächtnisses näherzukommen. Die im Codex festgelegten Vorgaben mussten auf Gedeih und Verderb erfüllt werden. Die Geheimbündler hatten endlich die Möglichkeit, die ihnen zugefügte Schmach zu rächen. Dies taten sie mit einer gnadenlosen Härte, die ihresgleichen suchte. In ihrem Blutrausch vergaßen sie allerdings, dass sie zumindest einige ihrer Feinde am Leben lassen mussten, um zu erfahren, wo sich Amulett und Schwert befanden. Sie konnten nicht wissen, dass der Anführer der Banditen beides in seinem Besitz hatte und das Amulett unter dem Armkleid versteckt um seinen Hals trug. Sie gingen davon aus, dass die Diebe die Artefakte versilbert hatten. Die Frage war, an wen? Und um dies klären zu können, brauchten sie mindestens eine dieser diebischen Elstern lebend. Die Angegriffenen setzten sich mit aller Macht zur Wehr. Trotz ihrer zahlenmäßigen Überlegenheit gelang es den Angreifern nicht, alle Strauchdiebe niederzustrecken. Außerdem waren zwei Geheimbündler tödlich verletzt worden. Am Schluss lagen sie neben sieben Wegelagerern tot auf der blutgetränkten Brücke. In ihrem Kampfeifer war es den Angreifern nicht gelungen, einen Gefangenen zu machen.

»Verdammt! Wo sind sie hin?«, fluchte der Großmeister, weil ihm der Anführer und ein weiterer Bandit entwischt waren. »Ausschwärmen!«, schrie er. »Bringt sie mir lebend!«

Um Mitternacht herum war in Isny die Hölle los – allerdings so, dass dies niemand mitbekam, den es nichts anging. Leise klopfte der Großmeister an die Kammertüren in der Klosterherberge, hinter denen seine drei Gefolgsleute schliefen.

Weil sie einen feuchtfröhlichen Abend mit den beiden Schweizerinnen gehabt hatten, hörten sie das Geklopfe nicht sofort.

Carl, der selig von Adelheit träumte, war schwer wach zu bekommen. »Was ist denn los? Kann das nicht bis zum Morgen warten?«, mochte er wissen, nachdem es dem Großmeister gelungen war, ihn zu wecken, ohne andere Übernachtungsgäste zu stören.

»Nein, kann es nicht!«, zischte der erste Mann des »Gladius Dei« und legte einen Zeigefinger auf seine Lippen.

»Kommst du jetzt erst aus Weissach zurück?«, interessierte Fronica, die mit ihren verstrubbelten Haaren unter dem Türrahmen stand.

Anstatt einer Antwort bekam sie nur eine Anweisung: »Gewandet euch und kommt so schnell wie möglich zur hinteren Klostermauer.«

»Wohin?«

»Den Platz habe ich euch bereits gezeigt!«, knurrte der Großmeister, während er in die Richtung zeigte.

»Schon gut! Hast du den Schlüssel?«, forschte Blasius.

»Schwatz nicht! Tut einfach, was ich euch gesagt habe!«

»Was ist denn hier los?«, wunderten sich die drei, als sie sich kurz darauf am vereinbarten Treffpunkt einfanden und sechs Männer antrafen, die sie als ihre Mitverschwörer erkannten.

»Nicht so laut!«, drängte der Kleinste von ihnen, während er zu seiner Legitimation eine Hand hochstreckte und eine Fünf zeigte. Nachdem auch die anderen ihre Zahl gezeigt hatten, erklärte er im Flüsterton, dass einer der Straßenräuber bei ihnen sei, die ihren Großmeister überfallen und ihm das Amulett abgenommen hatten.

»Wie bitte?« Die drei konnten nicht glauben, was sie soeben gehört hatten. »Und wo ist er?«

Weil Bernhard von Huldenfeld ausdrücklich verboten hatte, Feuer zu machen, mussten sie sich mit dem spärlichen Licht des abnehmenden Mondes begnügen.

»In der Kutsche, die …«, der kleine Mann deutete mit einer lockeren Handbewegung in Richtung Nordwest, »… irgendwo dort unten, vor einem Tor außerhalb der Stadtmauer wartet.«

»Vor dem ›Wassertor‹?«, wunderte sich Fronica, während sie ungläubig, aber fasziniert den Kopf schüttelte.

Da hörte sie ein Stückchen entfernt das Rascheln von Blättern. Intuitiv zog sie ihr »Jiàn«, was ihr die beiden anderen umgehend nachmachten.

»Das braucht ihr nicht!«, beruhigte sie ihr klein gewachsener Mitverschwörer, als der Großmeister aus dem Gebüsch trat und ihnen mit leiser Stimme versicherte, dass alles in Ordnung sei. »Kommt mit!«

Nachdem sie sich durchs Gebüsch gemüht hatten, sahen sie vor sich einen Gang. »Ein heiliger Moment!«, stellte Carl fest, weil ihm schlagartig klar geworden war, dass sich vor ihm der geheime Sezierraum befand.

»Mit dem Schlüssel hat also alles geklappt!«, stellte Fronica dem Großmeister gegenüber fest, weil auch sie eins und eins zusammengezählt hatte.

»Ja!«, bestätigte Bernhard von Huldenfeld. »Meister Martin aus Weissach hat eine solch hervorragende Arbeit geleistet, dass ich ihn am Leben gelassen habe! Obwohl das Schloss ziemlich verrostet ist, konnte ich den Schlüssel mit etwas Gewalt drehen und somit die Tür öffnen! Das Waffenfett, das mir der freundliche Schmied mitgegeben hat, war hilfreich! Und nun kommt alle her! Seht ihr? Das ist unser Sezierraum, der vor hundertsechsundzwanzig Jahren das letzte Mal geöffnet wurde.«

»Puh! Das riecht man!«, mokierte sich Fronica, die ihre Nase reflexartig in die Armbeuge steckte.

Weil alle aus den akribisch geführten Aufzeichnungen des damaligen Großmeisters Friedrich von Freyberg-Eisenberg zu Hohenfreyberg wussten, was in diesem Gewölbekeller passiert war, standen sie ehrfürchtig in dem Raum.

In dem Gewölbe, das ihr Großmeister mit aufgehäuften Holzspänen ausgeleuchtet hatte, sah es fast aus, als hätte jemand aufgeräumt: Das Sezierbesteck war zwar so verrostet, dass es absolut unbrauchbar geworden war – aber es lag immer noch ordentlich auf dem hölzernen Tischchen neben dem Seziertisch, auf dem niemand lag.

Nachdem alle – insbesondere aber der Großmeister – das Glück dieses Moments ausgekostet hatten, schickte er die sechs Männer weg, um den Schwerverletzten hierherzuholen. »Seid aber vorsichtig … und leise!«

»Ein Schwerverletzter?« Wollten die drei Mediziner wissen wie aus einem Mund.

Der Großmeister klärte seine Getreuen über alles auf. Zuerst berichtete er ihnen von den Begebenheiten in Weissach und in Staufen. Dann erzählte er ihnen in allen Details, wie sie die Räuberbande erledigt hatten. »Allerdings ist deren Anführer mit einem anderen dieser Kerle entwischt! Ich war gerade im Zweikampf mit ihm, als ich von hinten angegriffen wurde! Diese Gelegenheit hat das Aas genutzt, um Fersengeld zu geben. Aber ich werde ihn finden.«

»Unglaublich!«, entfuhr es Fronica, die dann erfuhr, dass zwei ihrer Mitverschwörer für die »gute Sache« gestorben waren.

»Aber wir werden sie rächen … und ersetzen!«, versprach der Großmeister, falls die beiden nicht selbst für ihren Nachwuchs bei »Gladius Dei« gesorgt hatten. Zumindest einen neuen Verschwörer hatte er jetzt schon im Kopf – den Schmied aus Weissach, denn der gefiel ihm. Nun aber galt es, das Leben eines Mannes zu retten, dem sie es allerdings gleich nach seiner Rettung nehmen würden. »Also!«, lenkte der Großmeister zu diesem Thema. »Die anderen werden gleich einen der Straßenräuber bringen, von dem wir dachten, dass er tot sei. Als er gestöhnt hat und von einem unserer Mitbrüder den Todesstoß hätte bekommen sollen, konnte ich gerade noch dazwischengehen. Er ist im Moment der Einzige, der uns vielleicht sagen kann, wo sich das Amulett und das ›Jiàn‹ befinden. Sowie er uns dies gesagt hat, gehört er dir, Carl! Ihr beide werdet dann zusammen der Wissenschaft dienen!«

Der junge Medicus nickte gequält. Obwohl er es nicht hatte

erwarten können, in diesem Sezierraum seine erste Leiche zu öffnen, um in aller Ruhe die inneren Organe des Menschen zu betrachten, war ihm plötzlich unwohl bei dem Gedanken.

»Zuvor aber müsst ihr seine Lebensgeister wieder so weit wecken, dass er uns sagen kann, was wir von ihm hören möchten!«, gebot der Großmeister den drei Heilkundigen. »Wir werden aus unserem Sezierraum vorübergehend eine Krankenstube machen! Ihr besorgt alles, was ihr hierfür benötigt! Und du, Carl, kannst dir inzwischen ein neues Sezierbesteck organisieren und alles andere kaufen, was du für deine Sektionen benötigst!«

»Mach ich! Ich reite morgen nach Buchhorn, wo es eine Manufaktur gibt, die ›Handwerkszeug‹ für Ärzte herstellt! Es gibt in Ravensburg ebenfalls eine, aber die dünkt mir nicht weit genug von Isny entfernt!«

»Gut! Sehr gut sogar!«, lobte der Großmeister den Medicus fürs Mitdenken und machte den Vorschlag, dass sie sich die Arbeit mit ihrem Patienten teilen konnten. Endlich an einem Teil seiner Ziele angelangt, konnte er seine Freude nicht verbergen. Obgleich er zwei seiner Männer verloren hatte und ihm der Anführer der Räuberbande hatte entwischen können, war dies alles in allem ein guter Tag gewesen.

Kapitel 34

Das Innere der zum Krankenzimmer umfunktionierten Schlafkammer im Hause Eberz sah aus wie eines der »Geisterhäuschen«, die es laut den Erzählungen der weitgereisten Lieferanten und Zwischenhändler einiger Isnyer Kaufleute auf fernen Inseln gab, auf denen sie Handelsbeziehungen pflegten: Überall hingen Mistelzweige herum, über dem Lager des schweißgebadeten Kranken baumelten ein paar kunstvoll gedrehte Knoblauchstränge. In allen Ecken standen Schalen mit ekelerregend riechendem Räucherwerk. Kerzen brannten fast verschwenderisch. Der Boden war mit zerriebenen Kräutern übersät, von denen einige immer wieder in eine Feuerschale geworfen wurden, um dadurch einen noch strengeren Gestank zu verbreiten, der dem schwer erkrankten Mann den Atem raubte. Und da war auch noch der eintönige Singsang, der helfen sollte, die bösen Geister des Windes zu vertreiben. Dies war noch nicht alles, was sich Herbaria, die »Geistheilerin«, hatte einfallen lassen, um dem sterbenskranken Mann auf *ihre* Art und Weise zu helfen: Zwischen getrockneten Tierfüßen – darunter auch eine Bärentatze – hingen von der Decke etliche Schädel von Ratten und anderem Kleingetier herunter. Sogar das Geweih eines Hirsches hatte sie aufgehängt. Die Krönung war ihr Prunkstück; ein mit Drähten zusammengebundenes Menschenskelett mitsamt dem Schädel, allerdings ohne Unterkiefer. Dies hatte sie vor vielen Jahren in ihrer Höhle tief in den Wäldern um Isny gefunden, als sie dort eingezogen war. Damit wolle sie »den Teufel mit dem Beelzebub« austreiben, wie sie diese Art der »Heilung« bezeichnete.

Während der Erkrankte mit dem Tod rang, war ein schwer beladenes Gefährt die Obertorstraße hinuntergerattert, dessen Kutscher sich gleich nach seiner Ankunft in Isny im Bürgermeisteramt gemeldet hatte. Obwohl das Stadtoberhaupt nicht an seinem Arbeitstisch gesessen hatte, war dem Kutscher ein äußerst freundlicher Empfang zuteilgeworden.

Nun saß Kunigunde, die treue Assistentin des Bürgermeisters, neben dem Kutscher auf dem Bock, um mit ihm zum Hafnereibetrieb des Zunftobermeisters Mattheiß Trimmel zu fahren. Kunigunde wusste, dass es wegen der schweren Erkrankung ihres Principals nun ganz an ihr lag, den städtischen Teil der Feierlichkeiten zu organisieren. Der Abmachung zwischen Bürgermeister Eberz und dem Innungsobermeister zufolge war es zwar nicht ihre Aufgabe, sich um den soeben eingetroffenen Münzmeister Jörg Öberer zu kümmern. Dennoch tat sie dies mit Freuden. Wenn sie ihn bei Trimmel abgeliefert hatte, durfte der sich weiterhin mit ihm befassen und ihm dabei helfen, *die erste Münzprägeanstalt in Isny* einzurichten. Was für ein Wohlklang liegt in diesen fünf Worten, dachte sie zufrieden, als sie ihm Trimmels Hafnereibetreib zeigte. Inzwischen war sie doch neugierig geworden auf die Prägepresse, mit der künftig in Isny eigene Münzen hergestellt werden sollten. Aber sie würde sich noch etwas gedulden müssen. Denn nach der Vorstellung der beiden Handwerker, die sich auf Anhieb zu verstehen schienen, mussten sie erst zu dem Haus kutschieren, das die Stadt dem Münzmeister zur Verfügung stellte. Weil sich dies in der Nähe der Hafnerei befand, dauerte es nicht lange. Wegen des erneut drohenden Regens wollte der Münzmeister die schwere Spindelpresse und den noch schwereren Gießofen möglichst schnell unter Dach und Fach bringen. Dies sollte ihm mithilfe von Trimmels Gesellen rasch gelingen. Und die staunten nicht schlecht, als der Neubürger die Plane von der Ladefläche zog.

»Allein um diese beiden Teile abladen zu können, werden wir ein paar zusätzliche Helfer benötigen«, befürchtete der Münzmeister, dem das mühsame Aufladen noch in den Knochen steckte.

Margarethe Eberz hatte sich nicht mehr anders zu helfen gewusst, als sich die allseits gemiedene »Heilerin« ins Haus zu holen. Weil dem Stadtmedicus nichts Besseres eingefallen war, als bei ihrem Mann tagtäglich die Schöpfgläser anzusetzen und ihn ständig zur Ader zu lassen, war Kaspar von Tag zu Tag schwächer geworden. Deswegen hatte sie nach dem selbsternannten Kräuterweib Herbaria schicken lassen, das sofort zu ungewöhnlichen Mitteln gegriffen hatte, anstatt wenigstens ihr überschaubares Wissen um die Kräuterheilkunde anzuwenden. Margarethe schenkte den Gerüchten keinen Glauben, die Alte sei seit Jahren schon der Narretei verfallen. Die ansonsten vernünftige Frau des Bürgermeisters vertraute in ihrer Sorge der Heilkraft der Geister, die dieses Satansweib gerufen hatte. Wenn sie ihrem Mann nicht mehrere Male am Tag Kräutersude aus Ehrenpreis, Holunderblüten, Sauerdorn, Thymian und Weide einflößen würde, wäre er wahrscheinlich längst an der Hitze gestorben. So aber war es ihr zumindest gelungen, die viel zu hohe Körpertemperatur einigermaßen unter Kontrolle zu halten. Doch immer, wenn Herbaria zurückgekommen war, um nach ihrem Patienten zu schauen und ihn mit einem anderen Zauber zu »behandeln«, hatte es Ärger gegeben.

»So geht das nicht weiter!«, hatte Margarethes Schwiegertochter mehrmals moniert. Obwohl Catharina gewusst hatte, dass sie im Grunde genommen noch kein Mitspracherecht in der Familie Eberz hatte, war sie nicht müde geworden, immer wieder auf ihre Schwiegermutter dahingehend einzureden, einen anderen Medicus zu konsultieren.

»Wen denn?«, war sie einmal sogar angeschrien worden. »In Isny gibt es doch nur Jackl Kohler, den Stadtmedicus! Und was der alte Säufer zustande gebracht hat, sehen wir ja!«

Weil Catharina in Sorge um ihren künftigen Schwiegervater aber nicht locker gelassen hatte, war ein handfester Streit daraus geworden, bei dem sich die beiden Frauen nur noch angebrüllt hatten. Nach diesem Krach war der jungen Schweizerin nichts anderes übrig geblieben, als Leonhard ein Sendschreiben zu übermitteln, in dem sie ihm den Gesundheitszustand seines Vaters und die unliebsame Situation zwischen ihr und seiner Mutter dargelegt hatte. »Komm schnell zurück, mein Geliebter«, hatte sie ihn am Schluss ihres Schreibens gebeten.

Anderswo sorgte man sich ebenso um einen dem Tode geweihten Mann. Während in der vergangenen Nacht vornehmlich Carl den schwer verletzten Straßenräuber behandelt hatte, wurde er nun von Fronica betreut. Bis Carl mit einem ordentlichen Operationsbesteck aus Buchhorn zurückkehrte, sollte sie den dicken Verband auf der tiefen Schnittwunde in der linken Körperseite ihres Patienten immer wieder mit *dem* Alkohol benetzen, den Carl zuvor mit Hilfe eines groben Leintuchs gefiltert hatte. Weil er nicht gewusst hatte, ob es in Isny eine Schnapsbrennerei gab, und keine Zeit geblieben war, musste er auf den hochprozentigen und deswegen ganz besonders reinigenden »Vorlauf« verzichten. Dass im Kloster Schnäpse gebrannt wurden, hätte er sich allerdings denken können. Aber dort vorstellig zu werden? Nein, das kam für Carl nicht infrage. Er hatte der Baderin aufgetragen, dem Verletzten zwischendurch immer wieder etwas zu trinken zu geben und ihm mit kaltem Wasser befeuchtete Tücher auf die Stirn und die Unterschenkel zu legen. »Das ist zur Vorbeugung und zur Milderung der drohenden Hitze, die unweigerlich über ihn kommen wird!«, hatte er ihr erklärt. Ansonsten sollte sie dafür sorgen, dass der Verletzte sich nicht rührte, um keine unnötigen Blutungen hervorzurufen. Obwohl die erfahrene Baderin selbst viel von der Wundheilkunde verstand, musste sie dem jungen Medicus ihren Respekt zollen.

Zwei Tage darauf war Carl auf dem Rückweg aus Buchhorn, wo er nicht nur neues Sezierbesteck, sondern auch Operationsbesteck eingekauft hatte. Denn mit *dem* Besteck, mit dessen Hilfe er Menschen das Leben retten würde, mochte er nicht diejenigen aufschneiden, denen das Leben zum Wohle der Wissenschaft genommen worden war, … möglicherweise von ihm selbst. Immerhin war er ein Medicus, der – wie zuvor schon sein Vater – den Eid des Hippokrates geschworen hatte.

Carl war gerade aus Buchhorn zurückgekommen und auf dem Weg zur Klosterherberge, um sich vor der anstehenden Operation den Reisestaub abzuwaschen. Weil er zwischendurch immer wieder in Regenschauer hineingeritten war, musste er zudem seine durchnässte Gewandung wechseln. Da hörte er eine bekannte wohlklingende Stimme seinen Namen rufen. Als er sich im Sattel umdrehte, sah er zu seiner Entzückung Adelheit, die ihm aufgeregt zuwinkte. »Hü! Hü!«, gab er seinem Pferd das Kommando, über links zu wenden, um auf die holde Maid zuzureiten.

»Was tust *du* denn hier?«, mochte er verlegen wissen, nachdem er abgesessen war. Am liebsten hätte er sie umarmt und geküsst. Doch so weit waren sie noch lange nicht. Dennoch hatten jetzt beide ein bezeichnendes Kribbeln in der Magengegend, weswegen auch Adelheit etwas ungelenk wirkte.

»Ich habe dich überall gesucht und war auch schon in deiner Herberge!«, offenbarte sie ihm. »Aber weder die Wirtsleute noch die Schankmagd oder der Hausknecht haben gewusst, wo du dich herumtreibst.«

»›Herumtreiben‹ würde ich das nicht gerade nennen! Aber sag mir, liebste Adelheit, warum hast du mich denn gesucht?« Erschrocken über seine Kühnheit und mit dem sicheren Wissen, dass sie ihn nur seinetwegen gesucht hatte, röteten sich seine Wangen.

Aber die Antwort fiel anders aus: »Du hast mir doch vorgestern Abend erzählt, dass du ein Bader bist und Erfahrung in der Behandlung von Krankheiten verschiedenster Art hast! Stimmt doch, oder?«

Über diese Frage war der hilflos dastehende Mann so erstaunt, dass er nur zu nicken vermochte.

»Dann kannst du mir sicherlich helfen?«

»Na ja, mit der Erfahrung ist das so eine Sache!«, druckste der junge Medicus herum, um abzumildern, was er Adelheit vorgestern Abend überschwänglich erzählt hatte.

»Ich brauche dich dringend! Hilfst du mir nun oder nicht?«

»Weshalb soll ich dir helfen? Bist du krank? Was fehlt dir?«

Adelheit schüttelte ihren Kopf, sodass ihre züchtig zusammengebundene Haarkonstruktion auseinanderfiel, was sie noch liebreizender aussehen ließ. »Nein! Mir fehlt nichts, aber Catharinas künftigem Schwiegervater!«

»Dem Bürgermeister von Isny?«, wunderte sich Carl, der den Mann erst noch vor wenigen Tagen auf dem Prangerstein gesehen hatte. »Was fehlt ihm denn?«

»Ach …«, seufzte das Mädchen und legte ihre Stirn auf Carls Brust. Der Medicus nutzte die Gelegenheit, ihr sanft übers Haar zu streichen. »Nun erzähl schon, du kannst mir alles sagen! Ich bin verschwiegen«, ergänzte er noch in Erinnerung des Eides, den er vor nicht allzu langer Zeit geleistet hatte.

Adelheit erzählte alles über das, was sie von der Krankheit des Bürgermeisters und deren bisheriger Behandlung wusste. Dabei berichtete sie Carl auch, dass eine gewisse Herbaria ein Narrenhaus aus dem eberzschen Familienheim gemacht habe und dass deswegen ein heftiger Streit zwischen Frau Eberz und Catharina entflammt sei, der wohl nur sehr schwer beizulegen sein würde. »Seither sprechen die beiden nicht mehr miteinander! Und wie wird sich wohl Leonhard ihr gegenüber verhalten, wenn er aus St. Gallen zurückkommt?«

»Langsam! Langsam, Adelheit!«, bremste Carl ihren Redefluss. »Ich weiß nichts von einem Leonhard und möchte mich auch nicht in solch familiäre Dinge einmischen. Erzähl mir stattdessen genau, was diese Herbaria im Haus des Bürgermeisters veranstaltet!«

Adelheit bedachte ihn mit einem Blick, dem er nicht widerstehen konnte. »Bitte, Carl!«

»Also gut!«, sagte der vermeintliche Bader mit schlechtem Gewissen, weil er wusste, dass ein anderer Patient dringend auf seine Operation wartete. »Aber zuerst muss ich mich …«

»Das kannst du danach!«, lachte Adelheit gut gelaunt, weil es sie beruhigte, Carl für ihre Sache gewonnen zu haben.

»Das darf doch nicht wahr sein!«, schoss es aus dem jungen Medicus heraus, als er kurze Zeit später im Krankenzimmer des Bürgermeisters stand, das eher einem Ausstellungsraum für Fetische glich, von denen er gehört hatte. »Raus!«, schrie er. »Schmeißt alles raus! Und öffnet sofort das Fenster! Adelheit, du bringst mir bitte ein Behältnis mit kaltem Wasser, ein großes Leintuch und ein paar saubere Lappen!«

Nachdem er diese Anweisungen gegeben und keinen Widerspruch zugelassen hatte, besah er sich den Kranken genauer. Dass der Patient die Hitze in höchstem Grad hatte, war von vorneherein klar gewesen. Als Carl sich über ihn beugte, kam Frau Eberz ins Zimmer und forderte zu wissen, was hier los sei. Die gänzlich erschöpfte Frau hatte im Zimmer nebenan geschlafen und war wegen Carls Geschrei aufgewacht. Nun war sie es, die wie närrisch herumschrie und mit aller Kraft versuchte, den Fremden von ihrem Mann wegzuziehen. Weil der Medicus um die Situation wusste, ließ er sich nicht beirren und untersuchte den Kranken weiter. »Er hat eine schwere Entzündung der inneren Atmungsorgane, was unweigerlich die Hitze hatte herbeiführen müssen!«, sagte er in ruhigem Ton, wurde von Frau Eberz dennoch weiter malträtiert, indem sie auf ihn einschlug. Dann ging das Spektakel erst richtig los: Herbaria kam in den Raum und begann ebenfalls, wie von Sinnen herumzuschreien und auf den Störenfried loszugehen.

»Schmeißt das Zeug zum Fenster raus!«, gebot er den wie angewurzelt dastehenden Mägden und dem Hausdiener, der sich als Erstes das klappernde Skelett schnappte.

Catharina betrat den Raum, sie hatte von Adelheit erfahren, dass sie es gewesen war, die den Bader geholt hatte. »Jeder ist besser als diese Hexe!«, hatte sie zu ihrer Freundin gesagt und ihr lobend die Wange gestreichelt, bevor sie sich ins Getümmel stürzte. Ohne lange zu fackeln, stürmte sie auf die alte Vettel zu und packte sie an den langen grauen Kraushaaren. So konnte sie das keifende Weib aus dem Raum und die Treppe hinunter bis auf die Straße ziehen, wo sie ihr einen solchen Tritt verpasste, dass Herbaria in einer matschigen Regenpfütze landete.

»Lass dich hier ja nicht wieder blicken! Hörst du, du elendes Weib!«

Herbaria zischte aus dem Dreck: »Das wirst du bereuen! Das werdet ihr alle bereuen! Ich verfluche euch bis zu eurem Lebensende, das nah ist!«

»Schon gut!«, beendete Catharina das Geschrei der Hexe. »Jetzt hau ab! Und nimm deinen Krempel mit! Verschwinde!«

Während Herbaria weitere Verwünschungen ausspuckte, klaubte sie ihre Utensilien von der Straße, die aus dem Fenster geflogen waren. Catharina ging ins Haus zurück. Dort war ihre Schwiegermutter immer noch damit beschäftigt, den jungen Medicus anzuschreien und an ihm herumzuzerren.

»Lass ihn, Margarethe! Er kann deinem Mann helfen!«

Es nützte nichts; Catharina wurde von ihrer Schwiegermutter nicht nur weggestoßen, sondern dabei auf das Übelste beleidigt. Das ließ sich die junge Frau gefallen, dass ihr Margarethe aber das Gesicht zerkratzte, ging entschieden zu weit. Beherzt riss sie die ältere Frau vom Kranken fort. Weil Margarethe aber Anstalten machte, erneut auf ihre Schwiegertochter loszugehen, verpasste diese ihr eine feste Maulschelle, sodass es zunächst ganz still war. Selbst Carl wandte sich kurz von seinem Patienten ab. Margarethe hielt ihre schmerzende Wange und bedachte Catharina mit einem Blick, wie ihn die junge Schweizerin kurz zuvor von Herbaria bekommen hatte. Dann verließ die Hausherrin wortlos den Raum.

»Das ist jetzt egal!«, sagte Catharina zum Mann an Kaspars Krankenlager, der festgestellte, dass der am ganzen Körper zitternde Patient in seine Bruche gemacht hatte und dass dies in den vergangenen Tagen wohl schon öfter der Fall gewesen war, ohne dass das Untergewand des Kranken und das Laken, auf dem er lag, gewechselt worden waren.

»Kann ich dir helfen?«

»Ja! Wir müssen ihn ausziehen und …«, weil Carl nicht wusste, was er sagen sollte, räusperte er sich verlegen, »… unten herum waschen!«

»Ach, deshalb stinkt es hier so«, bemerkte Catharina unbeeindruckt und begann auch schon, ihren Schwiegervater auszuziehen. Als Adelheit den Wassereimer brachte, bat Carl die

Dienstmagd, noch einen Eimer mit lauwarmem Wasser zu bringen. »Und dann kehr bitte den Dreck vom Boden!«

Als Catharina den Eimer entgegennahm, lächelte sie Carl an und sagte mit weicher Stimme: »Lass mal! Ich mache das schon!«

»Gut! Dann kann ich ja zu meinem Pferd runtergehen und die Wundsalbe holen!« Beim Gedanken an den schwer verletzten Strauchdieb, der im Sezierraum auf seine Behandlung wartete, überkam den Medicus ein schlechtes Gewissen. Aber was half es? Er konnte jetzt nicht einfach abhauen und den Bürgermeister im Stich lassen. Nachdem er die Salbe herausgenommen hatte, verschloss er hastig seine Satteltasche und eilte wieder nach oben. Dort war Catharina gerade dabei, ihren Schwiegervater mit dem lauwarmen Wasser zu waschen. »Das machst du gut, Catharina! Reib ihm auch noch mit einem kalten Lappen den ganzen Körper ab!« Dann wandte er sich an die Küchenmagd, die immer noch damit beschäftigt war, Herbarias Tand aus dem Fenster zu werfen: »Hol bitte einen Kübel mit kochendem Wasser, in den wir die gebrauchten Lappen schmeißen können!«

Eine halbe Stunde später saß Catharina auf der Holzkante von Kaspars Lager und flößte dem Patienten tröpfchenweise den Kräutersud ein, den Carl mit einigen Kräutern, Blättern und Wurzeln zubereitet hatte, die er beim örtlichen Apotheker gekauft hatte. Dabei war ihm erneut der andere Patient in den Sinn gekommen. »So, Catharina! Das war es vorerst! Ich muss nun dringend weg!«

»Wohin gehst du?«, interessierte die junge Frau, die sich nicht wohl dabei fühlte, mit ihrer Schwiegermutter und dem Sterbenskranken allein im Haus zu sein. Da war nur gut, dass sich Adelheit in ihrer Nähe befand. Aber wo war sie?

Weil Carl seiner bewundernswert tapferen »Assistentin« nicht sagen konnte, wohin er musste, nahm er seine Salbe und versprach ihr, später wieder vorbeizuschauen und ihr zu erklären, was er am Bürgermeister gemacht hatte. »Salü!«

Kapitel 35

CARL RITT AUF direktem Weg zu den Herbergsstallungen, von wo aus er zu Fuß zum Sezierraum eilte, ohne sich den Reisestaub abzuwaschen. Die beiden neu erworbenen Bestecke und die Salbe hatte er aus der Satteltasche seines Pferdes genommen, bevor er das erschöpfte Tier in die Obhut des Stallburschen gegeben hatte. An sich selbst hatte er nicht gedacht.

Während des kurzen Weges von den Stallungen zur hinteren Klostermauer hatte er sich immer wieder umgesehen, um sicherzustellen, dass er nicht beobachtet oder verfolgt wurde. Dass der Zugang zum Sezierraum hervorragend getarnt war, merkte Carl daran, dass er ihn nicht gleich wiederfand, obwohl er schon einmal hier gewesen war. »Ah!«, entfuhr es ihm erleichtert, als er zwei Männer des »Gladius Dei« sah, die dem Anschein nach Wache vor der Tür schoben. Beim kurzen Gespräch mit ihnen stellte sich aber heraus, dass sie nur auf den Großmeister warteten, um mit ihm auf die Suche nach den beiden geflohenen Räubern zu gehen. »Die anderen sind schon unterwegs zum Treffpunkt!«

»Aber weshalb …«

»Geh rein, dann wirst du es gleich wissen!«, sagte einer der beiden in bedrücktem Ton.

»Unser Medicus kommt spät, aber er kommt!«, wurde er vom Großmeister mit einem unüberhörbar sarkastischen Unterton begrüßt, nachdem er den Sezierraum betreten hatte. »Leider kommt er *zu* spät!«, ergänzte Bernhard von Huldenfeld in einem eigenartigen Ton, in dem allerdings keinerlei Vorwurf mitschwang. Wie Fronica und Blasius hatte er auf den ersten Blick erkannt, dass Carl abgehetzt, total verdreckt und verschwitzt war. Dementsprechend ging er davon aus, dass das jüngste Mitglied seines geheimen Zirkels soeben erst aus Buchhorn zurückgekehrt war. Laut Aussage der Baderin und des Henkers hätte der Medicus sowieso nicht mehr helfen können.

Dennoch hatte Carl ein schlechtes Gewissen. Während er sich den toten Strauchdieb besah, überlegte er, ob er den anderen die Wahrheit sagen sollte. Da spürte er eine warme Hand auf seiner Schulter.

»Lass es gut sein, Carl! Da war wirklich nichts mehr zu machen!«, bestätigte Fronica.

»Genug der Trauer!«, mischte sich der unruhig wirkende Großmeister ein und erklärte Carl, was die anderen schon wussten: »Weil es unser einziger Informant vorgezogen hat, sich selbst durch seinen Tod aus der Verantwortung zu stehlen, bleibt mir nichts anderes übrig, als seine beiden geflohenen Kumpane zu finden! Während ich mit unseren Mitverschwörern zusammen eine Siedlung, einen Weiler und ein Dorf nach dem anderen auseinandernehmen werde, bleibt ihr hier und tut das, was uns unser Codex vorgibt!« Dann zeigte er auf den Leichnam und sagte zu Carl: »Er gehört dir!«

Kurz nachdem der Großmeister gegangen war, hatte auch Carl den Sezierraum verlassen. Es war ihm ein dringendes Bedürfnis gewesen, ein Bad zu nehmen und den ganzen Schmutz abzuwaschen, bevor er sich erneut besudeln würde. Zuvor aber – gleich im Anschluss an die dringend benötigte Körperpflege – mochte er nach seinem hoffentlich noch lebenden Patienten … und nach Adelheit schauen, die er im Haus des Bürgermeisters nicht mehr gesehen hatte, bevor er davongeritten war.

»Ach, da bist du ja schon wieder«, freute sich Catharina, als Carl das Krankenzimmer betrat. Sie war gerade dabei, dem Patienten ein paar Tropfen Kräutersud einzuflößen.

»Wie geht es ihm?«

»Es ist komisch!«, antwortete Catharina. »Gleich nachdem du weg warst, hat er wohl gefroren und so heftig zu zittern begonnen, dass ich Angst bekommen habe! Aber dann ist er immer ruhiger geworden! Jetzt hat es fast den Anschein, als wenn es ihm wohlig warm wäre!«

»Das ist es auch!«, bestätigte Carl, der von seinem Vater schon in jungen Jahren den sanften Umgang mit Boden, Klima, Licht, Luft, Wasser und Wärme-Kälte-Reizen gelernt hatte. Darüber hinaus wusste er die Gaben der Natur zu nutzen. Er ging zu dem Kranken, nahm den feuchten Lappen von dessen Stirn und prüfte die Hitze. »Wir müssen das Laken wechseln!«, sagte er in besorgtem Ton und wollte Catharina gerade seine Vorgehensweise erklären, als Adelheit in den düsteren Raum trat, den sie mit ihrer bloßen Anwesenheit erhellte.

»Wo warst du, als ich vorhin gegangen bin?« In Carls vorwurfsvoll klingendem Ton schwang Enttäuschung mit.

»Ich war bei Frau Eberz, um ihr beizustehen! Doch sie lässt sich nicht beruhigen und möchte, dass Catharina und ich das Haus verlassen!«

»Um Gottes willen!«, entfuhr es Carl, der nicht daran zu denken wagte, Adelheit schon wieder zu verlieren, noch bevor sie sich richtig nähergekommen waren.

»Was ist jetzt?«, unterbrach Catharina das beginnende Geturtel. Sie wollte wissen, wie es weiterging.

Bevor Carl weitere Anweisungen gab, legte er den beiden dar, dass der Wechsel von mehr oder weniger Flüssigkeitszufuhr dafür sorgen würde, das Gift aus dem Körper zu ziehen. Zudem würde dies helfen, den Körper zu kräftigen, weil der Inhalt im Magen verbliebe. »Ab morgen könnt ihr ihm dann viermal am Tag zwei zusätzliche Löffel Haferbrei in kleinen Portionen verabreichen – mehr aber nicht!«

»Und sonst?« Catharina schien ganz in ihrer Rolle aufzugehen.

Carl zeigte zum inzwischen nackt vor ihnen liegenden Mann. »Das feuchtkalte Laken, das wir nun wieder um seine Extremitäten wickeln, zieht weiter die Hitze aus seinem Körper, was ihn zuerst erneut frieren lässt, bevor es ihm wohler werden wird! Und dies ist im Moment das Wichtigste! Sollte die Hitze wieder steigen, wird es schlecht um ihn stehen! So aber können wir mit viel Glück und Gottes Hilfe darauf hoffen, dass er überlebt!«

»Heißt das, dass alles in Gottes Hand liegt und wir nichts mehr tun können?« Catharina war entsetzt.

»Das heißt, dass Lebensgefahr besteht, solange wir die Hitze nicht senken können! Aber wie gesagt …«

Nachdem sie den abgemagerten Mann wieder in ein frisches Laken gewickelt und mit dicken Wolldecken zugedeckt hatten, beobachtete der Medicus dessen Reaktion ganz genau. »Gut! Durch das feuchtkalte Laken entwickelt sein Körper nun ein inneres Feuer, von dem die krankheitsbedingte Hitze verdrängt wird! Das reinigt ihn von giftigen Säften! Nun braucht er Ruhe!«

Um sich von ihren körperlichen und seelischen Strapazen ein wenig zu erholen, begleitete Catharina den Mann nach draußen, der ihr zur Seite gestanden hatte. Zu seiner Verärgerung hatte sie Adelheit aufgetragen, beim Kranken zu bleiben.

»Sag mal …«, nutzte Carl die Gelegenheit, sich bei Catharina danach zu erkundigen, wie es zwischen ihr und Frau Eberz weitergehen würde.

»Wenn ich das nur wüsste!« Catharina zuckte resignierend die Schultern. »So, wie es momentan aussieht, ist unser Verhältnis unrettbar zerstört und wir müssen wieder nach St. Gallen zurück!«

»Das kommt überhaupt nicht infrage!«, schoss es aus Carl heraus, weswegen Catharina verständnisvoll seine Hand nahm und ihm gestand, längst mitbekommen zu haben, was zwischen ihm und ihrer Freundin passiert war. »Es wird schon werden!«, sprach sie ihm trotz ihrer eigenen aussichtslosen Situation Mut zu, bevor sie wieder ins Haus ging.

Was für eine bewundernswerte Frau, dachte sich Carl, während er sich in Richtung Sezierraum aufmachte.

Obwohl sich der junge Medicus seit seinem Eintritt in den Geheimbund »Gladius Dei« darauf gefreut hatte, ins Innere des menschlichen Körpers schauen zu dürfen, hatte er Skrupel gehabt, als es so weit gewesen war. Als ihm der Großmeister ein gönnerhaftes »Er gehört dir!« hingeschmissen hatte, war ihm die Lust auf Sektionen vergangen. Aber zum einen war der Leichnam frisch gewesen, weswegen noch keine Organe verklebt waren und es auch noch nicht nach Verwesung gestunken hatte – beste Voraussetzungen also. Zum anderen waren da auch noch Fronica und Blasius gewesen, die ihn hätten verraten können. Wenngleich sich innerhalb der vergangenen Tage eine Art Freundschaft zwischen ihnen entwickelt hatte, war Carl bewusst gewesen, dass er keinem einzigen Geheimbündler über den Weg trauen durfte. Immerhin waren es durchwegs Männer und Frauen, die zu allem fähig waren. Er rang sich dazu durch, zumindest das Vorgehen zu besprechen.

»Gut!«, hatte er zu Fronica und Blasius gesagt. »Ich werde diese Leiche so sezieren, dass auch ihr möglichst viel dabei lernen könnt! Ich schneide, Blasius legt die von mir gelösten Organe in diese Schalen und Fronica schreibt jedes Wort und jeden Handgriff mit! Während der einzelnen Vorgänge schauen wir uns ganz genau an, wo die Organe sitzen und wie sie miteinander oder mit dem Rest des Körpers verbunden sind. Dadurch lernen wir, ein Stückchen besser zu verstehen, wie Krankheiten entstehen und wie wir ihnen beikommen können. Und wenn ihr danach noch nicht genug haben solltet, können wir uns die Muskulatur der Arme und Beine anschauen! Ist das in eurem Sinn?«, hatte Carl vorgeschlagen und war dabei auf offene Ohren gestoßen. Es war schließlich das Dogma ihrer Vereinigung, dass möglichst viele ihrer Mitglieder und Zöglinge Sektionen vornehmen konnten, daraus lernten und ihr Wissen mit Bedacht in die Welt hinaustrugen. »Jetzt decke ich den Leichnam aber erst einmal mit dieser Decke zu, damit sie nicht allzu sehr auskühlt, bis ich zurück bin«, hatte er hinzugefügt und dadurch die berechtigte Frage aufgeworfen, weshalb er nicht gleich mit der Sektion beginnen würde.

»Weil der Leichnam immer noch frisch sein wird, wenn ich zurück bin!«, hatte Carl geantwortet und die beiden um Verständnis dafür gebeten, wenn er sich zuvor ein bisschen aufs Ohr legen würde.

Carls spätere Demonstration hatte Fronica und Blasius mehr als imponiert. Beide hatten nicht gedacht, so viel dazulernen zu können. Nach der äußeren Beschau des Leichnams hatte der Medicus einen Schnitt gemacht, der aussah wie ein griechisches Gamma. Dabei hatte er von beiden Schlüsselbeinen ab schräg zum Brustbein geschnitten und von dort aus gerade bis zum Schambein hinunter. Durch die von ihm gewählte Schnittführung hatte er an alle Organe des Brust- und Bauchraumes gelangen können – allerdings erst, nachdem er das Brustbein und die angrenzenden Rippen entfernt hatte, was mit heftigen Knackgeräuschen einhergegangen war, bei denen Fronica zusammengezuckt war. Bei dieser Gelegenheit hatte er die Symptome der Stichverletzung erklärt: »Von außen sieht die Wunde klein und harmlos aus – dennoch ist er an inneren Blutungen gestorben, weil dieses große Blutgefäß hier verletzt wurde, seht ihr? Wie stark eine Wunde blutet, sagt nicht unbedingt etwas über die Schwere der Verletzung aus!« Danach erklärte er ihnen jedes einzelne Organ der drei Körperhöhlen und beschrieb dessen Funktion nach bestem Wissen. »Wir haben hier …« Immer wenn er ein Organ genannt hatte, wühlte er sich bis zu ihm durch, um den beiden zuerst dessen Sitz zu zeigen, bevor er es mit einem speziell dafür hergestellten Messerchen entfernte und zerteilte. »… feste Organe wie Leber und Milz, Bauchspeicheldrüse oder Nieren! Dann gibt es aber auch noch hohle Organe, zu denen Magen, Dünndarm, Dickdarm, Harnleiter und Blase gehören!«

Nebenbei erzählte er seinen staunenden »Berufskollegen«, dass es bereits vor drei oder vier Jahrhunderten vereinzelte Leichenöffnungen zur Feststellung der Todesursache gegeben hatte. »Aber das ist noch nicht alles: Ein portugiesischer Mediziner namens Valescus de Taranta führte im Auftrag des französischen Königs Karl VI. um 1400 herum genehmigte Leichenöffnungen durch, deren Kenntnisse er sogar in einem Lehrbuch veröffentlichte, von dem ›Gladius Dei‹ eine Abschrift besitzt! Es wird sicher nicht mehr lange dauern und Leichenöffnungen zum Zwecke der Wissenschaft werden erlaubt sein! So lange dies aber noch nicht der Fall ist, müssen wir auf der Hut sein!«

Obwohl die Sache für Fronica und Blasius so spannend gewesen war, dass sie am liebsten eine weitere Leiche geöffnet hätten, hatte der Medicus nach drei Stunden seine Arbeit beendet.

Nachdem der Scharfrichter den in seine Einzelteile zerlegten Leichnam in einiger Entfernung von Isny in der regennassen Erde verscharrt hatte, war er umgehend zurückgekommen, um dabei sein zu können, wenn die Baderin ihre Aufzeichnungen ins Reine schrieb und die dazugehörenden Zeichnungen verbesserte. Die beiden waren beschäftigt, so konnte sich Carl wieder um seinen Patienten … und um Adelheit kümmern. Sorgsam achtete er darauf, dass die Menge und der rhythmische Wechsel von mehr oder weniger Nahrung ebenso strikt eingehalten wurden, wie dies mit den Getränken der Fall sein musste, in die mittlerweile etwas Honig gegeben werden durfte. Obwohl der im Hitzewahn fantasierende und manchmal wie wild um sich schlagende Kranke sowohl den Haferbrei als auch die Kräutersude so gut zu vertragen schien, dass der Kot dicker geworden war und sich nicht mehr wie ein stinkender Brei unter seinem Hintern verbreitete, ging es nicht richtig aufwärts. »Wir müssen die Laken öfter wechseln!«, empfahl Carl. Er wusste, dass dies stets mit großem Aufwand verbunden war, der an den Kräften derjenigen zerrte, die sich um die nassen schweren Laken kümmerten. Umso erstaunlicher, dass dies immer noch Catharina und Adelheit taten.

Wenn sich die Frau des Todkranken an der Pflege beteiligt hätte, wäre es Catharina und Adelheit möglich gewesen, sich zwischendurch etwas auszuruhen. Aber Frau Eberz kam nur zu ihrem Mann, wenn Catharina nicht im Raum war. Sie mochte nichts mehr mit der Liebsten ihres Sohnes zu tun haben. In ihrer Sturheit erkannte die Frau nicht, dass es die beiden waren, die ihrem Mann das Leben gerettet hatten, sollte er es tatsächlich schaffen. Denn sie hatten diese närrische Herbaria hinausgeworfen und an deren Stelle den jungen Bader ins Haus geholt. Und hätte Margarethe Eberz gesehen, mit welcher Inbrunst sich Catharina um ihren Mann kümmerte, hätte sie längst umgedacht. Welche andere junge Frau hätte einem Fremden den Hintern abgewischt und das völlig verschmutzte und ekelhaft stinkende Lager mit frischen Laken bezogen?

Aber schleichend ging Catharina nicht nur die körperliche, sondern auch die seelische Kraft aus. Auf ihr Sendschreiben, das Isny schon vor etlichen Tagen in Richtung St. Gallen verlassen hatte, war immer noch keine Rückmeldung gekommen. Sie war traurig, abgearbeitet und müde.

Der Großmeister und weitere zwanzig Männer hatten sich vorgenommen, alle Dörfer im Umkreis von zehn Meilen um die Brücke herum abzuklappern. Sollte dies nicht den gewünschten Erfolg bringen, würden sie ihren Radius so weit vergrößern, bis sie fündig wurden. Um die beiden Dreckskerle zu finden, waren ihnen alle Mittel recht.

So hatten sie sich in Suchtrupps eingeteilt und waren in einer Fünfergruppe und in vier Vierergruppen aufgebrochen, um zurückzuholen, was ihnen gehörte. Als reisende Kaufleute zu Ross getarnt, würden sie so tun, als wenn sie vom rechten Weg abgekommen wären und nicht wüssten, wo es nach Wangen, Ravensburg oder sonst wohin ginge. Aus Sicherheitsgründen mochten sie lediglich Isny nicht ins Spiel bringen. Um an Informationen zu gelangen, würden sie sich großzügig zeigen – Hauptsache, sie würden redselige Gesprächspartner finden.

Inzwischen hatten sie etliche einzeln stehende Höfe, sowie dreizehn kleinere und größere Orte »besucht« und in sieben davon erfahren, dass dort vor wenigen Tagen je ein Mann spurlos verschwunden war. Als die Geheimbündler in einem Weiler namens Eggen zum ersten Mal davon gehört hatten, war ihnen dabei noch nichts Verdächtiges aufgefallen. Nachdem aber auch in Horben und in Riedholz ein scheinbar braver Familienvater und ehrbarer Bauer am selben Tag von einem abendlichen Ausritt nicht mehr zurückgekehrt war, hatte sich die Sache verdichtet. Und als dann in Gestratz, Harbatshofen, Schönau und Grünenbach ebenfalls je ein Mann verschollen war, hatten die Verschwörer endgültig gewusst, dass sie auf der richtigen Spur waren.

»Es wird eng! Wir kommen der Sache näher!«, stellte der Großmeister mit einem siegessicheren Grinsen fest, als sie an einer uneinsehbaren Stelle auf einer Waldlichtung um ein Lagerfeuer herumsaßen. Während sie ihre Spieße mit dem Fleisch, das sie Bauern abgekauft hatten, über dem Feuer drehten, erzählten sie einander von ihren Erlebnissen. Der Großmeister war sicher, dass sie die Wohnorte von sieben der neun gesuchten Straßenräuber gefunden hatten und es nur noch wenige Orte im engeren Umkreis gab, an denen sich die beiden Gesuchten verkriechen konnten. »Interessant dabei ist, dass zumindest acht der neun Wegelagerer aus unterschiedlichen Orten stammen.«

»Deswegen konnten sie ihre Bande in ihren Heimatgemeinden über viele Jahre hinweg geheim halten!«, kombinierte ein anderer und setzte nach: »Wenn es in einem Dorf nur einen Einzigen dieser Wegelagerer gibt, der allein Bescheid weiß und sich unauffällig verhält, ganz normal seinem Tagewerk nachgeht und nicht mit Geld um sich schmeißt, wie soll er da enttarnt werden?«

»Wahrscheinlich stammen auch die letzten beiden aus verschiedenen Dörfern«, mutmaßte einer der Verschwörer.

»Nicht schlecht!«, zollte ein anderer den Bauern Respekt.

»Wer kommt schon darauf, dass ein braver und gottesfürchtiger Landmann ein brutaler Straßenräuber und Meuchelmörder ist?«

Nachdem das Feuer langsam ausging und auch der Weinschlauch leer war, der bisher die Runde gemacht hatte, klatschte der Großmeister in die Hände und wies die Geheimbündler an, ihre Schlafstellen aufzusuchen. »Morgen wird ein anstrengender Tag werden!«

»Ja, aber ein guter Tag! *Unser* Tag!«

Einer meiner Mitverschwörer scheint sich wohl ganz besonders darauf zu freuen, dachte sich der Großmeister, während er seinen Sattel als Kopfunterlage bereitlegte.

Als am nächsten Morgen einer nach dem anderen unter seiner Decke hervorkroch, schickte sich die Sonne gerade an, den Horizont zu erhellen.

»Das Wetter scheint uns hold zu sein!«, stellte der Großmeister erfreut fest, nachdem er sich ausgiebig gestreckt und in dem Rinnsal gewaschen hatte, das an ihrer Lagerstelle vorbeilief.

Es dauerte eine Zeit, bis sich einundzwanzig Männer Wasser in ihre Gesichter geschüttet, die Gewandungen zurechtgestrichen und ihre Schlafdecken zusammengerollt hatten. Dann mussten die Pferde getränkt und gesattelt werden. Bevor sich die Sonne in ihrer ganzen Pracht präsentierte, brachen sie auf.

Der Großmeister schlug vor, dass zunächst nur seine Gruppe Maierhöfen aufsuchen würde, während die anderen das Dorf umzingelten.

Weil es aber noch zu früh war, um in ein verschlafenes Bauerndorf einzureiten, ohne Verdacht zu wecken, schlug der dickste der Verschwörer vor, bis nach Harbatshofen zu reiten und in der dortigen Gaststube etwas zu essen.

»Das dürften zehn oder elf Meilen sein!«, gab der Großmeister zu bedenken, hatte aber Verständnis dafür, dass seine Männer in dieser Situation nicht auf ihre Morgensuppe verzichten mochten. »Also gut! Wir haben Zeit!«

Als sich sechzehn Männer rund um das Bauern- und Handwerkerdorf Maierhöfen verteilten und der Großmeister mit vieren seiner Geheimbündler in das Dorf hineinritt, stand die Sonne am höchsten. Dieses Mal war allerdings einiges anders als in den Ortschaften, die sie bisher aufgesucht hatten: In Maierhöfen zeigten sie zum ersten Mal Flagge. Und dies machte sich schlagartig bemerkbar. Ein Bauernbursche entdeckte ein paar der Reiter, die sich locker in ihren Sätteln sitzend um das Dorf herum postiert hatten. Daraufhin gab er so lange laute Notschreie von sich, bis das ganze Dorf auf ihn und die Männer aufmerksam wurde. Es war dem Großmeister gleich; denn er wusste, dass sich der Gesuchte nicht freiwillig melden würde. Die Hauptsache war, dass er nicht entkommen konnte. Und dafür würden seine Verbündeten sorgen.

»Wer seid ihr und was wollt ihr hier?«, wurden die fünf Reiter von einem hageren alten Mann gefragt, der sie bereits am Ortseingang erwartete und sie offenbar nicht weiterreiten lassen wollte. Mit abwehrend erhobener Hand gab er sich als Ortsführer von Maierhöfen zu erkennen. Wohl zu seiner Sicherheit war er von einem halben Dutzend Männern umgeben. Nicht nur durch ihre entschlossenen Blicke, sondern auch durch ihre Dreschflegel und Mistgabeln zeigten sie, dass sie bereit waren, ihr Dorf und ihre Familien bis aufs Blut zu verteidigen. Im Moment bedurfte es jedoch noch keiner Machtdemonstration.

Der Großmeister beantwortete die beiden Fragen des Ortsführers in ausgewählt höflichem Ton: »Mein Name ist Bernhard Freiherr von Huldenfeld! Und dies hier …«, er zeigte auf seine Männer, »… sind gute Freunde, die mir helfen, etwas wiederzufinden, das mir ein Mann aus Eurem Dorf gestohlen hat!«

Nachdem er klargestellt hatte, dass er nichts Böses im Schilde führte, drückten sich immer mehr neugierig gewordene Menschen um die Reitergruppe.

»Wer aus meinem Dorf soll das gewesen sein? Und was hat er Euch gestohlen?«, mochte der Ortsführer wissen und bekam zur Antwort, dass die Identität des Diebes im Moment noch nicht bekannt sei, er ihn aber wiedererkennen würde. »Dafür kann ich Euch sagen, *was* er mir gestohlen hat!«

»Was denn?«

»Ein wertvolles Amulett und ein ebenso wertvolles Schwert!«

Nun lachte der Ortsführer auf: »Pah! Wir sind einfache Bauern, die sich nicht mit irgendwelchem Tand schmücken! Und weil wir zudem friedfertig sind, benötigen wir auch keine Schwerter!«

»Wer könnte dieser Mann sein? Wenn Ihr uns den Dieb freiwillig herausgebt, geschieht Euch nichts und wir verlassen Euer Dorf so, wie wir gekommen sind! Ansonsten …«

»Was ist dann?« Obwohl der Ortsführer mittlerweile angespannt war, versuchte er, ruhig zu bleiben. »Bevor Ihr mir nicht erklärt, *wie* Euch ein Amulett und ein Schwert abhandengekommen sein sollen, lasse ich die Männer meines Dorfes nicht vor Euch antreten! Das ist es doch, was Ihr wollt, oder?«

»Das wäre zumindest eine friedliche Maßnahme, um den Dieb zu finden!«, bestätige der Großmeister die Vermutung des Mannes, der sich aufgrund seiner altersbedingten Gebrechen auf seinen Stab stützen musste.

Der Alte zeigte sich kampfbereit: »Ohne meinen Willen geschieht hier überhaupt nichts! Denn noch bin *ich* hier das Gesetz!«

»Also gut …« Während der Großmeister von dem Überfall auf der Tobelbrücke erzählte, löste sich heimlich eine Frau aus dem Haufen.

Einer der Verschwörer bemerkte sie. Ohne den anderen etwas zu sagen, beobachtete er ganz genau, wohin sie ging.

»Wie kommt Ihr darauf, dass der Dieb aus Maierhöfen stammt? Wir sind doch keine Wegelagerer!«

Die herumstehenden Geheimbündler begannen trotz ihrer Anspannung, lauthals zu lachen.

Der Verschwörer, der gesehen hatte, wie die Frau in einem Stadel verschwunden war, ritt auf das Gebäude zu.

Einige Dörfler rannten hinter ihm her und wollten ihn zurückhalten. Als einer von ihnen am Sattelzeug des Verschwörers zog, bekam er vom Reiter einen solch harten Fußtritt, dass er rücklings auf einen Steinbrocken knallte und besinnungslos liegen blieb. Einige weitere Einheimische gingen auf den Reiter los.

»Macht euch bereit!«, befahl der Großmeister den drei Leuten, die bei ihm geblieben waren.

Noch bevor sie ihre Waffen gezogen hatten, bekam einer von ihnen einen Dreschflegel über den Schädel gezogen und kippte aus dem Sattel.

Ohne ein weiteres Wort trieb der Großmeister sein Pferd in Richtung der Scheune, um die sich die anderen so postierten, dass niemand mehr daraus fliehen konnte.

»Und wenn uns jetzt noch einer von euch bei unserem Tun stört, gibt es Tote!«, schrie der Adelige, worauf die Bauern demütig zurückwichen.

Die Geheimbündler standen zu viert vor dem stabilen Bretterbau an einem Hügel. Obwohl zu beiden Seiten des Holzverschlages keine Fenster und Ausgänge waren, sicherte je ein Reiter die Seiten ab.

Bernhard von Huldenfeld und derjenige, dem das Ganze aufgefallen war, saßen in ihren Sätteln und starrten zur verschlossenen Tür. Der Großmeister hatte mehrmals erfolglos hineingerufen und dabei gewarnt, die Scheune anzuzünden, wenn diejenigen, die sich darin befanden, nicht sofort herauskommen würden. Der niedergeschlagene Verschwörer rappelte sich langsam wieder auf, um sich um seine blutende Kopfwunde zu kümmern. Aber bevor er dazu kam, trug ihm der Großmeister auf, eine Fackel zu entfachen. Der Mann schaute sich nach einem Stückchen Holz und etwas Heu um, während er mit einer Hand nach seinem Feuereisen kramte und mit der anderen das Tüchlein auf die Wunde drückte, mit dem er normalerweise die Klinge seines »Jiàns« reinigte.

»Was ist jetzt? Sollen wir euch ausräuchern?«, rief der Anführer der Reiter, nachdem er die Fackel bekommen hatte und nun in seiner Hand hielt.

Der Ortsführer erhob noch einmal das Wort, indem er den Großmeister darum bat, selbst mit Sefton reden zu dürfen.

»Wer ist Sefton? Und was ist das für ein merkwürdiger Name?«, blaffte der Reiter, dem langsam die Geduld ausging.

»Das hier ist die Scheune von Sefton Pfanner, einem rechtschaffenen Mitglied unserer Gemeinde …«, erklärte der Ortsführer und wollte hinzufügen, dass sich der Rufname des Bauern von dessen Vornamen Josef Anton ableitete. Aber er wurde von dem Mann unterbrochen, der als Erster zur Scheune geritten war: »Ich habe nur ein Weib dort hineingehen sehen!«

»Na gut«, akzeptierte dies der Ortsführer mit einem Achselzucken. »Dann rufe ich eben nach Seftons Weib!«

»Tu das!« befahl der Großmeister und fuchtelte zur Unterstreichung seines Ansinnens mit der Fackel herum.

»Agath! Agath, komm bitte heraus!«, rief der Ortsführer mehrmals ohne Erfolg und flehte die Frau an, sich zu stellen.

»Dann muss ich sie eben ausräuchern!«, bemerkte der Großmeister. Wenn er auf dem Dach der Scheune Feuer legen würde, lief er Gefahr, dass die Frau dem Rauch oder den Flammen zum Opfer fiel. Und weil er vermutete, dass es sich dabei um das Weib eines Wegelagerers handelte, wollte er das nicht riskieren, wenn es sich vermeiden ließ. Er rief ein paarmal in die Scheune hinein. Weil auch dies nicht von Erfolg gekrönt war, stiegen er und seine Männer von ihren Pferden. Um sich zu vergewissern, dass die Tür verschlossen war, fasste der Großmeister an die Klinke und rüttelte daran. Dann schüttelte er den Kopf und trat beiseite.

»Wir kommen nun herein!«, warnte er ein letztes Mal, während sein kräftig gewachsener Bundesbruder Anlauf nahm, um mit der Schulter gegen die Bretterkonstruktion anzurennen.

Weil wieder nichts zurückkam, nickte der Großmeister dem anderen zu, der wie ein wild gewordener Stier auf die Tür zurannte und einen Höllenlärm verursachte, als er zusammen mit ihr in die Scheune stürzte. Eine mächtige Staubwolke wurde aufgewirbelt.

Weil das Spektakel auch die Verschwörer mitbekommen hatten, die vor dem Dorf warteten, ritt von jedem Trupp einer dorthin, um nachzusehen, was los war.

Noch während sich der »Türöffner« wieder aufrappelte, positionierten sich neun Männer mit gezogenen Waffen vor dem Scheuneneingang und warteten darauf, was geschehen würde. Doch es geschah nichts. Schulter an Schulter rückten sie bis zur Tür vor und gingen nacheinander in die Scheune, wo sich der letzte Staub zu legen schien und sie erkannten, was passiert war.

»Dieses elende Weib hat den Zugang zu einem Stollen zum Einsturz gebracht!«, schrie der Großmeister, während er nach draußen rannte und nach dem Ortsführer Ausschau hielt. »Komm sofort her!«, rief er, während er ihm entgegeneilte und ihm ohne Vorwarnung die Spitze seines Schwertes so fest an den Hals drückte, dass es blutete. »Wo wohnt diese Frau?«

Weil dem Ortsführer klar war, dass sein letztes Stündchen geschlagen hätte, wenn er die Frage des zornigen Mannes nicht korrekt beantworten würde, zeigte er zu einem gepflegten Bauernhof, der dem Schuppen etwas vorgelagert war.

»Das sieht nach einem überhasteten Aufbruch aus!«, stellte der Großmeister fest, während er und seine Männer den Wohnteil des Hofes auf den Kopf stellten, aber außer einem Durcheinander nichts fanden. Nachdem er vom Ortsführer erfahren hatte, dass Sefton Pfanner hier sein müsse, weil er ihn gesehen hatte, kurz bevor die Männer ins Dorf gekommen waren, war klar, dass er mit seiner Frau und seinen vier Kindern abgehauen war.

»Als wir ins Dorf geritten sind und er die anderen gesehen hat, ist er in seiner Scheune verschwunden, wo er sicher schon vor längerer Zeit einen Fluchttunnel gegraben hat, dessen Zugang er nun einstürzen ließ«, fasste der Großmeister seinen Leuten gegenüber zusammen. »Er hat also immer damit gerechnet, irgendwann entlarvt zu werden. Deswegen hat er für sich und seine Familie diese Fluchtmöglichkeit geschaffen, von der niemand wusste! Verdammter Schweinedreck!« Der Großmeister war außer sich.

»Sollen wir ausschwärmen?«, schlug einer seiner Männer vor.

»Äh … Was? … Ja! Durchsucht den ganzen Wald über diesem Hügel und die unmittelbare Gegend dahinter!«

Kapitel 36

TAGE SPÄTER ÜBERSCHLUGEN sich die Ereignisse in Isny: »Adelheit! Adelheit!«, rief Catharina aufgeregt, während sie im Haus der Eberz nach ihrer Freundin suchte und dabei freudig erregt die Treppe hocheilte. Weil sie Adelheit bei der Pflege des Kranken wähnte, begab sie sich zu dessen Kammer. Im Flur hörte sie Stimmen, aber keine davon gehörte ihrer Freundin. Also ging sie auf leisen Sohlen zur halb geöffneten Zimmertür und lauschte hinein. »Die jungen Leute haben mein Leben gerettet!«, hörte sie den Kranken sagen, der sich in der vergangenen Woche zaghaft ein Stück weit erholt hatte.

Dann hörte sie die Frau schluchzen, die ihre Schwiegermutter hätte werden sollen. Ihr tue es leid, dass sie sich auf diese Herbaria eingelassen habe. »Aber ich wollte nur das Beste für dich, Kaspar! Das musst du mir glauben!«

»Das weiß ich doch, meine geliebte Margarethe!«, kam es mit dünner, kaum vernehmbarer Stimme zurück. »Umso wichtiger ist es, dass du die Sache mit Catharina klärst!«

Als sie dies hörte, schob Catharina ihren Kopf durch die Tür. Da sah sie, wie sich ihre Schwiegermutter in spe an den schwachen Mann schmiegte und zu weinen begann.

Obwohl er sich sehr schwer mit dem Sprechen tat, erklärte Kaspar Eberz seiner Frau, was Catharina, Adelheit und der junge Mann, dessen Name ihm nicht in den Sinn kam, für ihn getan hatten: »Catharina hat mir sogar den Hintern abgewischt, habe ich erst gestern erfahren! Das musst du dir einmal vorstellen: ein Mädchen, das mich kaum kennt und sich trotzdem nicht davor scheut, einem alten Mann …«

»Das weiß ich inzwischen auch!«, räumte Margarethe mit einem anerkennenden Unterton ein und ergänzte: »Ich habe auch gehört, dass Adelheit den Arzt gerufen hat. Oh, ich närrisches Weib!« Und schon wieder begann die Frau zu weinen.

»Du bist nicht närrisch, Margarethe!«, kam es von hinten. »Du hast lediglich das getan, was du für richtig gehalten hast! Nur wer *nichts* tut, macht nichts richtig, oder alles falsch!«

»Catharina!« Nun konnte Margarethe nicht mehr an sich halten. Heulend erhob sie sich, ging auf die junge Frau zu und umarmte sie. »Kannst du mir verzeihen? Ich war so …«

»Schhh! Ich habe dir längst verziehen! Alles ist gut! Sogar sehr gut!«

»Wie bitte?« Margarethe löste sich aus der Umarmung und schaute ihre Schwiegertochter fragend an.

»Leonhard kommt! … Hier.« Sie wedelte mit dem Sendschreiben herum, das sie soeben erhalten hatte und Adelheit hatte zeigen wollen.

»Nein! Wann?«

»So, wie es aussieht, schon heute! Dieser Brief hier hat wohl ein paar Pausen in den Tavernen eingelegt, die zwischen St. Gallen und Isny liegen!«, scherzte sie in ihrer überschäumenden Freude, weil das Schreiben laut Datum schon eine ganze Woche unterwegs gewesen war.

»Aber dann …«

»Kein ›dann‹, liebe Schwiegermutter! Wir lassen uns nicht schon wieder verrückt machen und gehen alles ganz gelassen an!«

»Das glaubst du doch selber nicht!«, sagte Margarethe, die längst bemerkt hatte, dass Catharina wie sie selbst vor Freude am ganzen Körper zitterte.

»Ich bin so glücklich!«

»Ich freu mich auch!« Margarethe nahm Catharinas Kopf in ihre Hände und küsste sie auf die Stirn. »Dich hat der Himmel nach Isny geschickt! Ich bin stolz darauf, deine Schwiegermutter werden zu dürfen!«

»Und die Ohrfeige, die ich dir …«

»Papperlapapp! Die hatte ich schließlich mehr als verdient!« Ihr Ton war wieder ganz der alte. »Und nun sag mir bitte, was zu tun ist!«

Immer noch zitternd und von all den Ereignissen übermannt, begann Catharina, wie entfesselt zu weinen. Es war einfach zu viel gewesen. Margarethe nahm sie verständnisvoll in ihre Arme und begann ebenfalls wieder zu schluchzen. »So, jetzt reicht es aber mit unserer Heulerei!«, sagte sie nach einer Weile und wischte sich die Tränen aus dem Gesicht, bevor sie ihre Schwiegertochter erneut danach fragte, wie sie sich die Arbeitseinteilung vorstellte.

Catharina schlug vor, dass sie zusammen mit Adelheit die Ankunft ihrer Eltern, ihrer beiden Brüder und natürlich auch Leonhards Ankunft vorbereiten und sich um alles andere kümmern würde, während Margarethe weiter dafür sorgen sollte, dass Kaspars Genesung voranschritt.

Weil die Geheimbündler nicht locker gelassen hatten, war es ihnen nach tagelanger Suche tatsächlich gelungen, Sefton Pfanner aufzustöbern und nach Isny zu verbringen. Dies hatte ihnen allerdings nur gelingen können, weil der Bauer von einem Standesgenossen aus einer kleinen Siedlung namens Isenbrezhofen für einen Judaslohn verraten worden war. Pfanner hatte vermutlich geglaubt, in einem kleinen Ort am sichersten zu sein, doch es hatte nichts genützt. Den Ausgang des von ihm gegrabenen Fluchtstollens hatten sie trotz intensivster Suche allerdings nicht gefunden. Niemand kannte ihn. Somit waren seine Frau und seine Kinder in Sicherheit geblieben. Und weil in seinem Fluchtstollen wohlweislich genügend haltbare Nahrungsvorräte gelagert waren, konnte es seine Familie in der versteckt liegenden Höhle unter einem Wasserfall, in die der Fluchtstollen mündete, so lange ausharren, bis er sie holen würde. Sollte er nicht zurückkommen, konnte sich Agath in der Ferne ein neues Leben aufbauen mit dem Geld und den Schätzen, die Sefton nach den Raubüberfällen im Stollen versteckt hatte. Sie würde eine reiche Frau sein.

»Der ist ja noch besser getarnt als unser Sezierraum!«, hatte der Großmeister fast anerkennend festgestellt und überlegt, ob er den zusammengestürzten Zugang zum Fluchtstollen von seinen Männern ausgraben lassen sollte. Weil er aber befürchtete, dass dies zu viel Zeit in Anspruch nehmen würde, und er den Wegelagerer ja gefasst hatte, schob er den Gedanken beiseite und widmete sich stattdessen der Befragung seines Gefangenen. Bisher hatte dieser nicht preisgegeben, wo sich das »Magische Amulett« und das »Jiàn« befanden.

»Wir haben auch dein Weib und deine Bälger in unserer Hand!«, drohte der Großmeister in der Hoffnung, mit dieser Lüge etwas zu bezwecken. »Wenn du mir sagst, was ich wissen möchte, geschieht ihnen nichts!«

Aber der Bauer lachte trotz der Schmerzen, die ihm zugefügt worden waren, und der Angst vor dem, was ihn alles erwarten würde, nur hämisch auf. »Darauf falle ich nicht herein! Mein Weib ist längst auf dem Weg zum Bodensee, wo sie sich und unsere Kinder bei Verwandten in Sicherheit bringen wird!«

Der Großmeister seufzte, dann resümierte er ganz ruhig: »Gut! Schade eigentlich; denn ich wollte deinen Körper möglichst unversehrt haben, wenn dich unser Medicus aufschneidet!«

Obwohl der Landmann aus Maierhöfen, der seit seiner Gefangennahme im Sezierraum angekettet war, am ganzen Körper Blessuren hatte, demonstrierte er eindrucksvoll, dass auch Vertreter der untersten Berufsstände in einer ausweglosen Situation Stolz zeigen konnten. Er spuckte dem Großmeister mit der Verachtung ins Gesicht, wie sie viele Bauern Adeligen gegenüber seit Jahrhunderten entgegenbrachten.

Bernhard von Huldenfeld ließ sich nicht provozieren. Stattdessen schickte er nach Blasius Gilg, in dessen bewährte Hände er die Befragung nun legen wollte.

»Was willst du schon wieder von mir?«, mochte der Scharfrichter von Bernhard wissen. Weil er sich auf seine Rückreise nach Konstanz vorbereitete und dabei gestört worden war, zeigte sich der ruhige Mann heute ungewöhnlich ruppig.

»Du kannst jetzt nicht einfach abhauen!«, maulte der Großmeister zurück und zeigte auf den Gefangenen. »Hier wartet Arbeit auf dich!«

»Plötzlich? Ich dachte, du wolltest die Befragung selbst durchführen!«

»Ja, schon! Aber …«

»Kein ›Aber‹!«, wehrte der Scharfrichter schroff ab. »Ich hatte dir schon gesagt, dass ich nach Konstanz zurückgehen werde, wann ich es für richtig erachte! Stimmt das oder nicht?«

»Doch, schon! Aber …«

Bevor er zu viel Zeit mit einer Debatte vergeudete, die aus seiner Sicht ins Nichts führte, fragte Blasius den obersten Herrn seines Geheimbundes, um was es denn ginge. Nachdem er sich angehört hatte, dass er den Bauern im Sezierraum foltern solle, antwortete er: »Weil ich hier keine Gerätschaften habe und es in diesem Gewölbekeller nicht einmal eine hundsgewöhnliche Streckbank gibt, kann ich ihn hier nicht auspressen! Dies ginge gegen meine Berufsehre!«

»Was ist das denn für ein Schwachsinn?«

»Lass mich gefälligst ausreden!«, bestand Blasius forsch darauf, dem Großmeister einen Vorschlag zu unterbreiten: »Was würdest du davon halten, wenn mich der Bauerntölpel nach

Konstanz begleitet und ich ihn mir dort – in *meinem* Folterkeller – zur Brust nehme? Dort habe ich alles, was ich brauche, um ihn zum Reden zu bringen: verschiedene Daumen- und Beinschrauben! Eine Würgebirne! Sehr effizient!« Während er mit unverhohlenem Stolz in der Stimme ein Folterinstrument nach dem anderen aufzählte, ließ er sich Zeit zwischen der »Vorstellung« jedes einzelnen Inventarteils seines Schreckenskabinetts. Er tat das in der Hoffnung, den Bauern einzuschüchtern, um ihn vielleicht doch nicht mitnehmen zu müssen. Weil der Großmeister die Taktik verstanden hatte, ließ er den Scharfrichter weiterreden, der ganz in seinem Element zu sein schien. »Und dann habe ich noch ein paar Schnürbänder aus verschiedenen Materialien! Eine Spannleiter! Ein Rad … und natürlich eine Streckbank! … Nicht zu vergessen, die Kopfspinne und die vielen Brandeisen, die ich sicher auch mit den Initialen ›*S*‹ und ›*P*‹ zur Verfügung habe! Oder wie wäre es mit dem ›Gespickten Hasen‹? Alles schöne Spielereien!«, reizte der Scharfrichter das wehrlos an einem Haken hängende Opfer, dem er auch noch die Auswirkungen seiner Folterinstrumente erläuterte. Weil dies nicht die geringste Reaktion in dem Bauern auslöste, sprach er ihn direkt an: »Du scheinst mir ein besonderes Exemplar der menschlichen Rasse zu sein! Weißt du was? Ich nehme dich mit!«

»Das ist ein Wort!«, freute sich der Großmeister und besprach mit Blasius Gilg die Einzelheiten der Überführung und der Folter, zu denen auch gehörte, dass es ihm am liebsten wäre, den Gefangenen lebend zurückzubekommen. »Unser guter Medicus soll schließlich auch noch seine Freude an ihm haben! Ach, da fällt mir ein, dass du während der Reise nebenbei auch Ausschau nach dem Weib und den Bälgern des Bauern halten kannst, falls sie wirklich unterwegs zum See sind!«

»Wegen der bevorstehenden Feierlichkeiten bezüglich der Münzrechtsverleihung ist die Stadt jetzt schon voller Leute und sämtliche Lagerstätten sind vermietet!« Das hörte sich nicht gut an. »Aber Ihr habt Glück, dass gerade heute zwei Einzelkammern frei geworden sind! Somit kann ich zur bereits bestellten Doppelkammer für Eure Eltern noch zwei Unterkünfte für Eure Brüder zur Verfügung stellen!«, freute sich Korre Bechter während eines Gesprächs mit Catharina Zollighofer, die ihn aufgesucht hatte, um mit ihm die Übernachtungsmöglichkeiten für die Hochzeitsgesellschaft abzuklären. Der allseits beliebte und arg beleibte Herbergsvater der Klosterherberge war gleichzeitig auch der Wirt der dazugehörenden Schenke »Zum Schwanen«. Deswegen versuchte er, der zukünftigen Braut schmackhaft zu machen, auch das Festmahl in seinem Gasthaus abzuhalten. Aber Catharina ging nicht darauf ein. Stattdessen wollte sie lieber die besagten Kammern begutachten.

»Von mir aus!«, sagte der Wirt etwas enttäuscht. »Folgt mir!«

Kurz darauf standen sie in der großen Kammer, die der Hausherr zuvor schon zum schönsten seiner Zimmer deklariert hatte. »Selbstverständlich lasse ich bis auf diese beiden hier«, er zeigte in eine Ecke, »sämtliche Lagerstätten von meinem Hausknecht entfernen!«

Bevor Catharina etwas sagen konnte, ergänzte der geschäftstüchtige Wirt, dass diese Umstände zusätzlich etwas kosten würden.

»Schon gut!«, zeigte sich Catharina damit einverstanden und äußerte einige Sonderwünsche, deren Erfüllung sie ebenso entlohnen würde. Sie zählte auf, wo frische Tischdecken aufgezogen, Blumen draufgestellt oder andere Veränderungen vorgenommen werden sollten.

Nach der äußerst zufriedenstellenden Unterhaltung mit dem »Schwanenwirt«, dem Catharinas Sonderwünsche rasch zu viel geworden waren, weswegen er seine Frau zum Gespräch dazugeholt hatte, eilte sie zum »Schwarzen Bären« in die Obertorstraße, um die »Ratsstube« für das Hochzeitsmahl zu reservieren. Dies alles hätte sie gern mit Adelheit zusammen getan. Aber ihre Freundin war wieder einmal nicht aufzufinden gewesen. Und da ihre Schwiegermutter sich um ihren Mann kümmerte, musste die Braut mit dem dortigen Wirt Fritz Zeller allein über den genauen Speiseablauf und die Dekoration reden, die Leonhard bereits mit dem Ratsmitglied angesprochen hatte.

»Wie geht es Eurem zukünftigen Herrn Schwiegervater?«, erkundigte sich der Wirt und ließ »Kaspar« herzliche Genesungswünsche ausrichten. Als er dies tat, hatten sie schon zwei Stunden lang über die Feier gesprochen – für Catharina höchste Zeit, sich zu verabschieden und nach Hause zurückzukehren, wo jeden Moment ihr Geliebter und ihre Familie eintreffen würden. Eigentlich hatte sie noch vorgehabt, den Abt von St. Georg darum zu bitten, die Trauung höchstpersönlich vorzunehmen. Aber vor ihrem Gespräch im »Schwanen«, hatte sie nur dessen Stellvertreter angetroffen. Und der Prior hatte ihr empfohlen, zu einer späteren Stunde wiederzukommen. Weil sie dies beim besten Willen nicht mehr schaffen konnte, musste sie es auf den kommenden Tag verschieben. Dies hatte den Vorteil, dass sie das Gespräch zusammen mit Leonhard führen konnte. Es war ohnehin unüblich, dass ein Weib seine eigene Hochzeit organisieren durfte. In der Regel stellten Frauen bei den Gutbetuchten lediglich ein »Vertragsobjekt« dar, deren Übergabe gegen bare Zahlung des ausgehandelten »Kaufpreises« stattfand. Aber solche Erwägungen waren bei dieser Liebesheirat nicht das Maß der Dinge. Die Schwiegereltern einte der gemeinsame Wunsch, beide Eheleute glücklich zu sehen. Und über Geld verfügte die eine Familie wie die andere. Also konnte die Hochzeit kommen, … wenn denn der Bräutigam endlich in Sichtweite wäre.

Während Catharina vor Sorge in ihrer Kammer auf und ab lief, sah Blasius Gilg bereits die Türme der Freien Reichsstadt Lindau vor sich, die sich im Wasser spiegelten. In dieser Inselstadt wollte er die Nacht verbringen, bevor er anderntags weiterreiten würde. »Wenn wir in Lindau sind, haben wir etwa die halbe Wegstrecke bis nach Immenstaad hinter uns gebracht! Von dort aus lassen wir uns mit der Lädine über den Bodensee bis zur Anlegestelle bei Güttingen bringen. Dann sind es keine zehn Meilen mehr bis nach Konstanz!«, erklärte der Scharfrichter dem Großmeister, der sich im letzten Augenblick dazu entschlossen hatte, in die Konzilstadt mitzureiten. Das Schicksal des Gefangenen hätte ihm sonst keine Ruhe gelassen.

»Zwei können besser auf einen Wegelagerer achten als einer!«, hatte er als Argument ins Feld geführt, nachdem er im Sezierraum bemerkt hatte, dass sein Vorschlag dem Scharfrichter nicht unbedingt gefiel.

Der Scharfrichter hatte sich immer noch nicht damit anfreunden können, dass der Großmeister ihm bei den Torturen über die Schulter schauen mochte. Jetzt war erst einmal wichtig, eine passende Herberge zu finden, in der es auch möglich war, den Gefangenen so unterzubringen, dass er nicht flüchten konnte.

»Ich schlage das Gasthaus ›Zum Süntzen‹ vor!«, sagte der Großmeister, der sich in Lindau gut auskannte, weil er von Kempten aus geschäftliche Beziehungen zur hiesigen Druckerzunft pflegte, weswegen er schon öfter in der Stadt hatte nächtigen müssen.

»Von mir aus! Ich wäre zwar lieber zum ›Engel‹ in der Schafgasse gegangen! Aber egal!«, zeigte sich Blasius offen. Weil er müde war, hatte er keine Lust, lange herumzupalavern, und wollte nur noch schnellstens ein Lager aufsuchen.

»Mir gefällt nicht, dass Sefton Pfanner so weit von uns weg allein im Keller ist!«, bemerkte der Großmeister eine Stunde später, als sie in der Taverne saßen, die zur Herberge gehörte, und sich einen Schlummertrunk gönnten. Weil sämtliche Gasträume voll besetzt waren, saßen sie eingezwängt zwischen stinkenden und schreienden Reisenden.

»Was soll denn passieren?«, hielt Blasius dagegen. Er erinnerte den Großmeister daran, dass der Gefangene um beide Arm- und Fußgelenke die schweren Eisenringe trug, die sie dem Oberaufseher der Isnyer Gefängnisse für ein paar Humpen Bier abgeschwatzt hatten. »Außerdem habe ich ihn an einem Stützpfeiler angekettet! Wie soll er uns so entwischen?«

»Schon gut! Lass uns schlafen gehen!«

Am nächsten Morgen herrschte nicht nur in Lindau große Aufregung; auch gut zwanzig Meilen nordöstlich der Bodenseestadt war einiges los. Denn kaum war in der vergangenen Nacht in Isny die letzte Kerze ausgeblasen worden, hatten die Geräusche von Wagenrädern und Pferdehufen Catharina von ihrem Schlaflager aufgeschreckt und sie zu ihrem Kammerfenster eilen lassen. »Endlich!«, hatte sie erfreut ausgerufen, als sie die Treppe hinuntergehastet war. Leonhard und seine beiden Freunde waren mit Catharinas Familie vor dem Haus der Eberz eingetroffen.

Die Freude war unbeschreiblich gewesen. Nach nicht enden wollenden innigen Umarmungen, unzähligen Küssen und Lobhudeleien war beschlossen worden, Leonhards Eltern nicht zu wecken. Weil es aber ein Problem gegeben hatte, war es unumgänglich gewesen, zumindest Adelheit aus dem wohlverdienten Schlaf zu reißen. Zu Catharinas großer Freude waren zwei Freundinnen aus St. Gallen mitgekommen, um an der Hochzeit teilzunehmen. Dem Brautpaar war nichts anderes übrig geblieben, als die beiden Mädchen zumindest für den Rest der vergangenen Nacht in Adelheits Kammer unterzubringen. Anschließend hatten sie noch den »Schwanenwirt« und dessen Frau wecken müssen, damit Catharinas Eltern und Brüder ihre Kammern hatten beziehen können. Alles in allem eine aufwändige Aktion, die nicht zuletzt so viel Lärm verursacht hatte, dass andere Herbergsgäste sich beim Wirt beschwert hatten.

Nun war alles wieder in bester Ordnung. Catharinas Vater hatte sich den Wirtsleuten gegenüber großzügig gezeigt und sich noch vor der Morgensuppe bei den anderen Gästen in aller Form entschuldigt. Anschließend hatten sie sich auf den Weg zu den Eberz gemacht, um Leonhards Eltern kennenzulernen.

Auch in Lindau hatte sich die Aufregung schnell gelegt. Als die beiden Geheimbündler zu früher Morgenstunde mit ihrem Gefangenen die Herberge verlassen hatten, war die Maximilianstraße schon vor Menschen übergequollen. Denn kurz zuvor war vom Lindauer Marktmeister der Wochenmarkt eingeläutet worden. Deswegen waren viele Frauen und Männer schon früher als sonst unterwegs gewesen. Und einigen von ihnen hatte nicht gepasst, dass ein augenscheinlich bereits misshandelter Mann in Ketten auf ein Pferd gesetzt worden war, wo er der Gefahr ausgesetzt sein würde, sich den Schädel einzuschlagen. Denn seine Füße waren unter dem Bauch des

Tieres und die Hände hinter dem Rücken des bedauernswerten Kerls zusammengekettet gewesen. Wenn das Pferd gescheut hätte oder durchgegangen wäre, hätte der Gefangene nicht die geringste Möglichkeit gehabt, sich zu schützen. Weil sie dies nicht hatten zulassen wollen, waren etliche aufgebrachte Lindauer auf die beiden Männer losgegangen, in deren Mitte sich der Gefangene befunden hatte. Dabei waren gerade die Frauen nicht zimperlich gewesen und hatten sogar mit teuren Eiern und Gemüse nach den beiden geworfen, während sie lauthals gefordert hatten, den Gefangenen menschlich zu behandeln, egal, was er getan haben mochte.

Nachdem die beiden Reiter drohend ihre Schwerter gezogen hatten, war schnell Ruhe eingekehrt und das eigenartige Trio hatte unbehelligt von dannen ziehen können.

Nun waren die Männer auf dem Weg nach Immenstaad, wo sie voraussichtlich um die Mittagsstunde herum ankommen würden. Vom Weib und den vier Bälgern ihres Gefangenen hatten sie während ihrer bisherigen Reise nichts bemerkt.

Kapitel 37

Wenige Tage später war in Isny für Catharinas und Leonhards Hochzeit alles bestens vorbereitet. Den beiden war es sogar gelungen, Abt Philipp von Stain für die kirchliche Hochzeitszeremonie zu gewinnen. Der Klosterleiter hatte dabei die Gelegenheit genutzt, die beiden ins Gebet zu nehmen und mit ihnen über den Sinn einer Ehe und die Verpflichtungen der beiden gegenüber sich selbst, aber auch gegenüber der Gemeinschaft und Gott zu reden. Weil dem Paar der Sinn ihrer Liebe bereits vor diesem »Stuhlgespräch« klar geworden war, hatten sie zur Freude des Abtes gekichert wie kleine Kinder. »Seid fruchtbar und mehret euch!«, hatte der hohe Geistliche ein Zitat aus der Bibel bemüht, bevor er die beiden nach ein paar Gläschen Wein entlassen hatte.

Nun saßen sie wieder mit schwitzenden Händen vor dem Abt. Dieses Mal allerdings nicht, um sich die mehr oder weniger brauchbaren Ratschläge eines Mönchs anzuhören, der das Keuschheitsgelübde abgelegt hatte. Vielmehr mochten sie mit seiner Hilfe vor Gott den Bund der Ehe eingehen. Die den Heiligen Georg und Jakobus geweihte dreischiffige Hallenkirche erstrahlte im Glanz unzähliger Kerzen. Weil das Brautpaar während des »Stuhlgespräches« einen guten Eindruck hinterlassen hatte, war ihm der Abt in jeder Hinsicht entgegengekommen. So hatte er ein Heer von Ministranten auflaufen lassen. Aber nicht nur das; die heilige Messe zelebrierte er nicht allein, sondern mit zwei weiteren Priestern. Außerdem hatte er auf seine Kosten den begnadeten Organisten aus der Stiftskirche der Reichsabtei von Weingarten kommen lassen. Sicher mochte geholfen haben, dass der Bräutigam der Sohn des Bürgermeisters war und der Vater der Braut dem Kloster eine bemerkenswert hohe Summe gestiftet hatte. Deswegen war es möglich geworden, zum Erstaunen der Hochzeitsgäste ein Fest mit vielen Neuerungen zu feiern, wie es sie bisher wohl kaum irgendwo gegeben hatte. Sowohl der Abt als auch die Familien des Brautpaares waren für Neues offen gewesen wie das Brautpaar selbst. So konnte sich eine Zeremonie entfalten, die ihresgleichen suchte. Die Schließung der heiligen Ehe in einem Gotteshaus bekam seit Jahren zunehmend einen ganz anderen Stellenwert, als dies früher der Fall gewesen war. Und in dieser Hochzeit schien der Wandel nun zu gipfeln, was auch die Einheimischen mit gemischten Gefühlen feststellten. Die Isnyer mochten sich dieses gesellschaftliche Ereignis – immerhin heiratete der Sohn ihres Bürgermeisters, und dazu auch noch eine Ausländerin – nicht entgehen lassen. Deswegen war die Klosterkirche bis auf den letzten Platz besetzt.

Trotz aller Freude schwang insbesondere bei den Eberz etwas Wehmut mit, als der Priester in seiner Predigt auf den Zusammenhalt innerhalb der Familie zu sprechen kam. Denn neben Adelheit fehlte noch jemand bei dieser ergreifenden Feier: Kaspar Eberz war zwischenzeitlich über dem Berg, er hatte es aber leider nicht geschafft, auf seinen immer noch schwachen Füßen mit zur Kirche zu kommen. Als die Hochzeitsgesellschaft in Richtung Kloster aufgebrochen war, hatte er sich zu kraftlos gefühlt, um sie zu begleiten.

Der Mann Gottes war gerade mit seiner ergreifenden Predigt fertig, die es in sich gehabt hatte, sodass fast allen Gästen ein paar Tränen über die Wangen kullerten – insbesondere den tief beeindruckten Frauen.

Da wurde hinter ihnen das schwere Kirchenportal geöffnet.

Weil dies einen gewissen Lärm verursachte, drehten sich sämtliche Köpfe nach hinten. Dort waren im Moment nur schemenhafte Umrisse im eindringenden Licht des Tages zu erkennen. Dann löste sich der unheimliche Schemen und bewegte sich knarzend den Mittelgang entlang in Richtung Altar. Als die Menschen nacheinander erkannten, was da an ihnen vorbeizog, bekreuzigten sich viele.

»Ich hoffe nicht, dass uns da jemand die Hochzeit verderben möchte«, tuschelte Leonhard seiner Geliebten ins Ohr. Catharina hörte nicht zu. Sie war im Begriff aufzustehen, um dem, was sie befürchtete, entschlossen entgegenzutreten. Denn sie mochte sich diesen Tag durch nichts und niemanden verderben lassen. Langsam ging sie an ihren staunenden Verwandten und Freunden vorbei auf das Geknarze zu. Im Kirchengang sah sie ein seltsames Bild vor sich, das ihr die Tränen in die Augen trieb. Die Braut hatte geglaubt, dass sich die gekränkte Herbaria an ihrem Ehrentag rächen wollte, indem sie in der Kirche irgendeinen Schadenszauber vollführte und weitere Verwünschungen aussprach. Aber stattdessen saß ihr Schwiegervater direkt vor ihr auf einer Art Leiterwagen, der von Adelheit und ihrer neuen Liebe gezogen wurde. Als Catharina vor dem merkwürdigen Gefährt stand, beugte sie sich darüber und drückte ihren Schwiegervater vorsichtig an ihr Herz. Mit einem sanften Blick bedeutete sie Carl beiseitezutreten. Dann bedachte sie ihre beste Freundin mit einem ähnlichen Blick, nahm eine Seite des Griffs der kleinen Deichsel in die Hand und zog mit Adelheits Hilfe den auf dicken Strohkissen kauernden und mit einem Schaffell bedeckten Mann bis zur ersten Bankreihe vor, in der seine Frau stand, die nicht mehr an sich halten konnte. Margarethe bückte sich zu ihrem Mann hinunter, um seine Hand zu nehmen, und sie lächelten sich dankbar an. Ein magischer Moment, den der Priester später noch mit dem leicht abgewandelten Bibelzitat »In guten wie in schlechten Zeiten …« bedenken würde.

Nach diesem gefühlvollen Erlebnis hatte sich die eigentliche Trauungszeremonie zu einem Ereignis entfaltet, von der Catharinas Vater beim Verlassen der Klosterkirche gesagt hatte: »Bis zum hüttige Dag han ich nüts Schöneres in minam Leabbe mitarlabbe dürfe!« Dass dabei ein paar Tränen des

Glücks in seinem gepflegten Vollbart verschwanden, konnte der ansonsten knallharte Schweizer Geschäftemacher vor seiner Frau nicht verbergen, die sich ganz eng an ihn schmiegte, als sie direkt hinter dem Brautpaar durch das Spalier begeistert klatschender Menschen gingen.

Kurz darauf zeigte sich die Ratsstube für das frisch getraute Paar und dessen sechzehn Festgäste an diesem ganz besonderen Tag von ihrer besten Seite. Obwohl durch die Butzenscheiben der Fenster genügend Tageslicht in die wunderschön dekorierte Wirtsstube gelangen konnte, brannten auch hier teure Kerzen fast schon verschwenderisch – nicht nur in den beiden großen achtarmigen Leuchtern, die Catharina mit Erlaubnis der Eberz dem Wirt leihweise zur Verfügung gestellt hatte. Auch am von der Decke herunterhängenden »Lüsterweibchen« brannten dicke Stumpenkerzen. Als wenn die engelsgleich geschnitzte Frauenfigur ihren Segen zur Hochzeit geben mochte, streckte sie dem Brautpaar ein Allianzwappen entgegen. Dies zeigte zum einen das Stadtwappen von Isny in Form eines Adlers, dessen Brust ein Wappenschild mit einem Hufeisen zierte, und andererseits einen Bären mit einem Krug in der Pranke.

Normalerweise tagten an der großen runden Hochzeitstafel die Mitglieder der Herrenzunft. Wenn die dicke Tischplatte nicht mit einer Leinendecke belegt gewesen wäre, hätte man die kunstvoll intarsierten Wappen der zur obersten Isnyer Zunft gehörenden Innungen sehen können.

Wegen der Bezeichnung des Gasthauses, in dem sich die Zunftmeister einmal wöchentlich und zwischendurch auch die Meister der dazugehörenden Zünfte mit ihren Gesellen trafen, wurde sie nach Baseler Vorbild auch als »Bärenzunft« bezeichnet.

In der Mitte dominierte eine große, dreistöckige Silberschale, die den halben Tisch in Anspruch nahm. Darauf hatte der Koch das von ihm gebratene und in kleine Portionen zerteilte Wildschwein drapiert. In der obersten Schale darüber lag dessen glänzender Kopf auf einer kleineren Platte mit einem Tannenzweig im Maul. Dazwischen befand sich eine höhere Glasschale, die mit verschiedenen gegarten Gemüsesorten gefüllt war. Vor jedem Festgast stand ein Teller mit Geschirr und einem Stofftüchlein, mit dem man sich den Mund abputzen konnte. Darauf hatte Catharina zum Erstaunen des Wirtes bestanden, als sie das Essen bestellt hatte.

Weil es dazu einen hervorragenden Wein aus der Gegend um Hagnau gab, entwickelte sich unter den achtzehn Feiernden rasch eine beschwingte Unterhaltung. Und zwischen all den gut aufgelegten Menschen saßen zwei, die genau so glücklich waren wie das frisch gebackene Ehepaar. Adelheit und Carl ließen nicht voneinander. Dass Leonhards Vater etwas abseits an einem speziell für Kleinwüchsige und Kinder gedachten Tischchen saß, unter den man den Leiterwagen mit seinen Beinen schieben konnte, tat der guten Stimmung und dem harmonischen Zusammensein nicht den geringsten Abbruch. Alle waren froh darüber, dass es Kaspar Eberz trotz seiner körperlichen Schwäche doch noch gelungen war, sich aufzurappeln, um an der Hochzeit seines Sohnes teilzunehmen. So genoss die Hochzeitsgesellschaft diesen wunderschönen, von Gott gesegneten Tag bis spät in den Abend hinein.

Der Großmeister hatte schon vor geraumer Zeit bestimmt, dass der Bürgermeister von Isny und dessen Assistentin sterben mussten. Darüber wunderten sich die meisten der Verschwörer, die dies inzwischen mitbekommen hatten. Sie waren der Auffassung gewesen, dass neun Menschen sterben mussten, weil das Amulett in den fünfhundertsechs Jahren ihres Bestehens nunmehr zum neunten Mal verschwunden war. Und was lag da näher, als die sieben toten Wegelagerer, die das äußere Zeichen ihres geheimen Bundes gestohlen hatten, zu zählen? Ebenso waren zwei der Ihren gefallen, die man ebenso mit dazuzählen konnte. Wenn der Großmeister die zwei fehlenden Opfer, die ihr Codex forderte, nur wegen eines Schlüssels in der Person des Bürgermeisters von Isny und einer unbedeutenden jungen Frau sah, war dies sicherlich eine Möglichkeit, dem Codex gerecht zu werden. Aber gab es da nicht auch den gefangen genommenen Wegelagerer Sefton Pfanner, um den sich der Obermeister und der Scharfrichter zur Stunde in Konstanz kümmerten und der nach der Behandlung, die ihm gerade zuteil wurde, das achte Opfer werden konnte, ja, sogar musste? Und den letzten der neun Wegelagerer würden sie auch noch zu fassen bekommen! Was also bezweckte der Großmeister damit, zwei absolut unschuldige Menschen umbringen zu wollen? Hatte er sich etwa verrechnet oder …?

Die Antwort war in längst vergangenen Zeiten zu suchen und in der Chronik des Geheimbundes nachzulesen. Denn darin hatte vor einhundertsechsundzwanzig Jahren der damalige Großmeister Friedrich von Freyberg-Eisenberg zu Hohenfreyberg, festgehalten, dass er seinerzeit das von einem gewissen Seyfrid Rotter und seiner Diebesbande entwendete »Magische Amulett« zwar wiederbeschafft hatte, aber das Soll der damals geforderten acht Toten nicht mehr hatte erfüllen können. In seinem Chronik-Eintrag hatte er freimütig eingeräumt, dass »aufgrund widriger Umstände« insgesamt sogar vier Tote zur Erfüllung des Vermächtnisses gefehlt hatten, wenn man seinen Vorgänger Endres von der Linde mitzählte, der bei der Suche ums Leben gekommen war. Er hatte es nicht fertiggebracht, das zu tun, was er hätte tun müssen: entweder die Sache regeln … oder den Geheimbund auflösen! Stattdessen hatte er den Mantel des Schweigens darüber gelegt und sich als glorreicher Wiederbeschaffer des Amuletts und des ebenfalls sechzehn Jahre zuvor verschwundenen »Jiàns« feiern lassen. Weil er bald darauf gestorben war, hatte er nicht mehr die Möglichkeit gehabt, die Scharte auszuwetzen.

Dies war es also, was den Großmeister im Stillen umtrieb und weswegen er nach außen hin manchmal unausstehlich wirkte: Er benötigte nicht nur neun, sondern dreizehn Tote, um den Makel in den Annalen des Geheimbundes für alle Zeiten zu beseitigen und guten Gewissens weiterhin der unantastbare Großmeister des »Gladius Dei« zu bleiben.

Aber das war Zukunftsmusik, denn das Amulett hatte noch nicht wiederbeschafft werden können.

Trotz alledem gab es den Schimmer einer Hoffnung, wieder Ordnung in die Sache bringen zu können. Der Großmeister und der Scharfrichter arbeiteten seit Tagen hart daran, die Wahrheit über den Verbleib des Amuletts und des »Jiàns« ans schummrige Licht eines Konstanzer Folterkellers zu bringen. Die beiden Verschwörer befanden sich in Blasius Gilgs Reich, der bestens ausgestatteten Folterkammer der Konzilstadt, die sich in einem Rundturm des Dominikanerklosters an der östlichen Seefassade befand. Damit die Angst- und Schmerzensschreie der Gefolterten nicht bis zum Refektorium oder zur Straße hinaus gehört werden konnten, befand sich der unangenehm kühle und feuchte Raum im tiefsten Keller unterhalb der Kerkerzellen. Seit Jahrhunderten wurden hier all jene eingesperrt, die sich in Konstanz und Umgebung der Kirche entgegenstellten, meist Ketzer und Hexen. Vom Nikolaustag des Jahres 1414 bis zum 24. März 1415 war hier sogar der böhmische Theologe, Prediger und Reformator Jan Hus eingekerkert worden. Auf Anregung von König Sigismund hatte das Konzil seinerzeit in Konstanz stattgefunden. Um die Einheit des Reiches zu bewahren, hatte Sigismund den Zusammenhalt der gespaltenen Kirche wiederherstellen wollen. Er hatte Jan Hus zwar eine freie An- und Abreise zugesagt und ihm dies sogar mit einem Geleitbrief garantiert, den lästigen Reformator dann aber unmittelbar nach dessen Ankunft in Konstanz gefangennehmen lassen. Seither hatten hier unzählige Häretiker und Teufelsanbeter höllische Schmerzen erleiden müssen, die meist in einem gnädigen Tod ihr Ende gefunden hatten.

In einer dieser düsteren Kerkerzellen wartete derzeit eine der Hexerei bezichtigte Dienstmagd aus Kreuzlingen auf ihren Prozess, dem sicherlich eine »Peinliche Befragung« vorangehen würde. Im Moment allerdings hörte man nicht ihre Schmerzensschreie, sondern das Gewimmer des Mannes, der in der Zelle neben ihr unter lebensunwürdigen Umständen untergebracht war.

»Raus mit dir, du faules Schwein! Es ist wieder so weit! Steh auf!«, bellte der Scharfrichter, der hier sein anderes Gesicht zeigte, das mit dem Blasius Gilg außerhalb des Kerkers nur wenig gemein hatte.

»Also, was ist nun?«

Weil sich Sefton Pfanner aber nicht rührte, gebot der Scharfrichter seinen beiden Knechten, den Delinquenten in die Folterkammer zu bringen, wo er bereits zum dritten Mal gequält werden sollte. Obwohl ihm der Foltermeister vor dem ersten Mal alle Foltergeräte gezeigt und deren Wirkungsweisen bis ins Detail beschrieben hatte, war der Bauer standhaft geblieben. Auch als er zuerst mit Brandeisen, dann auf der Streckbank höllische Schmerzen hatte erleiden müssen, war ihm kein Wort über die verquollenen Lippen gekommen.

Obwohl er bis aufs Blut gequält worden war und nun die Daumenschrauben zu spüren bekam, antwortete er nicht auf die Fragen des Großmeisters, der nur zwei Dinge wissen wollte: »Wo befinden sich das Amulett und das Schwert?«

Nach jeder Frage des Großmeisters drehte sein Peiniger die Schraube an einem anderen Daumen um zwei Umdrehungen weiter. Als nach insgesamt acht Umdrehungen ein besinnungsloser Mann vor ihnen lag, der zu absolut nichts mehr imstande war, empfahl der Foltermeister, ihn vorerst in Ruhe zu lassen, bis er wieder »vernehmungsfähig« sein würde. »Ich behandle seine Blessuren mit einer Salbe und lasse ihm mehr zu essen und zu trinken geben als bisher, dann wird er schon wieder!«, versprach er dem Großmeister. »Und nun lass uns in die Weinstube ›Zum guten Hirten‹ gehen!«

»Das passt ja: Nomen est omen!«, grummelte der Kemptener Buchdruckmeister Bernhard von Huldenfeld angesichts dessen, was sie gerade getan hatten.

»Was sagst du?«

»Nichts! Lass uns gehen!«

Trotz aller Bemühungen des Scharfrichters, der seine ganzen Kenntnisse um die Heilwirkung von Salben, Blättern und Kräutersuden eingesetzt hatte, war Sefton Pfanner eine Woche später immer noch nicht richtig »vernehmungsfähig«.

Dafür hatte sich Kaspar Eberz so weit erholt, dass er mit Hilfe zweier Stöcke zum Amtshaus gehen konnte. Es war höchste Zeit geworden, sich bei seiner Assistentin über den Stand der Organisation des »Münzfestes« zu erkundigen. Kunigunde freute sich, den Bürgermeister in fast alter Frische wiederzusehen. Nach einer herzlichen Begrüßung gab es einen heißen Kräutersud, den Kunigunde zur Feier des Tages mit etwas Honig gesüßt hatte. »Wie geht es Euch?«, mochte sie wissen, als sie ihm den Tonbecher hinstellte.

»Ach, Kunigunde, das hast du mich doch vorhin schon gefragt. Es ist alles wieder in Ordnung. Ich bin nur noch etwas schwach auf den Beinen. Aber es wird schon wieder! Seit die Familie meiner Schwiegertochter nach St. Gallen zurückgereist ist, kümmern sich zwar *nur noch* drei Frauen um mich, aber die tun wirklich alles, was sie können«, scherzte er.

»Das freut mich! Erzählt mir bitte etwas von der Hochzeit! Ich war in der Kirche, es war wunderschön! War das Festmahl im ›Bären‹ ebenso gelungen?«

»Also gut«, winkte Kaspar Eberz den Redefluss seiner Assistentin ab und berichtete von der Traumhochzeit und von seiner neuen Verwandtschaft, mit der er und seine Frau sich bestens verstanden. »Und wir haben in Isny einen jungen Medicus aus Arbon, der sich vielleicht hier niederlassen möchte! Aber das ist noch nicht sicher!«

»Wenn es nicht klappen würde, wäre das sehr bedauerlich! Der alte Medicus ist – wie man hört – zu nichts mehr zu gebrauchen!« Als Kunigunde das sagte, deutete sie eine Trinkbewegung an.

Über die Trinksucht des betagten Arztes betrübt, nickte der Bürgermeister und erläuterte, dass der junge Medicus Carl Bürgli hieß und sich in Adelheit Söllnhoffer, die beste Freundin seiner Schwiegertochter, verliebt hatte. Dabei schaute er nachdenklich drein.

»Das ist ja schön! Aber … Ihr seid betrübt darüber?«

Der Bürgermeister strich sich über seine zu lang gewordenen Haare und begründete seine Bedenken damit, dass die Verliebten *beide* aus der Schweiz stammten und möglicherweise gemeinsam in ihre Heimat zurückkehren würden. Ihm sei aufgefallen, dass alle, auch Adelheit, geglaubt hatten, dass er ein gewöhnlicher Bader sei. »Weil Carl nach dem Festmahl ein paar Gläser Wein intus gehabt hat, war ihm wohl versehentlich herausgerutscht, dass er ein richtiger Medicus ist, der studiert und den Eid des Hippokrates abgelegt hat. Ich habe mitbekommen, dass er nur ausweichende Antworten gegeben hat, als Adelheit mehr über ihn wissen wollte. Ich habe das Gefühl, dass etwas mit ihm nicht stimmt … So, genug geschwatzt! Nun bring mich auf den Stand der Dinge.«

Die gute Seele berichtete in aller Ausführlichkeit, dass sie rund um das »Münzfest« herum fast alles organisiert habe und der 16. Mai von ihr aus kommen könne.

»Sehr gut, Kunigunde! Dann schaue ich jetzt bei Meister Öberer vorbei und informiere mich darüber, ob seine Münzprägewerkstatt komplett eingerichtet ist und er die ersten Münzen für Isny herstellen kann.«

»Ich glaube schon«, gab Kunigunde ihren Wissensstand preis. »Er soll sogar schon zwei Gesellen eingestellt und den jungen Scheerer als Lehrling genommen haben!«

»Den Schorschi? Das freut mich für ihn und seine Familie!« Zufrieden nahm er die beiden Stöcke entgegen, die ihm Kunigunde reichte, und machte sich auf den Weg zum Münzmeister.

»Gott zum Gruße, werter Bürgermeister! Was verschafft mir die Ehre Eures Besuches?« Als Jörg Öberer das Stadtoberhaupt bat, in seine neue Werkstatt einzutreten, war er offenbar gut aufgelegt.

»Ich grüße Euch auch, Meister Öberer!«, entgegnete Kaspar Eberz und kam gleich zur Sache: »Wie sieht es aus? Wenn ich mich hier so umschaue, scheint alles komplett zu sein!«

»Ja! Meine beiden Gesellen warten nur darauf, loslegen zu

können! Jan ist auf die Herstellung von Prägestempeln spezialisiert! Er stammt aus Antwerpen, einer Stadt in …«

»… den Niederlanden!«, wusste der ehemalige Tuchkaufmann wegen seiner alten Handelsbeziehungen zu ergänzen.

»Ja! Jan ist ein hervorragender Ziselierer und Kupferstecher!« Nachdem er seinem Gesellen anerkennend auf die Schulter geklopft hatte, ging er zu seinem anderen Gehilfen, den er als Hubertus vorstellte, der blasenfreie Güsse machen könne wie kein Zweiter. Außerdem habe er die Kraft, um mit »Emmas« Hilfe saubere Münzen prägen zu können. Der Münzmeister deutete auf die schwere gusseiserne Spindelpresse. »Letztlich aber muss hier jeder alles können!«, betonte Öberer, als unter einem der schweren Arbeitstische ein Junge hervorkroch, der den Boden aufgewischt hatte.

»Schorschi! Ich habe schon gehört, dass dich Herr Öberer in die Lehre genommen hat! Respekt! Mach mir und Isny keine Schande, hörst du?«

»Ja, Herr Bürgermeister!«, kam es kleinlaut zurück.

»So, jetzt kennt Ihr meine Arbeiter! Nun schlage ich vor, dass ich Euch die ganze Werkstatt zeige und Euch die einzelnen Arbeitsschritte vom Rohmaterial bis zur fertigen Münze erkläre, bevor wir uns dann in mein Kontor begeben, um uns zu unterhalten! Ich muss Euch etwas zeigen, zu dem ich ein paar Fragen habe!«

Die interessante Betriebsbesichtigung hatte eine geschlagene Stunde gedauert und den Bürgermeister tief beeindruckt. Dabei war ihm eingefallen, dass er dringend mit dem Buchdruckermeister Bernhard von Huldenfeld sprechen musste. Zunächst aber war Kaspar Eberz froh, sitzen zu können. »Ah! Das tut gut!«, gestand er seinem Gegenüber ein, das ihm einen Schnaps hingestellt hatte und nun mit ihm auf eine gute Zusammenarbeit anstoßen mochte. »Gesundheit!«

»Auf den Erfolg! Aber nun sagt mir, über was Ihr mit mir sprechen und was Ihr mir zeigen wolltet!«, drängte der Bürgermeister, der spürte, dass er noch nicht so bei Kräften war, wie er gedacht hatte.

Der Münzmeister zog eine Schublade auf und holte eine in Stoff gewickelte Münze hervor. Nachdem er das interessante Teil ausgepackt hatte, mochte Eberz wissen, was das sei.

»Dies hier ist ein sogenannter ›Münzmeisterpfennig‹!«

»Ihr meint einen ›Raitpfennig‹? Selbstverständlich weiß ich, was das ist! Wegen des merkwürdigen Musters habe ich ihn nur nicht gleich erkannt! Ich dachte, es ist ein Amulett! Es gibt ja Tausende verschiedener Gestaltungsmuster.« Mit dem Rechenbrett oder dem Rechentuch umgehen konnte der ehemalige Kaufmannn, wo ›Raitpfennige‹ als Platzhalter Verwendung fanden.

»Genau das Muster ist es, was mir so imponiert! Nehmt ihn in die Hand und schaut ihn durch dieses Vergrößerungsglas an!«, empfahl der Münzmeister, der von diesem Teil begeistert zu sein schien. »Beschaut Euch auch die Rückseite!«

Nachdem der Bürgermeister mit Hilfe der halbrunden Glaslinse erkannt hatte, was auf dem Avers eingeprägt war, und sie sich eingehend über den toten König und dessen innere Lebensorgane unterhalten hatten, wunderte er sich über das Motiv auf dem Revers.

»Ja!«, entfuhr es Jörg Öberer begeistert. »Das ist ein ›Magisches Quadrat‹, dessen Summe immer fünfzehn ergibt – vertikal und horizontal, aber auch in beiden Diagonalen!«

»Wo habt Ihr das gute Stück her?«, interessierte nun mehr den Kaufmann Kaspar Eberz als den Bürgermeister.

»Das ist eine eigenartige Geschichte!«, eröffnete der gut gelaunte Handwerker. Bevor er fortfuhr, schenkte er seinem Gast noch einen Schnaps ein. »Auf den ›Münzmeisterpfennig‹!«

Von mir aus! Wenn sich das besser anhört, als ›Raitpfennig‹, dachte der Bürgermeister, der nicht erwarten konnte, zu erfahren, woher das Teil stammte. »Also gut: auf den ›Münzmeisterpfennig‹! Und nun sagt mir endlich, woher Ihr ihn habt!«

Jörg Öberer schüttete den Schnaps in einem Zug hinunter. »Den hat mir ein Mann angeboten, als ich auf dem Wochenmarkt in Kempten gewesen bin, wo ich mir an einem Schmuckstand Inspiration für das ›Phylakterium‹ holen wollte, das wir anlässlich des ›Münzfestes‹ an die Besucher verkaufen möchten! Ich musste in die Residenzstadt, um dort in einer Metallgießerei Kupfer-, Zinn- und Bleiplatten sowie etwas Antimonium und andere Grundmaterialien einzukaufen! Weil es eine gewisse Zeit gedauert hat, bis die ganzen Metallplatten in Kisten verpackt und auf mein Fuhrwerk geladen waren, habe ich mich auf dem Markt vor der Benediktiner-Stiftskirche umgesehen und bin dabei auf den Stand eines Silberschmieds aufmerksam geworden! Da muss mich der Mann beobachtet haben, der mich angesprochen und mir dieses Stück angeboten hat! Es war ein großgewachsener und hagerer Kerl, hat geschwitzt wie ein Ochse und sich ständig ängstlich umgeschaut! Als er mich in eine Seitengasse gezogen hat, um mir die Münze zu verkaufen, ist mir klar geworden, dass er Dreck am Stecken haben musste. Ich hatte das Gefühl, dass er sie schleunigst loswerden wollte. Er hat mir das Teil hier zu einem lächerlichen Preis angeboten, wahrscheinlich, weil er keine Ahnung davon hatte!«

Bevor Eberz nach der Summe fragen konnte, packte ihn der Münzmeister am Arm und sagte in verschwörerischem Ton: »Aber das ist noch nicht alles!« Er stand auf und holte ein Schwert, das er vor dem Bürgermeister aus der Scheide zog.

»Was ist das denn für eine eigenartige Waffe?«, fragte Eberz und bekam zur Antwort, dass der Verkäufer nichts dazu hatte sagen können. »… Hauptsache, ich habe dieses wundervolle Stück ebenfalls für einen guten Preis bekommen!«

Während der Bürgermeister die edle Waffe ganz genau betrachtete, hakte er nach, woher der Verkäufer stammte.

»Das weiß ich nicht! Ich kann mich nur noch daran erinnern, dass er nach Stall gestunken hat!«

»Ein Bauer, der ein solch wertvolles Schwert zu verkaufen hatte?«

Der Bürgermeister dachte nach und ihm kamen unversehens die Überfälle auf der Tobelbrücke in den Sinn.

Jörg Öberer ergänze: »Direkt nach dem Handel ging er zu einer Frau, die gesagt hat, dass sie nun aber wieder nach Moskarit – oder so ähnlich – zurückmussten.«

»Nach Motzgatsried vielleicht?«

Der Münzmeister zuckte mit den Schultern. »Vielleicht!«

Nachdem sie die Identität des geheimnisvollen Bauern nicht würden ergründen können, besprachen sie alles andere, was das bevorstehende »Münzfest« betraf. »Weil ich ja erst ab dem 16. Mai offiziell Silbermünzen prägen darf, werde ich die Zeit nutzen und die ›Phylakterien‹ prägen, die von Seiten der Stadt aus als Eintrittszulassungen zum Fest verkauft werden könnten!«

»Schafft Ihr das?«

Nun musste der Münzmeister grinsen. »Glaubt Ihr, ich bin ein Narr? Selbstverständlich haben wir bereits«, er hob einen Zeigefinger, »den Prägestempel fertiggestellt! Da Ihr ja an das Krankenlager gefesselt wart und ich nicht länger warten konnte, habe ich – Euer Einverständnis vorausgesetzt – die Muster auf diesem ›Münzmeisterpfennig‹ so akribisch nachgeformt, dass das geschulte Auge keinerlei Unterschied zum Original erkennen wird! Das heißt, dass ich – solltet Ihr damit einverstanden sein – schon morgen mit den Prägungen beginnen könnte! Wir müssten nur noch den Verkaufspreis festlegen, damit ich das Material bestimmen kann! Zudem kann ich

Euch die ersten Entwürfe für Heller, Pfennige, Kreuzer, halbe und ganze Batzen, Groschen, Drittel-, Halb- und Ganzgüldener vorlegen. Sobald wir davon die Stempel gemacht haben, können wir das neue Isnyer Zahlungsmittel schlagen.«

»So, wie ich Euch kennengelernt habe, sind nicht nur die Entwürfe fertig. Stimmt's?«

Weil sich der Münzmeister ertappt fühlte, schaute er wie ein geprügelter Hund drein.

Von der Tatkraft des Münzmeisters tief beeindruckt, blieb dem Bürgermeister nichts anderes übrig, als zustimmend zu nicken. »Gut! Sehr gerne sehe ich mir alles an! Lasst uns zuvor aber noch die Sache mit dem ›Phylakterium‹ zu Ende besprechen! Wenn ich es richtig verstanden habe, prägen wir diesen ›Raitpfennig‹ eins zu eins nach. Wie bei unserem Muster, wird ein Loch durchgeschlagen, damit es sichtbar um den Hals getragen und als Zulassung für die Feierlichkeiten erkannt werden kann!«

»Ja!«, freute sich der Münzmeister so laut, dass seine Leute in der Werkstatt aufschreckten. »Es ist dann ein ›Magisches Amulett‹ mit einem ›Magischen Quadrat‹ auf einer Seite!«

»Es wäre gut, wenn wir das identische Material verwenden könnten! Aus was besteht denn unser Musterexemplar?«

»Wahrscheinlich aus Bronze! Aber das prüfe ich noch ganz genau! Jedenfalls habe ich sämtliche Grundstoffe hier, um die Rohlinge aus derselben Metalllegierung, die aus Kupfer und Zinn besteht, herzustellen!«

»Interessant! … Wenn jetzt auch noch der Preis stimmt, sind wir im Geschäft!«, freute sich der Bürgermeister und reichte dem Münzmeister die Hand. »Übrigens: Ich heiße Kaspar!«

»Und ich Jörg! Darauf trinken wir noch einen!«

Während das Familienoberhaupt einen Schnaps nach dem anderen kippte, herrschte bei ihm zu Hause schlechte Stimmung. Adelheit hatte es keine Ruhe gelassen, was Carl in seinem Suff während der Hochzeitsfeier von sich preisgegeben hatte.

»Warum hat er mir verschwiegen, ein Medicus zu sein, und sich stattdessen als einfacher Bader ausgegeben?«

»Weißt du was? Lass den Herrn Medicus doch einfach hierherkommen und stell ihn zur Rede!«, empfahl Catharina. Obwohl sie sich die Freude an ihrem Glück nicht nehmen lassen mochte, war es ihr wichtig, den Gemütszustand ihrer arg enttäuschten und ratlosen Freundin ins rechte Lot zu bringen.

»Aber ich liebe ihn doch von ganzem Herzen!«, seufzte Adelheit und legte ihren Kopf auf die Schulter ihrer Freundin.

»Ich weiß!« Catharina streichelte über Adelheits Haare. »Und ich bin mir ziemlich sicher, dass er dich auch liebt! Sprich mit ihm und gib ihm die Möglichkeit, es dir zu beweisen!«

Weil Adelheit stets auf ihre Freundin hörte, hatte sie sich gleich auf den Weg zur Klosterherberge gemacht, um Carl zur Rede zu stellen. Aber sie traf ihn weder dort, noch in der Schenke an. Enttäuscht wollte sie gerade wieder zum Haus der Eberz zurückgehen, als sie ihren Geliebten aus den Stallungen kommen sah. Sie wusste selbst nicht, weshalb sie dies tat; aber anstatt gleich auf ihn zuzugehen, beobachtete sie, wie er das Gelände verließ und zwischen den beiden Kirchen zur hinteren Klostermauer nach oben ging, während er sich unruhig umblickte. Was hat er denn dort oben im Wald zu suchen, überlegte sie, während sie ihm in sicherem Abstand folgte. Plötzlich schien ihr Geliebter wie vom Erdboden verschluckt. Sie beschloss, sich durch das dichte Gebüsch zu arbeiten und dabei zu riskieren, dass ihre Gewandung zerriss – was sie dann auch schnell tat. Außerdem zog sie sich einige Kratzer im Gesicht zu. Ohne sich davon aufhalten zu lassen, schob sie einen Ast nach dem anderen beiseite, um vorwärtszukommen. Gelegentlich blieb sie kurz stehen und lauschte. Aber außer einem Rascheln, das sie dem aufkommenden Wind zuordnete, war nichts zu hören. Soll ich nach ihm rufen?, grübelte sie nicht nur einmal, ließ es jedoch sein. Carls ganzes Verhalten kam ihr mittlerweile so merkwürdig vor, dass sie ergründen mochte, was dahintersteckte. Nachdem sie sich ungefähr zweihundert Fuß an der Klostermauer entlang durch den Bewuchs gekämpft hatte, stand sie vor einer Wiese, zu deren rechter Seite sie Teile der Klostergebäude sehen konnte. Weil von Carl weit und breit nichts zu sehen war, kehrte sie um. Nach etwa siebzig Fuß blieb sie stehen. Direkt vor ihr raschelte es im Gebüsch, und zwar so heftig, dass es nicht der Wind sein konnte.

Kapitel 38

Dem Bauern aus Maierhöfen ging es inzwischen wieder so »gut«, dass er erneut vernommen werden konnte. Und dieses Mal – so zumindest hatte es sich sein Peiniger vorgenommen – würde er alles sagen, was der Großmeister hören wollte.

Um von Anfang an den alten Schmerz wieder aufzugreifen, legte Blasius Gilg seinem Opfer die von ihm erfundenen

Fingernagelschrauben an, in die er gleich vier Finger auf einmal stecken konnte. Ebenso quetschte er ihm die Daumen erneut und setzte ihn zudem auch noch auf das sogenannte »Ross« – ein Holzgestell in Form eines Pferdes, das anstelle eines Sattels einen spitzen Rücken hatte, der sich immer tiefer zwischen die Gesäßbacken des »Reiters« grub.

»So«, sagte der Scharfrichter gelassen. »Jetzt schauen wir, ob uns etwas einfällt, das dich endlich zum Sprechen bringt!«

Bei der »Maulbirne« drückten die vier Flügel Drehung für Drehung nach außen, sodass es dem Delinquenten den Mund im wahrsten Sinne des Wortes aufriss. Durch unterdrückte Schreie und dementsprechende Gesten bedeutete er nun doch noch, alle Fragen beantworten zu wollen.

»Lass mich auch noch die Fingerschrauben abnehmen und ihn ›absitzen‹!«, sagte Blasius Gilg und hob den armen Kerl vom »Ross«.

Der Großmeister bot dem Gefolterten an, ihm zur Kräftigung einen Becher Wein hinzustellen. »Aber wer soll ihn dir einflößen?«, fügte er menschenverachtend hinzu.

Während der sich vor Schmerzen krümmende Bauer ständig versuchte, sich ein Tuch vor den blutenden Mund zu halten, und dabei nicht wusste, wie er dies mit seinen ebenfalls schmerzenden und provisorisch verbundenen Händen bewerkstelligen sollte, drangen die ersten Fragen auf ihn ein, die er – in der Hoffnung, nicht mehr gemartert zu werden – nur allzu gerne beantwortete. Wenn sich dies auch äußerst beschwerlich gestaltete, erfuhr der Großmeister endlich, was er wissen wollte.

»Ich halte also fest, dass der Anführer eurer Räuberbande Egid Sobel heißt und wie du, ebenfalls ein Landmann ist!«

Der Bauer schüttelte den Kopf. Wegen der fehlenden Zähne tat er sich schwer, ein »Z« zu formen.

»Ah!« Der Großmeister hatte verstanden, dass der Gesuchte mit Nachnamen Zobel hieß.

»Er wohnt in Motzgatsried? Wie? Wo finde ich dieses Nest?«

Nachdem der Großmeister sich die Beschreibung des Gesuchten hatte geben lassen, war er zufrieden. Die Fratze desjenigen, der ihn bei ihrer ersten Zusammenkunft auf der Brücke misshandelt hatte und beim zweiten Mal feige abgehauen war, hatte sich ohnehin in sein Gedächtnis eingebrannt – er würde ihn jederzeit wiedererkennen. Das Wichtigste aber war, dass er nun wusste, wo sich das »Magische Amulett« und das »Jiàn« befanden. »Bring ihn zum hiesigen Sezierraum und überlass ihn einem unserer Scholaren!«, ordnete er dem Scharfrichter an, weil er sich nicht selbst die Hände schmutzig machen wollte. Obwohl er während der Befragung nur zwei Becher Wein getrunken hatte, fühlte er sich wie in einer anderen Welt, vor seinem geistigen Auge tanzte das Amulett mit dem Schwert, alles schien sich zu drehen. Beschwingt stand er auf und umarmte den Scharfrichter, der gerade zur rechten Zeit nach Konstanz zurückgekehrt war, weil er geahnt hatte, dass ihn der oberste Richter ansprechen würde. Um was es ging, hatte ihm sein Knecht nicht sagen können. Für den Scharfrichter konnte dies nur bedeuten, dass er sich nun um die Hexe kümmern musste.

Wenn es der Großmeister auch nicht erwarten konnte, in Begleitung einiger seiner Mitverschwörer nach Motzgatsried aufzubrechen, um dort das Eigentum seines geheimen Bundes zurückzuholen und den Dieb zu bestrafen, würde er erst am folgenden Tag zurückreiten. Zuvor mochte er mit Blasius Gilg den »Sieg der Gerechtigkeit« in einer der vielen Konstanzer Weinschenken feiern.

Nach einer beinahe herzlichen Verabschiedung rief er seinem Mitverschwörer zu, dass er bald eine Zusammenkunft einberufen werde. »Bis dann, mein Freund!«

Kapitel 39

ADELHEIT HATTE SICH gehörig erschrocken. Einen Augenaufschlag nachdem sie direkt vor sich ein heftiges Rascheln im Gebüsch vernommen hatte, war sie unversehens mit einer Rotte Wildsauen zusammengestoßen. Weil sich die Tiere vor dem Störenfried zwar ebenfalls erschrocken, sich aber nicht angegriffen gefühlt hatten, waren sie abgehauen, ohne einen nennenswerten Schaden angerichtet zu haben. Bei ihrer Flucht hatten sie das menschliche Hindernis lediglich umgerannt. Hätte eine der Bachen Ferkel dabei gehabt, wäre die Sache wohl nicht so glimpflich ausgegangen. Die junge Frau hatte Glück gehabt und zu den Kratzern nur noch ein paar zusätzliche Schrammen bekommen. Von dem Schrecken und den Verletzungen entmutigt, hatte sie sich davongemacht.

Weil sie in ihrer sorgenvollen Eile nur stur geradeaus geschaut hatte, war ihr entgangen, dass sie – nur durch Buschwerk getrennt – direkt an dem kleinen Gang vorbeigehastet war, der zum Sezierraum führte, in dem sich Fronica gerade mit Carl über ihr weiteres Vorgehen unterhalten hatte. »Du weißt, dass der Großmeister wünscht, den Bürgermeister und das Mädchen zu opfern?« Dies war weniger eine Frage von Fronica als eine Feststellung gewesen.

»Du meinst Kunigunde, die Assistentin des Bürgermeisters?« Bei dem Gedanken daran war Carl übel geworden.

Weil dies nicht nur dem Medicus nahegegangen war, hatte Fronica betrübt genickt. »Und dies nur wegen des Schlüssels, den die Bürgermeister von Isny seit Jahren in ihrer Amtsstube verwahren, ohne überhaupt zu wissen, in welches Schloss er passt!«

Carl war darüber erleichtert gewesen, dass seine ansonsten eiskalte Mitverschwörerin offensichtlich ähnlich gedacht hatte wie er. Deswegen war er ihr gegenüber offener geworden: »Das ist doch der reinste Wahnsinn! Weder Kaspar Eberz noch das Mädchen können etwas dafür!«

Fronica hatte keinen Hehl aus ihrer Abneigung gemacht, immer wieder unschuldige Menschen zu opfern. »Weißt du, Carl, ich sehe ein, dass diejenigen sterben müssen, die etwas mit unserem Amulett zu tun haben, wenn es gestohlen wird oder auf eine andere Art verschwindet. Das ist unser Codex! Und wenn sie auf dem Seziertisch liegen, dienen sie wenigstens der Wissenschaft – denn die Aufzeichnungen der vielen Leichensezierer in unseren Reihen sind inzwischen mehr als Geld und ein paar Leben wert und …«

»… wenn unser Großmeister den Amulettdieb zum Sprechen gebracht hat, wird bei ›Gladius Dei‹ alles wieder seinen alten Gang gehen. Dann wird er in seiner Offizin ein Lehrbuch daraus machen, ich weiß!«, hatte Carl die Baderin unterbrochen.

»Dann gibt es immer noch einen, den er zu fassen bekommen muss!«, hatte sie Carls Vorfreude auf das Buch gebremst.

»Sag mal, was tust du da eigentlich die ganze Zeit über?«, hatte Carl wissen wollen und von Fronica zur Antwort bekommen, dass sie aufräumen würde, weil sie Isny verlassen und morgen wieder nach Bregenz zurückgehen würde.

»*Was tust du?*«

»Du hast schon richtig gehört, ich reite morgen nach Hause! Ich kann nicht länger abwarten, bis wir das Amulett mitsamt dem ›Jiàn‹ zurückhaben und unsere Mission hier in Isny beendet ist!«

Carl war entsetzt gewesen. Angst war in ihm hochgekrochen. »Du drückst dich davor, den Bürgermeister und …«

»Nein!«, hatte Fronica entschieden abgewehrt. »Ich möchte dich nicht im Stich lassen und dir diese Bürde auferlegen, aber ich muss wirklich zurück!«

»Weiß das der Großmeister?«

Fronica hatte genickt. »Selbstverständlich! Ich kann doch nicht einfach abhauen, ohne ihm Bescheid zu geben! Bevor er nach Konstanz geritten ist, habe ich ihn darüber informiert!«

»Und?«

»Er war nicht gerade begeistert, aber er hat mir erlaubt zu gehen.«

»Ich wäre froh, wenn wir alles hinter uns hätten, damit ich ein neues Leben anfangen kann!«, hatte Carl geseufzt und eingeräumt, dass er allerdings nicht wisse, wie er dies ohne Adelheit an seiner Seite bewerkstelligen solle.

»*Du* kannst jetzt aber nicht weg!«, hatte Fronica die Gedanken des liebestraurigen Mannes erraten und ihm erklärt, dass nicht sie, sondern der Großmeister bestimmt habe, dass er sich um Eberz und dessen Assistentin »kümmern« müsse.

»Wie … Wie meint er das?«

Fronica hatte mit den Schultern gezuckt und ihm tief in die Augen gesehen. »Wie wohl?«

Carl war der kalte Schweiß auf der Stirn gestanden.

Im Haus der Eberz' angekommen, hatte Adelheit sich heimlich in ihre Kammer schleichen wollen, um sich zu waschen, die Blessuren zu versorgen und sich neu zu gewanden. Aber wie es der Teufel gewollt hatte, war sie im Flur direkt in Catharinas Arme gelaufen.

»Um Gottes willen! Was ist denn mit dir geschehen?« Die Ältere der beiden war entsetzt.

Nachdem Catharina die Ausflüchte ihrer Freundin nicht hatte gelten lassen, war Adelheit nichts anderes übrig geblieben, als offen und ehrlich zu berichten, was vorgefallen war.

»Und du hast Carl nicht gefunden? Bist du sicher, dass er dort hochgegangen ist? Was hätte er denn hinter dem Kloster zu suchen gehabt?« Weil Catharina sicher war, dass sich ihre Freundin getäuscht hatte, der Sache aber dennoch auf den Grund gehen mochte, schlug sie vor, dass Adelheit sich waschen und neu gewanden solle. Sie selbst würde diese Zeit nutzen, um den Medicus zu suchen und hierherzubringen. »Während er deine Schrammen behandelt, können wir ihn ausfragen! Na, was sagst du?«

Obwohl es Adelheit bei dem Gedanken nicht unbedingt wohl war, Carl in ihrem Zustand entgegenzutreten, und sie sich davor scheute, ihm heikle Fragen zu stellen, nickte sie.

»Ich muss mit dir reden!«, sagte Leonhard wenig später zu Catharina und hielt sie am Armgelenk fest, als sie an ihm vorbeihuschen wollte.

»Jetzt nicht, mein Geliebter! Ich muss Adelheit in der Stunde der Not beistehen!«, antwortete sie und gab ihm ein Küsschen. »Um was geht es denn?«

Leonhard druckste ein bisschen herum, bevor er bemerkte, dass er es ihr nicht zwischen Tür und Angel sagen mochte. »Heute Abend bei einem Becher Wein im ›Schwanen‹?«

»Au ja! Das ist ein guter Gedanke!«, freute sich Catharina. »Kann ich Adelheit mitbringen?«

»Nein!«, kam es so entschieden zurück, dass Catharina erschrak. »Was ich dir zu sagen habe, geht nur uns etwas an! Bis später!« Kaum hatte er dies ausgesprochen, hangelte er sich den Handlauf die Treppe hinunter und sie hörte die Tür ins Schloss fallen.

Später kam Catharina mit Carl im Schlepptau zurück, sie hatte ihn auf dem Weg zu seiner Herberge aufgespürt. Sie rief nach Adelheit, die sich inzwischen zwar gewaschen und mit Rosenöl eingeduftet, aber noch nicht neu gewandet hatte.

»Ich komme gleich!«

Es sollte noch ein Weilchen dauern, bis Adelheit in ihrer ganzen Schönheit vor Catharina und Carl stand. Und der war von diesem Anblick zwar entzückt, gleichzeitig aber hatte er sich erschrocken. »Was ist denn mit dir passiert? Lass mal sehen!«

»Frag nicht!«, mischte sich Catharina forsch ein. »Behandle einfach ihre Wunden!«

Sie saßen im sogenannten »Ofenzimmer« des jungen Ehepaares Eberz, das Leonhard ganz besonders liebte, weil er es zusammen mit Catharina eingerichtet hatte, *ohne* dass seine Mutter sich eingemischt hatte. Leonhard war nicht da, und gegen die beiden Frauen hätte er Carl auch nicht beistehen können, wenn er anwesend gewesen wäre.

Weil Carl wusste, dass es erklärungsbedürftig war, was er bei der Hochzeitsfeier im »Bären« von sich gegeben hatte, rutschte er unruhig auf der Bank herum. Und weil Adelheit klar war, dass nun die Stunde der Wahrheit gekommen war, spielte sie fahrig mit ihrem Spitzentüchlein.

Um der angespannten Situation zu entkommen und den

bei Adelheit tief sitzenden Spreißel herauszuziehen, ergriff Catharina des Wort: »Mein lieber Carl …«

Der junge Mann zuckte zusammen. »Ja?«

»Wir haben nur drei Fragen an dich! Erstens: Weswegen hast du uns verschwiegen, dass du ein ordentlicher Medicus und nicht nur ein gewöhnlicher Bader bist?«

»Darf ich …«

»Schweig!«, fuhr Catharina so schroff dazwischen, dass auch ihre Freundin zusammenzuckte. »Zweitens: Warum verhältst du dich seit der Hochzeit so eigenartig und lässt dich nicht mehr bei Adelheit blicken?«

Als Carl erneut antworten wollte, brauchte sie nur noch die Hand zu heben, um ihre dritte Frage stellen zu können: »Und was hast du heute alles gemacht, wo bist du gewesen?«

Bei den ersten beiden Fragen war dem Medicus mehr als unwohl geworden, bei der dritten hatte es ihn so gepackt, dass ihm schlagartig der Schweiß aus allen Poren schoss. Dennoch musste er sich zusammennehmen. Obwohl er seiner Geliebten ins Gesicht lügen würde.

»Und? Wir warten.« Catharinas Ton hatte sich verschärft. Dabei ging es ihr nicht darum, sich wichtig zu machen und Carl unnötig zu malträtieren. Aber sie wusste, dass ihre Freundin zu gutmütig war, um ihren Geliebten zur Rede zu stellen. Und sie wusste ebenso, dass Adelheit den Mann sofort verlassen würde, wenn sie ihm nicht mehr trauen konnte. Weil Catharina ihn mochte und sie ihrer Freundin das bisschen Glück gönnte, musste sie dies mit aller Macht verhindern. Während sie auf die erste Antwort wartete, betete sie im Stillen zu Gott, dass er ihm die richtigen Worte einflüstern möge.

Carl berichtete den beiden in ausschweifenden und glaubwürdigen Worten, dass er lediglich zu bescheiden sei, um damit zu prahlen, ein Medicus zu sein. »Außerdem habe ich noch viel zu wenig Erfahrung als Arzt und Angst, wenn ich zu einem Patienten gerufen werde!«

»Aber Leonhards Vater hast du doch nicht nur geholfen, sondern ihm sogar das Leben gerettet! Da hast du eindrucksvoll gezeigt, dass du ein guter Medicus bist«, entgegnete Adelheit. Das Vertrauen, das Carl spürte, ließ ihn gelassener werden, sodass er sich eine glaubwürdige Beantwortung der zweiten Frage zurechtlegen konnte. Dann aber kam die dritte Frage: »Was ich heute getan habe? Ganz einfach: Ich bin zur kühlen und feuchten Rückseite des Klosters gegangen und habe dort Heilkräuter gesucht! Den Kaltauszug aus Moos kann man gurgeln, das hilft bei Entzündungen der Mandeln … und sogar bei Zahnschmerzen. Man kann es aber auch bei Magen- oder Darmproblemen zur Anregung des Appetits als heißen Sud zu sich nehmen! Das schmeckt zwar etwas bitter, hilft aber auch bei Erschöpfungszuständen und Infektionskrankheiten. Soll ich noch mehr …«

»Schon gut, schon gut!«, wehrte Catharina lachend ab. »Ich glaube dir!«

»Und mir tut es unendlich leid, dass ich dir misstraut habe und dir heimlich gefolgt bin!«, brach es aus Adelheit heraus, während sie aufstand und auf ihn zuging, um in seine Arme genommen zu werden.

Aha, daher weht der Wind, dachte Carl, dem trotz seines offenkundigen Sieges nicht wohl war.

Catharinas Vater kam herein, der ihn mit einem kräftigen Handschlag begrüßte, während er ihm mit der anderen auf die Schulter klopfte. »Schön, dich zu sehen, Carl! Wie geht es dir?«

»Äh! Gut, Herr Bürgermeister!«

Nun musste der Hausherr lachen. »Kaspar! Ich heiße Kaspar! Bei der Hochzeit sind wir per Du geworden! Weißt du das nicht mehr?«

»Doch, schon! Aber der Alkohol …«, antwortete Carl, der sich in diesem Moment nichts Schlimmeres ausmalen konnte, als sich nett mit »Kaspar« unterhalten zu müssen. Er durfte gar nicht daran denken, was ihm der Großmeister abverlangte.

»Wenn du Zeit hast, würde ich gerne mit dir über die Stelle des Stadtarztes sprechen, die wohl bald vakant werden wird! Na, was hältst du davon?«

Als er dies hörte, war Carl moralisch ganz auf dem Boden.

Zur abendlichen Stunde hatten sich die Handwerksmeister am runden Tisch des Gasthauses »Zum Schwarzen Bären« um ihren Obermeister Mattheiß Trimmel geschart. Der Grund für ihre außerordentliche Zusammenkunft war ihre dritte Besprechung der Feierlichkeiten anlässlich der Münzrechtsverleihung in zwei Wochen. Deswegen hatte Trimmel zu diesem Treffen auch den Münzmeister Jörg Öberer dazugeladen, obwohl der noch nicht »zünftig« war und folglich nicht zu ihnen gehörte. Dies würde sich ändern, wenn er erst einmal das Aufnahmeritual hinter sich gebracht hatte, das er wegen der Arbeiten am Fest-Phylakterium immer wieder hatte verschieben müssen. Weil die Feinarbeiten bei der Formherstellung des Amuletts äußerst schwierig gewesen waren und eine peinliche Genauigkeit erfordert hatten, war diese Arbeit am Meister selbst hängengeblieben.

Zur selben Zeit saßen Leonhard und Catharina Eberz in der Klosterschenke »Zum Schwanen« und unterhielten sich mit Korre Bechter, der die beiden seit der Abreise von Catharinas Familie nicht mehr gesehen hatte. Deswegen nutzte der

Wirt die Möglichkeit, um sich nach dem Hochzeitsmahl zu erkundigen: »Seid ihr mit dem Essen zufrieden gewesen oder war etwas nicht in Ordnung?«, fragte er unumwunden, während er die Reaktion seiner beiden Gäste genau beobachtete.

»Es war einfach nur ein Traum!«, antwortete Catharina, um dem offensichtlich etwas neidischen Konkurrenten des »Bärenwirts« den Wind aus den Segeln zu nehmen.

»Meine Frau hat recht! Das Essen und die Atmosphäre waren etwas ganz Besonderes!«, schob Leonhard nach, der Catharinas Ansinnen sofort bemerkt hatte.

»Ich muss mich wieder um die anderen Gäste kümmern«, knurrte der sowieso als »Muhhagel« bekannte Wirt, ohne gefragt zu haben, ob Catharinas Verwandtschaft mit der Unterkunft zufrieden gewesen war. Er ging zum Nebentisch, um dort ein Lob einzuheimsen: »Ist das Bier kalt genug?«

»Na, endlich!«, stöhnte Catharina, als Korre weg war. Sie konnte es nicht mehr erwarten zu erfahren, was Leonhard ihr mitteilen mochte und was so wichtig war, dass er es ihr nicht schon am Nachmittag hatte sagen können.

Aber anstatt ihr darzulegen, was ihn umtrieb, hob Leonhard den Becher. »Auf unsere Liebe!«

»Traust du dich nicht, mir etwas zu beichten?«, fragte Catharina, die das Gefühl hatte, dass es Leonhard schwerfiel, mit seiner Neuigkeit herauszurücken. Dennoch hob auch sie ihren Becher. »Auf unsere Liebe und auf unsere Zukunft!«

»Das ist ein gutes Leitwort!«, ergriff Leonhard die Gelegenheit, um ihr von einem grandiosen Angebot zu erzählen, das er erhalten hatte.

Während Catharina sich einigermaßen beruhigt hatte und sich die beiden zwei weitere Becher Wein lang unterhalten hatten, ging im »Schwarzen Bären« die Tür auf und der Bürgermeister betrat die Gaststube.

»Na, endlich, Kaspar!«, rief ihm der unruhig gewordene Trimmel von seinem Tisch aus entgegen. Die Zunftmeister interessierte brennend, was es mit diesem ominösen Amulett auf sich hatte, von dem an den Biertischen der Stadt bereits getuschelt wurde, obwohl niemand auch nur annähernd wusste, um was es dabei ging. Und der Münzmeister hatte sich sowieso nicht getraut, ohne das Beisein des Bürgermeisters vorzupreschen.

»Guten Abend, die Herren! Entschuldigt bitte! Aber ich hatte noch ein Gespräch mit einem jungen Arzt, den ich gerne zum Stadtmedicus bestallen würde!«

»Das ist gut! Es wird höchste Zeit, dass unser versoffener Kohler aus seinem Amt gejagt wird!«, schimpfte einer der Handwerksmeister, dessen Frau in den Armen des Arztes verstorben war. Damit löste er bestätigendes Kopfnicken aus.

»Er heißt Carl Bürgli und stammt aus Arbon«, ergänzte Kaspar Eberz.

»Ein Schweizer also! Soso!«

Der Bürgermeister nickte und berichtete den anderen, dass der junge Medicus leider nicht so richtig »ziehen« würde. »Aber wir haben uns nicht getroffen, um über einen neuen Medicus für Isny zu reden! Das ist zunächst Sache des Rates, der übrigens den hervorragenden Gedanken unseres neuen Münzmeisters in Bezug auf das ›Phylakterium‹ bei der letzten Ratssitzung einstimmig abgesegnet hat!«

»Das kann ich bestätigen«, sagte Fritz Zeller, der bullige ›Bärenwirt‹, der in diesem Moment frisches Bier an den Tisch brachte. Zum Münzmeister gewandt sagte er: »Respekt, Herr Oberer! Leute mit solch guten Gedanken könnten wir mehr in Isny gebrauchen.«

»Schon gut, Fritz!«, unterbrach der Bürgermeister den aufkommenden Redeschwall seines redseligen Ratskollegen, um selbst wieder das Wort zu bekommen: »Es freut mich, dass Meister Öberer unter uns ist! Denn er muss das Vertrauen der ganzen Stadt genießen, wenn er Münzen für uns prägt! Meine Herren: Über Isny wird eine neue Zeit hereinbrechen!«

Nachdem er dies gesagt hatte, klopften alle auf die Tischplatte und erhoben ihre frisch gefüllten Zinnkrüge, auf deren Deckel jeder sein eigenes Zunftzeichen und seine Initialen einpunziert hatte. »Auf Isny!«, riefen sie im Chor. Dadurch machten sie andere Gäste auf sich aufmerksam, von denen einige das Geschehen am runden Tisch interessiert beobachteten.

Nachdem der Münzmeister sich und sein Tun vorgestellt hatte, erhob sich der Zunftobermeister und bot Jörg Öberer das »Du« an: »Ich bin der Mattheiß! Und du?«

Nach dieser Respektsbekundung mochte Mattheiß endlich wissen, wie der neue Münzmeister von Isny das Phylakterium plante.

»Jetzt bist du dran, Jörg!«, gab der Bürgermeister die Frage direkt an seinen Neubürger weiter.

Jörg Öberer wäre nicht Jörg Öberer gewesen, wenn er nicht mit einer Überraschung für den Bürgermeister aufgewartet hätte.

Mit einem siegessicheren Lächeln griff er in seine Jackentasche und holte ein zusammengeknotetes Tuch hervor, das er behutsam aufband und auf den Tisch legte.

»Du hast schon …«

»Ja! Ich habe mir erlaubt, für euch ein paar Amulette vorab zu prägen, sozusagen zur Probe für mich und zur kritischen Begutachtung für euch!«, kam Jörg dem Bürgermeister mit einem schelmischen Grinsen zuvor. Dann nahm er die an Lederriemen hängenden Taler vom Tisch und drückte zuerst Kaspar, dann jedem anderen Handwerksmeister ein Exemplar in die Hände. Zwar auf die Antworten gespannt, aber gelassen, lehnte er sich zurück, um die Reaktionen abzuwarten.

Die Männer waren über diese unverhoffte Gabe so erstaunt, dass sie zunächst nichts sagen konnten. Zudem waren sie intensiv damit beschäftigt, das Motiv auf dem Amulett zu betrachten. Immer und immer wieder ließen sie es durch ihre Finger gleiten.

Endlich kam das innig erhoffte Lob des Ersten, dem eines nach dem anderen folgte. Nachdem ihnen der Münzmeister das »Magische Quadrat« erklärt hatte, waren sie allesamt erstaunt … und erfreut. Und als ihnen der Bürgermeister auch noch den Sinn des Ganzen unterbreitet hatte, schien die Begeisterung kein Ende nehmen zu wollen. Ebenso die Runden Bier, die nun folgen sollten.

»Geld dafür nehmen, nur dass die Besucher dabei sein können und sich hier alles ansehen dürfen! Und ihnen dann auch noch Geld abknöpfen, wenn sie etwas essen oder trinken möchten! Das hat es sicher noch nie zuvor gegeben«, schätzte einer der Männer die zukunftsweisenden Gedanken des Bürgermeisters von Isny ein.

»Viel Überschuss wird beim Verkauf der Amulette nicht bleiben!«, mutmaßte Kaspar Eberz, hegte aber die Hoffnung, dass die ganze Organisation, der Auf- und Abbau des Podiums für die Ehrengäste, die Absperrungen um das Festgelände auf dem Rain, die etwas abseits davon anzubringenden »Donnerbalken«, die Musikanten und einiges mehr bezahlt werden konnten.

»Das kommt darauf an, wie viele Menschen unser Amulett kaufen!«, warf Mattheiß ein. »Jedenfalls freuen wir uns auf dieses einzigartige Stück und sind gespannt, was es für Reaktionen auslösen wird!«

»Wir müssen ja nicht unbedingt einen monetären Gewinn erzielen!«, gab der Zunftmeister der Blaufärber zum Besten und erntete dafür ein anerkennendes Kopfnicken seiner Zunftkollegen.

»Da bin ich auch gespannt!«, äußerte sich der Bürgermeister: »Schade ist nur, dass Jörg und seine Leute an diesem Tag noch kein Geld prägen dürfen!«

»Dafür veranstalten wir stündlich ein Schauprägen in meiner Werkstatt! Da passen etwa dreißig Leute rein! Leider ist die Münzpresse zu schwer, um sie nach draußen schaffen zu können!«

»Machbar wäre alles!«, wehrte der Bürgermeister ab, verstand aber, dass Jörg seine soeben erst eingerichtete Werkstatt nicht schon wieder umkrempeln mochte. »Aber ich habe eine andere Frage an dich.«

»Ja?«

»Wenn stündlich etwa dreißig Besucher in deiner Werkstatt sind, summiert sich das über den Tag hinweg auf etwa zweihundert, dreihundert oder sogar noch mehr Leute, die sich in unbemerkten Momenten am ›Grundmaterial‹ vergreifen könnten.«

Nun lachte der Münzmeister auf. »Das glaube ich nicht! Keine Sorge: Ich garantiere dir, dass nichts geschehen kann!«

»Na gut!«, kam es nicht ganz überzeugt zurück.

»Und was ist mit den Amuletten, die dabei gemacht werden?«, interessierte den Obermeister der Kaufmannszunft.

Bevor Jörg antwortete, wollte er mit seinen Zunftbrüdern und dem Bürgermeister erst einmal darauf anstoßen, dass sein Gedanke mit dem »Phylakterium« so gut angenommen wurde. Dann erklärte er, dass er die nur einseitig geprägten Stücke verkaufen und das Geld für den geplanten Kinderumzug zur Verfügung stellen würde. Und dabei würde er – zu seinem »Einstand« – das Material und die Arbeitszeit seiner beiden Gesellen zur Verfügung stellen, ohne Geld dafür zu nehmen.

»Das wäre ja auch schlecht möglich! Du darfst noch keines prägen!«, scherzte der Obermeister der Weberzunft und brachte dadurch alle so zum Lachen, dass die Gäste der anderen Tische erneut auf sie aufmerksam wurden. Sogar so, dass ein Mann aufstand, zu ihnen an den Tisch kam und in ruppigem Ton wissen mochte, was es mit diesen Talern auf sich hatte, die mittlerweile jeder um seinen Hals trug.

Aus einer gewissen Vorsicht heraus steckten wie auf Kommando alle gleichzeitig ihr Amulett unter das Wams. »Ach, das ist nichts von Belang«, wehrte der Bürgermeister höflich ab und wollte sich wieder den Männern an seinem Tisch widmen, als er von dem offensichtlich angetrunkenen Mann zur Seite gezogen wurde, der unter sein Wams griff und ihm das Amulett vom Hals riss. Weil Kaspar Eberz gesundheitlich zwar wieder auf dem Damm war, aber bei Weitem noch nicht zu seiner alten Form zurückgefunden hatte, war er zu langsam gewesen, um den dreisten Diebstahl seines Amuletts zu verhindern. Aber der Meister der Schmiedezunft kam ihm zur Hilfe und löste ihn aus dem festen Griff des Betrunkenen, bevor er ihm eine Faust ins Gesicht schlug. Der Bürgermeister bekam sein Amulett zurück, während er rechtzeitig beiseitegeschoben wurde, ehe sich eine handfeste Rauferei zwischen den Kameraden am Tisch des stänkernden Amulettdiebes und den zünftigen Handwerksmeistern anbahnte.

»Sebastian! Geh und hol den Stadtbüttel! Und bring auch gleich den Gefängniswärter Leubler mitsamt seinen Schergen mit!«, trug der Bürgermeister einem jungen Gast auf, den er von Kindesbeinen an kannte. Weil sich der aber lieber an der Rauferei – selbstverständlich auf Seiten der Handwerksmeister – beteiligen wollte, musste er die Aufgabe an einen stadtbekannten Säufer weitergeben: »Aber beeil dich! Du kannst dich dafür den Rest des Abends auf meine Kosten weiterbetrinken! Und nun hau schon ab!«

Kaspar Eberz konnte gar nicht so schnell schauen, wie der Kerl Boden gewann.

Am Schluss der Keilerei gab es etliche Verletzte auf beiden Seiten und auch ein Teil des Inventars – insbesondere Stühle – war zertrümmert worden. Die Schlägerei hatte so lange getobt, bis die vom Bürgermeister angeforderten Männer gekommen waren und unter den Raufbolden aufgeräumt hatten. Und weil sie dabei nicht gerade zimperlich vorgegangen waren, hatte sich die Lage schnell bereinigt. Nun mochten der Büttel und der oberste Isnyer Gefängniswärter wissen, wen sie mitnehmen sollten.

Diese Gelegenheit nützte der Bürgermeister, um den allesamt angetrunkenen Raufbolden ausführlich die Leviten zu lesen, sie aber laufen zu lassen. »Wehe, wenn noch das Geringste vorfällt, dann …«

Als auch der Rädelsführer gehen wollte, schrie ihn der Bürgermeister an: »Du nicht! Auf dich kommt noch einiges zu: Anzetteln einer Rauferei! Beleidigung eines Bürgermeisters und der Isnyer Zunftmeister! Körperverletzung, Ruhestörung und Sachbeschädigung!« Dann streckte er dem in jeder Hinsicht unangenehmen Mann sein Amulett entgegen und ergänzte, dass selbstverständlich auch Diebstahlsversuch dazu kommen würde. »Was das für dich und deine rechte Hand bedeutet, weißt du ja sicher! Und jetzt nehmt ihn mit!«

Weil das Amulett gerade erwähnt worden war, griffen alle Handwerksmeister geistesgegenwärtig nach ihrem Anhänger. »Verdammt! Mein Amulett fehlt!«, empörte sich einer und begann eifrig, danach zu suchen.

»Sollte es bei den Aufräumarbeiten auftauchen, melde ich mich bei dir!«, schlug der Wirt vor, nachdem die noch anwesenden Gäste geholfen hatten, den Fußboden nach dem verloren gegangenen Amulett abzusuchen. Leider hatte dies trotz aller Mühen nichts genützt: Das Amulett war verschwunden.

»Dann kann es nur einer dieser Dreckskerle geklaut haben, die der Bürgermeister nach Hause geschickt hat!«, war die allgemeine Meinung.

Wie es bei den hartgesottenen Allgäuern üblich war, leckten sie ihre kleineren Wunden bei ein paar Bierchen, die Kaspar Eberz gerne ausgab. Schließlich hatten sich die anderen für ihn geprügelt. Für die größeren Blessuren war Carl Bürgli zuständig, den der Bürgermeister trotz der späten Stunde hatte rufen lassen. Bei dieser Gelegenheit hatte er den jungen Medicus den anderen vorgestellt.

Von alledem hatten die Frau, der Sohn und die Schwiegertochter des Bürgermeisters nichts mitbekommen. Während Margarethe schon schlief, saß das junge Paar immer noch im »Schwanen« und unterhielt sich über das Angebot, das der Stoffkaufmann erhalten hatte.

»Und du erwägst allen Ernstes, für immer nach Mailand zu gehen, weil das dortige Formgefühl und das Stilempfinden für Gewandungen so wegweisend sind, dass du viel Geld damit verdienen kannst?«

»Ja!«, antwortete Leonhard begeistert und begründete dies damit, dass er nicht nur mit Stoffen handeln, sondern sie auch zu Gewandungen verarbeiten mochte. »Ich habe so viele gute Gedanken, wie man die Menschen in den Städten gewanden könnte. Außerdem kann ich sehr gut zeichnen und mit Schere und Nadel umgehen! Wir könnten doppelt verdienen!«

»Aber du bist kein Schneider!« Catharina versuchte mit aller Kraft, ihren Mann davon zu überzeugen, dass die ganze Sache ein Hirngespinst sei.

Aber Leonhard ließ nicht locker: »Mir wurde direkt am Platz vor der Basilica cattedrale metropolitana di Santa Maria Nascente ein Ladengeschäft mit Werkstatt und Lagerräumen angeboten – eine bessere Geschäftslage gibt es dort nicht! Außerdem ist dies eine einmalige Gelegenheit!«

»Für was?«, knurrte Catharina. »Ich bin der Liebe wegen aus der Schweiz hierher ins Allgäu gezogen und soll nun des Geldes wegen in die italienische Lande umziehen? Das kommt überhaupt nicht infrage! Basta!«

»Siehst du? Du kannst ja schon ein Wort Italienisch!«, freute sich Leonhard, der die Sprache aufgrund seiner langjährigen Geschäftsbeziehungen dorthin nahezu perfekt beherrschte. Nach einem weiteren Schluck Wein begann der ansonsten sachliche Mann zu träumen. Dabei zeichnete er mit seinen Händen einen großen Schriftzug in die Luft. »Stell dir das Schild über meinem Geschäft vor: ›Leonardo abbigliamento‹!«

»Du meinst wohl eher *unser* Geschäft!«, klang es fast ein bisschen enttäuscht.

»Scusa!«

Kapitel 40

»Fronica ist nicht mehr hier in Isny?« Den Großmeister wunderte dies zwar nicht, weil er zuvor gewusst hatte, dass seine junge Mitverschwörerin dringend nach Bregenz zurückgemusst hatte. Dennoch schien es ihm nicht zu passen, als Carl davon berichtete. »Dann bist du der Einzige, der mir hier noch beistehen kann! Blasius bleibt in Konstanz und die anderen sind ebenfalls in ihre Heimatorte zurückgekehrt!«

»Was … Was soll das heißen?« Carl stellte diese Frage in demselben ängstlichen Ton, mit dem er zuvor Fronica gefragt hatte, was sie damit meinte, dass er sich um den Bürgermeister und dessen Assistentin würde »kümmern« müssen.

Die Antwort hörte sich ebenfalls gleich an: »Was wohl?«

Auf Carls Stirn machten sich erneut Schweißperlen breit.

Wenngleich sich die Situation und der Wortwechsel ähnelten, gab es doch einen Unterschied. Im Gegensatz zu Fronica sprach der Großmeister konkret aus, was er von Carl erwartete: »Gemäß unseren Regeln ›bestrafst‹ du Eberz und das Mädchen!«

»Für was?«

Weil der Großmeister ein erfahrener Handwerksmeister war, der selbst Lehrburschen ausbildete, hatte er Erfahrung im Umgang mit jungen Leuten und Carls Befindlichkeit sofort bemerkt. Deswegen schlug er einen anderen Ton an, als er ihm erzählte, dass er das Soll nur würde erfüllen können, wenn der Medicus ihm Folge leistete. »Und weil uns von einem meiner Vorgänger noch vier verdammte Leichen fehlen, um unserem Codex gerecht zu werden und endlich wieder alles ins rechte Lot zu bringen, müssen eben auch die beiden dran glauben, von denen über Jahre hinweg die Schlüsselgewalt über unseren Sezierraum ausgegangen war!« Er klopfte Carl väterlich auf die Schulter und übersprang das eigentliche Thema, indem er den jungen Medicus an dessen Berufsehre packte: »Du möchtest doch vorwärtskommen, oder? Also führst du an ihren Leichen die Sektionen durch! Vergiss dabei aber nicht, jeden einzelnen deiner Handgriffe und auch alles andere akribisch für die Wissenschaft niederzuschreiben!«

Bevor Carl aufbegehren konnte, klopfte ihm der Großmeister erneut ermunternd auf die Schulter und lenkte ab: »Jetzt versorge ich aber erst einmal mein Ross und kümmere mich um ein Nachtlager in der Klosterherberge. In einer Stunde essen wir dann etwas im ›Schwanen‹ und trinken ein Bier dazu! Allerdings darf es heute Abend nicht spät werden.«

»Und weshalb nicht?«, interessierte Carl, obwohl er sich vor dem abendlichen Mahl mit dem Mann gern gedrückt hätte, weil er ihm nicht mehr guttat. Wenngleich der junge Medicus bisher ein leidenschaftlicher Verfechter der »guten Sache« und ein glühender Verehrer des Großmeisters gewesen war, hätte er die Zeit am liebsten zurückgedreht an den Punkt, als er noch nicht Mitglied des Geheimbundes gewesen war.

Weil auch das zweite Zusammentreffen mit dem Bürgermeister gestern an Carls Gewissen genagt hatte, war er noch mehr ins Grübeln gekommen, als schon nach dem verlogenen Gespräch mit Adelheit und Catharina, die offensichtlich ebenfalls große Stücke auf ihn hielt. Nach der Rauferei im »Schwarzen Bären« hatte Eberz ihn nicht nur jedem einzelnen der wichtigsten Handwerksmeister von Isny vorgestellt, sondern ihn auch noch in den höchsten Tönen als einen Medicus gelobt, den er gerne für seine Stadt bestallen wolle.

»*Für was* soll ich den Bürgermeister und dessen Assistentin eigentlich ›bestrafen‹?«, wiederholte Carl das von vorhin, auf das er nicht gleich eine Antwort erhalten hatte.

»Was für eine närrische Frage«, antwortete der Großmeister und fügte hinzu, dass er jetzt erst einmal den Reisestaub loswerden musste.

Carl Bürgli hatte die Stunde bis zum Treffen mit dem Großmeister genutzt, um mit Adelheit zusammen zu sein. Auf dem Weg zu ihr hatte er sich vorgenommen, ihr die ganze Wahrheit zu sagen. Aber das glückliche Mädchen hatte ihn sofort entwaffnet, indem sie ihn mit kleinen Zärtlichkeiten und liebevollen Worten bedacht hatte. Das hatte Carl einmal mehr gezeigt, dass sie zusammengehörten. Und genau dies hatte ihm Adelheit sanft zugeflüstert, bevor sie ihm neckisch ins Ohrläppchen gebissen hatte. Als sie dabei gelobt hatte, dass sie ihm gegenüber stets offen und ehrlich sein werde, waren Carl Tränen in die Augen geschossen, die Adelheit so gedeutet hatte, dass auch Carl glücklich war, sie ebenso innig liebte wie sie ihn und dass er ebenfalls immer offen und ehrlich ihr gegenüber sein würde.

»Was ist mit dir? Du hast ja ganz verheulte Augen!«, stellte Bernhard von Huldenfeld fest, als er mit dem Medicus im »Schwanen« zusammentraf. Bevor Carl sich mit einer Ausrede rechtfertigen konnte, setzten sie sich, und der Adelige begann damit, seinem Gegenüber in allen Einzelheiten von Sefton Pfanners grausamer Tortur in Konstanz zu berichten. Zu Carls Entsetzen tat er dies offensichtlich mit Freude. Der Großmeister ging sogar derart ins Detail, dass es den Medicus schauderte. Immer wenn der Großmeister auf eine besonders scheußliche Einzelheit zu sprechen kam, verzog sich sein Gesicht zu einer Fratze, die Carl trotz des Bartes zu erkennen glaubte. Allein durch seine Freude daran, dass er jemandem all das erzählen durfte, machte der Großmeister seinem Gesprächspartner Angst.

Carl musste sich im Zaum halten, um keine Narretei zu begehen und etwas zu sagen, das er später bitter bereuen würde. So hörte er schon gar nicht mehr richtig zu, als der Großmeister genüsslich berichtete, wie der Bauer vor Schmerz geschrien hatte und wie er letztlich gestorben war.

»Es genügt!«, fuhr Carl irgendwann dazwischen, weil er es nicht mehr aushielt. »Ich habe verstanden, dass dieser Bauer aus Maierhöfen vor seinem Tod den Namen und den Wohnort des Anführers der Wegelagerer genannt hat!«

Verwundert über Carls Ton bestätigte der Großmeister: »Ja! Und morgen früh reiten wir zwei nach Motzgatsried! Dort holen wir uns, was uns gehört!«

»Wohin?«

»Nach Motzgatsried!«

Als sich die beiden anderntags zum Ritt nach Motzgatsried bereit machten, regnete es in Strömen. Aber dies hielt den Großmeister nicht davon ab, auf den Aufbruch zu drängen. Er mochte nichts mehr lieber, als Isny den Rücken zu kehren, um endlich das gesammelte Material zu sichten und so aufzubereiten, dass er in seiner Kemptener Offizin ein Lehrbuch der menschlichen Anatomie daraus machen konnte. Zusätzlich musste er endlich umsetzen, was sich seine Vorgänger über Jahrhunderte hinweg immer wieder vorgenommen, aber nie in die Tat umgesetzt hatten, weil ihnen die Möglichkeiten zu solch einer Vervielfältigung gefehlt hatten, wie er sie bieten konnte. Denn er – der amtierende Großmeister des Geheimbundes »Gladius Dei« – konnte Bücher in seiner eigenen Werkstatt selbst herstellen – was für ein Privileg! Wer sollte ihn also daran hindern, eines oder vielleicht sogar mehrere Bücher über die menschliche Anatomie, sowie über die Entstehung und Heilung von Krankheiten zu verlegen ... und damit viel Geld zu verdienen? Für alle Druckwerke würde er Carls medizinischen Fachverstand in Anspruch nehmen. Wenn auf dem Einband der Bücher stehen würde, dass diese von einem studierten Medicus verfasst wurden, ließen sie sich wesentlich besser verkaufen. Dafür würde er Carl entlohnen, zwar nicht mit viel, aber immerhin. Den großen Gewinn würden er und seine Druckerei in Kempten machen. Jetzt aber ging es erst einmal darum, die beiden gestohlenen Insignien ihres Geheimbundes zurückzuholen, um endlich ins normale Leben zurückkehren zu können. »Du weißt, dass wir nur zu zweit sind? Nimm also sämtliche Waffen mit, die du außer deinem ›Jiàn‹ noch besitzt!«, empfahl er Carl, dem dies alles nicht gefiel.

»Sind wir nicht ein bisschen zu wenig, um diesen …«

»… Egid Zobel heißt der letzte der Wegelagerer!«, half der Großmeister aus, weil er den Namen des Amulettdiebes längst verinnerlicht hatte. Dann lachte er hämisch auf: »Der mag von mir aus viele heimtückische Überfälle begangen und dabei unschuldige Menschen umgebracht haben, dennoch ist er nur ein Bauer ohne richtige Waffenkenntnisse! Den schaffen wir ohne die Hilfe der anderen! Falls er nicht abgehauen ist!«

Carl ärgerte sich über Bernhard von Huldenfeld und fragte: »Meinst du, er weiß, dass er von uns gejagt wird?«

Der Großmeister wurde verhaltener. Er musste Carl gestehen, einen großen Fehler begangen zu haben, weil er in seinem Wahn geglaubt hatte, mit Sefton Pfanner den Richtigen erwischt zu haben, der ihm sagen konnte, wo sich die gesuchten Gegenstände befanden. »Anstatt direkt nach dem Desaster in Maierhöfen im Umfeld der Tobelbrücke weiter nach dem letzten Wegelagerer zu suchen, haben wir viel Zeit verloren. In der Zwischenzeit dürfte sich das, was in Maierhöfen geschehen ist, in alle Dörfer der Umgebung herumgesprochen haben!«

»Also ist dieser Egid Zobel längst gewarnt worden«, kombinierte Carl.

»So schaut es wohl aus! Dennoch werden wir ihn finden, wo auch immer er sich verkrochen hat!«

Kaum dass sie Isny ein ganzes Stück hinter sich gelassen hatten, war zum starken Regen auch noch ein schier undurchdringlicher Nebel gekommen, der die Orientierung erschwerte. Zu allem wehte ihnen ein kräftiger Wind in die Gesichter. Doch der Großmeister hatte sich zuvor über die Lage von Motzgatsried informiert. Deswegen hatte er gewusst, dass sich der Weg dorthin in der Nähe von Grünenbach ein ganzes Stück in die hügelige Voralpenlandschaft hochzog. Ein anstrengender Weg für Ross und Reiter. Aber irgendwann hatten sie es geschafft und sahen das erste von drei Gehöften vor sich. Als sie vor dem Hof abgestiegen waren, zeigte der Großmeister zum Hausgiebel hoch. »Sieh mal, Carl, was da steht!«

Der Medicus zog seine Kapuze ein Stückchen zurück und las laut vor: »›Arbeit ist des Bauern Ehre! Segen ist der Mühe Preis!‹ Seit wann können Bauern denn mit Schrift umgehen?«, wunderte er sich.

Der Buchdrucker musste schmunzeln. »Lass uns reingehen!«

Kurz darauf waren sie im Haus, schüttelten ihre klatschnassen Kukullen aus und setzten sich auf Geheiß des Bauern an den Tisch. Als sie saßen, schaute der Großmeister dem Hausherrn scharf in die Augen. »Wo ist er?«, mochte er von dem kräftigen Landmann ohne lange Vorrede wissen, der ihm aus reiner Nächstenliebe heraus die Tür geöffnet und die beiden Fremden trotz ihrer schweren Bewaffnung ins Haus gebeten hatte. Vielleicht war es auch Angst gewesen, die den Mann dazu verleitet hatte, gastfreundlich zu sein. »Ich weiß nicht, was Ihr meint, Herr!«, antwortete er, bevor der Adelige erklärte, wen er suchte.

»Ah! Den sucht Ihr also!«, kam es erleichtert heraus. »Kommt mit ans Fenster! Dann zeige ich Euch, wo Zobels Hof liegt!«

»Gut!« Der Großmeister zeigte sich zufrieden. »Wie viele Einwohner gibt es hier in Motzgatsried?«

»Bis vor wenigen Tagen waren wir noch siebzehn!«, kam es zum Erstaunen der beiden Gäste zurück.

»Nur siebzehn?«

Der Bauer und die Bäuerin, die inzwischen hinzugekommen war, nickten eifrig um die Wette. »Hier oben gibt es nur drei Höfe!«

Obwohl sich der Großmeister die Antwort denken konnte, fragte er dennoch nach: »Und weshalb sagst du, dass ihr ›bis vor wenigen Tagen‹ siebzehn Einwohner gewesen seid?«

»Weil der Zobel mitsamt seinem Weib und seiner sechs Bälger abgehauen ist!«

»Weißt du, weshalb und wohin er ›abgehauen‹ ist?« Während der Großmeister auf die Antwort der beiden Bauersleute wartete, kniff er gespannt die Augen zu Schlitzen zusammen.

»Als ich in Heimenkirch war, um dort meine Kuh besamen zu lassen, haben sie erzählt, dass dort ebenfalls ein Mann verschwunden ist, weil er einer der Wegelagerer gewesen sein soll, die auf der Tobelbrücke … Vielleicht ist Zobel auch einer dieser Straßenräuber, weswegen …«, der Bauer hielt inne und hob abwehrend beide Arme nach oben, während sich sein Weib bekreuzigte, »… er zu seinen Verwandten nach Gunzesried oder nach Blaichach gegangen ist! Aber dies habe ich nur gehört und weiß nicht, ob es stimmt!«, schränkte er sofort ein, um keinen Ärger zu bekommen.

»Wieso sollte Egid Zobel jemandem gesagt haben, wohin er geht, wenn er heimlich verschwinden möchte!«, wunderte sich der Großmeister Carl gegenüber, gab sich aber mit den Antworten der biederen Bauersleute zufrieden und tat ihnen nichts – im Gegenteil, er zeigte sich ihnen gegenüber sogar mehr als großzügig, als er für das karge Mahl, das ihnen die Bäuerin ungefragt hingestellt hatte, ein paar Münzen auf den Tisch warf. »Ach, noch etwas: Wo liegen Blaichach und Gunzesried?«

»Im oberen Allgäu, nach Immenstadt und dann …«

»Schon gut!«, bremste der Großmeister die wegen des Geldes aufkommende Redseligkeit des Bauern.

Eine Stunde später war ihre Mission beendet. Sicherheitshalber waren sie zum zweiten Hof geritten, wo sie in etwa dasselbe erfahren hatten. Auch dieser Bauer besaß nur eine einzige Kuh. Als sie auf Egid Zobels Hof zugeritten waren, hatten sie schon von Weitem das Geschrei seiner beiden Kühe gehört, die seit Tagen weder gemolken noch gefüttert worden waren. »So schlecht geht ein Bauer mit seinem Vieh nur um, wenn es ihm selbst noch schlechter geht!«, zeigte der Großmeister Herz für die geschundenen Kreaturen. Nachdem sie dem Vieh Heu hingeschmissen und zwei Kübel Wasser gegeben hatten, waren sie mit gezogenen Waffen durch das ganze Haus gegangen, um es zu durchsuchen.

»Der Herd ist schon länger kalt!«, stellte Carl fest, was neben dem ganzen Durcheinander ein weiterer Anhaltspunkt dafür war, dass die Zobels tatsächlich das Weite gesucht hatten.

»Dieser Drecksarsch! Himmelherrgott!«, fluchte der Großmeister. Obwohl er so verärgert war, dass er am liebsten jemanden erschlagen hätte, ritt er auf dem Rückweg zielstrebig auf den ersten Hof zu, wo er dem Bauern vom Sattel aus zurief, dass er Zobels Kühe melken und dann eine von ihnen zu sich nehmen solle. »*Sofort!* Hörst du? Eine Kuh kannst du dem anderen Bauern dort oben geben! Und das restliche Kleinvieh könnt ihr euch meinetwegen ebenfalls teilen! Das ist kein Diebstahl, sondern Tierliebe! Los, geh schon!«

Als sie enttäuscht von dem gerodeten Berg nach Grünenbach hinunterritten, mochte Carl wissen, wie es weiterging. Weil er keine Lust mehr hatte, dem Amulett und dem »Jiàn« weiter hinterherzureiten und stattdessen lieber zu seiner geliebten Adelheit zurück wollte, um ihr endlich seine Verfehlungen zu gestehen, überlegte er, wie er dies dem Großmeister beibringen konnte, ohne dessen Verärgerung hervorzurufen. Soll er die Suppe, die er uns allen eingebrockt hat, doch selber auslöffeln. Schließlich hat er sich das Amulett und das Schwert klauen lassen, dachte sich Carl. »Ich muss dringend zurück nach Isny!«, platzte es aus ihm heraus.

Es kam keine Antwort. Erst als Carl sein Vorhaben wiederholte und es damit begründete, in Isny seine große Liebe gefunden zu haben, reagierte der Großmeister: »Wer ist es? Erzähl mir von ihr!«

Während Carl seine Geliebte in den allerhöchsten Tönen lobte und um Verständnis dafür bat, bei ihr sein zu wollen, freute sich der Großmeister darüber, nun etwas gegen ihn in der Hand zu haben, falls der Medicus abtrünnig würde. »Gut!«

»Was ist gut?« Von dieser Aussage verunsichert, zog sich Carl die Kapuze seiner Kukulle tiefer ins Gesicht und überlegte, was der Adelige gemeint haben könnte.

Bevor er eine Antwort darauf fand, meldete sich der Großmeister zu Wort und erklärte Carl, dass er allein nach Gunzesried und, wenn es sein musste, auch noch nach Blaichach reiten würde, um die Sache zum Abschluss zu bringen. »Du kehrst indessen nach Isny zurück und kümmerst dich um deine Maid, bis ich fertig bin! Du bist doch noch dort, wenn ich komme?« Die Augen des Großmeisters blitzten gefährlich auf. Wegen der tief ins Gesicht gezogenen Kapuze blieb Carl dies verborgen. Erleichtert über die Aussage seines Großmeisters, versprach er, auf ihn zu warten.

Um den Raufbold aus dem Gasthaus »Zum Schwarzen Bären« kümmerte sich bei diesem Sauwetter niemand. Die meisten, die gern den Verbrechern auf dem Prangerstein zu Leibe rückten, hatten ihn bereits angespuckt und beleidigt. Im Moment verließ jedoch niemand seine Behausung, der das nicht unbedingt musste.

Leonhard saß mit Catharina im Kaminzimmer und musste ständig Fragen zu seinen Auswanderungsgedanken beantworten. Dies tat er gern, weil er zunehmend das Gefühl bekommen hatte, Catharina auf seine Seite ziehen zu können. Jedenfalls schien sie nicht mehr ganz abgeneigt zu sein, mit ihm nach Mailand zu gehen. Deswegen legte sich Leonhard richtig ins Geschirr und knallte forsch einen Vorteil nach dem anderen auf den Tisch. Dabei war er so überzeugend, dass seiner ansonsten nüchtern denkenden Frau gar nicht in den Sinn kam, über die Nachteile zu grübeln, die es zuhauf gab.

Fragen beantworten musste auch Carl. Allerdings fiel es ihm – im Gegensatz zu Leonhard – unsäglich schwer, glaubhafte Argumente ins Feld zu führen. Wie sollte er – nach allem, was geschehen war – seinen Ritt nach Motzgatsried begründen? Bei einem Wetter, bei dem kein Hund vor die Hütte gejagt wurde. Aber – und dies hatte er sich auf dem Rückweg geschworen – er würde Adelheit nie mehr belügen. Im Gegenteil: Er wollte ihr die *ganze* Wahrheit sagen. Und zwar jetzt! Doch wie sollte er das bewerkstelligen, ohne seine Geliebte zu verlieren? Immerhin würde er ihr beichten, dass er sie bisher notgedrungen mehrmals angelogen hatte. Eine günstige Gelegenheit sah er, als Adelheit ihren Kopf auf seinen Schoss legte und ihm ihre Liebe beteuerte.

»Adelheit, ich muss dir etwas sagen!«

»Ja, mein Geliebter!« Zwei glänzende Augen strahlten ihn an.

Da ging die Tür auf und Catharina stand im Raum. »Adelheit, ich muss dir etwas sagen!«, rief sie ihrer Freundin aufgeregt entgegen.

Carl wusste nicht, ob er sich über diese Störung ärgern oder freuen sollte. Jedenfalls schien er unverhofft eine Galgenfrist bekommen zu haben.

»Panem et circenses!«, warf Serafin Leubler, der als brutal und grausam bekannte Oberaufseher aller Kerkerzellen in Isny, bei der Ratssitzung in den Raum. Er hatte zwar nie Latein gelernt, diese drei Worte eines römischen Dichters aber hatte er sich selbst so oft aufgesagt, bis er sie auswendig von sich geben und damit prahlen konnte. Als Kerkermeister ist man schließlich der Allgemeinheit verpflichtet und muss etwas darstellen, dachte er sich stets, wenn er diese Worte von sich gab. Immerhin unterstand ihm das wohl wichtigste Gefängnis im Diebsturm, der dem Zwinger vorgelagert war. Zudem das Gefängnis im Wasserturm. Obwohl die ersten beiden Gefängnisse nicht für längere Haftstrafen vorgesehen waren und dort hauptsächlich Untersuchungshäftlinge einsaßen, konnte es vorkommen, dass Leubler einen Gefangenen »vergaß«, der dann elend verdurstete. Das nahm der grobschlächtige Kerkermeister billigend in Kauf. Er konnte es sich leisten, weil er einer der sieben Ratsherren war, die Isnys Geschicke leiteten. Er hatte in der Stadt die vollziehende Gewalt ganz in seinen Händen. Lediglich die vom Kaiser garantierte »Freiung« beschnitt seine Befugnisse, die im Bereich des Klosters galt. Verfolgte Missetäter oder Beschuldigte konnten sich dorthin retten und oftmals auch noch auf eine rettende Fürsprache von Seiten mächtiger Personen hoffen. Das passte Leubler nicht, dennoch musste er die Wahrung der klösterlichen Unabhängigkeit respektieren. Ansonsten aber hatte der Hüne keinen Respekt vor niemandem. Im Gegenteil: Allein schon wegen seiner Größe und seines angsteinflößenden Aussehens hatten alle Respekt *vor ihm*. Nun saß er im Kreise der anderen Ratsherren und redete gescheit daher.

»Das heißt ›Brot und Spiele‹!«, übersetzte der Bürgermeister das von Leubler Gesagte für die anderen Ratsherren. »Damit meint unser verehrter Herr Ratskollege, dass wir den Gästen unseres ›Münzfestes‹ etwas bieten und sie gut unterhalten müssen! Und Kraft meines Amtes lege ich nach vorhergehender Vernehmung des Angeklagten und der darauf folgenden Besprechung des Rates unserer Stadt nach einmütiger Abstimmung fest, dass dem von uns festgesetzten Raufbold und Dieb Ludwig Strickler am 16. Mai, am Tag der Feierlichkeit, coram publico die rechte Hand abgeschlagen werden soll. Des Weiteren lege ich fest, dass er daraufhin umgehend freigelassen werden muss, ihm aber innerhalb der Mauern unserer Stadt niemand Hilfe gewähren darf! Möge Gott mit ihm sein!« Solche Urteilsverkündungen hasste der friedliebende Bürgermeister wie alle Seuchen dieser Welt zusammen. Weil er in diesem Fall aber direkt betroffen war, lag die Sache dieses Mal anders und er konnte so rasch zum nächsten Tagesordnungspunkt kommen, als wenn nichts gewesen wäre: »Wir hatten uns ja bereits hinlänglich über unseren alten Medicus unterhalten! Wer ist dafür, dass der bisher von der Stadt Isny offiziell bestallte Medicus Jackl Kohler in den Ruhestand versetzt werden soll?«

»Was tun wir, wenn wir keinen Nachfolger finden?«, mochte einer der Ratsherren mit unüberhörbarer Sorge in der Stimme wissen.

»Unser Beschluss heißt ja nicht, dass Jackl gleich morgen gehen muss! Selbstverständlich wird er noch so lange in Amt und Würden bleiben, bis sein Nachfolger bestallt werden konnte! Lasst mich nur machen! Gibt es sonst noch einen Wortbeitrag hierzu?«

Nachdem Kaspar Eberz keinen einzigen Kopf gesehen hatte, der nicht geschüttelt worden war, kam er zum nächsten Tagesordnungspunkt: »Und nun lasst uns über das Fest sprechen!«

Kapitel 41

»*Du* WARST ES, der nicht mit nach Gunzesried wollte! Also mach mir jetzt keine Vorwürfe! Verdammt: Sollte ich Egid Zobels Leichnam vielleicht allein hierher nach Isny schleppen und damit auffallen?«, wehrte sich der Großmeister zwei Tage später auf Carls Vorwurf hin, den Körper des Strauchdiebes nicht sezieren zu können, dafür aber zwei andere Menschen umbringen zu müssen.

Carl ließ nicht locker, wegen seines Gesprächs mit Adelheit, das unbefriedigend ausgegangen war, hatte er sowieso schon eine Stinkwut im Bauch. »Er ist umsonst gestorben, aber immerhin sind somit neun Menschen tot. Elf wenn man unsere beiden Mitglieder mitzählt. Dem Codex ist mehr als Genüge getan!«

Der Großmeister schüttelte Carl energisch einen Zeigefinger entgegen und klärte ihn einmal mehr auf, dass neben dem Bürgermeister und dessen Assistentin immer noch zwei Leichen fehlen würden, um die Sache »ordnungsgemäß« abschließen zu können.

»Das ist mir scheißegal! … Glaubst du allen Ernstes, dass deine Rechnung nach fünfhundertsechs Jahren überhaupt noch stimmt und beim Ende unseres Zirkels aufgeht?«, traute sich Carl, den Großmeister im Sezierraum anzuschreien. »Ich jedenfalls bringe deswegen niemanden um! Und nun erzähl mir, wie es in Gunzesried gelaufen ist?«

Das saß. Derart brüskiert, benötigte der Großmeister einen Moment, um sich zu sammeln. Mit einer solch heftigen und zugleich mutigen Gegenwehr des jungen Mannes hatte er nicht gerechnet. Aber sie hatte ihm erneut gezeigt, dass die Sache nunmehr schnellstmöglich abgeschlossen werden musste, wenn er nicht ernsthaft Gefahr laufen wollte, »Gladius Dei« auflösen zu müssen. Er riss sich zusammen und berichtete Carl von seinen Erlebnissen in Gunzesried. Seinen ausführlichen Bericht schloss er damit ab, dass er einmal mehr ohne das Amulett und ohne das »Jiàn« zurückgekommen sei, weil ihm Egid Zobel mit der Klinge am Hals geschworen hatte, beide Teile auf dem Kemptener Markt verkauft zu haben.

»An wen?«, interessierte Carl, der zur Antwort bekam, dass Zobel den Käufer nicht gekannt hatte, der wohl aber einen schwäbelnden Dialekt gehabt habe.

»Möglicherweise stammt der Käufer ja sogar aus dieser Gegend«, orakelte Carl, für den sich die Isnyer Aussprache allein schon deshalb schwäbisch anhörte, weil er noch nie einen richtigen Schwaben gehört hatte.

»Ein guter Gedanke!«, lobte der Großmeister. »Dann müssen wir wachsam sein und uns auf diesen Teil des Landes konzentrieren!«

»Wir zwei?«

Der Großmeister überlegte kurz, dann sagte er, dass er erwäge, erneut ein paar der anderen Verschwörer hierher zu beordern.

»Meinst du nicht, die haben zur Abwechslung etwas anderes zu tun, als unserem Zirkel zu dienen?«, entgegnete Carl, der selbst schon viel zu viel geopfert hatte.

»Wir sind derzeit dreiundvierzig!« Als der Großmeister dies sagte, schoss ihm siedend heiß durch den Kopf, dass er noch die zwei Bundesmitglieder ersetzen musste, die beim Kampf auf der Brücke ihr Leben gelassen hatten. Aber außer Meister Martin, dem schneidigen Schmied in Weissach, war ihm niemand eingefallen, den er versuchen konnte, für ihre Sache zu gewinnen. Und designierte Nachfolger der beiden Toten waren ihm zumindest bisher nicht gemeldet worden. Da fiel ihm noch Armin, der »Adlerwirt« aus Staufen ein.

Im Grunde genommen ist sowieso alles hoffnungslos, dachte er, während er nach außen die Fassung wahrte: »Ich lasse mir etwas einfallen! Aber offen gesagt, schaut es nun – da wir auch den letzten der Wegelagerer gefasst haben – sehr schlecht aus, die beiden äußeren Zeichen unserer Vereinigung jemals wiederzubekommen! Das ›Jiàn‹ könnten wir zur Not verschmerzen, ohne uns gleich auflösen zu müssen! Aber das Amulett …« Der Großmeister ballte vor Zorn die Fäuste. Er war nahe dran, seiner miesen Stimmung freien Lauf zu lassen, indem er drauflosheulte … oder sich irgendwie abreagierte.

Seit Carl seiner Geliebten reinen Wein eingeschenkt hatte, herrschte eisige Kälte zwischen ihnen. Weil Adelheit nichts mehr mit Carl zu tun haben mochte, durfte er sich ihr nicht mehr nähern. Für Adelheit war dies umso betrüblicher, weil ausgerechnet jetzt ihre beste Freundin genug mit sich selbst zu tun hatte. So hatte sie sich bisher nicht richtig an Catharinas Schulter ausweinen und sie um Rat fragen können. Adelheit konnte die zwar kurze, aber schöne Zeit mit Carl nicht vergessen. Und weil sie ihn nach wie vor liebte, musste sie ständig an ihn denken. Dabei rasten ihr immer wieder die Gedanken an das durch den Kopf, was Carl ihr von sich und von dieser ominösen Geheimniskrämer-Vereinigung, der er wohl angehörte, erzählt hatte. Dies ging sogar so weit, dass sie nachts von aufgeschnittenen Körpern träumte. Ach, wäre ich nur nicht so neugierig gewesen, dann hätte Carl mir das alles nicht erzählen müssen, schalt sie sich selbst und versuchte, an etwas anderes zu denken. Carl hatte ihr – wie er es sich vorgenommen hatte – *alles* erzählt. Adelheit wusste nun also über den Sezierraum Bescheid – ein Sakrileg! Er würde als Verräter gelten, der vom Geheimbund eliminiert werden musste, wenn die anderen Verschwörer etwas davon mitbekommen würden. Ihm war klar, dem Tod über kurz oder lang ins Auge schauen zu müssen. Und da würde es nichts nützen, Hals über Kopf abzuhauen und in seine Schweizer Heimat zurückzukehren; der Großmeister würde ihn überall aufstöbern und »bestrafen«. Beim Anführer der Räuberbande hatte er dies eindrucksvoll unter Beweis gestellt. Der einzige Lichtblick war, dass Adelheit ihm in die Hand versprochen hatte, zu niemandem ein Sterbenswörtchen zu sagen. Aber würde sie sich in ihrer Enttäuschung auch daran halten? Wie sollte sich Adelheit bei ihrer Freundin ausweinen, wenn sie ihr nicht sagen durfte, was die Hintergründe ihrer Traurigkeit waren. Mehr und mehr zog sie in Erwägung, ihren Schweigeschwur zu brechen.

Der Großmeister schien zunehmend dem Wahnsinn zu verfallen. Nachdem er sich mit Carl am Schluss ihrer letzten Zusammenkunft zerstritten hatte, saß er Abend für Abend in einer anderen Taverne. Anstatt aufmerksam mitzuhören, über was die Menschen an den anderen Tischen redeten, ließ er sich volllaufen. Und anstelle sich zu überlegen, wie er vielleicht doch noch an das »Magische Amulett« und das »Jiàn« gelangen konnte, gab er Tag für Tag ein Stückchen mehr auf. »Was soll's? Dann löse ich meinen Scheißbund eben auf!«, schrie er eines Abends im »Schwarzen Bären« so laut, dass sich ihm sämtliche Köpfe entgegenstreckten und ihn der zurzeit auf Randalierer empfindlich reagierende Wirt hinauswarf.

Am Abend darauf saß der Buchdruckermeister missmutig im »Rössle«. Nach einem verregneten Tag war seine Stimmung am Tiefpunkt, weshalb er sich zum ersten Bier noch einen Schnaps bestellt hatte. Gelangweilt hörte er den Gesprächen der Einheimischen zu, die von einem Thema dominiert wurden: Wie würde das Wetter am 16. Mai?

»Wir haben noch ganze vier Tage!«, ließ einer im Raum stehen.

»Hoffentlich bessert es sich! Es wäre schade, wenn der Umzug ins Wasser fallen würde!«

»Da hat Rupert recht!«, pflichtete einer der Zecher bei und stellte fest, dass sich die Eltern mit ihren Kindern viel Arbeit gemacht hätten, um sich am großen Festumzug zu beteiligen.

Als es zu späterer Stunde immer noch um diese Angelegenheit ging, hatte der Großmeister etliche Biere und Schnäpse getrunken. Alles war wie an den Abenden zuvor, bis ein Mann die Gaststube betrat, der vor geraumer Zeit schon einmal im »Schwarzen Bären« gewesen war, den hier im »Rössle« aber niemand zu kennen schien.

Der offensichtlich primitive Rüpel setzte sich ungefragt zu Bernhard von Huldenfeld, der gerade im Begriff war einzunicken. »Ein Bier! Aber schnell!«, schrie er so laut durch die Gaststube, dass nicht nur der Wirt den Hals reckte. Dann spuckte er seinen Kautabak in ein Tuch, das er mitsamt Inhalt sorgfältig zusammenfaltete. Offensichtlich gedachte er, den teuren Tabak später weiterzukauen. Gut hörbar zog er die Nase hoch. »Wo bleibt mein Bier?«, schrie er noch lauter als zuvor.

»Brüll hier nicht so herum, sonst bekommst du überhaupt nichts!«, rief Poldi, wie Leopold Miller von seinen Stammgästen genannt wurde, vom Ausschank zurück. Weil der friedliebende Wirt von der Rauferei im »Bären« gehört hatte, war er bei unliebsamen Gästen wie diesem ungehobelten Mann vorsichtiger geworden.

»Na, endlich!«, schallte es Poldi anstatt eines Dankes entgegen, als er den Humpen auf den Tisch stellte, was eigentlich die Aufgabe der Schankmagd gewesen wäre. Aber der Wirt wollte von Anfang an selbst klarstellen, dass er in seiner Schenke keinen Ärger duldete. »Hast du das verstanden?« Ohne eine Antwort abzuwarten, wandte er sich an den anderen Gast am Tisch und rüttelte ihn wach. »Meint Ihr nicht, Ihr solltet nach Hause gehen?«

»Äh … Was? … Ja!«

»Gut! Ich schicke meine Schankmagd zum Abkassieren her!«

Während der Buchdrucker nach seiner Geldkatze griff, drang es wie durch einen Schleier in seine Ohren: »Ich glaube, der Wirt mag uns beide nicht!«

»Was meint Ihr damit?«, entgegnete der Großmeister lallend. Als er sein Haupt hob, um den Kerl anzusehen, der ihn ungefragt angesprochen hatte, wurde er schlagartig hellwach. Er glaubte, zu träumen. Nach dem zweiten Blick war klar, was sein Gegenüber um den Hals hängen hatte. »Trinken wir noch ein Bier zusammen?«, fragte er hastig, obwohl er keines mehr hinunterbringen würde.

»Zwei Bier!«, krakeelte der primitive Rüpel dieses Mal so laut, dass Poldi erneut an den Tisch kam und den beiden in ruhigen Worten klar machte, dass sie nichts mehr bekämen und die Schankstube umgehend verlassen sollten. »Und zwar leise!«

Bevor der andere aufbrausen konnte, packte ihn der Großmeister am Ärmel und beruhigte ihn: »Lass es gut sein! Wir gehen noch zu mir auf ein Bier! Ich lade dich ein!«

Gegen Mittag hatte der Großmeister seinen Rausch vom Vorabend ausgeschlafen. Noch bevor er sich ordentlich gewaschen und gewandet hatte, hämmerte er wie wild an Carls

Kammertür. Aber der Medicus öffnete nicht! »Wo ist dieser Kerl nur?«, grummelte er, während er in seine Schlafkammer zurückschlurfte, um sich eilig zurechtzumachen. Er war aufgebracht und hatte keine Geduld.

Seine Miene hellte sich ein klein wenig auf, als er Carl im Hinterzimmer des »Schwanen« entdeckte. »Komm mit! Ich muss dir etwas zeigen!«, knurrte der Großmeister, ohne den Medicus zu begrüßen.

»Wenn ich meinen Teller leer habe!«, wehrte sich Carl, der wegen einer unruhigen Nacht seine Morgensuppe ungewöhnlich spät zu sich nahm. Dabei bediente er sich des gleichen Tones wie der ungeduldig vor ihm stehende Großmeister.

»Nein! Sofort!«, beharrte der Ältere. Als er merkte, dass sich der junge Mann nichts mehr von ihm gefallen ließ und ebenfalls übel gelaunt zu sein schien, beugte er sich ihm entgegen und knurrte in verschwörerischem Ton: »Also gut!«, dann schaute er sich nach allen Seiten um und zog etwas aus der Ledertasche, die an seinem Gürtel hing. Langsam streckte er Carl eine Faust hin, die er noch langsamer öffnete, während er sich einmal mehr vergewisserte, dass niemand ihnen zusah.

Nicht nur Carls Unterkiefer fiel nach unten, er ließ sogar den Löffel in die Tonschüssel fallen, sodass der Großmeister mit Brei bekleckert wurde. Ohne sich dafür zu entschuldigen, schüttelte Carl ungläubig den Kopf. »Das ist nicht wahr ... Wie bist du an unser ›Magisches Amulett‹ gekommen? Woher hast du es?« Carl war überglücklich. Er war sich auf einen Schlag sicher, dass nun alles gut werden würde. Jedenfalls konnte er hoffen, den Bürgermeister und dessen Assistentin nun nicht mehr »bestrafen« zu müssen, weil sich der Großmeister in seiner guten Stimmung gnädig zeigen würde. Fahrig rechnete er im Stillen die bisherigen Opfer zusammen, die gestorben waren, um dem Codex von »Gladius Dei« Genüge zu tun. »Zwölf!«, schoss es aus ihm heraus. Er setzte natürlich voraus, dass der

Großmeister den Träger des falschen Amuletts bereits beseitigt hatte. »Also brauchen wir nur noch eins!«

»Was meinst du?« Bernhard von Huldenfeld war verwirrt. Er verstand nicht, was der Medicus meinte.

»Ach, nichts! Gib es mir!«

Doch anstatt dem Medicus das Amulett zu geben, schloss der Großmeister seine Hand wieder zur Faust. »Hast du soeben gesagt, dass es nicht wahr sei?«

»Ja, schon. Das war nur so dahingeredet!«

»Dennoch hattest du recht!« Der Großmeister forderte Carl nun auf, das Amulett an sich zu nehmen, um es genau zu betrachten.

Der junge Mann war fassungslos: »Was ist *das* denn für ein Teil? Das ist ja nur eine Seite des Amuletts!«

Der Großmeister stimmte Carls Feststellung betrübt zu und fragte ihn, ob ihm sonst noch etwas auffalle.

Der Medicus drehte und wendete das einseitig mit dem ›Magischen Quadrat‹ gestaltete Metallstück und bemerkte, dass es ganz neu aussehe.

»Stimmt! Und was noch?« Weil Carl nichts Ungewöhnliches mehr auffiel, redete der Großmeister weiter: »Dieses Teil hier ist – wie du selbst ja erkannt hast – neu geprägt worden! Aber das ist es nicht, was mich in die Narretei treibt!«

»Was dann?«

»Dieses Teil hier …«, begann der Großmeister erneut und zeigte auf ein paar Stellen der geprägten Seite, »… ist von *unserem* Amulett abgekupfert worden!«

»Wie kommst du denn darauf?«, wunderte sich Carl, der nichts entdecken konnte, was darauf hinwies. Dafür bemerkte er den Alkoholgeruch aus dem Mund seines Gebieters. Angewidert drehte er sich weg.

Der Großmeister blieb beim Thema: »Ich habe unser ›Magisches Amulett‹ stets behandelt wie ein Heiligtum! Ich habe es tagtäglich in der Hand gehalten und mit Ehrfurcht betrachtet! Ich habe …«

»Komm zur Sache!«, drängte Carl.

»Schon gut! Weil ich dieses Amulett bestens kenne, habe ich jede Unregelmäßigkeit und jede Schramme darauf im Kopf!« Nun hackte er mit einem Zeigefinger auf dem Duplikat herum. »Und diese Unregelmäßigkeiten hier finden sich absolut identisch auf dem Original! Siehst du diese Dellen hier? Siehst du sie, hä? Außerdem ist das Loch an genau der gleichen Stelle wie beim Original.«

Der blitzgescheite Medicus brauchte nicht erst zu überlegen, was dies bedeutete: »Das heißt, dass unser Original jetzt bei irgendeinem Münzpräger sein muss!«

»Nicht bei ›irgendeinem‹! Überleg doch mal, Carl: Laut Egid Zobel soll das Amulett auf dem Markt in Kempten von jemandem gekauft worden sein, der möglicherweise den hiesigen Dialekt spricht! Na? Dämmert es?«

Carl erfasste die Situation. Denn hier in Isny gab es seit geraumer Zeit eine Münzprägewerkstatt, die allerdings bisher noch nicht in Betrieb genommen worden war. »Aber nun sag mir bitte, *woher* hast du diese Prägung?«

»Wenn du deine Suppe fertig ausgelöffelt hast, zeige ich es dir!«

Carl war gespannt, was ihm der Großmeister im Sezierraum zeigen würde. Aber kaum, dass die ersten Holzspäne brannten und Licht ins Dunkel brachten, wusste er, woher der Großmeister das merkwürdige Duplikat des »Magischen Amuletts« hatte. Auf dem Boden lag ein fremder Mann in einer riesigen Blutlache.

»Ich musste ihn von hinten erschlagen!«, klang es fast entschuldigend vom Großmeister, der Carl erklärte, dass er gestern Abend betrunken gewesen sei, als der Mann sich zu ihm an den Tisch gesetzt habe. »… und dann konnte ich ihn hierherlocken! Als er gemerkt hat, dass es überhaupt nichts zu trinken gibt, hat er sich aufgeführt wie ein Berserker! Er war ziemlich nüchtern und ich …«

»Das habe ich längst gerochen!«, unterbrach Carl verärgert.

»Tut mir leid! Aber ich bin derzeit nicht ich selbst!«

»Ich auch nicht!«, ärgerte sich Carl über den verwahrlosten Großmeister, der nichts mehr mit dem charismatischen Führer zu tun hatte, der er einst gewesen war. »Hör auf damit!«, fuhr der junge Medicus den Alten an, als der begann, einen albernen Tanz zu vollführen. »Geht es dir gut?«

»Im Gegensatz zu heute Morgen geht es mir sogar sehr gut! Ich weiß jetzt, wie wir vorgehen werden!«

»Wie denn?«

»Das sage ich dir später! Zuvor hilfst du mir, den Leichnam auf deinen Seziertisch zu legen!« Anstatt Carl danach mitzuteilen, wie es nun weitergehen würde, verabschiedete sich der Großmeister: »Der Schlüssel steckt! Viel Freude bei der Arbeit!« Gleich darauf war er verschwunden. Der Medicus hörte das Hallen der Tritte auf der Steintreppe und gleich darauf das Rascheln von Blättern. Dann war es totenstill im Sezierraum.

Die wegen des starken Regens größtenteils eingestellten Arbeiten rund um das »Münzfest« liefen wieder mit voller Kraft: Die städtischen Arbeiter nutzten das momentan durchwachsene Wetter aus, um das Podium für die Ehrengäste zu errichten, Absperrzäune aufzustellen und so viele Gruben auszuheben, dass darüber genügend »Donnerbalken« angebracht werden konnten.

Für die Frauen wurden separate Kloaken errichtet, die vor allzu neugierigen Männerblicken mit großen Stoffplachen geschützt waren. Der Gedanke war von der Assistentin des

Bürgermeisters gekommen und vom Rat auf Anhieb gutgeheißen worden. Es mussten außerdem die extra für das Fest zusammengezimmerten achtzig Tische mit den dazugehörenden Bänken aufgestellt werden, die mit großen Planen überspannt wurden. Die Ehrengäste und andere hohe Herren mit ihren Frauen durften bei Regen nicht im Nassen sitzen.

All dies geschah im Gegensatz zu früheren Zeiten nicht mehr direkt außerhalb der unteren Stadtmauer, sondern etwas entfernt auf dem Rain, wo sich eine große Festwiese befand. Die Wiese jenseits des Unteren Grabenweihers außerhalb der nördlichen Mauerumfriedung wurde seit längerer Zeit in größerem Umfang als städtischer Wasserspeicher genutzt. Weil das Areal mit dem zunehmenden Handel in andere Länder vermehrt für die Leinwandverarbeitung benötigt wurde und außerdem Gärten und Gartenhäuser das Wasser brauchten, stand es schon lange nicht mehr für Feste zur Verfügung.

Die Straßengestaltung hatten die örtlichen Zünfte übernommen wie die Organisation des großen Festumzuges, der nicht nur aus den örtlichen Handwerkern bestehen sollte. Weil etliche Musik- und Gesangsgruppen aus Isny und der weiteren Umgebung, Reiter in Rüstungen und Uniformen, Kutschen und andere Pferdegespanne dazukamen und die Isnyer Kinder einen wichtigen Teil des Umzugs ausmachen würden, mussten Kreidestriche am Straßenrand vom Rathaus in der Obertorstraße bis zum Wassertor hinaus angebracht werden. Wie sonst würden die einzelnen Gruppen wissen, wo genau sie sich aufzustellen hatten?

Überall standen Männer auf hohen Leitern und reichten ihren weit aus den Fenstern lehnenden Frauen einen Teil der Fahnengirlande zu, die über Wochen hinweg von fleißigen

Händen gefertigt worden war. Die Isnyer Frauen hatten den Ehrgeiz besessen, mit nur einer einzigen Fahnengirlande auszukommen, die rechter Hand vom Obertor bis zum Wassertor und auf der anderen Seite wieder zurück reichte.

Weil das Wetter mitspielte und sich die Einheimischen auf eine bewundernswerte Art für »ihr Fest« einsetzten, sah es danach aus, als wenn sie die verregneten Tage würden aufholen können. Und dies musste auch sein, denn bis zum großen »Münzfest« waren es nur noch zwei Tage.

Es war kein Hexenwerk für den Großmeister, die Spur der einseitigen Nachprägung des »Magischen Amuletts« zurückzuverfolgen. Seit er es dem Mann abgenommen hatte, dessen lebloser Körper zur Stunde vom Medicus seziert wurde, hatte er es um seinen Hals hängen. Aus reiner Vorsicht trug er es allerdings mit der blinden Seite nach vorn unter seinem Lederwams.

Die heiße Spur hatte ihn zur neuen Münzwerkstatt von Jörg Öberer geführt. Er hatte sich eine Strategie zurechtgelegt: Weil er in Isny als ein Buchdruckermeister aus Kempten bekannt war, hatte er sich dazu entschieden, sich unter seinem richtigen Namen vorzustellen und die »Handwerkskarte« auszuspielen. Er wusste, dass in Zünften zusammengeschlossene Handwerksmeister *immer* zusammenhielten und sich gegenseitig halfen.

»Gott grüß die Kunst!«, sagte er nach alter Druckermanier, nachdem er Öberers Werkstatt betreten hatte. Und weil der Münzmeister den Gruß der Buchdruckergilde kannte, kam scherzhaft zurück: »... sie ist verhunzt!«

Die beiden Männer, die sich noch nie gesehen hatten, mussten lauthals lachen. Als der Buchdrucker unter dem Türrahmen stand, ging ihm das Herz auf. Er staunte beim Anblick der bestens ausgestatteten Werkstatt. So perfekt und ordentlich wie meine Druckerwerkstatt, dachte er, während er sich fast ein bisschen wehmütig umsah. Wie Jörg Öberer war auch er ein Handwerksmeister aus Leidenschaft. Allerdings war ihm klar, dass er immer noch weit davon entfernt war, sein altes Leben aufnehmen und sich wieder mit ganzer Kraft seinem Tagwerk widmen zu können. Er brauchte das Amulett, das Schwert und noch ein Opfer, um dem Codex gerecht zu werden.

»Tretet ein, werter Herr Kollege! Wie ich soeben hören konnte, seid Ihr ein Jünger des Meisters Gutenberg aus Mainz.«

»Ja!«, bestätigte der Großmeister und stellte sich als Bernhard Freiherr von Huldenfeld vor, dessen Offizin sich in Kempten befand.

»Von Euch habe ich schon gehört! Bürgermeister Eberz hat mir gesagt, dass er sehr gerne eine Druckerwerkstatt in Isny haben und Euch in jeder Hinsicht unterstützen würde, wenn Ihr Euch hier niederlassen würdet! Wie sieht es damit aus?«

»Das ist noch nicht ganz spruchreif!«, wand sich der Buchdrucker aus der Sache und kam zum Thema: »Mir ist zu Ohren gekommen, dass Ihr ein Amulett Euer Eigen nennt, auf dem ein ›Magisches Quadrat‹ sein soll!«

Der Reaktion seines unbedarften Gegenübers konnte der Großmeister unschwer entnehmen, dass er mit seiner Vermutung richtiglag.

Bevor der Münzmeister antwortete, bat er den Gast in seine Schreibstube. Nachdem er die Tür hinter sich geschlossen hatte, musste er sich hinsetzen.

»Ist Euch nicht gut?«, interessierte den Großmeister, der dies bemerkt hatte.

»Alles in Ordnung! Aber sagt mir; woher wisst Ihr von meinem ›Münzmeisterpfennig‹?« Weil sich Jörg Öberer nichts Böses dabei dachte und er ja bereits eine Seite des Rechenpfennigs nachgeprägt und an die Zunftmeister verteilt hatte, ging er offen damit um – wenngleich es ihn wunderte, dass der Buchdrucker davon wusste.

Der Großmeister erzählte dem Münzpräger ausladend, dass ihm in Kempten eben dieses Amulett und auch noch ein wertvolles Schwert gestohlen worden seien. »Aber ich konnte den Dieb ausfindig machen und der Kemptener Gerichtsbarkeit zuführen!«, log er weiter und berichtete dem Münzmeister, von diesem räudigen Hund erfahren zu haben, dass er beide Gegenstände einem Mann verkauft habe, der wohl in Isny Münzen präge.

Nachdem sich der Münzmeister das ganze Lügengebilde des Besuchers angehört hatte, sagte er, dass er dies alles nicht glauben könne, es aber stimme, dass er in Kempten ein merkwürdig aussehendes Schwert und den »Münzmeisterpfennig« angekauft habe. »Aber woher wusste der Verkäufer, dass ich in Isny wohne und was ich für einen Beruf habe?«

Als der Großmeister dies hörte, wäre er dem Münzpräger am liebsten um den Hals gefallen. Aber er würde besonnen bleiben müssen, wenn er nicht enttarnt werden wollte. Immerhin wusste er nun, wo die beiden Artefakte waren.

Kapitel 42

Endlich: Der große Tag war angebrochen. Wenngleich die Morgenstunden noch mit viel Arbeit verbunden gewesen waren, konnte man nun die sprichwörtliche Ruhe vor dem Sturm spüren. Überall knisterte es vor freudiger Aufregung, die natürlich ganz besonders vom Isnyer Bürgermeister Besitz ergriffen hatte. »Wo ist Kunigunde?«, mochte er wissen, bekam aber von niemandem eine Antwort. Keiner der an die einhundert geladenen Gäste um ihn herum hatte seine Assistentin gesehen, die meisten von ihnen kannten sie nicht einmal.

Obwohl die Sonne vom wolkenlosen Himmel strahlte und alles bestens vorbereitet worden war, wirkte das Stadtoberhaupt so unruhig wie selten. Fahrig strich er sich über sein feines Amtsornat, das er nur zu ganz besonderen Anlässen anlegte.

Seit ihm durch einen Boten des Kaisers mitgeteilt worden war, dass Isny das Münzrecht bekam, freute sich Kaspar Eberz auf diesen für ihn und ganz Isny bedeutenden 16. Mai des Jahres 1507 – *des* Jahres, in dem er nur knapp dem Tod entronnen war, in dem sein Sohn Leonhard geheiratet hatte und in dem er eine Münzwerkstatt erhalten hatte. Mit etwas Glück würde er auch noch einen neuen Stadtmedicus und vielleicht sogar eine Druckerwerkstatt für Isny bekommen. Das war bisher ein ereignisreiches Jahr für mich und meine Familie, und der Höhepunkt kommt erst noch, dachte er sich versonnen. Das Stadtoberhaupt überlegte, was es wohl noch alles bringen mochte.

Er schüttelte zu Beginn des von Kunigunde bestens organisierten Empfangs einem Ratsherrn nach dem anderen die Hand und begrüßte die aus nah und fern eingetroffenen Ehrengäste. Darunter befanden sich auch Hansen Truchsess von Waldburg und Eugen Graf von Montfort, die ihm beim bevorstehenden Festakt als schmückendes Beiwerk zur Seite stehen würden.

»Dass *so* viele Gäste nach Isny kommen, hätte ich nicht gedacht«, bemerkte der Truchsess anerkennend. Seit sich die

Waldburger die Nase aus dem Gesicht verkauft und sich aus der Stadt zurückgezogen hatten, gaben sich die Vertreter dieses Adelsgeschlechtes nur noch selten die Ehre eines Besuches. Dasselbe galt für die Montforter. Seit Isny ausschließlich dem Kaiser unterstand, gab es hier für sie nichts mehr zu holen.

»Ich danke Euch, mein Lieber!«, antwortete der Bürgermeister so locker, wie es vor zweihundert Jahren sicher nicht statthaft gewesen wäre. Als oberster Freier Reichsbürger von Isny fühlte er sich mit dem Adel auf Augenhöhe. Dies lag unter anderem daran, dass zwischen der Stadt und den Herrschaftshäusern, mit denen er zu tun hatte, verschiedene Abmachungen und Verträge bestanden. So auch der Jagdvertrag von 1489, den Isny mit dem Grafen Eugen von Montfort geschlossen hatte. Dies war auch der Grund, weswegen der Truchsess Hansen von Waldburg die günstige Gelegenheit nutzte, um den Bürgermeister für sich und seine Ziele vereinnahmen zu können. »Hört zu, Eberz«, verschwörerisch schaute er um sich, bevor er zur Sache kam, »vor sechzehn Jahren haben Wir mit Euch wegen des Waidwerks und der Kurzweil einen Forstvertrag geschlossen!«

»Ja, und?«, wunderte sich der Bürgermeister. »Was ist damit?«

Der Truchsess legte einen Arm um Eberz' Schulter und schob ihn ein Stück von der Menschenansammlung weg. »Wir wissen, dass auch ein Jagdvertrag mit den Montfortern besteht, der ihnen«, während er dies sagte, machte er eine abfällige Geste in Richtung Eugen von Montfort, »sagen wir mal, gewisse Rechte einräumt, die Wir gerne …«

Nun wurde es dem Bürgermeister zu viel. Er löste sich aus der Umarmung und machte dem Adeligen klar, dass dies nicht der passende Tag und Ort dafür sei, um über Verträge zu sprechen. Ohne ein weiteres Wort zu verlieren, ging er zu den anderen Gästen und lief ausgerechnet der Gemahlin des

Grafen von Montfort in die Arme. Mir bleibt heute aber auch gar nichts erspart, dachte er sich, während er lächelnd einen Handgruß andeutete. »Gräfin, Ihr seht an diesem sonnigen Tag ganz besonders bezaubernd aus!«

»Ihr Schmeichler!«, wehrte die pummelige Frau mit der dicken Warze am schwülstigen Kinn gespielt ab. »Es freut Uns, dass Ihr Uns und Unseren Gemahl schätzt und an diesem besonderen Tag nicht nur die Fahnen des Kaisers, der Altshausen-Veringer und der Waldburger über den Straßen Eurer Stadt hängen, sondern auch die der Montforter«, lobte die Frau, die immer noch gerne den alten Adel heraushängen ließ. Den selbstbewussten Bürgerinnen und Bürgern von Isny konnte sie damit nicht sonderlich imponieren. Auch Bürgermeister Eberz war nur mäßig beeindruckt von der schwatzhaften Dame. Dennoch zeigte er sich galant und unterhielt sich so lange mit ihr, bis er endlich zu einem anderen Gespräch gebeten wurde. So verging die Zeit mit vielen kleinen mehr oder weniger wichtigen Plaudereien. Dann winkte ihm Abt Philipp von Stain mit ernster Miene zu. »Auf ein Wort, Bürgermeister.«

Weil die Kirche und die weltliche Herrschaft schon seit der Klostergründung sehr enge Verbindungen hatten – hervorgerufen durch die hälftige Aufteilung des ehemaligen Fronhofes – waren naturgemäß Konflikte nicht zu vermeiden gewesen. Also hieß es für Kaspar Eberz, sich zusammenzunehmen und dem kirchlichen Würdenträger seine ganze Aufmerksamkeit zu widmen. »Was gibt es denn, hochwürdiger Vater?«

»Gott zum Gruße! Ich gratuliere zu diesem von unserem Herrn gesegneten Tag!«

»Beim Wetter wird doch nicht die Kirche ihre Finger im Spiel gehabt haben?«, scherzte Eberz. »Ich begrüße Euch herzlich in dieser erlauchten Runde, hochwürdiger Vater! Aber sagt, was kann ich für Euch tun?«

Trotz des »vom Herrn gesegneten Tages« setzte der Leiter des Klosters eine betrübte Miene auf, bevor er den Bürgermeister unverhohlen dafür rügte, den Pfarrer Jakob Loffershofer an diesem Sonntag die heilige Messe lesen zu lassen. »Das wird seinem Kollegen Valentin Hypold nicht gefallen! Ich hoffe, Ihr habt Euch über etwaige Konsequenzen Gedanken gemacht, als Ihr die Entscheidung getroffen habt, den Festgottesdienst in der Nikolaikirche zu feiern und Loffershofer mit der Lesung zu betrauen!«

»In erster Linie ist heute ein Ehrentag für die Stadt und das hiesige Handwerk, nicht für die Kirche, deren Segen selbstverständlich unverzichtbar ist! Deswegen habe ich mir lediglich erlaubt, den Pfarrer Loffershofer darum zu bitten, die Messe in Konzelebration mit Pfarrer Hypold zu gestalten! Ich habe mich weder in die liturgische Organisation noch in die musikalische Umrahmung eingemischt! Was ist daran so schlimm, dass es Euch erzürnt hat?«

»Es hat mich nicht erzürnt, sondern nur befremdet!«, stellte der Abt klar. »Ich hatte Euch gewarnt, Euch nicht in kirchliche Belange einzumischen. Dies war der Grund, weshalb *ich* mich zurückgezogen und St. Georg nicht zur Verfügung gestellt habe! Aber das ist nicht das Problem! Ihr habt den schon lange schwelenden Rivalitätsstreit zwischen diesen beiden überehrgeizigen Theologen geschürt! Ich hoffe, dass Pfarrer Hypold dies so akzeptieren wird! Immerhin ist er dienstälter als Pfarrer Loffershofer!«

»Aber die beiden Geistlichen werden doch in der Lage sein, die Eucharistie gemeinsam zu zelebrieren?«

Der Abt runzelte vielsagend die Stirn und beendete das Gespräch mit den Worten: »Ihr wisst nicht, zu was Hypold in der Lage sein kann! Gott befohlen, Bürgermeister!«

Der Abt ließ Kaspar stehen. Womit habe ich das nur verdient?, dachte er sich, als er endlich den Hausherrn unter den vielen Gästen in Bufflers Hof entdeckte. Der Bürgermeister wollte gerade zu Peter Buffler gehen, um sich mit dem Kaufmann zu unterhalten, da wurde er unversehens von Mattheiß Trimmel beiseitegezogen.

»Was ist?«, fragte das Stadtoberhaupt gereizt.

»Bleib gelassen!«, sagte Trimmel, der seinen Freund bestens kannte und sich gut in dessen Rolle hineinversetzen konnte. »Du hast doch alles im Griff, oder etwa nicht?«

»Wenn du meinst«, antwortete Kaspar zögerlich.

»Siehst du? Alles wird gut! Ich wollte dich fragen, weshalb du den Empfang nicht direkt vor dem Rathaus, sondern hier in Bufflers Hof gibst.«

»Da hochrangige Gäste anwesend sind, möchte ich bei meiner Bürgerschaft keine unnötigen Begehrlichkeiten oder gar Neid und Missgunst wecken! Hier sind die Ehrengäste vor Belästigungen besser geschützt!«

»Das ist alles?«, wunderte sich der Handwerksmeister.

»Nicht ganz!«, antwortete Eberz. »Am Pranger steht doch dieser Ludwig Strickler, dem heute in aller Öffentlichkeit die Hand abgeschlagen werden soll.«

»Was hat das mit diesem Empfang hier zu tun?«

»Ach, Mattheiß!«, stöhnte der Bürgermeister auf. »Wenn alles gut geht und nichts dazwischen kommt, kann es ein schöner Tag werden! Und den möchte ich mir nicht mit dem Anblick dieses Verbrechers verderben! Es genügt, dass ich nach dem Festakt bei der Urteilsvollstreckung dabei sein muss! Ich konnte meine Herren Räte leider nicht davon überzeugen, dass es an einem solch feierlichen Tag besser wäre, dem Delinquenten die Hand auf dem ›Galgenbühl‹ an der Straße nach Leutkirch abzuschlagen. Noch lieber wäre es mir, wenn dies beim ›Kopfhaus‹ an der Straße nach Kempten geschehen würde. Jedenfalls wäre beides weit genug von hier und vom ganzen Festgeschehen entfernt! Aber meine

Herren Räte möchten dem Volk ja unbedingt ›panem et circenses‹ bieten!«

»Was möchten sie dem Volk bieten?«

»Vergiss es, Mattheiß«, beendete der Bürgermeister die Unterhaltung. »Und jetzt lass uns beide einen Becher Most auf einen friedlichen und fröhlichen Festverlauf trinken!« Mit Peter Buffler konnte er jetzt nicht mehr sprechen, weil alle mit dem weit über die Grenzen des Allgäus und Westschwabens hinaus bekannten Tuchhändler reden mochten und er in der Menschenmenge verschwunden war.

»Ein Becher Wein wäre mir lieber!«, bekannte der Zunftobermeister.

»Von mir aus, gerne! Ich glaube, mir täte jetzt sogar ein Branntwein gut!«

»Um diese Zeit?«, lachte Mattheiß und ging in Richtung Ausschank.

Während Bürgermeister Eberz auf das Getränk wartete und dabei seinen Blick über den prall gefüllten Hinterhof schweifen ließ, bemerkte er etwas abseits die beiden Priester von St. Nikolai, die offensichtlich heftig disputierten. Als Pfarrer Loffershofer mit einer strengen Geste zum Ausgang wies, ging sein Kollege Hypold eilig in diese Richtung. Dies tat er allerdings nicht, ohne eine Verwünschung auszusprechen. Vielleicht hat der Abt recht, und es war doch kein guter Gedanke, Loffershofer mit dem Festgottesdienst zu betrauen, dachte sich der Bürgermeister.

Mattheiß kam und kam nicht mit den Getränken zurück. Kaspar vermutete, dass es dem Obermeister aller Isnyer Zünfte so ergangen war wie ihm vorhin und er von jemandem angesprochen worden war. Weil der Empfang gleich zu

Ende gehen würde und ihn ausnahmsweise niemand vereinnahmte, mochte der Bürgermeister den ruhigen Moment nutzen, um sich für seine Festansprache zu rüsten. Er suchte sich eine stille Ecke im wunderschön gestalteten Hinterhof, an den eine gepflegte Gartenanlage mit einem Springbrunnen aus reinstem italienischem Marmor und alten Statuen aus den griechischen Landen angegliedert war. Inmitten von unzähligen südländischen Pflanzen, Palmen und Kakteen, die Buffler von seinen Reisen aus verschiedenen südlichen Landen mitgebracht hatte, kam der Bürgermeister für einen Moment zur Ruhe. Während des Lustwandelns las er seinen auswendig gelernten Text sicherheitshalber ein weiteres Mal durch. Dabei atmete er den betörenden Duft ferner Länder ein, den die Blumenpracht verströmte. Kaspar Eberz genoss den Zauber mit einer solchen Innigkeit, dass er dabei die Zeit vergaß.

»Ach, *da* seid Ihr, Herr Bürgermeister! Die anderen warten bereits auf Euch!«, freute sich Bartl Gschwender, der sich heftig atmend den Schweiß von der Stirn wischte. Der untersetzte Mann war gottfroh, seinen Principal gefunden zu haben. Gemeinsam mit Kunigunde war er für einen reibungslosen Ablauf des Festes eingeteilt worden. Zudem musste er an diesem Tag als eine Art Zeremonienmeister fungieren. Weil er sich der Verantwortung dieser wichtigen Aufgabe sehr wohl bewusst war, hatte er an diesem Vormittag – inzwischen ging es auf Mittag zu – noch keinen Tropfen Alkohol getrunken. »Kommt Ihr?«, drängte er pflichtbewusst.

»Schon gut, Bartl! Ich bin gleich bei dir!« Der Bürgermeister steckte den Zettel ein, nestelte ein bisschen an seiner Gewandung herum und ließ seinen Blick ein letztes Mal über dieses kleine Paradies mitten in seiner Stadt schweifen. Dann folgte er dem »Zeremonienmeister« auf dem Fuß. Margarethe wartete bereits ungeduldig auf ihn. Sie saß auf einer

Bank, die unter dem Balkon stand, den Peter Buffler extra für seine Frau hatte bauen lassen. Von dort konnte die stets kränkelnde Anna Buffler, eine geborene Brandenburg, am Geschehen unter ihr teilnehmen.

Kaum aus den Arkaden des prächtigen Patrizierhauses hervorgetreten, sah Kaspar Eberz seine Frau, die ihm in all den Jahren als Bürgermeister von Isny treu zur Seite gestanden hatte. »Gott, schaust du gut aus!«, lobte er sie und gab ihr einen Kuss auf die Wange.

»Lass uns gehen, du alter Schmeichler!«

Hatte dies die Gräfin nicht auch schon zu ihm gesagt, dabei aber das »alt« weggelassen? Bei diesem Gedanken musste Kaspar, der sich nun wie neugeboren fühlte, schmunzeln.

Als die Eberz in der Nikolaikirche ankamen, war es deutlich nach elf. Kein Wunder, dass sie mit großem Abstand die Letzten waren und sich ihnen viele Köpfe vorwurfsvoll entgegenstreckten, wenngleich wegen Margarethes verzaubernder Schönheit auch Bewunderung mitschwang. Trotz der Verspätung entfaltete sich ein beeindruckender Festgottesdienst wie es ihn zuletzt bei der Erhebung Isnys zur Freien Reichsstadt gegeben hatte. Pfarrer Loffershofer hatte nicht nur die hiesigen Chorknaben und den örtlichen Männerchor, sowie himmlische Schalmeien und die Kirchenorgel bemüht, sondern auch noch eine Sängerin aus Weingarten verpflichtet, die das gottgefällige Ave Maria in glockenreinem Latein sang, das sogar von einem Streichinstrument begleitet wurde.

»So eine schöne Stimme habe ich noch nie gehört!«, lobte der Zelebrant von der Kanzel herunter, der zum Ärgernis des Pfarrers Hypold für seine Predigt die Themen Geldsucht und Geltungssucht ausgewählt hatte. Wenngleich Loffershofer das erste Thema aus gegebenem Anlass für seine Predigt genutzt haben mochte, hatte Hypold die Wahl des zweiten Themas voll und ganz auf sich bezogen. Und dies hatte ihn noch während der Predigt so rasend gemacht, dass er sich kaum hatte beherrschen können. Aber die Kirchenbesucher hatten nichts von den unchristlichen Gedanken ihres Pfarrers mitbekommen und der Predigt interessiert zugehört.

Als die Menschen nach der Messe aus der Nikolaikirche strömten, waren fast nur glückliche Mienen zu sehen.

Kurze Zeit später stand der Bürgermeister – vom Waldburger Truchsessen und vom Montforter Grafen in die Mitte genommen – auf dem Podium. Vor der Bühne auf dem Marktplatz hatten sich so viele Menschen versammelt, dass kein Pflasterstein zu sehen war, so weit das Auge die Wassertorstraße hinunterreichte. Ein Stückchen rechts, schräg hinter dem Podium auf dem Prangerstein wartete der Dieb und Raufbold Ludwig Strickler angekettet darauf, an Ort und Stelle seine rechte Hand zu verlieren. Damit das Ergebnis dieser Bestrafung weithin sichtbar sein würde, hatte Girgel Langer, der Vollstrecker des Urteils, eine lange Stange aufstellen lassen, die er sinnigerweise blutrot angestrichen hatte. Daran aufgehängt würde die abgeschlagene Hand des Delinquenten vor hungrigen Hundemäulern sicher sein. Allerdings konnte die Maßnahme nicht vor den frechen Rabenvögeln schützen. »Damit die Hand wenigstens über den ganzen Festtag hinweg dort oben bleibt, werde ich einen meiner Folterknechte abstellen, der die Vögel vertreibt!«, hatte der im Gegensatz zum brutalen und grausamen Kerkermeister eher gutmütige Nachrichter dem Rat vorgeschlagen und dafür ein großes Lob eingeheimst. Dass er dem Delinquenten kurz vor der Bestrafung betäubende und schmerzlindernde Blätter zu kauen geben würde, durfte allerdings niemand erfahren.

»Psst, Bartl! Komm her!«, zischte der Bürgermeister. »Weißt du, wo Kunigunde ist? Sie sollte mich doch ansagen!«

Der Büttel schüttelte den Kopf und gab ihm zur Antwort, dass er keine Ahnung habe, weil er sie an diesem Tag überhaupt noch nicht gesehen hatte.

»Verdammt! Was ist nur mit ihr los?« Eberz schaute zum Himmel und sagte in strengem Ton: »Wir können nicht länger warten! *Du* musst mich ansagen!«

Diese Aufforderung ließ den nicht gerade redegewandten Stadtbüttel unruhig werden. Es war ausgemacht worden, dass Kunigunde die jeweils bevorstehenden Ereignisse dieses Tages bekanntgeben würde und der Büttel lediglich mit dem Stab, den er von der Assistentin bekommen hatte, zuvor immer für Ruhe sorgen sollte, indem er damit mehrmals kräftig auf den Boden schlug.

»Nun mach schon, Bartl!«, drängte der Bürgermeister ungehalten.

Mit zitternder Hand hieb der Büttel drei Mal fest mit dem Stab auf den Holzboden des Podestes. Seine belegte Stimme verkündete schließlich: »Der Bürgermeister von Isny …« Mehr brachte er nicht zustande. Aber dies genügte Eberz, um in einer auf dem großen Platz bisher ungewohnten Stille das Wort ergreifen zu können: »Stolze Bürger von Isny und herzlich willkommene Gäste aus nah und fern! Wir haben uns heute aus einem ganz besonderen Grund hier in dieser schönen Allgäuer Stadt zusammengefunden …«

Nachdem er seine knapp gehaltene Begrüßung hinter sich gebracht hatte, machte er eine künstliche Pause, bevor er fortfuhr: »Schon bei der Gründung unseres Ortes durch die Grafen von Veringen ergab sich die Notwendigkeit, für gemünztes Geld zu sorgen. Wenn wir es heute auch nicht mehr genau wissen, ist daher an einem Münzrecht der Grafen Veringen nicht zu zweifeln. Ob sie ihre Münzen allerdings in Isny geprägt haben, kann heute niemand mehr sagen. Dafür wissen wir mit Bestimmtheit, dass Isny mit dem heutigen Tag, dem 16. Mai des Jahres 1507, durch seine Kaiserliche Hoheit Maximilian I. das Recht zum Schlagen von Münzen übertragen wird!«

Nachdem er dies gesagt hatte, brandete Jubel auf, den Bartl nur schwer wieder unter Kontrolle brachte. Einige Augenblicke später konnte Kaspar weitersprechen: »Dies ist nicht nur ein Ausdruck der wirtschaftlichen Größe und des Wohlstands, sondern auch des hohen Ansehens unserer Freien Reichsstadt! Vom heutigen Tag an ist es uns gestattet, Münzen zu prägen … und wohlkontrolliert in Umlauf zu bringen!«

Erneut begann ein nicht enden wollendes Handgeklappere, das mit begeisterten Pfiffen und jubelnden Schreien einherging. Bartl hatte alle Hände voll zu tun, um ein weiteres Mal für Ruhe zu sorgen.

Nachdem der Bürgermeister jedes einzelne Silberstück – vom Heller bis zum ganzen Silbergulden – erklärt hatte, das in Isny geschlagen werden durfte, verlas er die seiner Meinung nach inhaltlich etwas dürftig geratene Gestattungsurkunde des Kaisers. Danach ließ er von Bartl den Oberzunftmeister und den ersten Münzmeister von Isny zu sich auf die Bühne rufen. »Nun hat Mattheiß Trimmel, der Obermeister aller Isnyer Zünfte, das Wort!«, verkündete er.

Und dies nutzte der erfahrene Hafnermeister, um eine Lanze für das ehrbare Handwerk zu brechen, bevor er das Wort an den Bürgermeister zurückgab, der wiederum den neuen Münzmeister Jörg Öberer vorstellte. Am Schluss wurde der neue Isnyer Handwerksmeister feierlich in die örtlichen Zünfte und das Münzenschlagen als eine der eigenständigen Isnyer Zünfte aufgenommen. Zur Freude des Publikums musste Jörg Oberer die »Wassertauff ad posteriora« über sich ergehen lassen, was bedeutete, dass ihm der Oberzunftmeister einen Bottich mit kaltem Wasser über den Kopf schüttete, bevor er ihm herzhaft lachend die Hand reichte und die beiden sich umarmten.

Der Festakt wurde von zwei Männern aufmerksam verfolgt. »Auf der Bühne ist der Münzmeister und dort drüben stehen seine beiden Gesellen mit dem Lehrburschen! Dies wäre eine gute Gelegenheit, unser Amulett und das ›Jiàn‹ zurückzuholen!«, schlug Carl dem Großmeister vor.

Der schüttelte nur den Kopf. »Als ich bei Jörg Öberer war, hat er mich ganz genau über das Aussehen meines Schwertes und die Motive auf dem Amulett ausgefragt. Nachdem ich all seine Fragen beantwortet hatte, wusste er, dass es *unser* Amulett und *mein* ›Jiàn‹ war, das er in Kempten einem Dieb abkaufen konnte. Er hat mir in Aussicht gestellt, die beiden Stücke unter Umständen wieder zurückerwerben zu können, selbstverständlich inklusive eines dicken Gewinns für ihn! Aber das ist mir egal, Hauptsache, wir bekommen beides wieder in unsere Hände, ohne unnötiges Aufsehen zu erregen!«

»Was ist, wenn er es letzlich doch nicht verkaufen will?«, fragte Carl, obwohl er die Antwort schon kannte.

Der Großmeister runzelte die Stirn. »Dann haben wir eben Pech gehabt … und mir ist dann *alles* egal!« Als er dies sagte, blitzten seine Augen auf. Um sich selbst von dem Gedanken abzulenken, klopfte er Carl beruhigend auf die Schulter. »Lass uns besonnen bleiben! Nach dem Festumzug soll ich von ihm erfahren, wie er sich entschieden hat! Und nun gib mir den Schlüssel für unseren Sezierraum zurück.«

Allein schon der Gedanke daran jagte dem Medicus einen kalten Schauer über den Rücken. Auf Anordnung des Großmeisters hatte er den Träger des falschen Amuletts seziert und alles akribisch niedergeschrieben. Mit allem, was jetzt noch kommen würde, mochte er absolut nichts mehr zu tun haben. Und weil er keine Möglichkeit mehr für eine gemeinsame

Zukunft mit Adelheit sah, erklärte Carl dem Großmeister, dass er am kommenden Tag nach Hause reiten und aus dem Geheimbund austreten würde.

»Du weißt, dass unsere Gemeinschaft niemand verlassen kann. Das Band zwischen ›Gladius Dei‹ und seinen Mitgliedern vermag nur der Tod mit seiner Sense zu trennen? Auch du, mein junger Freund, hast dereinst einen Schwur geleistet! Halte dich daran!«, erwiderte der Großmeister unüberhörbar drohend.

Bevor die beiden weitersprechen konnten, bemerkten sie, dass es unruhig um sie herum wurde und die Massen an ihnen vorbei in Richtung Prangerstein strömten, wo bereits der Nachrichter mit gespreizten Beinen und verschränkten Armen neben dem Hackstock stand, in dem sein Richtbeil steckte. Obwohl er seine Amtstracht nur anzulegen pflegte, wenn er ein Todesurteil zu vollstrecken hatte, war ihm im Auftrag des Stadtrates vom Bürgermeister aufgetragen worden, zur »Feier des Tages« seine blutrote Pluderhose, das schwarze Westchen über dem bloßen Oberkörper sowie seine ledernen Armstulpen zu tragen und seine furchteinflößende Kapuzenmaske aufzusetzen. Girgel Langer hatte sich außerdem den Oberkörper mit Rinderfett eingeschmiert. So würde er mit glänzenden Muskeln regungslos zwischen dem Hackstock und dem vor sich hin heulenden Delinquenten stehen, bis der Bürgermeister das Urteil verlesen hatte und er zur Tat schreiten konnte.

Es war ein unbeschreiblich scheußlicher Anblick gewesen, den Girgel Langer dem vor Freude johlenden Volk geboten hatte. Aber das blutrünstige Spektakel sollte nicht alles gewesen sein, was es an »panem et circenses« bekommen würde. Denn nun rüsteten sich die etwa zweihundert Erwachsenen, achtzig Kinder, neun Kutschen, siebzehn von Hand gezogene Festwagen und insgesamt sechs verschiedene Musikgruppen zum großen Festzug. Carl Bürgli und Bernhard von Huldenfeld würden davon nichts mitbekommen. Während der Großmeister etwas zu tun hatte, von dem er Carl nichts sagen wollte, hielt der junge Medicus nach Adelheit Ausschau. Er mochte sie vor seinem morgigen Weggang wenigstens noch einmal sehen. Allerdings schien dies in diesem Menschengewühle ein schier hoffnungsloses Unterfangen zu sein.

»Habt Ihr schon ein ›Phylakterium‹?« Das Mädchen konnte nicht einmal richtig aussprechen, was es dem Großmeister gerade für zehn Heller anbot.

»Was ist das?«, schoss es aus dem großen Mann zornig heraus, dass das Mädchen ängstlich zusammenzuckte.

»Das … das ist ein Festzeichen, das alle kaufen müssen, die den Umzug sehen möchten!«, rechtfertigte sich das Mädchen, das seine roten Haare zu Zöpfen geflochten hatte.

Als der Großmeister sah, dass am Unterarm eines zweiten Mädchens eine Fülle dieser runden Teile hing und er sich dessen gewahr wurde, dass die meisten der Menschen um ihn herum bereits Amulette um den Hals trugen, drohten die Gäule mit ihm durchzugehen. Mit einem Ruck riss er dem Mädchen alle Festabzeichen vom Arm.

Die Menschen um ihn herum waren ebenso entsetzt, wie der junge Medicus, dem es gerade noch gelang, den wütenden Mann wenigstens ein bisschen zu beruhigen.

»Diese Verramschung ist eine Missachtung des ›Magischen Amuletts‹ und somit eine Respektlosigkeit unserem Geheimbund gegenüber!«, schrie der Großmeister in seiner unbezähmbaren Wut so laut, dass niemand in der Umgebung es überhören konnte.

»Was bist du denn für einer? Sich am Umzug ergötzen, aber nichts dafür berappen wollen!«, maulte ein älterer Mann, der von einem jüngeren unterstützt wurde, der den Großmeister aufklärte, dass der Verkaufserlös an die Bedürftigen von Isny und deren Kinder gehen würde.

Erst nach und nach begriff der Großmeister, dass hier etwas vor sich ging, von dem ihm der Münzmeister nichts erzählt hatte und das seinem Geheimbund einen irreparablen Schaden zufügen würde. »Dieser hinterlistige …«

»Lass es gut sein!«, versuchte Carl zu beschwichtigen, bekam dafür aber nur einen heftigen Stoß vom Großmeister, sodass er rücklings stolperte und sich den Hinterkopf an der Kante des Podestes aufschlug.

»Mit reicht es jetzt endgültig! Ich habe mir genug von dir gefallen und kaputt machen lassen! Das wirst du mir büßen!«, schrie Carl den Großmeister an, nachdem er über die warme feuchte Stelle an seinem Hinterkopf gestrichen war und das Blut an seinen Fingerspitzen gefühlt hatte. Kaum hatte er seine Drohung ausgesprochen, stand er auf und zwängte sich durch die dicht an dicht stehenden Menschen vom Ort des Geschehens weg. Er hoffte, dass ihn niemand gesehen hatte.

In seinem unbändigen Zorn auf den Münzmeister und auf das, was der vermutlich mit dem Bürgermeister zusammen angerichtet hatte, war der Großmeister zwar nicht mehr ganz Herr seiner Sinne, versuchte aber trotzdem, Carl nachzufolgen, um sich bei ihm zu entschuldigen. Dies verhinderten die Männer um ihn herum, die ihn dazu zwangen, dem weinenden Mädchen den Schaden bis auf den letzten Heller zu ersetzen. »Du kommst hier nicht weg, bevor du nicht jedes einzelne Festzeichen bezahlt hast!«, drohte ein bulliger Mann, der seine Arme vor sich verschränkte.

Die vor neunundzwanzig Jahren gegründete Schützengilde kündigte den Beginn des Festzuges an. Dies geschah so laut, dass es alle hören konnten. Der Lärm durchdrang sogar die hintere Klostermauer bis in den Sezierraum hinein, wo der Großmeister versuchte, sich abzureagieren und darüber nachzudenken, was nach diesem Desaster zu tun sei. Sein unbedachtes und auffälliges Verhalten den beiden Mädchen gegenüber hatte ihn eine Stange Geld gekostet, obwohl die meisten Anhänger verschwunden waren, die er einem der Mädchen vom Arm gerissen hatte. Wenn die Festplaketten von den »Findern« vermutlich auch zum halben Preis weiterverscherbelt wurden, hatte er sich dem Druck der um ihn herumstehenden Männer beugen und schweren Herzens dafür zahlen müssen. Doch dies war es nicht gewesen, was ihn zuerst zornig, inzwischen aber ziemlich hoffnungslos gestimmt hatte. Wenn er die Situation betrachtete, musste er sich offen und ehrlich eingestehen, dass seine Felle endgültig davongeschwommen waren und er auf ganzer Linie kläglich versagt hatte. Da nützte es nichts, dass die beiden verloren gegangenen Artefakte seines geheimen Bundes nun in greifbare Nähe gerückt waren. Er ahnte, dass er diese nur zurückbekommen würde, wenn er erneut über Leichen ging. Weil seine Identität mittlerweile allseits bekannt war, konnte er es sich aber nicht leisten, als Mörder des Münzmeisters entlarvt zu werden.

Wenn Carl diese Aufgabe für ihn übernehmen und er sich zur selben Zeit für alle sichtbar auf der Festwiese aufhalten würde, wäre nicht alles verloren. Je mehr er darüber nachdachte, desto klarer trat hervor, dass dies die einzige Möglichkeit war.

Der »Lockruf« der Schützen hatte dafür gesorgt, dass innerhalb kürzester Zeit Tausende gut aufgelegte Menschen die Obertorstraße und die Wassertorstraße hinunter bis zum Festplatz außerhalb der Stadtmauer säumten.

Obwohl die Handwerkszünfte imponierende Festwägen gebaut und mit viel Aufwand ausgestattet hatten, sie ihre Gewerke wirklich beeindruckend präsentierten und sich die erwachsenen Akteure festlich herausgeputzt hatten, standen nicht sie im Vordergrund. Und obwohl auch die verschiedenen Musikgruppen alles gaben, damit sich den am Straßenrand stehenden Menschenmassen nicht nur ein buntes und vielfältiges Bild, sondern dazu ein wahrer Ohrenschmaus bot, waren auch sie nicht die wichtigsten Akteure. Denn bei diesem Festumzug waren die Kleinsten die Größten!

So lief jedem einzelnen Handwerksgewerk eine Schar Kinder voran, die mit passendem Handwerkszeug und Arbeitsgewandungen ausgestattet worden war.

Für diesen Umzug hatten etliche Buben sogar das Trommeln gelernt. Nun konnten sie den begeisterten Zuschauern endlich zeigen, dass sie den einstudierten Marschierschritt bestens beherrschten, während andere Kinder die Geschichte von Isny repräsentierten. Ob als Bischof Heinrich, der aus villa Ysinensi stammte, oder als König Rudolf von Habsburg, ob als Edler von Trauchburg oder als Altshausener und als Veringer Graf, als Waldburger Truchsess, als Montforter, Laubenberger oder als gewöhnlicher Ritter, Bauer, Knecht oder als Magd verkleidet – die Kinder hatten mindestens die gleiche Freude wie die Erwachsenen am Straßenrand, die ihnen fast schon frenetisch zujubelten.

Die Zuschauer klatschten auch begeistert, als acht größere Knaben in Heroldsmonturen an ihnen vorbeiliefen, deren Händen die alten Fahnen ehemaliger Herrschaftsgeschlechter von Isny über fast fünf Jahrhunderte hinweg anvertraut worden waren.

Zum Gedenken an die verheerende Pestepidemie von 1349/50 war eine Kindergruppe in schwarze Kutten und Schnabelmasken gesteckt worden, wie sie die Pestärzte trugen, während Anton Löffler und Linde Schmelzer mit weit von sich gestreckten Gliedern auf einem Leiterwagen lagen, wo sie Seuchenopfer darstellen sollten. Weil Anton ein lustiger Kerl war und ständig kichern musste, gelang es ihnen trotz der aufgemalten Pestbeulen nicht, die traurigen Auswüchse der Pestilenz glaubwürdig zu verkörpern und somit auch anderer Seuchen zu gedenken, die von jeher immer wieder die ihr hilflos ausgesetzte Bevölkerung dezimierten.

Als nach vier Fanfarenbläsern der Bürgermeister mit seiner Frau am Arm und die sieben Ratsherren mit ihren ebenfalls festlich herausgeputzten Gattinnen den Schluss des bemerkenswert gut organisierten Festumzuges bildeten, gab es noch einmal ein gewaltiges Handgeklappere. Anschließend würden die Menschenmassen zur Festwiese auf dem Rain strömen, um es sich bei einem Bier und einem Schmalzbrot gut gehen zu lassen.

Während Kaspar Eberz die Huldigungen zufrieden entgegennahm, machte er sich Gedanken über das Fest. »Die Zünfte haben alles bestens organisiert!«, bemerkte er seiner Frau gegenüber, die eine Lanze für Kunigunde brach: »Hat deine Assistentin nicht einen großen Beitrag zum Gelingen dieses Festes geleistet?«

»Doch!«, bestätigte er. »Obwohl sie das meiste vor dem Fest organisiert hat, müsste sie auch heute aktiv sein. Aber ich habe sie bisher noch nirgends gesehen!«

»Sicher agiert sie still im Hintergrund!«, vermutete seine Frau, die wusste, dass Kunigunde ein bescheidenes Mädchen war.

»Dennoch: Irgendwann hätte ich sie irgendwo sehen müssen! Beim Empfang heute Vormittag beispielsweise. Den hat sie fast allein auf die Beine gestellt.«

»Und? Hat etwas nicht geklappt?«

»Im Gegenteil! Alles war bestens! Aber ich sorge mich um sie!«

Kapitel 43

»Gut, dass für uns Plätze reserviert sind!«, bemerkte der Ratsherr Fritz Zeller, der wegen des Festes sein Gasthaus geschlossen hatte. Weil der bullige Wirt während des gesamten Umzugs viel Körpergewicht hatte mitschleppen müssen, war er arg ins Schwitzen gekommen.

»Wenn es nach Eberz geht, sind *wir* ja immer die Letzten!«, schimpfte Serafin Leubler, der verärgert darüber war, dass der Nachrichter auf Eberz' Geheiß seinen Gefangenen aus der Stadt getrieben hatte, obwohl dies seine Aufgabe gewesen wäre – immerhin war *er* der Kerkermeister von Isny.

»Jetzt maul nicht herum, Serafin! Freu dich stattdessen auf ein kühles Bier! Ich jedenfalls könnte jetzt ein ganzes Fass leer saufen!«

Am Festplatz angekommen, waren die beiden tatsächlich die letzten der Umzugsteilnehmer! Wenn keine Plätze reserviert gewesen wären, hätte der zankfreudige Ratsherr Serafin Leubler für gewaltigen Ärger gesorgt. Weil die beiden aber von einem Mädchen freundlich zu den ihnen zugewiesenen Bänken geleitet wurden, hatte Serafin keinen Grund zu schimpfen. Und nach dem ersten Bier, das der Braumeister der Klosterbrauerei extra für dieses Fest etwas stärker gebraut hatte, war seine Stimmung so gut geworden, wie sie die meisten anderen von Haus aus mitgebracht hatten.

Während sich mit zunehmendem Biergenuss auf dem gesamten Festplatz eine hervorragende Stimmung ausbreitete, hatte Jörg Öberer alle Hände voll zu tun. Denn der Münzmeister und seine beiden Gesellen waren seit dem Ende des Festzuges unermüdlich damit beschäftigt, die vielen Fragen beim »Schauprägen« zu beantworten und vor den Augen der interessierten Käufer beidseitig geprägte Amulette aus einer etwas besseren Legierung als die Festabzeichen herzustellen, deren Erlös an die Stadt gehen sollte.

»Dass wir so einen Zulauf bekommen würden, hätte ich nicht gedacht, Meister!«, freute sich Schorschi Scheerer. Obwohl der Lehrling die niedersten und schwersten Arbeiten zu verrichten hatte, war er überglücklich, dabei sein und mitarbeiten zu dürfen. Der Knabe war stolz darauf, von Jörg Öberer in die Lehre genommen worden zu sein. Und dass das Lehrgeld von der Stadtkasse übernommen wurde, war alles andere als selbstverständlich. Ohne den persönlichen Einsatz der Assistentin des Bürgermeisters wäre es dem bettelarmen Burschen niemals möglich gewesen, eine Handwerkslehre zu absolvieren.

Es war noch helllichter Tag. Die Sonne schien weiterhin gnadenlos auf die durstigen und fröhlich feiernden Festgäste herunter. Da bahnte sich auf dem Festplatz Ärger an. Denn Herbaria hatte nicht vergessen, wie sie aus dem Haus des Bürgermeisters geworfen worden war. Seit die alte Kräuterhexe diese Schmach über sich hatte ergehen lassen müssen, sann sie auf Rache. Ihr Ziel war es, die Familie Eberz vor möglichst vielen Leuten bloßzustellen. Und was gab es für eine bessere Gelegenheit als dieses Fest? So war sie am Vormittag vor Bufflers Haus herumgeschlichen, um eine günstige Gelegenheit abzupassen, den Empfang der hohen Gäste zu stören. Weil sie aber von Wachmännern davon abgehalten und gar nicht erst in den Hof gelassen worden war, hatte sie sich vorgenommen, ihre Kränkung während der Festansprache des Bürgermeisters zu sühnen. Diesen Gedanken hatte sie aber wieder fallengelassen. Denn dort hätte sie nur den Bürgermeister, nicht aber dessen Schwiegertochter und das andere Mädchen verwünschen können. Jetzt konnte sie das ganze Pack auf einmal erwischen.

»Lass den Kopf doch nicht so hängen, Adelheit! Damit verdirbst du uns allen die gute Stimmung!«, rügte Catharina ihre Freundin. Sie hatte zwar Verständnis für Adelheits Niedergeschlagenheit, mochte ihre Probleme an diesem wunderschönen Tag aber nicht an sich heranlassen. Sie war gottfroh, ihre eigenen Schwierigkeiten durch Offenheit gelöst zu haben. Nachdem die Entscheidung gefallen war, mit Leonhard nach Mailand zu gehen, hatte sie das Gespräch mit ihren Schwiegereltern gesucht. Und die hatten die Sache recht leicht aufgenommen. Sie hatten ihnen sogar ihren ausdrücklichen Segen gegeben. Die einzige Bedingung war gewesen, dass sie mindestens zweimal im Jahr nach Isny kommen mussten … und wenn ein Kind unterwegs sein sollte, würde es unbedingt in Isny auf die Welt kommen müssen. Weil Leonhard wegen seines geplanten Geschäftes öfter in die Hauptstadt des Frankenlandes und in die deutschen Lande würde reisen müssen, sah Catharina kein Problem darin, bei solchen Gelegenheiten ihre Schwiegereltern im Allgäu und ihre eigenen Eltern in der Schweiz zu besuchen. Sie war gespannt, wie ihre Eltern auf die Neuigkeit reagieren würden, die sie ihnen mittels Sendboten hatte zukommen lassen.

»Ich weiß, was dich bedrückt, merke aber, dass du mir etwas mitteilen möchtest!«, versuchte Catharina, ihre Freundin zu trösten, die seit Tagen einen niedergeschlagenen Eindruck auf sie machte und auch an diesem großartigen Festtag ihre Traurigkeit zur Schau stellte.

»Sei mir bitte nicht böse, Catharina! Aber du kannst nicht im Entferntesten erahnen, was mich wirklich bedrückt!«

»Na klar, kann ich das!«, war sich Catharina sicher und meinte damit die Trennung ihrer Freundin von Carl. Dies zumindest hatte Adelheit ihr anvertraut. Allerdings hatte sie ihr kein Sterbenswörtchen davon gesagt, weswegen sie von Carl so abrupt Abstand genommen hatte.

Aber die beiden sollten nicht dazu kommen, sich darüber zu unterhalten. Wie aus dem Nichts sprang Herbaria laut schreiend auf eine Bank und von dort auf den Tisch, an dem die Eberz mit ein paar anderen Leuten saßen. Bevor ihnen klar wurde, was geschah, blies ihnen die alte Vettel ein Pulver in die Gesichter, das alle am Tisch zum Niesen brachte. Dann stieß sie die wüstesten Verwünschungen aus, schlug mit ihren Füßen Getränkebecher vom Tisch und spuckte Catharina auf den Kopf. Als sie gerade in einen Lederbeutel greifen wollte, um etwas Ungutes hervorzuholen, wurde sie von Serafin Leubler am Arm gepackt und vom Tisch heruntergezogen. Weil der städtische Kerkermeister am Tisch der Räte, direkt neben dem Tisch der Eberz, gesessen hatte, hatte er mitbekommen, wie ekelhaft sich die Kräuterhexe benahm. Kraft seines Amtes hatte er sofort reagiert.

»Siehst du, Serafin? Nun hast du doch noch Arbeit bekommen!«, flachste der »Bärenwirt« und stieß mit den anderen an, während Leubler das keifende Weib in Richtung Diebsturm abführte.

»Das hätte ins Auge gehen können!«, bemerkte Leonhard, der nicht wusste, wie viel Glück sie gehabt hatten, dass Leubler rechtzeitig dazwischen gegangen war. Denn unwissentlich hatte sie der raue Geselle davor bewahrt, dass ihnen die Kräuterhexe auch noch eine Mixtur aus fein geriebenen Giftpflanzen und Pilzen, Hagebuttensamen und Salpeter in die Gesichter blies. Ein paar der giftigen Mittelchen hatte Herbaria vom Nachrichter bekommen, der auch als Abdecker tätig war, weswegen er die Leimsiederei unterhalb der Unteren Mühle betrieb, wo er zum Gerben von Tierhäuten ätzende Zutaten benötigte.

Girgel Langer hatte natürlich nicht gewusst, was die alte Vettel mit seinen Ingredienzien plante, als er ihr diese verkauft hatte. Und von alledem, was soeben passiert war, hatte er nichts gesehen. Denn es war Usus, dass der Vollstrecker gerichtlicher oder städtischer Urteile allein und abseits des eigentlichen Geschehens sein Bier trinken musste. Obwohl Girgel trotz seines Berufes ein gutmütiger Mensch war, mochte niemand etwas mit ihm zu tun haben, abgesehen von Bartl und Serafin Leubler, mit denen er gelegentlich zusammensaß. Er war nur gut dafür, Kranken zu helfen, die sich keinen teuren Medicus und unbezahlbare Heilmittel aus der Apotheke leisten konnten. Aber Girgel machte dies nichts aus, er war es gewohnt. »Xundheit!«, sagte er zu sich selbst, bevor er einen kräftigen Schluck nahm.

Weil der Großmeister sein Geheimbundmitglied nirgends finden und auch nicht an den Bürgermeister herankommen konnte, war er unruhig geworden. Wie gerne würde er Kaspar Eberz und dessen Assistentin noch an diesem sowieso schon denkwürdigen Tag dem irrsinnigen Codex seines geheimen Bundes opfern? Es war ihm egal, dass der Codex dies nicht verlangte, weil mit dem nächsten Opfer die Schuld mehr als beglichen sein würde. Er hatte beschlossen, die beiden auf der Tobelbrücke gefallenen Mitglieder des »Gladius Dei« als Opfer für den Codex anzunehmen. Immerhin waren sie für das Amulett gestorben. Der Bürgermeister sollte trotzdem sterben.

Mit den gefälschten Amuletten hatten der Bürgermeister und der Münzmeister dem Geheimbund Schaden zugefügt. Momentan aber schien alles, was er sich vornahm, erfolglos im Sand zu verlaufen. Und weil er sich auch noch um das Wichtigste überhaupt kümmern musste, stampfte er ständig zwischen dem Festplatz und dem Sezierraum hin und her. Er wählte seine Strecke stets so aus, dass er an der Münzwerkstatt vorbeikam. »Immer noch zu viele Leute«, hatte er missmutig vor sich hingemault, als er zum vierten Mal das Gewölbe im hinteren Teil des Klosters anpeilte und dabei einmal mehr die Gelegenheit nutzte, durch ein Fenster in die Werkstatt zu schauen. Weil sich dort nichts geändert hatte und Jörg Öberer nach wie vor mit dem »Schauprägen« beschäftigt war, ging er weiter, in der Hoffnung, endlich auf Carl zu stoßen oder den Bürgermeister allein in einem dunklen Winkel des Festgeländes anzutreffen. Und wo war dessen Assistentin? Doch der junge Medicus blieb wie vom Erdboden verschluckt und der Bürgermeister verließ den Tisch nicht, an dem er zusammen mit seiner Frau und einem Teil seiner Ratsmitglieder saß. Der Großmeister baute darauf, dass Eberz sich irgendwann erleichtern musste und den durch viele Feuerkörbe beleuchteten Festplatz verlassen würde. Das Areal, auf dem man die

»Donnerbalken« finden konnte, war nicht beleuchtet. Bei der Installation waren die städtischen Handwerker davon ausgegangen, dass die Männer »blind« in die ausgehobenen Gruben treffen würden.

Dieses Hin und Her dauerte so lange, bis der Münzmeister seine Vorführungen beendete und die letzten interessierten Leute wegschickte. Als dessen Arbeiter damit begannen, die Werkstatt aufzuräumen, legte sich ein zufriedenes Lächeln auf die Lippen des Großmeisters. »Na endlich!«, schoss es erleichtert aus ihm heraus, während er in einer dunklen Gasse darauf wartete, dass die beiden Gesellen und der Lehrling Feierabend machten und deren Principal allein sein würde.

Aber nicht nur der Großmeister des »Gladius Dei«, auch der Bürgermeister von Isny war inzwischen rastlos geworden. Er stand auf, um eine Runde über den Festplatz zu gehen und sich bei der Gelegenheit zu erleichtern. Weil er den ganzen Tag über nichts von seiner Assistentin gehört oder gesehen hatte, war er voller Sorge um sie. Nun – da der offizielle Teil vorüber war und er Zeit hatte – wollte er sich höchstpersönlich auf die Suche nach Kunigunde begeben. »Ich bin gleich wieder zurück, Margarethe!«, sagte er zu seiner Frau, die sich angeregt mit einer der Ratsfrauen unterhielt.

»Schon gut, Schatz!«, antwortete sie beiläufig, weil sie sich nichts dabei dachte, dass Kaspar den Tisch verließ. Sie wusste, dass der Bürgermeister von Isny schließlich nicht nur zu seiner eigenen Freude auf dem Festplatz war, sondern seinen Verpflichtungen nachgehen musste. Sie kannte das »hier ein Schwätzchen, dort ein Schwätzchen« zur Genüge. »Geh nur!«, drängte sie fast, weil sie das, was ihre Banknachbarin berichtete, so interessant fand, dass sie es unbedingt hören wollte. »Erzähl weiter, Rosel!«, forderte sie die andere auf, anstatt Kaspar das übliche Küsschen zu geben, das sie sich ansonsten immer gaben, wenn sie sich trennten.

Obwohl er sich über das fast schon ruppig anmutende Verhalten seiner Frau wunderte, verließ Kaspar den Tisch, um zum Abtritt zu gehen. Kunigunde muss doch irgendwo sein, dachte er sich, während er sich bemühte, vorwärtszukommen. Doch es war wie immer; er kam nicht umhin, einen Plausch nach dem anderen zu halten, ob er wollte oder nicht.

Ohne es auch nur im Entferntesten zu erahnen, hatte Kaspar Eberz ein unbeschreibliches Glück gehabt. Er war ausgerechnet zu einem Zeitpunkt zum Abtritt gegangen, an dem der Großmeister mit sich selbst beschäftigt und nicht auf dem Festplatz gewesen war. Bernhard von Huldenfeld war inzwischen besessen davon, ihn noch an diesem Abend zu töten, um anderntags mitsamt dem Amulett und seinem »Jiàn« in sein bürgerliches Leben zurückzukehren. Außerdem musste er mit dem jungen Medicus sprechen und von ihm hören, dass er zu seinem Schwur stehen würde. Falls dies nicht der Fall sein sollte, müsste der Großmeister nicht nur auf ein hoffnungsvolles Mitglied seines geheimen Zirkels, sondern auch auf einen hervorragenden Medicus verzichten, der ihm bei der Herstellung der geplanten Bücher helfen und ihn noch reicher machen sollte.

Von alledem bekam Carl nichts mit. Während der Großmeister es kaum erwarten konnte, mit Jörg Öberer über das Amulett und das »Jiàn« zu verhandeln, saß der traurige junge Mann mit hängendem Kopf im »Wilden Mann«, einer neuen Taverne, weit abseits des allgemeinen Geschehens. Weil diese außergewöhnliche Bierschenke erst in ein paar Tagen eröffnet werden sollte, war sie in Isny den Wenigsten bekannt. So war es ein purer Zufall gewesen, dass sich Carl dorthinein verirrt und vom etwa gleichaltrigen, überaus freundlichen Wirt ein Probebier bekommen hatte.

Zuvor war der hoffnungslos verliebte Schweizer ziellos durch Isny spaziert und dabei sogar mehrere Male gefährlich nahe am Großmeister vorbeigelaufen, ohne von ihm gesehen worden zu sein.

Immer wenn Carl an Adelheit dachte, war die Sehnsucht nach ihr unerträglich geworden. Er hatte lange hin und her überlegt, ob er einen neuen Versuch unternehmen sollte, sie davon zu überzeugen, dass er kein böser Mensch war und ungewollt in »diese Sache« hineingerutscht war. Außerdem hatte er ihr – auch wenn es nichts helfen sollte – wenigstens noch einmal sagen wollen, dass er sie ehrlich, aufrichtig und selbstlos liebte. Aber immer, wenn er kurz davor gewesen war, hatte ihn der Mut verlassen.

So saß er nun allein in einer anderen Schenke und sinnierte weiter über die gescheiterte Beziehung zu Adelheit wie über seine Rolle beim Geheimbund. In beiden Fällen wusste er nicht, wie er sich verhalten sollte. Er wusste nur, dass er seine Sachen für die Abreise bereits gepackt hatte und Isny morgen in aller Früh für immer den Rücken kehren würde.

Da wurde er mit einem aufmunternden »He! Wat ist los mit dir?« aus seinen trüben Gedanken gerissen: »Weil du quasi ming erster Jast bist und mir beim Aufhängen des Wirtshausschildes jeholfen hast, trinken wir jetzt noch en lecker Biersche zusamme!«, bot der offensichtlich gut gelaunte Wirt an, der sich Carl als »Kölsche Jupp« vorgestellt hatte. Dann knallte er zwei randvoll gefüllte Becher so fest auf den Tisch, dass das Bier herausschwappte. »Somit wär isch meinem Ruf als ›Wilder Mann‹ zum ersten Mal in Isny jerecht jeworden und meine Taverne is jetauft!«, tönte er und schob Carl den ungewöhnlich kleinen Becher hin, um mit ihm auf das Gelingen seines Geschäftes anzustoßen.

»Jupp ist ein eigenartiger Name und du sprichst seltsam«, bemerkte Carl und erfuhr, dass der fröhliche Wirt aus der rheinischen Kurfürstenstadt Köln stammte.

»Und wat hat disch hierher verschlajen?«, mochte der »Kölsche Jung« wissen, wie Jupp sich selbst bezeichnete, nachdem er festgestellt hatte, dass Carls Aussprache ebenfalls nicht einheimisch war.

Die beiden jungen Männer waren sich ähnlich und auf Anhieb wohlgesonnen. Es entwickelte sich rasch eine nette und für Carl wohltuende Unterhaltung, während derer er es zunehmend bedauerte, nicht länger in Isny bleiben zu können. Denn nun – so schien es zumindest – hatte er hier einen Freund gefunden, mit dem er das Los des »Zugereisten« teilen konnte. Er *hätte* in dem schnuckeligen Allgäuer Städtchen ein interessantes Angebot des Bürgermeisters, ein Mädchen, das er über alles liebte, und jetzt auch noch eine Männerfreundschaft – was wollte er mehr? Hätte. Bei den neuerlichen Gedanken an Adelheit stöhnte Carl auf.

Weil Jupp merkte, dass es seinem ersten Gast nicht besonders gut ging, brachte er ihm ein Bierchen nach dem anderen, in der Hoffnung ihn aufzumuntern.
Carl mochte sich – so sehr er diese Ablenkung genoss – auf kein Besäufnis einlassen. Er wusste nicht, weshalb er sich dem wildfremden Schankwirt anvertraute, schließlich hatte

er ihn ja erst kennengelernt, aber Jupp hörte fasziniert zu, als Carl ihm frei heraus vom Geheimbund »Gladius Dei«, dessen unverständlichen Regularien und von seinem Ärger mit dem Großmeister berichtete. In diesem Zusammenhang kam er auf seinen Liebeskummer zu sprechen und schwärmte Jupp von Adelheit vor. Dabei stellte sich heraus, dass Jupp gut zuhören konnte und einige kluge Ratschläge für Carl parat hatte.

Abgesehen von Herbarias Auftritt und der Körperstrafe an Ludwig Strickler war es den ganzen Tag über ein friedvolles Fest gewesen – die Isnyer hatten das getan, was sie am besten konnten: feiern, was das Zeug hielt und was der Geldbeutel hergab. Während die Kinder das große Spieleangebot begeistert genutzt hatten, waren die erwachsenen Isnyer mit ihren Gästen auf den Bänken zusammengerutscht und hatten einen Becher nach dem anderen gehoben. Sie alle einte das Amulett, das sie stolz um ihre Hälse trugen.

Die Stimmung war ausgelassen, aber nicht übermütig gewesen. Und es hatte keine einzige Rauferei gegeben, was bei den Allgäuern schon mal vorkommen konnte, wenn sie zu viel getrunken hatten. Aber dieser Tag war einfach zu schön gewesen, um ihn sich zu verderben. Da blieb nur zu hoffen, dass es auch am Abend – wenn der Alkohol so richtig zu wirken begann – keine Probleme geben würde.

Geistesabwesend schaute Adelheit den »Feuerknechten« zu, die sich um die Beleuchtung des Festplatzes kümmerten. In dieser lauen Vollmondnacht entwickelte sich eine derart heimelige Atmosphäre, dass niemand nach Hause gehen mochte. Nur Adelheit und der Bürgermeister ließen sich nicht davon gefangen nehmen. Wegen des von ihm arrangierten »Lichterspectaculums« durften sogar die Kinder länger wach bleiben als sonst. Lediglich die ganz Kleinen wurden von ihren Müttern nach und nach in die Obhut ihrer Großmütter gegeben. Danach kehrten die Frauen zügig zum Festplatz zurück. Keine mochte den letzten Höhepunkt des Tages verpassen.

Zu aller Sicherheit marschierten die zur Feuerwache eingeteilten Männer auf und postierten sich mit Wasserkübeln bewaffnet über das gesamte Festgelände.

Während sich die anderen Gäste darauf freuten, vermisste Margarethe Eberz ihren Mann. Denn sie war inzwischen doch in Sorge um ihn. »Wo bleibt Kaspar nur?«, wollte sie zum wer weiß wievielten Mal von Leonhard wissen, der keine Antwort geben konnte.

»Soll ich ihn suchen?«, bot er seiner Mutter an.

»Er sicher wird er irgendwo ein Schwätzchen halten!«, beruhigte sich Margarethe selbst und schlug vor, noch bis kurz vor Beginn des Feuerspektakels zu warten. Aber überzeugt war sie nicht.

Kapitel 44

Durch ein Fenster der Münzwerkstatt bekam der Großmeister mit, wie Jörg Öberer seinen Lehrling verabschiedete, indem er ihm etwas Geld in die Hand drückte. Dabei strich er ihm mit der anderen Hand lobend über die wuscheligen Haare und wünschte ihm viel Spaß auf der Festwiese, wie er dies vor einer Stunde seinen beiden Gesellen gegenüber getan hatte. »Vielleicht findest du Jan und Hubertus im Trubel der vielen Menschen! Trink aber ja keinen Alkohol! Hörst du, Schorschi?«, rief er ihm lachend nach, bevor er sich selbst anschickte, sich auf dem Festplatz ein paar Feierabendbierchen zu gönnen.

Mit seinem Tagewerk und seinem Einstand als erster Isnyer Münzpräger zufrieden, wollte er dem Bürgermeister und dem Obermeister aller örtlichen Zünfte Bericht erstatten. Immerhin hatte er zusammen mit seinen Gehilfen beim Schauprägen mehrere hundert Amulette geschlagen und dafür gutes Geld eingenommen – wie viel, wusste er noch nicht, würde dies aber am nächsten Morgen in Erfahrung bringen. Außerdem hatte er sich bei einem guten Teil der Isnyer Bevölkerung persönlich vorgestellt und viele Fragen beantwortet. Aus seiner Sicht ein rundum gelungener Einstand. Nun konnte er seine Familie getrost nachziehen lassen.

Die erhofften Feierabendbierchen sollten dem emsigen Handwerksmeister aber nicht gegönnt sein. Kaum dass er in seiner Schreibstube die Joppe vom Haken genommen hatte, hörte er, dass die Eingangstür geöffnet wurde.

»Tut mir leid, aber wir haben geschlossen!«, rief er und begründete dies damit, kein einziges der frisch geprägten Amulette mehr zu haben.

»Das brauche ich nicht!«

»Ach, der Buchdrucker! Was kann ich für Euch tun?«

»Das wisst Ihr ganz genau!«

Von dieser Antwort verunsichert, ging der Münzmeister auf den ungebetenen Besucher zu und fragte, was er meine.

Die Antwort kam schnörkellos: »Hatten wir nicht vereinbart, dass Ihr Euch überlegt, zu welchem Preis Ihr mir das Amulett und das Schwert verkaufen möchtet?«

Jörg Öberer lachte. »Erstens: Von ›möchten‹ kann überhaupt keine Rede sein! Und zweitens habe ich Euch nichts versprochen.«

»Das stimmt. Aber Ihr wolltet doch …«

»… nur überlegen, ob ich die beiden Teile überhaupt verkaufe, mehr nicht!«, fuhr der Münzmeister forsch dazwischen.

Obwohl Bernhard von Huldenfeld sofort klar gewesen war, dass es mit dem Geschäft nicht einfach werden würde, versuchte er krampfhaft, höflich zu bleiben: »Ich möchte doch nur wissen, ob die Möglichkeit besteht, die beiden Stücke zurückzubekommen. Wie Ihr wisst, hatten sie einmal mir gehört und wurden mir gestohlen. Ihr selbst habt zugegeben, dass der Verkäufer in Kempten eine undurchsichtige Gestalt gewesen sei! Also?«

Während Jörg Öberer überlegte, was er antworten sollte, strich er sich über seine unrasierten Wangen.

»Was ist nun?«

»Vom Schwert kann ich mich gerne trennen, falls der Preis stimmt!«

Dass der Großmeister erleichtert aufatmete, bemerkte Öberer nicht, bevor er ihn bat, ihm nicht böse zu sein, wenn er den »Münzmeisterpfennig« *nicht* verkaufen würde.

»Weshalb denn nicht?«, mochte der irritierte Großmeister wissen, während seine Hand langsam zum Heft seines Schwertes glitt.

»Dieses Festjahr in Isny fußt doch irgendwie auf dem ›Münzmeisterpfennig‹, den nun alle Isnyer als Amulett um ihren Hals hängen haben, zwar nur einseitig geschlagen, aber immerhin! Ich betrachte dieses Teil als eine Art Glücksbringer für die Stadt und für mich persönlich!«

»Ob er Euch tatsächlich Glück bringt, wird sich bestimmt schnell herausstellen«, sagte der adelige Buchdrucker mit aufgesetzt freundlicher Stimme.

»Wie meint Ihr das?« Während er auf eine Antwort wartete, zogen sich Jörg Öberers Augenbrauen zusammen.

»Ach, nichts!«, wehrte der Großmeister lächelnd ab. »Darf ich ihn wenigstens noch einmal sehen? Nur ganz kurz!«

Nachdem Kaspar Eberz den ganzen Festplatz ergebnislos nach seiner Assistentin abgesucht hatte, wollte er zu deren Wohnstätte gehen, um dort nach ihr zu sehen. Allerdings tat er dies nicht gerne. Er wusste, dass seine Isnyer nicht nur ein feierfreudiges, sondern auch ein schnatterfreudiges Völkchen waren, das nicht hinterm Berg hielt, wenn es interessante Neuigkeiten zu vermelden gab. Auch wenn sich die Isnyer zu Recht als Allgäuer begriffen, waren sie zu einem Teil Westschwaben. Und ein Bürgermeister, der nachts seine Assistentin besuchte, war ein Thema, das sich zu verbreiten lohnte. Vor allen Dingen würden sich diejenigen freuen, denen er im Laufe seiner Amtszeit auf die Füße getreten war – und dies waren nicht wenige.

Vielleicht ist sie ja den ganzen Tag über zu Hause geblieben, weil sie krank ist und ihr Lager nicht verlassen kann, reimte er sich zusammen, als er sich auf den Weg dorthin machte. Aber er sollte nicht allzu weit kommen. Denn wie es der Teufel wollte, lief er dem Großmeister in die Hände. »Wohin des Weges, Herr Bürgermeister?«, fragte der verschlagene Buchdrucker, der längst das Vertrauen des Bürgermeisters erlangt hatte. »Kann ich etwas für Euch tun?«

»Die Frage lautet wohl besser, was *ich* für *Euch* tun kann!«, antwortete Eberz und stellte fest, dass der Buchdrucker abgehetzt aussah.

»Ich bin nur etwas außer Atem, weil ich …«

»Und was ist das?« Der Bürgermeister zeigte auf den Rock des Mannes. »Ist das Blut?«

»Ach, das? Nein, nein, das ist kein Blut!«, wehrte der Mann ab, an dessen Gürtel zwei Schwerter hingen, und faltete die roten Flecken weg. Um etwas Zeit zu gewinnen, legte er einen Arm auf die Schulter des Bürgermeisters, der über diese Vertraulichkeit zwar mehr als erstaunt war, sich aber nicht dagegen sperrte. Denn nach wie vor mochte er den Buchdrucker dazu gewinnen, in Isny eine Zweigstelle einzurichten. Deswegen ließ er sich von der Antwort des Kempteners beschwichtigen: »Ich wollte es Euch zwar noch nicht sagen! Da Ihr aber die rote Druckerfarbe an meinem Rock bemerkt habt, verrate ich Euch meine Überraschung in Gottes Namen jetzt schon!«

»Eine *rote* Druckerfarbe?«, wunderte sich Kaspar Eberz. Er war sich dessen ziemlich sicher, dass für den Buchdruck lediglich eine einzige Farbe benutzt wurde und außer Schwarz alle anderen Farben von Hand gemalt wurden. Neugierig geworden, dachte er nicht daran, dass die Flüssigkeit, von der er nun auch einige Spritzer im Gesicht des Buchdruckers entdeckte, das Blut des Münzmeisters sein könnte. Also ließ er sich von dem, was er zu hören bekam, in den Bann ziehen.

Während der Großmeister den Arm immer noch um die Schulter des Bürgermeisters liegen hatte, schob er ihn sanft nach Osten. Dabei erzählte er ihm, dass er ein Stückchen oberhalb des Klosters passende Räumlichkeiten gefunden hatte, in denen er eine Druckerwerkstatt einrichten würde. »Die Druckerpresse ist noch nicht hier, dafür aber die Bleilettern, mit denen ich ein paar Handdrucke machen möchte, daher die rote Farbe!«, log er dreist.

Obwohl der Bürgermeister sich im Stillen fragte, welche Räume der Buchdrucker oberhalb der östlichen Klostermauer gemeint haben könnte, ging er wie magisch davon angezogen mit ihm zwischen den beiden Kirchen hindurch in diese Richtung. Von dem Gedanken fasziniert, dass seine Stadt tatsächlich eine Druckerwerkstatt bekommen würde, vergaß er sogar seine Assistentin. »Befindet sich Eure Druckerwerkstatt in der alten Burg?«, fragte er und bekam zur Antwort, dass er sich überraschen lassen solle.

»Das Spectaculum beginnt gleich und ich kann den Herrn Bürgermeister nirgends finden!«, beklagte sich Bartl Gschwender am Tisch der Familie Eberz. Weil der Stadtbüttel für einen pünktlichen Beginn zuständig war und das Feuerspektakel ansagen musste, war er völlig durch den Wind. Sich seiner Verantwortung bewusst, hatte er den Tag über keinen einzigen Tropfen Alkohol getrunken. Umso mehr mochte er seine Arbeit ordentlich zu Ende bringen, um dann vielleicht ein bisschen Gemütlichkeit im Kreise seiner Freunde zu genießen.

Aber dies sollte ihm noch nicht gegönnt sein. Denn die Frau des Bürgermeisters pfiff ihn an: »Ja, dann such ihn doch, du fauler Sack!«

»Bleib gelassen, Margarethe! Bartl macht nur seine Arbeit!«, mischte sich Mattheiß Trimmel ins Gespräch, der dem Büttel wegen dessen heutiger Abstinenz Respekt zollte. »Ich glaube, Kaspar wollte seine Assistentin suchen!« Der Obermeister aller Isnyer Zünfte war selbst in Unruhe, weil ihm der Münzmeister versprochen hatte, weit vor Beginn des Schlussspektakels Feierabend zu machen, um mit ihm und dem Bürgermeister wenigstens noch auf den Tag anzustoßen. Außerdem sollte er Bericht über das Schauprägen erstatten und erzählen, wie sein erster Arbeitstag verlaufen war.

»Du hast ja recht, Mattheiß!«, sagte Margarethe und zeigte sich dem Büttel gegenüber freundlicher, indem sie ihn in höflichem Ton bat, zu Kunigunde nach Hause zu gehen, um nachzuschauen, ob ihr Mann dort sei. »Ohne den Bürgermeister gibt es kein Feuerspectaculum!«, befand sie und rief nach der Schankmagd, um eine Runde zu bestellen. Sie mochte sich davon ablenken, dass sie sich große Sorgen um ihren Mann machte. Und weil ihr Sohn momentan irgendwo auf dem Festplatz herumschwirrte, war ihr nichts anderes eingefallen, als Bartl auf die Suche zu schicken. Dabei war ihr ein schlimmer Verdacht in den Sinn gekommen, für den sie allerdings keinerlei Anhaltspunkte hatte. Kaspars Assistentin ist jung und sieht sehr gut aus, dachte sie.

Aufgrund der ganzen Aufregung war Bartl dabei, seinem heutigen Schwur untreu zu werden, so lange nichts zu trinken, bis das Lichterspektakel vorüber war und er Feierabend hatte. Die Schmach, vor allen Leuten ausgerechnet von einem Weib als ›fauler Sack‹ bezeichnet worden zu sein, nagte heftig an ihm, sodass sich der angestaute Durst des ganzen Tages schlagartig bemerkbar machte. Da nützte es nichts, dass es die Frau des Bürgermeisters gewesen war, die ihn heruntergeputzt hatte, und dass sie sich mehr oder weniger bei ihm entschuldigt hatte.

Bevor er zu Kunigundes Haus gehen und dort auf den Bürgermeister stoßen würde, musste er sich erst einmal beruhigen. Und dies konnte er am besten bei einem, oder besser noch, bei mehreren Krügen Bier. Und wenn er auf Nummer sicher gehen mochte, würde er ein paar Schnäpse dazu trinken. Das passt ja, dachte er sich, weil er in diesem Moment an der Speise- und Trinkstube »Zum Rössle« in der Obertorstraße vorbeikam.

Eiligen Schrittes ging er zur Tür, riss sie freudig auf, schrie ein herzlich gemeintes »Griaß eich!« in den Schankraum und setzte sich an den Stammtisch.

An diesem Abend war nichts los, so freuten sich zumindest der Wirt und einige wenige Säufer über den neu hinzugekommenen Gast. »Ich Narr hätte meine gute Stube gleich mit Beginn des Festumzuges schließen sollen!«, klagte Poldi und gab trotz des schlechten Geschäftes eine Runde Schnaps aus.

Inzwischen war eine ganze Stunde vergangen und vom Feuerspektakel immer noch nichts zu hören und zu sehen gewesen. Allerdings hätten sich die wenigen Zecher am »Rössle-Stammtisch« auch schwer damit getan. Sie hatten allesamt genug getrunken, sodass sie sowieso nichts mehr von dem mitbekamen, was draußen los war. Selbst Poldi mochte sein Gasthaus nicht mehr verlassen, nur um glitzernde Blitze, leuchtende Sterne am Firmament und brennende Kugeln zu sehen, die über die Wiese rollten.

Als wenn er eine göttliche Eingebung gehabt hätte, rief Bartl plötzlich heraus: »Ich muss zum Bürgermeister, er braucht mich!« Demnach wollte der Büttel nach sechs großen Krügen Bier, die er in sich hineingestürzt hatte, endlich seines Amtes walten. Zuvor musste er sich allerdings erleichtern. Weil er das »Rössle« bereits verlassen hatte, stolperte er durch eine kleine Gasse hinter das Wirtshaus, um seine Notdurft in den dortigen Misthaufen hineinzuverrichten. Dabei hatte er die Rechnung ohne die Schwerkraft gemacht. Weil ein ruhiges Nach-Vorne-Beugen nicht mehr möglich war, schwankte er ständig vor und zurück. Obwohl Bartl sich voll und ganz auf das, was er tat, konzentrierte und krampfhaft versuchte, seinen feisten Körper im Gleichgewicht zu halten, passierte es:

Der Stadtbüttel Bartl Gschwender kippte nach vorne, wo er mit dem Gesicht im Mist landete.

Weil in der Stadt der Lärm von der Festwiese kaum zu hören war, hallte sein lautes Gefluche weithin durch die Straßen und Gassen von Isny. Dies rief die wenigen Menschen auf den Plan, die nicht zu Hause oder auf der Festwiese waren. Schnell scharte sich ein Grüppchen um den Misthaufen, zu dem auch der »Kölsche Jupp« und Carl gehörten, die das Geschrei des Büttels bis zum »Wilden Mann« hinüber gehört hatten.

Nachdem Bartl sich etliche dumme Sprüche hatte anhören müssen und die herumstehenden Männer und Frauen sich vor Lachen geschüttelt hatten, wollte der »Rösslewirt« von seinem Gast wissen, weshalb er sich nicht auf dem Abtritt seiner Gaststätte erleichtert hatte.

»Was glaubst du denn, Poldi? Weil ich es eilig gehabt habe!«, maulte Bartl, während er sich immer noch den Mist aus dem Gesicht zu schmieren versuchte.

»Wieso hast du es auf einmal eilig?«, mochte einer der Männer wissen, der Bartl gut kannte und wusste, dass es der Stadtbüttel ansonsten nicht allzu streng anging.

Bartl erklärte mühsam, dass er von der Frau des Bürgermeisters die »Aufgabe« erhalten habe, ihren Mann zu suchen, der scheinbar bei seiner Assistentin zu Hause sei. »Aber beide sind wohl verschollen!«

Als dies die Leute hörten, brandete schon wieder Gelächter auf. »Da schau her: Während auf der Festwiese der Teufel los ist, vergnügt sich unser braver Herr Bürgermeister heimlich mit einer Hexe!« Als solche wurde die anmutige Assistentin des Bürgermeisters insbesondere von denjenigen Männern hinter vorgehaltener Hand genannt, die ein Auge auf sie geworfen, aber kein Glück bei ihr gehabt hatten.

Nur einen hatten die missfälligen Sprüche nicht geschert. Carl war trotz des kuriosen Anblicks ernst geblieben. »Sag mir bitte mehr darüber!«, bat der junge Medicus, nachdem er sich mit Jupp durch die Menschenmenge nach vorne gedrängt hatte, um dem Amtsdiener auf die Beine zu helfen. Dem Mitglied des »Gladius Dei« schwante nichts Gutes.

»Na ja«, versuchte Bartl die Sache mit einem Schulterzucken abzutun, weil er nicht schon wieder für Gelächter sorgen mochte. Da ihm der Medicus aber hochgeholfen und dabei riskiert hatte, ebenfalls nach Schweinemist zu stinken, gab er ihm Auskunft. Er berichtete dem jungen Mann, dass der Herr Bürgermeister seit mehreren Stunden abgängig sei und dass dessen Assistentin den ganzen Tag über nicht gesehen worden war, obwohl sie hätte arbeiten müssen. »Kunigunde ist verschwunden!«

»Was?«, schoss es aus Carl heraus, während er sich zu Jupp umschaute.

»Han isch dir dat nit jesat? Op wat wartest de noch?«, sagte sein neuer Freund.

Kaum hatte Jupp es ausgesprochen, drang ein Höllenlärm von der Festwiese in die Stadt, sodass alle zusammenzuckten.

»Keine Angst, das sind nur die Schüsse unserer Schützengilde!«, beruhigte der Büttel diejenigen, die ihn soeben noch ausgelacht hatten. »Sie künden das Ende des Festes an!«

Kapitel 45

Während Bartl sich darüber wunderte, dass das Feuerspektakel ohne den Bürgermeister und ohne seine Ansage gezündet worden war, hatten sich Carl und Jupp auf den Weg gemacht.

Nachdem der Medicus gehört hatte, dass der Bürgermeister und dessen Assistentin abgängig waren, hatte es ihn zum Sezierraum gezogen.

Wegen der vielen Menschen, die den letzten Höhepunkt des Tages hatten kaum noch erwarten können, war der Frau des Bürgermeisters nichts anderes übrig geblieben, als ihren abgängigen Mann zu vertreten und auf Drängen einiger Ratsherren das Ende des Festes einzuläuten, indem sie mit kräftiger Stimme über den Festplatz gerufen hatte: »Das ›Feuerspectaculum‹ möge beginnen …!« Weil es Margarethe Eberz im Gegensatz zu ihrem Mann nicht gewohnt war, vor großem Publikum zu sprechen, hatte sie einen Knoten im Hals, der sie für einen Moment innehalten ließ, bevor sie ihren Satz ganz herausbrachte: »… und diesen wunderschönen Festtag zu Ehren des Isnyer Münzrechts beenden!«

Dass dies von den meisten Festbesuchern zunächst von einem lang gezogenen, entzückt klingenden »Aaah!« und dann von einem betrübt wirkenden »Oooh!« erwidert wurde, zeigte einmütig, dass sich die Menschen so auf das Feuerspektakel freuten, wie sie das angekündigte Ende des Festtages traurig stimmte.

Obwohl Margarethe Eberz seit Stunden wie auf Nadeln gesessen hatte, war ihr nichts anderes übriggeblieben als sich bis zum großen Finale des Festes zusammenzureißen und zu warten, selbst auf die Suche nach ihrem Mann gehen zu können. Leonhard, den sie mitnehmen wollte, war zu ein paar Freunden an den Tisch gesessen und hatte dort so viel Spaß gehabt, dass er die Zeit und fast auch Catharina vergessen hatte.

Als er endlich zu seiner Mutter zurückgekehrt war, hatte er nur den Kopf geschüttelt. Denn sie hatte ihn gefragt, ob ihm sein Vater begegnet sei.

Nun aber, da das Feuerspektakel und somit auch das gesamte »Münzfest« vorüber war, konnten sie sich endlich auf den Weg machen. Catharina kam mit auf die Suche. Selbst für Adelheit schien es eine Selbstverständlichkeit zu sein, in dieser sorgenvollen Stunde an der Seite ihrer Freunde zu sein. Margarethe hatte sich innerlich darauf versteift, dass ihr Mann lediglich in seiner Eigenschaft als Bürgermeister von Isny irgendwo in seiner Stadt unterwegs war, … oder eben bei seiner Assistentin. War er ihr untreu? Sie konnte den Gedanken trotz aller Mühe nicht verdrängen.

»Wo möchtest du Vater als Erstes suchen?«, riss Leonhard sie aus ihren Gedanken.

»Lass uns zuallererst in der Münzwerkstatt nach ihm schauen! Vielleicht hat er ja mit Herrn Öberer etwas zu besprechen, weil es dessen erster Arbeitstag hier in Isny war!«, hoffte sie.

Mit einem knappen »Gut!« akzeptierte Leonhard den Vorschlag seiner Mutter. Dann aber schlug er vor, dass Catharina und Adelheit gleichzeitig zu Kunigundes Wohnstätte gehen sollten, um dort nachzufragen. »Den ganzen Tag über hat Vater immer wieder davon gesprochen, dass er seine Assistentin nirgends finden konnte! Möglicherweise ist er ja tatsächlich bei ihr.« Obwohl Leonhard dies ohne jeglichen Hintergedanken sagte, fühlte sich seine Mutter so, als wenn ihr jemand einen Pfeil in die Brust geschossen hätte. Nicht dazu imstande zu antworten, nickte sie.

»Gut!«, kam es erneut knapp zurück, bevor Leonhard seiner Catharina ein Küsschen gab und seine Mutter fragte, wo die beiden Kunigundes Haus finden würden.

Margarethe erklärte es ihnen in kurzen Worten. »Kommt aber gleich wieder zurück!«, rief sie den Mädchen mit einem flauen Gefühl in der Magengegend nach.

Inzwischen hatte Carl doch noch die Initiative ergriffen und war mit seinem neuen Freund zur Ostmauer des Klosters gegangen, wo sie soeben angekommen waren. »Halt!«, gebot er Jupp plötzlich. »Du wartest hier so lange, bis ich dich rufe!«

»Dat is zu jefährlisch!«, empörte sich Jupp, blieb aber schließlich zurück.

Der Medicus kämpfte sich allein durchs Gestrüpp bis zu dem schmalen Gang, an dessen linker Seite sich der Eingang zum Sezierraum befand. Als er vor der Tür stand und die Faust zum vereinbarten Klopfzeichen geballt hatte, atmete er tief durch. Dann klopfte er und wartete. Das Warten schien ihm wie eine Ewigkeit. Niemand öffnete. »Verdammt!«, entfuhr es ihm. Ein weiteres Klopfzeichen blieb ebenfalls unbeantwortet. Carl stand hilflos da und überlegte, wo der Großmeister ansonsten sein konnte.

Um ihn herum war alles totenstill. Deswegen glaubte Carl zuerst an eine Sinnestäuschung, als er klopfende, sich irgendwie stampfend anhörende Geräusche aus dem Inneren des Sezierraums hörte. Erst nachdem er ein Ohr an die Tür gedrückt hatte, war er sich ganz sicher, dass jemand darin war. Wenn das der Großmeister wäre, hätte er mir geöffnet, dachte er und vergewisserte sich noch einmal, dass er sich nicht getäuscht hatte. Aber da war es wieder; ein fast rhythmisches Stampfen. Es hörte sich so an, als wenn jemand mit den Füßen auf den Boden schlug. Dumpf und kaum zu hören. Aber es war da. Es *musste* jemand im Gewölbekeller sein.

Carl war schmerzhaft klar geworden, dass es sich bei den Menschen im Sezierraum nur um Bürgermeister Eberz und dessen Assistentin handeln konnte. Der Großmeister wollte die beiden dem Geheimbund »Gladius Dei« opfern. Dass ausgerechnet sie verschwunden waren, konnte kein Zufall sein. Während er die Tür untersuchte und sein Blick auf das Schlüsselloch traf, fiel ihm der Schlüsselkasten in der Schreibstube des Bürgermeisters ein, von dem der Großmeister ihm und Fronica berichtet hatte. Und weil Bernhard von Huldenfeld auch den geheimen Gang zu dieser Schreibstube ganz genau beschrieben hatte, wusste Carl, wo in etwa sich dessen Ausgang befand. Wo man rauskommt, kommt man auch rein, überlegte er und beschloss, dort einzubrechen und den Originalschlüssel zum Sezierraum aus der Schreibstube des Bürgermeisters zu entwenden. Er hastete zu seinem Freund zurück, dem er auf dem Weg zum Amtssitz des Bürgermeisters alles erklärte.

Leonhard und seine Mutter hatten indessen eine grausige Entdeckung gemacht. Und weil das Fest zu Ende gegangen war, teilten sie ihr Erlebnis mit unzähligen Menschen, die auf dem Nachhauseweg gewesen und zufällig an der Werkstatt des Münzmeisters vorbeigekommen waren.

So bekam noch in dieser Nacht »die halbe Stadt« mit, dass für den neuen Isnyer Münzmeister der erste Arbeitstag auch der letzte gewesen war. Denn sein Körper lag in einer großen Blutlache auf dem Boden seiner Werkstatt. Aber dies allein war es nicht, weswegen Leonhard, seiner Mutter und den Passanten das pure Entsetzen im Gesicht stand. Vielmehr war es Jörg Öberers abgetrennter Kopf, der auf seiner Münzpresse so zwischen den Stempeln drapiert worden war, als wenn er zur Schau gestellt werden sollte.

Wegen der geöffneten Augen des Toten hatte es eine Weile gedauert, bis sich Leonhard ganz in die Werkstatt hineingewagt hatte, um den Leib und den Kopf zu betrachten. Dabei hatte er sich vorsichtig nach allen Seiten umgeschaut und eine an der an der Wand lehnende Eisenstange in die Hände genommen, um sich verteidigen zu können. Dann machte er eine weitere schreckliche Entdeckung: Die Wunde auf der Stirn des Toten erwies sich bei näherer Betrachtung als ein eingeritztes Quadrat, in dem sich die römische Zahl Neun befand. Leonhard hatte dies erst erkannt, als er dem Toten die Augen geschlossen und ihm ein Tuch auf die Stirn gelegt hatte, um damit das Blut aufzusaugen.

»Es ist noch nicht verkrustet!«, rief er den Leuten zu. »Der Mord kann also nicht lange her sein! ... Sicher ist der Mörder noch in der Nähe«, fügte er hinzu, um die Neugierigen loszuwerden. Als die Umstehenden dies hörten, wandten sich die meisten ab und rotteten sich in gebührendem Abstand des Hauses zusammen oder eilten gleich nach Hause.

»Catharina und Adelheit!«, schoss es aus Margarethe heraus. Die beiden waren in Lebensgefahr.

»Auf zu Kunigundes Haus!« Leonhard durfte gar nicht daran denken, dass seiner Ehefrau etwas geschehen sein konnte. »He, du! Ja, du! Komm mal her zu mir!«, forderte er einen der Männer auf, die vor der Werkstatt geblieben waren. Als er bei ihm war, beauftragte Leonhard ihn damit, darauf zu achten, dass die Würde des Toten nicht durch neugierige Gaffer beschmutzt wurde. »Du lässt niemanden ins Haus! Versprichst du mir das?«

»Ja!«, entgegnete der Mann eilfertig, weil er stolz darauf war, dass *ihm* vom Sohn des Bürgermeisters diese Aufgabe übertragen worden war.

»Gott sei Dank, dir fehlt nichts!«, stöhnte Leonhard erleichtert auf, während er seine verdutzt dreinschauende Frau fest in den Arm nahm.

»Was tut ihr denn hier? Ich dachte, ihr wolltet zum Haus des Münzmeisters und …«, wunderte sich Catharina, wurde aber von Leonhard unterbrochen: »Dort waren wir schon! Aber das erzähle ich dir später!«

»Wollt ihr nicht hereinkommen?«, hörten sie Kunigundes angestrengte Stimme aus dem Inneren des Hauses.

Leonhard trat über die Schwelle. »Was ist? Möchtest du nicht mit reinkommen?«, wunderte er sich über das sperrige Verhalten seiner Mutter, die nur zögerlich durch die Tür ging.

»Ist mein Mann da?«, mochte Margarethe von Adelheit wissen, die den beiden inzwischen entgegengegangen war.

»Nein«, stellte das Mädchen fest und trat beiseite, damit Frau Eberz an ihr vorbei die Treppe hochgehen konnte. Erst nach Adelheits Antwort hatte sie den Mut dazu gefunden.

Außer der mit einem ausgestreckten Bein auf einem Lehnstuhl sitzenden Assistentin ihres Mannes fand sie den Stadtbüttel vor, der den Eindruck erweckte, an Ort und Stelle einschlafen zu wollen. »Kann mir bitte jemand erklären, was hier los ist?«, knurrte sie, während sie mit strengem Blick zu Kunigunde schaute. Aber noch bevor jemand antworten konnte, brach es aus Margarethe Eberz heraus: »Wo warst du den ganzen Tag, Kunigunde! Mein Mann ist verschwunden! War er hier bei dir?«

»Nein, nein!«, wehrte die totenbleiche junge Frau entschieden ab. »Als ich aufgestanden bin und zur Kochstelle runter wollte, um mir einen Kräutersud zu machen, ist das oberste Treppenbrett durchgebrochen und ich bin so heftig eingeknickt, dass ich mir meinen linken Fuß gebrochen habe! Das war mir zuerst nicht richtig bewusst geworden, weil ich mich am Geländer hochgezogen habe, wodurch solch wahnsinnige Schmerzen über mich gekommen sind, dass ich wohl eine lange Zeit besinnungslos auf dem Boden gelegen bin!«

»Ich habe ihr bereits gesagt, dass es ein offener Bruch ist, der schnellstens behandelt werden muss!«, mischte sich nun Bartl ein, der aufgrund seiner Freundschaft zum Kerkermeister Serafin Leubler sogar ein wenig von der Heilkunde verstand. Immer, wenn sich die beiden im »Rössle« trafen, prahlte der raue Geselle mit seinem Wissen, das er vom gutmütigen Nachrichter Girgel Langer hatte, mit dem er wiederum öfter zusammensaß. Die drei Sonderlinge zusammengenommen galten in Isny als ein Faktotum, das zur Stadt gehörte wie die drei wichtigsten Türme.

»Schon gut, Bartl!«, blockte Margarethe ab. »Aber auf den Gedanken, selbst den Medicus zu holen, bist du nicht gekommen!«

»Weshalb sollte der Herr Bürgermeister eigentlich bei mir zu Hause sein?«, wunderte sich Kunigunde.

»Das kann ich dir sagen«, erklärte Margarethe. Allerdings kam sie nicht mehr dazu, ihre absurde Vermutung auszusprechen. Denn sie wurde von ihrem Sohn unterbrochen. Leonhard ahnte, was seine Mutter umtrieb.

»Aber …«

»Lass es gut sein!«, fuhr er erneut dazwischen, weil er stattdessen von Kunigunde wissen mochte, wie es mit ihr weitergegangen war. Er hatte ja gemerkt, dass es dem Mädchen nicht gut ging und sprach in sanftem Ton.

Kunigunde erzählte, dass sie sich trotz der unglaublichen Schmerzen zu einem Fenster geschleppt und immer wieder um Hilfe gerufen hatte. »Aber bei dem Festlärm dort draußen hat mich niemand gehört. Und die Treppe zur Haustür runter konnte ich nicht mehr schaffen! Also habe ich mich hierhergeschleppt!« Als sie dies sagte, verzog sie ihr Gesicht, fuhr aber gleich mit ihrer Berichterstattung fort: »Dann habe ich dieses Laken hier darauf gelegt … und gehofft, dass mich jemand vermisst.« Wegen ihrer Enttäuschung darüber, dass dies den ganzen Tag über nicht der Fall gewesen war, musste sie weinen.

»Das tut uns leid! Aber nun wissen wir ja Bescheid!« Margarethe Eberz' Stimme zitterte. »Bartl! Du gehst sofort zum alten Medicus und holst ihn her! Dann kommst du unverzüglich zurück und hältst so lange Wache vor der Haustür, bis jemand von uns wieder bei dir ist! Hast du das verstanden?«

»Ja, Frau Bürgermeister!«, kam es kleinlaut zurück. Bartl verdammte sich selbst, weil er durch seine Sauferei alles zerstört hatte. Er musste sich zusammenreißen, um es wiedergutzumachen. Und dabei sollten ihm seine beiden Kumpane Girgel und Serafin helfen.

»Und wir begeben uns sofort wieder auf die Suche nach meinem Mann!«, ordnete Margarethe in bestimmendem Ton an, bevor sie zu Kunigunde ging, um ihr aufmunternd über eine Wange zu streicheln. »Alles wird gut!«, sagte sie zu ihr, obwohl sie selbst nicht recht daran glauben mochte.

Wenn doch nur Carl den Bruch behandeln könnte, dachte Adelheit und eilte allen voran nach draußen, weil sie wegen der Gedanken an ihn ebenfalls weinen musste.

Bartl hatte sich bereits auf den Weg zum alten Medicus und zu seinen beiden Spießgesellen gemacht, als Familie Eberz in die Obertorstraße einbog, wo sie sich für die weitere Suche erneut in zwei Grüppchen aufteilen wollten.

»Wartet!«, rief Adelheit Leonhard und seiner Mutter nach.

»Was ist denn noch?«

Adelheit zeigte in Richtung des oberen Tores und rief aufgeregt: »Seht doch! Das ist Carl! Er kann Kunigunde besser helfen als der alte Medicus!« Als wenn nichts zwischen ihnen wäre, rannte sie ihm entgegen … und blieb zwei Schritte vor ihm wie angewurzelt stehen, anstatt das zu tun, wonach sie sich sehnte.

Als sich alle um Carl und den jungen Mann an seiner Seite geschart hatten, erzählten sie sich gegenseitig in aller Kürze ihre Neuigkeiten. Dabei hielt Leonhard auch nicht mit dem hinterm Berg, was in der Münzwerkstatt geschehen war, was sowohl Catharina als auch Adelheit dazu brachte, sich zu übergeben.

Der junge Medicus erzählte etwas von einem geheimen Raum, zu dem er den Schlüssel hatte. Alles andere, was damit zu tun hatte, verschwieg er geflissentlich. »Um Kunigunde kümmere ich mich später, der alte Medicus wird mit einem gebrochenen Fuß schon zurechtkommen.«

Kaum hatte er dies ausgesprochen, rannte er mit Jupp davon.

Die anderen schauten sich kurz an und eilten einfach hinterher.

»In diesem Gebüsch seid ihr gut versteckt! Ihr bleibt alle hier und rührt euch nicht vom Fleck! Egal, was geschieht: Ihr macht keinen Mucks! Dort vorne befindet sich ein Gewölbekeller, in dem ich den Herrn Bürgermeister vermute! Ich gehe jetzt mit Leonhard und Jupp dorthin und melde mich sofort, wenn ich etwas weiß!«, beschwor Carl die Frauen und erklärte den beiden anderen Männern die weitere Vorgehensweise.

Bevor Carl erneut an die Tür klopfte, atmete er abermals tief durch. Als er etwas ruhiger geworden war, legte er wieder ein Ohr an die Tür. Dieses Mal vernahm er keine Klopfzeichen. Außer dem heftigen Pochen seines eigenen Herzschlages hörte er überhaupt nichts.

Weil ihm niemand die Tür öffnete, zog er den entwendeten Schlüssel aus der Tasche. Dass er ausgerechnet in einer der wichtigsten Stunden seines Lebens auf Adelheit gestoßen war, konnte nur ein gutes Omen sein wie die Tatsache, dass der Großmeister Kunigunde nicht in seine Finger bekommen hatte. Nun galt es nur noch, den Mut aufzubringen und den Schlüssel ins Loch zu stecken, ihn umzudrehen und die Tür zum Sezierraum zum hoffentlich allerletzten Mal zu öffnen.

Carl war in der Tür verschwunden und die wenigen Stufen zum Sezierraum hinuntergeschlichen. Weil er Licht gesehen hatte, war er so leise wie möglich gewesen. Leonhard und Jupp hatten sich zu beiden Seiten der Tür postiert. Leonhard hatte die Eisenstange aus der Münzwerkstatt mitgenommen, Jupp hatte im Gebüsch einen Holzprügel gefunden. Beide waren fest dazu entschlossen, Carl bei Notwendigkeit beizustehen.

Nach und nach wuchs die Anspannung. Carl war erst wenige Augenblicke hinter der Tür verschwunden, da verlor Margarethe als Erste die Geduld und schälte sich aus dem Dickicht, um zu den Männern zu gehen.

»Wat tut Ihr denn hier?«, mochte der junge Kölner wissen. Aber Margarethe ließ sich nicht aufhalten und ging mutig die Treppe hinunter, um selbst nachzusehen, ob ihr Mann dort unten war. Die anderen folgten ihr.

Carl rügte sie: »Ich wäre sowieso gleich mit dem Herrn Bürgermeister zurückgekommen! Ich wollte nur rasch die Wunde behandeln, die er am Kopf hat!«

»Kaspar!«, rief Margarethe überglücklich und wollte sich auf ihren Mann stürzen, aber der Medicus hielt sie davon ab.

Nach der Begrüßung musste Kaspar trotz Carls Warnung noch an Ort und Stelle berichten, was vorgefallen war. »… und dann hat mir der Buchdrucker von hinten etwas auf den Kopf geschlagen! Als ich hier aufgewacht bin, war ich gefesselt und hatte einen Knebel im Mund!«

»Da hast du aber Glück gehabt!«, freute sich Margarethe. »Sicher hätte er dich umgebracht!« Bei diesen Gedanken konnte sie die Tränen nicht mehr halten.

Ein Stimme drang durch den Sezierraum: »Ob er Glück gehabt hat, wird sich erst noch herausstellen!«

Erschrocken fuhren die Köpfe der Retter in die Richtung, aus der die Stimme gekommen war. Dort sahen sie unter dem Türrahmen den Schemen eines Mannes. Es war der Großmeister, der langsam die Treppe herunterkam, während er sein Schwert zog. Zuvor hatte er den Schlüssel aus dem Schloss gezogen, den Carl steckengelassen hatte, und in seiner Hosentasche verschwinden lassen.

Die Männer gingen sofort in Position. Weil der Bürgermeister außer einem Brummschädel und einer kleinen Wunde keine Verletzungen hatte, baute er sich schützend vor den Frauen auf.

Schritt für Schritt ging der Großmeister auf die Gruppe zu. Kurz bevor er sie erreichte, fragte er Carl: »Hast du dich gegen mich gestellt?«

Carl nickte und setzte zu einer Erklärung an.

Der Großmeister hob eine Hand und brachte ihn dadurch zum Schweigen. »Du hattest eine grandiose Zukunft vor dir! Wir zwei … Wenn ich allein daran denke, wie berühmt wir geworden wären, wenn wir die Lehrbücher gemeinsam hergestellt hätten, könnte ich heulen! So aber …«

Weil der Stadtbüttel seine beiden Freunde Girgel und Serafin dazugeholt hatte, waren sie zu dritt gewesen, um die Assistentin des Bürgermeisters zu beschützen. Deswegen hatte der Großmeister vor Kunigundes Haus drei kampfbereite Wachen gesehen, und die Sache war ihm zu gefährlich geworden. Also war er zum Sezierraum geeilt, um sein Werk zu vollenden. Mit dem Amulett und dem »Jiàn« in seinem Besitz konnte er Isny dann ja getrost verlassen. Er bräuchte nur noch den Sezierraum abzuschließen und niemand würde ihn mit dem unerklärlichen Verschwinden der gesamten Familie Eberz in Zusammenhang bringen.

»Mit dir fange ich an!«, sprach der Großmeister seinen letzten Gedanken laut aus.

Während Carl in Verteidigungsposition ging, versuchten die anderen Männer, die Frauen aus der Gefahr zu bringen. Adelheit wehrte sich mit aller Kraft dagegen. Als sie Leonhard sanft an einem Arm packte, riss sie sich schreiend frei und begann, wild um sich zu schlagen. Sie konnte Carl unmöglich im Stich lassen.

Leonhard gab klein bei: »Also gut! Komm mit! Aber misch dich nicht in den Kampf ein! Hast du das verstanden?«

Adelheit nickte.

Weil die drei Männer und Adelheit fürchteten, dass Carl dem entschlossen wirkenden Großmeister unterliegen würde, warteten sie auf eine Gelegenheit, zu seinen Gunsten in den Kampf eingreifen zu können.

»Kommt nur her! Dann kann ich euch auch die Köpfe abschlagen!«, tönte Bernhard von Huldenfeld und erreichte damit, dass die drei ein paar Schritte zurücktraten. Nur Adelheit wich keinen Zoll.

Carl stellte sich mutig dem, was nun kommen würde, er hatte keine Wahl. Obgleich er wenig Hoffnung auf einen Sieg hatte, wollte er kämpfen. Und wie er wollte! Allein Adelheits Gegenwart gab ihm die Kraft, den Kampf seines Lebens zu führen. Ein harter und zermürbender Zweikampf entbrannte. Mit dem Mut der Verzweiflung und dem Durchhaltevermögen eines Bären, der seine Jungen schützte, gelang es ihm schließlich, seinen Gegner niederzustrecken. Dem wesentlich älteren Großmeister war in dem aufreibenden Duell irgendwann die Luft ausgegangen.

Kaum lag der Verlierer in seinem eigenen Blut, rannte Adelheit auf den an mehreren Stellen verletzten und völlig ausgelaugten Sieger zu und umarmte ihn.

Catharina freute sich mit den beiden. Ihr Schwiegervater würde eine Untersuchung der ominösen Sache einleiten müssen, das war ihr klar. Und sie war sich sicher, dass Carl etwas damit zu tun hatte. Jetzt aber galt es erst einmal, sich um den jungen Medicus zu kümmern, dessen Kopf auf Adelheits Schoß lag. Nachdem er sich einigermaßen erholt hatte, ging er zu dem im hintersten Winkel stehenden Wassertrog, um daraus zu trinken und dann seinen Kopf hineinzustecken. Anschließend nahm er dem Großmeister sein Schwert, das Amulett … und den Schlüssel zu diesem Gewölbe ab. Niemand nahm besondere Notiz davon, alle waren mit dem geheimnisvollen Keller beschäftigt. Die Brennspäne waren weit heruntergebrannt, sodass einer nach dem anderen erlosch und es dementsprechend dunkel wurde.

Am Tag darauf war in Isny fast alles beim Alten: Die Bevölkerung war mit dem »Münzfest« mehr als zufrieden und hatte für viele Wochen spannenden und vielseitigen Unterhaltungsstoff.

Nachdem nun alles vorbei war, konnten Leonhard und Catharina ihren Umzug nach Mailand planen. Kaspar hingegen würde sich bald dem wohlverdienten Ruhestand widmen und die Ereignisse vergessen können. Der junge Medicus hatte sich das Wohlwollen aller erlangt. Noch in derselben Nacht hatte er Kunigunde mit ruhiger Hand operiert. Obwohl deren Schmerzensschreie über ganz Isny hinweggehallt hatten, als er die offene Wunde mit reinem Alkohol desinfiziert, einzelne Knochensplitterchen entfernt, die Teile des Knochenbruchs wieder zusammengefügt und die sorgsam gereinigte Wunde vernäht hatte, war ihm die Assistentin des Bürgermeisters unendlich dankbar gewesen.

»Schon gut!«, hatte der Medicus bescheiden abgewunken und dem netten Mädchen Hoffnung auf gänzliche Heilung gemacht: »Ich glaube nicht, dass du den Wundbrand bekommst! Es wird zwar lange dauern, aber alles wird gut! Du wirst kein Krüppel werden! Ich schaue morgen Vormittag wieder bei dir vorbei!«

Adelheit war unglaublich stolz auf »ihren« Medicus. Das überglückliche Mädchen hatte es sich nicht nehmen lassen, ihm bei der schweren Operation zu assistieren. Dabei hatte sie gemerkt, was für ein guter Arzt und was für ein gutmütiger Kerl er im Grunde seines Herzens war. Dies hatte sie gleich am nächsten Morgen natürlich den anderen erzählt, vor allem dem Bürgermeister.

Kaspar Eberz hatte lange überlegt, was zu tun sei und wie er sich zum Wohle seiner Stadt am besten verhalten sollte. Die erste Maßnahme war gewesen, den Totengräber damit zu beauftragen, den Leichnam des Münzmeisters zu bestatten, außerdem solle er sich um den toten Buchdrucker kümmern, den er noch in der Nacht zusammen mit Leonhard aus dem Kellergewölbe geschafft und vor St. Nikolai abgelegt hatte, um die Spuren zu diesem vermaledeiten Raum zu verwischen.

Damit er die Sache ganz abschließen konnte, hatte er Carl am Nachmittag des nächsten Tages zu sich rufen lassen, um ihm mitzuteilen, dass er nichts unternehmen werde. »Es bleibt alles unter uns! Ich möchte nicht noch mehr Aufregung in unserer friedliebenden Stadt! Wir haben den Mörder des Münzmeisters und das genügt! Von wem er zur Rechenschaft gezogen wurde, braucht niemanden zu interessieren! Und die Hintergründe können wir sowieso nicht erahnen! Aus! Schluss! Ende der Geschichte! Hand drauf!«

Adelheit war überglücklich, als Carl ihr vom Ausgang des Gespräches mit dem Bürgermeister erzählte.

»Aber das ist noch nicht alles!«, sagte er mit betrübtem Ausdruck im Gesicht, sodass Adelheit zu Tode erschrak.

»Um Gottes willen. Was ist?«

Carl runzelte die Stirn und wartete ein Weilchen. Dann nahm er mit beiden Handflächen ihren Kopf und sagte: »Ich … bin … der … neue … Stadtmedicus!«

Adelheits Freude war unbeschreiblich. Denn nun hatte sie, was sie wollte: einen liebenswerten und innig geliebten Menschen, der an ihrer Seite bleiben konnte und nicht in die Schweiz zurückmusste. Von dem, was gewesen war und was dazu geführt hatte, mochte sie nichts mehr hören und mit Carl zusammen nur noch hoffnungsvoll in die Zukunft blicken.

Nicht nur Adelheit war mit dem Ausgang der Geschichte mehr als zufrieden. Auch Carl hatte mehr, als er gehofft hatte: Über seine Rehabilitation und seine Bestallung zum Stadtmedicus hinaus hatte er sämtliche Aufzeichnungen und die Chronik des »Gladius Dei« aus der Kammer des Großmeisters geholt und an sich genommen. Nun konnte er die vom Kemptener Buchdrucker geplanten Bücher nicht nur fachlich betreuen, sondern auch noch selbst herausgeben und viel Geld damit verdienen. Er plante, bei nächster Gelegenheit nach Kempten zu reiten, um in der Offizin des toten Buchdruckers nachzufragen, ob er die Bücher dort drucken lassen konnte. Vielleicht würde es ihm gelingen, die Druckerei mitsamt den Gesellen und Kornuten zu übernehmen und sie nach Isny zu verlegen. Dies war er dem Bürgermeister schuldig. Kaspar Eberz bräuchte nur einen neuen Münzmeister und einen Druckermeister suchen, um eine Münzwerkstatt *und* eine Druckerwerkstatt in seiner bezaubernden Allgäuer Stadt zu haben.

Im Verlauf der insgesamt fünfhundertsechs Jahre seit Gründung des geheimen Bundes »Gladius Dei« hatte es zahlreiche Tote gegeben. Und darüber würde sich der junge Schweizer Medicus Carl Bürgli wohl noch viele Gedanken machen müssen. Der Codex war erfüllt worden! Dennoch hatte er den Schlüssel zum Sezierraum nicht – wie er dem Bürgermeister versichert hatte – in den Sauweiher geschmissen, sondern bei sich behalten! Das Amulett machte ihn zum Nachfolger des Großmeisters. Er konnte den Zirkel auflösen oder …

Dramatis personae

Bis auf diejenigen Personen der Handlung, die es im Laufe der beschriebenen Jahrhunderte tatsächlich gab und die mit einem * gekennzeichnet wurden, sind die Protagonisten frei erfunden. Ähnlichkeiten, gleich welcher Art, mit lebenden oder toten Personen sind rein zufällig.

Die Menschen aus der Region rund um das Mare Brigantium herum, aus Westschwaben und aus dem Allgäu von 999 bis 1001 (Gründung des Geheimbundes »Gladius Dei«) … und dann über all die Jahrhunderte hinweg:

»Gladius Dei« Lateinisch »Schwert Gottes«. Der geheime Bund wird 999 n. Chr. von fünfzehn gebildeten und betuchten Verschwörern ins Leben gerufen und 1001 n. Chr. von fünfundvierzig Adeligen, Gelehrten, Kaufleuten und Medizinern in Konstanz offiziell gegründet.

Die wichtigsten Menschen aus Isny (villa Ysinensi / Ysinensi / Isine / Isne / Isny) von 1040 über all die Jahrhunderte hinweg bis 1507:

*Die Familie Eberz** Das Geschlecht der Eberz gab es tatsächlich in Isny. Anhand des gesellschaftlichen Aufstiegs dieser im Roman einst bettelarmen Bauernfamilie, die es im Laufe von Generationen zur allseits respektierten Kaufmanns- und Bürgermeisterfamilie bringt, wird der wirtschaftliche Aufschwung der Allgäuer Siedlung villa Ysinensi bis zur Freien Reichsstadt Isny und darüber hinaus beschrieben. Jakob Felix von Eberz*, Amtsbürgermeister im Heiligen Römischen Reich, ist der Letzte dieses hoch reputierten und weit verzweigten Isnyer Geschlechtes.

Die Menschen zu Zeiten der ersten Nennung der Siedlung und des ersten Kirchenbaus zwischen 1040 und 1042:

Gerold Eberz Der im Roman beschriebene Stammvater der bis ins Jahr 1799 hinein in Isny lebenden Familie ist im Roman ein Ackerbauer, der sich in Ravensburg zum Sargmacher anlernen lässt und wegen seiner Weitsicht Jahre später sogar von Wolfrad II. Graf von Altshausen zum Ortsvorsteher von villa Ysinensi bestallt wird.

*Bischof Eberhard von Konstanz** Er weiht die erste Kirche von villa Ysinensi.

*Wolfrad II. Graf von Altshausen** Zusammen mit seiner Gemahlin Hiltrud stiftet der charismatische Adelige die erste Kirche in villa Ysinensi, die 1042 geweiht wird.

*Hiltrud Gräfin von Altshausen** Gemahlin von Wolfrad II. und Mutter von Hermannus Contractus.

*Hermannus Contractus** Auch »Hermann der Lahme« genannt. Sohn des Grafen Wolfrads II. von Althausen-Veringen und dessen Gemahlin Hiltrud. Der belesene und hoch gebildete Mönch des Klosters Reichenau ist für seine profunden Kenntnisse um die Astronomie und Mathematik, insbesondere für seine geistlichen Kompositionen und seine Weltchronik bekannt.

*Manegold I. Graf von Altshausen-Veringen** Bruder des Grafen Wolfrad II. von Altshausen. Er tritt das Erbe seines Bruders Wolfrad II. an. Er, seine Gemahlin Liutphild und seine Schwester Irmengard stiften das Kloster.

*Liutphild Gräfin von Altshausen-Veringen** Gemahlin von Manegold I.

*Irmengard** Schwester der Grafen Wolfrad II. von Altshausen und Manegold I. von Altshausen-Veringen.

Die Menschen zu Zeiten der Klosterstiftung zwischen 1090 und 1104:

Hannes Eberz Ältester Enkel von Gerold Eberz. Weil er genauso ehrbar und besonnen ist wie sein ermordeter Großvater Gerold, wird er vom Grafen Manegold I. von Altshausen zum Dorfvorsteher von villa Ysinensi bestallt und erhält sogar den Titel »Herr«. Mit ihm beginnt der gesellschaftliche und wirtschaftliche Aufstieg der Familie Eberz und somit auch der Stadt.

Agathe Eberz Frau von Hannes Eberz. Sie entstammt einer Färberfamilie, weswegen sich die Familie von der Sargmacherei dem Flachsanbau und der Flachsverarbeitung zuwendet.

*Abt Manegold** Erster Abt des Benediktinerklosters St. Georg in villa Ysinensi. Er tut alles, um sein neu errichtetes Kloster

St. Georg voranzubringen. Er wurde in Wirklichkeit wahrscheinlich von einem Mitbruder ermordet. Der Grund dafür dürfte in den Spannungen der Herrschaftsbereiche der Grafen von Veringen und derjenigen der Welfen gelegen haben.

*Abt Wilhelm** Der Abt des Benediktinerklosters Hirsau im Schwarzwald. Er entsendet Benediktinermönche nach Ysinensi, um im dort neu erbauten Kloster St. Georg zu wirken.

*Abt Landold** Er ist der zweite Abt des Klosters St. Georg in Ysinensi.

Die Menschen zu Zeiten der Marktrechtsverleihung um 1171:

Peter Eberz Der jüngste Sohn von Hannes und Agathe Eberz hat es zu einem wohlhabenden Kaufmann gebracht.

*Elsebeth Eberz** Geborene Springerin. Peters Frau entstammt einem ehrbaren Kaufmannsgeschlecht aus Wangen.

*Melchior Habisreitinger** Freund und Kaufmannskollege von Peter Eberz.

*Hubertus von Hohenfels** Der Ministeriale der Bischöfe von Konstanz ist Herr der Burg Hohenfels hoch über dem am Mare Brigantium (Bodensee) gelegenen Sipplingen. Er ist der Großmeister des Geheimbundes »Gladius Dei«, dessen Identität den Mitgliedern des Geheimbundes bekannt wird. Seit 1171 ist ein geheimer Raum in der Burg Hohenfels der feste Treffpunkt für die Geheimbündler.

*Abt Marquard** Der vierte Abt des Klosters St. Georg in Ysinensi ist dabei, als in Ysinensi damit begonnen wird, die Infrastruktur des Dorfes professioneller auszubauen.

Die Menschen zu Zeiten der Errichtung des Burgum »Domum Ulrici« um 1257:

Paul Eberz Ältester Enkel von Peter und Elsebeth Eberz.

Godehard Eberz Zweitältester Enkel von Peter und Elsebeth Eberz.

Godefried Eberz Godehards Sohn. Der allseits beliebte Leinwandhändler hat die Leidenschaft für Zahlen und das Talent für einen erfolgreichen Kaufmann von seinem Vater geerbt.

Maria Eberz Godefrieds Frau entstammt einem alten Wangener Kaufmannsgeschlecht.

*Ulrich von Montfort** Er besitzt die Ländereien südlich vor der Stadt.

Die wichtigsten Menschen zu Zeiten der Stadterhebung um 1281:

Cristoff Eberz Der Sohn von Godehard und Maria Eberz ist ein erfolgreicher Kaufmann und der erste Bürgermeister von Isine. Mit seiner Frau Ilse hat er drei Kinder: die jüngste Tochter Mimi, Anna und Gottfried, den ältesten Sohn.

Friedrik Eberz Der mittlere von Godefrieds und Marias drei Söhnen betreibt mit seiner Frau Luitgard in Isine die ehemalige Klosterherberge mitsamt der dazugehörenden Schankstube »Zum Schwanen«. Sie haben keine Kinder.

Lukas Eberz Der jüngste von Godefrieds und Marias drei Söhnen, hat schon in seiner Kindheit nicht viel von Arbeit gehalten und hatte stattdessen herumgelungert. Als junger Mann ist er richtig straffällig geworden … und geblieben.

Philip Eberz Sohn von Paul Eberz. Er studiert in Bologna Medizin, anstatt wie geplant Arithmetik. Als späterer »Professor Philippo« befasst er sich mit Leichenöffnungen. Sterbenskrank möchte er in seine Allgäuer Heimat zurückkehren.

Matteo Gallo Ehrgeizigster und bester Studiosus von Professore Philip Eberz in Bologna.

Hannß Greiter Salzroder aus Hall in Tyrol.

Resi Gschwender Schankmagd in der Taverne »Zum Schwanen«.

Alisah Reichmann Ehrbare jüdische Bürgerstochter.

*Berthold Truchsess von Waldburg** Grundherr von Isine zu Zeiten der Stadterhebung.

*Ulrich I. von Königsegg und Fronhofen** Von ihm gehen die beiden heute noch existierenden Hauptlinien Königsegg-Aulendorf und Königsegg-Rothenfels aus. Name, Titel und Herkunft des Adeligen leiten sich von der Burg Fronhofen in der heutigen Gemeinde Fronreute ab. Im Roman wird dies alles von einem Mitglied des Geheimbundes missbraucht, der sich Haug von Königsegg nennt.

Die Menschen zu Zeiten des Freikaufs vom Stadtherrn zur Freien Reichsstadt um 1365:

Benedict Eberz Der Urenkel von Cristoff und Ilse Eberz hält die Familientradition aufrecht. Er ist wie seine Vorfahren ein erfolgreicher Flachskaufmann und der Bürgermeister im Jahre der Erhebung zur Reichsstadt. Seine Frau Klara schenkt ihm einen Sohn namens Kuntz und zwei Töchter.

Barthel Müller Wirt der Klosterherberge und der dazugehörenden Schankstube »Zum Schwanen«. Seine Frau heißt Mechthild und seine Tochter Elsebeth.

Mechthild Müller Die Wirtin der Klosterherberge und der Schenke »Zum Schwanen« auf dem Klostergelände betreibt ihre Gastronomie zusammen mit ihrer ledigen Tochter Elsebeth.

Elsebeth Müller Die einzige Tochter von Barthel Müller.

Johann Klöppel Durchtriebener Viehhändler und ständig maulender Ratsherr, der zu feige ist, seine Meinung laut in Ratssitzungen zu vertreten, weswegen er stets intrigiert.

Endres von der Linde Der scheinbar aus der Freien Reichsstadt Lindau stammende Leiter einer Fischhandelsgesellschaft ist der amtierende Großmeister des »Geheimbundes der 45«

Wolff Berger Der in Ravensburg hochangesehene Medicus ist Mitglied des Geheimbundes »Gladius Dei«.

Wolfram Tichtel Medizinscholar und künftiger Medizinstudiosus an der Universität Wien.

Seyfrid Rotter Der sechzehnjährige Herumtreiber wir von seinen drei ebenfalls verwahrlosten Freunden »Hauptmann« gerufen. Dieses »Kleeblatt« tyrannisiert Isny seit geraumer Zeit durch Diebstähle, Einbrüche und sogar durch Überfälle.

Anmerkung: Die anlässlich der Feier zur Erhebung Isnes zur Freien Reichsstadt genannten sechsundzwanzig Bischöfe, Herzöge, Grafen und Edlen gab es wirklich. Wenngleich sie beim beschriebenen Festakt ebenso wenig persönlich anwesend waren wie seine Kaiserliche Majestät Karl IV., hatten sie doch die Urkunde besiegelt, mit der die Bürger von Isne frei wurden.

Die Menschen zur Zeit der Einführung der Zunftverfassung, freier Bürgermeisterwahl und Erwerb des Salzmarktes um 1381:

Kuntz Eberz Der einzige Sohn von Bürgermeister Benedict Eberz. Er ist achtundzwanzig Jahre alt. Er kehrt aus Venedig zurück, wo er in jungen Jahren in einem Isner Handelskontor das Kaufmannswesen gelernt und lange Jahre gearbeitet hat.

*Otto Truchsess von Waldburg** Der ehemalige Lehnsherr von Isny.

*Friedrich von Freyberg-Eisenberg zu Hohenfreyberg** Als schwierig und hochnäsig bekannter Ritter.

Der helfensteinische Ministeriale Cuno von Leimberg, Reichsritter Ulrich von Schellenberg*, Conrad von Laubenberg zu Altlaubenberg*, der Herr von Entringen* (Vorfahren der späteren Reichsgrafen zu Königsegg*), die Ritter Hugo von Ehingen* und Anselm von Hailfingen*.*

Magnus Die rechte Hand des Bürgermeisters Benedict Eberz.

Die Menschen zu Zeiten der Münzrechtsverleihung um 1507:

*Kaspar Eberz** Der Nachfahre von Kuntz und Elsebeth Eberz ist ein erfolgreicher Stoffhändler und wird schon in jungen Jahren zum Bürgermeister von Isny gewählt.

Margarethe Eberz* Geborene Schedlerin. Kaspar Eberz' Frau.

*Leonhard Eberz** Er ist der einzige Sohn von Kaspar und Margarethe Eberz. Der siebenundzwanzigjährige Stoffkaufmann führt die Geschäfte seines Vaters.

*Catharina Zollighofer** Leonhard Eberz' Verlobte aus St. Gallen.

Adelheit Söllnhoffer Catharinas beste Freundin wird ihr vom Vater als »Sittenwächterin« zur Seite gestellt, weswegen sie aus St. Gallen mit nach Isny reist.

*Bernhard Freiherr von Huldenfeld** Die Vorfahren des charismatischen Großmeisters des »Gladius Dei« stammen ursprünglich von der Reichenau, einer Insel im Mare Brigantium (Bodensee). Der Buchdrucker führt seine eigene Offizin in Kempten.

Blasius Gilg Mitglied des »Gladius Dei«. Der nicht gerade zimperlich agierende Scharfrichter und Abdecker aus Konstanz versteht viel von menschlicher Anatomie.

Carl Bürgli Mitglied des »Gladius Dei« und junger Medicus aus der Arbon.

Fronica Messner Die Bregenzerin ist eines von insgesamt vier weiblichen Mitgliedern des »Gladius Dei«. Sie ist eine erfahrene Baderin aus reichem Elternhaus, die als Frau nicht studieren darf, sich dennoch mit der Medizin so gut auskennt wie ein studierter Medicus.

*Jörg Öberer** (auch Oberer). Der erste von Isny bestallte Münzmeister.

Mattheiß Trimmel Zunftobermeister von Isny, Obermeister der Hafnerinnung und Vertrauter des Bürgermeisters.

Jackl Kohler Der offiziell bestallte Stadtmedicus von Isny.

Herbaria Sie befasst sich zeit ihres Lebens mit Kräuter- und Geistheilung.

Korre Bechter Stets grantelnder Wirt der Klosterherberge und der dazugehörenden Schankstube »Zum Schwanen«.

Fritz Zeller Bulliger Wirt des Gasthauses »Zum Schwarzen Bären« in der Obertorstraße und Ratsherr.

Leopold (Poldi) Miller Wirt der Speise- und Trinkstube »Zum Rössle« in der Obertorstraße.

Kunigunde Treue Assistentin des Bürgermeisters Kaspar Eberz.

Bartl Gschwender Alkoholsüchtiger Stadtbüttel.

Serafin Leubler Brutaler Oberaufseher über alle Isnyer Gefängnisse und Ratsherr.

Girgel Langer Der Nachrichter (Scharfrichter) ist das pure Gegenteil von Serafin Leubler.

Ludwig Strickler Ein Raufbold und Dieb.

Egid Zobel Der Bauer aus Motzgatsried ist der Anführer der Wegelagerer.

Sefton Pfanner Bauer aus Maierhöfen, einer der Wegelagerer.

*Philipp von Stain** Abt des Klosters St. Georg in Isny.

*Peter Buffler** Fernhandelskaufmann und Ratsherr.

*Valentin Hypold** Kaplan in der Nikolaikirche zum Altar des heiligen Johannes des Täufers.

*Jakob Loffershofer** Kaplan in der Nikolaikirche zum Altar des heiligen Johannes des Täufers. In Wirklichkeit wird er 1505 von seinem Mitkaplan Hypold im Streit auf offener Straße getötet.

Erläuterungen der Begriffe und Namen

abbigliamento Italienisch für Gewandung beziehungsweise für Kleidung im Mittelalter.

Abdecker, auch als »Racker« oder »Schinder« bezeichnet Dieses Tagwerk gehört zu den »unehrlichen« Berufen. Die Männer sind für die amtlich angeordnete Entsorgung verendeter Tiere zuständig. Meist übernimmt auch der Nachrichter diese profitable Arbeit, bei der neben der Tierhaut auch das Fett gewonnen wird, woraus Gesundheitspulver hergestellt, Pillen gedreht oder billige Kerzen gezogen werden können.

artes liberales Die sogenannten »sieben freien Künste« entstammen der Antike und sind ein Kanon sieben verschiedener Studienfächer: Arithmetik, Astronomie, Dialektik, Geometrie, Grammatik, Musik und Rhetorik.

Assassinen Alter Geheimbund, der aus Meuchelmördern – vorwiegend aus Persien und Syrien – besteht, der seine Ziele unter anderem mit Mordanschlägen durchzusetzen sucht. Für seine Attentate benutzt er vorwiegend Hieb- und Stichwaffen wie Dolche oder Schwerter.

Auf die Gant kommen, auch »verganten« Alter Allgäuer Ausdruck für »bankrottgehen« oder »pleitegehen«.

Barchent Aus dem Arabischen »barrakan«, »Stoff aus Kamelhaar«, oder aus dem Persischen »baranka«, »Schafwolle«. In mittelalterlichen europäischen Gefilden teure Stoffe, die durch international agierende Kaufleute ins Allgäu gelangen. Die Barchentweberei (Barchent ist ein Mischgewebe aus Baumwoll-Schuss auf Leinen-Kette) wird im oberschwäbischen Biberach schon im 15. Jahrhundert praktiziert.

Bartmannskrug Bauchiger, braun glasierter Tonkrug, an dessen Hals sich das namensgebende Reliefbildnis eines bärtigen Männergesichtes zeigt.

Becherer In Ysinensi muss der »Bechermacher« jährlich einhundert Becher abliefern, um sein Gewerbe behalten zu dürfen.

Bidenhänder Andere Bezeichnung für »Bihänder« und alte Bezeichnung für »Zweihänder«, also ein Schwert, das mit beiden Händen am Griff (Heft) geführt wird.

Beelzebub Eine in der alten Mythologie gebrauchte Bezeichnung für »Teufel«. Ein Dämon oder eine Gottheit der Philister, die auch als »Beelzebuul« oder »Beelzebock« bezeichnet wird.

Buchhorn Im Jahre 838 wird dieser Ort erstmals als »Buachihorn«, »Ort der Udalrichinger«, genannt. Seit 1811 kennen wir ihn als die weltberühmte Zeppelinstadt Friedrichshafen am württembergischen Ufer des Bodensees.

Buhurt Eine der Turnierformen (Buhurt, Tjost und Turney) der Ritter im Mittelalter. Dabei treffen im Gegensatz zum »Tjost« zweier Ritter zu Ross zwei Streithaufen zu Fuß aufeinander.

Bulle Bezeichnung für eine mittelalterliche Urkunde mit einer »Bulle« als Siegel. Dies kann ein kaiserliches, aber auch ein päpstliches Dekret mit wichtigem Inhalt sein. Die bekannteste Bulle dürfte wohl die »Goldene Bulle« aus dem Jahr 1356 sein, das verfasste kaiserliche Gesetzbuch, auf deren Inhalt das Grundgesetz des Heiligen Römischen Reichs gründet.

Butzenscheiben, auch »Batzenscheiben« oder »Nabelscheiben« Wegen ihres Aussehens scherzhaft auch als »Flaschenböden«, »Glasfüße« oder als »Ochsenaugen« bezeichnete runde Scheiben, die produktionsbedingt in der Mitte der Rundung eine zunehmende Erhöhung, also »Butzen«, aufweisen.

Byssus Muschelseide, deren Rohstoff an Austern oder Muscheln hängt.

Bruche Mittelalterliche Bezeichnung für die damals wie eine Windel gewickelte Unterhose.

Capitulare de villis vel curtis imperii Landgüterverordnung Karls des Großen, der am 25. Dezember des Jahres 800 im Dom zu Aachen zum Kaiser gekrönt wird.

coram publico Lateinisch für »vor Publikum«, also »öffentlich« oder »vor aller Welt«.

Cuprum Kupfer.

Davul Die alte orientalische Zylindertrommel ist in etwa vergleichbar mit der heute bekannten »Großen Trommel«, wie man sie von der Blasmusik kennt. Im Gegensatz dazu ist die *Davul* mit zwei verschiedenen Fellen bespannt, um zwei unterschiedliche Töne erzeugen zu können.

Fetische Aus der westafrikanischen Geistheilung bekannte Gegenstände, die für bestimmte (Voodoo-) Rituale (zum Beispiel auf dem heutigen Haiti) Verwendung finden. Dies können beispielsweise getrocknete Krokodilklauen, ausgestopfte Affenschädel, Raubtierzähne oder handgefertigte Strohpuppen sein.

Galgenbühl, auch »Galgenbihl« oder »Galgenbich(e)l« Leitet sich von »Buckel« ab. Also der Buckel, eine Erhebung auf dem (meist weithin sichtbar) der Galgen steht.

Gamma Der Buchstabe gehört zum lateinischen Schriftsystem und basiert auf dem griechischen Alphabet.

Gestrickte Balken Bauweise aus Vollholzbalken, die an den Enden ineinander verzapft, also »gestrickt«, werden. In ländlichen Gegenden wie dem Allgäu sieht man noch viele alte Häuser, die »gestrickt« sind.

»Got sende si zesamene, die geliep weilen gerne sin« Übersetzung aus dem Mittelhochdeutschen: »Gott sende sie zusammen, die einander gerne lieb sein wollen«. Der Schluss des berühmten »Falkenliedes« aus dem »Codex Manesse«, der großen Heidelberger Liederhandschrift vom ersten bekannten deutschen Minnesänger »Der von Kürenberg« knapp nach 1300.

Gladius Dei Lateinisch für »Schwert Gottes«. Diesen martialischen Titel gibt der Literaturnobelpreisträger Thomas Mann (1857–1955) einer seiner Novellen, die von einem jungen religiösen Eiferer erzählt, der dem Florentiner Bußprediger Girolamo Savonarola (1452–1498) nachempfunden ist. Würde es diesen Buchtitel noch nicht geben, hätte er für diesen Roman Verwendung gefunden.

Glump, auch »Gruscht« Süddeutscher Ausdruck für »Gelumpe«, »wertloses Zeug«.

Grantig, auch Massig Süddeutscher Ausdruck für »Übel gelaunt«.

Gugel Auf Mittelhochdeutsch auch »Gogel«, »Kogel« oder »Kugel«. Mittelalterliche kapuzenartige Kopfbedeckung mit langem Zipfel (Zipfelkappe), die über die Schulter fällt. Meist aus Wolle oder Filz gefertigt. Um Rücken, Schulter und Brust oft gezackt wie Burgzinnen.

Gundelrebe Kraftvolles Blutreinigungsmittel. Ein altes Heilkraut, dessen Wirkstoffe im Mittelalter unter anderem bei der Entbindung Verwendung fanden. Diese Pflanzenart gehört zur Familie der Lippenblütler und ist quasi in ganz Europa zu finden.

Gunstgewerblerin Bezeichnung für eine Frau, die Männern ihre Gunst erweist. Eine der vielen alten Bezeichnungen für Prostituierte. Andere alte Bezeichnungen: »Gefällige Magd« oder »Hellerhure«, also eine Hure, die für kleines Geld zu bekommen ist. »Hübschlerin« ist ebenfalls eine liebliche Umschreibung für eine Berufsgruppe, die im Mittelalter zu den »unehrlichen« Berufen gehört.

Hafner Alte Berufsbezeichnung für einen »Ofenbauer« oder »Töpfer«.

Hauptrecht und der Fall Mittelalterliche Bezeichnung für Abgaben beim Tod eines Leibeigenen.

Häretiker Personen, die von der offiziellen Kirchenlehre abweichen.

Herrenzunft Zu ihr gehören Händler, Geldgeschäftler, Kaufleute und Krämer.

Ischtar Mesopotamische Göttin.

Isny Siehe Vorspann.

Jiàn Gerades, zweischneidiges chinesisches Schwert. Das *Jiàn* gilt unter den klassischen Waffen, Säbel, Stock und Speer, als die »edelste« Waffe. Das erste *Jiàn* soll es bereits zur Zeit des mythischen Kaisers Huangdi (2967–2597 v. Chr.) gegeben haben. Dieses meist aus Kupfer hergestellte Schwert wird in China als »Edelmann von einhundert Soldaten« bezeichnet. Eine wunderschöne Waffe, die zur Kategorie der kleinen und handlichen Hieb- und Stichwaffen gehört und bis in die Zeit der Shang-Dynastie zurückreicht. Das *Jiàn* wurde als Waffe in den mittelalterlichen chinesischen Armeen benutzt, aber auch als Prunk- oder Seitenwaffe von Offizieren sowie als Selbstverteidigungswaffe wohlhabender chinesischer Zivilpersonen. Diese edle Waffe wurde vor allem schneidend und stechend eingesetzt. Das *Jiàn* galt im alten China nicht nur als Waffe für besonders gut trainierte Kämpfer, sondern als für die meisten Menschen unerreichbares Prestigesymbol. Es verbindet Eleganz mit tödlicher Gewalt! Gründe genug also, dass im Roman der erste Großmeister des »Gladius Dei« das *Jiàn* zum äußeren Zeichen seines geheimen Bundes auswählt.

Kandelgießer Alte Bezeichnung für »Kannengießer«, auch »Zinngießer«.

Kasel Messgewand. Übergewand.

Kopfhaus Bezeichnung für die Wohnstätte eines Nachrichters.

Kornute Mittelalterliche Bezeichnung für Lehrling.

Krugrecht Alte Bezeichnung für die Schank- beziehungsweise Ausschankgenehmigung für ein Wirtshaus, eine Gaststube, eine Taverne oder eine Pinte des Mittelalters.

Kukulle Lateinisch »cucullus« (»Tüte«, was so viel heißt wie »Kapuze«). Ein der »Gugel« (ebenfalls eine mittelalterliche Kopfbedeckung) ähnelnder Überwurf mit Kapuze unterschiedlicher Länge, die beim Reiten zum Schutz auch die Kruppe (das Hinterteil) des Pferdes bedecken kann.

Lätsche Allgäuer Bezeichnung für eine einseitige Verformung der Mundpartie, weswegen die betreffende Seite schlaff nach unten hängt. Wenn jemand traurig, missmutig oder verärgert dreinschaut, sagt man im Allgäu, dass er »die Lätsche hängen lässt«.

Lo Shu Das sogenannte »Magische Quadrat« in Form eines Amuletts. Das im Roman als »Magisches Amulett« bezeichnete Stück gibt es wirklich. 2018 wurde ein besonders bedeutungsvolles Exemplar bei Grabungsarbeiten auf dem alten Marktplatz in Isny, direkt beim dortigen »Prangerstein«, gefunden, wo es beim großen Stadtbrand von 1631 in den Boden gelangt und die Zeiten überdauert hatte. 2019 wurde es von Dr. Matthias Ohm vom Landesmuseum Württemberg bestimmt.

Lüsterweibchen Seit dem 14. Jahrhundert nachweisbare spezielle Art von Kronleuchtern mit Geweihstangen, an denen eine geschnitzte – meist weibliche – Halbfigur angebracht ist, die Kerzen hält. Heute vorwiegend noch in alten Herrschaftssitzen, Wirtshäusern oder in Museen zu sehen.

Mair, auch Maier, Mayr, Mayer, Meier, Meyr, Meyer usw. Dieser Begriff bezeichnet zur Zeit der Romanhandlung einen weltlich-bürgerlichen Amtsträger (kann auch adelig und/oder kirchlich sein) zur Verwaltung des Grundbesitzes seines Herrn.

Mandel Alte Maßeinheit für fünfzehn.

Mare Brigantium Lateinische Bezeichnung für den Bodensee.

Mare Mediterraneum Lateinische Bezeichnung für das Mittelmeer.

Mersburg Das heutige Meersburg am Bodensee wurde zur Zeit der Romanhandlung noch mit einem *e* geschrieben. Sofern man von Rechtschreibung sprechen kann, die sich in Deutschland erst im 20. Jahrhundert durch Duden etabliert hat.

Ministeriale Ursprünglich im antiken kaiserlichen Dienst stehender Beamter. Im frühen Mittelalter zunächst auf lokaler Ebene und ab dem 11. Jahrhundert unfreier Verwalter für Krongüter und Klöster. Im 13. Jahrhundert bildete sich aus Teilen der ursprünglich unfreien Schicht der Stand des niederen Adels. Ministeriale sind also hochgestellte Personen.

Missale Lateinische Bezeichnung für »Messbuch« (Plural Missalis, Missalien, Missalen). Das »Messbuch« ist ein liturgisches Buch der katholischen Kirche, in der die Ordo missae für die Feier der Eucharistie beschrieben wird.

Muhhagel Alte Allgäuer Bezeichnung für einen übel gelaunten, stets missmutigen Mann.

Murator Alte Bezeichnung für einen Maurer.

Nusshackl Alte Allgäuer Bezeichnung für einen »Eichelhäher«.

Oberstaufen Damit ist in diesem Fall nicht das heutige Schroth-Heilbad Oberstaufen im Allgäu gemeint. Vielmehr handelt es sich um das heutige Niederstaufen in der Nähe von Sigmarszell, unweit des Bodensees. Bis ins 19. Jahrhundert hinein bestand der Ort aus den Teilen Ober- und Unterstaufen. Zur selben Zeit wurde aus Staufen im Allgäu Oberstaufen. Alle Orte mit der Bezeichnung »Staufen« haben ihren Ursprung von der Ableitung des Wortes »Stauf« für einen (umgedrehten) Becher.

Offizin Lateinisch »officina«, was so viel bedeutet wie »Arbeitsraum« oder »Werkstätte«. So werden im Mittelalter Druckereien oder Apotheken bezeichnet.

Oheim Mittelalterliche Bezeichnung für einen Onkel.

Osteria Italienische Bezeichnung für eine Taverne.

Pagen- und Knappenzeit Teile der Ausbildung junger Adeliger zum Ritter, die mit dem »Ritterschlag« beziehungsweise mit der »Schwertleite« endet. Die Ausbildung beginnt mit vierzehn Jahren und dauert sieben Jahre lang.

Paria Bezeichnung für Menschen, die ausgestoßen wurden und/oder unterprivilegiert sind.

Parierstange Bei Schwertern, Säbeln und Dolchen quer verlaufender Teil zwischen Griff (Heft) und Klinge, der die Schneide seitlich so überragt, dass die waffenführende Hand geschützt ist.

Peinliche Befragung Mittelalterliche Bezeichnung für die Folter. Der Begriff kommt von »Pein«. Ein grausames, aber offiziell anerkanntes Mittel zur Befragung oder zur Erpressung von Geständnissen mittels Folter.

permesso speciale Italienisch für »Sondergenehmigung«.

Pfeffersack Seit dem 13. Jahrhundert eine spöttische – oftmals auch neidische – Bezeichnung für Kaufleute und gut betuchte Händler, deren Reichtum auf dem Handel mit Gewürzen beruht.

Pektorale Brustkreuz von Klerikern. Dieser religiöse Schmuck wird umso wertvoller, je höher das Amt des Trägers ist. Bei Bettelmönchen meist ein Holzkreuz, das an einer Kordel um den Hals getragen wurde, bei hohen kirchlichen Würdenträgern meist aus Edelmetall, das an einer silbernen oder goldenen Kette hing.

Phylakterium Stammt aus dem Griechischen und bedeutet so viel wie »Geweihter Gegenstand«.

Principal Später auch »Prinzipal«. Alte Bezeichnung für »Chef« oder »Boss«. Aus dem Lateinischen: »principalis« heißt wörtlich »Erster«, »Vorsteher« (»Amtsvorsteher«) oder »Vornehmster«. Im übertragenen Sinne auch »Leiter« oder »Meister«.

professore di medicina Italienische Bezeichnung für einen Medizinprofessor.

Protektor Bezeichnung für »Gönner« oder »Förderer«.

Quart Maßeinheit für ein Viertelliter.

Ratschkattel In Bayern gebräuchliches Schimpfwort für ein Klatsch- oder Tratschweib.

Ratpoticella Zur Zeit der Romanhandlung die Bezeichnung für Kißlegg.

Refektorium Von lateinisch »refectio«, »Erholung«, »Labung«, »Wiederherstellung«. Gemeint ist der Speisesaal in einem Kloster.

Reisige, auch »Reisiger«, »Reißige« oder »Reisiger Knecht« Im Gegensatz zu Landsknechten sind diese mittelalterlichen bewaffneten Dienstleute keine bezahlten Söldner. Ihre bekannteste Waffe ist der lange Spieß, mit dem sie den sogenannten »Igel« bilden können, der schwer zu durchdringen ist. Ihre Blütezeit war vom 16. Jahrhundert bis zum »Dreißigjährigen Krieg« (1618–1648). Ihre bekanntesten obersten »Dienstherren« waren der als »letzter Ritter« bezeichnete Kaiser Maximilian I. und dessen bekanntester Heerführer Georg von Frundsberg, der »Vater der Landsknechte« aus der allgäuerischen Stadt Mindelheim. Von ihm stammt der Spruch »Viel Feind, viel Ehr!«.

Rote Ruhr Im Mittelalter eine weit verbreitete Darmkrankheit, die sich seuchenartig ausbreitet und oftmals tödlich endet.

Rothenfelsisches Gebiet Im Mittelalter erstreckt sich das Gebiet im Norden bis Werdenstein, im Osten bis fast nach Oberstdorf und im Westen bis zur ehemaligen Herrschaft Staufen, dem heutigen Schroth-Heilbad Oberstaufen. Im Laufe der Jahrhunderte wird es von den Schellenberger, den Montforter und den Königsegger Adelsgeschlechtern regiert. Die Residenzstadt ist Immenstadt im heutigen Oberallgäu.

Salzroder Alte Bezeichnung für Salzfuhrleute über die Alpenpässe.

Salzstraße, auch »Alte Reichsstraße« Wichtigste Handelsverbindung von Hall in Tirol bis zum Bodensee, die auch an Isny vorbeigeht.

Schafgarbe Eine klassische Heilpflanze, die im Mittelalter für die Verdauungsorgane und bei Frauenleiden, bei Geburt und für die Männlichkeit eingesetzt wird.

Scheitholt, auch »Scheitholz« Ein historisches Saiteninstrument, das als Vorläufer der heutigen Zither gilt.

Schindmähre Ein verbrauchtes, abgemagertes Arbeitspferd.

Scholaren und Scholastiker Lateinische Bezeichnungen für Schüler beziehungsweise für Studenten, die auch als »Studiosen« bezeichnet werden.

»Scusi!« Italienisch für »Entschuldigung«.

Seta Lateinische Bezeichnung für Seide.

»Silenzio!« Italientisch für »Ruhe!«

Speckjäger Mittelalterlich umgangssprachliche Bezeichnung für einen Schmarotzer, Landstreicher.

Stapelrecht, auch »Niederlagsrecht« Das Recht für Städte, von durchziehenden Kaufleuten und Händlern verlangen zu können, dass ihre Waren in der Stadt für einen bestimmten Zeitraum auf dem Stapelplatz abgeladen und interessierten Käufern angeboten werden. In der Regel wird dieses Recht vom Landesherrn verliehen.

Stinkender Storchenschnabel Diese aus der Mythologie und Volksheilkunde bekannte Pflanze ist nach ihrem herben Geruch benannt und wird im Mittelalter gerne in der Frauenheilkunde eingesetzt.

Suckenie Ärmelloser Überrock.

Suter Mittelalterliche Bezeichnung für einen Schuster oder Schuhmacher.

Suzzenriet Das heutige Bad Schussenried, etwa sechzig Kilometer von Isny entfernt. 1183 gründeten dort Prämonstratensermönche ein Kloster und begannen mit dem Brauen von Bier. Das ursprüngliche »Untere Brauhaus« wird später das Gasthaus »Zur Krone«.

tedesco Italienisch für »(der) Deutsche«.

Tjost Lanzenstechen bei mittelalterlichen Ritterturnieren. Siehe auch unter *Buhurt*.

Toppeln (In den Topf). Mittelalterliche Bezeichnung für ein spezielles Würfelspiel.

Treibig Läufig.

Trippen Unterschuhe. Ein Schuhuntersatz, der im Mittelalter getragen wird, damit die eigentlichen (teuren) Schuhe geschont werden können.

Unehrliche Berufe In der Ständegesellschaft des Mittelalters bis in die frühe Neuzeit hinein Berufe ohne gesellschaftlich zuerkannte Ehrbarkeit. Dazu gehören das sogenannte »Fahrende Volk«, Abdecker, Bader, Nachrichter und Totengräber, aber auch Hausierer, Kesselflicker, Lumpensammler, Türmer und einige mehr. Kurioserweise gehören auch die Leinweber dazu.

Ungeld Eine Art Umsatz- und Verbrauchersteuer.

Ungenossame Ehe Mittelalterliche Bezeichnung für eine Ehe zwischen einem freien und einem leibeigenen Partner.

Urfehde Bedeutet so viel wie »Fehdeverzicht«. Der Bruch der Urfehde wird als Meineid verfolgt und bestraft.

Unterständisch Die Gesellschaft des Mittelalters ist in drei Stände aufgeteilt: den Adel, den Klerus und das arbeitende Volk, das wiederum in Kaufleute, Handwerker und Bauern aufgeteilt ist. In der »Ständepyramide« ist geregelt, wer sich zu welchem Stand zählen darf oder muss. Siehe auch *Unehrliche Berufe*.

Vanitas Lateinisch »Eitelkeit«, »Leerer Schein«, »Lüge«, »Misserfolg«, »Prahlerei«, »Vergeblichkeit« oder ganz einfach die Vergänglichkeit des Menschen.

Vedute Italienisch veduta, für »Ansicht« (einer Häuserzeile) oder »Aussicht« (in eine Landschaft).

verhyt, mainaid böswicht (1409, RSA Nr. 37): verhyt = bös, missraten.

Verone im Üchtland Die damalige Bezeichnung von Bern, der heutigen Bundeshauptstadt der Schweiz.

»*Viel Grind, viel Si!*« Allgäuer Ausdruck für »Viele Köpfe (»Grind«), viel Sinn!«, was so viel heißt wie: »Je mehr Köpfe, desto mehr Meinungen!«

Vorlauf Als solchen bezeichnen die Schnapsbrenner das zu Beginn der Destillation von Spirituosen entstehende Destillat, das nicht genießbar ist. Außer hochprozentigen Alkohol enthält es verschiedene leichtflüchtige Substanzen, darunter auch einen hohen Anteil giftigen Methanols, Acetaldehyds und Ethylacetats. Wegen des extrem hohen Alkoholgehaltes wird er im Mittelalter gerne zur Desinfektion von Wunden verwendet.

Wassertauff ad posteriora Dieser Brauch der Wassertaufe lässt sich bei den Zünften in verschiedenen Abwandlungen bis ins 15. Jahrhundert zurückverfolgen. Seit der Erfindung der beweglichen Lettern und der Neuentdeckung beziehungsweise Verbesserung des Buchdrucks durch Johannes Gutenberg in Mainz und dem Aufblühen des Buchdrucks im 16. Jahrhundert wird diese Art der »Freisprechung« von Kornuten (Lehrlingen) zu Gesellen bei den Schriftsetzern, Buchdruckern und Buchbindern als »Gautsch« bezeichnet, was mit dem Schöpfen von Papier zu tun hat. Am Rande sei hier erwähnt, dass auch der Autor gegautscht ist.

Wurzun Alte Bezeichnung für das heutige Bad Wurzach. Am 27. Mai 1333 verleiht Kaiser Ludwig der Baier Hans Truchsess von Waldburg für die »Stadt Wurzun« das Memminger Stadtrecht.

Xundheit Im Allgäuer Dialekt abgekürzt »Gesundheit«.

Zwinger Eine taktische Falle für Angreifer einer Burg oder einer anderen mittelalterlichen Befestigung. Ein zwischen zwei Wehrmauern gelegenes Areal, das der Verteidigung dient. Angreifer werden hier in die Zange genommen und dazu »gezwungen«, sich zu verteidigen, anstatt weiter angreifen zu können.

Ein von Herzen kommendes Dankeschön

… mittlerweile zum neunten Mal dem Verleger Armin Gmeiner für sein neuerliches Vertrauen in meine Arbeit. Der Programmleiterin und Cheflektorin Claudia Senghaas ebenfalls für ihr jahrelanges Vertrauen und die stets harmonische Zusammenarbeit. Aber auch ihrem bewährten Team und all den anderen Kräften, die dahinterstehen. Zu ihnen gehören die Vertriebsmitarbeiterinnen und -mitarbeiter, die mit viel Esprit dafür sorgen, dass auch dieser Roman im gesamten deutschsprachigen Raum in den Buchhandlungen liegt. Hervorheben möchte ich meinen Lektor Daniel Abt, mit dem ich bestens klar kam und der kurioserweise auch mit mir bestens klar kam. Seine Genauigkeit ist schon bemerkenswert. Vergessen möchte ich auch nicht die Grafikabteilung, die das grandiose Cover gestaltet hat, von dem ich total begeistert bin.

… den vielen, vielen Buchhandlungen im gesamten deutschsprachigen Raum, die mit Engagement dafür sorgen, dass auch dieser Roman in die Hände meiner geneigten Leserschaft gelangen kann.

… an Isnys Bürgermeister Rainer Magenreuter, seinen Stadtrat und den Aufsichtsrat, die mich stets unterstützt haben.

… an Isnys ehemalige Marketing-GmbH-Chefin Bianca Keybach und ihre tolles Team von Isny Marketing, die hochinteressante und spannende historische Stadtrundgänge für mich organisiert und mir auch sonst in jeder Hinsicht geholfen haben. Mein Dank gehört auch dem Geschäftsführer der Isny Marketing GmbH Jürgen Meier und dessen Assistentin Melanie Kül für deren Unterstützung, sowie Ines Kuhfeld, der ich für die Organisation der ersten Buchpräsentationen und die damit zusammenhängenden Events danke.

... an Roland Manz, Dipl.-Ing. (FH), Vermessungsexperte und Geschichtsforscher aus Isny. Ein ganz besonders herzliches »Vergelt's Gott« dafür, dass er als geschichtlicher »Feuerwehrmann« immer schnell zur Stelle war, wenn ich ortshistorisch relevante Fragen an ihn hatte und deswegen nicht jedesmal extra von Belgien aus ins Allgäu reisen konnte, was während der Corona-Krise sowieso unmöglich gewesen war, weil die Belgier ihre Grenze zu Deutschland lange nicht geöffnet hatten. Insbesondere danke ich ihm auch dafür, dass er den Roman auf geschichtliche Korrektheit überprüft hat.

... an Heinz Bucher, Fotograf, Lichtexperte und Geschichtsforscher vom gleichnamigen Fotogeschäft in der Wassertorstraße in Isny für die stets prompte Lieferung der von ihm reproduzierten Stadt- und Lagepläne von Isny, sowie des Prangerstein-Fotos.

... allen Isnyer Geschichts- und Kunstkennern, die mir – wie auch verschiedene Archive, Bibliotheken und Museen – jederzeit zur Verfügung standen. Gerade die beeindruckende Führung durch die Predigerbibliothek im Turm der Nikolaikirche durch Herrn Hans Westhäuser hat mich tief in die bemerkenswerte Isnyer Geschichte und die mittelalterliche Buchherstellung eintauchen lassen. Und dies, obwohl ich den Handlungsspielraum von 1040 an zwar über vierhundertsiebenundsechzig Jahre hinweg, aber bewusst *vor* der Reformation angesiedelt habe. Denn es gibt bereits einen historischen Roman von meiner Verlagskollegin Claudia Schmid, der in dieser Zeit spielt und sich mit namhaften Reformatoren befasst, die unter anderem auch in Isny tätig waren.

… allen, die bei der Präsentation dieses Projektes und meiner Grundideen im Isnyer Rathaus dabei waren und dadurch wichtige historische Impulse gaben; vornehmlich die Herren Erhard Bolender, Walter Bühler, Rudi Daumann, Manfred Haaga, Martin Kratzert †, Oswald Längst, Hans Westhäußer und Gerhard Weißgerber. Ganz besonders auch Ute Seibold vom Isnyer Museum und Nicola Siegloch vom Isnyer Stadtarchiv.

… der Stadtführerin Katharina Briechle-Schubert für die fachkundigen und deswegen auch lehrreichen und spannenden Führungen durch das historische Isny.

… Dr. Beate Schmid und Dr. Jonathan Scheschkewitz vom Landesamt für Denkmalpflege Baden-Württemberg für die Infos zum Ausgrabungsgebiet und zum »Magischen Amulett«.

… meiner geneigten und – Gott sei's getrommelt, gepfiffen und gejubelt – stetig wachsenden Leserschaft, für die ich alles gebe, um sie zu erfreuen und – wenn möglich – sogar zu begeistern.

… Max Haller, Kastellan der Waldburg, für die Informationen zu den Waldburgern, insbesondere für das Einsehen in altes Schriftmaterial zu Truchsess Otto von Waldburg, sowie allen anderen oberschwäbischen und Allgäuer Geschichtskennern, mit denen ich mich unterhalten durfte.

... insbesondere all den Isnyer Leserinnen und Lesern, die nicht darüber enttäuscht sind, dass ich keinen »Heimatroman« im klassischen Sinne geschrieben habe und dieses Werk *kein* schulmeisterndes Geschichtsbuch geworden ist. Weshalb auch sollte ich mit der bereits vorliegenden hervorragenden und teilweise von hochkarätigen Wissenschaftlern verfassten Literatur über die Geschichte Isnys in Konkurrenz treten und ein weiteres Geschichtsbuch hinzufügen wollen? Dies war nicht die mir selbst gestellte Aufgabe und dies würde ich mir auch niemals anmaßen.
Stattdessen habe ich ganz bewusst einen spannenden, den damaligen Zeiten entsprechend zuweilen vielleicht sogar etwas heftig geratenen, menschlich aber auch einfühlsamen Roman über eine alte Kaufmannsdynastie und die typische Entwicklung einer deutschen Stadt im Mittelalter geschrieben. Deren familiäres und berufliches Auf und Ab im Laufe von vierhundersiebenundsechzig Jahren mit der Verknüpfung zu einem alten Geheimbund und somit auch zum sagenumwobenen »Magischen Amulett« hat den einzigartigen Plot vor der nach bestem Wissen und Gewissen recherchierten Geschichte Isnys in Bezug auf die neun wichtigsten historischen Eckdaten der Stadt geliefert.

... und letztlich alle, die ich im Trubel meiner Arbeit vergessen haben sollte.

Die wichtigsten Quellen

»Isny im Allgäu – Bilder aus der Geschichte einer Reichsstadt«
Immanuel Kammerer, Verlag des Heimatpflegers von Schwaben, Kempten 1956.

»Allgäu-Chronik – Daten und Ereignisse«
Alfred Weitnauer, Verlag für Heimatpflege, Kempten 1969.

»Die Stadt im Mittelalter«
Arno Borst. Ullstein Buchverlage GmbH, Berlin 1973.

»Die Geschichte der Gerichtsbarkeit«
Wolfgang Schild. Verlag Georg D. W. Callwey, München 1980.

»Exekution – Das Buch vom Hinrichten«
Ingo Wirth. Verlag Neues Leben GmbH, Berlin 1993.

»Reichsabtei St. Georg in Isny«
Herausgeber Rudolf Reinhardt, Anton H. Konrad Verlag, Weißenhorn 1996.

»Die deutsche Stadt im Mittelalter«
Hans Planitz. VMA-Verlag, Wiesbaden 1996.

»Die geheimnisvolle Welt der Zahlen – Mythologie und Symbolik«
Otto Betz, Kösel-Verlag GmbH, Kempten 1999.

»Knaurs Lexikon der Mythologie«
Gerhard J. Bellinger. Droemersche Verlagsanstalt Th. Knaur Nachfolger GmbH & Co. KG, München 2005.

»Isny wird frei – 650 Jahre Reichsstadt«
Jubiläumsbroschüre. Festvortrag von Prof. Dr. Hans-Georg Wehling, Universität Tübingen, und Vorwort von Isnys Bürgermeister Rainer Magenreuter. Selbstverlag der Stadtverwaltung, Isny 2015.

»Chronik des Klosters St. Georg zu Isny«
Herausgegeben von Dr. Maximilian Eiden unter Mitarbeit von Martin Samland. Deutsche Übersetzung von Georg Schmid (1864). Bearbeitet von den Herausgebern sowie von Christine Brugger, Alina Ganter und Kai-Michael Sprenger. Edition Isele, Eggingen, und Oberschwäbische Elektrizitätswerke, 2017.

»Isny im Allgäu – eine Reise durch die Stadtgeschichte«
Daniela Kah, Selbstverlag der Isny Marketing GmbH, 2018.

»Rundgang im mittelalterlichen Oval«
Faltplan. Selbstverlag von Isny Marketing GmbH, 2018.

Roland Manz, Dipl.-Ing (FH)
Der Vermessungsingenieur und Geschichtsforscher hat mit seinen profunden Aufsätzen über das »Gleichseitige Stadttor-Dreieck«, das Burgum »Domum Ulrici«, über die Kaufmannsfamilie Eberz und vielen weiteren Infos über »Alt-Isny« dem Autor sehr geholfen. Darüber hinaus hat er den Roman auf geschichtliche Korrektheit hin überprüft.

Heinz Bucher
Der Fotograf, Lichtexperte und Geschichtsforscher hat es mit seinen Reproduktionen von alten Stadtansichten und Stadtplänen dem Autor erleichtert, sich im historischen Isny fast so zurechtzufinden und sich so bewegen zu können, als wenn er in längst vergangenen Zeiten ein Bürger dieser Stadt gewesen wäre. Seine Entdeckung eines historischen Ziegelsteins, des »Isnyer Fussmasses«, und des darauf eingeritzten Pentagramms war bedeutend für die Vermessungsgrundlage der geplanten Stadt. Sein Nachweis der Sonneneinstrahlung am Winterjohanni-Tag, dem kürzesten Tag des Jahres, machten die Zusammenhänge der Planung sichtbar. Sein Dank gilt Peter Klink aus Pfullendorf für dessen Unterstützung.

Viele Gespräche mit Isnyern und anderen Allgäuern, sowie oberschwäbischen Geschichts- und Kunstkennern, die mir – wie auch verschiedene Archive und Museen – jederzeit für Auskünfte zur Verfügung standen.

6	7	2
1	5	9
8	3	4